D0871899

THE LOEB CLASSICAL LIBRARY

FOUNDED BY JAMES LOEB

HOMER

ODYSSEY

II

LCL 105

HOMER

ODYSSEY

BOOKS 13–24

WITH AN ENGLISH TRANSLATION BY

A. T. MURRAY

REVISED BY

GEORGE E. DIMOCK

HARVARD UNIVERSITY PRESS
CAMBRIDGE, MASSACHUSETTS
LONDON, ENGLAND

First published 1919
Second edition 1995
Reprinted with corrections 1998

Library of Congress Cataloging-in-Publication Data

Homer.
[Odyssey. English & Greek]
Odyssey / Homer : with English translation by A.T. Murray :
revised by George E. Dimock.
p. cm. — (Loeb classical library : L104–L105)
Includes bibliographical references (p.) and index.
ISBN 0–674–99561–9 (v. 1) — ISBN 0–674–99562–7 (v. 2)
1. Epic poetry, Greek—Translations into English. 2. Odysseus
(Greek mythology)—Poetry. I. Murray, A. T. (Augustus Taber),
1866–1940. II. Dimock, George. III. Series.
PA4025.A5M74 1995 93–37392
883′.01—dc20 CIP

Typeset in ZephGreek and ZephText
by Chiron, Inc, North Chelmsford, Massachusetts.
Printed in Great Britain by St Edmundsbury Press Ltd,
Bury St Edmunds, Suffolk, on acid-free paper.
Bound by Hunter & Foulis Ltd, Edinburgh, Scotland.

CONTENTS

ODYSSEY

BOOKS 13–24

N

Ὣς ἔφαθ᾽, οἱ δ᾽ ἄρα πάντες ἀκὴν ἐγένοντο σιωπῇ,
κηληθμῷ δ᾽ ἔσχοντο κατὰ μέγαρα σκιόεντα.
τὸν δ᾽ αὖτ᾽ Ἀλκίνοος ἀπαμείβετο φώνησέν τε·
"ὦ Ὀδυσεῦ, ἐπεὶ ἵκευ ἐμὸν ποτὶ χαλκοβατὲς δῶ,
5 ὑψερεφές, τῷ σ᾽ οὔ τι παλιμπλαγχθέντα γ᾽ ὀίω
ἂψ ἀπονοστήσειν, εἰ καὶ μάλα πολλὰ πέπονθας.
ὑμέων δ᾽ ἀνδρὶ ἑκάστῳ ἐφιέμενος τάδε εἴρω,
ὅσσοι ἐνὶ μεγάροισι γερούσιον αἴθοπα οἶνον
αἰεὶ πίνετ᾽ ἐμοῖσιν, ἀκουάζεσθε δ᾽ ἀοιδοῦ.
10 εἵματα μὲν δὴ ξείνῳ ἐυξέστῃ ἐνὶ χηλῷ
κεῖται καὶ χρυσὸς πολυδαίδαλος ἄλλα τε πάντα
δῶρ᾽, ὅσα Φαιήκων βουληφόροι ἐνθάδ᾽ ἔνεικαν·
ἀλλ᾽ ἄγε οἱ δῶμεν τρίποδα μέγαν ἠδὲ λέβητα
ἀνδρακάς· ἡμεῖς δ᾽ αὖτε ἀγειρόμενοι κατὰ δῆμον
15 τισόμεθ᾽· ἀργαλέον γὰρ ἕνα προικὸς χαρίσασθαι."
ὣς ἔφατ᾽ Ἀλκίνοος, τοῖσιν δ᾽ ἐπιήνδανε μῦθος.
οἱ μὲν κακκείοντες ἔβαν οἶκόνδε ἕκαστος,
ἦμος δ᾽ ἠριγένεια φάνη ῥοδοδάκτυλος Ἠώς,
νῆάδ᾽ ἐπεσσεύοντο, φέρον δ᾽ εὐήνορα χαλκόν.
20 καὶ τὰ μὲν εὖ κατέθηχ᾽ ἱερὸν μένος Ἀλκινόοιο,
αὐτὸς ἰὼν διὰ νηὸς ὑπὸ ζυγά, μή τιν᾽ ἑταίρων
βλάπτοι ἐλαυνόντων, ὁπότε σπερχοίατ᾽ ἐρετμοῖς.

BOOK 13

So he spoke, and they were all hushed in silence, and were spellbound throughout the shadowy halls. And Alcinous again answered him, and said:

"Odysseus, now that you have come to my high-roofed house with its floor of bronze, you shall not, I think, be driven back here in the course of your homeward way, even though you have suffered much. And to each man of you that in my halls drink the sparkling wine of the elders and listen to the minstrel, I speak, and give this charge. Clothing for the stranger lies already stored in the polished chest, with gold curiously wrought and all the other gifts which the counselors of the Phaeacians brought here. But come now, let us give him a great tripod and a cauldron, each man of us, and we in turn will gather the cost from among the people, and repay ourselves. It would be hard for one man to give so freely, without requital."

So spoke Alcinous and his word was pleasing to them. They then went, each man to his house, to take their rest; but as soon as early Dawn appeared, the rosy-fingered, they hastened to the ship and brought the bronze, that gives strength to men. And the divine might of Alcinous went himself throughout the ship and stowed the gifts beneath the benches, that they might not hinder any of the crew at their rowing, when they busily plied the oars.

οἱ δ᾽ εἰς ᾿Αλκινόοιο κίον καὶ δαῖτ᾽ ἀλέγυνον.
τοῖσι δὲ βοῦν ἱέρευσ᾽ ἱερὸν μένος ᾿Αλκινόοιο
25 Ζηνὶ κελαινεφέι Κρονίδῃ, ὃς πᾶσιν ἀνάσσει.
μῆρα δὲ κήαντες δαίνυντ᾽ ἐρικυδέα δαῖτα
τερπόμενοι· μετὰ δέ σφιν ἐμέλπετο θεῖος ἀοιδός,
Δημόδοκος, λαοῖσι τετιμένος. αὐτὰρ ᾿Οδυσσεὺς
πολλὰ πρὸς ἠέλιον κεφαλὴν τρέπε παμφανόωντα,
30 δῦναι ἐπειγόμενος· δὴ γὰρ μενέαινε νέεσθαι.
ὡς δ᾽ ὅτ᾽ ἀνὴρ δόρποιο λιλαίεται, ᾧ τε πανῆμαρ
νειὸν ἀν᾽ ἕλκητον βόε οἴνοπε πηκτὸν ἄροτρον·
ἀσπασίως δ᾽ ἄρα τῷ κατέδυ φάος ἠελίοιο
δόρπον ἐποίχεσθαι, βλάβεται δέ τε γούνατ᾽ ἰόντι·
35 ὣς ᾿Οδυσῆ᾽ ἀσπαστὸν ἔδυ φάος ἠελίοιο.
αἶψα δὲ Φαιήκεσσι φιληρέτμοισι μετηύδα,
᾿Αλκινόῳ δὲ μάλιστα πιφαυσκόμενος φάτο μῦθον·
"᾿Αλκίνοε κρεῖον, πάντων ἀριδείκετε λαῶν,
πέμπετέ με σπείσαντες ἀπήμονα, χαίρετε δ᾽ αὐτοί·
40 ἤδη γὰρ τετέλεσται ἅ μοι φίλος ἤθελε θυμός,
πομπὴ καὶ φίλα δῶρα, τά μοι θεοὶ Οὐρανίωνες
ὄλβια ποιήσειαν· ἀμύμονα δ᾽ οἴκοι ἄκοιτιν
νοστήσας εὕροιμι σὺν ἀρτεμέεσσι φίλοισιν.
ὑμεῖς δ᾽ αὖθι μένοντες ἐυφραίνοιτε γυναῖκας
45 κουριδίας καὶ τέκνα· θεοὶ δ᾽ ἀρετὴν ὀπάσειαν
παντοίην, καὶ μή τι κακὸν μεταδήμιον εἴη."
ὣς ἔφαθ᾽, οἱ δ᾽ ἄρα πάντες ἐπῄνεον ἠδ᾽ ἐκέλευον
πεμπέμεναι τὸν ξεῖνον, ἐπεὶ κατὰ μοῖραν ἔειπεν.
καὶ τότε κήρυκα προσέφη μένος ᾿Αλκινόοιο·
50 "Ποντόνοε, κρητῆρα κερασσάμενος μέθυ νεῖμον

Then they went to the house of Alcinous and prepared a feast.

And for them the divine might of Alcinous sacrificed a bull to Zeus, the son of Cronos, god of the dark clouds, who is lord of all. Then, when they had burned the thigh pieces, they feasted a glorious feast, and made merry, and among them the divine minstrel Demodocus, held in honor by the people, sang to the lyre. But Odysseus kept turning his head toward the blazing sun, impatient to see it set, for he was exceedingly eager to be on his way. And as a man longs for supper, for whom all day long a yoke of wine-dark oxen has drawn the jointed plow through fallow land, and gladly for him does the light of the sun sink, that he may attend to his supper, and his knees grow weary as he goes; even so gladly for Odysseus did the light of the sun sink. And at once he spoke among the Phaeacians, lovers of the oar, and to Alcinous above all he declared his word, and said:

"Lord Alcinous, renowned above all men, pour libations now, and, all of you, send me on my way in peace; and yourselves too—Farewell! For now all that my heart desired has been brought to pass: conveyance, and gifts of friendship. May the gods of heaven bless them to me, and on my return may I find in my house my flawless wife with my friends and family unscathed; and may you in your turn, remaining here, make glad your wedded wives and children; and may the gods grant you excellence of every sort, and may no evil come upon your people."

So he spoke, and they all praised his words, and urged sending the stranger on his way, since he had spoken fittingly. Then the mighty Alcinous spoke to the herald, saying: "Pontonous, mix the bowl, and serve out wine to all

πᾶσιν ἀνὰ μέγαρον, ὄφρ' εὐξάμενοι Διὶ πατρὶ
τὸν ξεῖνον πέμπωμεν ἑὴν ἐς πατρίδα γαῖαν."
ὣς φάτο, Ποντόνοος δὲ μελίφρονα οἶνον ἐκίρνα,
νώμησεν δ' ἄρα πᾶσιν ἐπισταδόν· οἱ δὲ θεοῖσιν
55 ἔσπεισαν μακάρεσσι, τοὶ οὐρανὸν εὐρὺν ἔχουσιν,
αὐτόθεν ἐξ ἑδρέων. ἀνὰ δ' ἵστατο δῖος Ὀδυσσεύς,
Ἀρήτῃ δ' ἐν χειρὶ τίθει δέπας ἀμφικύπελλον,
καί μιν φωνήσας ἔπεα πτερόεντα προσηύδα·
"χαῖρέ μοι, ὦ βασίλεια, διαμπερές, εἰς ὅ κε γῆρας
60 ἔλθῃ καὶ θάνατος, τά τ' ἐπ' ἀνθρώποισι πέλονται.
αὐτὰρ ἐγὼ νέομαι· σὺ δὲ τέρπεο τῷδ' ἐνὶ οἴκῳ
παισί τε καὶ λαοῖσι καὶ Ἀλκινόῳ βασιλῆι."
ὣς εἰπὼν ὑπὲρ οὐδὸν ἐβήσετο δῖος Ὀδυσσεύς,
τῷ δ' ἅμα κήρυκα προΐει μένος Ἀλκινόοιο,
65 ἡγεῖσθαι ἐπὶ νῆα θοὴν καὶ θῖνα θαλάσσης·
Ἀρήτη δ' ἄρα οἱ δμῳὰς ἅμ' ἔπεμπε γυναῖκας,
τὴν μὲν φᾶρος ἔχουσαν ἐυπλυνὲς ἠδὲ χιτῶνα,
τὴν δ' ἑτέρην χηλὸν πυκινὴν ἅμ' ὄπασσε κομίζειν·
ἡ δ' ἄλλη σῖτόν τ' ἔφερεν καὶ οἶνον ἐρυθρόν.
70 αὐτὰρ ἐπεί ῥ' ἐπὶ νῆα κατήλυθον ἠδὲ θάλασσαν,
αἶψα τά γ' ἐν νηὶ γλαφυρῇ πομπῆες ἀγαυοὶ
δεξάμενοι κατέθεντο, πόσιν καὶ βρῶσιν ἅπασαν·
κὰδ δ' ἄρ' Ὀδυσσῆι στόρεσαν ῥῆγός τε λίνον τε
νηὸς ἐπ' ἰκριόφιν γλαφυρῆς, ἵνα νήγρετον εὕδοι,
75 πρυμνῆς· ἂν δὲ καὶ αὐτὸς ἐβήσετο καὶ κατέλεκτο
σιγῇ· τοὶ δὲ καθῖζον ἐπὶ κληῖσιν ἕκαστοι
κόσμῳ, πεῖσμα δ' ἔλυσαν ἀπὸ τρητοῖο λίθοιο.

in the hall, in order that, when we have made prayer to father Zeus, we may convey the stranger to his own native land."

So he spoke, and Pontonous mixed the honey-hearted wine and served out to all, coming up to each in turn; and they poured libations to the blessed gods, who hold broad heaven, from where they sat. But noble Odysseus arose, and placed in the hand of Arete the two-handled cup, and spoke, and addressed her with winged words:

"Fare well, O queen, throughout all the years, till old age and death come, which are the lot of mortals. As for me, I go my way, but do you in this house have joy of your children and your people and Alcinous the king."

So the noble Odysseus spoke and passed over the threshold. And with him the mighty Alcinous sent forth a herald to lead him to the swift ship and the shore of the sea. And Arete sent with him slave women, one holding a newly washed cloak and a tunic, and another she told to carry the strong chest, and yet another bore bread and red wine.

But when they had come down to the ship and to the sea, quickly the lordly youths that were his escort took these things, and stowed them in the hollow ship, all the food and drink.[a] Then for Odysseus they spread a rug and a linen sheet on the deck of the hollow ship at the stern that he might sleep soundly; and he too went aboard, and laid himself down in silence. Then they sat down on the benches, each in order, and loosed the

[a] Evidently "these things" included more than food and drink. As the Oxford commentary (on 13.71–72) suggests, the slip is probably due to hasty employment of a handy epic formula. D.

εὖθ᾽ οἱ ἀνακλινθέντες ἀνερρίπτουν ἅλα πηδῷ,
καὶ τῷ νήδυμος ὕπνος ἐπὶ βλεφάροισιν ἔπιπτε,
80 νήγρετος, ἥδιστος, θανάτῳ ἄγχιστα ἐοικώς.
ἡ δ᾽, ὥς τ᾽ ἐν πεδίῳ τετράοροι ἄρσενες ἵπποι,
πάντες ἅμ᾽ ὁρμηθέντες ὑπὸ πληγῇσιν ἱμάσθλης,
ὑψόσ᾽ ἀειρόμενοι ῥίμφα πρήσσουσι κέλευθον,
ὣς ἄρα τῆς πρύμνη μὲν ἀείρετο, κῦμα δ᾽ ὄπισθε
85 πορφύρεον μέγα θῦε πολυφλοίσβοιο θαλάσσης.
ἡ δὲ μάλ᾽ ἀσφαλέως θέεν ἔμπεδον· οὐδέ κεν ἴρηξ
κίρκος ὁμαρτήσειεν, ἐλαφρότατος πετεηνῶν.
ὣς ἡ ῥίμφα θέουσα θαλάσσης κύματ᾽ ἔταμνεν,
ἄνδρα φέρουσα θεοῖς ἐναλίγκια μήδε᾽ ἔχοντα·
90 ὃς πρὶν μὲν μάλα πολλὰ πάθ᾽ ἄλγεα ὃν κατὰ θυμὸν
ἀνδρῶν τε πτολέμους ἀλεγεινά τε κύματα πείρων,
δὴ τότε γ᾽ ἀτρέμας εὗδε, λελασμένος ὅσσ᾽ ἐπεπόνθει.
εὖτ᾽ ἀστὴρ ὑπερέσχε φαάντατος, ὅς τε μάλιστα
ἔρχεται ἀγγέλλων φάος Ἠοῦς ἠριγενείης,
95 τῆμος δὴ νήσῳ προσεπίλνατο ποντοπόρος νηῦς.
Φόρκυνος δέ τίς ἐστι λιμήν, ἁλίοιο γέροντος,
ἐν δήμῳ Ἰθάκης· δύο δὲ προβλῆτες ἐν αὐτῷ
ἀκταὶ ἀπορρῶγες, λιμένος ποτιπεπτηυῖαι,
αἵ τ᾽ ἀνέμων σκεπόωσι δυσαήων μέγα κῦμα
100 ἔκτοθεν· ἔντοσθεν δέ τ᾽ ἄνευ δεσμοῖο μένουσι
νῆες ἐυσσελμοι, ὅτ᾽ ἂν ὅρμου μέτρον ἵκωνται.
αὐτὰρ ἐπὶ κρατὸς λιμένος τανύφυλλος ἐλαίη,
ἀγχόθι δ᾽ αὐτῆς ἄντρον ἐπήρατον ἠεροειδές,
ἱρὸν νυμφάων αἳ νηιάδες καλέονται.
105 ἐν δὲ κρητῆρές τε καὶ ἀμφιφορῆες ἔασιν

hawser from the pierced stone. And as soon as they leaned back, and tossed the brine with their oar blades, sweet sleep fell upon his eyelids, an unawakening sleep, most sweet, and most like to death. And as on a plain four yoked stallions spring forward all together beneath the strokes of the lash, and leaping high swiftly accomplish their way, even so the stern of that ship leapt high, and in her wake the gleaming wave of the loud-sounding sea foamed mightily, and she sped safely and surely on her way; not even the circling hawk, the swiftest of winged things, could have kept pace with her. Thus she sped on swiftly and cut through the waves of the sea, bearing a man wise as the gods are wise, one who in time past had suffered many griefs at heart in passing through wars of men and the grievous waves; but now he slept in peace, forgetful of all that he had suffered.[a]

Now when that brightest of stars rose which beyond others comes to herald the light of early Dawn, then it was that the seafaring ship drew near to the island.

There is in the land of Ithaca a certain harbor of Phorcys, the old man of the sea, and at its mouth two projecting headlands, sheer to seaward, but sloping down on the side toward the harbor. These keep back the great waves raised by heavy winds outside, but inside the benched ships lie unmoored when they have reached the point of anchorage. At the head of the harbor is a long-leafed olive tree, and near it is a pleasant, shadowy cave sacred to the nymphs that are called Naiads. In it are mixing

[a] It is likely that Homer intended this passage to mark the conclusion of the first half of his poem. D.

λάινοι· ἔνθα δ' ἔπειτα τιθαιβώσσουσι μέλισσαι.
ἐν δ' ἱστοὶ λίθεοι περιμήκεες, ἔνθα τε νύμφαι
φάρε' ὑφαίνουσιν ἁλιπόρφυρα, θαῦμα ἰδέσθαι·
ἐν δ' ὕδατ' ἀενάοντα. δύω δέ τέ οἱ θύραι εἰσίν,
110 αἱ μὲν πρὸς Βορέαο καταιβαταὶ ἀνθρώποισιν,
αἱ δ' αὖ πρὸς Νότου εἰσὶ θεώτεραι· οὐδέ τι κείνῃ
ἄνδρες ἐσέρχονται, ἀλλ' ἀθανάτων ὁδός ἐστιν.
ἔνθ' οἵ γ' εἰσέλασαν, πρὶν εἰδότες· ἡ μὲν ἔπειτα
ἠπείρῳ ἐπέκελσεν, ὅσον τ' ἐπὶ ἥμισυ πάσης,
115 σπερχομένη· τοῖον γὰρ ἐπείγετο χέρσ' ἐρετάων·
οἱ δ' ἐκ νηὸς βάντες ἐυζύγου ἤπειρόνδε
πρῶτον Ὀδυσσῆα γλαφυρῆς ἐκ νηὸς ἄειραν
αὐτῷ σύν τε λίνῳ καὶ ῥήγεϊ σιγαλόεντι,
κὰδ δ' ἄρ' ἐπὶ ψαμάθῳ ἔθεσαν δεδμημένον ὕπνῳ,
120 ἐκ δὲ κτήματ' ἄειραν, ἅ οἱ Φαίηκες ἀγαυοὶ
ὤπασαν οἴκαδ' ἰόντι διὰ μεγάθυμον Ἀθήνην.
καὶ τὰ μὲν οὖν παρὰ πυθμέν' ἐλαίης ἀθρόα θῆκαν
ἐκτὸς ὁδοῦ, μή πώς τις ὁδιτάων ἀνθρώπων,
πρίν γ' Ὀδυσῆ' ἔγρεσθαι, ἐπελθὼν δηλήσαιτο·
125 αὐτοὶ δ' αὖτ' οἶκόνδε πάλιν κίον. οὐδ' ἐνοσίχθων
λήθετ' ἀπειλάων, τὰς ἀντιθέῳ Ὀδυσῆι
πρῶτον ἐπηπείλησε, Διὸς δ' ἐξείρετο βουλήν·
"Ζεῦ πάτερ, οὐκέτ' ἐγώ γε μετ' ἀθανάτοισι θεοῖσι
τιμήεις ἔσομαι, ὅτε με βροτοὶ οὔ τι τίουσιν,
130 Φαίηκες, τοί πέρ τοι ἐμῆς ἔξ εἰσι γενέθλης.
καὶ γὰρ νῦν Ὀδυσῆ' ἐφάμην κακὰ πολλὰ παθόντα
οἴκαδ' ἐλεύσεσθαι· νόστον δέ οἱ οὔ ποτ' ἀπηύρων
πάγχυ, ἐπεὶ σὺ πρῶτον ὑπέσχεο καὶ κατένευσας.

bowls and jars of stone, and there too the bees store honey. And in the cave are long looms of stone, at which the nymphs weave purple webs, a wonder to behold; and in it are also ever-flowing springs. Two doors there are to the cave, one toward the North Wind, by which men go down, but that toward the South Wind is sacred, and men do not enter by it; it is the way of the immortals.

Here they rowed in, knowing the place of old; and the ship ran full half her length on the shore in her swift course, at such speed was she driven by the arms of the rowers. Then they stepped from the benched ship upon the land, and first they lifted Odysseus out of the hollow ship, with the linen sheet and bright rug as they were, and laid him down on the sand, still overpowered by sleep. And they lifted out the goods which the lordly Phaeacians had given him, as he set out for home, through the favor of great-hearted Athene. These they set all together by the trunk of the olive tree, out of the path, for fear perchance some wayfarer, before Odysseus awoke, might come upon them and make spoil of them. Then they themselves returned home again. But the Shaker of the Earth did not forget the threats with which at the first he had threatened godlike Odysseus, and he thus inquired the purpose of Zeus:

"Father Zeus, no longer shall I, even I, be held in honor among the immortal gods, seeing that mortals honor me not in the least—the Phaeacians, who, as you well know, are of my own lineage. For I just now declared that Odysseus should suffer many woes before he reached his home, though I did not wholly rob him of his return when once you had promised it and confirmed it with

οἱ δ' εὕδοντ' ἐν νηὶ θοῇ ἐπὶ πόντον ἄγοντες
135 κάτθεσαν εἰν Ἰθάκῃ, ἔδοσαν δέ οἱ ἄσπετα[1] δῶρα,
χαλκόν τε χρυσόν τε ἅλις ἐσθῆτά θ' ὑφαντήν,
πόλλ', ὅσ' ἂν οὐδέ ποτε Τροίης ἐξήρατ' Ὀδυσσεύς,
εἴ περ ἀπήμων ἦλθε, λαχὼν ἀπὸ ληίδος αἶσαν."
τὸν δ' ἀπαμειβόμενος προσέφη νεφεληγερέτα Ζεύς·
140 "ὢ πόποι, ἐννοσίγαι' εὐρυσθενές, οἷον ἔειπες.
οὔ τί σ' ἀτιμάζουσι θεοί· χαλεπὸν δέ κεν εἴη
πρεσβύτατον καὶ ἄριστον ἀτιμίῃσιν ἰάλλειν.
ἀνδρῶν δ' εἴ πέρ τίς σε βίῃ καὶ κάρτεϊ εἴκων
οὔ τι τίει, σοὶ δ' ἐστὶ καὶ ἐξοπίσω τίσις αἰεί.
145 ἔρξον ὅπως ἐθέλεις καί τοι φίλον ἔπλετο θυμῷ."
τὸν δ' ἠμείβετ' ἔπειτα Ποσειδάων ἐνοσίχθων·
"αἶψά κ' ἐγὼν ἔρξαιμι, κελαινεφές, ὡς ἀγορεύεις·
ἀλλὰ σὸν αἰεὶ θυμὸν ὀπίζομαι ἠδ' ἀλεείνω.
νῦν αὖ Φαιήκων ἐθέλω περικαλλέα νῆα,
150 ἐκ πομπῆς ἀνιοῦσαν, ἐν ἠεροειδέι πόντῳ
ῥαῖσαι, ἵν' ἤδη σχῶνται, ἀπολλήξωσι δὲ πομπῆς
ἀνθρώπων, μέγα δέ σφιν ὄρος πόλει ἀμφικαλύψαι."
τὸν δ' ἀπαμειβόμενος προσέφη νεφεληγερέτα Ζεύς·
"ὢ πέπον, ὡς μὲν ἐμῷ θυμῷ δοκεῖ εἶναι ἄριστα,
155 ὁππότε κεν δὴ πάντες ἐλαυνομένην προΐδωνται
λαοὶ ἀπὸ πτόλιος, θεῖναι λίθον ἐγγύθι γαίης
νηὶ θοῇ ἴκελον, ἵνα θαυμάζωσιν ἅπαντες
ἄνθρωποι, μέγα δέ σφιν ὄρος πόλει ἀμφικαλύψαι."
αὐτὰρ ἐπεὶ τό γ' ἄκουσε Ποσειδάων ἐνοσίχθων,
160 βῆ ῥ' ἴμεν ἐς Σχερίην, ὅθι Φαίηκες γεγάασιν.

[1] ἄσπετα: ἀγλαὰ

your nod; yet in his sleep these men have borne him in a swift ship over the sea and set him down in Ithaca, and have given him gifts past telling, stores of bronze and gold and woven clothing, more than Odysseus would ever have won for himself from Troy, if he had returned unscathed with his due share of the spoil."

Then Zeus, the cloud-gatherer, answered him, and said: "Ah me, wide-ruling shaker of the earth, what a thing you have said! The gods do you no dishonor; a hard thing indeed it would be to cast dishonor upon our eldest and best. But as for men, if anyone, yielding to his might and strength, fails to do you honor in any respect, you may always take vengeance afterwards. Do as you will, and as is your good pleasure."

Then Poseidon, the earth-shaker, answered him: "Quickly should I have done as you say, god of the dark clouds, but always I dread and avoid your wrath. But now I am minded to smite the beautiful ship of the Phaeacians, as she comes back from her convoy on the misty deep, that hereafter they may desist and cease from giving conveyance to men, and to hide their city behind a huge encircling mountain."

Then Zeus, the cloud-gatherer, answered him and said: "My dear fellow, hear what seems best in my sight. When all the people are gazing from the city upon her as she speeds on her way, turn her to stone close to shore—a stone in the shape of a swift ship, that all men may marvel; and hide their city behind a huge encircling mountain."

Now when Poseidon, the earth-shaker, heard this he went his way to Scheria, where the Phaeacians dwell, and

ἔνθ' ἔμεν'· ἡ δὲ μάλα σχεδὸν ἤλυθε ποντοπόρος νηῦς
ῥίμφα διωκομένη· τῆς δὲ σχεδὸν ἦλθ' ἐνοσίχθων,
ὅς μιν λᾶαν ἔθηκε καὶ ἐρρίζωσεν ἔνερθε
χειρὶ καταπρηνεῖ ἐλάσας· ὁ δὲ νόσφι βεβήκει.
165 οἱ δὲ πρὸς ἀλλήλους ἔπεα πτερόεντ' ἀγόρευον
Φαίηκες δολιχήρετμοι, ναυσίκλυτοι ἄνδρες.
ὧδε δέ τις εἴπεσκεν ἰδὼν ἐς πλησίον ἄλλον·
"ὤ μοι, τίς δὴ νῆα θοὴν ἐπέδησ' ἐνὶ πόντῳ
οἴκαδ' ἐλαυνομένην; καὶ δὴ προὐφαίνετο πᾶσα."
170 ὣς ἄρα τις εἴπεσκε· τὰ δ' οὐκ ἴσαν ὡς ἐτέτυκτο.
τοῖσιν δ' Ἀλκίνοος ἀγορήσατο καὶ μετέειπεν·
"ὢ πόποι, ἦ μάλα δή με παλαίφατα θέσφαθ' ἱκάνει
πατρὸς ἐμοῦ, ὃς ἔφασκε Ποσειδάων' ἀγάσασθαι
ἡμῖν, οὕνεκα πομποὶ ἀπήμονές εἰμεν ἁπάντων.
175 φῆ ποτὲ Φαιήκων ἀνδρῶν περικαλλέα νῆα,
ἐκ πομπῆς ἀνιοῦσαν, ἐν ἠεροειδέι πόντῳ
ῥαισέμεναι, μέγα δ' ἧμιν ὄρος πόλει ἀμφικαλύψειν.
ὣς ἀγόρευ' ὁ γέρων· τὰ δὲ δὴ νῦν πάντα τελεῖται.
ἀλλ' ἄγεθ', ὡς ἂν ἐγὼ εἴπω, πειθώμεθα πάντες·
180 πομπῆς μὲν παύσασθε βροτῶν, ὅτε κέν τις ἵκηται
ἡμέτερον προτὶ ἄστυ· Ποσειδάωνι δὲ ταύρους
δώδεκα κεκριμένους ἱερεύσομεν, αἴ κ' ἐλεήσῃ,
μηδ' ἡμῖν περίμηκες ὄρος πόλει ἀμφικαλύψῃ."
ὣς ἔφαθ', οἱ δ' ἔδεισαν, ἑτοιμάσσαντο δὲ ταύρους.
185 ὣς οἱ μέν ῥ' εὔχοντο Ποσειδάωνι ἄνακτι
δήμου Φαιήκων ἡγήτορες ἠδὲ μέδοντες,
ἑσταότες περὶ βωμόν. ὁ δ' ἔγρετο δῖος Ὀδυσσεὺς
εὕδων ἐν γαίῃ πατρωίῃ, οὐδέ μιν ἔγνω,

there he waited. And she drew close to shore, the seafaring ship, speeding swiftly on her way. Then near her came the Earth-shaker and turned her to stone, and rooted her fast beneath by a blow of the flat of his hand, and then he was gone.

But they spoke winged words to one another, the Phaeacians of the long oars, men famed for their ships. And thus would one speak, with a glance at his neighbor:

"Ah me, who has now bound our swift ship on the sea as she sped homeward! She was in plain sight."

So would one of them speak, but they did not know how these things were to be. Then Alcinous addressed their company and said:

"Can it be possible? In very truth the oracles of my father, uttered long ago, have come upon me. He used to say that Poseidon was angry with us because we gave safe convoy to all men. He said that some day, as a beautiful ship of the Phaeacians was returning from a convoy over the misty deep, Poseidon would smite her, and would hide our city behind a huge encircling mountain. So that old man spoke, and now all this is being brought to pass. But now come, as I bid let us all obey. Cease to give convoy to mortals, when anyone comes to our city, and let us sacrifice to Poseidon twelve choice bulls, in hope that he may take pity, and not hide our city behind a huge encircling mountain."

So he spoke, and they were seized with fear and made ready the bulls. Thus they were praying to the lord Poseidon, the leaders and counselors of the land of the Phaeacians, as they stood about the altar. But Odysseus awoke out of his sleep in his native land, and did not recog-

ἤδη δὴν ἀπεών· περὶ γὰρ θεὸς ἠέρα χεῦε
190 Παλλὰς Ἀθηναίη, κούρη Διός, ὄφρα μιν αὐτὸν
ἄγνωστον τεύξειεν ἕκαστά τε μυθήσαιτο,
μή μιν πρὶν ἄλοχος γνοίη ἀστοί τε φίλοι τε,
πρὶν πᾶσαν μνηστῆρας ὑπερβασίην ἀποτῖσαι.
τοὔνεκ' ἄρ' ἀλλοειδέα φαινέσκετο πάντα ἄνακτι,
195 ἀτραπιτοί τε διηνεκέες λιμένες τε πάνορμοι
πέτραι τ' ἠλίβατοι καὶ δένδρεα τηλεθόωντα.
στῆ δ' ἄρ' ἀναΐξας καί ῥ' εἴσιδε πατρίδα γαῖαν·
ᾤμωξέν τ' ἄρ' ἔπειτα καὶ ὣ πεπλήγετο μηρὼ
χερσὶ καταπρηνέσσ', ὀλοφυρόμενος δ' ἔπος ηὔδα·
200 "ὤ μοι ἐγώ, τέων αὖτε βροτῶν ἐς γαῖαν ἱκάνω;
ἦ ῥ' οἵ γ' ὑβρισταί τε καὶ ἄγριοι οὐδὲ δίκαιοι,
ἦε φιλόξεινοι, καί σφιν νόος ἐστὶ θεουδής;
πῇ δὴ χρήματα πολλὰ φέρω τάδε; πῇ τε καὶ αὐτὸς
πλάζομαι; αἴθ' ὄφελον μεῖναι παρὰ Φαιήκεσσιν
205 αὐτοῦ· ἐγὼ δέ κεν ἄλλον ὑπερμενέων βασιλήων
ἐξικόμην, ὅς κέν μ' ἐφίλει καὶ ἔπεμπε νέεσθαι.
νῦν δ' οὔτ' ἄρ πῃ θέσθαι ἐπίσταμαι, οὐδὲ μὲν αὐτοῦ
καλλείψω, μή πώς μοι ἕλωρ ἄλλοισι γένηται.
ὢ πόποι, οὐκ ἄρα πάντα νοήμονες οὐδὲ δίκαιοι
210 ἦσαν Φαιήκων ἡγήτορες ἠδὲ μέδοντες,
οἵ μ' εἰς ἄλλην γαῖαν ἀπήγαγον, ἦ τέ μ' ἔφαντο
ἄξειν εἰς Ἰθάκην εὐδείελον, οὐδ' ἐτέλεσσαν.
Ζεὺς σφέας τίσαιτο ἱκετήσιος, ὅς τε καὶ ἄλλους
ἀνθρώπους ἐφορᾷ καὶ τίνυται ὅς τις ἁμάρτῃ.
215 ἀλλ' ἄγε δὴ τὰ χρήματ' ἀριθμήσω καὶ ἴδωμαι,
μή τί μοι οἴχωνται κοίλης ἐπὶ νηὸς ἄγοντες."

nize it, having been so long away. For about him the goddess had shed a mist, Pallas Athene, daughter of Zeus, that she might make him unrecognizable, and tell him all things, so that his wife might not know him, nor his townsfolk, nor his friends, until the suitors had paid the full price of all their transgressions. Therefore all things seemed strange to their ruler, the long paths, the bays offering safe anchorage, the sheer cliffs, and the luxuriant trees. So he sprang up and stood and looked upon his native land, and then he groaned and struck both of his thighs with the flat of his hands, and mournfully spoke and said:

"Alas, to the land of what mortals have I now come? Are they cruel, and wild, and unjust? Or are they kind to strangers and fear the gods in their thoughts? Where shall I carry all this wealth, or where shall I myself go wandering on? Would that I had remained there among the Phaeacians, and had then come to some other of the mighty kings, who would have entertained me and sent me on my homeward way. But now I do not know where to bestow this wealth; yet here I cannot leave it, for fear it become the spoil of others to my cost. Out upon them; not wholly wise, it seems, nor just were the leaders and counselors of the Phaeacians who have brought me to a strange land. They said indeed that they would bring me to clear-seen Ithaca, but they have not made good their word. May Zeus, the suppliant's god, requite them, who watches over all men, and punishes him who transgresses. But come, I will count my goods, and go over them, for fear these men have carried off some with them in the hollow ship."

ὣς εἰπὼν τρίποδας περικαλλέας ἠδὲ λέβητας
ἠρίθμει καὶ χρυσὸν ὑφαντά τε εἵματα καλά.
τῶν μὲν ἄρ' οὔ τι πόθει· ὁ δ' ὀδύρετο πατρίδα γαῖαν
220 ἑρπύζων παρὰ θῖνα πολυφλοίσβοιο θαλάσσης,
πόλλ' ὀλοφυρόμενος. σχεδόθεν δέ οἱ ἦλθεν Ἀθήνη,
ἀνδρὶ δέμας εἰκυῖα νέῳ, ἐπιβώτορι μήλων,
παναπάλῳ, οἷοί τε ἀνάκτων παῖδες ἔασι,
δίπτυχον ἀμφ' ὤμοισιν ἔχουσ' εὐεργέα λώπην·
225 ποσσὶ δ' ὑπὸ λιπαροῖσι πέδιλ' ἔχε, χερσὶ δ' ἄκοντα.
τὴν δ' Ὀδυσεὺς γήθησεν ἰδὼν καὶ ἐναντίος ἦλθε,
καί μιν φωνήσας ἔπεα πτερόεντα προσηύδα·

"ὦ φίλ', ἐπεί σε πρῶτα κιχάνω τῷδ' ἐνὶ χώρῳ,
χαῖρέ τε καὶ μή μοί τι κακῷ νόῳ ἀντιβολήσαις,
230 ἀλλὰ σάω μὲν ταῦτα, σάω δ' ἐμέ· σοὶ γὰρ ἐγώ γε
εὔχομαι ὥς τε θεῷ καί σευ φίλα γούναθ' ἱκάνω.
καί μοι τοῦτ' ἀγόρευσον ἐτήτυμον, ὄφρ' ἐυ εἰδῶ·
τίς γῆ, τίς δῆμος, τίνες ἀνέρες ἐγγεγάασιν;
ἦ πού τις νήσων εὐδείελος, ἦέ τις ἀκτὴ
235 κεῖθ' ἁλὶ κεκλιμένη ἐριβώλακος ἠπείροιο;"

τὸν δ' αὖτε προσέειπε θεὰ γλαυκῶπις Ἀθήνη·
"νήπιός εἰς, ὦ ξεῖν', ἢ τηλόθεν εἰλήλουθας,
εἰ δὴ τήνδε τε γαῖαν ἀνείρεαι. οὐδέ τι λίην
οὕτω νώνυμός ἐστιν· ἴσασι δέ μιν μάλα πολλοί,
240 ἠμὲν ὅσοι ναίουσι πρὸς ἠῶ τ' ἠέλιόν τε,
ἠδ' ὅσσοι μετόπισθε ποτὶ ζόφον ἠερόεντα.
ἦ τοι μὲν τρηχεῖα καὶ οὐχ ἱππήλατός ἐστιν,
οὐδὲ λίην λυπρή, ἀτὰρ οὐδ' εὐρεῖα τέτυκται.
ἐν μὲν γάρ οἱ σῖτος ἀθέσφατος, ἐν δέ τε οἶνος

So he spoke, and set himself to counting the beautiful tripods, and the cauldrons, and the gold, and the beautiful woven clothing, and of these he missed nothing; but he mourned for his native land, creeping along the shore of the loud-sounding sea, uttering many a moan. And Athene drew near him in the form of a young man, a herdsman of sheep, one most gentle, as are the sons of princes. In a double fold about her shoulders she wore a well-wrought cloak, and beneath her shining feet she had sandals, and in her hands a spear. Odysseus was glad at the sight of her and came up to her, and he spoke, and addressed her with winged words:

"Friend, since you are the first to whom I have come in this land, hail to you, and may you meet me with no evil intent, but rather save this treasure, and save me; for to you do I pray, as to a god, and come suppliant to your knees in friendship. And tell me this also truly, so that I may be sure of it. What land, what people is this? What men dwell here? Is it some clear-seen island, or a shore of the deep-soiled mainland that lies sloping down to the sea?"

Then the goddess, flashing-eyed Athene, answered him: "You are an ignorant person, stranger, or else have come from far, if truly you ask about this land. It is not at all so nameless as you imply. Many know it, both all those who dwell toward the dawn and the sun, and all those that are behind toward the murky darkness. It is a rugged island, not fit for driving horses, yet it is not utterly poor, narrow though it is. In it grows grain beyond measure,

245 γίγνεται· αἰεὶ δ' ὄμβρος ἔχει τεθαλυῖά τ' ἐέρση·
αἰγίβοτος δ' ἀγαθὴ καὶ βούβοτος· ἔστι μὲν ὕλη
παντοίη, ἐν δ' ἀρδμοὶ ἐπηετανοὶ παρέασι.
τῷ τοι, ξεῖν', Ἰθάκης γε καὶ ἐς Τροίην ὄνομ' ἵκει,
τήν περ τηλοῦ φασὶν Ἀχαιίδος ἔμμεναι αἴης."

250 ὣς φάτο, γήθησεν δὲ πολύτλας δῖος Ὀδυσσεύς,
χαίρων ᾗ γαίῃ πατρωΐῃ, ὥς οἱ ἔειπε
Παλλὰς Ἀθηναίη, κούρη Διὸς αἰγιόχοιο·
καί μιν φωνήσας ἔπεα πτερόεντα προσηύδα·
οὐδ' ὅ γ' ἀληθέα εἶπε, πάλιν δ' ὅ γε λάζετο μῦθον,
255 αἰεὶ ἐνὶ στήθεσσι νόον πολυκερδέα νωμῶν·

"πυνθανόμην Ἰθάκης γε καὶ ἐν Κρήτῃ εὐρείῃ,
τηλοῦ ὑπὲρ πόντου· νῦν δ' εἰλήλουθα καὶ αὐτὸς
χρήμασι σὺν τοίσδεσσι· λιπὼν δ' ἔτι παισὶ τοσαῦτα
φεύγω, ἐπεὶ φίλον υἷα κατέκτανον Ἰδομενῆος,
260 Ὀρσίλοχον πόδας ὠκύν, ὃς ἐν Κρήτῃ εὐρείῃ
ἀνέρας ἀλφηστὰς νίκα ταχέεσσι πόδεσσιν,
οὕνεκά με στερέσαι τῆς ληΐδος ἤθελε πάσης
Τρωιάδος, τῆς εἵνεκ' ἐγὼ πάθον ἄλγεα θυμῷ,
ἀνδρῶν τε πτολέμους ἀλεγεινά τε κύματα πείρων,
265 οὕνεκ' ἄρ' οὐχ ᾧ πατρὶ χαριζόμενος θεράπευον
δήμῳ ἔνι Τρώων, ἀλλ' ἄλλων ἦρχον ἑταίρων.
τὸν μὲν ἐγὼ κατιόντα βάλον χαλκήρεϊ δουρὶ
ἀγρόθεν, ἐγγὺς ὁδοῖο λοχησάμενος σὺν ἑταίρῳ·
νὺξ δὲ μάλα δνοφερὴ κάτεχ' οὐρανόν, οὐδέ τις ἡμέας
270 ἀνθρώπων ἐνόησε, λάθον δέ ἑ θυμὸν ἀπούρας.
αὐτὰρ ἐπεὶ δὴ τόν γε κατέκτανον ὀξέι χαλκῷ,
αὐτίκ' ἐγὼν ἐπὶ νῆα κιὼν Φοίνικας ἀγαυοὺς

and the wine grape as well, and the rain never fails it, nor the rich dew. It is a good land for pasturing goats and cattle; there are trees of every sort, and in it are watering places that never fail. Therefore, stranger, the name of Ithaca has reached even to the land of Troy, which, they say, is far from this land of Achaea."

So she spoke, and the much-enduring, noble Odysseus was glad, and rejoiced in his land, the land of his fathers, as he heard the word of Pallas Athene, daughter of Zeus, who bears the aegis; and he spoke, and addressed her with winged words; yet he did not speak the truth, but checked the word before it was uttered, always revolving in his breast thoughts of great cunning:

"I heard of Ithaca, even in broad Crete, far over the sea; and now I have myself come here with these my goods. And I left as much more with my children, when I fled the land, after I had slain the staunch son of Idomeneus, Orsilochus, swift of foot, who in broad Crete surpassed in fleetness all barley-eating mankind. He meant to rob me of all that booty from Troy, for which I had borne grief of heart, passing through wars of men and the grievous waves, because I would not show favor to his father, and serve as his squire in the land of the Trojans, but commanded other men of my own. So I struck him with my bronze-tipped spear as he came home from the field, lying in wait for him with one of my men by the roadside. A dark night covered the heavens, and no man was ware of us, but unseen I took away his life. Now when I had slain him with the sharp bronze, I went at once to a ship, and made prayer to the lordly Phoenicians,

ἐλλισάμην, καί σφιν μενοεικέα ληΐδα δῶκα·
τούς μ' ἐκέλευσα Πύλονδε καταστῆσαι καὶ ἐφέσσαι
275 ἢ εἰς Ἤλιδα δῖαν, ὅθι κρατέουσιν Ἐπειοί.
ἀλλ' ἦ τοι σφέας κεῖθεν ἀπώσατο ἲς ἀνέμοιο
πόλλ' ἀεκαζομένους, οὐδ' ἤθελον ἐξαπατῆσαι.
κεῖθεν δὲ πλαγχθέντες ἱκάνομεν ἐνθάδε νυκτός.
σπουδῇ δ' ἐς λιμένα προερέσσαμεν, οὐδέ τις ἡμῖν
280 δόρπου μνῆστις ἔην, μάλα περ χατέουσιν ἑλέσθαι,
ἀλλ' αὔτως ἀποβάντες ἐκείμεθα νηὸς ἅπαντες.
ἔνθ' ἐμὲ μὲν γλυκὺς ὕπνος ἐπήλυθε κεκμηῶτα,
οἱ δὲ χρήματ' ἐμὰ γλαφυρῆς ἐκ νηὸς ἑλόντες
κάτθεσαν, ἔνθα περ αὐτὸς ἐπὶ ψαμάθοισιν ἐκείμην.
285 οἱ δ' ἐς Σιδονίην εὖ ναιομένην ἀναβάντες
ᾤχοντ'· αὐτὰρ ἐγὼ λιπόμην ἀκαχήμενος ἦτορ."
ὣς φάτο, μείδησεν δὲ θεὰ γλαυκῶπις Ἀθήνη,
χειρί τέ μιν κατέρεξε· δέμας δ' ἤικτο γυναικὶ
καλῇ τε μεγάλῃ τε καὶ ἀγλαὰ ἔργα ἰδυίῃ·
290 καί μιν φωνήσασ' ἔπεα πτερόεντα προσηύδα·
"κερδαλέος κ' εἴη καὶ ἐπίκλοπος ὅς σε παρέλθοι
ἐν πάντεσσι δόλοισι, καὶ εἰ θεὸς ἀντιάσειε.
σχέτλιε, ποικιλομῆτα, δόλων ἆτ', οὐκ ἄρ' ἔμελλες,
οὐδ' ἐν σῇ περ ἐὼν γαίῃ, λήξειν ἀπατάων
295 μύθων τε κλοπίων, οἵ τοι πεδόθεν φίλοι εἰσίν.
ἀλλ' ἄγε, μηκέτι ταῦτα λεγώμεθα, εἰδότες ἄμφω
κέρδε', ἐπεὶ σὺ μέν ἐσσι βροτῶν ὄχ' ἄριστος ἁπάντων
βουλῇ καὶ μύθοισιν, ἐγὼ δ' ἐν πᾶσι θεοῖσι
μήτι τε κλέομαι καὶ κέρδεσιν· οὐδὲ σύ γ' ἔγνως
300 Παλλάδ' Ἀθηναίην, κούρην Διός, ἥ τέ τοι αἰεὶ

giving them booty to satisfy their hearts. I bade them take me aboard and land me at Pylos, or at splendid Elis, where the Epeians hold sway. But the truth of it was that the force of the wind thrust them away from there much against their will, nor did they mean to play me false; but beaten back from there we came here by night. With eager haste we rowed on into the harbor, nor had we any thought of supper, badly though we needed it, but just as we were we disembarked and lay down, one and all. Then upon me came sweet sleep in my weariness, but they took my goods out of the hollow ship and set them where I myself lay on the sands. And they went on board, and departed for the well-peopled land of Sidon; but I was left here, my heart deeply troubled."

So he spoke, and the goddess, flashing-eyed Athene, smiled, and stroked him with her hand, and changed herself to the form of a woman, beautiful and tall, and skilled in glorious handiwork. And she spoke, and addressed him with winged words:

"Cunning must he be, and stealthy, who would go beyond you in all kinds of guile, even if it were a god who met you. Stubborn man, crafty in counsel, insatiate in deceit, not even in your own land, it seems, were you to cease from guile and deceitful tales, which you love from the bottom of your heart. But come, let us no longer talk of this, being both well versed in craft, since you are far the best of all men in counsel and in speech, and I among all the gods am famed for wisdom and craft. Yet you did not know me, Pallas Athene, daughter of Zeus, who

ἐν πάντεσσι πόνοισι παρίσταμαι ἠδὲ φυλάσσω,
καὶ δέ σε Φαιήκεσσι φίλον πάντεσσιν ἔθηκα,
νῦν αὖ δεῦρ' ἱκόμην, ἵνα τοι σὺν μῆτιν ὑφήνω
χρήματά τε κρύψω, ὅσα τοι Φαίηκες ἀγαυοὶ
305 ὤπασαν οἴκαδ' ἰόντι ἐμῇ βουλῇ τε νόῳ τε,
εἴπω θ' ὅσσα τοι αἶσα δόμοις ἔνι ποιητοῖσι
κήδε' ἀνασχέσθαι· σὺ δὲ τετλάμεναι καὶ ἀνάγκῃ,
μηδέ τῳ ἐκφάσθαι μήτ' ἀνδρῶν μήτε γυναικῶν,
πάντων, οὕνεκ' ἄρ' ἦλθες ἀλώμενος, ἀλλὰ σιωπῇ
310 πάσχειν ἄλγεα πολλά, βίας ὑποδέγμενος ἀνδρῶν."
τὴν δ' ἀπαμειβόμενος προσέφη πολύμητις Ὀδυσσεύς·
"ἀργαλέον σε, θεά, γνῶναι βροτῷ ἀντιάσαντι,
καὶ μάλ' ἐπισταμένῳ· σὲ γὰρ αὐτὴν παντὶ ἐίσκεις.
τοῦτο δ' ἐγὼν εὖ οἶδ', ὅτι μοι πάρος ἠπίη ἦσθα,
315 ἦος ἐνὶ Τροίῃ πολεμίζομεν υἷες Ἀχαιῶν.
αὐτὰρ ἐπεὶ Πριάμοιο πόλιν διεπέρσαμεν αἰπήν,
βῆμεν δ' ἐν νήεσσι, θεὸς δ' ἐκέδασσεν Ἀχαιούς,
οὔ σέ γ' ἔπειτα ἴδον, κούρη Διός, οὐδ' ἐνόησα
νηὸς ἐμῆς ἐπιβᾶσαν, ὅπως τί μοι ἄλγος ἀλάλκοις.
320 ἀλλ' αἰεὶ φρεσὶν ᾗσιν ἔχων δεδαϊγμένον ἦτορ
ἠλώμην, ἧός με θεοὶ κακότητος ἔλυσαν·
πρίν γ' ὅτε Φαιήκων ἀνδρῶν ἐν πίονι δήμῳ
θάρσυνάς τε ἔπεσσι καὶ ἐς πόλιν ἤγαγες αὐτή.[1]
νῦν δέ σε πρὸς πατρὸς γουνάζομαι—οὐ γὰρ ὀίω
325 ἥκειν εἰς Ἰθάκην εὐδείελον, ἀλλά τιν' ἄλλην
γαῖαν ἀναστρέφομαι· σὲ δὲ κερτομέουσαν ὀίω

always stands by your side in all toils and guards you. Yes, and I made you beloved by all the Phaeacians. And now I have come here to weave a plan with you, and to hide all the treasure, which the lordly Phaeacians gave you by my counsel and will, when you set out for home; and to tell you all the measure of woe it is your fate to fulfill in your well-built house. But be strong, for bear it you must, and tell no man of them all nor any woman that you have come back from your wanderings, but in silence endure your many griefs, and submit to the violence of men."

Then Odysseus of many wiles answered her and said: "Hard is it, goddess, for a mortal man to know you when he meets you, however wise he may be, for you take what shape you will. But this I know well, that of old you were kindly toward me, so long as we Achaeans were warring in the land of Troy. But after we had sacked the lofty city of Priam, and had gone away in our ships, and a god had scattered the Achaeans, never since then have I seen you, daughter of Zeus, nor marked you coming on board my ship, that you might ward off sorrow from me. No, I kept wandering on, bearing in my breast a stricken heart, till the gods delivered me from evil, till indeed in the rich land of the Phaeacians you cheered me with your words, and yourself led me to their city. But now I beseech you by your father—for I do not think I have come to clear-seen Ithaca; no, it is some other land over which I roam, and you, I think, speak thus in mockery to beguile my

[1] Lines 320–23 were rejected by Aristarchus.

ταῦτ᾽ ἀγορευέμεναι, ἵν᾽ ἐμὰς φρένας ἠπεροπεύσῃς—
εἰπέ μοι εἰ ἐτεόν γε φίλην ἐς πατρίδ᾽ ἱκάνω."
τὸν δ᾽ ἠμείβετ᾽ ἔπειτα θεὰ γλαυκῶπις Ἀθήνη·
330 "αἰεί τοι τοιοῦτον ἐνὶ στήθεσσι νόημα·
τῷ σε καὶ οὐ δύναμαι προλιπεῖν δύστηνον ἐόντα,
οὕνεκ᾽ ἐπητής ἐσσι καὶ ἀγχίνοος καὶ ἐχέφρων.
ἀσπασίως γάρ κ᾽ ἄλλος ἀνὴρ ἀλαλήμενος ἐλθὼν
ἵετ᾽ ἐνὶ μεγάροις ἰδέειν παῖδάς τ᾽ ἄλοχόν τε·
335 σοὶ δ᾽ οὔ πω φίλον ἐστὶ δαήμεναι οὐδὲ πυθέσθαι,
πρίν γ᾽ ἔτι σῆς ἀλόχου πειρήσεαι, ἥ τέ τοι αὔτως
ἧσται ἐνὶ μεγάροισιν, ὀιζυραὶ δέ οἱ αἰεὶ
φθίνουσιν νύκτες τε καὶ ἤματα δάκρυ χεούσῃ.[1]
αὐτὰρ ἐγὼ τὸ μὲν οὔ ποτ᾽ ἀπίστεον, ἀλλ᾽ ἐνὶ θυμῷ
340 ᾔδε᾽, ὃ νοστήσεις ὀλέσας ἄπο πάντας ἑταίρους·
ἀλλά τοι οὐκ ἐθέλησα Ποσειδάωνι μάχεσθαι
πατροκασιγνήτῳ, ὅς τοι κότον ἔνθετο θυμῷ,
χωόμενος ὅτι οἱ υἱὸν φίλον ἐξαλάωσας.
ἀλλ᾽ ἄγε τοι δείξω Ἰθάκης ἕδος, ὄφρα πεποίθῃς.
345 Φόρκυνος μὲν ὅδ᾽ ἐστὶ λιμήν, ἁλίοιο γέροντος,
ἥδε δ᾽ ἐπὶ κρατὸς λιμένος τανύφυλλος ἐλαίη·
ἀγχόθι δ᾽ αὐτῆς ἄντρον ἐπήρατον ἠεροειδές,
ἱρὸν νυμφάων, αἳ νηιάδες καλέονται·[2]
τοῦτο δέ τοι σπέος ἐστὶ[3] κατηρεφές, ἔνθα σὺ πολλὰς
350 ἔρδεσκες νύμφῃσι τεληέσσας ἑκατόμβας·
τοῦτο δὲ Νήριτόν ἐστιν ὄρος καταειμένον ὕλῃ."
ὣς εἰποῦσα θεὰ σκέδασ᾽ ἠέρα, εἴσατο δὲ χθών·
γήθησέν τ᾽ ἄρ᾽ ἔπειτα πολύτλας δῖος Ὀδυσσεύς,
χαίρων ᾗ γαίῃ, κύσε δὲ ζείδωρον ἄρουραν.

mind—tell me whether in very truth I have come to my own native land."

Then the goddess, flashing-eyed Athene, answered him: "Always such is the thought in your breast, and therefore it is that I cannot leave you in your sorrow, for you are soft of speech, keen of wit, and prudent. Eagerly would another man on his return from wanderings have hastened to behold in his halls his children and his wife; but you are not yet ready to know or learn of anything till you have further proved your wife, who remains as of old in your halls, and ever sorrowfully for her the nights and days wane, as she weeps. But as for me, I never doubted this, but in my heart knew it well, that you would come home after losing all your comrades. Yet, you must know, I was not willing to strive against Poseidon, my father's brother, who laid up wrath in his heart against you, angered that you blinded his own son. But come, I will show you the land of Ithaca, so that you may be sure. This is the harbor of Phorcys, the old man of the sea, and here at the head of the harbor is the long-leafed olive tree, and near it is the pleasant, shadowy cave, sacred to the nymphs that are called Naiads. This, you may be sure, is the vaulted cave in which you used to offer to the Nymphs many perfect hecatombs; and yonder is Mount Neriton, clothed with its forests."

So spoke the goddess, and scattered the mist, and the land appeared. Glad then was the much-enduring, noble Odysseus, rejoicing in his own land, and he kissed the

---

[1] Lines 333–38 were rejected by Aristarchus.
[2] Lines 347–48 (= 103–4) are omitted in many MSS.
[3] ἐστὶ: εὐρὺ

355 αὐτίκα δὲ νύμφῃς ἠρήσατο, χεῖρας ἀνασχών·
"νύμφαι νηιάδες, κοῦραι Διός, οὔ ποτ' ἐγώ γε
ὄψεσθ' ὔμμ' ἐφάμην· νῦν δ' εὐχωλῇς ἀγανῇσι
χαίρετ'· ἀτὰρ καὶ δῶρα διδώσομεν, ὡς τὸ πάρος περ,
αἴ κεν ἐᾷ πρόφρων με Διὸς θυγάτηρ ἀγελείη
360 αὐτόν τε ζώειν καί μοι φίλον υἱὸν ἀέξῃ."
τὸν δ' αὖτε προσέειπε θεὰ γλαυκῶπις Ἀθήνη·
"θάρσει, μή τοι ταῦτα μετὰ φρεσὶ σῇσι μελόντων.
ἀλλὰ χρήματα μὲν μυχῷ ἄντρου θεσπεσίοιο
θείμεν αὐτίκα νῦν, ἵνα περ τάδε τοι σόα μίμνῃ·
365 αὐτοὶ δὲ φραζώμεθ' ὅπως ὄχ' ἄριστα γένηται."
ὣς εἰποῦσα θεὰ δῦνε σπέος ἠεροειδές,
μαιομένη κευθμῶνας ἀνὰ σπέος· αὐτὰρ Ὀδυσσεὺς
ἆσσον πάντ' ἐφόρει, χρυσὸν καὶ ἀτειρέα χαλκὸν
εἵματά τ' εὐποίητα, τά οἱ Φαίηκες ἔδωκαν.
370 καὶ τὰ μὲν εὖ κατέθηκε, λίθον δ' ἐπέθηκε θύρῃσι
Παλλὰς Ἀθηναίη, κούρη Διὸς αἰγιόχοιο.
τὼ δὲ καθεζομένω ἱερῆς παρὰ πυθμέν' ἐλαίης
φραζέσθην μνηστῆρσιν ὑπερφιάλοισιν ὄλεθρον.
τοῖσι δὲ μύθων ἦρχε θεὰ γλαυκῶπις Ἀθήνη·
375 "διογενὲς Λαερτιάδη, πολυμήχαν' Ὀδυσσεῦ,
φράζευ ὅπως μνηστῆρσιν ἀναιδέσι χεῖρας ἐφήσεις,
οἳ δή τοι τρίετες μέγαρον κάτα κοιρανέουσι,
μνώμενοι ἀντιθέην ἄλοχον καὶ ἕδνα διδόντες·
ἡ δὲ σὸν αἰεὶ νόστον ὀδυρομένη κατὰ θυμὸν
380 πάντας μέν ῥ' ἔλπει καὶ ὑπίσχεται ἀνδρὶ ἑκάστῳ,
ἀγγελίας προϊεῖσα, νόος δέ οἱ ἄλλα μενοινᾷ."

earth, the giver of grain. And at once he prayed to the nymphs with upstretched hands:

"You Naiad nymphs, daughters of Zeus, never did I think to behold you again, but now I hail you with loving prayers. And gifts, too, will I give, as before, if the daughter of Zeus, she that leads the host, shall graciously grant me to live, and shall bring to manhood my staunch son."

Then the goddess, flashing-eyed Athene, answered him in turn: "Be of good cheer, and let not these things distress your heart. But let us now at once set your goods in the innermost recess of the sacred cave, where they may remain for you in safety, and let us ourselves take thought how all may turn out excellently."

So saying, the goddess entered the shadowy cave and searched out its hiding places. And Odysseus brought all the treasure inside, the gold and the tough bronze and the finely wrought clothing, which the Phaeacians had given him. These things he carefully laid away, and Pallas Athene, daughter of Zeus, who bears the aegis, set a stone at the door. Then the two sat them down by the trunk of the sacred olive tree, and devised death for the insolent suitors. And the goddess, flashing-eyed Athene, was the first to speak, saying:

"Son of Laertes, sprung from Zeus, Odysseus of many devices, take thought how you may lay your hands on the shameless suitors, who now for three years have been lording it in your halls, wooing your godlike wife, and offering suitors' gifts. And she, as she continually mourns in her heart your return, offers hopes to all, and has promises for each man, sending them messages, but her mind is set on other things."

τὴν δ' ἀπαμειβόμενος προσέφη πολύμητις
'Οδυσσεύς·
"ὢ πόποι, ἦ μάλα δὴ 'Αγαμέμνονος 'Ατρεΐδαο
φθίσεσθαι κακὸν οἶτον ἐνὶ μεγάροισιν ἔμελλον,
385 εἰ μή μοι σὺ ἕκαστα, θεά, κατὰ μοῖραν ἔειπες.
ἀλλ' ἄγε μῆτιν ὕφηνον, ὅπως ἀποτίσομαι αὐτούς·
πὰρ δέ μοι αὐτὴ στῆθι, μένος πολυθαρσὲς ἐνεῖσα,
οἷον ὅτε Τροίης λύομεν λιπαρὰ κρήδεμνα.
αἴ κέ μοι ὣς μεμαυῖα παρασταίης, γλαυκῶπι,
390 καί κε τριηκοσίοισιν ἐγὼν ἄνδρεσσι μαχοίμην
σὺν σοί, πότνα θεά, ὅτε μοι πρόφρασσ' ἐπαρήγοις."
τὸν δ' ἠμείβετ' ἔπειτα θεὰ γλαυκῶπις 'Αθήνη·
"καὶ λίην τοι ἐγώ γε παρέσσομαι, οὐδέ με λήσεις,
ὁππότε κεν δὴ ταῦτα πενώμεθα· καί τιν' ὀίω
395 αἵματί τ' ἐγκεφάλῳ τε παλαξέμεν ἄσπετον οὖδας
ἀνδρῶν μνηστήρων, οἵ τοι βίοτον κατέδουσιν.
ἀλλ' ἄγε σ' ἄγνωστον τεύξω πάντεσσι βροτοῖσι·
κάρψω μὲν χρόα καλὸν ἐνὶ γναμπτοῖσι μέλεσσι,
ξανθὰς δ' ἐκ κεφαλῆς ὀλέσω τρίχας, ἀμφὶ δὲ λαῖφος
400 ἕσσω ὅ κε στυγέῃσιν ἰδὼν ἄνθρωπον[1] ἔχοντα,
κνυζώσω δέ τοι ὄσσε πάρος περικαλλέ' ἐόντε,[2]
ὡς ἂν ἀεικέλιος πᾶσι μνηστῆρσι φανήῃς
σῇ τ' ἀλόχῳ καὶ παιδί, τὸν ἐν μεγάροισιν ἔλειπες.
αὐτὸς δὲ πρώτιστα συβώτην εἰσαφικέσθαι,
405 ὅς τοι ὑῶν ἐπίουρος, ὁμῶς δέ τοι ἤπια οἶδε,
παῖδά τε σὸν φιλέει καὶ ἐχέφρονα Πηνελόπειαν.

[1] ἄνθρωπον: ἄνθρωπος
[2] Lines 398–401 (cf. 430–33) were rejected by Aristarchus.

Then resourceful Odysseus answered her, and said: "Ah me! In all truth I was about to have perished in my halls by the evil fate of Agamemnon, son of Atreus, had you not, goddess, duly told me all. But come, weave some plan by which I may requite them; and stand by my side yourself, and endue me with dauntless courage, as when we loosed the bright diadem of Troy. Would you but stand by my side, you of the flashing eyes, as eager as you were then, I would fight even against three hundred men, with you, mighty goddess, if with a ready heart you would give me aid."

Then the goddess, flashing-eyed Athene, answered him: "Most certainly I shall be with you, and will not forget you, when we are busied with this work; and I think one or two of the suitors that devour your property shall bespatter the vast earth with his blood and brains. But come, I will make you unknown to all mortals. I will shrivel the handsome skin on your supple limbs, and destroy the fair hair upon your head, and clothe you in a ragged garment, such that one would shudder to see a man clad in it. And I will dim your two eyes that were before so beautiful, that you may appear unseemly in the sight of all the suitors, and of your wife, and of the son, whom you left behind you in your halls. And for yourself, go first of all to the swineherd, who keeps your swine but has a kindly heart toward you even so, and loves your son and steadfast Penelope. You will find him staying by the

δήεις τόν γε σύεσσι παρήμενον· αἱ δὲ νέμονται
πὰρ Κόρακος πέτρῃ ἐπί τε κρήνῃ Ἀρεθούσῃ,
ἔσθουσαι βάλανον μενοεικέα καὶ μέλαν ὕδωρ
410 πίνουσαι, τά θ' ὕεσσι τρέφει τεθαλυῖαν ἀλοιφήν.
ἔνθα μένειν καὶ πάντα παρήμενος ἐξερέεσθαι,
ὄφρ' ἂν ἐγὼν ἔλθω Σπάρτην ἐς καλλιγύναικα
Τηλέμαχον καλέουσα, τεὸν φίλον υἱόν, Ὀδυσσεῦ·
ὅς τοι ἐς εὐρύχορον Λακεδαίμονα πὰρ Μενέλαον
415 ᾤχετο πευσόμενος μετὰ σὸν κλέος, εἴ που ἔτ' εἴης."
τὴν δ' ἀπαμειβόμενος προσέφη πολύμητις Ὀδυσσεύς·
"τίπτε τ' ἄρ' οὔ οἱ ἔειπες, ἐνὶ φρεσὶ πάντα ἰδυῖα;
ἦ ἵνα που καὶ κεῖνος ἀλώμενος ἄλγεα πάσχῃ
πόντον ἐπ' ἀτρύγετον· βίοτον δέ οἱ ἄλλοι ἔδουσι;"
420 τὸν δ' ἠμείβετ' ἔπειτα θεὰ γλαυκῶπις Ἀθήνη·
"μὴ δή τοι κεῖνός γε λίην ἐνθύμιος ἔστω.
αὐτή μιν πόμπευον, ἵνα κλέος ἐσθλὸν ἄροιτο
κεῖσ' ἐλθών· ἀτὰρ οὔ τιν' ἔχει πόνον, ἀλλὰ ἕκηλος
ἧσται ἐν Ἀτρεΐδαο δόμοις, παρὰ δ' ἄσπετα κεῖται.
425 ἦ μέν μιν λοχόωσι νέοι σὺν νηὶ μελαίνῃ,
ἱέμενοι κτεῖναι, πρὶν πατρίδα γαῖαν ἱκέσθαι·
ἀλλὰ τά γ' οὐκ ὀίω, πρὶν καί τινα γαῖα καθέξει
ἀνδρῶν μνηστήρων, οἵ τοι βίοτον κατέδουσιν."
ὣς ἄρα μιν φαμένη ῥάβδῳ ἐπεμάσσατ' Ἀθήνη.
430 κάρψεν μὲν χρόα καλὸν ἐνὶ γναμπτοῖσι μέλεσσι,
ξανθὰς δ' ἐκ κεφαλῆς ὄλεσε τρίχας, ἀμφὶ δὲ δέρμα
πάντεσσιν μελέεσσι παλαιοῦ θῆκε γέροντος,
κνύζωσεν δέ οἱ ὄσσε πάρος περικαλλέ' ἐόντε·

swine, and they are feeding by the rock of Corax and the spring of Arethusa, eating acorns to their hearts' content and drinking the black water,[a] things which cause the rich flesh of swine to fatten. Remain there, and sitting by his side question him of all things, while I go to Sparta, the land of fair women, to summon Telemachus, your staunch son, Odysseus, who went to spacious Lacedaemon to the house of Menelaus, to seek tidings of you, if you were still anywhere alive."

Then resourceful Odysseus answered her: "Why then, I pray you, did you not tell him, you whose mind knows all things? Was it perhaps that he too might suffer woes, wandering over the unresting sea, while others devour his property?"

Then the goddess, flashing-eyed Athene, answered him: "Let him not too much trouble your spirit. It was I that guided him, that he might win good report by going there, and he has no toil, but sits in peace in the palace of the son of Atreus, and good cheer past telling is before him. To be sure young men in a black ship lie in wait for him, eager to slay him before he comes to his native land, but I do not think this shall be. Before that shall the earth cover a man or two of the suitors that devour your property."

So saying, Athene touched him with her wand. She withered the handsome flesh on his supple limbs, and destroyed the fair hair upon his head, and about all his limbs she put the skin of an aged old man. And she dimmed his two eyes that were before so beautiful, and

[a] See note on 4.359. D.

ἀμφὶ δέ μιν ῥάκος ἄλλο κακὸν βάλεν ἠδὲ χιτῶνα,
435 ῥωγαλέα ῥυπόωντα, κακῷ μεμορυγμένα καπνῷ·
ἀμφὶ δέ μιν μέγα δέρμα ταχείης ἕσσ᾽ ἐλάφοιο,
ψιλόν· δῶκε δέ οἱ σκῆπτρον καὶ ἀεικέα πήρην,
πυκνὰ ῥωγαλέην· ἐν δὲ στρόφος ἦεν ἀορτήρ.
τώ γ᾽ ὣς βουλεύσαντε διέτμαγεν. ἡ μὲν ἔπειτα
440 ἐς Λακεδαίμονα δῖαν ἔβη μετὰ παῖδ᾽ Ὀδυσῆος.

dressed him in other clothing, a vile ragged cloak and a tunic, tattered garments and foul, begrimed with filthy smoke. And about him she cast the great skin of a swift deer, stripped of the hair, and she gave him a staff, and a miserable leather pouch, full of holes, slung by a twisted cord.

So when the two had thus taken counsel together, they parted; and thereupon the goddess went to splendid Lacedaemon to fetch the son of Odysseus.

Ξ

Αὐτὰρ ὁ ἐκ λιμένος προσέβη τρηχεῖαν ἀταρπὸν
χῶρον ἀν' ὑλήεντα δι' ἄκριας, ᾗ οἱ Ἀθήνη
πέφραδε δῖον ὑφορβόν, ὅ οἱ βιότοιο μάλιστα
κήδετο οἰκήων, οὓς κτήσατο δῖος Ὀδυσσεύς.
5 τὸν δ' ἄρ' ἐνὶ προδόμῳ εὗρ' ἥμενον, ἔνθα οἱ αὐλὴ
ὑψηλὴ δέδμητο, περισκέπτῳ ἐνὶ χώρῳ,
καλή τε μεγάλη τε, περίδρομος· ἥν ῥα συβώτης
αὐτὸς δείμαθ' ὕεσσιν ἀποιχομένοιο ἄνακτος,
νόσφιν δεσποίνης καὶ Λαέρταο γέροντος,
10 ῥυτοῖσιν λάεσσι καὶ ἐθρίγκωσεν ἀχέρδῳ·
σταυροὺς δ' ἐκτὸς ἔλασσε διαμπερὲς ἔνθα καὶ ἔνθα,
πυκνοὺς καὶ θαμέας,[1] τὸ μέλαν δρυὸς ἀμφικεάσσας·
ἔντοσθεν δ' αὐλῆς συφεοὺς δυοκαίδεκα ποίει
πλησίον ἀλλήλων, εὐνὰς συσίν· ἐν δὲ ἑκάστῳ
15 πεντήκοντα σύες χαμαιευνάδες ἐρχατόωντο,
θήλειαι τοκάδες· τοὶ δ' ἄρσενες ἐκτὸς ἴαυον,
πολλὸν παυρότεροι· τοὺς γὰρ μινύθεσκον ἔδοντες
ἀντίθεοι μνηστῆρες, ἐπεὶ προΐαλλε συβώτης
αἰεὶ ζατρεφέων σιάλων τὸν ἄριστον ἁπάντων·
20 οἱ δὲ τριηκόσιοί τε καὶ ἑξήκοντα πέλοντο.
πὰρ δὲ κύνες θήρεσσιν ἐοικότες αἰὲν ἴαυον
τέσσαρες, οὓς ἔθρεψε συβώτης, ὄρχαμος ἀνδρῶν.

BOOK 14

But Odysseus went up from the harbor by the rough path up over the woodland and through the heights to the place where Athene had showed him that he would find the noble swineherd, who cared for his property above all the slaves that noble Odysseus had acquired.

He found him sitting in front of his house, where his court was built high in a place with a wide view, a beautiful great court with an open space around it. This the swineherd had himself built for the swine of his master that was gone, without the knowledge of his mistress and the old man Laertes. With huge stones he had built it, and set on it a coping of thorn. Without, he had driven stakes the whole length, this way and that, huge stakes, set close together, which he had made by splitting an oak to the black core; and within the court he had made twelve sties close by one another, as beds for the swine, and in each one were penned fifty wallowing swine, females for breeding; but the boars slept outside. These were far fewer in number, for on them the godlike suitors feasted, and lessened them, for the swineherd continually sent in the best of all the fatted hogs, which numbered three hundred and sixty. By these always slept four dogs, savage as wild beasts, which the swineherd had reared,

[1] *θαμέας: μεγάλους*

αὐτὸς δ' ἀμφὶ πόδεσσιν ἑοῖς ἀράρισκε πέδιλα,
τάμνων δέρμα βόειον ἐυχροές· οἱ δὲ δὴ ἄλλοι
25 ᾤχοντ' ἄλλυδις ἄλλος ἅμ' ἀγρομένοισι σύεσσιν,
οἱ τρεῖς· τὸν δὲ τέταρτον ἀποπροέηκε πόλινδε
σῦν ἀγέμεν μνηστῆρσιν ὑπερφιάλοισιν ἀνάγκῃ,
ὄφρ' ἱερεύσαντες κρειῶν κορεσαίατο θυμόν.
ἐξαπίνης δ' Ὀδυσῆα ἴδον κύνες ὑλακόμωροι.
30 οἱ μὲν κεκλήγοντες ἐπέδραμον· αὐτὰρ Ὀδυσσεὺς
ἕζετο κερδοσύνῃ, σκῆπτρον δέ οἱ ἔκπεσε χειρός.
ἔνθα κεν ᾧ πὰρ σταθμῷ ἀεικέλιον πάθεν ἄλγος·
ἀλλὰ συβώτης ὦκα ποσὶ κραιπνοῖσι μετασπὼν
ἔσσυτ' ἀνὰ πρόθυρον, σκῦτος δέ οἱ ἔκπεσε χειρός.
35 τοὺς μὲν ὁμοκλήσας σεῦεν κύνας ἄλλυδις ἄλλον
πυκνῇσιν λιθάδεσσιν· ὁ δὲ προσέειπεν ἄνακτα·
"ὦ γέρον, ἦ ὀλίγου σε κύνες διεδηλήσαντο
ἐξαπίνης, καί κέν μοι ἐλεγχείην κατέχευας.
καὶ δέ μοι ἄλλα θεοὶ δόσαν ἄλγεά τε στοναχάς τε·
40 ἀντιθέου γὰρ ἄνακτος ὀδυρόμενος καὶ ἀχεύων
ἧμαι, ἄλλοισιν δὲ σύας σιάλους ἀτιτάλλω
ἔδμεναι· αὐτὰρ κεῖνος ἐελδόμενός που ἐδωδῆς
πλάζετ' ἐπ' ἀλλοθρόων ἀνδρῶν δῆμόν τε πόλιν τε,
εἴ που ἔτι ζώει καὶ ὁρᾷ φάος ἠελίοιο.
45 ἀλλ' ἕπεο, κλισίηνδ' ἴομεν, γέρον, ὄφρα καὶ αὐτός,
σίτου καὶ οἴνοιο κορεσσάμενος κατὰ θυμόν,
εἴπῃς ὁππόθεν ἐσσὶ καὶ ὁππόσα κήδε' ἀνέτλης."
ὣς εἰπὼν κλισίηνδ' ἡγήσατο δῖος ὑφορβός,
εἷσεν δ' εἰσαγαγών, ῥῶπας δ' ὑπέχευε δασείας,
50 ἐστόρεσεν δ' ἐπὶ δέρμα ἰονθάδος ἀγρίου αἰγός,

leader of men. But he himself was fitting sandals about his feet, cutting an oxhide of good color, while the others had gone, three of them, one here one there, with the droves of swine; and the fourth he had sent to the city to drive perforce a boar to the insolent suitors, so that they might slay it and satisfy their souls with meat.

Suddenly then the baying dogs caught sight of Odysseus, and rushed upon him with loud barking, but Odysseus sat down, in his cunning, and the staff fell from his hand. Then in his own farmstead he would have suffered cruel hurt, but the swineherd with swift steps followed after them, and hastened through the gateway, and the hide fell from his hand. He called aloud to the dogs, and drove them this way and that with a shower of stones, and spoke to his master, and said:

"Old man, truly the dogs might have torn you to pieces in an instant, and on me you would have shed reproach. And the gods have given me other griefs and sorrows as well. It is for a godlike master that I mourn and grieve, as I stay here, and rear fat swine for other men to eat, while he perhaps in want of food wanders over the land and city of men of foreign speech, if indeed he still lives and sees the light of the sun. But come with me, let us go to the hut, old man, that when you have satisfied your heart with food and wine, you too may tell where you are from, and all the woes you have endured."

So saying, the noble swineherd led him to the hut, and brought him in, and made him sit, strewing thick brushwood beneath, and on it spreading the skin of a shaggy

αὐτοῦ ἐνεύναιον, μέγα καὶ δασύ. χαῖρε δ' Ὀδυσσεὺς
ὅττι μιν ὣς ὑπέδεκτο, ἔπος τ' ἔφατ' ἔκ τ' ὀνόμαζεν·
"Ζεύς τοι δοίη, ξεῖνε, καὶ ἀθάνατοι θεοὶ ἄλλοι
ὅττι μάλιστ' ἐθέλεις, ὅτι με πρόφρων ὑπέδεξο."
55 τὸν δ' ἀπαμειβόμενος προσέφης, Εὔμαιε συβῶτα·
"ξεῖν', οὔ μοι θέμις ἔστ', οὐδ' εἰ κακίων σέθεν ἔλθοι,
ξεῖνον ἀτιμῆσαι· πρὸς γὰρ Διός εἰσιν ἅπαντες
ξεῖνοί τε πτωχοί τε· δόσις δ' ὀλίγη τε φίλη τε
γίγνεται ἡμετέρη· ἡ γὰρ δμώων δίκη ἐστὶν
60 αἰεὶ δειδιότων, ὅτ' ἐπικρατέωσιν ἄνακτες
οἱ νέοι. ἦ γὰρ τοῦ γε θεοὶ κατὰ νόστον ἔδησαν,
ὅς κεν ἔμ' ἐνδυκέως ἐφίλει καὶ κτῆσιν ὄπασσεν,
οἶκόν τε κλῆρόν τε πολυμνήστην τε γυναῖκα,
οἷά τε ᾧ οἰκῆι ἄναξ εὔθυμος ἔδωκεν,
65 ὅς οἱ πολλὰ κάμῃσι, θεὸς δ' ἐπὶ ἔργον ἀέξῃ,
ὡς καὶ ἐμοὶ τόδε ἔργον ἀέξεται, ᾧ ἐπιμίμνω.
τῷ κέ με πόλλ' ὤνησεν ἄναξ, εἰ αὐτόθ' ἐγήρα·
ἀλλ' ὄλεθ'—ὡς ὤφελλ' Ἑλένης ἀπὸ φῦλον ὀλέσθαι
πρόχνυ, ἐπεὶ πολλῶν ἀνδρῶν ὑπὸ γούνατ' ἔλυσε·
70 καὶ γὰρ κεῖνος ἔβη Ἀγαμέμνονος εἵνεκα τιμῆς
Ἴλιον εἰς εὔπωλον, ἵνα Τρώεσσι μάχοιτο."
ὣς εἰπὼν ζωστῆρι θοῶς συνέεργε χιτῶνα,
βῆ δ' ἴμεν ἐς συφεούς, ὅθι ἔθνεα ἔρχατο χοίρων.
ἔνθεν ἑλὼν δύ' ἔνεικε καὶ ἀμφοτέρους ἱέρευσεν,
75 εὗσέ τε μίστυλλέν τε καὶ ἀμφ' ὀβελοῖσιν ἔπειρεν.
ὀπτήσας δ' ἄρα πάντα φέρων παρέθηκ' Ὀδυσῆι
θέρμ' αὐτοῖς ὀβελοῖσιν· ὁ δ' ἄλφιτα λευκὰ πάλυνεν·

wild goat, large and hairy, his own sleeping pad. And Odysseus was glad that he gave him such welcome, and spoke, and addressed him:

"Stranger, may Zeus and the other immortal gods grant you what most you desire, since you with a ready heart have given me welcome."

To him then, swineherd Eumaeus, did you make answer, and say: "Stranger, it is not right for me to slight a stranger, even though one of less account than you were to come: for all strangers and beggars are from Zeus, and a gift, though small, is welcome from such as we; since this is the lot of slaves, ever in fear when over them as lords their masters hold sway—young masters such as ours. For true it is the gods have blocked the return of him who would have loved me with all kindness, and would have given me possessions of my own, a house and a bit of land, and a wife, sought by many suitors, such things as a kindly master gives to his servant who has toiled much for him, and whose labor the god makes to prosper, as this work of mine prospers at which I labor. For this would my master have richly rewarded me, if he had grown old here at home; but he perished—as I would all the tribe of Helen had perished in utter ruin, since she loosened the knees of many warriors. For he too, to win recompense for Agamemnon, went forth to Ilium, famed for its horses, that he might fight with the Trojans."

So saying, he quickly bound up his tunic with his belt, and went to the sties, where the tribes of swine were penned. Choosing two from there, he brought them in and killed them both, and singed, and cut them up, and spitted them. Then, when he had roasted all, he brought and set it before Odysseus, hot upon the spits, and

ἐν δ' ἄρα κισσυβίῳ κίρνη μελιηδέα οἶνον,
αὐτὸς δ' ἀντίον ἷζεν, ἐποτρύνων δὲ προσηύδα·
80 "ἔσθιε νῦν, ὦ ξεῖνε, τά τε δμώεσσι πάρεστι,
χοίρε'· ἀτὰρ σιάλους γε σύας μνηστῆρες ἔδουσιν,
οὐκ ὄπιδα φρονέοντες ἐνὶ φρεσὶν οὐδ' ἐλεητύν.
οὐ μὲν σχέτλια ἔργα θεοὶ μάκαρες φιλέουσιν,
ἀλλὰ δίκην τίουσι καὶ αἴσιμα ἔργ' ἀνθρώπων.
85 καὶ μὲν δυσμενέες καὶ ἀνάρσιοι, οἵ τ' ἐπὶ γαίης
ἀλλοτρίης βῶσιν καί σφι Ζεὺς ληίδα δώῃ,
πλησάμενοι δέ τε νῆας ἔβαν οἶκόνδε νέεσθαι,
καὶ μὲν τοῖς ὄπιδος κρατερὸν δέος ἐν φρεσὶ πίπτει.
οἵδε δὲ καί τι ἴσασι, θεοῦ δέ τιν' ἔκλυον αὐδήν,
90 κείνου λυγρὸν ὄλεθρον, ὅτ' οὐκ ἐθέλουσι δικαίως
μνᾶσθαι οὐδὲ νέεσθαι ἐπὶ σφέτερ', ἀλλὰ ἕκηλοι
κτήματα δαρδάπτουσιν ὑπέρβιον, οὐδ' ἔπι φειδώ.
ὅσσαι γὰρ νύκτες τε καὶ ἡμέραι ἐκ Διός εἰσιν,
οὔ ποθ' ἓν ἱρεύουσ' ἱερήιον, οὐδὲ δύ' οἴω·
95 οἶνον δὲ φθινύθουσιν ὑπέρβιον ἐξαφύοντες.
ἦ γάρ οἱ ζωή γ' ἦν ἄσπετος· οὔ τινι τόσση
ἀνδρῶν ἡρώων, οὔτ' ἠπείροιο μελαίνης
οὔτ' αὐτῆς Ἰθάκης· οὐδὲ ξυνεείκοσι φωτῶν
ἔστ' ἄφενος τοσσοῦτον· ἐγὼ δέ κέ τοι καταλέξω.
100 δώδεκ' ἐν ἠπείρῳ ἀγέλαι· τόσα πώεα οἰῶν,
τόσσα συῶν συβόσια, τόσ' αἰπόλια πλατέ' αἰγῶν
βόσκουσι ξεῖνοί τε καὶ αὐτοῦ βώτορες ἄνδρες.
ἐνθάδε δ' αἰπόλια πλατέ' αἰγῶν ἕνδεκα πάντα
ἐσχατιῇ βόσκοντ', ἐπὶ δ' ἀνέρες ἐσθλοὶ ὄρονται.
105 τῶν αἰεί σφιν ἕκαστος ἐπ' ἤματι μῆλον ἀγινεῖ,

sprinkled over it white barley meal. Then in a bowl of ivy wood he mixed honey-sweet wine, and himself sat down opposite Odysseus, and in invitation said to him:

"Eat now, stranger, such food as slaves have to offer, meat of young pigs; the fatted hogs the suitors eat, who have no thought in their hearts of the wrath of the gods, or of pity. Surely the blessed gods do not love reckless deeds, but instead honor justice and the righteous deeds of men. Even men who are enemies, bound by no ties, who set foot on foreign soil, and Zeus gives them booty, and they fill their ships and depart for home—even on the hearts of these falls great fear of the wrath of the gods. But these men here must know something, and have heard some voice of a god, my master's woeful death, seeing that they will not woo fairly, nor go back to their own, but at their ease they waste our property insolently, and there is no sparing. For every day and night that comes from Zeus they sacrifice not one victim nor two alone; and our wine they waste, drawing it forth wantonly. In truth his property was great past telling; so much has no hero either on the dark mainland or in Ithaca itself; no, not twenty men together have wealth so great. I shall tell you the amount of it: twelve herds of cattle has he on the mainland; as many flocks of sheep; as many droves of swine; as many wide-ranging herds of goats do herdsmen, both foreigners and his own people, pasture. And here too graze wide-ranging herds of goats on the borders of the island, eleven in all, and over them trusty men keep watch. And each man of these continually drives up day by day one of his flock for the suitors, that one of the

ζατρεφέων αἰγῶν ὅς τις φαίνηται ἄριστος.
αὐτὰρ ἐγὼ σῦς τάσδε φυλάσσω τε ῥύομαί τε,
καί σφι συῶν τὸν ἄριστον ἐῢ κρίνας ἀποπέμπω.”
ὣς φάθ’, ὁ δ’ ἐνδυκέως κρέα τ’ ἤσθιε πῖνέ τε οἶνον
110 ἁρπαλέως ἀκέων, κακὰ δὲ μνηστῆρσι φύτευεν.
αὐτὰρ ἐπεὶ δείπνησε καὶ ἤραρε θυμὸν ἐδωδῇ,
καί οἱ πλησάμενος δῶκε σκύφον, ᾧ περ ἔπινεν,
οἴνου ἐνίπλειον· ὁ δ’ ἐδέξατο, χαῖρε δὲ θυμῷ,
καί μιν φωνήσας ἔπεα πτερόεντα προσηύδα·
115 “ὦ φίλε, τίς γάρ σε πρίατο κτεάτεσσιν ἑοῖσιν,
ὧδε μάλ’ ἀφνειὸς καὶ καρτερὸς ὡς ἀγορεύεις;
φῂς δ’ αὐτὸν φθίσθαι Ἀγαμέμνονος εἵνεκα τιμῆς.
εἰπέ μοι, αἴ κέ ποθι γνώω τοιοῦτον ἐόντα.
Ζεὺς γάρ που τό γε οἶδε καὶ ἀθάνατοι θεοὶ ἄλλοι,
120 εἴ κέ μιν ἀγγείλαιμι ἰδών· ἐπὶ πολλὰ δ’ ἀλήθην.”
τὸν δ’ ἠμείβετ’ ἔπειτα συβώτης, ὄρχαμος ἀνδρῶν·
“ὦ γέρον, οὔ τις κεῖνον ἀνὴρ ἀλαλήμενος ἐλθὼν
ἀγγέλλων πείσειε γυναῖκά τε καὶ φίλον υἱόν,
ἀλλ’ ἄλλως κομιδῆς κεχρημένοι ἄνδρες ἀλῆται
125 ψεύδοντ’, οὐδ’ ἐθέλουσιν ἀληθέα μυθήσασθαι.
ὃς δέ κ’ ἀλητεύων Ἰθάκης ἐς δῆμον ἵκηται,
ἐλθὼν ἐς δέσποιναν ἐμὴν ἀπατήλια βάζει·
ἡ δ’ εὖ δεξαμένη φιλέει καὶ ἕκαστα μεταλλᾷ,
καί οἱ ὀδυρομένῃ βλεφάρων ἄπο δάκρυα πίπτει,
130 ἣ θέμις ἐστὶ γυναικός, ἐπὴν πόσις ἄλλοθ’ ὄληται.
αἶψά κε καὶ σύ, γεραιέ, ἔπος παρατεκτήναιο,
εἴ τίς τοι χλαῖνάν τε χιτῶνά τε εἵματα δοίη.
τοῦ δ’ ἤδη μέλλουσι κύνες ταχέες τ’ οἰωνοὶ

fatted goats which seems to him the best. But as for me, I guard and keep these swine, and choose out with care and send them the best of the boars."

So he spoke, but Odysseus gratefully ate flesh and drank wine, greedily, in silence, and was sowing the seeds of evil for the suitors. But when he had eaten his dinner, and satisfied his soul with food, then the swineherd filled the bowl from which he was himself accustomed to drink, and gave it to him brimful of wine, and he took it, and was glad at heart; and he spoke, and addressed him with winged words:

"Friend, who was it who bought you with his wealth, a man so rich and powerful as you say? You said that he died to win recompense for Agamemnon; tell me, if perchance I may know him, a man like that. For Zeus only knows, and the other immortal gods, whether I have seen him, and could bring tidings; for I have wandered far."

Then the swineherd, leader of men, answered him: "Old man, no wanderer that came and brought tidings of him could persuade his wife and his staunch son; on the contrary wanderers in need of sustenance tell lies at random, and have no desire to speak the truth. Whoever in his wanderings comes to the land of Ithaca goes to my mistress and tells a deceitful tale. And she, receiving him kindly, gives him entertainment, and questions him of all things, and the tears fall from her eyelids, while she weeps, as is the way of a woman, when her husband dies afar. And readily would you too, old man, fashion a story, if one would give you a cloak and a tunic to wear. But as for him, before now dogs and swift birds have no doubt

ῥινὸν ἀπ' ὀστεόφιν ἐρύσαι, ψυχὴ δὲ λέλοιπεν·
135 ἢ τόν γ' ἐν πόντῳ φάγον ἰχθύες, ὀστέα δ' αὐτοῦ
κεῖται ἐπ' ἠπείρου ψαμάθῳ εἰλυμένα πολλῇ.
ὣς ὁ μὲν ἔνθ' ἀπόλωλε, φίλοισι δὲ κήδε' ὀπίσσω
πᾶσιν, ἐμοὶ δὲ μάλιστα, τετεύχαται· οὐ γὰρ ἔτ' ἄλλον
ἤπιον ὧδε ἄνακτα κιχήσομαι, ὁππόσ' ἐπέλθω,
140 οὐδ' εἴ κεν πατρὸς καὶ μητέρος αὖτις ἵκωμαι
οἶκον, ὅθι πρῶτον γενόμην καί μ' ἔτρεφον αὐτοί.
οὐδέ νυ τῶν ἔτι τόσσον ὀδύρομαι, ἱέμενός περ
ὀφθαλμοῖσιν ἰδέσθαι ἐὼν ἐν πατρίδι γαίῃ·
ἀλλά μ' Ὀδυσσῆος πόθος αἴνυται οἰχομένοιο.
145 τὸν μὲν ἐγών, ὦ ξεῖνε, καὶ οὐ παρεόντ' ὀνομάζειν
αἰδέομαι· πέρι γάρ μ' ἐφίλει καὶ κήδετο θυμῷ·
ἀλλά μιν ἠθεῖον καλέω καὶ νόσφιν ἐόντα."

τὸν δ' αὖτε προσέειπε πολύτλας δῖος Ὀδυσσεύς·
"ὦ φίλ', ἐπειδὴ πάμπαν ἀναίνεαι, οὐδ' ἔτι φῇσθα
150 κεῖνον ἐλεύσεσθαι, θυμὸς δέ τοι αἰὲν ἄπιστος·
ἀλλ' ἐγὼ οὐκ αὔτως μυθήσομαι, ἀλλὰ σὺν ὅρκῳ,
ὡς νεῖται Ὀδυσεύς· εὐαγγέλιον δέ μοι ἔστω
αὐτίκ', ἐπεί κεν κεῖνος ἰὼν τὰ ἃ δώμαθ' ἵκηται·
ἕσσαι με χλαῖνάν τε χιτῶνά τε, εἵματα καλά·[1]
155 πρὶν δέ κε, καὶ μάλα περ κεχρημένος, οὔ τι δεχοίμην.
ἐχθρὸς γάρ μοι κεῖνος ὁμῶς Ἀίδαο πύλῃσι
γίγνεται, ὃς πενίῃ εἴκων ἀπατήλια βάζει.
ἴστω νῦν Ζεὺς πρῶτα θεῶν, ξενίη τε τράπεζα,
ἱστίη τ' Ὀδυσῆος ἀμύμονος, ἣν ἀφικάνω·

[1] Line 154 is omitted in most MSS.

torn the flesh from his bones, and his spirit has left him; or in the sea fishes have eaten him, and his bones lie there on the shore, wrapped in deep sand. Thus has he perished yonder, and to his friends grief is appointed for the future, to all, but most of all to me. For never again shall I find a master so kind, however far I go, not though I come again to the house of my father and mother, where at the first I was born, and they reared me themselves. Yet it is not for them that I henceforth mourn so much, eager though I am to behold them with my eyes and to be in my native land; instead, it is longing for Odysseus, who is gone, that seizes me. His name, stranger, absent though he is, I am ashamed to pronounce; for greatly did he love me and care for me at heart; instead I call him 'honored friend,' even though he is far away."[a]

Then the much-enduring noble Odysseus answered him: "Friend, since you utterly make denial, and declare that he will never come again, and your heart continues not to believe, therefore will I tell you, not simply but with an oath, that Odysseus shall return. And let me have a reward for bearing good tidings, as soon as he shall come, and reach his home; clothe me in a cloak and tunic, handsome clothes. But before that, however sore my need, I will accept nothing; for hateful in my eyes as the gates of Hades is that man, who, yielding to the stress of poverty, tells a deceitful tale. Now be my witness Zeus, above all gods, and this hospitable board, and the hearth

[a] This appears to be an allusion to the hostile connotations of Odysseus' name, "Man of Pain." See note on 1.62. Eumaeus refrains from using the name Odysseus because its meaning seems to him inconsistent with the treatment he has received at Odysseus' hands. D.

160 ἦ μέν τοι τάδε πάντα τελείεται ὡς ἀγορεύω.
τοῦδ᾽ αὐτοῦ λυκάβαντος ἐλεύσεται ἐνθάδ᾽ Ὀδυσσεύς.
τοῦ μὲν φθίνοντος μηνός, τοῦ δ᾽ ἱσταμένοιο,
οἴκαδε νοστήσει, καὶ τίσεται ὅς τις ἐκείνου
ἐνθάδ᾽ ἀτιμάζει ἄλοχον καὶ φαίδιμον υἱόν."[1]

165 τὸν δ᾽ ἀπαμειβόμενος προσέφης, Εὔμαιε συβῶτα·
"ὦ γέρον, οὔτ᾽ ἄρ᾽ ἐγὼν εὐαγγέλιον τόδε τίσω,
οὔτ᾽ Ὀδυσεὺς ἔτι οἶκον ἐλεύσεται· ἀλλὰ ἕκηλος
πῖνε, καὶ ἄλλα παρὲξ μεμνώμεθα, μηδέ με τούτων
μίμνησκ᾽· ἦ γὰρ θυμὸς ἐνὶ στήθεσσιν ἐμοῖσιν
170 ἄχνυται, ὁππότε τις μνήσῃ κεδνοῖο ἄνακτος.
ἀλλ᾽ ἦ τοι ὅρκον μὲν ἐάσομεν, αὐτὰρ Ὀδυσσεὺς
ἔλθοι ὅπως μιν ἐγώ γ᾽ ἐθέλω καὶ Πηνελόπεια
Λαέρτης θ᾽ ὁ γέρων καὶ Τηλέμαχος θεοειδής.
νῦν αὖ παιδὸς ἄλαστον ὀδύρομαι, ὃν τέκ᾽ Ὀδυσσεύς,
175 Τηλεμάχου· τὸν ἐπεὶ θρέψαν θεοὶ ἔρνεϊ ἶσον,
καί μιν ἔφην ἔσσεσθαι ἐν ἀνδράσιν οὔ τι χέρηα
πατρὸς ἑοῖο φίλοιο, δέμας καὶ εἶδος ἀγητόν,
τὸν δέ τις ἀθανάτων βλάψε φρένας ἔνδον ἐίσας
ἠέ τις ἀνθρώπων· ὁ δ᾽ ἔβη μετὰ πατρὸς ἀκουὴν
180 ἐς Πύλον ἠγαθέην· τὸν δὲ μνηστῆρες ἀγαυοὶ
οἴκαδ᾽ ἰόντα λοχῶσιν, ὅπως ἀπὸ φῦλον ὄληται
νώνυμον ἐξ Ἰθάκης Ἀρκεισίου ἀντιθέοιο.
ἀλλ᾽ ἦ τοι κεῖνον μὲν ἐάσομεν, ἤ κεν ἁλώῃ

[1] The whole passage 158–64 (158–62 = 19.303–7) is treated in widely different ways by different critics. Aristarchus appears to have rejected 159 and 162–64, and in an important MS (U_5

of flawless Odysseus to which I have come, that in very truth all these things shall be brought to pass even as I tell you. In the course of this very month shall Odysseus come here, between the waning of this moon and the waxing of the next. He shall return, and take vengeance on all those who here dishonor his wife and his glorious son."

To him then, swineherd Eumaeus, did you make answer and say: "Old man, neither shall I, certainly, pay you this reward for bearing good tidings, nor shall Odysseus ever come to his home. Instead, drink in peace, and let us turn our thoughts to other things, and do not remind me of these; so true is it that the heart in my breast is grieved whenever anyone makes mention of my good master. But as for your oath, we will let it be; and may Odysseus come, even as I desire, I, and Penelope, and the old man Laertes, and godlike Telemachus. But now it is for his son that I grieve unceasingly, for Telemachus, whom Odysseus begot. When the gods had made him grow like a sapling, and I thought that he would be among men no whit worse than his staunch father, glorious in form and looks, then some one of the immortals injured the wise spirit within him, or some man, and he went to sacred Pylos after tidings of his father. For him now the lordly suitors lie in wait on his homeward way, that the race of godlike Arceisius may perish out of Ithaca, and leave no name. But truly we will let him be,

---

Allen, M Ludwich) lines 160–64 are marked with the asterisk. Lines 161–62 are out of harmony with the context here and seem clearly to have been brought in from the parallel passage in Book 19; see Monro.

ἤ κε φύγῃ καί κέν οἱ ὑπέρσχῃ χεῖρα Κρονίων.[1]
185 ἀλλ᾽ ἄγε μοι σύ, γεραιέ, τὰ σ᾽ αὐτοῦ κήδε᾽ ἐνίσπες
καί μοι τοῦτ᾽ ἀγόρευσον ἐτήτυμον, ὄφρ᾽ ἐῢ εἰδῶ·
τίς πόθεν εἶς ἀνδρῶν; πόθι τοι πόλις ἠδὲ τοκῆες;
ὁπποίης τ᾽ ἐπὶ νηὸς ἀφίκεο· πῶς δέ σε ναῦται
ἤγαγον εἰς Ἰθάκην; τίνες ἔμμεναι εὐχετόωντο;
190 οὐ μὲν γάρ τί σε πεζὸν ὀίομαι ἐνθάδ᾽ ἱκέσθαι."
τὸν δ᾽ ἀπαμειβόμενος προσέφη πολύμητις Ὀδυσσεύς·
"τοιγὰρ ἐγώ τοι ταῦτα μάλ᾽ ἀτρεκέως ἀγορεύσω.
εἴη μὲν νῦν νῶιν ἐπὶ χρόνον ἠμὲν ἐδωδὴ
ἠδὲ μέθυ γλυκερὸν κλισίης ἔντοσθεν ἐοῦσι,
195 δαίνυσθαι ἀκέοντ᾽, ἄλλοι δ᾽ ἐπὶ ἔργον ἕποιεν·
ῥηιδίως κεν ἔπειτα καὶ εἰς ἐνιαυτὸν ἅπαντα
οὔ τι διαπρήξαιμι λέγων ἐμὰ κήδεα θυμοῦ,
ὅσσα γε δὴ ξύμπαντα θεῶν ἰότητι μόγησα.
"ἐκ μὲν Κρητάων γένος εὔχομαι εὐρειάων,
200 ἀνέρος ἀφνειοῖο πάις· πολλοὶ δὲ καὶ ἄλλοι
υἱέες ἐν μεγάρῳ ἠμὲν τράφεν ἠδ᾽ ἐγένοντο
γνήσιοι ἐξ ἀλόχου· ἐμὲ δ᾽ ὠνητὴ τέκε μήτηρ
παλλακίς, ἀλλά με ἶσον ἰθαιγενέεσσιν ἐτίμα
Κάστωρ Ὑλακίδης, τοῦ ἐγὼ γένος εὔχομαι εἶναι·
205 ὃς τότ᾽ ἐνὶ Κρήτεσσι θεὸς ὣς τίετο δήμῳ
ὄλβῳ τε πλούτῳ τε καὶ υἱάσι κυδαλίμοισιν.
ἀλλ᾽ ἦ τοι τὸν κῆρες ἔβαν θανάτοιο φέρουσαι
εἰς Ἀίδαο δόμους· τοὶ δὲ ζωὴν ἐδάσαντο
παῖδες ὑπέρθυμοι καὶ ἐπὶ κλήρους ἐβάλοντο,
210 αὐτὰρ ἐμοὶ μάλα παῦρα δόσαν καὶ οἰκί᾽ ἔνειμαν.

whether he be taken or whether he escape and the son of Cronos stretch forth his hand to guard him. But you, old man, come, tell me of your own troubles, and declare me this truly, that I may be certain of it. Who are you among men, and from where? Where is your city, and where your parents? On what sort of ship did you come, and how did sailors bring you to Ithaca? Who did they declare themselves to be? For I do not suppose you came here on foot."

Then resourceful Odysseus answered him and said: "Then I will tell you all this quite frankly. Would that now we two might have food and sweet wine for the while, to feast on in quiet here in your hut, and that others might tend to the work; easily then, even in a whole year, would I not begin to finish telling the woes of my spirit, all that, taken together, I have endured by the will of the gods.

"From broad Crete I claim my lineage, the son of a wealthy man. And many other sons too were born and bred in his halls, true sons of a lawful wife; but the mother that bore me was bought, a concubine. Yet Castor, son of Hylax, of whom I declare that I am sprung, honored me even as his true-born sons. He was at that time honored as a god among the Cretans in the land for his good estate, and his wealth, and his glorious sons. But the Fates of death bore him away to the house of Hades, and his proud sons divided among them his property, and cast lots for it. To me they gave a very small portion, and allot-

---

[1] Lines 174–84 appear to have been rejected by Aristarchus. Eumaeus could know nothing of the ambush.

ἠγαγόμην δὲ γυναῖκα πολυκλήρων ἀνθρώπων
εἵνεκ' ἐμῆς ἀρετῆς, ἐπεὶ οὐκ ἀποφώλιος ἦα
οὐδὲ φυγοπτόλεμος· νῦν δ' ἤδη πάντα λέλοιπεν·
ἀλλ' ἔμπης καλάμην γέ σ' ὀίομαι εἰσορόωντα
215 γιγνώσκειν· ἦ γάρ με δύη ἔχει ἤλιθα πολλή.
ἦ μὲν δὴ θάρσος μοι Ἄρης τ' ἔδοσαν καὶ Ἀθήνη
καὶ ῥηξηνορίην· ὁπότε κρίνοιμι λόχονδε
ἄνδρας ἀριστῆας, κακὰ δυσμενέεσσι φυτεύων,
οὔ ποτέ μοι θάνατον προτιόσσετο θυμὸς ἀγήνωρ,
220 ἀλλὰ πολὺ πρώτιστος ἐπάλμενος ἔγχει ἕλεσκον
ἀνδρῶν δυσμενέων ὅ τέ μοι εἴξειε πόδεσσιν.
τοῖος ἔα ἐν πολέμῳ· ἔργον δέ μοι οὐ φίλον ἔσκεν
οὐδ' οἰκωφελίη, ἥ τε τρέφει ἀγλαὰ τέκνα,
ἀλλά μοι αἰεὶ νῆες ἐπήρετμοι φίλαι ἦσαν
225 καὶ πόλεμοι καὶ ἄκοντες ἐΰξεστοι καὶ ὀιστοί,
λυγρά, τά τ' ἄλλοισίν γε καταριγηλὰ πέλονται.
αὐτὰρ ἐμοὶ τὰ φίλ' ἔσκε τά που θεὸς ἐν φρεσὶ θῆκεν·
ἄλλος γάρ τ' ἄλλοισιν ἀνὴρ ἐπιτέρπεται ἔργοις.
πρὶν μὲν γὰρ Τροίης ἐπιβήμεναι υἷας Ἀχαιῶν
230 εἰνάκις ἀνδράσιν ἦρξα καὶ ὠκυπόροισι νέεσσιν
ἄνδρας ἐς ἀλλοδαπούς, καί μοι μάλα τύγχανε πολλά.
τῶν ἐξαιρεύμην μενοεικέα, πολλὰ δ' ὀπίσσω
λάγχανον· αἶψα δὲ οἶκος ὀφέλλετο, καί ῥα ἔπειτα
δεινός τ' αἰδοῖός τε μετὰ Κρήτεσσι τετύγμην.
235 "ἀλλ' ὅτε δὴ τήν γε στυγερὴν ὁδὸν εὐρύοπα Ζεὺς
ἐφράσαθ', ἣ πολλῶν ἀνδρῶν ὑπὸ γούνατ' ἔλυσε,
δὴ τότ' ἔμ' ἤνωγον καὶ ἀγακλυτὸν Ἰδομενῆα
νήεσσ' ἡγήσασθαι ἐς Ἴλιον· οὐδέ τι μῆχος

ted a dwelling. But I took to me a wife from a house that had wide possessions, winning her by my valor; for I was no weakling, nor a coward in battle. Now all that strength is gone; yet even so, in seeing the stubble, I think you may judge what the grain was; for truly troubles in full measure encompass me. But then Ares and Athene gave me courage, and strength that breaks the ranks of men; and whenever I picked the best warriors for an ambush, sowing the seeds of evil for the foe, never did my proud spirit forbode death, but ever far the first did I leap forth, and slay with my spear whoever of the foe gave way in flight before me. Such a man was I in war, but labor in the field was never to my liking, nor care of a household, which rears comely children, but oared ships were ever dear to me, and wars, and polished spears, and arrows—grievous things, at which others are wont to shudder. But those things, I suppose, were dear to me, which a god put in my heart; for different men take joy in different works. For before the sons of the Achaeans set foot on the land of Troy, I had nine times led warriors and swift-faring ships against foreign folk, and great spoil continually fell to my hands. Of this I would choose what pleased my mind, and much I afterwards obtained by lot. Thus my house at once grew rich, whereupon I became one feared and honored among the Cretans.

"But when Zeus, whose voice is borne afar, devised that hateful journey which loosened the knees of many a warrior, then they bade me and glorious Idomeneus to lead the ships to Ilium, nor was there any way to refuse,

ἧεν ἀνήνασθαι, χαλεπὴ δ' ἔχε δήμου φῆμις.
240 ἔνθα μὲν εἰνάετες πολεμίζομεν υἷες Ἀχαιῶν,
τῷ δεκάτῳ δὲ πόλιν Πριάμου πέρσαντες ἔβημεν
οἴκαδε σὺν νήεσσι, θεὸς δ' ἐκέδασσεν Ἀχαιούς.
αὐτὰρ ἐμοὶ δειλῷ κακὰ μήδετο μητίετα Ζεύς·
μῆνα γὰρ οἶον ἔμεινα τεταρπόμενος τεκέεσσιν
245 κουριδίῃ τ' ἀλόχῳ καὶ κτήμασιν· αὐτὰρ ἔπειτα
Αἴγυπτόνδε με θυμὸς ἀνώγει ναυτίλλεσθαι,
νῆας ἐὺ στείλαντα σὺν ἀντιθέοις ἑτάροισιν.
ἐννέα νῆας στεῖλα, θοῶς δ' ἐσαγείρατο λαός.
ἑξῆμαρ μὲν ἔπειτα ἐμοὶ ἐρίηρες ἑταῖροι
250 δαίνυντ'· αὐτὰρ ἐγὼν ἱερήια πολλὰ παρεῖχον
θεοῖσίν τε ῥέζειν αὐτοῖσί τε δαῖτα πένεσθαι.
ἑβδομάτῃ δ' ἀναβάντες ἀπὸ Κρήτης εὐρείης
ἐπλέομεν Βορέῃ ἀνέμῳ ἀκραέι καλῷ
ῥηιδίως, ὡς εἴ τε κατὰ ῥόον· οὐδέ τις οὖν μοι
255 νηῶν πημάνθη, ἀλλ' ἀσκηθέες καὶ ἄνουσοι
ἥμεθα, τὰς δ' ἄνεμός τε κυβερνῆταί τ' ἴθυνον.
"πεμπταῖοι δ' Αἴγυπτον ἐυρρείτην ἱκόμεσθα,
στῆσα δ' ἐν Αἰγύπτῳ ποταμῷ νέας ἀμφιελίσσας.
ἔνθ' ἦ τοι μὲν ἐγὼ κελόμην ἐρίηρας ἑταίρους
260 αὐτοῦ πὰρ νήεσσι μένειν καὶ νῆας ἔρυσθαι,
ὀπτῆρας δὲ κατὰ σκοπιὰς ὤτρυνα νέεσθαι·
οἱ δ' ὕβρει εἴξαντες, ἐπισπόμενοι μένεϊ σφῷ,
αἶψα μάλ' Αἰγυπτίων ἀνδρῶν περικαλλέας ἀγροὺς
πόρθεον, ἐκ δὲ γυναῖκας ἄγον καὶ νήπια τέκνα,
265 αὐτούς τ' ἔκτεινον· τάχα δ' ἐς πόλιν ἵκετ' ἀυτή.
οἱ δὲ βοῆς ἀίοντες ἅμ' ἠοῖ φαινομένηφιν

for the voice of the people pressed hard upon us. There for nine years we sons of the Achaeans warred, and in the tenth we sacked the city of Priam, and set out for home in our ships, and a god scattered the Achaeans. But for me, wretched man that I was, Zeus, the counselor, devised evil. For a month only I remained, taking joy in my children, my wedded wife, and my wealth; and then to Egypt did my spirit bid me voyage with my godlike comrades, when I had fitted out my ships with care. Nine ships I fitted out, and the host gathered speedily. Then for six days my comrades feasted, and I gave them many victims, that they might sacrifice to the gods, and prepare a feast for themselves; and on the seventh we embarked and set sail from broad Crete, with the North Wind blowing fresh and fair, and ran on easily as if down stream. No harm came to any of my ships, but unscathed and free from disease we sat, and the wind and the helmsman guided the ships.

"On the fifth day we came to fair-flowing Aegyptus, and in the river Aegyptus I moored my curved ships. Then, you must know, I told my trusty comrades to remain there by the ships, and to guard the ships, and I sent out scouts to go to places of outlook. But my comrades, yielding to wantonness, and led on by their own confidence, at once set about wasting the fair fields of the men of Egypt; and they carried off the women and little children, and slew the men; and the cry came quickly to the city. Then, hearing the shouting, the people came forth at break of day, and the whole plain was filled with

ἦλθον· πλῆτο δὲ πᾶν πεδίον πεζῶν τε καὶ ἵππων
χαλκοῦ τε στεροπῆς· ἐν δὲ Ζεὺς τερπικέραυνος
φύζαν ἐμοῖς ἑτάροισι κακὴν βάλεν, οὐδέ τις ἔτλη
270 μεῖναι ἐναντίβιον· περὶ γὰρ κακὰ πάντοθεν ἔστη.
ἔνθ' ἡμέων πολλοὺς μὲν ἀπέκτανον ὀξέι χαλκῷ,
τοὺς δ' ἄναγον ζωούς, σφίσιν ἐργάζεσθαι ἀνάγκῃ.
αὐτὰρ ἐμοὶ Ζεὺς αὐτὸς ἐνὶ φρεσὶν ὧδε νόημα
ποίησ'—ὡς ὄφελον θανέειν καὶ πότμον ἐπισπεῖν
275 αὐτοῦ ἐν Αἰγύπτῳ· ἔτι γάρ νύ με πῆμ' ὑπέδεκτο—
αὐτίκ' ἀπὸ κρατὸς κυνέην εὔτυκτον ἔθηκα
καὶ σάκος ὤμοιιν, δόρυ δ' ἔκβαλον ἔκτοσε χειρός·
αὐτὰρ ἐγὼ βασιλῆος ἐναντίον ἤλυθον ἵππων
καὶ κύσα γούναθ' ἑλών· ὁδ' ἐρύσατο καί μ' ἐλέησεν,[1]
280 ἐς δίφρον δέ μ' ἕσας ἄγεν οἴκαδε δάκρυ χέοντα.
ἦ μέν μοι μάλα πολλοὶ ἐπήισσον μελίῃσιν,
ἱέμενοι κτεῖναι—δὴ γὰρ κεχολώατο λίην—
ἀλλ' ἀπὸ κεῖνος ἔρυκε, Διὸς δ' ὠπίζετο μῆνιν
ξεινίου, ὅς τε μάλιστα νεμεσσᾶται κακὰ ἔργα.
285 "ἔνθα μὲν ἑπτάετες μένον αὐτόθι, πολλὰ δ' ἄγειρα
χρήματ' ἀν' Αἰγυπτίους ἄνδρας· δίδοσαν γὰρ ἅπαντες.
ἀλλ' ὅτε δὴ ὄγδοόν μοι ἐπιπλόμενον ἔτος ἦλθεν,
δὴ τότε Φοῖνιξ ἦλθεν ἀνὴρ ἀπατήλια εἰδώς,
τρώκτης, ὃς δὴ πολλὰ κάκ' ἀνθρώποισιν ἐώργει·
290 ὅς μ' ἄγε παρπεπιθὼν ᾗσι φρεσίν, ὄφρ' ἱκόμεσθα
Φοινίκην, ὅθι τοῦ γε δόμοι καὶ κτήματ' ἔκειτο.
ἔνθα παρ' αὐτῷ μεῖνα τελεσφόρον εἰς ἐνιαυτόν.

[1] ἐλέησεν: ἐσάωσεν

footmen, and chariots, and the flashing of bronze. But Zeus who hurls the thunderbolt cast an evil panic upon my comrades, and none had the courage to hold his ground and face the foe; for evil surrounded us on every side. So then they slew many of us with the sharp bronze, and others they led up to their city alive, to work for them perforce. But in my heart Zeus himself put this thought—would that I had rather died and met my fate there in Egypt, for still was sorrow waiting to welcome me. At once I put off from my head my well-wrought helmet, and the shield from off my shoulders, and let the spear fall from my hand, and went toward the chariot horses of the king. I clasped, and kissed his knees, and he delivered me, and took pity on me, and setting me in his chariot, took me weeping to his home. You can be sure a great many rushed upon me with their ashen spears, eager to slay me, for they were exceedingly angry. But he warded them off, and had regard for the wrath of Zeus, the stranger's god, who above all others feels indignation at evil deeds.

"There then I stayed seven years, and much wealth did I gather among the Egyptians, for all men gave me gifts. But when the eighth circling year was come, then there came a man of Phoenicia, well versed in guile, a greedy knave, who had already wrought much evil among men. He prevailed upon me by his cunning, and took me with him, until we reached Phoenicia, where lay his house and his possessions. There I remained with him for a full year.

ἀλλ᾽ ὅτε δὴ μῆνές τε καὶ ἡμέραι ἐξετελεῦντο
ἂψ περιτελλομένου ἔτεος καὶ ἐπήλυθον ὧραι,
295 ἐς Λιβύην μ᾽ ἐπὶ νηὸς ἐέσσατο ποντοπόροιο
ψεύδεα βουλεύσας, ἵνα οἱ σὺν φόρτον ἄγοιμι,
κεῖθι δέ μ᾽ ὡς περάσειε καὶ ἄσπετον ὦνον ἕλοιτο.
τῷ ἑπόμην ἐπὶ νηός, ὀιόμενός περ, ἀνάγκῃ.
ἡ δ᾽ ἔθεεν Βορέῃ ἀνέμῳ ἀκραέι καλῷ,
300 μέσσον ὑπὲρ Κρήτης· Ζεὺς δέ σφισι μήδετ᾽ ὄλεθρον.
ἀλλ᾽ ὅτε δὴ Κρήτην μὲν ἐλείπομεν, οὐδέ τις ἄλλη
φαίνετο γαιάων, ἀλλ᾽ οὐρανὸς ἠδὲ θάλασσα,
δὴ τότε κυανέην νεφέλην ἔστησε Κρονίων
νηὸς ὕπερ γλαφυρῆς, ἤχλυσε δὲ πόντος ὑπ᾽ αὐτῆς.
305 Ζεὺς δ᾽ ἄμυδις βρόντησε καὶ ἔμβαλε νηὶ κεραυνόν·
ἡ δ᾽ ἐλελίχθη πᾶσα Διὸς πληγεῖσα κεραυνῷ,
ἐν δὲ θεείου πλῆτο· πέσον δ᾽ ἐκ νηὸς ἅπαντες.
οἱ δὲ κορώνῃσιν ἴκελοι περὶ νῆα μέλαιναν
κύμασιν ἐμφορέοντο· θεὸς δ᾽ ἀποαίνυτο νόστον.
310 αὐτὰρ ἐμοὶ Ζεὺς αὐτός, ἔχοντί περ ἄλγεα θυμῷ,
ἱστὸν ἀμαιμάκετον νηὸς κυανοπρῴροιο
ἐν χείρεσσιν ἔθηκεν, ὅπως ἔτι πῆμα φύγοιμι.
τῷ ῥα περιπλεχθεὶς φερόμην ὀλοοῖς ἀνέμοισιν.
ἐννῆμαρ φερόμην, δεκάτῃ δέ με νυκτὶ μελαίνῃ
315 γαίῃ Θεσπρωτῶν πέλασεν μέγα κῦμα κυλίνδον.
ἔνθα με Θεσπρωτῶν βασιλεὺς ἐκομίσσατο Φείδων
ἥρως ἀπριάτην· τοῦ γὰρ φίλος υἱὸς ἐπελθὼν
αἴθρῳ καὶ καμάτῳ δεδμημένον ἦγεν ἐς οἶκον,
χειρὸς ἀναστήσας, ὄφρ᾽ ἵκετο δώματα πατρός·
320 ἀμφὶ δέ με χλαῖνάν τε χιτῶνά τε εἵματα ἕσσεν.

But when at length the months and the days were being brought to fulfillment, as the year rolled round and the seasons came on, he set me on a seafaring ship bound for Libya, having given lying counsel to the end that I should convey a cargo with him, but in truth that, when there, he might sell me and get a vast price. I went with him on board the ship, suspecting his guile, yet perforce. And she ran before the North Wind, blowing fresh and fair, on a mid-sea course to the windward of Crete, and Zeus devised destruction for the men. But when we had left Crete, and no other land appeared, but only sky and sea, then it was that the son of Cronos set a black cloud above the hollow ship, and the sea grew dark beneath it. Therewith Zeus thundered, and hurled his bolt upon the ship, and she quivered from stem to stern, struck by the bolt of Zeus, and was filled with sulphurous smoke, and all the crew fell from the ship. Like sea crows they were borne on the waves about the black ship, and the god took from them their returning. But as for me, Zeus himself, when my heart was compassed with woe, put into my hands the fiercely tossing mast of the dark-prowed ship, that I might again escape destruction. Around this I clung, and was borne by the direful winds. For nine days was I borne, but on the tenth black night the great rolling wave brought me to the land of the Thesprotians. There the king of the Thesprotians, the hero Pheidon, took me in, and asked no ransom, for his staunch son came upon me, overcome as I was with cold and weariness, and raised me by the hand, and led me until he came to his father's palace; and he clothed me in a cloak and tunic to wear.

"ἔνθ' Ὀδυσῆος ἐγὼ πυθόμην· κεῖνος γὰρ ἔφασκε
ξεινίσαι ἠδὲ φιλῆσαι ἰόντ' ἐς πατρίδα γαῖαν,
καί μοι κτήματ' ἔδειξεν ὅσα ξυναγείρατ' Ὀδυσσεύς,
χαλκόν τε χρυσόν τε πολύκμητόν τε σίδηρον.
325 καί νύ κεν ἐς δεκάτην γενεὴν ἕτερόν γ' ἔτι βόσκοι·
τόσσα οἱ ἐν μεγάροις κειμήλια κεῖτο ἄνακτος.
τὸν δ' ἐς Δωδώνην φάτο βήμεναι, ὄφρα θεοῖο
ἐκ δρυὸς ὑψικόμοιο Διὸς βουλὴν ἐπακούσαι,
ὅππως νοστήσει' Ἰθάκης ἐς πίονα δῆμον
330 ἤδη δὴν ἀπεών, ἢ ἀμφαδὸν ἦε κρυφηδόν.
ὤμοσε δὲ πρὸς ἔμ' αὐτόν, ἀποσπένδων ἐνὶ οἴκῳ,
νῆα κατειρύσθαι καὶ ἐπαρτέας ἔμμεν ἑταίρους,
οἳ δή μιν πέμψουσι φίλην ἐς πατρίδα γαῖαν.
ἀλλ' ἐμὲ πρὶν ἀπέπεμψε· τύχησε γὰρ ἐρχομένη νηῦς
335 ἀνδρῶν Θεσπρωτῶν ἐς Δουλίχιον πολύπυρον.
ἔνθ' ὅ γέ μ' ἠνώγει πέμψαι βασιλῆι Ἀκάστῳ
ἐνδυκέως· τοῖσιν δὲ κακὴ φρεσὶν ἥνδανε βουλὴ
ἀμφ' ἐμοί, ὄφρ' ἔτι πάγχυ δύης ἐπὶ πῆμα γενοίμην.
ἀλλ' ὅτε γαίης πολλὸν ἀπέπλω ποντοπόρος νηῦς,
340 αὐτίκα δούλιον ἦμαρ ἐμοὶ περιμηχανόωντο.
ἐκ μέν με χλαῖνάν τε χιτῶνά τε εἵματ' ἔδυσαν,
ἀμφὶ δέ μοι ῥάκος ἄλλο κακὸν βάλον ἠδὲ χιτῶνα,
ῥωγαλέα, τὰ καὶ αὐτὸς ἐν ὀφθαλμοῖσιν ὅρηαι·
ἑσπέριοι δ' Ἰθάκης εὐδειέλου ἔργ' ἀφίκοντο.
345 ἔνθ' ἐμὲ μὲν κατέδησαν ἐυσσέλμῳ ἐνὶ νηὶ
ὅπλῳ ἐυστρεφέι στερεῶς, αὐτοὶ δ' ἀποβάντες
ἐσσυμένως παρὰ θῖνα θαλάσσης δόρπον ἕλοντο.
αὐτὰρ ἐμοὶ δεσμὸν μὲν ἀνέγναμψαν θεοὶ αὐτοὶ

"There I learned of Odysseus, for the king said that he had entertained him, and given him welcome on his way to his native land. And he showed me all the treasure that Odysseus had gathered, bronze, and gold, and iron, wrought with toil; and up to the tenth generation would it feed his children after him, so great was the wealth that lay stored for him in the halls of the king. But Odysseus, he said, had gone to Dodona, to hear the will of Zeus from the high-crested oak of the god, how he might return to the rich land of Ithaca after so long an absence, whether openly or in secret. And moreover he swore in my own presence, as he poured libations in his house, that the ship was launched, and the men ready, who were to convey him to his own native land. But me he sent forth first, for a ship of the Thesprotians chanced to be setting out for Dulichium, rich in wheat. He told them to convey me there with kindly care, to king Acastus. But an evil counsel regarding me found favor in their hearts, that I might even yet be brought into utter misery. When the seafaring ship had sailed far from the land, they soon sought to bring about for me the day of slavery. They stripped me of my garments, my cloak and tunic, and put about me instead a vile rag and shirt, the tattered garments which you see before your eyes; and at evening they reached the tilled fields of clear-seen Ithaca. Then with a twisted rope they bound me fast in the benched ship, and themselves went ashore, and made haste to take their supper by the shore of the sea. But as for me, the gods themselves

ῥηιδίως· κεφαλῇ δὲ κατὰ ῥάκος ἀμφικαλύψας,
350 ξεστὸν ἐφόλκαιον καταβὰς ἐπέλασσα θαλάσσῃ
στῆθος, ἔπειτα δὲ χερσὶ διήρεσσ' ἀμφοτέρῃσι
νηχόμενος, μάλα δ' ὦκα θύρηθ' ἔα ἀμφὶς ἐκείνων.
ἔνθ' ἀναβάς, ὅθι τε δρίος ἦν πολυανθέος ὕλης,
κείμην πεπτηώς. οἱ δὲ μεγάλα στενάχοντες
355 φοίτων· ἀλλ' οὐ γάρ σφιν ἐφαίνετο κέρδιον εἶναι
μαίεσθαι προτέρω, τοὶ μὲν πάλιν αὖτις ἔβαινον
νηὸς ἔπι γλαφυρῆς· ἐμὲ δ' ἔκρυψαν θεοὶ αὐτοὶ
ῥηιδίως, καί με σταθμῷ ἐπέλασσαν ἄγοντες
ἀνδρὸς ἐπισταμένου· ἔτι γάρ νύ μοι αἶσα βιῶναι."
360 τὸν δ' ἀπαμειβόμενος προσέφης, Εὔμαιε συβῶτα·
"ἆ δειλὲ ξείνων, ἦ μοι μάλα θυμὸν ὄρινας
ταῦτα ἕκαστα λέγων, ὅσα δὴ πάθες ἠδ' ὅσ' ἀλήθης.
ἀλλὰ τά γ' οὐ κατὰ κόσμον ὀίομαι, οὐδέ με πείσεις
εἰπὼν ἀμφ' Ὀδυσῆι· τί σε χρὴ τοῖον ἐόντα
365 μαψιδίως ψεύδεσθαι; ἐγὼ δ' εὖ οἶδα καὶ αὐτὸς
νόστον ἐμοῖο ἄνακτος, ὅ τ' ἤχθετο πᾶσι θεοῖσι
πάγχυ μάλ', ὅττι μιν οὔ τι μετὰ Τρώεσσι δάμασσαν
ἠὲ φίλων ἐν χερσίν, ἐπεὶ πόλεμον τολύπευσε.
τῷ κέν οἱ τύμβον μὲν ἐποίησαν Παναχαιοί,
370 ἠδέ κε καὶ ᾧ παιδὶ μέγα κλέος ἤρατ' ὀπίσσω.[1]
νῦν δέ μιν ἀκλειῶς ἅρπυιαι ἀνηρείψαντο.
αὐτὰρ ἐγὼ παρ' ὕεσσιν ἀπότροπος· οὐδὲ πόλινδε
ἔρχομαι, εἰ μή πού τι περίφρων Πηνελόπεια
ἐλθέμεν ὀτρύνῃσιν, ὅτ' ἀγγελίη ποθὲν ἔλθῃ.
375 ἀλλ' οἱ μὲν τὰ ἕκαστα παρήμενοι ἐξερέουσιν,
ἠμὲν οἳ ἄχνυνται δὴν οἰχομένοιο ἄνακτος,

undid my bonds easily, and, wrapping the tattered cloak about my head, I slid down the smooth lading plank, and brought my breast to the sea, and then struck out with both hands, and swam, and very soon was out of the water, and away from them. Then I went to a place where there was a thicket of leafy wood, and lay there cowering. And they went hither and thither lamenting; but as there seemed to be no profit in going further in their search, they went back again on board their hollow ship. And the gods themselves hid me easily, and led me, and brought me to the farmstead of a wise man; for now, it seems, it is still my lot to live."

To him then, swineherd Eumaeus, did you make answer, and say: "Ah, poor stranger, truly you have stirred my heart deeply in telling all the tale of your sufferings and your wanderings. But in this, I think, you have not spoken rightly, nor shall you persuade me with your tale about Odysseus. Why should you, who are in such a plight, lie to no purpose? I myself know well regarding the return of my master, that he was utterly hated of all the gods, in that they did not slay him among the Trojans, or in the arms of his friends, when he had wound up the skein of war. Then would the whole host of the Achaeans have made him a tomb, and for his son too he would have won great glory in days to come. But as it is the spirits of the storm have swept him away without glory. I, for my part, dwell apart with the swine, nor do I go to the city, unless by chance wise Penelope asks me to come, when tidings come to her from anywhere. Then people sit around the newcomer, and question him closely, both those that grieve for their lord, that has long been gone,

[1] Lines 369–70 (= 1.239–40; cf. 24.32–33) are omitted in many MSS.

ἠδ' οἳ χαίρουσιν βίοτον νήποινον ἔδοντες·
ἀλλ' ἐμοὶ οὐ φίλον ἐστὶ μεταλλῆσαι καὶ ἐρέσθαι,
ἐξ οὗ δή μ' Αἰτωλὸς ἀνὴρ ἐξήπαφε μύθῳ,
380 ὅς ῥ' ἄνδρα κτείνας, πολλὴν ἐπὶ γαῖαν ἀληθείς,
ἦλθεν ἐμὰ πρὸς δώματ'· ἐγὼ δέ μιν ἀμφαγάπαζον.
φῆ δέ μιν ἐν Κρήτεσσι παρ' Ἰδομενῆι ἰδέσθαι
νῆας ἀκειόμενον, τάς οἱ ξυνέαξαν ἄελλαι·
καὶ φάτ' ἐλεύσεσθαι ἢ ἐς θέρος ἢ ἐς ὀπώρην,
385 πολλὰ χρήματ' ἄγοντα, σὺν ἀντιθέοις ἑτάροισι.
καὶ σύ, γέρον πολυπενθές, ἐπεί σέ μοι ἤγαγε δαίμων,
μήτε τί μοι ψεύδεσσι χαρίζεο μήτε τι θέλγε·
οὐ γὰρ τοὔνεκ' ἐγώ σ' αἰδέσσομαι οὐδὲ φιλήσω,
ἀλλὰ Δία ξένιον δείσας αὐτόν τ' ἐλεαίρων."
390 τὸν δ' ἀπαμειβόμενος προσέφη πολύμητις Ὀδυσσεύς·
"ἦ μάλα τίς τοι θυμὸς ἐνὶ στήθεσσιν ἄπιστος,
οἷόν σ' οὐδ' ὀμόσας περ ἐπήγαγον οὐδέ σε πείθω.
ἀλλ' ἄγε νῦν ῥήτρην ποιησόμεθ'· αὐτὰρ ὄπισθε[1]
μάρτυροι ἀμφοτέροισι θεοί, τοὶ Ὄλυμπον ἔχουσιν.
395 εἰ μέν κεν νοστήσῃ ἄναξ τεὸς ἐς τόδε δῶμα,
ἕσσας με χλαῖνάν τε χιτῶνά τε εἵματα πέμψαι
Δουλίχιόνδ' ἰέναι, ὅθι μοι φίλον ἔπλετο θυμῷ·
εἰ δέ κε μὴ ἔλθῃσιν ἄναξ τεὸς ὡς ἀγορεύω,
δμῶας ἐπισσεύας βαλέειν μεγάλης κατὰ πέτρης,
400 ὄφρα καὶ ἄλλος πτωχὸς ἀλεύεται ἠπεροπεύειν."
τὸν δ' ἀπαμειβόμενος προσεφώνεε δῖος ὑφορβός·
"ξεῖν', οὕτω γάρ κέν μοι ἐυκλείη τ' ἀρετή τε
εἴη ἐπ' ἀνθρώπους ἅμα τ' αὐτίκα καὶ μετέπειτα,

and those who rejoice as they devour his property without atonement. But I care not to ask or inquire, since the time when an Aetolian beguiled me with his story, one that had killed a man, and after wandering over the wide earth came to my house, and I gave him kindly welcome. He said that he had seen Odysseus among the Cretans at the house of Idomeneus, mending his ships which storms had shattered. And he said that he would come either by summer or by harvest, bringing much treasure along with his godlike comrades. You too, old man of many sorrows, since a god has brought you to me, do not try to win my favor by lies, nor to cajole me in any way. It is not for this that I shall show you respect or kindness, but from fear of Zeus, the stranger's god, and from pity for yourself."

Then resourceful Odysseus answered him, and said: "Truly you have in your bosom a heart that is slow to believe, seeing that not even with an oath did I win you or persuade you. But come now, let us make a covenant, and the gods that hold Olympus shall be witnesses for us both in time to come. If your master returns to this house, clothe me in a cloak and tunic to wear, and send me on my way to Dulichium, where I desire to be. But if your master does not come as I say, set the slaves upon me, and fling me down from a great cliff, that another beggar may beware of deceiving."

And the noble swineherd answered him, and said: "Aye, stranger, so should I indeed win fair fame and prosperity among men both now and hereafter, if I, who

---

[1] ὄπισθε: ὕπερθεν

ὅς σ' ἐπεὶ ἐς κλισίην ἄγαγον καὶ ξείνια δῶκα,
405 αὖτις δὲ κτείναιμι φίλον τ' ἀπὸ θυμὸν ἑλοίμην·
πρόφρων κεν δὴ ἔπειτα Δία Κρονίωνα λιτοίμην.
νῦν δ' ὥρη δόρποιο· τάχιστά μοι ἔνδον ἑταῖροι
εἶεν, ἵν' ἐν κλισίῃ λαρὸν τετυκοίμεθα δόρπον."
ὣς οἱ μὲν τοιαῦτα πρὸς ἀλλήλους ἀγόρευον,
410 ἀγχίμολον δὲ σύες τε καὶ ἀνέρες ἦλθον ὑφορβοί.
τὰς μὲν ἄρα ἔρξαν κατὰ ἤθεα κοιμηθῆναι,
κλαγγὴ δ' ἄσπετος ὦρτο συῶν αὐλιζομενάων
αὐτὰρ ὁ οἷς ἑτάροισιν ἐκέκλετο δῖος ὑφορβός·
"ἄξεθ' ὑῶν τὸν ἄριστον, ἵνα ξείνῳ ἱερεύσω
415 τηλεδαπῷ· πρὸς δ' αὐτοὶ ὀνησόμεθ', οἵ περ ὀιζὺν
δὴν ἔχομεν πάσχοντες ὑῶν ἕνεκ' ἀργιοδόντων·
ἄλλοι δ' ἡμέτερον κάματον νήποινον ἔδουσιν."
ὣς ἄρα φωνήσας κέασε ξύλα νηλέι χαλκῷ,
οἱ δ' ὗν εἰσῆγον μάλα πίονα πενταέτηρον.
420 τὸν μὲν ἔπειτ' ἔστησαν ἐπ' ἐσχάρῃ· οὐδὲ συβώτης
λήθετ' ἄρ' ἀθανάτων· φρεσὶ γὰρ κέχρητ' ἀγαθῇσιν·
ἀλλ' ὅγ' ἀπαρχόμενος κεφαλῆς τρίχας ἐν πυρὶ βάλλεν
ἀργιόδοντος ὑός, καὶ ἐπεύχετο πᾶσι θεοῖσιν
νοστῆσαι Ὀδυσῆα πολύφρονα ὅνδε δόμονδε.
425 κόψε δ' ἀνασχόμενος σχίζῃ δρυός, ἣν λίπε κείων·
τὸν δ' ἔλιπε ψυχή. τοὶ δ' ἔσφαξάν τε καὶ εὗσαν·
αἶψα δέ μιν διέχευαν· ὁ δ' ὠμοθετεῖτο συβώτης,
πάντων ἀρχόμενος μελέων, ἐς πίονα δημόν,
καὶ τὰ μὲν ἐν πυρὶ βάλλε, παλύνας ἀλφίτου ἀκτῇ,
430 μίστυλλόν τ' ἄρα τἆλλα καὶ ἀμφ' ὀβελοῖσιν ἔπειραν,
ὤπτησάν τε περιφραδέως ἐρύσαντό τε πάντα,

brought you to my hut and gave you entertainment, should then slay you, and take away your dear life. With a ready heart thereafter should I pray to Zeus, son of Cronos. But it is now time for supper, and may my comrades soon be here, that we may make ready a savory supper in the hut."

Thus they spoke to one another, and the swine and the swineherds drew near. The sows they shut up to sleep in their accustomed sties, and a wondrous noise arose from them, as they were penned. Then the noble swineherd called to his comrades, saying:

"Bring the best of the boars, that I may slaughter him for the stranger who comes from afar, and we too shall have some profit from it, who have long borne toil and suffering for the sake of the white-tusked swine, while others devour our labor without atonement."

So saying he split wood with the pitiless bronze, and the others brought in a fatted boar five years old, and set him by the hearth. Nor did the swineherd forget the immortals, for he had an understanding heart, but as a first offering he cast into the fire bristles from the head of the white-tusked boar, and made prayer to all the gods that wise Odysseus might return to his own house. Then he raised himself up, and struck the boar with a billet of oak, which he had left when splitting the wood, and the boar's life left him. And the others cut the boar's throat, and singed him, and quickly cut him up, and the swineherd took as first offerings bits of raw flesh from all the limbs, and laid them in the rich fat. These he cast into the fire, when he had sprinkled them with barley meal, but the rest they cut up and spitted, and roasted it care-

βάλλον δ' εἰν ἐλεοῖσιν ἀολλέα· ἂν δὲ συβώτης
ἵστατο δαιτρεύσων· περὶ γὰρ φρεσὶν αἴσιμα ᾔδη.
καὶ τὰ μὲν ἕπταχα πάντα διεμοιρᾶτο δαΐζων·
435 τὴν μὲν ἴαν νύμφῃσι καὶ Ἑρμῇ, Μαιάδος υἱεῖ,
θῆκεν ἐπευξάμενος, τὰς δ' ἄλλας νεῖμεν ἑκάστῳ·
νώτοισιν δ' Ὀδυσῆα διηνεκέεσσι γέραιρεν
ἀργιόδοντος ὑός, κύδαινε δὲ θυμὸν ἄνακτος·
καί μιν φωνήσας προσέφη πολύμητις Ὀδυσσεύς·
440 "αἴθ' οὕτως, Εὔμαιε, φίλος Διὶ πατρὶ γένοιο
ὡς ἐμοί, ὅττι τε τοῖον ἐόντ' ἀγαθοῖσι γεραίρεις."
τὸν δ' ἀπαμειβόμενος προσέφης, Εὔμαιε συβῶτα·
"ἔσθιε, δαιμόνιε ξείνων, καὶ τέρπεο τοῖσδε,
οἷα πάρεστι· θεὸς δὲ τὸ μὲν δώσει, τὸ δ' ἐάσει,
445 ὅττι κεν ᾧ θυμῷ ἐθέλῃ· δύναται γὰρ ἅπαντα."
ἦ ῥα καὶ ἄργματα θῦσε θεοῖς αἰειγενέτῃσι,
σπείσας δ' αἴθοπα οἶνον Ὀδυσσῆι πτολιπόρθῳ
ἐν χείρεσσιν ἔθηκεν· ὁ δ' ἕζετο ᾗ παρὰ μοίρῃ.
σῖτον δέ σφιν ἔνειμε Μεσαύλιος, ὅν ῥα συβώτης
450 αὐτὸς κτήσατο οἶος ἀποιχομένοιο ἄνακτος,
νόσφιν δεσποίνης καὶ Λαέρταο γέροντος·
πὰρ δ' ἄρα μιν Ταφίων πρίατο κτεάτεσσιν ἑοῖσιν.
οἱ δ' ἐπ' ὀνείαθ' ἑτοῖμα προκείμενα χεῖρας ἴαλλον.
αὐτὰρ ἐπεὶ πόσιος καὶ ἐδητύος ἐξ ἔρον ἕντο,
455 σῖτον μέν σφιν ἀφεῖλε Μεσαύλιος, οἱ δ' ἐπὶ κοῖτον
σίτου καὶ κρειῶν κεκορημένοι ἐσσεύοντο.
νὺξ δ' ἄρ' ἐπῆλθε κακὴ σκοτομήνιος, ὗε δ' ἄρα Ζεὺς
πάννυχος, αὐτὰρ ἄη Ζέφυρος μέγας αἰὲν ἔφυδρος.

fully, and drew it all off the spits, and threw it in a heap on platters. Then the swineherd stood up to carve, for well did his heart know what was fair, and he cut up the meat and divided it into seven portions. One he set aside for the nymphs and for Hermes, son of Maia, making his prayer, and the rest he distributed to each. And Odysseus he honored with the long chine of the white-tusked boar, and made glad the heart of his master; and resourceful Odysseus spoke to him and said:

"Eumaeus, may you be as dear to father Zeus as you are to me, since miserable as I am you honor me with so good a portion."

To him then, swineherd Eumaeus, did you make answer, and say: "Eat, god-touched guest, and have joy of such fare as is here. It is the god that will give one thing and withhold another, just as his heart pleases; for he can do all things."

He spoke, and sacrificed the first-share pieces to the gods that are forever, and, when he had made libations of the sparkling wine, he placed the cup in the hands of Odysseus, the sacker of cities, and took his seat by his own portion. And bread was served to them by Mesaulius, whom the swineherd had acquired by himself alone, while his master was gone, without the knowledge of his mistress or the old Laertes, buying him from the Taphians with his own goods. So they put forth their hands to the good cheer lying ready before them. But when they had put from them the desire of food and drink, Mesaulius took away the food, and they hastened to go to their rest, sated with bread and meat.

Now the night came on, foul and without a moon, and Zeus rained the whole night through, and the West Wind,

τοῖς δ' Ὀδυσεὺς μετέειπε, συβώτεω πειρητίζων,
460 εἴ πώς οἱ ἐκδὺς χλαῖναν πόροι, ἤ τιν' ἑταίρων
ἄλλον ἐποτρύνειεν, ἐπεί ἑο κήδετο λίην·
"κέκλυθι νῦν, Εὔμαιε καὶ ἄλλοι πάντες ἑταῖροι,
εὐξάμενός τι ἔπος ἐρέω· οἶνος γὰρ ἀνώγει
ἠλεός, ὅς τ' ἐφέηκε πολύφρονά περ μάλ' ἀεῖσαι
465 καί θ' ἁπαλὸν γελάσαι, καί τ' ὀρχήσασθαι ἀνῆκε,
καί τι ἔπος προέηκεν ὅ περ τ' ἄρρητον ἄμεινον.
ἀλλ' ἐπεὶ οὖν τὸ πρῶτον ἀνέκραγον, οὐκ ἐπικεύσω.
εἴθ' ὣς ἡβώοιμι βίη τέ μοι ἔμπεδος εἴη,
ὡς ὅθ' ὑπὸ Τροίην λόχον ἤγομεν ἀρτύναντες.
470 ἡγείσθην δ' Ὀδυσεύς τε καὶ Ἀτρεΐδης Μενέλαος,
τοῖσι δ' ἅμα τρίτος ἄρχον ἐγών· αὐτοὶ γὰρ ἄνωγον.
ἀλλ' ὅτε δή ῥ' ἱκόμεσθα ποτὶ πτόλιν αἰπύ τε τεῖχος,
ἡμεῖς μὲν περὶ ἄστυ κατὰ ῥωπήια πυκνά,
ἂν δόνακας καὶ ἕλος, ὑπὸ τεύχεσι πεπτηῶτες
475 κείμεθα. νὺξ δ' ἄρ' ἐπῆλθε κακὴ Βορέαο πεσόντος,
πηγυλίς· αὐτὰρ ὕπερθε χιὼν γένετ' ἠύτε πάχνη,
ψυχρή, καὶ σακέεσσι περιτρέφετο κρύσταλλος.
ἔνθ' ἄλλοι πάντες χλαίνας ἔχον ἠδὲ χιτῶνας,
εὗδον δ' εὔκηλοι, σάκεσιν εἰλυμένοι ὤμους·
480 αὐτὰρ ἐγὼ χλαῖναν μὲν ἰὼν ἑτάροισιν ἔλειπον
ἀφραδίῃς, ἐπεὶ οὐκ ἐφάμην ῥιγωσέμεν ἔμπης,
ἀλλ' ἑπόμην σάκος οἶον ἔχων καὶ ζῶμα φαεινόν.
ἀλλ' ὅτε δὴ τρίχα νυκτὸς ἔην, μετὰ δ' ἄστρα βεβήκει,
καὶ τότ' ἐγὼν Ὀδυσῆα προσηύδων ἐγγὺς ἐόντα
485 ἀγκῶνι νύξας· ὁ δ' ἄρ' ἐμμαπέως ὑπάκουσε·
"'διογενὲς Λαερτιάδη, πολυμήχαν' Ὀδυσσεῦ,

always the rainy wind, blew strong. Then Odysseus spoke among them, making trial of the swineherd, to see whether he would strip off his own cloak and give it to him, or tell some other of his comrades to do so, since he cared for him so greatly:

"Hear me now, Eumaeus, and all the rest of you, his men, while I tell a boasting tale; for the wine bids me, befooling wine, which sets one, even though he be very wise, to singing and soft laughter, and makes him stand up and dance, and sometimes brings forth a word which were better left unspoken. Still, since I have once spoken out, I will hide nothing. Would that I were young and my strength firm as when we made ready our ambush, and led it beneath the walls of Troy. The leaders were Odysseus and Menelaus, son of Atreus, and with them I was third in command; for so they ordered it themselves. Now when we had come to the city and the steep wall, round about the town in the thick brushwood among the reeds and swampland we lay, crouching beneath our arms, and night came on, foul, when the North Wind had fallen, and frosty, and snow came down on us from above, covering us like frost, bitter cold, and ice formed upon our shields. Now all the rest had cloaks and tunics, and slept in peace, with their shields covering their shoulders, but I, when I set out, had left my cloak behind with my comrades in my folly, for I did not think that even so I should be cold, and had come with my shield alone, and my bright metal belt. But when it was the third watch of the night, and the stars had turned their course, then I spoke to Odysseus, who was near me, nudging him with my elbow; and at once he gave ear:

"'Son of Laertes, sprung from Zeus, Odysseus of many

οὔ τοι ἔτι ζωοῖσι μετέσσομαι, ἀλλά με χεῖμα
δάμναται· οὐ γὰρ ἔχω χλαῖναν· παρά μ' ἤπαφε δαίμων
οἰοχίτων' ἔμεναι· νῦν δ' οὐκέτι φυκτὰ πέλονται.'
490 "ὣς ἐφάμην, ὁ δ' ἔπειτα νόον σχέθε τόνδ' ἐνὶ θυμῷ,
οἷος κεῖνος ἔην βουλευέμεν ἠδὲ μάχεσθαι·
φθεγξάμενος δ' ὀλίγῃ ὀπί με πρὸς μῦθον ἔειπε·
'σίγα νῦν, μή τίς σευ Ἀχαιῶν ἄλλος ἀκούσῃ.'
"ἦ καὶ ἐπ' ἀγκῶνος κεφαλὴν σχέθεν εἶπέ τε μῦθον·
495 'κλῦτε, φίλοι· θεῖός μοι ἐνύπνιον ἦλθεν ὄνειρος.[1]
λίην γὰρ νηῶν ἑκὰς ἤλθομεν· ἀλλά τις εἴη
εἰπεῖν Ἀτρεΐδῃ Ἀγαμέμνονι, ποιμένι λαῶν,
εἰ πλέονας παρὰ ναῦφιν ἐποτρύνειε νέεσθαι.'
"ὣς ἔφατ', ὦρτο δ' ἔπειτα Θόας, Ἀνδραίμονος υἱός,
500 καρπαλίμως, ἀπὸ δὲ χλαῖναν θέτο φοινικόεσσαν,
βῆ δὲ θέειν ἐπὶ νῆας· ἐγὼ δ' ἐνὶ εἵματι κείνου
κείμην ἀσπασίως, φάε δὲ χρυσόθρονος Ἠώς.
ὣς νῦν ἡβώοιμι βίη τέ μοι ἔμπεδος εἴη·
δοίη κέν τις χλαῖναν ἐνὶ σταθμοῖσι συφορβῶν,
505 ἀμφότερον, φιλότητι καὶ αἰδοῖ φωτὸς ἑῆος·
νῦν δέ μ' ἀτιμάζουσι κακὰ χροῒ εἵματ' ἔχοντα."[2]
τὸν δ' ἀπαμειβόμενος προσέφης, Εὔμαιε συβῶτα·
"ὦ γέρον, αἶνος μέν τοι ἀμύμων, ὃν κατέλεξας,
οὐδέ τί πω παρὰ μοῖραν ἔπος νηκερδὲς ἔειπες·
510 τῷ οὔτ' ἐσθῆτος δευήσεαι οὔτε τευ ἄλλου,
ὧν ἐπέοιχ' ἱκέτην ταλαπείριον ἀντιάσαντα,

devices, I must tell you that I shall no longer be among the living; the cold is killing me, for I have no cloak. Some god beguiled me to wear my tunic only, and now there is no more escape.'

"So I spoke, and he then devised this plan in his heart, such a man was he both to plan and to fight; and speaking in a low voice he said to me: 'Be silent now, for fear another of the Achaeans hears you.'

"With this he raised his head upon his elbow, and spoke, saying: 'Hear me, friends, a dream from the gods came to me in my sleep. We have come too far from the ships. Would that there were someone to bear word to Agamemnon, son of Atreus, shepherd of the host, in the hope that he might bid more men to come from the ships.'

"So he spoke, and Thoas, son of Andraemon, sprang up quickly, and from him flung his purple cloak, and set out to run to the ships. Then in his garment I gladly lay, and the golden-throned Dawn appeared. Would that I were young as then, and my strength as firm; then would one of the swineherds in the farmstead give me a cloak both from kindness and from respect for a good man. But as it is they scorn me for the bad clothes upon my body."

To him then, swineherd Eumaeus, did you make answer, and say: "Old man, the tale you have told is a good one, nor have you thus far spoken anything amiss or unprofitably. Therefore you shall lack neither clothing nor anything else that a sore-tried suppliant should receive, when he meets someone—for this night at least;

---

[1] Line 495 (= *Iliad* 2.56) was rejected by Aristarchus.

[2] Lines 503–6 were rejected by Aristarchus.

νῦν· ἀτὰρ ἠῶθέν γε τὰ σὰ ῥάκεα δνοπαλίξεις.
οὐ γὰρ πολλαὶ χλαῖναι ἐπημοιβοί τε χιτῶνες
ἐνθάδε ἕννυσθαι, μία δ' οἴη φωτὶ ἑκάστῳ.
515 αὐτὰρ ἐπὴν ἔλθῃσιν Ὀδυσσῆος φίλος υἱός,
αὐτός τοι χλαῖνάν τε χιτῶνά τε εἵματα δώσει,
πέμψει δ' ὅππῃ σε κραδίη θυμός τε κελεύει."[1]
ὣς εἰπὼν ἀνόρουσε, τίθει δ' ἄρα οἱ πυρὸς ἐγγὺς
εὐνήν, ἐν δ' ὀίων τε καὶ αἰγῶν δέρματ' ἔβαλλεν.
520 ἔνθ' Ὀδυσεὺς κατέλεκτ'· ἐπὶ δὲ χλαῖναν βάλεν αὐτῷ
πυκνὴν καὶ μεγάλην, ἥ οἱ παρεκέσκετ' ἀμοιβάς,
ἕννυσθαι ὅτε τις χειμὼν ἔκπαγλος ὄροιτο.
ὣς ὁ μὲν ἔνθ' Ὀδυσεὺς κοιμήσατο, τοὶ δὲ παρ' αὐτὸν
ἄνδρες κοιμήσαντο νεηνίαι· οὐδὲ συβώτῃ
525 ἥνδανεν αὐτόθι κοῖτος, ὑῶν ἄπο κοιμηθῆναι,
ἀλλ' ὅ γ' ἄρ' ἔξω ἰὼν ὡπλίζετο· χαῖρε δ' Ὀδυσσεύς,
ὅττι ῥά οἱ βιότου περικήδετο νόσφιν ἐόντος.
πρῶτον μὲν ξίφος ὀξὺ περὶ στιβαροῖς βάλετ' ὤμοις,
ἀμφὶ δὲ χλαῖναν ἑέσσατ' ἀλεξάνεμον, μάλα πυκνήν,
530 ἂν δὲ νάκην ἕλετ' αἰγὸς ἐυτρεφέος μεγάλοιο,
εἵλετο δ' ὀξὺν ἄκοντα, κυνῶν ἀλκτῆρα καὶ ἀνδρῶν.
βῆ δ' ἴμεναι κείων ὅθι περ σύες ἀργιόδοντες
πέτρῃ ὕπο γλαφυρῇ εὗδον, Βορέω ὑπ' ἰωγῇ.

[1] Lines 515–17 are omitted in many MSS.

but in the morning you shall tussle with[a] those rags of yours. For not many cloaks are here or changes of tunics to put on, but each man has one alone. But when the staunch son of Odysseus comes, he will himself give you a cloak and a tunic to wear, and will send you wherever your heart and spirit bid you go."

So saying, he sprang up and placed a bed for Odysseus near the fire, and threw upon it skins of sheep and goats. There Odysseus lay down, and the swineherd threw over him a great thick cloak, which he kept at hand for a change of clothing whenever a terrible storm should arise.

So there Odysseus slept, and beside him slept the young men. But the swineherd was not content with a bed there, that he should lie down away from the boars; instead he made ready to go outside. And Odysseus was glad that he took such care of his master's property while he was far off. First Eumaeus slung his sharp sword over his strong shoulders, and then put about him a cloak, very thick, to keep off the wind; and he picked up the fleece of a large, well-fatted goat, took a javelin to ward off dogs and men, and went out to lie down to sleep where the white-tusked boars slept beneath a hollow rock, in a place sheltered from the North Wind.

[a] δυοπαλίξεις, of unknown meaning. In its only other occurrence, *Iliad* 4.472, its context describes Greeks and Trojans fighting over a corpse: "And over him hard work came to pass, of Trojans and Achaeans. Like wolves they rushed upon one another, and man tussled with (?) man." Eumaeus may be gently teasing Odysseus for his insistence on his own bloodthirstiness (14.211–34 and passim). D.

O

Ἡ δ' εἰς εὐρύχορον Λακεδαίμονα Παλλὰς Ἀθήνη
ᾤχετ', Ὀδυσσῆος μεγαθύμου φαίδιμον υἱὸν
νόστου ὑπομνήσουσα καὶ ὀτρυνέουσα νέεσθαι.
εὗρε δὲ Τηλέμαχον καὶ Νέστορος ἀγλαὸν υἱὸν
5 εὕδοντ' ἐν προδόμῳ Μενελάου κυδαλίμοιο,
ἦ τοι Νεστορίδην μαλακῷ δεδμημένον ὕπνῳ·
Τηλέμαχον δ' οὐχ ὕπνος ἔχε γλυκύς, ἀλλ' ἐνὶ θυμῷ
νύκτα δι' ἀμβροσίην μελεδήματα πατρὸς ἔγειρεν.
ἀγχοῦ δ' ἱσταμένη προσέφη γλαυκῶπις Ἀθήνη·
10 "Τηλέμαχ', οὐκέτι καλὰ δόμων ἄπο τῆλ' ἀλάλησαι,
κτήματά τε προλιπὼν ἄνδρας τ' ἐν σοῖσι δόμοισιν
οὕτω ὑπερφιάλους· μή τοι κατὰ πάντα φάγωσι
κτήματα δασσάμενοι, σὺ δὲ τηϋσίην ὁδὸν ἔλθῃς.
ἀλλ' ὄτρυνε τάχιστα βοὴν ἀγαθὸν Μενέλαον
15 πεμπέμεν, ὄφρ' ἔτι οἴκοι ἀμύμονα μητέρα τέτμῃς.
ἤδη γάρ ῥα πατήρ τε κασίγνητοί τε κέλονται
Εὐρυμάχῳ γήμασθαι· ὁ γὰρ περιβάλλει ἅπαντας
μνηστῆρας δώροισι καὶ ἐξώφελλεν ἔεδνα·
μή νύ τι σεῦ ἀέκητι δόμων ἐκ κτῆμα φέρηται.[1]
20 οἶσθα γὰρ οἷος θυμὸς ἐνὶ στήθεσσι γυναικός·
κείνου βούλεται οἶκον ὀφέλλειν ὅς κεν ὀπυίῃ,
παίδων δὲ προτέρων καὶ κουριδίοιο φίλοιο

BOOK 15

But Pallas Athene went to spacious Lacedaemon to remind the glorious son of great-hearted Odysseus of his return, and to hasten his coming. She found Telemachus and the noble son of Nestor lying in the porch of the palace of glorious Menelaus. Now Nestor's son was overcome with soft sleep, but sweet sleep did not hold Telemachus, but all through the immortal night anxious thoughts for his father kept him wakeful. And flashing-eyed Athene stood near him, and said:

"Telemachus, you do not do well to wander longer far from your home, leaving behind you your wealth and men in your house so insolent, for fear they divide and devour all your possessions, and you shall have gone on a fruitless journey. Instead, rouse with all speed Menelaus, good at the war cry, to send you on your way, that you may find your flawless mother still in her home. For now her father and her brothers press her to marry Eurymachus, for he surpasses all the suitors in his presents, and has increased the gifts of wooing. Be careful lest she carry from your halls some treasure against your will. For you know what sort of a spirit there is in a woman's breast; she wishes to increase the house of the man who marries her, but of her former children and staunch spouse she takes

---

[1] Line 19 was rejected by Aristarchus.

οὐκέτι μέμνηται τεθνηκότος οὐδὲ μεταλλᾷ.
ἀλλὰ σύ γ' ἐλθὼν αὐτὸς ἐπιτρέψειας ἕκαστα
25 δμῳάων ἥ τίς τοι ἀρίστη φαίνεται εἶναι,
εἰς ὅ κέ τοι φήνωσι θεοὶ κυδρὴν παράκοιτιν.
ἄλλο δέ τοί τι ἔπος ἐρέω, σὺ δὲ σύνθεο θυμῷ.
μνηστήρων σ' ἐπιτηδὲς ἀριστῆες λοχόωσιν
ἐν πορθμῷ Ἰθάκης τε Σάμοιό τε παιπαλοέσσης,
30 ἱέμενοι κτεῖναι, πρὶν πατρίδα γαῖαν ἱκέσθαι.
ἀλλὰ τά γ' οὐκ ὀίω· πρὶν καί τινα γαῖα καθέξει
ἀνδρῶν μνηστήρων, οἵ τοι βίοτον κατέδουσιν.
ἀλλὰ ἑκὰς νήσων ἀπέχειν εὐεργέα νῆα,
νυκτὶ δ' ὁμῶς πλείειν· πέμψει δέ τοι οὖρον ὄπισθεν
35 ἀθανάτων ὅς τίς σε φυλάσσει τε ῥύεταί τε.
αὐτὰρ ἐπὴν πρώτην ἀκτὴν Ἰθάκης ἀφίκηαι,
νῆα μὲν ἐς πόλιν ὀτρῦναι καὶ πάντας ἑταίρους,
αὐτὸς δὲ πρώτιστα συβώτην εἰσαφικέσθαι,
ὅς τοι ὑῶν ἐπίουρος, ὁμῶς δέ τοι ἤπια οἶδεν.
40 ἔνθα δὲ νύκτ' ἀέσαι· τὸν δ' ὀτρῦναι πόλιν εἴσω
ἀγγελίην ἐρέοντα περίφρονι Πηνελοπείῃ,
οὕνεκά οἱ σῶς ἐσσὶ καὶ ἐκ Πύλου εἰλήλουθας."

ἡ μὲν ἄρ' ὣς εἰποῦσ' ἀπέβη πρὸς μακρὸν Ὄλυμπον,
αὐτὰρ ὁ Νεστορίδην ἐξ ἡδέος ὕπνου ἔγειρεν
45 λὰξ ποδὶ κινήσας, καί μιν πρὸς μῦθον ἔειπεν·[1]

"ἔγρεο, Νεστορίδη Πεισίστρατε, μώνυχας ἵππους
ζεῦξον ὑφ' ἅρματ' ἄγων, ὄφρα πρήσσωμεν ὁδοῖο."

τὸν δ' αὖ Νεστορίδης Πεισίστρατος ἀντίον ηὔδα·
"Τηλέμαχ', οὔ πως ἔστιν ἐπειγομένους περ ὁδοῖο
50 νύκτα διὰ δνοφερὴν ἐλάαν· τάχα δ' ἔσσεται ἠώς.

no thought, when once he is dead, and asks no longer concerning them. No, go, and yourself put all your possessions in the charge of whoever of the handmaids seems to you the best, until the gods shall show you your honored bride. And another thing will I tell you, and you must lay it to heart. The best men of the suitors lie in wait for you of set purpose in the strait between Ithaca and rugged Samos, eager to slay you before you come to your native land. But I do not think this shall be; before that shall the earth cover many a one of the suitors that devour your property. But keep your well-built ship far from the islands, and sail by night as well as by day, and that one of the immortals who keeps and guards you will send a fair wind in your wake. But when you have reached the nearest shore of Ithaca, send your ship and all your comrades on to the city, but yourself go first of all to the swineherd who keeps your swine, and has a kindly heart toward you as well. There spend the night, and tell him to go to the city to bear word to wise Penelope that she has you safe and that you have come back from Pylos."

So saying, she departed to high Olympus. But Telemachus woke the son of Nestor out of sweet sleep, rousing him with a touch of his heel, and spoke to him, saying:

"Awake, Peisistratus, son of Nestor; bring up your solid-hoofed horses, and yoke them beneath the chariot, that we may speed on our way."

Then Peisistratus, son of Nestor, answered, and said: "Telemachus, in no way can we drive through the dark night, however eager for our journey; and soon it will be

[1] Line 45 (cf. *Iliad* 10.158) was rejected by Aristarchus.

ἀλλὰ μέν' εἰς ὅ κε δῶρα φέρων ἐπιδίφρια θήῃ
ἥρως Ἀτρεΐδης, δουρικλειτὸς Μενέλαος,
καὶ μύθοις ἀγανοῖσι παραυδήσας ἀποπέμψῃ.
τοῦ γάρ τε ξεῖνος μιμνήσκεται ἤματα πάντα
55 ἀνδρὸς ξεινοδόκου, ὅς κεν φιλότητα παράσχῃ."
ὣς ἔφατ', αὐτίκα δὲ χρυσόθρονος ἤλυθεν Ἠώς.
ἀγχίμολον δέ σφ' ἦλθε βοὴν ἀγαθὸς Μενέλαος,
ἀνστὰς ἐξ εὐνῆς, Ἑλένης πάρα καλλικόμοιο.
τὸν δ' ὡς οὖν ἐνόησεν Ὀδυσσῆος φίλος υἱός,
60 σπερχόμενός ῥα χιτῶνα περὶ χροῒ σιγαλόεντα
δῦνεν, καὶ μέγα φᾶρος ἐπὶ στιβαροῖς βάλετ' ὤμοις
ἥρως, βῆ δὲ θύραζε, παριστάμενος δὲ προσηύδα
Τηλέμαχος, φίλος υἱὸς Ὀδυσσῆος θείοιο·[1]
"Ἀτρεΐδη Μενέλαε διοτρεφές, ὄρχαμε λαῶν,
65 ἤδη νῦν μ' ἀπόπεμπε φίλην ἐς πατρίδα γαῖαν·
ἤδη γάρ μοι θυμὸς ἐέλδεται οἴκαδ' ἱκέσθαι."
τὸν δ' ἠμείβετ' ἔπειτα βοὴν ἀγαθὸς Μενέλαος·
"Τηλέμαχ', οὔ τί σ' ἐγώ γε πολὺν χρόνον ἐνθάδ' ἐρύξω
ἱέμενον νόστοιο· νεμεσσῶμαι δὲ καὶ ἄλλῳ
70 ἀνδρὶ ξεινοδόκῳ, ὅς κ' ἔξοχα μὲν φιλέῃσιν,
ἔξοχα δ' ἐχθαίρῃσιν· ἀμείνω δ' αἴσιμα πάντα.
ἶσόν τοι κακόν ἐσθ', ὅς τ' οὐκ ἐθέλοντα νέεσθαι
ξεῖνον ἐποτρύνει καὶ ὃς ἐσσύμενον κατερύκει.
χρὴ ξεῖνον παρεόντα φιλεῖν, ἐθέλοντα δὲ πέμπειν.[2]
75 ἀλλὰ μέν' εἰς ὅ κε δῶρα φέρων ἐπιδίφρια θείω
καλά, σὺ δ' ὀφθαλμοῖσιν ἴδῃς, εἴπω δὲ γυναιξὶ
δεῖπνον ἐνὶ μεγάροις τετυκεῖν ἅλις ἔνδον ἐόντων.

dawn. Wait then, until the hero son of Atreus, Menelaus, famed for his spear, shall bring gifts and set them on the chariot, and shall send us on our way with kindly words of farewell. For a guest remembers all his days the host who shows him kindness."

So he spoke, and presently came golden-throned Dawn. Up to them then came Menelaus, good at the war cry, rising from his couch from beside fair-tressed Helen. And when the hero, the staunch son of Odysseus, saw him, he made haste to put about him the bright tunic, and to fling over his strong shoulders a great cloak, and went out. Then Telemachus, the staunch son of divine Odysseus, came up to Menelaus, and addressed him, saying: "Menelaus, son of Atreus, fostered by Zeus, leader of hosts, send me back now at last to my own native land, for now my heart is eager to return home."

Then Menelaus, good at the war cry, answered him: "Telemachus, in no way shall I be the one to hold you here a long time, when you are eager to return. On the contrary, I should blame another, who, as host, loves too greatly or hates too greatly; better is due measure in all things. It is equal wrong if a man speed on a guest who is loath to go, and if he keep back one that is eager to be gone. One should make welcome the present guest, and send off him that would go. But stay, till I bring handsome gifts and put them on your chariot, and your own eyes behold them, and till I bid the women make ready a meal in the halls from the abundant store that is within.

---

[1] Line 63 is omitted in many MSS.

[2] Line 74 was omitted in many ancient editions.

ἀμφότερον, κῦδός τε καὶ ἀγλαΐη καὶ ὄνειαρ,
δειπνήσαντας ἴμεν πολλὴν ἐπ' ἀπείρονα γαῖαν.
80 εἰ δ' ἐθέλεις τραφθῆναι ἀν' Ἑλλάδα καὶ μέσον Ἄργος,
ὄφρα τοι αὐτὸς ἕπωμαι, ὑποζεύξω δέ τοι ἵππους,
ἄστεα δ' ἀνθρώπων ἡγήσομαι· οὐδέ τις ἡμέας
αὔτως ἀππέμψει, δώσει δέ τι ἕν γε φέρεσθαι,
ἠέ τινα τριπόδων εὐχάλκων ἠὲ λεβήτων,
85 ἠὲ δύ' ἡμιόνους ἠὲ χρύσειον ἄλεισον."[1]
τὸν δ' αὖ Τηλέμαχος πεπνυμένος ἀντίον ηὔδα·
"Ἀτρεΐδη Μενέλαε διοτρεφές, ὄρχαμε λαῶν,
βούλομαι ἤδη νεῖσθαι ἐφ' ἡμέτερ'· οὐ γὰρ ὄπισθεν
οὖρον ἰὼν κατέλειπον ἐπὶ κτεάτεσσιν ἐμοῖσιν·
90 μὴ πατέρ' ἀντίθεον διζήμενος αὐτὸς ὄλωμαι,
ἤ τί μοι ἐκ μεγάρων κειμήλιον ἐσθλὸν ὄληται."
αὐτὰρ ἐπεὶ τό γ' ἄκουσε βοὴν ἀγαθὸς Μενέλαος,
αὐτίκ' ἄρ' ᾗ ἀλόχῳ ἠδὲ δμῳῇσι κέλευσε
δεῖπνον ἐνὶ μεγάροις τετυκεῖν ἅλις ἔνδον ἐόντων.
95 ἀγχίμολον δέ οἱ ἦλθε Βοηθοΐδης Ἐτεωνεύς,
ἀνστὰς ἐξ εὐνῆς, ἐπεὶ οὐ πολὺ ναῖεν ἀπ' αὐτοῦ·
τὸν πῦρ κῆαι ἄνωγε βοὴν ἀγαθὸς Μενέλαος
ὀπτῆσαί τε κρεῶν· ὁ δ' ἄρ' οὐκ ἀπίθησεν ἀκούσας.
αὐτὸς δ' ἐς θάλαμον κατεβήσετο κηώεντα,
100 οὐκ οἶος, ἅμα τῷ γ' Ἑλένη κίε καὶ Μεγαπένθης.
ἀλλ' ὅτε δή ῥ' ἵκανον ὅθι κειμήλια κεῖτο,
Ἀτρεΐδης μὲν ἔπειτα δέπας λάβεν ἀμφικύπελλον,
υἱὸν δὲ κρητῆρα φέρειν Μεγαπένθε' ἄνωγεν
ἀργύρεον· Ἑλένη δὲ παρίστατο φωριαμοῖσιν,
105 ἔνθ' ἔσαν οἱ πέπλοι παμποίκιλοι, οὓς κάμεν αὐτή.

It is a double boon—honor and glory it brings, and profit too—that the traveler should dine before he goes off over the wide and boundless earth. And if you wish to journey through Hellas and mid-Argos, be it so, to the end that I may myself go with you, and I will yoke for you horses, and lead you to the cities of men. Nor will any one send us away empty-handed, but will give us some one thing at least to bear with us, a fine bronze tripod or cauldron, or a pair of mules, or a golden cup."

Then wise Telemachus answered him: "Menelaus, son of Atreus, fostered by Zeus, leader of hosts, rather would I go at once to my home, for when I departed I left behind me no one to watch over my possessions. I fear that in seeking for my godlike father I may myself perish, or some precious treasure may be lost from my halls."

Now when Menelaus, good at the war cry, heard this, he at once bade his wife and her handmaids make ready a meal in the halls from the abundant store that was within. Up to him then came Eteoneus, son of Boethous, just risen from his bed, for he did not live far from him. Him Menelaus bade kindle a fire and roast some of the flesh; and he heard, and obeyed, and Menelaus himself went down to his fragrant treasure chamber, not alone, for with him went Helen and Megapenthes. But when they came to the place where his treasures were stored, the son of Atreus took a two-handled cup, and bade his son Megapenthes bring a mixing bowl of silver. And Helen came to the chests in which were her richly embroidered

---

[1] Lines 78–85 were rejected by Aristarchus.

τῶν ἕν' ἀειραμένη Ἑλένη φέρε, δῖα γυναικῶν,
ὃς κάλλιστος ἔην ποικίλμασιν ἠδὲ μέγιστος,
ἀστὴρ δ' ὣς ἀπέλαμπεν· ἔκειτο δὲ νείατος ἄλλων.
βὰν δ' ἰέναι προτέρω διὰ δώματος, ἧος ἵκοντο
110 Τηλέμαχον· τὸν δὲ προσέφη ξανθὸς Μενέλαος·
"Τηλέμαχ', ἦ τοι νόστον, ὅπως φρεσὶ σῇσι μενοινᾷς,
ὥς τοι Ζεὺς τελέσειεν, ἐρίγδουπος πόσις Ἥρης.
δώρων δ', ὅσσ' ἐν ἐμῷ οἴκῳ κειμήλια κεῖται,
δώσω ὃ κάλλιστον καὶ τιμηέστατόν ἐστι.
115 δώσω τοι κρητῆρα τετυγμένον· ἀργύρεος δὲ
ἐστὶν ἅπας, χρυσῷ δ' ἐπὶ χείλεα κεκράανται,
ἔργον δ' Ἡφαίστοιο· πόρεν δέ ἑ Φαίδιμος ἥρως,
Σιδονίων βασιλεύς, ὅθ' ἑὸς δόμος ἀμφεκάλυψε
κεῖσέ με νοστήσαντα· τεῒν δ' ἐθέλω τόδ' ὀπάσσαι."[1]
120 ὣς εἰπὼν ἐν χειρὶ τίθει δέπας ἀμφικύπελλον
ἥρως Ἀτρεΐδης· ὁ δ' ἄρα κρητῆρα φαεινὸν
θῆκ' αὐτοῦ προπάροιθε φέρων κρατερὸς Μεγαπένθης,
ἀργύρεον· Ἑλένη δὲ παρίστατο καλλιπάρῃος
πέπλον ἔχουσ' ἐν χερσίν, ἔπος τ' ἔφατ' ἔκ τ' ὀνόμαζε·
125 "δῶρόν τοι καὶ ἐγώ, τέκνον φίλε, τοῦτο δίδωμι,
μνῆμ' Ἑλένης χειρῶν, πολυηράτου ἐς γάμου ὥρην,
σῇ ἀλόχῳ φορέειν· τῆος δὲ φίλῃ παρὰ μητρὶ
κείσθω ἐνὶ μεγάρῳ. σὺ δέ μοι χαίρων ἀφίκοιο
οἶκον ἐυκτίμενον καὶ σὴν ἐς πατρίδα γαῖαν."
130 ὣς εἰποῦσ' ἐν χερσὶ τίθει, ὁ δ' ἐδέξατο χαίρων.
καὶ τὰ μὲν ἐς πείρινθα τίθει Πεισίστρατος ἥρως

[1] Lines 113–19 (= 4.613–19) are omitted in some MSS.

robes, that she herself had made. One of these Helen, the beautiful woman, lifted out and brought, the one that was most beautiful in its embroideries, and the amplest. It shone like a star, and lay beneath all the rest. Then they went out through the house until they came to Telemachus; and fair-haired Menelaus spoke to him, and said:

"Telemachus, may Zeus, the loud-thundering husband of Hera, in truth bring to pass for you your return just as your heart desires. And of all the gifts that lie stored as treasures in my house, I will give you that one which is most beautiful and most precious. I will give you a well-wrought mixing bowl. It is all of silver, and its rims are finished with gold, the work of Hephaestus; the hero Phaedimus, king of the Sidonians, gave me it, when his house sheltered me as I came there; and now I wish to give it to you."

So saying, the hero, son of Atreus, placed the two-handled cup in his hands. And the strong Megapenthes brought the bright mixing bowl of silver and set it before him, and fair-cheeked Helen came up with the robe in her hands, and spoke, and addressed him:

"This gift, dear child, I too give you, a remembrance of the hands of Helen, against the day of your longed-for marriage, for your bride to wear it. But until then let it lie in your halls in the keeping of your dear mother. And for yourself I wish that with joy you may reach your well-built house and your native land."

So saying, she placed it in his hands, and he took it gladly. And the hero Peisistratus took the gifts, and laid

δεξάμενος, καὶ πάντα ἑῷ θηήσατο θυμῷ·
τοὺς δ' ἦγε πρὸς δῶμα κάρη ξανθὸς Μενέλαος.
ἑζέσθην δ' ἄρ' ἔπειτα κατὰ κλισμούς τε θρόνους τε.
135 χέρνιβα δ' ἀμφίπολος προχόῳ ἐπέχευε φέρουσα
καλῇ χρυσείῃ, ὑπὲρ ἀργυρέοιο λέβητος,
νίψασθαι· παρὰ δὲ ξεστὴν ἐτάνυσσε τράπεζαν.
σῖτον δ' αἰδοίη ταμίη παρέθηκε φέρουσα·
εἴδατα πόλλ' ἐπιθεῖσα, χαριζομένη παρεόντων·[1]
140 πὰρ δὲ Βοηθοΐδης κρέα δαίετο καὶ νέμε μοίρας·
οἰνοχόει δ' υἱὸς Μενελάου κυδαλίμοιο.
οἱ δ' ἐπ' ὀνείαθ' ἑτοῖμα προκείμενα χεῖρας ἴαλλον.
αὐτὰρ ἐπεὶ πόσιος καὶ ἐδητύος ἐξ ἔρον ἕντο,
δὴ τότε Τηλέμαχος καὶ Νέστορος ἀγλαὸς υἱὸς
145 ἵππους τε ζεύγνυντ' ἀνά θ' ἅρματα ποικίλ' ἔβαινον,
ἐκ δ' ἔλασαν προθύροιο καὶ αἰθούσης ἐριδούπου.
τοὺς δὲ μετ' Ἀτρεΐδης ἔκιε ξανθὸς Μενέλαος,
οἶνον ἔχων ἐν χειρὶ μελίφρονα δεξιτερῆφι,
ἐν δέπαϊ χρυσέῳ, ὄφρα λείψαντε κιοίτην.
150 στῆ δ' ἵππων προπάροιθε, δεδισκόμενος δὲ προσηύδα·
"χαίρετον, ὦ κούρω, καὶ Νέστορι ποιμένι λαῶν
εἰπεῖν· ἦ γὰρ ἐμοί γε πατὴρ ὣς ἤπιος ἦεν,
ἧος ἐνὶ Τροίῃ πολεμίζομεν υἷες Ἀχαιῶν."
τὸν δ' αὖ Τηλέμαχος πεπνυμένος ἀντίον ηὔδα·
155 "καὶ λίην κείνῳ γε, διοτρεφές, ὡς ἀγορεύεις,
πάντα τάδ' ἐλθόντες καταλέξομεν· αἲ γὰρ ἐγὼν ὣς
νοστήσας Ἰθάκηνδε, κιχὼν Ὀδυσῆ' ἐνὶ οἴκῳ,

[1] Line 139 is omitted in most MSS.

them in the box of the chariot, and gazed at them all wondering in his heart. Then fair-haired Menelaus led them to the house, and the two sat down on chairs and high seats. And a handmaid brought water for the hands in a beautiful pitcher of gold, and poured it over a silver basin for them to wash, and beside them drew up a polished table. And the revered housekeeper brought and set before them bread, and with it meats in abundance, granting freely of what she had. And nearby the son of Boethous carved the meat, and divided the portions, and the son of glorious Menelaus poured the wine. So they put forth their hands to the good cheer lying ready before them. But when they had put from them the desire for food and drink, then Telemachus and the glorious son of Nestor yoked the horses and mounted the inlaid chariot, and drove forth from the gateway and the echoing portico. After them went the son of Atreus, fair-haired Menelaus, bearing in his right hand honey-hearted wine in a cup of gold, that they might pour libations before they set out. And he took his stand before the horses, and pledged the youths, and said:

"Farewell, young men, and bear greeting to Nestor, shepherd of the host, for truly he was kind as a father to me, while we sons of the Achaeans warred in the land of Troy."

Then wise Telemachus answered him: "Never fear, fostered by Zeus; all this shall we tell him, just as you say, when we come there. And I would that, when I return to Ithaca, I might as surely find Odysseus in his house, to tell

εἴποιμ' ὡς παρὰ σεῖο τυχὼν φιλότητος ἁπάσης
ἔρχομαι, αὐτὰρ ἄγω κειμήλια πολλὰ καὶ ἐσθλά."
160 ὣς ἄρα οἱ εἰπόντι ἐπέπτατο δεξιὸς ὄρνις,
αἰετὸς ἀργὴν χῆνα φέρων ὀνύχεσσι πέλωρον,
ἥμερον ἐξ αὐλῆς· οἱ δ' ἰΰζοντες ἕποντο
ἀνέρες ἠδὲ γυναῖκες· ὁ δέ σφισιν ἐγγύθεν ἐλθὼν
δεξιὸς ἤιξε πρόσθ' ἵππων· οἱ δὲ ἰδόντες
165 γήθησαν, καὶ πᾶσιν ἐνὶ φρεσὶ θυμὸς ἰάνθη.
τοῖσι δὲ Νεστορίδης Πεισίστρατος ἤρχετο μύθων·
"φράζεο δή, Μενέλαε διοτρεφές, ὄρχαμε λαῶν,
ἢ νῶιν τόδ' ἔφηνε θεὸς τέρας ἦε σοὶ αὐτῷ."
ὣς φάτο, μερμήριξε δ' ἀρηίφιλος Μενέλαος,
170 ὅππως οἱ κατὰ μοῖραν ὑποκρίναιτο νοήσας.
τὸν δ' Ἑλένη τανύπεπλος ὑποφθαμένη φάτο μῦθον·
"κλῦτέ μευ· αὐτὰρ ἐγὼ μαντεύσομαι, ὡς ἐνὶ θυμῷ
ἀθάνατοι βάλλουσι καὶ ὡς τελέεσθαι ὀίω.
ὡς ὅδε χῆν' ἥρπαξ' ἀτιταλλομένην ἐνὶ οἴκῳ
175 ἐλθὼν ἐξ ὄρεος, ὅθι οἱ γενεή τε τόκος τε,
ὣς Ὀδυσεὺς κακὰ πολλὰ παθὼν καὶ πόλλ' ἐπαληθεὶς
οἴκαδε νοστήσει καὶ τίσεται· ἠὲ καὶ ἤδη
οἴκοι, ἀτὰρ μνηστῆρσι κακὸν πάντεσσι φυτεύει."
τὴν δ' αὖ Τηλέμαχος πεπνυμένος ἀντίον ηὔδα·
180 "οὕτω νῦν Ζεὺς θείη, ἐρίγδουπος πόσις Ἥρης·
τῷ κέν τοι καὶ κεῖθι θεῷ ὣς εὐχετοῴμην."
ἦ καὶ ἐφ' ἵπποιιν μάστιν βάλεν· οἱ δὲ μάλ' ὦκα
ἤιξαν πεδίονδε διὰ πτόλιος μεμαῶτες.
οἱ δὲ πανημέριοι σεῖον ζυγὸν ἀμφὶς ἔχοντες.
185 δύσετό τ' ἠέλιος σκιόωντό τε πᾶσαι ἀγυιαί·

him how I met with every kindness at your hands, before I departed, and bring with me treasures many and fine."

Even as he spoke a bird flew by on the right, an eagle, bearing in his talons a great, white goose, a tame fowl from the yard, and men and women followed shouting. But the eagle drew near to them, and darted off to the right in front of the horses; and they were glad as they saw it, and the hearts in the breasts of all were cheered. And among them Peisistratus, son of Nestor, was the first to speak:

"Consider, Menelaus, fostered by Zeus, leader of hosts, whether it was for us two that the god showed this sign, or for yourself."

So he spoke, and Menelaus, dear to Ares, pondered how he might with understanding interpret the sign aright. But long-robed Helen took the word from him, and said:

"Hear me, and I will prophesy as the immortals put it into my heart, and as I think it will be brought to pass. Even as this eagle came from the mountain, where are his kin, and where he was born, and snatched up the goose that was bred in the house, even so shall Odysseus return to his home after many toils and many wanderings, and shall take vengeance; or even now he is at home, and is sowing the seeds of evil for all the suitors."

Then again wise Telemachus answered her: "So may Zeus grant, the loud-thundering husband of Hera; then will I even there pray to you, as to a god."

He spoke, and touched the two horses with the lash, and they sped quickly toward the plain, coursing eagerly through the city. So all day long they shook the yoke which spanned their necks. And the sun set, and all the

ἐς Φηρὰς δ' ἵκοντο Διοκλῆος ποτὶ δῶμα,
υἱέος Ὀρτιλόχοιο, τὸν Ἀλφειὸς τέκε παῖδα.
ἔνθα δὲ νύκτ' ἄεσαν, ὁ δὲ τοῖς πὰρ ξείνια θῆκεν.
ἦμος δ' ἠριγένεια φάνη ῥοδοδάκτυλος Ἠώς,
190 ἵππους τε ζεύγνυντ' ἀνά θ' ἅρματα ποικίλ' ἔβαινον,
ἐκ δ' ἔλασαν προθύροιο καὶ αἰθούσης ἐριδούπου·
μάστιξεν δ' ἐλάαν, τὼ δ' οὐκ ἀέκοντε πετέσθην.
αἶψα δ' ἔπειθ' ἵκοντο Πύλου αἰπὺ πτολίεθρον·
καὶ τότε Τηλέμαχος προσεφώνεε Νέστορος υἱόν·
195 "Νεστορίδη, πῶς κέν μοι ὑποσχόμενος τελέσειας
μῦθον ἐμόν; ξεῖνοι δὲ διαμπερὲς εὐχόμεθ' εἶναι
ἐκ πατέρων φιλότητος, ἀτὰρ καὶ ὁμήλικές εἰμεν·
ἥδε δ' ὁδὸς καὶ μᾶλλον ὁμοφροσύνῃσιν ἐνήσει.
μή με παρὲξ ἄγε νῆα, διοτρεφές, ἀλλὰ λίπ' αὐτοῦ,
200 μή μ' ὁ γέρων ἀέκοντα κατάσχῃ ᾧ ἐνὶ οἴκῳ
ἱέμενος φιλέειν· ἐμὲ δὲ χρεὼ θᾶσσον ἱκέσθαι."
ὣς φάτο, Νεστορίδης δ' ἄρ' ἑῷ συμφράσσατο θυμῷ,
ὅππως οἱ κατὰ μοῖραν ὑποσχόμενος τελέσειεν.
ὧδε δέ οἱ φρονέοντι δοάσσατο κέρδιον εἶναι·
205 στρέψ' ἵππους ἐπὶ νῆα θοὴν καὶ θῖνα θαλάσσης,
νηὶ δ' ἐνὶ πρύμνῃ ἐξαίνυτο κάλλιμα δῶρα,
ἐσθῆτα χρυσόν τε, τά οἱ Μενέλαος ἔδωκε·
καί μιν ἐποτρύνων ἔπεα πτερόεντα προσηύδα·
"σπουδῇ νῦν ἀνάβαινε κέλευέ τε πάντας ἑταίρους,
210 πρὶν ἐμὲ οἴκαδ' ἱκέσθαι ἀπαγγεῖλαί τε γέροντι.
εὖ γὰρ ἐγὼ τόδε οἶδα κατὰ φρένα καὶ κατὰ θυμόν·
οἷος κείνου θυμὸς ὑπέρβιος, οὔ σε μεθήσει,
ἀλλ' αὐτὸς καλέων δεῦρ' εἴσεται, οὐδέ ἕ φημι

ways grew dark. And they came to Pherae, to the house of Diocles, son of Ortilochus, whom Alpheus begot. There they spent the night, and before them he set the entertainment due to strangers.

As soon as early Dawn appeared, the rosy-fingered, they yoked the horses and mounted the inlaid chariot, and drove forth from the gateway and the echoing portico. Then he touched the horses with the whip to start them, and nothing loath the pair sped onward. Soon thereafter they reached the steep citadel of Pylos; and then Telemachus spoke to the son of Nestor, saying:

"Could you make me a promise, and fulfill it as I say it? Friends from of old we declare ourselves to be by reason of our fathers' friendship, and we are moreover of the same age, and this journey shall yet more establish us in oneness of heart. Do not bring me past my ship, fostered by Zeus, but leave me there, lest that old man keep me in his house against my will, eager to show me kindness, whereas I must needs hasten home."

So he spoke, and the son of Nestor took counsel with his heart, how he might rightly give the promise and fulfill it. And as he pondered, this seemed to him the better course. He turned his horses to the swift ship and the shore of the sea, and took out, and set in the stern of the ship the beautiful gifts, the clothes and the gold, which Menelaus gave him. And he urged him on, and addressed him with winged words:

"Make haste now to go on board, and bid all your comrades to do likewise, before I reach home and bring the old man word. For well I know this in mind and heart, so overpowering is his spirit he will not let you go, but will himself come here to bid you to his house, and I do not

ἂψ ἰέναι κενεόν· μάλα γὰρ κεχολώσεται ἔμπης."
215 ὣς ἄρα φωνήσας ἔλασεν καλλίτριχας ἵππους
ἂψ Πυλίων εἰς ἄστυ, θοῶς δ' ἄρα δώμαθ' ἵκανε.
Τηλέμαχος δ' ἑτάροισιν ἐποτρύνων ἐκέλευσεν·
"ἐγκοσμεῖτε τὰ τεύχε', ἑταῖροι, νηὶ μελαίνῃ,
αὐτοί τ' ἀμβαίνωμεν, ἵνα πρήσσωμεν ὁδοῖο."
220 ὣς ἔφαθ', οἱ δ' ἄρα τοῦ μάλα μὲν κλύον ἠδ' ἐπίθοντο,
αἶψα δ' ἄρ' εἴσβαινον καὶ ἐπὶ κληῖσι καθῖζον.
ἦ τοι ὁ μὲν τὰ πονεῖτο καὶ εὔχετο, θῦε δ' Ἀθήνῃ
νηὶ πάρα πρυμνῇ· σχεδόθεν δέ οἱ ἤλυθεν ἀνὴρ
τηλεδαπός, φεύγων ἐξ Ἄργεος ἄνδρα κατακτάς,
225 μάντις· ἀτὰρ γενεήν γε Μελάμποδος ἔκγονος ἦεν,
ὃς πρὶν μέν ποτ' ἔναιε Πύλῳ ἔνι, μητέρι μήλων,
ἀφνειὸς Πυλίοισι μέγ' ἔξοχα δώματα ναίων·
δὴ τότε γ' ἄλλων δῆμον ἀφίκετο, πατρίδα φεύγων
Νηλέα τε μεγάθυμον, ἀγαυότατον ζωόντων,
230 ὅς οἱ χρήματα πολλὰ τελεσφόρον εἰς ἐνιαυτὸν
εἶχε βίῃ. ὁ δὲ τῆος ἐνὶ μεγάροις Φυλάκοιο
δεσμῷ ἐν ἀργαλέῳ δέδετο, κρατέρ' ἄλγεα πάσχων
εἵνεκα Νηλῆος κούρης ἄτης τε βαρείης,
τήν οἱ ἐπὶ φρεσὶ θῆκε θεὰ δασπλῆτις Ἐρινύς.
235 ἀλλ' ὁ μὲν ἔκφυγε κῆρα καὶ ἤλασε βοῦς ἐριμύκους

---

[a] Neleus, son of Poseidon, had a daughter Pero, fair above all women. He declared that he would give her in marriage to no one but to him who should bring from Phylace the cattle of Iphicles. Melampus undertook the task on behalf of his brother, Bias, but was captured and imprisoned for a year by Iphicles. During this time Neleus seized and held the goods of Melampus.

think he will go back empty. For very angry will he be, in any case."

So saying, he drove his horses with beautiful mane back to the city of the Pylians, and speedily reached the palace. And Telemachus urged on his companions and gave command to them, saying: "Set all the gear in order, friends, in the black ship, and let us go on board ourselves, that we may speed on our way."

So he spoke, and they readily hearkened and obeyed; and at once they went on board, and sat down upon the benches.

While indeed he was busied thus, and was praying and offering sacrifice to Athene by the stern of the ship, there drew near to him a man from a far land, one that was fleeing out of Argos because he had slain a man, and he was a seer. By lineage he was sprung from Melampus, who of old dwelt in Pylos, mother of flocks, a rich man and one that had a very wealthy house among the Pylians, but had afterward come to a land of strangers, fleeing from his country and from great-hearted Neleus, the lordliest of living men, who for a full year had kept much wealth from him by force.[a] Now Melampus meanwhile lay bound with bitter bonds in the halls of Phylacus, suffering grievous pains because of the daughter of Neleus, and the terrible blindness of heart which the goddess, the Erinys, who brings houses to ruin,[b] had laid upon him. He escaped his fate, however, and drove off the deep-lowing

The latter, however, won his freedom through his skills as a diviner, and drove off the cattle to Pylos. He then avenged himself on Neleus, and gave Pero to be the bride of Bias. See 11.287–97. M.

[b] δασπλῆτις, only here. The meaning given is a scholarly guess. D.

ἐς Πύλον ἐκ Φυλάκης καὶ ἐτίσατο ἔργον ἀεικὲς
ἀντίθεον Νηλῆα, κασιγνήτῳ δὲ γυναῖκα
ἠγάγετο πρὸς δώμαθ'. ὁ δ' ἄλλων ἵκετο δῆμον,
Ἄργος ἐς ἱππόβοτον· τόθι γάρ νύ οἱ αἴσιμον ἦεν
240 ναιέμεναι πολλοῖσιν ἀνάσσοντ' Ἀργείοισιν.
ἔνθα δ' ἔγημε γυναῖκα καὶ ὑψερεφὲς θέτο δῶμα,
γείνατο δ' Ἀντιφάτην καὶ Μάντιον, υἷε κραταιώ.
Ἀντιφάτης μὲν ἔτικτεν Ὀικλῆα μεγάθυμον,
αὐτὰρ Ὀικλείης λαοσσόον Ἀμφιάραον,
245 ὃν περὶ κῆρι φίλει Ζεύς τ' αἰγίοχος καὶ Ἀπόλλων
παντοίην φιλότητ'· οὐδ' ἵκετο γήραος οὐδόν,
ἀλλ' ὄλετ' ἐν Θήβῃσι γυναίων εἵνεκα δώρων.
τοῦ δ' υἱεῖς ἐγένοντ' Ἀλκμαίων Ἀμφίλοχός τε.
Μάντιος αὖ τέκετο Πολυφείδεά τε Κλεῖτόν τε·
250 ἀλλ' ἦ τοι Κλεῖτον χρυσόθρονος ἥρπασεν Ἠὼς
κάλλεος εἵνεκα οἷο, ἵν' ἀθανάτοισι μετείη·[1]
αὐτὰρ ὑπέρθυμον Πολυφείδεα μάντιν Ἀπόλλων
θῆκε βροτῶν ὄχ' ἄριστον, ἐπεὶ θάνεν Ἀμφιάραος·
ὅς ῥ' Ὑπερησίηνδ' ἀπενάσσατο πατρὶ χολωθείς,
255 ἔνθ' ὅ γε ναιετάων μαντεύετο πᾶσι βροτοῖσιν.
τοῦ μὲν ἄρ' υἱὸς ἐπῆλθε, Θεοκλύμενος δ' ὄνομ' ἦεν,
ὃς τότε Τηλεμάχου πέλας ἵστατο· τὸν δ' ἐκίχανεν
σπένδοντ' εὐχόμενόν τε θοῇ παρὰ νηὶ μελαίνῃ,
καί μιν φωνήσας ἔπεα πτερόεντα προσηύδα·
260 "ὦ φίλ', ἐπεί σε θύοντα κιχάνω τῷδ' ἐνὶ χώρῳ,
λίσσομ' ὑπὲρ θυέων καὶ δαίμονος, αὐτὰρ ἔπειτα
σῆς τ' αὐτοῦ κεφαλῆς καὶ ἑταίρων, οἵ τοι ἕπονται,
εἰπέ μοι εἰρομένῳ νημερτέα μηδ' ἐπικεύσῃς·

cattle from Phylace to Pylos, and avenged the cruel deed upon godlike Neleus, and brought the maiden home to be his own brother's wife. For himself, he went to the land of other men, to horse-pasturing Argos, for there it was appointed him to dwell, bearing sway over many Argives. There he wedded a wife and built him a high-roofed house, and begot Antiphates and Mantius, two stalwart sons. Now Antiphates begot great-hearted Oïcles, and Oïcles Amphiaraus, the rouser of the host, whom Zeus, who bears the aegis, and Apollo heartily loved with every sort of love. Yet he did not reach the threshold of old age, but died in Thebes, because of a woman's gifts. To him were born sons, Alcmaeon and Amphilochus. And Mantius on his part begot Polypheides and Cleitus. Now Cleitus golden-throned Dawn snatched away because of his beauty, that he might dwell with the immortals; but of Polypheides, high of heart, Apollo made a seer, far the best of mortals, after Amphiaraus was dead. He changed his abode to Hyperesia, having become angry with his father, and there he dwelt and prophesied to all men.

His son it was, Theoclymenus by name, who now came and stood by Telemachus; and he found him pouring libations and praying by his swift black ship, and he spoke, and addressed him with winged words:

"Friend, since I find you making burnt offering in this place, I beseech you by your offerings and by the god, and then by your own life and the lives of your comrades who follow you, tell me truly what I ask, and do not hide it.

---

[1] Line 251 was rejected by Aristarchus.

τίς πόθεν εἶς ἀνδρῶν; πόθι τοι πόλις ἠδὲ τοκῆες;"
265 τὸν δ' αὖ Τηλέμαχος πεπνυμένος ἀντίον ηὔδα·
"τοιγὰρ ἐγώ τοι, ξεῖνε, μάλ' ἀτρεκέως ἀγορεύσω.
ἐξ Ἰθάκης γένος εἰμί, πατὴρ δέ μοί ἐστιν Ὀδυσσεύς,
εἴ ποτ' ἔην· νῦν δ' ἤδη ἀπέφθιτο λυγρῷ ὀλέθρῳ.
τοὔνεκα νῦν ἑτάρους τε λαβὼν καὶ νῆα μέλαιναν
270 ἦλθον πευσόμενος πατρὸς δὴν οἰχομένοιο."
τὸν δ' αὖτε προσέειπε Θεοκλύμενος θεοειδής·
"οὕτω τοι καὶ ἐγὼν ἐκ πατρίδος, ἄνδρα κατακτὰς
ἔμφυλον· πολλοὶ δὲ κασίγνητοί τε ἔται τε
Ἄργος ἀν' ἱππόβοτον, μέγα δὲ κρατέουσιν Ἀχαιῶν.
275 τῶν ὑπαλευάμενος θάνατον καὶ κῆρα μέλαιναν
φεύγω, ἐπεί νύ μοι αἶσα κατ' ἀνθρώπους ἀλάλησθαι.
ἀλλά με νηὸς ἔφεσσαι, ἐπεί σε φυγὼν ἱκέτευσα,
μή με κατακτείνωσι· διωκέμεναι γὰρ ὀίω."
τὸν δ' αὖ Τηλέμαχος πεπνυμένος ἀντίον ηὔδα·
280 "οὐ μὲν δή σ' ἐθέλοντά γ' ἀπώσω νηὸς ἐίσης,
ἀλλ' ἕπευ· αὐτὰρ κεῖθι φιλήσεαι, οἷά κ' ἔχωμεν."
ὣς ἄρα φωνήσας οἱ ἐδέξατο χάλκεον ἔγχος,
καὶ τό γ' ἐπ' ἰκριόφιν τάνυσεν νεὸς ἀμφιελίσσης·
ἂν δὲ καὶ αὐτὸς νηὸς ἐβήσετο ποντοπόροιο.
285 ἐν πρύμνῃ δ' ἄρ' ἔπειτα καθέζετο, πὰρ δὲ οἷ αὐτῷ
εἷσε Θεοκλύμενον· τοὶ δὲ πρυμνήσι' ἔλυσαν.
Τηλέμαχος δ' ἑτάροισιν ἐποτρύνας ἐκέλευσεν
ὅπλων ἅπτεσθαι· τοὶ δ' ἐσσυμένως ἐπίθοντο.
ἱστὸν δ' εἰλάτινον κοίλης ἔντοσθε μεσόδμης
290 στῆσαν ἀείραντες, κατὰ δὲ προτόνοισιν ἔδησαν,
ἕλκον δ' ἱστία λευκὰ ἐυστρέπτοισι βοεῦσι.

Who are you among men, and from where? Where is your city, and where your parents?"

And wise Telemachus answered him: "Then indeed, stranger, will I frankly tell you all. Of Ithaca I am by birth, and my father is Odysseus, if ever he existed; but now he has perished by a pitiful fate. Therefore have I now taken my comrades and a black ship, and have come to seek tidings of my father, that has long been gone."

Then godlike Theoclymenus answered him: "Even so have I, too, fled from my country, because I slew a man, one of my own kin. And many brethren and kinsmen of his there are in horse-pasturing Argos, and mightily do they bear sway over the Achaeans. It is to shun death and black fate at their hands that I flee, since, it seems, it is my lot to be a wanderer among men. But set me upon your ship, since in my flight I have made prayer to you, that they may not utterly slay me; for I think they are in pursuit."

And wise Telemachus answered him: "By no means, since you desire it, will I thrust you from my shapely ship, but come with us; there you shall find entertainment such as we have."

So saying, he took from him his spear of bronze, and laid it flat on the deck of the curved ship, and himself went aboard the seafaring ship. Then he sat down in the stern and made Theoclymenus sit down beside him; and his men loosed the stern cables. And Telemachus called to his men and told them to lay hold of the tackling, and they quickly obeyed. The mast of fir they raised and set in the hollow socket, and made it fast with forestays, and hauled up the white sail with well-twisted thongs of

τοῖσιν δ' ἴκμενον οὖρον ἵει γλαυκῶπις Ἀθήνη,
λάβρον ἐπαιγίζοντα δι' αἰθέρος, ὄφρα τάχιστα
νηῦς ἀνύσειε θέουσα θαλάσσης ἁλμυρὸν ὕδωρ.
295 βὰν δὲ παρὰ Κρουνοὺς καὶ Χαλκίδα καλλιρέεθρον.[1]
δύσετό τ' ἠέλιος σκιόωντό τε πᾶσαι ἀγυιαί·
ἡ δὲ Φεὰς ἐπέβαλλεν ἐπειγομένη Διὸς οὔρῳ
ἠδὲ παρ' Ἤλιδα δῖαν, ὅθι κρατέουσιν Ἐπειοί.
ἔνθεν δ' αὖ νήσοισιν ἐπιπροέηκε θοῇσιν,
300 ὁρμαίνων ἤ κεν θάνατον φύγοι ἦ κεν ἁλώῃ.
τὼ δ' αὖτ' ἐν κλισίῃ Ὀδυσεὺς καὶ δῖος ὑφορβὸς
δορπείτην· παρὰ δέ σφιν ἐδόρπεον ἀνέρες ἄλλοι.
αὐτὰρ ἐπεὶ πόσιος καὶ ἐδητύος ἐξ ἔρον ἕντο,
τοῖς δ' Ὀδυσεὺς μετέειπε, συβώτεω πειρητίζων,
305 ἤ μιν ἔτ' ἐνδυκέως φιλέοι μεῖναί τε κελεύοι
αὐτοῦ ἐνὶ σταθμῷ, ἦ ὀτρύνειε πόλινδε·
"κέκλυθι νῦν, Εὔμαιε, καὶ ἄλλοι πάντες ἑταῖροι·
ἠῶθεν προτὶ ἄστυ λιλαίομαι ἀπονέεσθαι
πτωχεύσων, ἵνα μή σε κατατρύχω καὶ ἑταίρους.
310 ἀλλά μοι εὖ θ' ὑπόθευ καὶ ἅμ' ἡγεμόν' ἐσθλὸν ὄπασσον
ὅς κέ με κεῖσ' ἀγάγῃ· κατὰ δὲ πτόλιν αὐτὸς ἀνάγκῃ
πλάγξομαι, αἴ κέν τις κοτύλην καὶ πύρνον ὀρέξῃ.
καί κ' ἐλθὼν πρὸς δώματ' Ὀδυσσῆος θείοιο
ἀγγελίην εἴποιμι περίφρονι Πηνελοπείῃ,

[1] Line 295 is twice cited by Strabo, but is not found in any MS of the *Odyssey*.

---

[a] The Greek geographer Strabo writes (8.3.26) that by "swift" (θοαί) Homer meant "sharp" (ὀξεῖαι). More likely, in one of his

oxhide. And flashing-eyed Athene sent them a favorable wind, blowing strongly through the sky, that as soon as possible the ship might accomplish her way over the salt water of the sea. So they fared past Crouni and Chalcis, with its beautiful streams.

Now the sun set, and all the ways grew dark. And the ship drew near to Pheae, sped by the wind of Zeus, and on past splendid Elis, where the Epeians hold sway. From there again he steered for the swift islands,[a] pondering whether he should escape death or be taken.

But the two, Odysseus and the noble swineherd, were supping in the hut, and with them supped the other men. But when they had put from them the desire for food and drink, Odysseus spoke among them, making trial of the swineherd to see whether he would still entertain him with kindly care and bid him remain there at the farmstead, or send him off to the city:

"Listen now, Eumaeus, and all you other men. In the morning I am minded to go off to the city to beg, that I may not be the ruin of you and your men. Now then, give me good counsel, and send with me a trustworthy guide to lead me there; but through the city will I wander by myself of necessity, in the hope that someone perhaps will give me a cup of water and a loaf. And I might go to the house of godlike Odysseus and bear tidings to the wise

rare "nods," Homer composed this portion of line 299 on the analogy of certain frequent formulas for "swift ships": *θοῆς παρὰ νηυσί(ν), θοῆς ἐπὶ νηυσί(ν), νηυσὶ θοῇσι(ν), παρὰ νηυσὶ θοῃσι(ν)*. The word *νήσοισιν* sounded in his mind enough like *νηυσίν* to trigger *θοῇσιν* at the end of the line, especially in a context where Telemachus is attempting to escape the suitors' ambush by ship. D.

315 καί κε μνηστήρεσσιν ὑπερφιάλοισι μιγείην,
εἴ μοι δεῖπνον δοῖεν ὀνείατα μυρί᾽ ἔχοντες.
αἶψά κεν εὖ δρώοιμι μετὰ σφίσιν ἅσσ᾽ ἐθέλοιεν.
ἐκ γάρ τοι ἐρέω, σὺ δὲ σύνθεο καί μευ ἄκουσον·
Ἑρμείαο ἕκητι διακτόρου, ὅς ῥά τε πάντων
320 ἀνθρώπων ἔργοισι χάριν καὶ κῦδος ὀπάζει,
δρηστοσύνῃ οὐκ ἄν μοι ἐρίσσειε βροτὸς ἄλλος,
πῦρ τ᾽ εὖ νηῆσαι διά τε ξύλα δανὰ[1] κεάσσαι,
δαιτρεῦσαί τε καὶ ὀπτῆσαι καὶ οἰνοχοῆσαι,
οἷά τε τοῖς ἀγαθοῖσι παραδρώωσι χέρηες."
325 τὸν δὲ μέγ᾽ ὀχθήσας προσέφης, Εὔμαιε συβῶτα·
"ὤ μοι, ξεῖνε, τίη τοι ἐνὶ φρεσὶ τοῦτο νόημα
ἔπλετο; ἦ σύ γε πάγχυ λιλαίεαι αὐτόθ᾽ ὀλέσθαι,
εἰ δὴ μνηστήρων ἐθέλεις καταδῦναι ὅμιλον,
τῶν ὕβρις τε βίη τε σιδήρεον οὐρανὸν ἵκει.
330 οὔ τοι τοιοίδ᾽ εἰσὶν ὑποδρηστῆρες ἐκείνων,
ἀλλὰ νέοι, χλαίνας εὖ εἱμένοι ἠδὲ χιτῶνας,
αἰεὶ δὲ λιπαροὶ κεφαλὰς καὶ καλὰ πρόσωπα,
οἵ σφιν ὑποδρώωσιν· ἐΰξεστοι δὲ τράπεζαι
σίτου καὶ κρειῶν ἠδ᾽ οἴνου βεβρίθασιν.
335 ἀλλὰ μέν᾽· οὐ γάρ τίς τοι ἀνιᾶται παρεόντι,
οὔτ᾽ ἐγὼ οὔτε τις ἄλλος ἑταίρων, οἵ μοι ἔασιν.
αὐτὰρ ἐπὴν ἔλθῃσιν Ὀδυσσῆος φίλος υἱός,
κεῖνός σε χλαῖνάν τε χιτῶνά τε εἵματα ἕσσει,
πέμψει δ᾽ ὅππῃ σε κραδίη θυμός τε κελεύει."
340 τὸν δ᾽ ἠμείβετ᾽ ἔπειτα πολύτλας δῖος Ὀδυσσεύς·
"αἴθ᾽ οὕτως, Εὔμαιε, φίλος Διὶ πατρὶ γένοιο
ὡς ἐμοί, ὅττι μ᾽ ἔπαυσας ἄλης καὶ ὀιζύος αἰνῆς.

Penelope, and join the company of the insolent suitors, to see whether they will give me dinner, since they have good cheer in abundance. I could begin on the spot to serve them well in all that they might require. For I will tell you, and do you pay attention and listen to me. By the favor of Hermes, the messenger, who lends grace and fame to all men's work, in the business of serving no other man can vie with me, in piling well a fire, in splitting firewood, in carving and roasting meat, and in pouring wine—in all things in which meaner men serve the noble."

Then deeply moved did you speak to him, swineherd Eumaeus: "Ah me, stranger, why has such a thought come into your mind? You must be yearning to perish there utterly, if you truly intend to enter the throng of the suitors, whose wantonness and violence reach the iron heaven. Not such as you are their serving men; no, they who serve them are young men, well clad in cloaks and tunics, and their heads and handsome faces are always sleek; and polished tables are laden with bread, and meat, and wine. Stay here; no one is vexed by your presence, not I, nor any other of the men that are with me. But when the staunch son of Odysseus comes, he will himself clothe you in a cloak and a tunic to wear, and will send you wherever your heart and spirit bid you go."

Then the much-enduring, noble Odysseus answered him: "Would, Eumaeus, that you might be as dear to father Zeus as you are to me, for you have made me cease from wandering and from grievous hardships. Nothing is

---

[1] δανὰ: πολλὰ

πλαγκτοσύνης δ᾽ οὐκ ἔστι κακώτερον ἄλλο βροτοῖσιν·
ἀλλ᾽ ἕνεκ᾽ οὐλομένης γαστρὸς κακὰ κήδε᾽ ἔχουσιν
345 ἀνέρες, ὅν τιν᾽ ἵκηται ἄλη καὶ πῆμα καὶ ἄλγος.[1]
νῦν δ᾽ ἐπεὶ ἰσχανάᾳς μεῖναί τέ με κεῖνον ἄνωγας,
εἴπ᾽ ἄγε μοι περὶ μητρὸς Ὀδυσσῆος θείοιο
πατρός θ᾽, ὃν κατέλειπεν ἰὼν ἐπὶ γήραος οὐδῷ,
ἤ που ἔτι ζώουσιν ὑπ᾽ αὐγὰς ἠελίοιο,
350 ἦ ἤδη τεθνᾶσι καὶ εἰν Ἀίδαο δόμοισι."

τὸν δ᾽ αὖτε προσέειπε συβώτης, ὄρχαμος ἀνδρῶν·
"τοιγὰρ ἐγώ τοι, ξεῖνε, μάλ᾽ ἀτρεκέως ἀγορεύσω.
Λαέρτης μὲν ἔτι ζώει, Διὶ δ᾽ εὔχεται αἰεὶ
θυμὸν ἀπὸ μελέων φθίσθαι οἷς ἐν μεγάροισιν·
355 ἐκπάγλως γὰρ παιδὸς ὀδύρεται οἰχομένοιο
κουριδίης τ᾽ ἀλόχοιο δαΐφρονος, ἥ ἑ μάλιστα
ἤκαχ᾽ ἀποφθιμένη καὶ ἐν ὠμῷ γήραϊ θῆκεν.
ἡ δ᾽ ἄχεϊ οὗ παιδὸς ἀπέφθιτο κυδαλίμοιο,
λευγαλέῳ θανάτῳ, ὡς μὴ θάνοι ὅς τις ἐμοί γε
360 ἐνθάδε ναιετάων φίλος εἴη καὶ φίλα ἔρδοι.
ὄφρα μὲν οὖν δὴ κείνη ἔην, ἀχέουσά περ ἔμπης,
τόφρα τί μοι φίλον ἔσκε μεταλλῆσαι καὶ ἐρέσθαι,
οὕνεκά μ᾽ αὐτὴ θρέψεν ἅμα Κτιμένῃ τανυπέπλῳ,
θυγατέρ᾽ ἰφθίμῃ, τὴν ὁπλοτάτην τέκε παίδων·
365 τῇ ὁμοῦ ἐτρεφόμην, ὀλίγον δέ τί μ᾽ ἧσσον ἐτίμα.
αὐτὰρ ἐπεί ῥ᾽ ἥβην πολυήρατον ἱκόμεθ᾽ ἄμφω,
τὴν μὲν ἔπειτα Σάμηνδ᾽ ἔδοσαν καὶ μυρί᾽ ἕλοντο,
αὐτὰρ ἐμὲ χλαῖνάν τε χιτῶνά τε εἵματ᾽ ἐκείνη
καλὰ μάλ᾽ ἀμφιέσασα, ποσὶν δ᾽ ὑποδήματα δοῦσα
370 ἀγρόνδε προΐαλλε· φίλει δέ με κηρόθι μᾶλλον.

more evil than homelessness for mortals; yet for their cursed bellies' sake men endure evil woes, when wandering and sorrow and pain come upon them. But now, since you keep me here and bid me await your master, come, tell me of the mother of godlike Odysseus, and of the father, whom, when he went off, he left behind him on the threshold of old age. Are they by chance still living beneath the rays of the sun? Or are they now dead and in the house of Hades?"

Then the swineherd, leader of men, answered him: "Then will I, stranger, frankly tell you. Laertes still lives, but constantly prays to Zeus that his life may waste away from his limbs within his halls. For mightily does he grieve for his son that is gone, and for the wise lady, his wedded wife, whose death troubled him most of all, and brought him to untimely old age. But she died of grief for her glorious son by a miserable death, as I would that no man may die who dwells here as my friend and does me kindness. So long as she lived, though it was in sorrow, it was ever a pleasure to me to ask and inquire after her, for she herself had brought me up with long-robed Ctimene, her noble daughter, whom she bore as her youngest child. With her was I brought up, and the mother honored me little less than her own children. But when we both reached the lovely prime of youth they sent her to Same to be married, and got themselves countless bridal gifts, but as for me, my lady clad me in a cloak and tunic, very handsome ones, and gave me sandals for my feet and sent me forth to the field; but in her heart she loved me the

[1] Line 345 is omitted in many MSS.

νῦν δ' ἤδη τούτων ἐπιδεύομαι· ἀλλά μοι αὐτῷ
ἔργον ἀέξουσιν μάκαρες θεοὶ ᾧ ἐπιμίμνω·
τῶν ἔφαγόν τ' ἔπιόν τε καὶ αἰδοίοισιν ἔδωκα.
ἐκ δ' ἄρα δεσποίνης οὐ μείλιχον ἔστιν ἀκοῦσαι
375 οὔτ' ἔπος οὔτε τι ἔργον, ἐπεὶ κακὸν ἔμπεσεν οἴκῳ,
ἄνδρες ὑπερφίαλοι· μέγα δὲ δμῶες χατέουσιν
ἀντία δεσποίνης φάσθαι καὶ ἕκαστα πυθέσθαι
καὶ φαγέμεν πιέμεν τε, ἔπειτα δὲ καί τι φέρεσθαι
ἀγρόνδ', οἷά τε θυμὸν ἀεὶ δμώεσσιν[1] ἰαίνει."
380 τὸν δ' ἀπαμειβόμενος προσέφη πολύμητις Ὀδυσσεύς·
"ὢ πόποι, ὡς ἄρα τυτθὸς ἐών, Εὔμαιε συβῶτα,
πολλὸν ἀπεπλάγχθης σῆς πατρίδος ἠδὲ τοκήων.
ἀλλ' ἄγε μοι τόδε εἰπὲ καὶ ἀτρεκέως κατάλεξον,
ἠὲ διεπράθετο πτόλις ἀνδρῶν εὐρυάγυια,
385 ᾗ ἔνι ναιετάασκε πατὴρ καὶ πότνια μήτηρ,
ἦ σέ γε μουνωθέντα παρ' οἴεσιν ἢ παρὰ βουσὶν
ἄνδρες δυσμενέες νηυσὶν λάβον ἠδ' ἐπέρασσαν
τοῦδ' ἀνδρὸς πρὸς δώμαθ', ὁ δ' ἄξιον ὦνον ἔδωκε."
τὸν δ' αὖτε προσέειπε συβώτης, ὄρχαμος ἀνδρῶν·
390 "ξεῖν', ἐπεὶ ἂρ δὴ ταῦτά μ' ἀνείρεαι ἠδὲ μεταλλᾷς,
σιγῇ νῦν ξυνίει καὶ τέρπεο, πῖνέ τε οἶνον
ἥμενος. αἵδε δὲ νύκτες ἀθέσφατοι· ἔστι μὲν εὕδειν,
ἔστι δὲ τερπομένοισιν ἀκούειν· οὐδέ τί σε χρή,
πρὶν ὥρη, καταλέχθαι· ἀνίη καὶ πολὺς ὕπνος.
395 τῶν δ' ἄλλων ὅτινα κραδίη καὶ θυμὸς ἀνώγει,
εὑδέτω ἐξελθών· ἅμα δ' ἠοῖ φαινομένηφι
δειπνήσας ἅμ' ὕεσσιν ἀνακτορίῃσιν ἑπέσθω.

more. But now I lack all this, though for my own part the blessed gods make successful the work at which I labor. Therefrom have I eaten and drunk, and given to reverend strangers. But from my mistress I am unable to hear anything pleasant, whether word or deed, for a plague has fallen upon the house, to wit, insolent men. Yet greatly do servants long to speak to their mistress face to face, and to learn of all, and to eat and drink, and afterwards to carry off something also to the fields, such things as always make the heart of a servant grow warm."

Then resourceful Odysseus answered him, and said: "Incredible, how young you must have been, swineherd Eumaeus, when you were separated so far from your country and your parents. But come, tell me this, and declare it truly. Was a broad-wayed city of men sacked, in which your father and honored mother dwelt? Or, when you were alone with your sheep or cattle, did hostile men take you in their ships and bear you for sale to the house of this master of yours, who paid for you a goodly price?"

Then the swineherd, leader of men, answered him: "Stranger, since you ask and question me about this, listen now in silence, and take your joy, and drink your wine as you sit here. These nights are longer than even a god could express. There is time for sleep, and there is time to take joy in hearing tales; you need not lay yourself down before the time comes; there is weariness even in too much sleep. As for the rest of you, if any man's heart and spirit bid him, let him go outside and sleep, and at daybreak let him cat, and follow our master's swine. But

[1] ἀεὶ δμώεσσιν: ἐνὶ στήθεσσιν

νῶι δ' ἐνὶ κλισίῃ πίνοντέ τε δαινυμένω τε
κήδεσιν ἀλλήλων τερπώμεθα λευγαλέοισι,
400 μνωομένω· μετὰ γάρ τε καὶ ἄλγεσι τέρπεται ἀνήρ,
ὅς τις δὴ μάλα πολλὰ πάθῃ καὶ πόλλ' ἐπαληθῇ.
τοῦτο δέ τοι ἐρέω ὅ μ' ἀνείρεαι ἠδὲ μεταλλᾷς.
"νῆσός τις Συρίη κικλήσκεται, εἴ που ἀκούεις,
Ὀρτυγίης καθύπερθεν, ὅθι τροπαὶ ἠελίοιο,
405 οὔ τι περιπληθὴς λίην τόσον, ἀλλ' ἀγαθὴ μέν,
εὔβοτος, εὔμηλος, οἰνοπληθής, πολύπυρος.
πείνη δ' οὔ ποτε δῆμον ἐσέρχεται, οὐδέ τις ἄλλη
νοῦσος ἐπὶ στυγερὴ πέλεται δειλοῖσι βροτοῖσιν·
ἀλλ' ὅτε γηράσκωσι πόλιν κάτα φῦλ' ἀνθρώπων,
410 ἐλθὼν ἀργυρότοξος Ἀπόλλων Ἀρτέμιδι ξὺν
οἷς ἀγανοῖς βελέεσσιν ἐποιχόμενος κατέπεφνεν.
ἔνθα δύω πόλιες, δίχα δέ σφισι πάντα δέδασται·
τῇσιν δ' ἀμφοτέρῃσι πατὴρ ἐμὸς ἐμβασίλευε,
Κτήσιος Ὀρμενίδης, ἐπιείκελος ἀθανάτοισιν.
415 "ἔνθα δὲ Φοίνικες ναυσίκλυτοι ἤλυθον ἄνδρες,
τρῶκται, μυρί' ἄγοντες ἀθύρματα νηὶ μελαίνῃ.
ἔσκε δὲ πατρὸς ἐμοῖο γυνὴ Φοίνισσ' ἐνὶ οἴκῳ,
καλή τε μεγάλη τε καὶ ἀγλαὰ ἔργα ἰδυῖα·
τὴν δ' ἄρα Φοίνικες πολυπαίπαλοι ἠπερόπευον.
420 πλυνούσῃ τις πρῶτα μίγη κοίλῃ παρὰ νηὶ
εὐνῇ καὶ φιλότητι, τά τε φρένας ἠπεροπεύει
θηλυτέρῃσι γυναιξί, καὶ ἥ κ' εὐεργὸς ἔῃσιν.
εἰρώτα δὴ ἔπειτα τίς εἴη καὶ πόθεν ἔλθοι·
ἡ δὲ μάλ' αὐτίκα πατρὸς ἐπέφραδεν ὑψερεφὲς δῶ·
425 "'ἐκ μὲν Σιδῶνος πολυχάλκου εὔχομαι εἶναι,

we two will drink and feast in the hut, and will take delight each in the other's grievous woes, as we recall them to mind. For in after time a man finds joy even in woes, whoever has suffered much and wandered much. But this will I tell you, about which you ask and inquire.

"There is an island called Syria, if perchance you have heard of it, above Ortygia, where are the turning places of the sun. It is not so very thickly settled, but it is a good land, rich in herds, rich in flocks, full of wine, abounding in wheat. Famine never comes into the land, nor does any hateful sickness besides fall on wretched mortals; but when the tribes of men grow old throughout the city, Apollo, of the silver bow, comes with Artemis, and assails them with his gentle shafts, and slays them. In that island are two cities, and all the land is divided between them, and over both ruled as king my father, Ctesius, son of Ormenus, a man like to the immortals.

"Thither came Phoenicians, men famed for their ships, greedy knaves, bringing countless trinkets in their black ship. Now there was in my father's house a Phoenician woman, comely and tall, and skilled in glorious handiwork. Her the wily Phoenicians beguiled. First, as she was washing clothes, one of them lay with her in love by the hollow ship; for this beguiles the minds of women, even though one be upright. Then he asked her who she was, and where she came from, and she promptly showed him the high-roofed house of my father, and said:

"'Out of Sidon, rich in bronze, I declare myself to be,

κούρη δ' εἴμ' Ἀρύβαντος ἐγὼ ῥυδὸν ἀφνειοῖο·
ἀλλά μ' ἀνήρπαξαν Τάφιοι ληίστορες ἄνδρες
ἀγρόθεν ἐρχομένην, πέρασαν δέ τε δεῦρ' ἀγαγόντες
τοῦδ' ἀνδρὸς πρὸς δώμαθ'· ὁ δ' ἄξιον ὦνον ἔδωκε.'
430 "τὴν δ' αὖτε προσέειπεν ἀνήρ, ὃς ἐμίσγετο λάθρῃ·
'ἦ ῥά κε νῦν πάλιν αὖτις ἅμ' ἡμῖν οἴκαδ' ἕποιο,
ὄφρα ἴδῃ πατρὸς καὶ μητέρος ὑψερεφὲς δῶ
αὐτούς τ'; ἦ γὰρ ἔτ' εἰσὶ καὶ ἀφνειοὶ καλέονται.'
"τὸν δ' αὖτε προσέειπε γυνὴ καὶ ἀμείβετο μύθῳ·
435 'εἴη κεν καὶ τοῦτ', εἴ μοι ἐθέλοιτέ γε, ναῦται,
ὅρκῳ πιστωθῆναι ἀπήμονά μ' οἴκαδ' ἀπάξειν.'
"ὣς ἔφαθ', οἱ δ' ἄρα πάντες ἐπώμνυον ὡς ἐκέλευεν.
αὐτὰρ ἐπεί ῥ' ὄμοσάν τε τελεύτησάν τε τὸν ὅρκον,
τοῖς δ' αὖτις μετέειπε γυνὴ καὶ ἀμείβετο μύθῳ·
440 "'σιγῇ νῦν, μή τίς με προσαυδάτω ἐπέεσσιν
ὑμετέρων ἑτάρων, ξυμβλήμενος ἢ ἐν ἀγυιῇ,
ἤ που ἐπὶ κρήνῃ· μή τις ποτὶ δῶμα γέροντι
ἐλθὼν ἐξείπῃ, ὁ δ' ὀισάμενος καταδήσῃ
δεσμῷ ἐν ἀργαλέῳ, ὑμῖν δ' ἐπιφράσσετ' ὄλεθρον.
445 ἀλλ' ἔχετ' ἐν φρεσὶ μῦθον, ἐπείγετε δ' ὦνον ὁδαίων.
ἀλλ' ὅτε κεν δὴ νηῦς πλείη βιότοιο γένηται,
ἀγγελίη μοι ἔπειτα θοῶς ἐς δώμαθ' ἱκέσθω·
οἴσω γὰρ καὶ χρυσόν, ὅτις χ' ὑποχείριος ἔλθῃ·
καὶ δέ κεν ἄλλ' ἐπίβαθρον ἐγὼν ἐθέλουσά γε δοίην.
450 παῖδα γὰρ ἀνδρὸς ἑῆος ἐνὶ μεγάροις ἀτιτάλλω,
κερδαλέον δὴ τοῖον, ἅμα τροχόωντα θύραζε·
τόν κεν ἄγοιμ' ἐπὶ νηός, ὁ δ' ὑμῖν μυρίον ὦνον
ἄλφοι, ὅπῃ περάσητε κατ' ἀλλοθρόους ἀνθρώπους.'

and I am the daughter of Arybas, to whom wealth flowed in streams. But Taphian pirates seized me, as I was coming from the fields, and brought me here, and sold me to the house of yonder man, and he paid for me a goodly price.'

"Then the man who had lain with her in secret answered her: 'Would you then return again with us to your home, that you may see the high-roofed house of your father and mother, and see them too? For truly they are still alive, and are accounted rich.'

"Then the woman answered him, and said: 'This too might come to pass, if you sailors will pledge yourselves by an oath, that you will bring me safely home.'

"So she spoke, and they all pledged themselves as she requested. But when they had sworn and made an end of the oath, the woman again spoke among them, and made answer:

"'Be silent now, and let no one of your company speak to me, if he meets me in the street or perchance at the well, for fear some one go to the palace and tell the old king, and he become suspicious and bind me with grievous bonds, and devise death for you. Instead, keep my words in mind, and speed the barter of your wares. But, when your ship is laden with goods, let a messenger come quickly to me at the palace; for I will also bring whatever gold comes under my hand. Yes, and I would gladly give another thing for my passage. There is a child of my noble master, whose nurse I am in the palace, such a cunning child, who runs along with me when I go out. Him would I bring on board, and he would fetch you a vast price, wherever you might take him for sale among men of strange speech.'

"ἡ μὲν ἄρ' ὣς εἰποῦσ' ἀπέβη πρὸς δώματα καλά,
455 οἱ δ' ἐνιαυτὸν ἅπαντα παρ' ἡμῖν αὖθι μένοντες
ἐν νηὶ γλαφυρῇ βίοτον πολὺν ἐμπολόωντο.
ἀλλ' ὅτε δὴ κοίλη νηῦς ἤχθετο τοῖσι νέεσθαι,
καὶ τότ' ἄρ' ἄγγελον ἧκαν, ὃς ἀγγείλειε γυναικί.
ἤλυθ' ἀνὴρ πολύιδρις ἐμοῦ πρὸς δώματα πατρὸς
460 χρύσεον ὅρμον ἔχων, μετὰ δ' ἠλέκτροισιν ἔερτο.
τὸν μὲν ἄρ' ἐν μεγάρῳ δμῳαὶ καὶ πότνια μήτηρ
χερσίν τ' ἀμφαφόωντο καὶ ὀφθαλμοῖσιν ὁρῶντο,
ὦνον ὑπισχόμεναι· ὁ δὲ τῇ κατένευσε σιωπῇ.
ἦ τοι ὁ καννεύσας κοίλην ἐπὶ νῆα βεβήκει,
465 ἡ δ' ἐμὲ χειρὸς ἑλοῦσα δόμων ἐξῆγε θύραζε.
εὗρε δ' ἐνὶ προδόμῳ ἠμὲν δέπα ἠδὲ τραπέζας
ἀνδρῶν δαιτυμόνων, οἵ μευ πατέρ' ἀμφεπένοντο.
οἱ μὲν ἄρ' ἐς θῶκον πρόμολον, δήμοιό τε φῆμιν,
ἡ δ' αἶψα τρί' ἄλεισα κατακρύψασ' ὑπὸ κόλπῳ
470 ἔκφερεν· αὐτὰρ ἐγὼν ἑπόμην ἀεσιφροσύνῃσι.
δύσετό τ' ἠέλιος, σκιόωντό τε πᾶσαι ἀγυιαί·
ἡμεῖς δ' ἐς λιμένα κλυτὸν ἤλθομεν ὦκα κιόντες,
ἔνθ' ἄρα Φοινίκων ἀνδρῶν ἦν ὠκύαλος νηῦς.
οἱ μὲν ἔπειτ' ἀναβάντες ἐπέπλεον ὑγρὰ κέλευθα,
475 νὼ ἀναβησάμενοι· ἐπὶ δὲ Ζεὺς οὖρον ἴαλλεν.
ἑξῆμαρ μὲν ὁμῶς πλέομεν νύκτας τε καὶ ἦμαρ·
ἀλλ' ὅτε δὴ ἕβδομον ἦμαρ ἐπὶ Ζεὺς θῆκε Κρονίων,
τὴν μὲν ἔπειτα γυναῖκα βάλ' Ἄρτεμις ἰοχέαιρα,
ἄντλῳ δ' ἐνδούπησε πεσοῦσ' ὡς εἰναλίη κήξ.
480 καὶ τὴν μὲν φώκῃσι καὶ ἰχθύσι κύρμα γενέσθαι
ἔκβαλον· αὐτὰρ ἐγὼ λιπόμην ἀκαχήμενος ἦτορ·

"So saying she departed to the beautiful palace. And they remained there in our land for a full year, and got by trade much property in their hollow ship. But when their hollow ship was laden for their return, then they sent a messenger to bear tidings to the woman. There came a man, well versed in guile, to my father's house with a necklace of gold, and with amber beads was it strung between. This the maidens in the hall and my honored mother were handling, and were gazing on it, and were offering him their price; but he nodded to the woman in silence. Then you may be sure when he had nodded to her, he went his way to the hollow ship, but she took me by the hand, and led me forth from the house. Now in the porch of the palace she found the cups and tables of the banqueters, who waited upon my father. They had gone forth to the council and the people's place of debate, but she quickly hid three goblets in the bosom of her garment, and bore them away; and I followed in my innocence. Then the sun set, and all the ways grew dark. And we made haste and came to the splendid harbor, where was the swift ship of the Phoenicians. Then they embarked, putting both of us on board as well, and sailed over the watery ways, and Zeus sent them a favorable wind. For six days we sailed, night and day alike; but when Zeus, son of Cronos, brought upon us the seventh day, then Artemis, the archer, struck the woman, and she fell with a thud into the hold, as a sea bird plunges. Her they threw overboard to be a prey to seals and fishes, but I was left, my heart sore stricken. Now the wind,

τοὺς δ' Ἰθάκῃ ἐπέλασσε φέρων ἄνεμός τε καὶ ὕδωρ,
ἔνθα με Λαέρτης πρίατο κτεάτεσσιν ἑοῖσιν.
οὕτω τήνδε τε γαῖαν ἐγὼν ἴδον ὀφθαλμοῖσι."

485 τὸν δ' αὖ διογενὴς Ὀδυσεὺς ἠμείβετο μύθῳ·
"Εὔμαι', ἦ μάλα δή μοι ἐνὶ φρεσὶ θυμὸν ὄρινας
ταῦτα ἕκαστα λέγων, ὅσα δὴ πάθες ἄλγεα θυμῷ.
ἀλλ' ἤ τοι σοὶ μὲν παρὰ καὶ κακῷ ἐσθλὸν ἔθηκε
Ζεύς, ἐπεὶ ἀνδρὸς δώματ' ἀφίκεο πολλὰ μογήσας
490 ἠπίου, ὃς δή τοι παρέχει βρῶσίν τε πόσιν τε
ἐνδυκέως, ζώεις δ' ἀγαθὸν βίον· αὐτὰρ ἐγώ γε
πολλὰ βροτῶν ἐπὶ ἄστε' ἀλώμενος ἐνθάδ' ἱκάνω."

ὣς οἱ μὲν τοιαῦτα πρὸς ἀλλήλους ἀγόρευον,
καδδραθέτην δ' οὐ πολλὸν ἐπὶ χρόνον, ἀλλὰ μίνυνθα·
495 αἶψα γὰρ Ἠὼς ἦλθεν ἐύθρονος. οἱ δ' ἐπὶ χέρσου
Τηλεμάχου ἕταροι λύον ἱστία, κὰδ δ' ἕλον ἱστὸν
καρπαλίμως, τὴν δ' εἰς ὅρμον προέρυσσαν ἐρετμοῖς·
ἐκ δ' εὐνὰς ἔβαλον, κατὰ δὲ πρυμνήσι' ἔδησαν·
ἐκ δὲ καὶ αὐτοὶ βαῖνον ἐπὶ ῥηγμῖνι θαλάσσης,
500 δεῖπνόν τ' ἐντύνοντο κερῶντό τε αἴθοπα οἶνον.
αὐτὰρ ἐπεὶ πόσιος καὶ ἐδητύος ἐξ ἔρον ἕντο,
τοῖσι δὲ Τηλέμαχος πεπνυμένος ἤρχετο μύθων·

"ὑμεῖς μὲν νῦν ἄστυδ' ἐλαύνετε νῆα μέλαιναν,
αὐτὰρ ἐγὼν ἀγροὺς ἐπιείσομαι ἠδὲ βοτῆρας·
505 ἑσπέριος δ' εἰς ἄστυ ἰδὼν ἐμὰ ἔργα κάτειμι.
ἠῶθεν δέ κεν ὔμμιν ὁδοιπόριον παραθείμην,
δαῖτ' ἀγαθὴν κρειῶν τε καὶ οἴνου ἡδυπότοιο."

τὸν δ' αὖτε προσέειπε Θεοκλύμενος θεοειδής·
"πῇ γὰρ ἐγώ, φίλε τέκνον, ἴω; τεῦ δώμαθ' ἵκωμαι

as it bore them, and the wave, brought them to Ithaca, where Laertes bought me with his wealth. Thus it was that my eyes beheld this land."

To him then Zeus-born Odysseus made answer, and said: "Eumaeus, truly you have deeply stirred the heart in my breast in telling all this tale of the sorrow you have borne at heart. Yet surely in your case Zeus has given good side by side with the evil, since after all your toil you have come to the house of a kindly man, who gives you food and drink, and that with kindness, and you live well; while as for me, it is while wandering through the many cities of men that I come here."

Thus they spoke to one another, and then lay down to sleep, for no long time, but for a little; for soon came fair-throned Dawn. But the comrades of Telemachus, drawing near the shore, furled the sail, and took down the mast quickly, and rowed the ship to her anchorage with their oars. Then they threw out the mooring stones and made fast the stern cables, and themselves disembarked upon the shore of the sea, and made ready their meal and mixed the sparkling wine. But when they had put from them the desire for food and drink, among them wise Telemachus was the first to speak, saying:

"Do you now row the black ship to the city, but I will visit the fields and the herdsmen, and at evening will come to the city when I have looked over my lands. And in the morning I will set before you, as wages for your journey, a good feast of meat and sweet wine."

Then godlike Theoclymenus answered him: "Where shall I go, dear child? To whose house shall I come of

510 ἀνδρῶν οἳ κραναὴν Ἰθάκην κάτα κοιρανέουσιν;
ἦ ἰθὺς σῆς μητρὸς ἴω καὶ σοῖο δόμοιο;"
τὸν δ' αὖ Τηλέμαχος πεπνυμένος ἀντίον ηὔδα·
"ἄλλως μέν σ' ἂν ἐγώ γε καὶ ἡμέτερόνδε κελοίμην
ἔρχεσθ'· οὐ γάρ τι ξενίων ποθή· ἀλλὰ σοὶ αὐτῷ
515 χεῖρον, ἐπεί τοι ἐγὼ μὲν ἀπέσσομαι, οὐδέ σε μήτηρ
ὄψεται· οὐ μὲν γάρ τι θαμὰ μνηστῆρσ' ἐνὶ οἴκῳ
φαίνεται, ἀλλ' ἀπὸ τῶν ὑπερωίῳ ἱστὸν ὑφαίνει.
ἀλλά τοι ἄλλον φῶτα πιφαύσκομαι ὅν κεν ἵκοιο,
Εὐρύμαχον, Πολύβοιο δαΐφρονος ἀγλαὸν υἱόν,
520 τὸν νῦν ἶσα θεῷ Ἰθακήσιοι εἰσορόωσι·
καὶ γὰρ πολλὸν ἄριστος ἀνὴρ μέμονέν τε μάλιστα
μητέρ' ἐμὴν γαμέειν καὶ Ὀδυσσῆος γέρας ἕξειν.
ἀλλὰ τά γε Ζεὺς οἶδεν Ὀλύμπιος, αἰθέρι ναίων,
εἴ κέ σφι πρὸ γάμοιο τελευτήσει κακὸν ἦμαρ."
525 ὣς ἄρα οἱ εἰπόντι ἐπέπτατο δεξιὸς ὄρνις,
κίρκος, Ἀπόλλωνος ταχὺς ἄγγελος· ἐν δὲ πόδεσσι
τίλλε πέλειαν ἔχων, κατὰ δὲ πτερὰ χεῦεν ἔραζε
μεσσηγὺς νηός τε καὶ αὐτοῦ Τηλεμάχοιο.
τὸν δὲ Θεοκλύμενος ἑτάρων ἀπονόσφι καλέσσας
530 ἔν τ' ἄρα οἱ φῦ χειρὶ ἔπος τ' ἔφατ' ἔκ τ' ὀνόμαζε·
"Τηλέμαχ', οὔ τοι ἄνευ θεοῦ ἔπτατο δεξιὸς ὄρνις·
ἔγνων γάρ μιν ἐσάντα ἰδὼν οἰωνὸν ἐόντα.
ὑμετέρου δ' οὐκ ἔστι γένος βασιλεύτερον ἄλλο
ἐν δήμῳ Ἰθάκης, ἀλλ' ὑμεῖς καρτεροὶ αἰεί."
535 τὸν δ' αὖ Τηλέμαχος πεπνυμένος ἀντίον ηὔδα·
"αἲ γὰρ τοῦτο, ξεῖνε, ἔπος τετελεσμένον εἴη·
τῷ κε τάχα γνοίης φιλότητά τε πολλά τε δῶρα

those who rule in rocky Ithaca? Or shall I go straight to your mother's house and yours?"

Then wise Telemachus answered him: "Were things otherwise, I should bid you go to our house, as a matter of course, for there is no lack of entertainment for strangers at all; but it would be worse for yourself, since I shall be away, and my mother will not see you. For she does not appear at all often before the suitors in the house, but apart from them weaves at her loom in an upper chamber. But I will tell you of another man to whom you may go, Eurymachus, glorious son of wise Polybus, whom now the men of Ithaca look upon as on a god. For he is by far the best man, and is the most eager to marry my mother and to have the honor of Odysseus. Nevertheless, Olympian Zeus, who dwells in the sky, knows whether before the wedding he will bring upon them the day of reckoning."

Even as he spoke a bird flew by upon the right, a hawk, the swift messenger of Apollo. In his talons he held a dove, and was plucking her and shedding the feathers down on the ground midway between the ship and Telemachus himself. Then Theoclymenus called him apart from his companions, and clasped his hand, and spoke, and addressed him:

"Telemachus, surely not without a god's bidding did this bird fly by upon our right, for I knew, as I looked upon him, that he was a bird of omen. No other descent than yours in Ithaca is more kingly; you are supreme forever."

Then wise Telemachus answered him again: "Ah, stranger, I would that this word of yours might be fulfilled. Then should you soon know kindness and many a

ἐξ ἐμεῦ, ὡς ἄν τίς σε συναντόμενος μακαρίζοι."
ἦ καὶ Πείραιον προσεφώνεε, πιστὸν ἑταῖρον·
540 "Πείραιε Κλυτίδη, σὺ δέ μοι τά περ ἄλλα μάλιστα
πείθῃ ἐμῶν ἑτάρων, οἵ μοι Πύλον εἰς ἅμ' ἕποντο·
καὶ νῦν μοι τὸν ξεῖνον ἄγων ἐν δώμασι σοῖσιν
ἐνδυκέως φιλέειν καὶ τιέμεν, εἰς ὅ κεν ἔλθω."
τὸν δ' αὖ Πείραιος δουρικλυτὸς ἀντίον ηὔδα·
545 "Τηλέμαχ', εἰ γάρ κεν σὺ πολὺν χρόνον ἐνθάδε μίμνοις,
τόνδε τ' ἐγὼ κομιῶ, ξενίων δέ οἱ οὐ ποθὴ ἔσται."
ὣς εἰπὼν ἐπὶ νηὸς ἔβη, ἐκέλευσε δ' ἑταίρους
αὐτούς τ' ἀμβαίνειν ἀνά τε πρυμνήσια λῦσαι.
οἱ δ' αἶψ' εἴσβαινον καὶ ἐπὶ κληῖσι καθῖζον.
550 Τηλέμαχος δ' ὑπὸ ποσσὶν ἐδήσατο καλὰ πέδιλα,
εἵλετο δ' ἄλκιμον ἔγχος, ἀκαχμένον ὀξέι χαλκῷ,
νηὸς ἀπ' ἰκριόφιν· τοὶ δὲ πρυμνήσι' ἔλυσαν.
οἱ μὲν ἀνώσαντες πλέον ἐς πόλιν, ὡς ἐκέλευσε
Τηλέμαχος, φίλος υἱὸς Ὀδυσσῆος θείοιο·
555 τὸν δ' ὦκα προβιβάντα πόδες φέρον, ὄφρ' ἵκετ' αὐλήν,
ἔνθα οἱ ἦσαν ὕες μάλα μυρίαι, ᾗσι συβώτης
ἐσθλὸς ἐὼν ἐνίαυεν, ἀνάκτεσιν ἤπια εἰδώς.

gift from me, so that one who met you would call you blessed."

He spoke and turned to Peiraeus, his trusty comrade, and said: "Peiraeus, son of Clytius, it is you who in other matters are most faithful to me of all my comrades, who went with me to Pylos; so now, I pray you, take this stranger and give him kindly welcome in your house, and show him honor until I come."

Then Peiraeus, the famous spearman, answered him: "Telemachus, no matter how long you may stay here, I will entertain him, and he shall have no lack of what is due to strangers."

So saying, he went on board the ship, and bade his comrades themselves to embark and to loose the stern cables. So they went on board at once, and sat down upon the benches. But Telemachus bound beneath his feet his fair sandals, and took his stout spear, tipped with sharp bronze, from the deck of the ship. Then the men loosed the stern cables, and shoving off, sailed to the city, as Telemachus bade, the staunch son of divine Odysseus. But his feet bore him swiftly on, as he strode forward, until he reached the farmstead where were his countless swine, among whom slept the worthy swineherd, his heart loyal to his masters.

Π

Τὼ δ' αὖτ' ἐν κλισίῃ Ὀδυσεὺς καὶ δῖος ὑφορβὸς
ἐντύνοντο ἄριστον ἅμ' ἠοῖ, κηαμένω πῦρ,
ἔκπεμψάν τε νομῆας ἅμ' ἀγρομένοισι σύεσσι·
Τηλέμαχον δὲ περίσσαινον κύνες ὑλακόμωροι,
5 οὐδ' ὕλαον προσιόντα. νόησε δὲ δῖος Ὀδυσσεὺς
σαίνοντάς τε κύνας, περί τε κτύπος ἦλθε ποδοῖιν.
αἶψα δ' ἄρ' Εὔμαιον ἔπεα πτερόεντα προσηύδα·
"Εὔμαι', ἦ μάλα τίς τοι ἐλεύσεται ἐνθάδ' ἑταῖρος
ἢ καὶ γνώριμος ἄλλος, ἐπεὶ κύνες οὐχ ὑλάουσιν,
10 ἀλλὰ περισσαίνουσι· ποδῶν δ' ὑπὸ δοῦπον ἀκούω."
οὔ πω πᾶν εἴρητο ἔπος, ὅτε οἱ φίλος υἱὸς
ἔστη ἐνὶ προθύροισι. ταφὼν δ' ἀνόρουσε συβώτης,
ἐκ δ' ἄρα οἱ χειρῶν πέσον ἄγγεα, τοῖς ἐπονεῖτο,
κιρνὰς αἴθοπα οἶνον. ὁ δ' ἀντίος ἦλθεν ἄνακτος,
15 κύσσε δέ μιν κεφαλήν τε καὶ ἄμφω φάεα καλὰ
χεῖράς τ' ἀμφοτέρας· θαλερὸν δέ οἱ ἔκπεσε δάκρυ.
ὡς δὲ πατὴρ ὃν παῖδα φίλα φρονέων ἀγαπάζῃ
ἐλθόντ' ἐξ ἀπίης γαίης δεκάτῳ ἐνιαυτῷ,
μοῦνον τηλύγετον, τῷ ἔπ' ἄλγεα πολλὰ μογήσῃ,
20 ὣς τότε Τηλέμαχον θεοειδέα δῖος ὑφορβὸς
πάντα κύσεν περιφύς, ὡς ἐκ θανάτοιο φυγόντα·
καί ῥ' ὀλοφυρόμενος ἔπεα πτερόεντα προσηύδα·

BOOK 16

Meanwhile the two in the hut, Odysseus and the noble swineherd, had kindled a fire, and were making ready their breakfast at dawn, and had sent forth the herdsmen with the droves of swine; but around Telemachus the loud-barking dogs fawned, and did not bark as he drew near. And noble Odysseus noticed the fawning of the dogs, and the sound of footsteps fell upon his ears; and at once he spoke to Eumaeus winged words:

"Eumaeus, surely some comrade of yours will be coming, or at least someone you know, for the dogs do not bark, but fawn about him, and I hear the sound of footsteps."

Not yet was the word fully uttered, when his own staunch son stood in the doorway. In amazement up sprang the swineherd, and from his hands the vessels fell with which he was busied as he mixed the sparkling wine. And he went to meet his lord, and kissed his head and both his beautiful eyes and his two hands, and a big tear fell from him. And as a loving father greets his own son, who comes in the tenth year from a distant land—his only son and well-beloved, for whose sake he has borne much sorrow—even so did the noble swineherd then clasp in his arms godlike Telemachus, and kiss him all over as one escaped from death; and sobbing he addressed him with winged words:

"ἦλθες, Τηλέμαχε, γλυκερὸν φάος. οὔ σ' ἔτ' ἐγώ γε
ὄψεσθαι ἐφάμην, ἐπεὶ ᾤχεο νηὶ Πύλονδε.
25 ἀλλ' ἄγε νῦν εἴσελθε, φίλον τέκος, ὄφρα σε θυμῷ
τέρψομαι εἰσορόων νέον ἄλλοθεν ἔνδον ἐόντα.
οὐ μὲν γάρ τι θάμ' ἀγρὸν ἐπέρχεαι οὐδὲ νομῆας,
ἀλλ' ἐπιδημεύεις· ὣς γάρ νύ τοι εὔαδε θυμῷ,
ἀνδρῶν μνηστήρων ἐσορᾶν ἀίδηλον ὅμιλον."
30 τὸν δ' αὖ Τηλέμαχος πεπνυμένος ἀντίον ηὔδα·
"ἔσσεται οὕτως, ἄττα· σέθεν δ' ἕνεκ' ἐνθάδ' ἱκάνω,
ὄφρα σέ τ' ὀφθαλμοῖσιν ἴδω καὶ μῦθον ἀκούσω,
ἤ μοι ἔτ' ἐν μεγάροις μήτηρ μένει, ἦέ τις ἤδη
ἀνδρῶν ἄλλος ἔγημεν, Ὀδυσσῆος δέ που εὐνὴ
35 χήτει ἐνευναίων κάκ' ἀράχνια κεῖται ἔχουσα."
τὸν δ' αὖτε προσέειπε συβώτης, ὄρχαμος ἀνδρῶν·
"καὶ λίην κείνη γε μένει τετληότι θυμῷ
σοῖσιν ἐνὶ μεγάροισιν· ὀιζυραὶ δέ οἱ αἰεὶ
φθίνουσιν νύκτες τε καὶ ἤματα δάκρυ χεούσῃ."
40 ὣς ἄρα φωνήσας οἱ ἐδέξατο χάλκεον ἔγχος·
αὐτὰρ ὅ γ' εἴσω ἴεν καὶ ὑπέρβη λάινον οὐδόν.
τῷ δ' ἕδρης ἐπιόντι πατὴρ ὑπόειξεν Ὀδυσσεύς·
Τηλέμαχος δ' ἑτέρωθεν ἐρήτυε φώνησέν τε·
"ἧσ', ὦ ξεῖν'· ἡμεῖς δὲ καὶ ἄλλοθι δήομεν ἕδρην
45 σταθμῷ ἐν ἡμετέρῳ· πάρα δ' ἀνὴρ ὃς καταθήσει."
ὣς φάθ', ὁ δ' αὖτις ἰὼν κατ' ἄρ' ἕζετο· τῷ δὲ συβώτης
χεῦεν ὕπο χλωρὰς ῥῶπας καὶ κῶας ὕπερθεν·
ἔνθα καθέζετ' ἔπειτα Ὀδυσσῆος φίλος υἱός.
τοῖσιν δ' αὖ κρειῶν πίνακας παρέθηκε συβώτης

"You are come, Telemachus, sweet light of my eyes. I thought I should never see you again after you had gone in your ship to Pylos. But come, enter in, dear child, that I may delight my heart with looking at you here in my house, who are newly home from other lands. For you do not often visit the farm and the herdsmen, but stay in the town; so, I suppose, it seemed good to your heart, to look upon the hateful throng of the suitors."

Then wise Telemachus answered him: "So shall it be, father. It is for your sake that I came here, to see you with my eyes, and to hear you tell whether my mother still stays in the halls, or whether by now some other man has wedded her, and the couch of Odysseus, for want of sleepers, perhaps lies full of foul spider webs."

Then the swineherd, leader of men, answered him: "Aye, truly, she stays with steadfast heart in your halls, and always sorrowfully for her the nights and the days wane as she weeps."

So saying, he took from him the spear of bronze, and Telemachus went in and passed over the stone threshold. As he drew near, his father, Odysseus, rose from his seat and gave him place, but Telemachus from where he stood checked him, and said:

"Be seated, stranger, and we shall find a seat elsewhere in our farmstead. There is a man here who will set us one."

So he spoke, and Odysseus went back and sat down again, and for Telemachus the swineherd strewed green brushwood beneath and a fleece above it, and the staunch son of Odysseus sat down. Then the swineherd set before

50 ὀπταλέων, ἅ ῥα τῇ προτέρῃ ὑπέλειπον ἔδοντες,
σῖτον δ' ἐσσυμένως παρενήνεεν ἐν κανέοισιν,
ἐν δ' ἄρα κισσυβίῳ κίρνη μελιηδέα οἶνον·
αὐτὸς δ' ἀντίον ἷζεν Ὀδυσσῆος θείοιο.
οἱ δ' ἐπ' ὀνείαθ' ἑτοῖμα προκείμενα χεῖρας ἴαλλον.
55 αὐτὰρ ἐπεὶ πόσιος καὶ ἐδητύος ἐξ ἔρον ἕντο,
δὴ τότε Τηλέμαχος προσεφώνεε δῖον ὑφορβόν·
"ἄττα, πόθεν τοι ξεῖνος ὅδ' ἵκετο; πῶς δέ ἑ ναῦται
ἤγαγον εἰς Ἰθάκην; τίνες ἔμμεναι εὐχετόωντο;
οὐ μὲν γάρ τί ἑ πεζὸν ὀίομαι ἐνθάδ' ἱκέσθαι."
60 τὸν δ' ἀπαμειβόμενος προσέφης, Εὔμαιε συβῶτα·
"τοιγὰρ ἐγώ τοι, τέκνον, ἀληθέα πάντ' ἀγορεύσω.
ἐκ μὲν Κρητάων γένος εὔχεται εὐρειάων,
φησὶ δὲ πολλὰ βροτῶν ἐπὶ ἄστεα δινηθῆναι
πλαζόμενος· ὣς γάρ οἱ ἐπέκλωσεν τά γε δαίμων.
65 νῦν αὖ Θεσπρωτῶν ἀνδρῶν ἐκ νηὸς ἀποδρὰς
ἤλυθ' ἐμὸν πρὸς σταθμόν, ἐγὼ δέ τοι ἐγγυαλίξω·
ἕρξον ὅπως ἐθέλεις· ἱκέτης δέ τοι εὔχεται εἶναι."
τὸν δ' αὖ Τηλέμαχος πεπνυμένος ἀντίον ηὔδα·
"Εὔμαι', ἦ μάλα τοῦτο ἔπος θυμαλγὲς ἔειπες·
70 πῶς γὰρ δὴ τὸν ξεῖνον ἐγὼν ὑποδέξομαι οἴκῳ;
αὐτὸς μὲν νέος εἰμὶ καὶ οὔ πω χερσὶ πέποιθα
ἄνδρ' ἀπαμύνασθαι, ὅτε τις πρότερος χαλεπήνῃ·
μητρὶ δ' ἐμῇ δίχα θυμὸς ἐνὶ φρεσὶ μερμηρίζει,
ἢ αὐτοῦ παρ' ἐμοί τε μένῃ καὶ δῶμα κομίζῃ,
75 εὐνήν τ' αἰδομένη πόσιος δήμοιό τε φῆμιν,
ἦ ἤδη ἅμ' ἕπηται Ἀχαιῶν ὅς τις ἄριστος
μνᾶται ἐνὶ μεγάροισιν ἀνὴρ καὶ πλεῖστα πόρῃσιν.

them platters of roast meats, which they had left at their meal the day before, and quickly heaped up bread in baskets, and mixed in a bowl of ivy wood honey-sweet wine, and himself sat down over against divine Odysseus. So they put forth their hands to the good cheer lying ready before them. But when they had put from them the desire for food and drink, Telemachus spoke to the noble swineherd, and said;

"Father, from where did this stranger come to you? How did sailors bring him to Ithaca? Who did they declare themselves to be? For I do not suppose he came here on foot."

To him then, swineherd Eumaeus, did you make answer and say: "Then I, child, shall tell you all the truth. From broad Crete he declares that he has birth, and he says that he has wandered roaming through many cities of mortals; so has a god spun for him this lot. But now he has run away from a ship of the Thesprotians and come to my farmstead, and I shall put him in your hands. Do what you will. He declares himself your suppliant."

Then again wise Telemachus answered him: "Eumaeus, truly this word you have uttered stings me to the heart. For how am I to welcome this stranger in my house? I am myself but young, nor have I yet trust in my strength to defend me against a man, when one becomes angry without a cause. And as for my mother, the heart in her breast wavers this way and that, whether to stay here with me and keep the house, respecting the bed of her husband and the voice of the people, or to go now with him whoever is the best of the Achaeans that woo her in the halls, and offers the most gifts of wooing. But truly,

ἀλλ᾽ ἦ τοὶ τὸν ξεῖνον, ἐπεὶ τεὸν ἵκετο δῶμα,
ἕσσω μιν χλαῖνάν τε χιτῶνά τε, εἵματα καλά,
80 δώσω δὲ ξίφος ἄμφηκες καὶ ποσσὶ πέδιλα,
πέμψω δ᾽ ὅππῃ μιν κραδίη θυμός τε κελεύει.
εἰ δ᾽ ἐθέλεις, σὺ κόμισσον ἐνὶ σταθμοῖσιν ἐρύξας·
εἵματα δ᾽ ἐνθάδ᾽ ἐγὼ πέμψω καὶ σῖτον ἅπαντα
ἔδμεναι, ὡς ἂν μή σε κατατρύχῃ καὶ ἑταίρους.
85 κεῖσε δ᾽ ἂν οὔ μιν ἐγώ γε μετὰ μνηστῆρας ἐῷμι
ἔρχεσθαι· λίην γὰρ ἀτάσθαλον ὕβριν ἔχουσι·
μή μιν κερτομέωσιν, ἐμοὶ δ᾽ ἄχος ἔσσεται αἰνόν.
πρῆξαι δ᾽ ἀργαλέον τι μετὰ πλεόνεσσιν ἐόντα
ἄνδρα καὶ ἴφθιμον, ἐπεὶ ἦ πολὺ φέρτεροί εἰσι."
90 τὸν δ᾽ αὖτε προσέειπε πολύτλας δῖος Ὀδυσσεύς·
"ὦ φίλ᾽, ἐπεί θήν μοι καὶ ἀμείψασθαι θέμις ἐστίν,
ἦ μάλα μευ καταδάπτετ᾽ ἀκούοντος φίλον ἦτορ,
οἷά φατε μνηστῆρας ἀτάσθαλα μηχανάασθαι
ἐν μεγάροις, ἀέκητι σέθεν τοιούτου ἐόντος.
95 εἰπέ μοι ἠὲ ἑκὼν ὑποδάμνασαι, ἦ σέ γε λαοὶ
ἐχθαίρουσ᾽ ἀνὰ δῆμον, ἐπισπόμενοι θεοῦ ὀμφῇ,
ἦ τι κασιγνήτοις ἐπιμέμφεαι, οἷσί περ ἀνὴρ
μαρναμένοισι πέποιθε, καὶ εἰ μέγα νεῖκος ὄρηται.
αἲ γὰρ ἐγὼν οὕτω νέος εἴην τῷδ᾽ ἐπὶ θυμῷ,
100 ἢ παῖς ἐξ Ὀδυσῆος ἀμύμονος ἠὲ καὶ αὐτός·
[ἔλθοι ἀλητεύων· ἔτι γὰρ καὶ ἐλπίδος αἶσα]
αὐτίκ᾽ ἔπειτ᾽ ἀπ᾽ ἐμεῖο κάρη τάμοι ἀλλότριος φώς,
εἰ μὴ ἐγὼ κείνοισι κακὸν πάντεσσι γενοίμην,
ἐλθὼν ἐς μέγαρον Λαερτιάδεω Ὀδυσῆος.[1]

[1] Line 104 was rejected by Zenodotus.

as regards this stranger, now that he has come to your house, I will clothe him in a cloak and tunic, fine clothes, and will give him a two-edged sword, and sandals for his feet, and send him wherever his heart and spirit bid him go. Or, if you wish, keep him here at the farmstead, and care for him, and clothes will I send here and all his food to eat, that he may not be the ruin of you and of your men. But there will I not permit him to go, to join the company of the suitors, for they are over-full of wanton insolence, for fear they may mock him, and dreadful grief come upon me. And to achieve anything is hard for one man among many, however valiant he may be, for truly they are far stronger."

Then the much-enduring, noble Odysseus answered him: "Friend, for surely it is right for me to make answer—truly you rend my heart, as I hear your words, such wantonness you say the suitors devise in the halls in despite of you, so manly a man. Tell me, are you willingly thus oppressed? Or do the people throughout the land hate you, following the voice of a god? Or have you cause to blame your brothers, in whose fighting a man trusts even if a great strife arises. Would that I were as young as my present temper demands, or were a son of flawless Odysseus, or Odysseus himself;[a] straightway then might some stranger cut my head from off my neck, if I did not prove myself the bane of them all when I had come to the halls of Odysseus, son of Laertes. But if they should over-

[a] The translation of line 101 ("might come from his wanderings; for there is still room for hope") was relegated by M. to a footnote along with the line itself as "ruinous to the sense," a phrase which echoes the scholiast's comment. The authenticity of the line was already doubted in antiquity, and it is bracketed in many modern editions. D.

105 εἰ δ' αὖ με πληθυῖ δαμασαίατο μοῦνον ἐόντα,
βουλοίμην κ' ἐν ἐμοῖσι κατακτάμενος μεγάροισι
τεθνάμεν ἢ τάδε γ' αἰὲν ἀεικέα ἔργ' ὁράασθαι,
ξείνους τε στυφελιζομένους δμῳάς τε γυναῖκας
ῥυστάζοντας ἀεικελίως κατὰ δώματα καλά,
110 καὶ οἶνον διαφυσσόμενον, καὶ σῖτον ἔδοντας
μὰψ αὔτως, ἀτέλεστον, ἀνηνύστῳ ἐπὶ ἔργῳ."
τὸν δ' αὖ Τηλέμαχος πεπνυμένος ἀντίον ηὔδα·
"τοιγὰρ ἐγώ τοι, ξεῖνε, μάλ' ἀτρεκέως ἀγορεύσω.
οὔτε τί μοι πᾶς δῆμος ἀπεχθόμενος χαλεπαίνει,
115 οὔτε κασιγνήτοις ἐπιμέμφομαι, οἷσί περ ἀνὴρ
μαρναμένοισι πέποιθε, καὶ εἰ μέγα νεῖκος ὄρηται.
ὧδε γὰρ ἡμετέρην γενεὴν μούνωσε Κρονίων·
μοῦνον Λαέρτην Ἀρκείσιος υἱὸν ἔτικτε,
μοῦνον δ' αὖτ' Ὀδυσῆα πατὴρ τέκεν· αὐτὰρ Ὀδυσσεὺς
120 μοῦνον ἔμ' ἐν μεγάροισι τεκὼν λίπεν οὐδ' ἀπόνητο.
τῷ νῦν δυσμενέες μάλα μυρίοι εἴσ' ἐνὶ οἴκῳ.
ὅσσοι γὰρ νήσοισιν ἐπικρατέουσιν ἄριστοι,
Δουλιχίῳ τε Σάμῃ τε καὶ ὑλήεντι Ζακύνθῳ,
ἠδ' ὅσσοι κραναὴν Ἰθάκην κάτα κοιρανέουσι,
125 τόσσοι μητέρ' ἐμὴν μνῶνται, τρύχουσι δὲ οἶκον.
ἡ δ' οὔτ' ἀρνεῖται στυγερὸν γάμον οὔτε τελευτὴν
ποιῆσαι δύναται· τοὶ δὲ φθινύθουσιν ἔδοντες
οἶκον ἐμόν· τάχα δή με διαρραίσουσι καὶ αὐτόν.
ἀλλ' ἦ τοι μὲν ταῦτα θεῶν ἐν γούνασι κεῖται·
130 ἄττα, σὺ δ' ἔρχεο θᾶσσον, ἐχέφρονι Πηνελοπείῃ
εἴφ' ὅτι οἱ σῶς εἰμὶ καὶ ἐκ Πύλου εἰλήλουθα.
αὐτὰρ ἐγὼν αὐτοῦ μενέω, σὺ δὲ δεῦρο νέεσθαι,

whelm me by their numbers because I was alone, far rather would I die, slain in my own halls, than behold continually these shameful deeds, strangers mistreated, and men dragging the handmaids in shameful fashion through the beautiful halls, and wine drawn to waste, and men devouring my bread all heedlessly, without limit, with no end to the business."

And wise Telemachus answered him: "Then truly, stranger, I will frankly tell you all. Neither do the people at large bear me any grudge or hatred, nor have I cause to blame brothers, in whose fighting a man trusts, even if a great strife arises. For such is the manner in which the son of Cronos has made our house run in but a single line. As his only son did Arceisius beget Laertes, as his only son again did his father beget Odysseus, and Odysseus begot me as his only son, and left me in his halls, and had no joy of me. Therefore it is that foes past counting are now in the house; for all the princes who hold sway over the islands—Dulichium, and Same, and wooded Zacynthus—and those who lord it over rocky Ithaca, all these woo my mother and lay waste my house. And she neither refuses the hateful marriage, nor is she able to make an end; but they with feasting consume my household, and before long will bring me, too, to ruin. Yet these things truly lie on the knees of the gods. But, father, go with speed and tell steadfast Penelope that she has me safe, and I have come back from Pylos. But I will stay here, and do you come back here, when you have told your tale to her

οἴῃ ἀπαγγείλας· τῶν δ' ἄλλων μή τις Ἀχαιῶν
πευθέσθω· πολλοὶ γὰρ ἐμοὶ κακὰ μηχανόωνται."

135 τὸν δ' ἀπαμειβόμενος προσέφης, Εὔμαιε συβῶτα·
"γιγνώσκω, φρονέω· τά γε δὴ νοέοντι κελεύεις.
ἀλλ' ἄγε μοι τόδε εἰπὲ καὶ ἀτρεκέως κατάλεξον,
ἢ καὶ Λαέρτῃ αὐτὴν ὁδὸν ἄγγελος ἔλθω
δυσμόρῳ, ὃς τῆος μὲν Ὀδυσσῆος μέγ' ἀχεύων
140 ἔργα τ' ἐποπτεύεσκε μετὰ δμώων τ' ἐνὶ οἴκῳ
πῖνε καὶ ἦσθ', ὅτε θυμὸς ἐνὶ στήθεσσιν ἀνώγοι·
αὐτὰρ νῦν, ἐξ οὗ σύ γε ᾤχεο νηὶ Πύλονδε,
οὔ πω μίν φασιν φαγέμεν καὶ πιέμεν αὔτως,
οὐδ' ἐπὶ ἔργα ἰδεῖν, ἀλλὰ στοναχῇ τε γόῳ τε
145 ἧσται ὀδυρόμενος, φθινύθει δ' ἀμφ' ὀστεόφι χρώς."

τὸν δ' αὖ Τηλέμαχος πεπνυμένος ἀντίον ηὔδα·
"ἄλγιον, ἀλλ' ἔμπης μιν ἐάσομεν, ἀχνύμενοί περ·
εἰ γάρ πως εἴη αὐτάγρετα πάντα βροτοῖσι,
πρῶτόν κεν τοῦ πατρὸς ἑλοίμεθα νόστιμον ἦμαρ.
150 ἀλλὰ σύ γ' ἀγγείλας ὀπίσω κίε, μηδὲ κατ' ἀγροὺς
πλάζεσθαι μετ' ἐκεῖνον· ἀτὰρ πρὸς μητέρα εἰπεῖν
ἀμφίπολον ταμίην ὀτρυνέμεν ὅττι τάχιστα
κρύβδην· κείνη γάρ κεν ἀπαγγείλειε γέροντι."[1]

ἦ ῥα καὶ ὦρσε συφορβόν· ὁ δ' εἵλετο χερσὶ πέδιλα,
155 δησάμενος δ' ὑπὸ ποσσὶ πόλινδ' ἴεν. οὐδ' ἄρ' Ἀθήνην
λῆθεν ἀπὸ σταθμοῖο κιὼν Εὔμαιος ὑφορβός,
ἀλλ' ἥ γε σχεδὸν ἦλθε· δέμας δ' ἤικτο γυναικὶ
καλῇ τε μεγάλῃ τε καὶ ἀγλαὰ ἔργα ἰδυίῃ.
στῆ δὲ κατ' ἀντίθυρον κλισίης Ὀδυσῆι φανεῖσα·

[1] Lines 152–53 were rejected by Aristarchus.

alone; but of the rest of the Achaeans let no one learn it, for many there are who contrive evil against me."

To him then, swineherd Eumaeus, did you make answer, and say: "I hear and take it to heart; you speak to one who understands. But come, tell me this, and declare it truly; whether I shall go on the selfsame way with tidings to Laertes also, ill-fated man, who for a time, though grieving greatly for Odysseus, still oversaw the fields, and would eat and drink with the slaves in the house, as the heart in his breast bade him. But now, from the day when you went in your ship to Pylos, they say he has no longer eaten and drunk as before, nor overseen the fields, but with groaning and wailing he sits and weeps, and the flesh wastes from off his bones."

Then wise Telemachus answered him: "It is the sadder; but none the less we will let him be, despite our sorrow; for if somehow it were possible for mortals to have all their wishes, we would choose first of all the day of my father's return. No; you must give your message and come back, and not straggle over the fields in search of Laertes; but tell my mother with all speed to send off her handmaid, the housekeeper, secretly; for she could bear word to the old man."

He spoke, and sent the swineherd on his way. He took his sandals in his hands, and bound them beneath his feet and went to the city. Nor was Athene unaware that the swineherd Eumaeus was gone from the farmstead, but she drew near in the likeness of a woman, beautiful and tall, and skilled in glorious handiwork. And she stood over against the door of the hut, showing herself to

160 οὐδ' ἄρα Τηλέμαχος ἴδεν ἀντίον οὐδ' ἐνόησεν,
οὐ γάρ πως πάντεσσι θεοὶ φαίνονται ἐναργεῖς,
ἀλλ' Ὀδυσεύς τε κύνες τε ἴδον, καί ῥ' οὐχ ὑλάοντο
κνυζηθμῷ δ' ἑτέρωσε διὰ σταθμοῖο φόβηθεν.
ἡ δ' ἄρ' ἐπ' ὀφρύσι νεῦσε· νόησε δὲ δῖος Ὀδυσσεύς,
165 ἐκ δ' ἦλθεν μεγάροιο παρὲκ μέγα τειχίον αὐλῆς,
στῆ δὲ πάροιθ' αὐτῆς· τὸν δὲ προσέειπεν Ἀθήνη·
"διογενὲς Λαερτιάδη, πολυμήχαν' Ὀδυσσεῦ,
ἤδη νῦν σῷ παιδὶ ἔπος φάο μηδ' ἐπίκευθε,
ὡς ἂν μνηστῆρσιν θάνατον καὶ κῆρ' ἀραρόντε
170 ἔρχησθον προτὶ ἄστυ περικλυτόν· οὐδ' ἐγὼ αὐτὴ
δηρὸν ἀπὸ σφῶιν ἔσομαι μεμαυῖα μάχεσθαι."
ἦ καὶ χρυσείῃ ῥάβδῳ ἐπεμάσσατ' Ἀθήνη.
φᾶρος μέν οἱ πρῶτον ἐυπλυνὲς ἠδὲ χιτῶνα
θῆκ' ἀμφὶ στήθεσσι, δέμας δ' ὤφελλε καὶ ἥβην.
175 ἂψ δὲ μελαγχροιὴς γένετο, γναθμοὶ δὲ τάνυσθεν,
κυάνεαι δ' ἐγένοντο γενειάδες ἀμφὶ γένειον.
ἡ μὲν ἄρ' ὣς ἔρξασα πάλιν κίεν· αὐτὰρ Ὀδυσσεὺς
ἤιεν ἐς κλισίην· θάμβησε δέ μιν φίλος υἱός,
ταρβήσας δ' ἑτέρωσε βάλ' ὄμματα, μὴ θεὸς εἴη,
180 καί μιν φωνήσας ἔπεα πτερόεντα προσηύδα·
"ἀλλοῖός μοι, ξεῖνε, φάνης νέον ἠὲ πάροιθεν,
ἄλλα δὲ εἵματ' ἔχεις, καί τοι χρὼς οὐκέθ' ὁμοῖος.
ἦ μάλα τις θεός ἐσσι, τοὶ οὐρανὸν εὐρὺν ἔχουσιν·
ἀλλ' ἵληθ', ἵνα τοι κεχαρισμένα δώομεν ἱρὰ
185 ἠδὲ χρύσεα δῶρα, τετυγμένα· φείδεο δ' ἡμέων."
τὸν δ' ἠμείβετ' ἔπειτα πολύτλας δῖος Ὀδυσσεύς·
"οὔ τίς τοι θεός εἰμι· τί μ' ἀθανάτοισιν ἐίσκεις;

Odysseus, but Telemachus did not see her before him, or notice her; for it is not at all the case that the gods appear in manifest presence to all. But Odysseus saw her, and the dogs, and they did not bark, but with whining slunk in fear to the farther part of the farmstead. Then she made a sign with her brows, and noble Odysseus perceived it, and went forth from the hall, past the great wall of the court, and stood before her, and Athene spoke to him, saying:

"Son of Laertes, sprung from Zeus, Odysseus of many devices, now tell your son your secret and do not hide it, that when you two have planned death and fate for the suitors you may go to the famous city. Nor will I myself be long away from you, for I am eager for the battle."

With this, Athene touched him with her golden wand. A well-washed cloak and tunic she first of all put about his breast, and she increased his stature and his youthful bloom. Once more he grew dark of color, and his cheeks filled out, and dark grew the beard about his chin. When she had done all this, she departed, but Odysseus went into the hut. And his staunch son marveled, and, shaken, turned his eyes aside for fear it was a god. And he spoke, and addressed him with winged words:

"Of different sort you seem to me now, stranger, than a while ago, and the clothes you wear are different, and your color is no longer the same. Truly you are a god, one of those who hold broad heaven. Be gracious, then, that we may offer to you acceptable sacrifices and golden gifts, finely wrought; and spare us."

Then the much-enduring, noble Odysseus answered him: "Be sure I am no god; why do you liken me to the

ἀλλὰ πατὴρ τεός εἰμι, τοῦ εἵνεκα σὺ στεναχίζων
πάσχεις ἄλγεα πολλά, βίας ὑποδέγμενος ἀνδρῶν."
190 ὣς ἄρα φωνήσας υἱὸν κύσε, κὰδ δὲ παρειῶν
δάκρυον ἧκε χαμᾶζε· πάρος δ' ἔχε νωλεμὲς αἰεί.
Τηλέμαχος δ', οὐ γάρ πω ἐπείθετο ὃν πατέρ' εἶναι,
ἐξαῦτίς μιν ἔπεσσιν ἀμειβόμενος προσέειπεν·
"οὐ σύ γ' Ὀδυσσεύς ἐσσι, πατὴρ ἐμός, ἀλλά με δαίμων
195 θέλγει, ὄφρ' ἔτι μᾶλλον ὀδυρόμενος στεναχίζω.
οὐ γάρ πως ἂν θνητὸς ἀνὴρ τάδε μηχανόῳτο
ᾧ αὐτοῦ γε νόῳ, ὅτε μὴ θεὸς αὐτὸς ἐπελθὼν
ῥηιδίως ἐθέλων θείη νέον ἠὲ γέροντα.
ἦ γάρ τοι νέον ἦσθα γέρων καὶ ἀεικέα ἕσσο·
200 νῦν δὲ θεοῖσιν ἔοικας, οἳ οὐρανὸν εὐρὺν ἔχουσι."
τὸν δ' ἀπαμειβόμενος προσέφη πολύμητις Ὀδυσσεύς·
"Τηλέμαχ', οὔ σε ἔοικε φίλον πατέρ' ἔνδον ἐόντα
οὔτε τι θαυμάζειν περιώσιον οὔτ' ἀγάασθαι·
οὐ μὲν γάρ τοι ἔτ' ἄλλος ἐλεύσεται ἐνθάδ' Ὀδυσσεύς,
205 ἀλλ' ὅδ' ἐγὼ τοιόσδε, παθὼν κακά, πολλὰ δ' ἀληθείς,[1]
ἤλυθον εἰκοστῷ ἔτεϊ ἐς πατρίδα γαῖαν.
αὐτάρ τοι τόδε ἔργον Ἀθηναίης ἀγελείης,
ἥ τέ με τοῖον ἔθηκεν, ὅπως ἐθέλει, δύναται γάρ,
ἄλλοτε μὲν πτωχῷ ἐναλίγκιον, ἄλλοτε δ' αὖτε
210 ἀνδρὶ νέῳ καὶ καλὰ περὶ χροῒ εἵματ' ἔχοντι.
ῥηίδιον δὲ θεοῖσι, τοὶ οὐρανὸν εὐρὺν ἔχουσιν,
ἠμὲν κυδῆναι θνητὸν βροτὸν ἠδὲ κακῶσαι."
ὣς ἄρα φωνήσας κατ' ἄρ' ἕζετο, Τηλέμαχος δὲ

immortals? No, I am your father, for whose sake with groaning you suffer many a woe, undergoing the violence of men."

So saying he kissed his son, and from his cheeks let fall a tear to the ground; but before he steadfastly held them back. And Telemachus—for he did not yet believe that it was his father—again answered, and spoke to him, saying: "You cannot be Odysseus, my father; instead some god beguiles me, that I may weep and groan yet more. There is no way a mortal man could contrive this by his own wit, unless a god were himself to come to him, and easily by his will make him young or old. For truly just now you were an old man and meanly clad, whereas now you are like the gods, who hold broad heaven."

Then resourceful Odysseus answered him, and said: "Telemachus, it does not beseem you to wonder too greatly that your father is in the house, or to be amazed. For you may be sure no other Odysseus will ever come here; but I here, I, just as you see me, after sufferings and many wanderings, have come in the twentieth year to my native land. But this, you must know, is the work of Athene, she that leads the host, who makes me such as she will—for she has the power—now like a beggar, and now again like a young man, and one wearing fine clothes about his body. Easy it is for the gods, who hold broad heaven, both to glorify a mortal man and to abase him."

So saying, he sat down, and Telemachus, flinging his

---

[1] *ἀληθείς: ἀνατλάς*

ἀμφιχυθεὶς πατέρ' ἐσθλὸν ὀδύρετο, δάκρυα λείβων,
215 ἀμφοτέροισι δὲ τοῖσιν ὑφ' ἵμερος ὦρτο γόοιο·
κλαῖον δὲ λιγέως, ἁδινώτερον ἤ τ' οἰωνοί,
φῆναι ἢ αἰγυπιοὶ γαμψώνυχες, οἷσί τε τέκνα
ἀγρόται ἐξείλοντο πάρος πετεηνὰ γενέσθαι·
ὣς ἄρα τοί γ' ἐλεεινὸν ὑπ' ὀφρύσι δάκρυον εἶβον.
220 καί νύ κ' ὀδυρομένοισιν ἔδυ φάος ἠελίοιο,
εἰ μὴ Τηλέμαχος προσεφώνεεν ὃν πατέρ' αἶψα·
"ποίῃ γὰρ νῦν δεῦρο, πάτερ φίλε, νηί σε ναῦται
ἤγαγον εἰς Ἰθάκην; τίνες ἔμμεναι εὐχετόωντο;
οὐ μὲν γάρ τί σε πεζὸν ὀίομαι ἐνθάδ' ἱκέσθαι."
225 τὸν δ' αὖτε προσέειπε πολύτλας δῖος Ὀδυσσεύς·
"τοιγὰρ ἐγώ τοι, τέκνον, ἀληθείην καταλέξω.
Φαίηκές μ' ἄγαγον ναυσίκλυτοι, οἵ τε καὶ ἄλλους
ἀνθρώπους πέμπουσιν, ὅτις σφέας εἰσαφίκηται·
καί μ' εὕδοντ' ἐν νηὶ θοῇ ἐπὶ πόντον ἄγοντες
230 κάτθεσαν εἰς Ἰθάκην, ἔπορον δέ μοι ἀγλαὰ δῶρα,
χαλκόν τε χρυσόν τε ἅλις ἐσθῆτά θ' ὑφαντήν.
καὶ τὰ μὲν ἐν σπήεσσι θεῶν ἰότητι κέονται·
νῦν αὖ δεῦρ' ἱκόμην ὑποθημοσύνῃσιν Ἀθήνης,
ὄφρα κε δυσμενέεσσι φόνου πέρι βουλεύσωμεν.
235 ἀλλ' ἄγε μοι μνηστῆρας ἀριθμήσας κατάλεξον,
ὄφρ' εἰδέω ὅσσοι τε καὶ οἵ τινες ἀνέρες εἰσί·
καί κεν ἐμὸν κατὰ θυμὸν ἀμύμονα μερμηρίξας
φράσσομαι, ἤ κεν νῶι δυνησόμεθ' ἀντιφέρεσθαι
μούνω ἄνευθ' ἄλλων, ἦ καὶ διζησόμεθ' ἄλλους."
240 τὸν δ' αὖ Τηλέμαχος πεπνυμένος ἀντίον ηὔδα·
"ὦ πάτερ, ἦ τοι σεῖο μέγα κλέος αἰὲν ἄκουον,

arms about his good father, wept and shed tears, and in the hearts of both arose a longing for lamentation. And they wailed shrilly, their cries more thick and fast than those of birds, sea eagles, or vultures with crooked talons, whose chicks country folk have taken from their nest before they were fledged; even so piteously did they let tears fall from beneath their brows. And now would the light of the sun have gone down upon their weeping, had not Telemachus spoken to his father suddenly:

"On what sort of ship, dear father, have sailors now brought you here to Ithaca? Who did they declare themselves to be? For I do not suppose you came here on foot."

And much-enduring, noble Odysseus answered him: "Then have no doubt, my child, I will tell you all the truth. The Phaeacians brought me, men famed for their ships, who send other men too on their way, whoever comes to them. And they brought me as I slept in a swift ship over the sea, and set me down in Ithaca, and gave me glorious gifts, stores of bronze and gold and woven clothing. These treasures, by the favor of the gods, are lying in caves. And now I have come here at the bidding of Athene, that we may take counsel about the slaying of our enemies. Come now, count me the suitors, and tell me the list of them, that I may know how many they are, and who, and that I may ponder in my flawless heart and decide whether we two shall be able to stand against them alone without others, or whether we shall also seek out others."

Then wise Telemachus answered him: "Father, you may be sure I have always heard of your great fame, that

χεῖράς τ' αἰχμητὴν ἔμεναι καὶ ἐπίφρονα βουλήν·
ἀλλὰ λίην μέγα εἶπες· ἄγη μ' ἔχει· οὐδέ κεν εἴη
ἄνδρε δύω πολλοῖσι καὶ ἰφθίμοισι μάχεσθαι.
245 μνηστήρων δ' οὔτ' ἂρ δεκὰς ἀτρεκὲς οὔτε δύ' οἶαι,
ἀλλὰ πολὺ πλέονες· τάχα δ' εἴσεαι ἐνθάδ'[1] ἀριθμόν.
ἐκ μὲν Δουλιχίοιο δύω καὶ πεντήκοντα
κοῦροι κεκριμένοι, ἓξ δὲ δρηστῆρες ἕπονται·
ἐκ δὲ Σάμης πίσυρές τε καὶ εἴκοσι φῶτες ἔασιν,
250 ἐκ δὲ Ζακύνθου ἔασιν ἐείκοσι κοῦροι Ἀχαιῶν,
ἐκ δ' αὐτῆς Ἰθάκης δυοκαίδεκα πάντες ἄριστοι,
καί σφιν ἅμ' ἐστὶ Μέδων κῆρυξ καὶ θεῖος ἀοιδὸς
καὶ δοιὼ θεράποντε, δαήμονε δαιτροσυνάων.
τῶν εἴ κεν πάντων ἀντήσομεν ἔνδον ἐόντων,
255 μὴ πολύπικρα καὶ αἰνὰ βίας ἀποτίσεαι ἐλθών.
ἀλλὰ σύ γ', εἰ δύνασαί τιν' ἀμύντορα μερμηρίξαι,
φράζευ, ὅ κέν τις νῶιν ἀμύνοι πρόφρονι θυμῷ."
τὸν δ' αὖτε προσέειπε πολύτλας δῖος Ὀδυσσεύς·
"τοιγὰρ ἐγὼν ἐρέω, σὺ δὲ σύνθεο καί μευ ἄκουσον·
260 καὶ φράσαι ἤ κεν νῶιν Ἀθήνη σὺν Διὶ πατρὶ
ἀρκέσει, ἦέ τιν' ἄλλον ἀμύντορα μερμηρίξω."
τὸν δ' αὖ Τηλέμαχος πεπνυμένος ἀντίον ηὔδα·
"ἐσθλώ τοι τούτω γ' ἐπαμύντορε, τοὺς ἀγορεύεις,
ὕψι περ ἐν νεφέεσσι καθημένω· ὥ τε καὶ ἄλλοις
265 ἀνδράσι τε κρατέουσι καὶ ἀθανάτοισι θεοῖσι."
τὸν δ' αὖτε προσέειπε πολύτλας δῖος Ὀδυσσεύς·
"οὐ μέν τοι κείνω γε πολὺν χρόνον ἀμφὶς ἔσεσθον
φυλόπιδος κρατερῆς, ὁπότε μνηστῆρσι καὶ ἡμῖν
ἐν μεγάροισιν ἐμοῖσι μένος κρίνηται Ἄρηος.

you were a spearman indeed in strength of hand and in wise counsel, but this you say is too great; amazement holds me. It could not be that two men should fight against many men and brave ones. For of the suitors there are not ten alone, or twice ten, but many more by far. Here as we are shall you at once learn their number. From Dulichium there are two and fifty chosen youths, and six serving men attend them; from Same there are four and twenty men; from Zacynthus there are twenty youths of the Achaeans; and from Ithaca itself twelve men, all of them the noblest, and with them is Medon, the herald, and the divine minstrel, and two attendants skilled in carving meats. If we shall meet all these within the halls, bitter, I fear, and desperate, will be your pursuit of vengeance. No, you must take thought whether you can bring to mind any helper, one that would aid us two with a ready heart."

Then much-enduring, noble Odysseus answered him: "Well, then, I will tell you, and do you pay attention and listen to me, and consider whether for us two Athene, with father Zeus, will be enough, or whether I shall bring to mind some other helper."

Then wise Telemachus answered him: "Good indeed are these two helpers, whom you mention, high in the clouds as they sit; and they rule the rest of mankind as well, and the immortal gods."

Then much-enduring, noble Odysseus answered: "Not long, you may be sure, will those two hold aloof from the fierce fray, when between the suitors and us in my halls the might of Ares is put to the test. But, for the

---

[1] ἐνθάδ᾽: αὐτὸς

270 ἀλλὰ σὺ μὲν νῦν ἔρχευ ἅμ' ἠοῖ φαινομένηφιν
οἴκαδε, καὶ μνηστῆρσιν ὑπερφιάλοισιν ὁμίλει·
αὐτὰρ ἐμὲ προτὶ ἄστυ συβώτης ὕστερον ἄξει,
πτωχῷ λευγαλέῳ ἐναλίγκιον ἠδὲ γέροντι.
εἰ δέ μ' ἀτιμήσουσι δόμον κάτα, σὸν δὲ φίλον κῆρ
275 τετλάτω ἐν στήθεσσι κακῶς πάσχοντος ἐμεῖο,
ἤν περ καὶ διὰ δῶμα ποδῶν ἕλκωσι θύραζε
ἢ βέλεσι βάλλωσι· σὺ δ' εἰσορόων ἀνέχεσθαι.
ἀλλ' ἦ τοι παύεσθαι ἀνωγέμεν ἀφροσυνάων,
μειλιχίοις ἐπέεσσι παραυδῶν· οἱ δέ τοι οὔ τι
280 πείσονται· δὴ γάρ σφι παρίσταται αἴσιμον ἦμαρ.
ἄλλο δέ τοι ἐρέω, σὺ δ' ἐνὶ φρεσὶ βάλλεο σῇσιν·
ὁππότε κεν πολύβουλος ἐνὶ φρεσὶ θῇσιν Ἀθήνη,
νεύσω μέν τοι ἐγὼ κεφαλῇ, σὺ δ' ἔπειτα νοήσας
ὅσσα τοι ἐν μεγάροισιν ἀρήια τεύχεα κεῖται
285 ἐς μυχὸν ὑψηλοῦ θαλάμου καταθεῖναι ἀείρας
πάντα μάλ'· αὐτὰρ μνηστῆρας μαλακοῖς ἐπέεσσι
παρφάσθαι, ὅτε κέν σε μεταλλῶσιν ποθέοντες·
"'ἐκ καπνοῦ κατέθηκ', ἐπεὶ οὐκέτι τοῖσιν ἐῴκει
οἷά ποτε Τροίηνδε κιὼν κατέλειπεν Ὀδυσσεύς,
290 ἀλλὰ κατῄκισται, ὅσσον πυρὸς ἵκετ' ἀυτμή.
πρὸς δ' ἔτι καὶ τόδε μεῖζον ἐνὶ φρεσὶ θῆκε Κρονίων,
μή πως οἰνωθέντες, ἔριν στήσαντες ἐν ὑμῖν,
ἀλλήλους τρώσητε καταισχύνητέ τε δαῖτα
καὶ μνηστύν· αὐτὸς γὰρ ἐφέλκεται ἄνδρα σίδηρος.'
295 "νῶιν δ' οἴοισιν δύο φάσγανα καὶ δύο δοῦρε
καλλιπέειν καὶ δοιὰ βοάγρια χερσὶν ἑλέσθαι,

present, go at daybreak to your house and join the company of the insolent suitors. As for me, the swineherd will lead me later on to the city in the likeness of a woeful and aged beggar. And if they shall deal despitefully with me in the house, let the heart in your breast endure while I am evilly treated, even if they drag me by the feet through the door, or pelt me with missiles; still endure to behold it. Tell them indeed to stop their folly, seeking to dissuade them with winning words; yet they will not listen to you in the slightest, for truly their day of doom is at hand. And another thing will I tell you, and do you lay it to heart. When Athene, rich in counsel, shall put it in my mind, I will nod to you with my head; and you thereupon, when you notice it, must take all the weapons of war that lie in your halls, and lay them away one and all in the secret place of the lofty storeroom. And as for the suitors, when they miss the arms and question you, beguile them with gentle words, saying:

"'Out of the smoke have I laid them,[a] since they are no longer like those which of old Odysseus left behind him when he went off to Troy, but are all befouled, so far as the breath of the fire has reached them. And furthermore the greater fear has the son of Cronos put in my heart, that perhaps, when heated with wine, you may start a quarrel among you and wound one another, and so bring shame upon your feast and upon your suit. For of itself does the iron draw a man to it.'

"But for us two alone leave behind two swords and two spears, and two oxhide shields for us to grasp, that we may

[a] The Homeric house had no chimney, and the walls with the weapons hanging on them naturally became grimy with soot from the fire which burned in the center of the hall. M.

ὡς ἂν ἐπιθύσαντες ἑλοίμεθα· τοὺς δέ κ' ἔπειτα
Παλλὰς Ἀθηναίη θέλξει καὶ μητίετα Ζεύς.[1]
ἄλλο δέ τοι ἐρέω, σὺ δ' ἐνὶ φρεσὶ βάλλεο σῇσιν·
300 εἰ ἐτεόν γ' ἐμός ἐσσι καὶ αἵματος ἡμετέροιο,
μή τις ἔπειτ' Ὀδυσῆος ἀκουσάτω ἔνδον ἐόντος,
μήτ' οὖν Λαέρτης ἴστω τό γε μήτε συβώτης
μήτε τις οἰκήων μήτ' αὐτὴ Πηνελόπεια,
ἀλλ' οἶοι σύ τ' ἐγώ τε γυναικῶν γνώομεν ἰθύν·
305 καί κέ τεο δμώων ἀνδρῶν ἔτι πειρηθεῖμεν,
ἠμὲν ὅπου τις νῶι τίει καὶ δείδιε θυμῷ,
ἠδ' ὅτις οὐκ ἀλέγει, σὲ δ' ἀτιμᾷ τοῖον ἐόντα."
τὸν δ' ἀπαμειβόμενος προσεφώνεε φαίδιμος υἱός·
"ὦ πάτερ, ἦ τοι ἐμὸν θυμὸν καὶ ἔπειτά γ', ὀίω,
310 γνώσεαι· οὐ μὲν γάρ τι χαλιφροσύναι γέ μ' ἔχουσιν·
ἀλλ' οὔ τοι τόδε κέρδος ἐγὼν ἔσσεσθαι ὀίω
ἡμῖν ἀμφοτέροισι· σὲ δὲ φράζεσθαι ἄνωγα.
δηθὰ γὰρ αὔτως εἴσῃ ἑκάστου πειρητίζων,
ἔργα μετερχόμενος· τοὶ δ' ἐν μεγάροισιν ἕκηλοι
315 χρήματα δαρδάπτουσιν ὑπέρβιον οὐδ' ἔπι φειδώ.
ἀλλ' ἦ τοί σε γυναῖκας ἐγὼ δεδάασθαι ἄνωγα,
αἵ τέ σ' ἀτιμάζουσι καὶ αἳ νηλείτιδές εἰσιν·
ἀνδρῶν δ' οὐκ ἂν ἐγώ γε κατὰ σταθμοὺς ἐθέλοιμι
ἡμέας πειράζειν, ἀλλ' ὕστερα ταῦτα πένεσθαι,
320 εἰ ἐτεόν γέ τι οἶσθα Διὸς τέρας αἰγιόχοιο."
ὣς οἱ μὲν τοιαῦτα πρὸς ἀλλήλους ἀγόρευον,
ἡ δ' ἄρ' ἔπειτ' Ἰθάκηνδε κατήγετο νηῦς ἐυεργής,
ἣ φέρε Τηλέμαχον Πυλόθεν καὶ πάντας ἑταίρους.
οἱ δ' ὅτε δὴ λιμένος πολυβενθέος ἐντὸς ἵκοντο,

rush up to them and seize them; while as for the suitors, Pallas Athene and Zeus the counselor will beguile them. And another thing will I tell you, and do you lay it to heart. If in truth you are my son and of our blood, then let no one hear that Odysseus is at home; neither let Laertes know it, nor the swineherd, nor any of the household, nor Penelope herself; but by ourselves you and I will learn the temper of the women. Yes, and we will likewise make trial of many a serving man, and see where any of them honors us two and fears us at heart, and who cares nothing for us and scorns you, so manly a man."

Then his glorious son answered him and said: "Father, my spirit I think you shall surely come to know hereafter, for no slackness of will possesses me. But I do not think that this plan will be a gain to us two, and so I bid you take thought. Long and vainly will you go about making trial of each man as you visit the farms, while in your halls those others at their ease are wasting your wealth in insolent fashion, and there is no sparing. But certainly concerning the women I bid you learn who among them dishonor you, and who are guiltless. But of the men in the farmsteads I would not wish us to make trial, but to perform that labor afterwards, if in very truth you know some sign from Zeus, who bears the aegis."

Thus they spoke to one another, but meanwhile the well-built ship that brought Telemachus and all his comrades from Pylos put in to Ithaca; and they, when they had

---

[1] Lines 281–98 (288–94 virtually = 19.7–13) were rejected by Zenodotus and Aristarchus.

325 νῆα μὲν οἵ γε μέλαιναν ἐπ' ἠπείροιο ἔρυσσαν,
τεύχεα δέ σφ' ἀπένεικαν ὑπέρθυμοι θεράποντες,
αὐτίκα δ' ἐς Κλυτίοιο φέρον περικαλλέα δῶρα.
αὐτὰρ κήρυκα πρόεσαν δόμον εἰς Ὀδυσῆος,
ἀγγελίην ἐρέοντα περίφρονι Πηνελοπείῃ,
330 οὕνεκα Τηλέμαχος μὲν ἐπ' ἀγροῦ, νῆα δ' ἀνώγει
ἄστυδ' ἀποπλείειν, ἵνα μὴ δείσασ' ἐνὶ θυμῷ
ἰφθίμη βασίλεια τέρεν κατὰ δάκρυον εἴβοι.
τὼ δὲ συναντήτην κῆρυξ καὶ δῖος ὑφορβὸς
τῆς αὐτῆς ἕνεκ' ἀγγελίης, ἐρέοντε γυναικί.
335 ἀλλ' ὅτε δή ῥ' ἵκοντο δόμον θείου βασιλῆος,
κῆρυξ μέν ῥα μέσῃσι μετὰ δμῳῇσιν ἔειπεν·
"ἤδη τοι, βασίλεια, φίλος πάις εἰλήλουθε."
Πηνελοπείῃ δ' εἶπε συβώτης ἄγχι παραστὰς
πάνθ' ὅσα οἱ φίλος υἱὸς ἀνώγει μυθήσασθαι.
340 αὐτὰρ ἐπεὶ δὴ πᾶσαν ἐφημοσύνην ἀπέειπε,
βῆ ῥ' ἴμεναι μεθ' ὕας, λίπε δ' ἕρκεά τε μέγαρόν τε.
μνηστῆρες δ' ἀκάχοντο κατήφησάν τ' ἐνὶ θυμῷ,
ἐκ δ' ἦλθον μεγάροιο παρὲκ μέγα τειχίον αὐλῆς,
αὐτοῦ δὲ προπάροιθε θυράων ἑδριόωντο.
345 τοῖσιν δ' Εὐρύμαχος, Πολύβου πάις, ἦρχ' ἀγορεύειν·
"ὦ φίλοι, ἦ μέγα ἔργον ὑπερφιάλως τετέλεσται
Τηλεμάχῳ ὁδὸς ἥδε· φάμεν δέ οἱ οὐ τελέεσθαι.
ἀλλ' ἄγε νῆα μέλαιναν ἐρύσσομεν ἥ τις ἀρίστη,
ἐς δ' ἐρέτας ἁλιῆας ἀγείρομεν, οἵ κε τάχιστα
350 κείνοις ἀγγείλωσι θοῶς οἶκόνδε νέεσθαι."
οὔ πω πᾶν εἴρηθ', ὅτ' ἄρ' Ἀμφίνομος ἴδε νῆα,
στρεφθεὶς ἐκ χώρης, λιμένος πολυβενθέος ἐντός,

come into the deep harbor, drew the black ship up on the shore, while proud attendants relieved them of their equipment and at once carried the beauteous gifts to the house of Clytius. But they sent a herald off to the house of Odysseus to bear word to wise Penelope that Telemachus was in the country, and had ordered the ship to sail on to the city, lest the noble queen might grow anxious and let fall tender tears. So the two met, the herald and the noble swineherd, on the selfsame errand, to bear tidings to Odysseus' wife. And when they reached the palace of the godlike king, the herald spoke out in the midst of the handmaids and said: "At this very moment, my queen, your beloved son is returned."

But the swineherd came close to Penelope and told her all that her staunch son had bidden him say. And when he had fully told all that had been commanded him, he went his way to the swine and left the courtyard and the hall.

But the suitors were dismayed and downcast in spirit, and out they went from the hall past the great wall of the court, and there before the gates they sat down. Then among them Eurymachus, the son of Polybus, was the first to speak:

"My friends, truly a great deed has been insolently brought to pass by Telemachus, to wit this journey, and we thought that he would never see it accomplished. But come, let us launch a black ship, the best we have, and let us get together seamen as rowers that they may as soon as possible bring word to those others speedily to return home."

Not yet was the word fully uttered when Amphinomus, turning in his place, saw a ship in the deep harbor

ἱστία τε στέλλοντας ἐρετμά τε χερσὶν ἔχοντας.
ἡδὺ δ' ἄρ' ἐκγελάσας μετεφώνεεν οἷς ἑτάροισι·
355 "μή τιν' ἔτ' ἀγγελίην ὀτρύνομεν· οἵδε γὰρ ἔνδον.
ἤ τίς σφιν τόδ' ἔειπε θεῶν, ἢ εἴσιδον αὐτοὶ
νῆα παρερχομένην, τὴν δ' οὐκ ἐδύναντο κιχῆναι."
ὣς ἔφαθ', οἱ δ' ἀνστάντες ἔβαν ἐπὶ θῖνα θαλάσσης,
αἶψα δὲ νῆα μέλαιναν ἐπ' ἠπείροιο ἔρυσσαν,
360 τεύχεα δέ σφ' ἀπένεικαν ὑπέρθυμοι θεράποντες.
αὐτοὶ δ' εἰς ἀγορὴν κίον ἀθρόοι, οὐδέ τιν' ἄλλον
εἴων οὔτε νέων μεταΐζειν οὔτε γερόντων.
τοῖσιν δ' Ἀντίνοος μετέφη, Εὐπείθεος υἱός·
"ὢ πόποι, ὡς τόνδ' ἄνδρα θεοὶ κακότητος ἔλυσαν.
365 ἤματα μὲν σκοποὶ ἷζον ἐπ' ἄκριας ἠνεμοέσσας
αἰὲν ἐπασσύτεροι· ἅμα δ' ἠελίῳ καταδύντι
οὔ ποτ' ἐπ' ἠπείρου νύκτ' ἄσαμεν, ἀλλ' ἐνὶ πόντῳ
νηὶ θοῇ πλείοντες ἐμίμνομεν Ἠῶ δῖαν,
Τηλέμαχον λοχόωντες, ἵνα φθίσωμεν ἑλόντες
370 αὐτόν· τὸν δ' ἄρα τῆος ἀπήγαγεν οἴκαδε δαίμων,
ἡμεῖς δ' ἐνθάδε οἱ φραζώμεθα λυγρὸν ὄλεθρον
Τηλεμάχῳ, μηδ' ἧμας ὑπεκφύγοι· οὐ γὰρ ὀίω
τούτου γε ζώοντος ἀνύσσεσθαι τάδε ἔργα.
αὐτὸς μὲν γὰρ ἐπιστήμων βουλῇ τε νόῳ τε,
375 λαοὶ δ' οὐκέτι πάμπαν ἐφ' ἡμῖν ἦρα φέρουσιν.
ἀλλ' ἄγετε, πρὶν κεῖνον ὁμηγυρίσασθαι Ἀχαιοὺς
εἰς ἀγορήν—οὐ γάρ τι μεθησέμεναί μιν ὀίω,
ἀλλ' ἀπομηνίσει, ἐρέει δ' ἐν πᾶσιν ἀναστὰς
οὕνεκά οἱ φόνον αἰπὺν ἐράπτομεν οὐδ' ἐκίχημεν·
380 οἱ δ' οὐκ αἰνήσουσιν ἀκούοντες κακὰ ἔργα·

and men furling the sail, and with oars in their hands. Then breaking into a merry laugh, he spoke among his comrades:

"Let us not be sending a message any more, for here they are at home. Either some god told them of this, or they themselves caught sight of the ship of Telemachus as she sailed by, but could not catch her."

So he spoke, and they rose up and went to the shore of the sea. Swiftly the men drew up the black ship on the shore, and proud attendants relieved them of their equipment. They themselves meanwhile went all together to the place of assembly, and no one else would they allow to sit with them, either of the young men or the old. Then among them spoke Antinous, son of Eupeithes:

"Now look! Just see how the gods have delivered this man from destruction. Day by day watchmen sat upon the windy heights, watch constantly following watch, and at set of sun we never spent a night upon the shore, but sailing out at sea in our swift ship we waited for the bright Dawn, lying in wait for Telemachus, that we might take him and slay the man himself; meanwhile, some god has brought him home. But, on our part, let us here devise for him a woeful death, for Telemachus, and let him not escape out of our hands, for I think that while he lives this work of ours will not succeed. For he is himself shrewd in counsel and in wisdom, and the people no longer show us any favor at all. No, come, before he gathers the Achaeans to the place of assembly—for I think he will not delay to act in the slightest, but will be full of anger, and rising up will declare among them all how we contrived against him utter destruction, but did not catch him; and they will not praise us when they hear of our evil deeds.

μή τι κακὸν ῥέξωσι καὶ ἡμέας ἐξελάσωσι
γαίης ἡμετέρης, ἄλλων δ' ἀφικώμεθα δῆμον·
ἀλλὰ φθέωμεν ἑλόντες ἐπ' ἀγροῦ νόσφι πόληος
ἢ ἐν ὁδῷ· βίοτον δ' αὐτοὶ καὶ κτήματ' ἔχωμεν,
385 δασσάμενοι κατὰ μοῖραν ἐφ' ἡμέας, οἰκία δ' αὖτε
κείνου μητέρι δοῖμεν ἔχειν ἠδ' ὅστις ὀπυίοι.
εἰ δ' ὑμῖν ὅδε μῦθος ἀφανδάνει, ἀλλὰ βόλεσθε
αὐτόν τε ζώειν καὶ ἔχειν πατρώια πάντα,
μή οἱ χρήματ' ἔπειτα ἅλις θυμηδέ' ἔδωμεν
390 ἐνθάδ' ἀγειρόμενοι, ἀλλ' ἐκ μεγάροιο ἕκαστος
μνάσθω ἐέδνοισιν διζήμενος· ἡ δέ κ' ἔπειτα
γήμαιθ' ὅς κε πλεῖστα πόροι καὶ μόρσιμος ἔλθοι."
ὣς ἔφαθ', οἱ δ' ἄρα πάντες ἀκὴν ἐγένοντο σιωπῇ.
τοῖσιν δ' Ἀμφίνομος ἀγορήσατο καὶ μετέειπε,
395 Νίσου φαίδιμος υἱός, Ἀρητιάδαο ἄνακτος,
ὅς ῥ' ἐκ Δουλιχίου πολυπύρου, ποιήεντος,
ἡγεῖτο μνηστῆρσι, μάλιστα δὲ Πηνελοπείῃ
ἥνδανε μύθοισι· φρεσὶ γὰρ κέχρητ' ἀγαθῇσιν·
ὅ σφιν ἐυφρονέων ἀγορήσατο καὶ μετέειπεν·
400 "ὦ φίλοι, οὐκ ἂν ἐγώ γε κατακτείνειν ἐθέλοιμι
Τηλέμαχον· δεινὸν δὲ γένος βασιλήιόν ἐστιν
κτείνειν· ἀλλὰ πρῶτα θεῶν εἰρώμεθα βουλάς.
εἰ μέν κ' αἰνήσωσι Διὸς μεγάλοιο θέμιστες,
αὐτός τε κτενέω τούς τ' ἄλλους πάντας ἀνώξω·
405 εἰ δέ κ' ἀποτρωπῶσι θεοί, παύσασθαι ἄνωγα."
ὣς ἔφατ' Ἀμφίνομος, τοῖσιν δ' ἐπιήνδανε μῦθος.
αὐτίκ' ἔπειτ' ἀνστάντες ἔβαν δόμον εἰς Ὀδυσῆος,
ἐλθόντες δὲ καθῖζον ἐπὶ ξεστοῖσι θρόνοισιν.

Beware, then, that they do not work us some harm and drive us out from our country, and we come to the land of strangers. No, let us act first, and seize him in the field far from the city, or on the road; and his property let us ourselves keep, and his treasure, dividing them fairly among us; though the house we would give to his mother to possess, and to him who weds her. However, if this plan does not please you, but you choose rather that he should live and keep all the wealth of his fathers, let us not continue to devour his store of pleasant things as we gather together here, but let each man from his own hall woo her with his gifts and seek to win her; and she then would wed him who offers most, and who comes as her fated bridegroom."

So he spoke, and they were all hushed in silence. Then Amphinomus addressed their assembly, and spoke among them, the glorious son of prince Nisus, son of Aretias. He led the suitors who came from Dulichium, rich in wheat and in grass, and above all others he pleased Penelope with his words, for he had an understanding heart. He it was who with good intent addressed their assembly, and spoke among them:

"Friends, I surely would not choose to kill Telemachus; a dread thing is it to slay one of royal stock. No, let us first seek to learn the will of the gods. If the decrees of great Zeus approve, I will myself slay him, and bid all the others to do so; but if the gods turn us from the act, I bid you desist."

Thus spoke Amphinomus, and his word was pleasing to them. So they arose at once and went to the house of Odysseus, and entering in, sat down on the polished seats.

ἡ δ' αὖτ' ἄλλ' ἐνόησε περίφρων Πηνελόπεια,
410 μνηστήρεσσι φανῆναι ὑπέρβιον ὕβριν ἔχουσι.
πεύθετο γὰρ οὗ παιδὸς ἐνὶ μεγάροισιν ὄλεθρον·
κῆρυξ γάρ οἱ ἔειπε Μέδων, ὃς ἐπεύθετο βουλάς.
βῆ δ' ἰέναι μέγαρόνδε σὺν ἀμφιπόλοισι γυναιξίν.
ἀλλ' ὅτε δὴ μνηστῆρας ἀφίκετο δῖα γυναικῶν,
415 στῆ ῥα παρὰ σταθμὸν τέγεος πύκα ποιητοῖο,
ἄντα παρειάων σχομένη λιπαρὰ κρήδεμνα,
Ἀντίνοον δ' ἐνένιπεν ἔπος τ' ἔφατ' ἔκ τ' ὀνόμαζεν·
"Ἀντίνο', ὕβριν ἔχων, κακομήχανε, καὶ δέ σέ φασιν
ἐν δήμῳ Ἰθάκης μεθ' ὁμήλικας ἔμμεν ἄριστον
420 βουλῇ καὶ μύθοισι· σὺ δ' οὐκ ἄρα τοῖος ἔησθα.
μάργε, τίη δὲ σὺ Τηλεμάχῳ θάνατόν τε μόρον τε
ῥάπτεις, οὐδ' ἱκέτας ἐμπάζεαι, οἷσιν ἄρα Ζεὺς
μάρτυρος; οὐδ' ὁσίη κακὰ ῥάπτειν ἀλλήλοισιν.
ἦ οὐκ οἶσθ' ὅτε δεῦρο πατὴρ τεὸς ἵκετο φεύγων,
425 δῆμον ὑποδείσας; δὴ γὰρ κεχολώατο λίην,
οὕνεκα ληιστῆρσιν ἐπισπόμενος Ταφίοισιν
ἤκαχε Θεσπρωτούς· οἱ δ' ἡμῖν ἄρθμιοι ἦσαν·
τόν ῥ' ἔθελον φθῖσαι καὶ ἀπορραῖσαι φίλον ἦτορ
ἠδὲ κατὰ ζωὴν φαγέειν μενοεικέα πολλήν·
430 ἀλλ' Ὀδυσεὺς κατέρυκε καὶ ἔσχεθεν ἱεμένους περ.
τοῦ νῦν οἶκον ἄτιμον ἔδεις, μνάᾳ δὲ γυναῖκα
παῖδά τ' ἀποκτείνεις, ἐμὲ δὲ μεγάλως ἀκαχίζεις·
ἀλλά σε παύσασθαι κέλομαι καὶ ἀνωγέμεν ἄλλους."
τὴν δ' αὖτ' Εὐρύμαχος, Πολύβου πάις, ἀντίον ηὔδα·
435 "κούρη Ἰκαρίοιο, περίφρον Πηνελόπεια,
θάρσει· μή τοι ταῦτα μετὰ φρεσὶ σῇσι μελόντων.

Then the wise Penelope had another thought, to show herself to the suitors, overweening in their insolence. For she had learned of the threatened death of her son in her halls, for the herald Medon told her, who had heard their counsel. So she went her way toward the hall with her handmaids. But when the beautiful lady reached the suitors, she stood by the doorpost of the well-built hall, holding before her face her shining veil; and she rebuked Antinous, and spoke, and addressed him:

"Antinous, full of violence, deviser of evil! And yet it is you, men say, who excels among all men of your years in the land of Ithaca in counsel and in speech. But you, it seems, are not such a man. Madman! Why do you devise death and fate for Telemachus, and care not for suppliants, for whom Zeus is witness! It is an impious thing to plot evil one against another. Do you not know of the time when your father came to this house a fugitive in terror of the people! For in very truth they were greatly angry with him because he had joined Taphian pirates and harried the Thesprotians, who were in league with us. Him, then, they meant to slay, and take from him his life by violence, and utterly to devour his great and pleasant property; but Odysseus held them back, and prevented them despite their eagerness. His house it is that you consume now without atonement, and woo his wife, and seek to slay his son, and on me you bring great distress. No, forbear, I charge you, and bid the rest forbear."

Then Eurymachus, son of Polybus, answered her: "Daughter of Icarius, wise Penelope, be of good cheer, and let not these things distress your heart. That man

οὐκ ἔσθ᾽ οὗτος ἀνὴρ οὐδ᾽ ἔσσεται οὐδὲ γένηται,
ὅς κεν Τηλεμάχῳ σῷ υἱέι χεῖρας ἐποίσει
ζώοντός γ᾽ ἐμέθεν καὶ ἐπὶ χθονὶ δερκομένοιο.
440 ὧδε γὰρ ἐξερέω, καὶ μὴν τετελεσμένον ἔσται·
αἶψά οἱ αἷμα κελαινὸν ἐρωήσει περὶ δουρὶ
ἡμετέρῳ, ἐπεὶ ἦ καὶ ἐμὲ πτολίπορθος Ὀδυσσεὺς
πολλάκι γούνασιν οἷσιν ἐφεσσάμενος κρέας ὀπτὸν
ἐν χείρεσσιν ἔθηκεν, ἐπέσχε τε οἶνον ἐρυθρόν.
445 τῷ μοι Τηλέμαχος πάντων πολὺ φίλτατός ἐστιν
ἀνδρῶν, οὐδέ τί μιν θάνατον τρομέεσθαι ἄνωγα
ἔκ γε μνηστήρων· θεόθεν δ᾽ οὐκ ἔστ᾽ ἀλέασθαι."
ὣς φάτο θαρσύνων, τῷ δ᾽ ἤρτυεν αὐτὸς ὄλεθρον.
ἡ μὲν ἄρ᾽ εἰσαναβᾶσ᾽ ὑπερώια σιγαλόεντα
450 κλαῖεν ἔπειτ᾽ Ὀδυσῆα, φίλον πόσιν, ὄφρα οἱ ὕπνον
ἡδὺν ἐπὶ βλεφάροισι βάλε γλαυκῶπις Ἀθήνη.
ἑσπέριος δ᾽ Ὀδυσῆι καὶ υἱέι δῖος ὑφορβὸς
ἤλυθεν· οἱ δ᾽ ἄρα δόρπον ἐπισταδὸν ὡπλίζοντο,
σῦν ἱερεύσαντες ἐνιαύσιον. αὐτὰρ Ἀθήνη,
455 ἄγχι παρισταμένη, Λαερτιάδην Ὀδυσῆα
ῥάβδῳ πεπληγυῖα πάλιν ποίησε γέροντα,
λυγρὰ δὲ εἵματα ἕσσε περὶ χροΐ, μή ἑ συβώτης
γνοίη ἐσάντα ἰδὼν καὶ ἐχέφρονι Πηνελοπείῃ
ἔλθοι ἀπαγγέλλων μηδὲ φρεσὶν εἰρύσσαιτο.
460 τὸν καὶ Τηλέμαχος πρότερος πρὸς μῦθον ἔειπεν·
"ἦλθες, δῖ᾽ Εὔμαιε. τί δὴ κλέος ἔστ᾽ ἀνὰ ἄστυ;
ἦ ῥ᾽ ἤδη μνηστῆρες ἀγήνορες ἔνδον ἔασιν
ἐκ λόχου, ἦ ἔτι μ᾽ αὖτ᾽ εἰρύαται οἴκαδ᾽ ἰόντα;"
τὸν δ᾽ ἀπαμειβόμενος προσέφης, Εὔμαιε συβῶτα·

lives not, nor shall live, nor shall ever be born, who shall lay hands on your son Telemachus while I live and behold the light upon the earth. For thus will I speak out to you, and truly it shall be brought to pass. Quickly shall that man's black blood flow about my spear; for in truth me, too, did Odysseus sacker of cities often set upon his knees, and put roast meat in my hands, and hold to my lips red wine. Therefore Telemachus is far the dearest of all men to me, and I bid him have no fear of death, at least from the suitors; but from the gods, can no man avoid it."

Thus he spoke to cheer her, but against him he was himself plotting death. So she went up to her bright upper chamber and then bewailed Odysseus, her dear husband, until flashing-eyed Athene poured sweet sleep upon her eyelids.

But at evening the noble swineherd came back to Odysseus and his son, and they were busily making ready their supper, and had slain a boar one year old. Then Athene came close to Odysseus, son of Laertes, and struck him with her wand, and again made him an old man; and wretched clothing she put about his body, for fear the swineherd might look upon him and know him, and might go to bear tidings to steadfast Penelope, and not hold the secret fast in his heart.

Now Telemachus spoke first to the swineherd, and said: "You have come, noble Eumaeus. What news is there in the city? Have the proud suitors by this time come home from their ambush, or are they still watching for me where they were, to take me on my homeward way?"

To him then, swineherd Eumaeus, did you make an-

465 "οὐκ ἔμελέν μοι ταῦτα μεταλλῆσαι καὶ ἐρέσθαι
ἄστυ καταβλώσκοντα· τάχιστά με θυμὸς ἀνώγει
ἀγγελίην εἰπόντα πάλιν δεῦρ' ἀπονέεσθαι.
ὡμήρησε δέ μοι παρ' ἑταίρων ἄγγελος ὠκύς,
κῆρυξ, ὃς δὴ πρῶτος ἔπος σῇ μητρὶ ἔειπεν.
470 ἄλλο δέ τοι τό γε οἶδα· τὸ γὰρ ἴδον ὀφθαλμοῖσιν.
ἤδη ὑπὲρ πόλιος, ὅθι θ' Ἕρμαιος λόφος ἐστίν,
ἦα κιών, ὅτε νῆα θοὴν ἰδόμην κατιοῦσαν
ἐς λιμέν' ἡμέτερον· πολλοὶ δ' ἔσαν ἄνδρες ἐν αὐτῇ,
βεβρίθει δὲ σάκεσσι καὶ ἔγχεσιν ἀμφιγύοισι·
475 καὶ σφέας ὠίσθην τοὺς ἔμμεναι, οὐδέ τι οἶδα."
ὣς φάτο, μείδησεν δ' ἱερὴ ἲς Τηλεμάχοιο
ἐς πατέρ' ὀφθαλμοῖσιν ἰδών, ἀλέεινε δ' ὑφορβόν.
οἱ δ' ἐπεὶ οὖν παύσαντο πόνου τετύκοντό τε δαῖτα,
δαίνυντ', οὐδέ τι θυμὸς ἐδεύετο δαιτὸς ἐίσης.
480 αὐτὰρ ἐπεὶ πόσιος καὶ ἐδητύος ἐξ ἔρον ἕντο,
κοίτου τε μνήσαντο καὶ ὕπνου δῶρον ἕλοντο.

swer and say: "It did not concern me to go about the city asking and inquiring about this; my heart bade me with all speed to come back here when I had given my message. But there joined me a swift messenger from your companions, a herald, who was the first to tell the news to your mother. And this further thing I know, for I saw it with my own eyes. I was now above the city, as I went on my way, where the hill of Hermes is, when I saw a swift ship putting in to our harbor, and there were many men in her, and she was laden with shields and double-edged spears. And I thought it was they, but I have no knowledge."

So he spoke, and the divine might of Telemachus[a] smiled as with his eyes he glanced at his father, but he avoided the swineherd's eye.

And when they had ceased from their labor and had made ready the meal, they fell to feasting, nor were their hearts at all disappointed by the equally shared feast. But when they had put from them the desire for food and drink, they thought of rest, and took the gift of sleep.

[a] See note on 2.409. D.

Ρ

Ἦμος δ' ἠριγένεια φάνη ῥοδοδάκτυλος Ἠώς,
δὴ τότ' ἔπειθ' ὑπὸ ποσσὶν ἐδήσατο καλὰ πέδιλα
Τηλέμαχος, φίλος υἱὸς Ὀδυσσῆος θείοιο,
εἵλετο δ' ἄλκιμον ἔγχος, ὅ οἱ παλάμηφιν ἀρήρει,
5 ἄστυδε ἱέμενος, καὶ ἑὸν προσέειπε συβώτην·
"ἄττ', ἦ τοι μὲν ἐγὼν εἶμ' ἐς πόλιν, ὄφρα με μήτηρ
ὄψεται· οὐ γάρ μιν πρόσθεν παύσεσθαι ὀίω
κλαυθμοῦ τε στυγεροῖο γόοιό τε δακρυόεντος,
πρίν γ' αὐτόν με ἴδηται· ἀτὰρ σοί γ' ὧδ' ἐπιτέλλω.
10 τὸν ξεῖνον δύστηνον ἄγ' ἐς πόλιν, ὄφρ' ἂν ἐκεῖθι
δαῖτα πτωχεύῃ· δώσει δέ οἱ ὅς κ' ἐθέλῃσι
πύρνον καὶ κοτύλην· ἐμὲ δ' οὔ πως ἔστιν ἅπαντας
ἀνθρώπους ἀνέχεσθαι, ἔχοντά περ ἄλγεα θυμῷ·
ὁ ξεῖνος δ' εἴ περ μάλα μηνίει, ἄλγιον αὐτῷ
15 ἔσσεται· ἦ γὰρ ἐμοὶ φίλ' ἀληθέα μυθήσασθαι."
τὸν δ' ἀπαμειβόμενος προσέφη πολύμητις Ὀδυσσεύς·
"ὦ φίλος, οὐδέ τοι αὐτὸς ἐρύκεσθαι μενεαίνω·
πτωχῷ βέλτερόν ἐστι κατὰ πτόλιν ἠὲ κατ' ἀγροὺς
δαῖτα πτωχεύειν· δώσει δέ μοι ὅς κ' ἐθέλῃσιν.
20 οὐ γὰρ ἐπὶ σταθμοῖσι μένειν ἔτι τηλίκος εἰμί,
ὥστ' ἐπιτειλαμένῳ σημάντορι πάντα πιθέσθαι.

BOOK 17

As soon as early Dawn appeared, the rosy-fingered, Telemachus, the staunch son of godlike Odysseus, bound beneath his feet his beautiful sandals and took his stout spear, fitting his grasp, in haste to go to the city; and he spoke to his swineherd, saying:

"Father, know that I am going to the city, that my mother may see me, for I think that she will not cease from woeful wailing and tearful lamentation until she sees my very self. But to you I give this charge. Lead this unfortunate stranger to the city, that there he may beg his food, and whoever wishes shall give him a loaf and a cup of water. For my part, I can in no way burden myself with all men, troubled at heart as I am. If the stranger is deeply angered because of this, so much the worse for him. I prefer to speak the truth."

Then resourceful Odysseus answered him, and said: "Friend, be sure that I too am not eager to be left here. For a beggar, it is better to beg his food in the town than in the fields, and whoever wishes shall give it to me. For I am no longer of an age to remain at the farmstead, so as to obey in all things the command of an overseer. Go your

ἀλλ' ἔρχευ· ἐμὲ δ' ἄξει ἀνὴρ ὅδε, τὸν σὺ κελεύεις,
αὐτίκ' ἐπεί κε πυρὸς θερέω ἀλέη τε γένηται.
αἰνῶς γὰρ τάδε εἵματ' ἔχω κακά· μή με δαμάσσῃ
25 στίβη ὑπηοίη· ἕκαθεν δέ τε ἄστυ φάτ' εἶναι."
ὣς φάτο, Τηλέμαχος δὲ διὰ σταθμοῖο βεβήκει,
κραιπνὰ ποσὶ προβιβάς, κακὰ δὲ μνηστῆρσι φύτευεν.
αὐτὰρ ἐπεί ῥ' ἵκανε δόμους εὖ ναιετάοντας,
ἔγχος μέν ῥ' ἔστησε φέρων πρὸς κίονα μακρήν,
30 αὐτὸς δ' εἴσω ἴεν καὶ ὑπέρβη λάινον οὐδόν.
τὸν δὲ πολὺ πρώτη εἶδε τροφὸς Εὐρύκλεια,
κώεα καστορνῦσα θρόνοις ἔνι δαιδαλέοισι,
δακρύσασα δ' ἔπειτ' ἰθὺς κίεν· ἀμφὶ δ' ἄρ' ἄλλαι
δμῳαὶ Ὀδυσσῆος ταλασίφρονος ἠγερέθοντο,
35 καὶ κύνεον ἀγαπαζόμεναι κεφαλήν τε καὶ ὤμους.
ἡ δ' ἴεν ἐκ θαλάμοιο περίφρων Πηνελόπεια,
Ἀρτέμιδι ἰκέλη ἠὲ χρυσέῃ Ἀφροδίτῃ,
ἀμφὶ δὲ παιδὶ φίλῳ βάλε πήχεε δακρύσασα,
κύσσε δέ μιν κεφαλήν τε καὶ ἄμφω φάεα καλά,
40 καί ῥ' ὀλοφυρομένη ἔπεα πτερόεντα προσηύδα·
"ἦλθες, Τηλέμαχε, γλυκερὸν φάος. οὔ σ' ἔτ' ἐγώ γε
ὄψεσθαι ἐφάμην, ἐπεὶ ᾤχεο νηὶ Πύλονδε
λάθρῃ, ἐμεῦ ἀέκητι, φίλου μετὰ πατρὸς ἀκουήν.
ἀλλ' ἄγε μοι κατάλεξον ὅπως ἤντησας ὀπωπῆς."
45 τὴν δ' αὖ Τηλέμαχος πεπνυμένος ἀντίον ηὔδα·
"μῆτερ ἐμή, μή μοι γόον ὄρνυθι μηδέ μοι ἦτορ
ἐν στήθεσσιν ὄρινε φυγόντι περ αἰπὺν ὄλεθρον·
ἀλλ' ὑδρηναμένη, καθαρὰ χροῒ εἵμαθ' ἑλοῦσα,

way; this man to whom you gave the order will lead me as soon as I have warmed myself at the fire, and the sun has grown hot. For miserably poor are these garments which I wear, and I fear that the morning frost may overcome me; and you say it is far to the city."

So he spoke, and Telemachus walked out through the farmstead with rapid strides, and was sowing the seeds of evil for the suitors. But when he came to the stately house he set his spear in place, leaning it against a tall pillar, and himself went in and crossed the threshold of stone.

Him the nurse Eurycleia was far the first to see, as she was spreading fleeces on the richly wrought chairs. With a burst of tears she came straight toward him, and round about them gathered the other maids of steadfast Odysseus, and they kissed his head and shoulders in loving welcome.

Then out from her chamber came wise Penelope, looking like Artemis or golden Aphrodite, and bursting into tears she flung her arms about her dear son and kissed his head and both his beautiful eyes; and with sobs she spoke to him winged words:

"You have come, Telemachus, sweet light of my eyes; I thought I should never see you again after you had gone in your ship to Pylos—secretly, and against my will, to seek tidings of your staunch father. Come, then, tell me what sight you had of him."

Then wise Telemachus answered her: "My mother, do not make me weep, nor rouse the heart in my breast at having barely escaped utter destruction. No; bathe yourself, and take clean clothes for your body, and then, going

εἰς ὑπερῷ' ἀναβᾶσα σὺν ἀμφιπόλοισι γυναιξὶν[1]
50 εὔχεο πᾶσι θεοῖσι τεληέσσας ἑκατόμβας
ῥέξειν, αἴ κέ ποθι Ζεὺς ἄντιτα ἔργα τελέσσῃ.
αὐτὰρ ἐγὼν ἀγορὴν ἐσελεύσομαι, ὄφρα καλέσσω
ξεῖνον, ὅτις μοι κεῖθεν ἅμ' ἕσπετο δεῦρο κιόντι.
τὸν μὲν ἐγὼ προὔπεμψα σὺν ἀντιθέοις ἑτάροισι,
55 Πείραιον δέ μιν ἠνώγεα προτὶ οἶκον ἄγοντα
ἐνδυκέως φιλέειν καὶ τιέμεν, εἰς ὅ κεν ἔλθω."
ὣς ἄρ' ἐφώνησεν, τῇ δ' ἄπτερος ἔπλετο μῦθος.
ἡ δ' ὑδρηναμένη, καθαρὰ χροῒ εἵμαθ' ἑλοῦσα,
εὔχετο πᾶσι θεοῖσι τεληέσσας ἑκατόμβας
60 ῥέξειν, αἴ κέ ποθι Ζεὺς ἄντιτα ἔργα τελέσσῃ.
Τηλέμαχος δ' ἄρ' ἔπειτα διὲκ μεγάροιο βεβήκει
ἔγχος ἔχων· ἅμα τῷ γε δύω κύνες[2] ἀργοὶ ἕποντο.
θεσπεσίην δ' ἄρα τῷ γε χάριν κατέχευεν Ἀθήνη·
τὸν δ' ἄρα πάντες λαοὶ ἐπερχόμενον θηεῦντο.
65 ἀμφὶ δέ μιν μνηστῆρες ἀγήνορες ἠγερέθοντο
ἔσθλ' ἀγορεύοντες, κακὰ δὲ φρεσὶ βυσσοδόμευον.
αὐτὰρ ὁ τῶν μὲν ἔπειτα ἀλεύατο πουλὺν ὅμιλον,
ἀλλ' ἵνα Μέντωρ ἧστο καὶ Ἄντιφος ἠδ' Ἁλιθέρσης,
οἵ τέ οἱ ἐξ ἀρχῆς πατρώιοι ἦσαν ἑταῖροι,
70 ἔνθα καθέζετ' ἰών· τοὶ δ' ἐξερέεινον ἕκαστα.
τοῖσι δὲ Πείραιος δουρικλυτὸς ἐγγύθεν ἦλθεν
ξεῖνον ἄγων ἀγορήνδε διὰ πτόλιν· οὐδ' ἄρ' ἔτι δὴν
Τηλέμαχος ξείνοιο ἑκὰς τράπετ', ἀλλὰ παρέστη.

[1] Line 49 is omitted in some MSS, and in others is placed after line 51.

[2] δύω κύνες: κύνες πόδας; cf. 2.11

to your upper chamber with your handmaids, vow to all the gods that you will offer perfect hecatombs, in the hope that Zeus may some day bring deeds of requital to pass. But I will go to the place of assembly that I may invite to our house a stranger who came with me from Pylos on my way here. Him I sent forward with my godlike comrades, and I told Peiraeus to take him home and give him kindly welcome, and show him honor until I should come."

So he spoke, but her word remained unwinged.[a] Then she bathed, and took clean clothes for her body, and vowed to all the gods that she would offer perfect hecatombs, in the hope that Zeus would some day bring deeds of requital to pass.

But Telemachus thereafter went out through the hall with his spear in his hand, and with him went two swift dogs. And wondrous was the grace that Athene shed upon him, and all the people wondered at him as he came. Round about him the proud suitors thronged, speaking with respect, but pondering evil in the deep of their hearts. Nevertheless, he avoided the great throng of these men, but where Mentor sat, and Antiphus, and Halitherses, who were friends of his father's house from of old, there he went and sat down, and they questioned him of each thing. Then spear-famed Peiraeus drew near, leading the stranger through the city to the place of assembly; and Telemachus did not long turn away from

[a] That is, she made no reply. M. See also Oxford Commentary *ad loc*. D.

τὸν καὶ Πείραιος πρότερος πρὸς μῦθον ἔειπε·
75 "Τηλέμαχ', αἶψ' ὄτρυνον ἐμὸν ποτὶ δῶμα γυναῖκας,
ὥς τοι δῶρ' ἀποπέμψω, ἅ τοι Μενέλαος ἔδωκε."
τὸν δ' αὖ Τηλέμαχος πεπνυμένος ἀντίον ηὔδα·
"Πείραι', οὐ γάρ τ' ἴδμεν ὅπως ἔσται τάδε ἔργα.
εἴ κεν ἐμὲ μνηστῆρες ἀγήνορες ἐν μεγάροισι
80 λάθρῃ κτείναντες πατρώια πάντα δάσωνται,
αὐτὸν ἔχοντά σε βούλομ' ἐπαυρέμεν, ἤ τινα τῶνδε·
εἰ δέ κ' ἐγὼ τούτοισι φόνον καὶ κῆρα φυτεύσω,
δὴ τότε μοι χαίροντι φέρειν πρὸς δώματα χαίρων."
ὣς εἰπὼν ξεῖνον ταλαπείριον ἦγεν ἐς οἶκον.
85 αὐτὰρ ἐπεί ῥ' ἵκοντο δόμους εὖ ναιετάοντας,
χλαίνας μὲν κατέθεντο κατὰ κλισμούς τε θρόνους τε,
ἐς δ' ἀσαμίνθους βάντες ἐυξέστας λούσαντο.
τοὺς δ' ἐπεὶ οὖν δμῳαὶ λοῦσαν καὶ χρῖσαν ἐλαίῳ,
ἀμφὶ δ' ἄρα χλαίνας οὔλας βάλον ἠδὲ χιτῶνας,
90 ἔκ ῥ' ἀσαμίνθων βάντες ἐπὶ κλισμοῖσι καθῖζον.
χέρνιβα δ' ἀμφίπολος προχόῳ ἐπέχευε φέρουσα
καλῇ χρυσείῃ, ὑπὲρ ἀργυρέοιο λέβητος,
νίψασθαι· παρὰ δὲ ξεστὴν ἐτάνυσσε τράπεζαν.
σῖτον δ' αἰδοίη ταμίη παρέθηκε φέρουσα,
95 εἴδατα πόλλ' ἐπιθεῖσα, χαριζομένη παρεόντων.
μήτηρ δ' ἀντίον ἷζε παρὰ σταθμὸν μεγάροιο
κλισμῷ κεκλιμένη, λέπτ' ἠλάκατα στρωφῶσα.
οἱ δ' ἐπ' ὀνείαθ' ἑτοῖμα προκείμενα χεῖρας ἴαλλον,
αὐτὰρ ἐπεὶ πόσιος καὶ ἐδητύος ἐξ ἔρον ἕντο,
100 τοῖσι δὲ μύθων ἦρχε περίφρων Πηνελόπεια·
"Τηλέμαχ', ἦ τοι ἐγὼν ὑπερώιον εἰσαναβᾶσα

his guest, but went up to him. Then Peiraeus was the first to speak, saying:

"Telemachus, quickly send women to my house, that I may send to you the gifts which Menelaus gave you."

Then wise Telemachus answered him: "Peiraeus, we do not know how these things will be. If the proud suitors shall secretly slay me in my hall, and divide among them all the goods of my fathers, I wish that you should keep and enjoy these things yourself rather than one of them. But if I shall sow for them the seeds of death and fate, bring it all to my house gladly, as I shall be glad."

So saying, he led the much-tried stranger to the house. Now when they had come to the stately house, they laid their cloaks on the chairs and high seats, and went into the polished baths and bathed. And when the maids had bathed them and anointed them with oil, and had thrown about them fleecy cloaks and tunics, they came out from the baths and sat down upon the chairs. Then a handmaid brought water for the hands in a beautiful pitcher of gold, and poured it over a silver basin for them to wash, and beside them drew up a polished table. And the revered housekeeper brought and set before them bread, and with it meats in abundance, giving freely of what she had. And his mother sat over against Telemachus by the doorpost of the hall, leaning against a chair and spinning fine threads of yarn. So they put forth their hands to the good cheer lying ready before them. But when they had put from them the desire for food and drink, wise Penelope spoke first among them:

"Telemachus, I truly will go to my upper chamber and

λέξομαι εἰς εὐνήν, ἥ μοι στονόεσσα τέτυκται,
αἰεὶ δάκρυσ᾽ ἐμοῖσι πεφυρμένη, ἐξ οὗ Ὀδυσσεὺς
ᾤχεθ᾽ ἅμ᾽ Ἀτρεΐδῃσιν ἐς Ἴλιον· οὐδέ μοι ἔτλης,
105 πρὶν ἐλθεῖν μνηστῆρας ἀγήνορας ἐς τόδε δῶμα,
νόστον σοῦ πατρὸς σάφα εἰπέμεν, εἴ που ἄκουσας."
τὴν δ᾽ αὖ Τηλέμαχος πεπνυμένος ἀντίον ηὔδα·
"τοιγὰρ ἐγώ τοι, μῆτερ, ἀληθείην καταλέξω.
ᾠχόμεθ᾽ ἔς τε Πύλον καὶ Νέστορα, ποιμένα λαῶν·
110 δεξάμενος δέ με κεῖνος ἐν ὑψηλοῖσι δόμοισιν
ἐνδυκέως ἐφίλει, ὡς εἴ τε πατὴρ ἑὸν υἱὸν
ἐλθόντα χρόνιον νέον ἄλλοθεν· ὣς ἐμὲ κεῖνος
ἐνδυκέως ἐκόμιζε σὺν υἱάσι κυδαλίμοισιν.
αὐτὰρ Ὀδυσσῆος ταλασίφρονος οὔ ποτ᾽ ἔφασκεν,
115 ζωοῦ οὐδὲ θανόντος, ἐπιχθονίων τευ ἀκοῦσαι·
ἀλλά μ᾽ ἐς Ἀτρεΐδην, δουρικλειτὸν Μενέλαον,
ἵπποισι προὔπεμψε καὶ ἅρμασι κολλητοῖσιν.
ἔνθ᾽ ἴδον Ἀργείην Ἑλένην, ἧς εἵνεκα πολλὰ
Ἀργεῖοι Τρῶές τε θεῶν ἰότητι μόγησαν.[1]
120 εἴρετο δ᾽ αὐτίκ᾽ ἔπειτα βοὴν ἀγαθὸς Μενέλαος
ὅττευ χρηΐζων ἱκόμην Λακεδαίμονα δῖαν·
αὐτὰρ ἐγὼ τῷ πᾶσαν ἀληθείην κατέλεξα·
καὶ τότε δή με ἔπεσσιν ἀμειβόμενος προσέειπεν·
"'ὢ πόποι, ἦ μάλα δὴ κρατερόφρονος ἀνδρὸς ἐν εὐνῇ
125 ἤθελον εὐνηθῆναι, ἀνάλκιδες αὐτοὶ ἐόντες.
ὡς δ᾽ ὁπότ᾽ ἐν ξυλόχῳ ἔλαφος κρατεροῖο λέοντος
νεβροὺς κοιμήσασα νεηγενέας γαλαθηνοὺς
κνημοὺς ἐξερέῃσι καὶ ἄγκεα ποιήεντα
βοσκομένη, ὁ δ᾽ ἔπειτα ἑὴν εἰσήλυθεν εὐνήν,

lie down on my bed, which has become for me a bed of wailing, ever wet with my tears, since the day when Odysseus set forth with the sons of Atreus for Ilium. But you took no care, before the proud suitors came into this house, to tell me the truth of the return of your father, if perchance you heard anything."

And wise Telemachus answered her: "Then have no doubt, mother, I will tell you all the truth. We went to Pylos and to Nestor, the shepherd of the people, and he received me in his lofty house and gave me kindly welcome, as a father might his own son who after a long time had newly come from afar: just so kindly he tended me with his glorious sons. Yet of steadfast Odysseus, whether living or dead, he said he had heard nothing from any man on earth. But he sent me on my way with horses and jointed chariot to spear-famed Menelaus, son of Atreus. There I saw Argive Helen, for whose sake Argives and Trojans toiled much by the will of the gods. And at once Menelaus, good at the war cry, asked me what I had come to splendid Lacedaemon in quest of; and I told him all the truth. Then he answered me, and said:

"'Out upon them! For truly it was in the bed of a man of valiant heart they undertook to lie, who are themselves of little prowess. Just as when in the thicket lair of a powerful lion a doe has laid to sleep her newborn suckling fawns, and roams over the mountain slopes and grassy vales seeking pasture, and then the lion comes to his lair

---

[1] πολλὰ . . . μόγησαν: πολλοὶ . . . δάμησαν

130 ἀμφοτέροισι δὲ τοῖσιν ἀεικέα πότμον ἐφῆκεν,
ὣς Ὀδυσεὺς κείνοισιν ἀεικέα πότμον ἐφήσει.
αἲ γάρ, Ζεῦ τε πάτερ καὶ Ἀθηναίη καὶ Ἄπολλον,
τοῖος ἐὼν οἷός ποτ᾽ ἐυκτιμένῃ ἐνὶ Λέσβῳ
ἐξ ἔριδος Φιλομηλεΐδῃ ἐπάλαισεν ἀναστάς,
135 κὰδ δ᾽ ἔβαλε κρατερῶς, κεχάροντο δὲ πάντες Ἀχαιοί,
τοῖος ἐὼν μνηστῆρσιν ὁμιλήσειεν Ὀδυσσεύς·
πάντες κ᾽ ὠκύμοροί τε γενοίατο πικρόγαμοί τε.
ταῦτα δ᾽ ἅ μ᾽ εἰρωτᾷς καὶ λίσσεαι, οὐκ ἂν ἐγώ γε
ἄλλα παρὲξ εἴποιμι παρακλιδὸν οὐδ᾽ ἀπατήσω,
140 ἀλλὰ τὰ μέν μοι ἔειπε γέρων ἅλιος νημερτής,
τῶν οὐδέν τοι ἐγὼ κρύψω ἔπος οὐδ᾽ ἐπικεύσω.
φῆ μιν ὅ γ᾽ ἐν νήσῳ ἰδέειν κρατέρ᾽ ἄλγε᾽ ἔχοντα,
νύμφης ἐν μεγάροισι Καλυψοῦς, ἥ μιν ἀνάγκῃ
ἴσχει· ὁ δ᾽ οὐ δύναται ἣν πατρίδα γαῖαν ἱκέσθαι.
145 οὐ γάρ οἱ πάρα νῆες ἐπήρετμοι καὶ ἑταῖροι,
οἵ κέν μιν πέμποιεν ἐπ᾽ εὐρέα νῶτα θαλάσσης.᾽
"ὣς ἔφατ᾽ Ἀτρεΐδης, δουρικλειτὸς Μενέλαος.
ταῦτα τελευτήσας νεόμην· ἔδοσαν δέ μοι οὖρον
ἀθάνατοι, τοί μ᾽ ὦκα φίλην ἐς πατρίδ᾽ ἔπεμψαν."
150 ὣς φάτο, τῇ δ᾽ ἄρα θυμὸν ἐνὶ στήθεσσιν ὄρινε.
τοῖσι δὲ καὶ μετέειπε Θεοκλύμενος θεοειδής·
"ὦ γύναι αἰδοίη Λαερτιάδεω Ὀδυσῆος,
ἦ τοι ὅ γ᾽ οὐ σάφα οἶδεν, ἐμεῖο δὲ σύνθεο μῦθον·
ἀτρεκέως γάρ σοι μαντεύσομαι οὐδ᾽ ἐπικεύσω·
155 ἴστω νῦν Ζεὺς πρῶτα θεῶν, ξενίη τε τράπεζα
ἱστίη τ᾽ Ὀδυσῆος ἀμύμονος, ἣν ἀφικάνω,
ὡς ἦ τοι Ὀδυσεὺς ἤδη ἐν πατρίδι γαίῃ,

and upon her two fawns lets loose a cruel doom, so will Odysseus let loose a cruel doom upon these men. I would, father Zeus and Athene and Apollo, that in such strength as when once in well-ordered Lesbos he rose up and wrestled a match with Philomeleïdes and threw him violently, and all the Achaeans rejoiced, in just such strength Odysseus might come among the suitors; then should they all meet with a swift death and a bitter marriage. But in this matter about which you ask and beseech me, be sure I shall not swerve aside to speak of other things, nor will I deceive you; on the contrary, of all that the unerring old man of the sea told me, not one thing will I hide from you or conceal. He said that he had seen Odysseus on an island in bitter torment, in the halls of the nymph Calypso, who keeps him there perforce. And he cannot come to his own native land, for he has at hand no ships with oars, and no comrades, to send him on his way over the broad back of the sea.'

"So spoke spear-famed Menelaus, son of Atreus. Now when I had made an end of all this I set out for home, and the immortals gave me a fair wind and brought me quickly to my own native land."

So he spoke, and stirred the heart in her breast. Then among them spoke also the godlike Theoclymenus, saying:

"Revered wife of Odysseus, son of Laertes, he truly has no clear understanding; but hearken to my words, for with certain knowledge will I prophesy to you, and will hide nothing. Be my witness Zeus above all gods, and this hospitable board and the hearth of flawless Odysseus to which I have come, that truly Odysseus is even now in his

ἥμενος ἢ ἕρπων, τάδε πευθόμενος κακὰ ἔργα,
ἔστιν, ἀτὰρ μνηστῆρσι κακὸν πάντεσσι φυτεύει·
160 τοῖον ἐγὼν οἰωνὸν ἐυσσέλμου ἐπὶ νηὸς
ἥμενος ἐφρασάμην καὶ Τηλεμάχῳ ἐγεγώνευν."
τὸν δ' αὖτε προσέειπε περίφρων Πηνελόπεια·
"αἲ γὰρ τοῦτο, ξεῖνε, ἔπος τετελεσμένον εἴη·
τῷ κε τάχα γνοίης φιλότητά τε πολλά τε δῶρα
165 ἐξ ἐμεῦ, ὡς ἄν τίς σε συναντόμενος μακαρίζοι."[1]
ὣς οἱ μὲν τοιαῦτα πρὸς ἀλλήλους ἀγόρευον,
μνηστῆρες δὲ πάροιθεν Ὀδυσσῆος μεγάροιο
δίσκοισιν τέρποντο καὶ αἰγανέῃσιν ἱέντες,
ἐν τυκτῷ δαπέδῳ, ὅθι περ πάρος ὕβριν ἔχοντες.
170 ἀλλ' ὅτε δὴ δείπνηστος ἔην καὶ ἐπήλυθε μῆλα
πάντοθεν ἐξ ἀγρῶν, οἱ δ' ἤγαγον οἳ τὸ πάρος περ,
καὶ τότε δή σφιν ἔειπε Μέδων· ὃς γάρ ῥα μάλιστα
ἥνδανε κηρύκων, καί σφιν παρεγίγνετο δαιτί·
"κοῦροι, ἐπεὶ δὴ πάντες ἐτέρφθητε φρέν' ἀέθλοις,
175 ἔρχεσθε πρὸς δώμαθ', ἵν' ἐντυνώμεθα δαῖτα·
οὐ μὲν γάρ τι χέρειον ἐν ὥρῃ δεῖπνον ἑλέσθαι."
ὣς ἔφαθ', οἱ δ' ἀνστάντες ἔβαν πείθοντό τε μύθῳ.
αὐτὰρ ἐπεί ῥ' ἵκοντο δόμους εὖ ναιετάοντας,
χλαίνας μὲν κατέθεντο κατὰ κλισμούς τε θρόνους τε,
180 οἱ δ' ἱέρευον ὄις μεγάλους καὶ πίονας αἶγας,
ἵρευον δὲ σύας σιάλους καὶ βοῦν ἀγελαίην,[2]
δαῖτ' ἐντυνόμενοι. τοὶ δ' ἐξ ἀγροῖο πόλινδε
ὠτρύνοντ' Ὀδυσεύς τ' ἰέναι καὶ δῖος ὑφορβός.
τοῖσι δὲ μύθων ἦρχε συβώτης, ὄρχαμος ἀνδρῶν·

native land, sitting still or creeping, learning of these evil deeds, and he is sowing the seeds of evil for all the suitors. So plain a bird of omen did I mark as I sat on the benched ship, and I declared it to Telemachus."

Then wise Penelope answered him: "Ah, stranger, would that this word of yours might be fulfilled. Then should you quickly know of kindness and many a gift from me, so that one who met you would call you blessed."

Thus they spoke to one another. And the suitors meanwhile in front of the palace of Odysseus were making merry, throwing the discus and the javelin in a leveled place, as their custom was, in insolence of heart. But when it was the hour for dinner, and the flocks came in from all sides from the fields, and the men brought them whose custom it was, then Medon, who of the heralds was most to their liking and was always present at their feasts, spoke to them, saying:

"Young men, now that you have all made glad your hearts with sport, come to the house that we may make ready a feast; for it is no bad thing to take one's dinner in season."

So he spoke, and they rose up and went, and obeyed his word. And when they had come to the stately house they laid their cloaks on the chairs and high seats, and men fell to slaying big sheep and fat goats, yes, and fatted swine, and a heifer of the herd, and so made ready the meal. But Odysseus and the noble swineherd were making haste to go from the country to the city; and the swineherd, leader of men, spoke first, and said:

---

[1] Lines 150–65 were rejected in antiquity.

[2] Line 181 was rejected by Aristophanes and Aristarchus.

185 "ξεῖν', ἐπεὶ ἂρ δὴ ἔπειτα πόλινδ' ἰέναι μενεαίνεις
σήμερον, ὡς ἐπέτελλεν ἄναξ ἐμός—ἦ σ' ἂν ἐγώ γε
αὐτοῦ βουλοίμην σταθμῶν ῥυτῆρα λιπέσθαι·
ἀλλὰ τὸν αἰδέομαι καὶ δείδια, μή μοι ὀπίσσω
νεικείῃ· χαλεπαὶ δέ τ' ἀνάκτων εἰσὶν ὁμοκλαί—
190 ἀλλ' ἄγε νῦν ἴομεν· δὴ γὰρ μέμβλωκε μάλιστα
ἦμαρ, ἀτὰρ τάχα τοι ποτὶ ἕσπερα ῥίγιον ἔσται."
τὸν δ' ἀπαμειβόμενος προσέφη πολύμητις
'Οδυσσεύς·
"γιγνώσκω, φρονέω· τά γε δὴ νοέοντι κελεύεις.
ἀλλ' ἴομεν, σὺ δ' ἔπειτα διαμπερὲς ἡγεμόνευε.
195 δὸς δέ μοι, εἴ ποθί τοι ῥόπαλον τετμημένον ἐστίν,
σκηρίπτεσθ', ἐπεὶ ἦ φατ' ἀρισφαλέ' ἔμμεναι οὐδόν."
ἦ ῥα καὶ ἀμφ' ὤμοισιν ἀεικέα βάλλετο πήρην,
πυκνὰ ῥωγαλέην· ἐν δὲ στρόφος ἦεν ἀορτήρ·
Εὔμαιος δ' ἄρα οἱ σκῆπτρον θυμαρὲς ἔδωκε.
200 τὼ βήτην, σταθμὸν δὲ κύνες καὶ βώτορες ἄνδρες
ῥύατ' ὄπισθε μένοντες· ὁ δ' ἐς πόλιν ἦγεν ἄνακτα
πτωχῷ λευγαλέῳ ἐναλίγκιον ἠδὲ γέροντι,
σκηπτόμενον· τὰ δὲ λυγρὰ περὶ χροῒ εἵματα ἕστο.
ἀλλ' ὅτε δὴ στείχοντες ὁδὸν κάτα παιπαλόεσσαν
205 ἄστεος ἐγγὺς ἔσαν καὶ ἐπὶ κρήνην ἀφίκοντο
τυκτὴν καλλίροον, ὅθεν ὑδρεύοντο πολῖται,
τὴν ποίησ' Ἴθακος καὶ Νήριτος ἠδὲ Πολύκτωρ·
ἀμφὶ δ' ἄρ' αἰγείρων ὑδατοτρεφέων ἦν ἄλσος,
πάντοσε κυκλοτερές, κατὰ δὲ ψυχρὸν ῥέεν ὕδωρ
210 ὑψόθεν ἐκ πέτρης· βωμὸς δ' ἐφύπερθε τέτυκτο
νυμφάων, ὅθι πάντες ἐπιρρέζεσκον ὁδῖται·
ἔνθα σφέας ἐκίχαν' υἱὸς Δολίοιο Μελανθεὺς

"Stranger, since you are eager to go to the city today, as my master bade—though for myself I would rather have you left here to keep the farmstead; but I reverence and fear him, that he may chide me hereafter, and hard are the rebukes of masters—come now, let us go. The day is far spent, and soon you will find it colder toward evening."

Then resourceful Odysseus answered him, and said: "I hear and take it to heart; you speak to one who understands. Come, let us go, and be you my guide all the way. But give me a staff to lean upon, if you have one cut anywhere, for truly you said that the way was treacherous."

He spoke, and flung about his shoulders his miserable leather pouch, full of holes, slung by a twisted cord, and Eumaeus gave him a staff to his liking. So they two set forth, and the dogs and the herdsmen stayed behind to guard the farmstead; but the swineherd led his master to the city in the likeness of a woeful and aged beggar, leaning on a staff; and miserable were the clothes that he wore about his body.

But when, as they went along the rugged path, they were near the city, and had come to a well-wrought, fair-flowing fountain, from which the townsfolk drew water—this Ithacus had made, and Neritus, and Polyctor, and around was a grove of poplars, that grow by the waters, encircling it on all sides, and down the cold water flowed from the rock above, and on the top was built an altar to the nymphs where all passersby made offerings—there Melantheus, son of Dolius, met them as he was driving

αἶγας ἄγων, αἳ πᾶσι μετέπρεπον αἰπολίοισι,
δεῖπνον μνηστήρεσσι· δύω δ' ἅμ' ἕποντο νομῆες.
215 τοὺς δὲ ἰδὼν νείκεσσεν ἔπος τ' ἔφατ' ἔκ τ' ὀνόμαζεν,
ἔκπαγλον καὶ ἀεικές· ὄρινε δὲ κῆρ Ὀδυσῆος·
"νῦν μὲν δὴ μάλα πάγχυ κακὸς κακὸν ἡγηλάζει,
ὡς αἰεὶ τὸν ὁμοῖον ἄγει θεὸς ὡς τὸν ὁμοῖον.
πῇ δὴ τόνδε μολοβρὸν ἄγεις, ἀμέγαρτε συβῶτα,
220 πτωχὸν ἀνιηρόν, δαιτῶν ἀπολυμαντῆρα;
ὃς πολλῇς φλιῇσι παραστὰς θλίψεται ὤμους,
αἰτίζων ἀκόλους, οὐκ ἄορας οὐδὲ λέβητας·
τόν κ' εἴ μοι δοίης σταθμῶν ῥυτῆρα γενέσθαι
σηκοκόρον τ' ἔμεναι θαλλόν τ' ἐρίφοισι φορῆναι,
225 καί κεν ὀρὸν πίνων μεγάλην ἐπιγουνίδα θεῖτο.
ἀλλ' ἐπεὶ οὖν δὴ ἔργα κάκ' ἔμμαθεν, οὐκ ἐθελήσει
ἔργον ἐποίχεσθαι, ἀλλὰ πτώσσων κατὰ δῆμον
βούλεται αἰτίζων βόσκειν ἣν γαστέρ' ἄναλτον.
ἀλλ' ἔκ τοι ἐρέω, τὸ δὲ καὶ τετελεσμένον ἔσται·
230 αἴ κ' ἔλθῃ πρὸς δώματ' Ὀδυσσῆος θείοιο,
πολλά οἱ ἀμφὶ κάρη σφέλα ἀνδρῶν ἐκ παλαμάων
πλευραὶ ἀποτρίψουσι δόμον κάτα βαλλομένοιο."
ὣς φάτο, καὶ παριὼν λὰξ ἔνθορεν ἀφραδίῃσιν
ἰσχίῳ· οὐδέ μιν ἐκτὸς ἀταρπιτοῦ ἐστυφέλιξεν,
235 ἀλλ' ἔμεν' ἀσφαλέως· ὁ δὲ μερμήριξεν Ὀδυσσεὺς
ἠὲ μεταΐξας ῥοπάλῳ ἐκ θυμὸν ἕλοιτο,
ἦ πρὸς γῆν ἐλάσειε κάρη ἀμφουδὶς ἀείρας.
ἀλλ' ἐπετόλμησε, φρεσὶ δ' ἔσχετο· τὸν δὲ συβώτης
νείκεσ' ἐσάντα ἰδών, μέγα δ' εὔξατο χεῖρας ἀνασχών·

his she-goats, the best that were in all the herds, to make a feast for the suitors; and two herdsmen followed with him. As he saw them, he spoke and addressed them, and reviled them in terrible and unseemly words, and stirred the heart of Odysseus:

"Here now in very truth comes the vile leading the vile. As ever, the god is bringing like and like together. Whither, pray, are you leading this filthy glutton, you miserable swineherd, this nuisance of a beggar to spoil our feasts? He is a man to stand and rub his shoulders on many doorposts, begging for scraps, not for swords or cauldrons.[a] If you would give me this fellow to keep my farmstead, to sweep out the pens and to carry young shoots to the kids, then by drinking whey he might get himself a sturdy thigh. But since he has learned only mischief, he will not care to busy himself with work, but prefers to go skulking through the land, that by begging he may feed his bottomless belly. But I will speak out to you, and this word shall truly be brought to pass. If he comes to the palace of godlike Odysseus, his sides shall wear to splinters many a footstool hurled about his head by the hands of those that are men, as he is pelted through the house."

So he spoke, and as he passed he kicked Odysseus on the hip in his folly, yet he did not kick him off the path; instead he stayed there unshaken. And Odysseus pondered whether he should leap upon him and take his life with his staff, or pick him up by the ears and dash his head upon the ground. Yet he stood it, and contained himself. And the swineherd looked the man in the face, and rebuked him, and lifted up his hands, and prayed aloud:

[a] Gifts ordinarily given to princely guests. M.

240 “νύμφαι κρηναῖαι, κοῦραι Διός, εἴ ποτ’ Ὀδυσσεὺς
ὔμμ’ ἐπὶ μηρί’ ἔκηε, καλύψας πίονι δημῷ,
ἀρνῶν ἠδ’ ἐρίφων, τόδε μοι κρηήνατ’ ἐέλδωρ,
ὡς ἔλθοι μὲν κεῖνος ἀνήρ, ἀγάγοι δέ ἑ δαίμων·
τῷ κέ τοι ἀγλαΐας γε διασκεδάσειεν ἁπάσας,
245 τὰς νῦν ὑβρίζων φορέεις, ἀλαλήμενος αἰεὶ
ἄστυ κάτ’· αὐτὰρ μῆλα κακοὶ φθείρουσι νομῆες.”
τὸν δ’ αὖτε προσέειπε Μελάνθιος, αἰπόλος αἰγῶν·
“ὢ πόποι, οἷον ἔειπε κύων ὀλοφώια εἰδώς,
τόν ποτ’ ἐγὼν ἐπὶ νηὸς ἐυσσέλμοιο μελαίνης
250 ἄξω τῆλ’ Ἰθάκης, ἵνα μοι βίοτον πολὺν ἄλφοι.
αἲ γὰρ Τηλέμαχον βάλοι ἀργυρότοξος Ἀπόλλων
σήμερον ἐν μεγάροις, ἢ ὑπὸ μνηστῆρσι δαμείη,
ὡς Ὀδυσῆί γε τηλοῦ ἀπώλετο νόστιμον ἦμαρ.”
ὣς εἰπὼν τοὺς μὲν λίπεν αὐτοῦ ἦκα κιόντας,
255 αὐτὰρ ὁ βῆ, μάλα δ’ ὦκα δόμους ἵκανεν ἄνακτος.
αὐτίκα δ’ εἴσω ἴεν, μετὰ δὲ μνηστῆρσι καθῖζεν,
ἀντίον Εὐρυμάχου· τὸν γὰρ φιλέεσκε μάλιστα.
τῷ πάρα μὲν κρειῶν μοῖραν θέσαν οἳ πονέοντο,
σῖτον δ’ αἰδοίη ταμίη παρέθηκε φέρουσα
260 ἔδμεναι. ἀγχίμολον δ’ Ὀδυσεὺς καὶ δῖος ὑφορβὸς
στήτην ἐρχομένω, περὶ δέ σφεας ἤλυθ’ ἰωὴ
φόρμιγγος γλαφυρῆς· ἀνὰ γάρ σφισι βάλλετ’ ἀείδειν
Φήμιος· αὐτὰρ ὁ χειρὸς ἑλὼν προσέειπε συβώτην·
“Εὔμαι’, ἦ μάλα δὴ τάδε δώματα κάλ’ Ὀδυσῆος,
265 ῥεῖα δ’ ἀρίγνωτ’ ἐστὶ καὶ ἐν πολλοῖσιν ἰδέσθαι.
ἐξ ἑτέρων ἕτερ’ ἐστίν, ἐπήσκηται δέ οἱ αὐλὴ
τοίχῳ καὶ θριγκοῖσι, θύραι δ’ εὐερκέες εἰσὶ

"Nymphs of the fountain, daughters of Zeus, if ever Odysseus burned upon your altars pieces of the thighs of lambs or kids, wrapped in rich fat, fulfill for me this prayer; grant that he, my master, may come back, and that some god may guide him. Then would he scatter all the proud airs which now you put on in your insolence, always roaming about the city, while bad herdsmen destroy the flock."

Then Melanthius, the goatherd, answered him: "Well, now, how the dog talks, his mind full of mischief! Him will I some day take on a black, benched ship far from Ithaca, that he may bring me in much wealth. Would that Apollo of the silver bow might strike down Telemachus today in the halls, or that he might be slain by the suitors, as surely as for Odysseus in a far land the day of return has been lost."

So saying, he left them there, as they walked slowly on, but himself strode forward and very quickly came to the palace of the king. At once he entered and sat down among the suitors opposite Eurymachus, for he loved him best of all. Then by him those that served set a portion of meat, and the revered housekeeper brought and set before him bread, for him to eat. And Odysseus and the noble swineherd halted as they drew near, and about them rang the sound of the hollow lyre, for Phemius was striking the chords to sing before the suitors. Then Odysseus clasped the swineherd by the hand, and said:

"Eumaeus, surely this is the beautiful house of Odysseus. Easily might it be known, though seen among many. There is building upon building, and the court is built with wall and coping, and the double gates are well-

δικλίδες· οὐκ ἄν τίς μιν ἀνὴρ ὑπεροπλίσσαιτο.
γιγνώσκω δ' ὅτι πολλοὶ ἐν αὐτῷ δαῖτα τίθενται
270 ἄνδρες, ἐπεὶ κνίση μὲν ἀνήνοθεν, ἐν δέ τε φόρμιγξ
ἠπύει, ἣν ἄρα δαιτὶ θεοὶ ποίησαν ἑταίρην."
τὸν δ' ἀπαμειβόμενος προσέφης, Εὔμαιε συβῶτα·
"ῥεῖ' ἔγνως, ἐπεὶ οὐδὲ τά τ' ἄλλα πέρ ἐσσ' ἀνοήμων.
ἀλλ' ἄγε δὴ φραζώμεθ' ὅπως ἔσται τάδε ἔργα.
275 ἠὲ σὺ πρῶτος ἔσελθε δόμους εὖ ναιετάοντας,
δύσεο δὲ μνηστῆρας, ἐγὼ δ' ὑπολείψομαι αὐτοῦ·
εἰ δ' ἐθέλεις, ἐπίμεινον, ἐγὼ δ' εἶμι προπάροιθε·
μηδὲ σὺ δηθύνειν, μή τίς σ' ἔκτοσθε νοήσας
ἢ βάλῃ ἢ ἐλάσῃ· τὰ δέ σε φράζεσθαι ἄνωγα."
280 τὸν δ' ἠμείβετ' ἔπειτα πολύτλας δῖος Ὀδυσσεύς·
"γιγνώσκω, φρονέω· τά γε δὴ νοέοντι κελεύεις.
ἀλλ' ἔρχευ προπάροιθεν, ἐγὼ δ' ὑπολείψομαι αὐτοῦ.
οὐ γάρ τι πληγέων ἀδαήμων οὐδὲ βολάων·
τολμήεις μοι θυμός, ἐπεὶ κακὰ πολλὰ πέπονθα
285 κύμασι καὶ πολέμῳ· μετὰ καὶ τόδε τοῖσι γενέσθω·
γαστέρα δ' οὔ πως ἔστιν ἀποκρύψαι μεμαυῖαν,
οὐλομένην, ἣ πολλὰ κάκ' ἀνθρώποισι δίδωσι,
τῆς ἕνεκεν καὶ νῆες ἐΰζυγοι ὁπλίζονται
πόντον ἐπ' ἀτρύγετον, κακὰ δυσμενέεσσι φέρουσαι."
290 ὣς οἱ μὲν τοιαῦτα πρὸς ἀλλήλους ἀγόρευον·
ἂν δὲ κύων κεφαλήν τε καὶ οὔατα κείμενος ἔσχεν,
Ἄργος, Ὀδυσσῆος ταλασίφρονος, ὅν ῥά ποτ' αὐτὸς
θρέψε μέν, οὐδ' ἀπόνητο, πάρος δ' εἰς Ἴλιον ἱρὴν
ᾤχετο. τὸν δὲ πάροιθεν ἀγίνεσκον νέοι ἄνδρες
295 αἶγας ἐπ' ἀγροτέρας ἠδὲ πρόκας ἠδὲ λαγωούς·

fenced; no man may scorn it. And I perceive that in the house itself many men are feasting: for the savor of meat arises from it, and with it resounds the voice of the lyre, which the gods have made the companion of the feast."

To him then, swineherd Eumaeus, did you make answer, and say: "Easily have you perceived it, for in all things you are ready-witted. But come, let us take thought how these things shall be. Either you go first into the stately palace, and enter the company of the suitors, and I will remain behind here, or, if you wish, remain here and I will go before you. But do not linger long, for fear some man see you, and throw something at you or strike you. Of this I ask you to take thought."

Then the much-enduring, noble Odysseus answered him: "I hear and take it to heart; you speak to one who understands. But go in before me, and I will remain behind here; for I am not at all unused to blows and missiles. Enduring is my heart, for much evil have I suffered amid the waves and in war; let this too be added to what has gone before. But a ravening belly may no man hide, an accursed plague that brings many evils upon men. Because of it, too, are benched ships made ready, that bring evil to hostile men over the unresting sea."

Thus they spoke to one another. And a dog that lay there raised his head and pricked up his ears, Argus, steadfast Odysseus's dog, whom of old he had himself bred, but had no joy of him, for before that he went to sacred Ilium. In days past the young men were accustomed to take the dog to hunt the wild goats, and deer,

δὴ τότε κεῖτ᾽ ἀπόθεστος ἀποιχομένοιο ἄνακτος,
ἐν πολλῇ κόπρῳ, ἥ οἱ προπάροιθε θυράων
ἡμιόνων τε βοῶν τε ἅλις κέχυτ᾽, ὄφρ᾽ ἂν ἄγοιεν
δμῶες Ὀδυσσῆος τέμενος μέγα κοπρήσοντες·
300 ἔνθα κύων κεῖτ᾽ Ἄργος, ἐνίπλειος κυνοραιστέων.
δὴ τότε γ᾽, ὡς ἐνόησεν Ὀδυσσέα ἐγγὺς ἐόντα,
οὐρῇ μέν ῥ᾽ ὅ γ᾽ ἔσηνε καὶ οὔατα κάββαλεν ἄμφω,
ἆσσον δ᾽ οὐκέτ᾽ ἔπειτα δυνήσατο οἷο ἄνακτος
ἐλθέμεν· αὐτὰρ ὁ νόσφιν ἰδὼν ἀπομόρξατο δάκρυ,
305 ῥεῖα λαθὼν Εὔμαιον, ἄφαρ δ᾽ ἐρεείνετο μύθῳ·
"Εὔμαι᾽, ἦ μάλα θαῦμα, κύων ὅδε κεῖτ᾽ ἐνὶ κόπρῳ.
καλὸς μὲν δέμας ἐστίν, ἀτὰρ τόδε γ᾽ οὐ σάφα οἶδα,
εἰ δὴ καὶ ταχὺς ἔσκε θέειν ἐπὶ εἴδεϊ τῷδε,
ἦ αὔτως οἷοί τε τραπεζῆες κύνες ἀνδρῶν
310 γίγνοντ᾽· ἀγλαΐης δ᾽ ἕνεκεν κομέουσιν ἄνακτες."
τὸν δ᾽ ἀπαμειβόμενος προσέφης, Εὔμαιε συβῶτα·
"καὶ λίην ἀνδρός γε κύων ὅδε τῆλε θανόντος.
εἰ τοιόσδ᾽ εἴη ἠμὲν δέμας ἠδὲ καὶ ἔργα,
οἷόν μιν Τροίηνδε κιὼν κατέλειπεν Ὀδυσσεύς,
315 αἶψά κε θηήσαιο ἰδὼν ταχυτῆτα καὶ ἀλκήν.
οὐ μὲν γάρ τι φύγεσκε βαθείης βένθεσιν ὕλης
κνώδαλον, ὅττι δίοιτο·[1] καὶ ἴχνεσι γὰρ περιῄδη·
νῦν δ᾽ ἔχεται κακότητι, ἄναξ δέ οἱ ἄλλοθι πάτρης
ὤλετο, τὸν δὲ γυναῖκες ἀκηδέες οὐ κομέουσι.
320 δμῶες δ᾽, εὖτ᾽ ἂν μηκέτ᾽ ἐπικρατέωσιν ἄνακτες,
οὐκέτ᾽ ἔπειτ᾽ ἐθέλουσιν ἐναίσιμα ἐργάζεσθαι·
ἥμισυ γάρ τ᾽ ἀρετῆς ἀποαίνυται εὐρύοπα Ζεὺς
ἀνέρος, εὖτ᾽ ἄν μιν κατὰ δούλιον ἦμαρ ἕλῃσιν."

and hares; but now he lay neglected, his master gone, in the deep dung of mules and cattle, which lay in heaps before the doors, till the slaves of Odysseus should take it away to manure his wide lands. There lay the dog Argus, full of dog ticks. But now, when he became aware that Odysseus was near, he wagged his tail and dropped both ears, but nearer to his master he had no longer strength to move. Then Odysseus looked aside and wiped away a tear, easily hiding from Eumaeus what he did; and immediately he questioned him, and said:

"Eumaeus, truly it is strange that this dog lies here in the dung. He is fine of form, but I do not clearly know whether he has speed of foot to match this beauty or whether he is merely as table dogs are, which their masters keep for show."

To him then, swineherd Eumaeus, did you make answer and say: "Yes, truly this is the dog of a man who has died in a far land. If he were but in form and action such as he was when Odysseus left him and went to Troy, you would soon be amazed at seeing his speed and his strength. No creature that he started in the depths of the thick wood could escape him, and in tracking too he was keen of scent. But now he is in evil plight, and his master has perished far from his native land, and the heedless women give him no care. Slaves, when their masters cease to direct them, no longer wish to do their work properly, for Zeus, whose voice is borne afar, takes away half his worth from a man, when the day of slavery comes upon him."

---

[1] δίοιτο: ἴδοιτο

ὣς εἰπὼν εἰσῆλθε δόμους εὖ ναιετάοντας,
325 βῆ δ' ἰθὺς μεγάροιο μετὰ μνηστῆρας ἀγαυούς.
Ἄργον δ' αὖ κατὰ μοῖρ' ἔλαβεν μέλανος θανάτοιο,
αὐτίκ' ἰδόντ' Ὀδυσῆα ἐεικοστῷ ἐνιαυτῷ.
τὸν δὲ πολὺ πρῶτος ἴδε Τηλέμαχος θεοειδὴς
ἐρχόμενον κατὰ δῶμα συβώτην, ὦκα δ' ἔπειτα
330 νεῦσ' ἐπὶ οἷ καλέσας· ὁ δὲ παπτήνας ἕλε δίφρον
κείμενον, ἔνθα τε δαιτρὸς ἐφίζεσκε κρέα πολλὰ
δαιόμενος μνηστῆρσι δόμον κάτα δαινυμένοισι·
τὸν κατέθηκε φέρων πρὸς Τηλεμάχοιο τράπεζαν
ἀντίον, ἔνθα δ' ἄρ' αὐτὸς ἐφέζετο· τῷ δ' ἄρα κῆρυξ
335 μοῖραν ἑλὼν ἐτίθει κανέου τ' ἐκ σῖτον ἀείρας.
ἀγχίμολον δὲ μετ' αὐτὸν ἐδύσετο δώματ' Ὀδυσ-
σεύς,
πτωχῷ λευγαλέῳ ἐναλίγκιος ἠδὲ γέροντι,
σκηπτόμενος· τὰ δὲ λυγρὰ περὶ χροῒ εἵματα ἕστο.
ἷζε δ' ἐπὶ μελίνου οὐδοῦ ἔντοσθε θυράων,
340 κλινάμενος σταθμῷ κυπαρισσίνῳ, ὅν ποτε τέκτων
ξέσσεν ἐπισταμένως καὶ ἐπὶ στάθμην ἴθυνεν.
Τηλέμαχος δ' ἐπὶ οἷ καλέσας προσέειπε συβώτην,
ἄρτον τ' οὖλον ἑλὼν περικαλλέος ἐκ κανέοιο
καὶ κρέας, ὥς οἱ χεῖρες ἐχάνδανον ἀμφιβαλόντι·
345 "δὸς τῷ ξείνῳ ταῦτα φέρων αὐτόν τε κέλευε
αἰτίζειν μάλα πάντας ἐποιχόμενον μνηστῆρας·
αἰδὼς δ' οὐκ ἀγαθὴ κεχρημένῳ ἀνδρὶ παρεῖναι."
ὣς φάτο, βῆ δὲ συφορβός, ἐπεὶ τὸν μῦθον ἄκουσεν,
ἀγχοῦ δ' ἱστάμενος ἔπεα πτερόεντ' ἀγόρευε·
350 "Τηλέμαχός τοι, ξεῖνε, διδοῖ τάδε, καί σε κελεύει

So saying, he entered the stately house and went straight to the hall to join the company of the lordly suitors. But as for Argus, the fate of black death seized him once he had seen Odysseus in the twentieth year.

Now as the swineherd came through the hall godlike Telemachus was far the first to see him, and quickly with a nod he called him to his side. And Eumaeus looked about him and took a stool that lay near, on which the carver was accustomed to sit when carving for the suitors the many joints of meat, as they feasted in the hall. This he took and placed at the table of Telemachus, opposite him, and there sat down himself. And a herald took a portion of meat and set it before him, and bread from the basket.

Close after him Odysseus entered the palace in the likeness of a woeful and aged beggar, leaning on a staff, and miserable were the clothes that he wore about his body. He sat down upon the ashwood threshold within the doorway, leaning upon the doorpost of cypress, which of old a carpenter had skillfully planed, and trued it to the line. Then Telemachus called the swineherd to him, and, taking a whole loaf from the beautiful basket, and all the meat his hands could hold in his grasp, spoke to him, saying:

"Take, and give this to the stranger, and bid him go about himself and beg of the suitors one and all. Shame is no good comrade for a man that is in need."

So he spoke, and the swineherd went, when he had heard this saying, and coming up to Odysseus spoke to him winged words:

"Stranger, Telemachus gives you these, and bids you

αἰτίζειν μάλα πάντας ἐποιχόμενον μνηστῆρας·
αἰδὼ δ' οὐκ ἀγαθήν φησ' ἔμμεναι ἀνδρὶ προΐκτῃ."
τὸν δ' ἀπαμειβόμενος προσέφη πολύμητις
Ὀδυσσεύς·
"Ζεῦ ἄνα, Τηλέμαχόν μοι ἐν ἀνδράσιν ὄλβιον εἶναι,
355 καί οἱ πάντα γένοιθ' ὅσσα φρεσὶν ᾗσι μενοινᾷ."
ἦ ῥα καὶ ἀμφοτέρῃσιν ἐδέξατο καὶ κατέθηκεν
αὖθι ποδῶν προπάροιθεν, ἀεικελίης ἐπὶ πήρης,
ἤσθιε δ' ἧος ἀοιδὸς ἐνὶ μεγάροισιν ἄειδεν·
εὖθ' ὁ δεδειπνήκειν, ὁ δ' ἐπαύετο θεῖος ἀοιδός·[1]
360 μνηστῆρες δ' ὁμάδησαν ἀνὰ μέγαρ'. αὐτὰρ Ἀθήνη,
ἄγχι παρισταμένη Λαερτιάδην Ὀδυσῆα
ὤτρυν', ὡς ἂν πύρνα κατὰ μνηστῆρας ἀγείροι,
γνοίη θ' οἵ τινές εἰσιν ἐναίσιμοι οἵ τ' ἀθέμιστοι·
ἀλλ' οὐδ' ὧς τιν' ἔμελλ' ἀπαλεξήσειν κακότητος.
365 βῆ δ' ἴμεν αἰτήσων ἐνδέξια φῶτα ἕκαστον,
πάντοσε χεῖρ' ὀρέγων, ὡς εἰ πτωχὸς πάλαι εἴη.
οἱ δ' ἐλεαίροντες δίδοσαν, καὶ ἐθάμβεον αὐτόν,
ἀλλήλους τ' εἴροντο τίς εἴη καὶ πόθεν ἔλθοι.
τοῖσι δὲ καὶ μετέειπε Μελάνθιος, αἰπόλος αἰγῶν·
370 "κέκλυτέ μευ, μνηστῆρες ἀγακλειτῆς βασιλείης,
τοῦδε περὶ ξείνου· ἦ γάρ μιν πρόσθεν ὄπωπα.
ἦ τοι μέν οἱ δεῦρο συβώτης ἡγεμόνευεν,
αὐτὸν δ' οὐ σάφα οἶδα, πόθεν γένος εὔχεται εἶναι."
ὣς ἔφατ', Ἀντίνοος δ' ἔπεσιν νείκεσσε συβώτην·
375 "ὦ ἀρίγνωτε συβῶτα, τίη δὲ σὺ τόνδε πόλινδε
ἤγαγες; ἦ οὐχ ἅλις ἧμιν ἀλήμονές εἰσι καὶ ἄλλοι,
πτωχοὶ ἀνιηροί, δαιτῶν ἀπολυμαντῆρες;

go about and beg of the suitors one and all. Shame, he says, is no good thing in a beggar man."

Then resourceful Odysseus answered him, and said, "King Zeus, grant, I pray thee, that Telemachus may be blest among men, and may have all that his heart desires."

He spoke, and took the food in both his hands and set it down there before his feet on his miserable pouch. Then he ate so long as the minstrel sang in the halls. But when he had dined and the divine minstrel was ceasing to sing, the suitors broke into uproar throughout the halls; but Athene drew close to the side of Odysseus, son of Laertes, and roused him to go among the suitors and gather bits of bread, and learn which of them were righteous and which lawless. Yet even so she did not intend to save one of them from ruin. So he set out to beg of every man, beginning on the right, stretching out his hand on every side, as though he had been long a beggar. And they pitied him, and gave, and marveled at him, asking one another who he was and where he came from.

Then among them spoke Melanthius the goatherd: "Hear me now, suitors of the glorious queen, regarding this stranger, for in truth I have seen him before. Truly it was the swineherd that led him here, but of the man himself I do not know surely where he claims he was born."

So he spoke, and Antinous rebuked the swineherd, saying: "Far-famed swineherd, why, pray, did you bring this man to the city? Have we not vagabonds enough without him, nuisances of beggars to spoil our feasts? Do

[1] Line 359 was rejected by Aristarchus.

ἦ ὄνοσαι ὅτι τοι βίοτον κατέδουσιν ἄνακτος
ἐνθάδ' ἀγειρόμενοι, σὺ δὲ καὶ προτὶ τόνδ' ἐκάλεσσας;"

380 τὸν δ' ἀπαμειβόμενος προσέφης, Εὔμαιε συβῶτα·
"Ἀντίνο', οὐ μὲν καλὰ καὶ ἐσθλὸς ἐὼν ἀγορεύεις·
τίς γὰρ δὴ ξεῖνον καλεῖ ἄλλοθεν αὐτὸς ἐπελθὼν
ἄλλον γ', εἰ μὴ τῶν οἳ δημιοεργοὶ ἔασι,
μάντιν ἢ ἰητῆρα κακῶν ἢ τέκτονα δούρων,
385 ἢ καὶ θέσπιν ἀοιδόν, ὅ κεν τέρπῃσιν ἀείδων;
οὗτοι γὰρ κλητοί γε βροτῶν ἐπ' ἀπείρονα γαῖαν·
πτωχὸν δ' οὐκ ἄν τις καλέοι τρύξοντα ἓ αὐτόν.
ἀλλ' αἰεὶ χαλεπὸς περὶ πάντων εἶς μνηστήρων
δμωσὶν Ὀδυσσῆος, πέρι δ' αὖτ' ἐμοί· αὐτὰρ ἐγώ γε
390 οὐκ ἀλέγω, ἧός μοι ἐχέφρων Πηνελόπεια
ζώει ἐνὶ μεγάροις καὶ Τηλέμαχος θεοειδής."

τὸν δ' αὖ Τηλέμαχος πεπνυμένος ἀντίον ηὔδα·
"σίγα,[1] μή μοι τοῦτον ἀμείβεο πολλὰ ἔπεσσιν·
Ἀντίνοος δ' εἴωθε κακῶς ἐρεθιζέμεν αἰεὶ
395 μύθοισιν χαλεποῖσιν, ἐποτρύνει δὲ καὶ ἄλλους."

ἦ ῥα καὶ Ἀντίνοον ἔπεα πτερόεντα προσηύδα·
"Ἀντίνο', ἦ μευ καλὰ πατὴρ ὣς κήδεαι υἷος,
ὃς τὸν ξεῖνον ἄνωγας ἀπὸ μεγάροιο δίεσθαι
μύθῳ ἀναγκαίῳ· μὴ τοῦτο θεὸς τελέσειε.
400 δός οἱ ἑλών· οὔ τοι φθονέω· κέλομαι γὰρ ἐγώ γε·
μήτ' οὖν μητέρ' ἐμὴν ἅζευ τό γε μήτε τιν' ἄλλον
δμώων, οἳ κατὰ δώματ' Ὀδυσσῆος θείοιο.[2]
ἀλλ' οὔ τοι τοιοῦτον ἐνὶ στήθεσσι νόημα·
αὐτὸς γὰρ φαγέμεν πολὺ βούλεαι ἢ δόμεν ἄλλῳ."

[1] σίγα: ἄττα [2] Line 402 is omitted in some MSS.

you not think it enough that they gather here and devour the property of your master, that you invite this fellow, too?"

To him then, swineherd Eumaeus, did you make answer, and say: "Antinous, no fair words are these you speak, noble though you are. Who, pray, of himself ever seeks out and invites a stranger from abroad, unless it is one of those that are masters of some public craft, a prophet, or a healer of ills, or a builder, or perhaps a divine minstrel, who gives delight with his song? For these men are invited all over the boundless earth. Yet a beggar would no man invite to be a burden to himself. But you are always harsh above all the suitors to the slaves of Odysseus, and most of all to me; yet I care not, so long as my lady, steadfast Penelope, lives in the hall, and godlike Telemachus."

Then wise Telemachus answered him: "Be silent; do not, I bid you, spend many words in answering this man, for it is Antinous' constant habit, using harsh words, to provoke men to anger with evil intent, and to encourage others to do the same."

With this he spoke winged words to Antinous: "Antinous, truly you care well for me, as a father for his son, seeing that you bid me drive yonder stranger from the hall with a word of compulsion. May the god never bring such a thing to pass. No, take and give him something: I don't begrudge it, but rather myself bid you give. In this matter do not regard my mother, no, nor any of the slaves that are in the house of Odysseus. But in reality far different is the thought in your breast; for you prefer to eat much yourself rather than give to another."

405 τὸν δ' αὖτ' Ἀντίνοος ἀπαμειβόμενος προσέειπε·
"Τηλέμαχ' ὑψαγόρη, μένος ἄσχετε, ποῖον ἔειπες.
εἴ οἱ τόσσον ἅπαντες ὀρέξειαν μνηστῆρες,
καί κέν μιν τρεῖς μῆνας ἀπόπροθεν οἶκος ἐρύκοι."
ὣς ἄρ' ἔφη, καὶ θρῆνυν ἑλὼν ὑπέφηνε τραπέζης
410 κείμενον, ᾧ ῥ' ἔπεχεν λιπαροὺς πόδας εἰλαπινάζων·
οἱ δ' ἄλλοι πάντες δίδοσαν, πλῆσαν δ' ἄρα πήρην
σίτου καὶ κρειῶν· τάχα δὴ καὶ ἔμελλεν Ὀδυσσεὺς
αὖτις ἐπ' οὐδὸν ἰὼν προικὸς γεύσεσθαι Ἀχαιῶν·
στῆ δὲ παρ' Ἀντίνοον, καί μιν πρὸς μῦθον ἔειπε·
415 "δός, φίλος· οὐ μέν μοι δοκέεις ὁ κάκιστος Ἀχαιῶν
ἔμμεναι, ἀλλ' ὤριστος, ἐπεὶ βασιλῆι ἔοικας.
τῷ σε χρὴ δόμεναι καὶ λώιον ἠέ περ ἄλλοι
σίτου· ἐγὼ δέ κέ σε κλείω κατ' ἀπείρονα γαῖαν.
καὶ γὰρ ἐγώ ποτε οἶκον ἐν ἀνθρώποισιν ἔναιον
420 ὄλβιος ἀφνειὸν καὶ πολλάκι δόσκον ἀλήτῃ,
τοίῳ ὁποῖος ἔοι καὶ ὅτευ κεχρημένος ἔλθοι·
ἦσαν δὲ δμῶες μάλα μυρίοι ἄλλα τε πολλὰ
οἷσίν τ' εὖ ζώουσι καὶ ἀφνειοὶ καλέονται.
ἀλλὰ Ζεὺς ἀλάπαξε Κρονίων—ἤθελε γάρ που—
425 ὅς μ' ἅμα ληιστῆρσι πολυπλάγκτοισιν ἀνῆκεν
Αἴγυπτόνδ' ἰέναι, δολιχὴν ὁδόν, ὄφρ' ἀπολοίμην.
στῆσα δ' ἐν Αἰγύπτῳ ποταμῷ νέας ἀμφιελίσσας.
ἔνθ' ἦ τοι μὲν ἐγὼ κελόμην ἐρίηρας ἑταίρους
αὐτοῦ πὰρ νήεσσι μένειν καὶ νῆας ἔρυσθαι,
430 ὀπτῆρας δὲ κατὰ σκοπιὰς ὤτρυνα νέεσθαι.
οἱ δ' ὕβρει εἴξαντες, ἐπισπόμενοι μένεϊ σφῷ,
αἶψα μάλ' Αἰγυπτίων ἀνδρῶν περικαλλέας ἀγροὺς

Then Antinous answered him, and said: "Telemachus, lofty orator, dauntless in spirit, what a thing have you said! If all the suitors would but hand him as much as I, for full three months' span this house would keep him at a distance."

So he spoke, and seized the footstool on which he was accustomed to rest his shining feet as he feasted, and showed it from beneath the table, where it lay. But all the rest gave gifts, and filled the pouch with bread and bits of meat. And now Odysseus was about to go back again to the threshold having made trial of the Achaeans without cost, when he paused by Antinous, and spoke to him, saying:

"Friend, give me some gift; you seem in my eyes not to be the basest of the Achaeans, but the best, for you look like a king. Therefore it is fitting that you should give even a better portion of bread than the rest; so would I make your fame known all over the boundless earth. For I too once dwelt in a house of my own among men, a rich man in a wealthy house, and often I gave gifts to a wanderer, whoever he was, and with whatever need he came. Slaves, too, I had past counting, and all other things in abundance whereby men live well and are reputed wealthy. But Zeus, son of Cronos, brought all to nothing—so, I suppose, was his good pleasure—who sent me forth with roving pirates to go to Egypt, a far voyage, that I might meet my ruin; and in the river Aegyptus I moored my curved ships. Then you may be sure I bade my trusty comrades to remain there by the ships and to guard the ships, and I sent out scouts to go to places of outlook. But my comrades, yielding to wantonness and led on by their own confidence, at once set about wasting the fair fields

πόρθεον, ἐκ δὲ γυναῖκας ἄγον καὶ νήπια τέκνα,
αὐτούς τ' ἔκτεινον· τάχα δ' ἐς πόλιν ἵκετ' ἀυτή.
435 οἱ δὲ βοῆς ἀίοντες ἅμ' ἠοῖ φαινομένηφιν
ἦλθον· πλῆτο δὲ πᾶν πεδίον πεζῶν τε καὶ ἵππων
χαλκοῦ τε στεροπῆς· ἐν δὲ Ζεὺς τερπικέραυνος
φύζαν ἐμοῖς ἑτάροισι κακὴν βάλεν, οὐδέ τις ἔτλη
στῆναι ἐναντίβιον· περὶ γὰρ κακὰ πάντοθεν ἔστη.
440 ἔνθ' ἡμέων πολλοὺς μὲν ἀπέκτανον ὀξέι χαλκῷ,
τοὺς δ' ἄναγον ζωούς, σφίσιν ἐργάζεσθαι ἀνάγκῃ.
αὐτὰρ ἔμ' ἐς Κύπρον ξείνῳ δόσαν ἀντιάσαντι,
Δμήτορι Ἰασίδῃ, ὃς Κύπρου ἶφι ἄνασσεν·
ἔνθεν δὴ νῦν δεῦρο τόδ' ἵκω πήματα πάσχων."
445 τὸν δ' αὖτ' Ἀντίνοος ἀπαμείβετο φώνησέν τε·
"τίς δαίμων τόδε πῆμα προσήγαγε, δαιτὸς ἀνίην;
στῆθ' οὕτως ἐς μέσσον, ἐμῆς ἀπάνευθε τραπέζης,
μὴ τάχα πικρὴν Αἴγυπτον καὶ Κύπρον ἵκηαι·[1]
ὥς τις θαρσαλέος καὶ ἀναιδής ἐσσι προΐκτης.
450 ἑξείης πάντεσσι παρίστασαι· οἱ δὲ διδοῦσι
μαψιδίως, ἐπεὶ οὔ τις ἐπίσχεσις οὐδ' ἐλεητὺς
ἀλλοτρίων χαρίσασθαι, ἐπεὶ πάρα πολλὰ ἑκάστῳ."[2]
τὸν δ' ἀναχωρήσας προσέφη πολύμητις
Ὀδυσσεύς·
"ὢ πόποι, οὐκ ἄρα σοί γ' ἐπὶ εἴδεϊ καὶ φρένες ἦσαν·
455 οὐ σύ γ' ἂν ἐξ οἴκου σῷ ἐπιστάτῃ οὐδ' ἅλα δοίης,
ὃς νῦν ἀλλοτρίοισι παρήμενος οὔ τί μοι ἔτλης
σίτου ἀποπροελὼν δόμεναι· τὰ δὲ πολλὰ πάρεστιν."

[1] ἵκηαι: ἴδηαι
[2] Lines 450–52 were rejected by Aristarchus.

of the men of Egypt; and they carried off the women and little children, and slew the men; and the cry came quickly to the city. Then, hearing the shouting, the people came forth at break of day, and the whole plain was filled with footmen and chariots and the flashing of bronze. And Zeus, who hurls the thunderbolt, cast an evil panic upon my comrades, and none had courage to take his stand and face the foe; for evil surrounded us on every side. So then they slew many of us with the sharp bronze, and others they led up to their city alive, to work for them perforce. But they gave me to a friend who met them to take to Cyprus, to Dmetor, son of Iasus, who ruled mightily over Cyprus; and from there have I now come here, much distressed."

Then Antinous answered him, and said: "What god has brought this bane here, to trouble our feast? Stand off yonder in the midst, away from my table, for fear you come presently to a bitter Egypt and a bitter Cyprus, seeing that you are a bold and shameless beggar. You come up to every man in turn, and they give recklessly; for there is no restraint or scruple in giving freely of another's goods, since each man has plenty beside him."

Then resourceful Odysseus drew back, and said to him: "Can this be? It seems that you at least have not wits to match your beauty. You would not out of your own stores give even a grain of salt to your suppliant, you who now, when sitting at another's table, had not the heart to take a piece of your bread and give it away. Yet here lies plenty at your hand."

ὣς ἔφατ', Ἀντίνοος δ' ἐχολώσατο κηρόθι μᾶλλον,
καί μιν ὑπόδρα ἰδὼν ἔπεα πτερόεντα προσηύδα·
460 "νῦν δή σ' οὐκέτι καλὰ διὲκ μεγάροιό γ' ὀίω
ἂψ ἀναχωρήσειν, ὅτε δὴ καὶ ὀνείδεα βάζεις."
ὣς ἄρ' ἔφη, καὶ θρῆνυν ἑλὼν βάλε δεξιὸν ὦμον,
πρυμνότατον κατὰ νῶτον· ὁ δ' ἐστάθη ἠύτε πέτρη
ἔμπεδον, οὐδ' ἄρα μιν σφῆλεν βέλος Ἀντινόοιο,
465 ἀλλ' ἀκέων κίνησε κάρη, κακὰ βυσσοδομεύων.
ἂψ δ' ὅ γ' ἐπ' οὐδὸν ἰὼν κατ' ἄρ' ἕζετο, κὰδ δ' ἄρα πήρην
θῆκεν ἐυπλείην, μετὰ δὲ μνηστῆρσιν ἔειπε·
"κέκλυτέ μευ, μνηστῆρες ἀγακλειτῆς βασιλείης,
ὄφρ' εἴπω τά με θυμὸς ἐνὶ στήθεσσι κελεύει.
470 οὐ μὰν οὔτ' ἄχος ἐστὶ μετὰ φρεσὶν οὔτε τι πένθος,
ὁππότ' ἀνὴρ περὶ οἷσι μαχειόμενος κτεάτεσσι
βλήεται, ἢ περὶ βουσὶν ἢ ἀργεννῇς ὀίεσσιν·
αὐτὰρ ἔμ' Ἀντίνοος βάλε γαστέρος εἵνεκα λυγρῆς,
οὐλομένης, ἣ πολλὰ κάκ' ἀνθρώποισι δίδωσιν.
475 ἀλλ' εἴ που πτωχῶν γε θεοὶ καὶ Ἐρινύες εἰσίν,
Ἀντίνοον πρὸ γάμοιο τέλος θανάτοιο κιχείη."
τὸν δ' αὖτ' Ἀντίνοος προσέφη, Εὐπείθεος υἱός·
"ἔσθι' ἕκηλος, ξεῖνε, καθήμενος, ἢ ἄπιθ' ἄλλῃ,
μή σε νέοι διὰ δώματ' ἐρύσσωσ', οἷ' ἀγορεύεις,
480 ἢ ποδὸς ἢ καὶ χειρός, ἀποδρύψωσι δὲ πάντα."[1]
ὣς ἔφαθ', οἱ δ' ἄρα πάντες ὑπερφιάλως νεμέσησαν·
ὧδε δέ τις εἴπεσκε νέων ὑπερηνορεόντων·
"Ἀντίνο', οὐ μὲν κάλ' ἔβαλες δύστηνον ἀλήτην,

So he spoke, and Antinous became the more angry at heart, and with an angry glance from beneath his brows spoke to him winged words:

"Now truly I think you shall no longer safely go back through the hall and out, now that you dare even to cast reproaches."

So saying he seized the footstool and threw it, and struck Odysseus on the base of the right shoulder, where it joins the back. But he stood firm as a rock, nor did the missile of Antinous make him reel; but he shook his head in silence, pondering evil in the deep of his heart. Then back to the threshold he went and sat down, and down he laid his well-filled pouch; and he spoke among the suitors:

"Hear me, suitors of the glorious queen, that I may say what the heart in my breast bids me. Truly there is no pain of heart nor any grief when a man is struck while fighting for his own possessions, whether for his cattle or for his white sheep; but Antinous has struck me for my wretched belly's sake, an accursed plague that brings many evils upon men. Ah, if for beggars there are gods and Furies, may the doom of death come upon Antinous before his marriage."

Then Antinous, son of Eupeithes, answered him: "Sit still, and eat, stranger, or go elsewhere, for fear the young men drag you by hand or foot through the house for words like these, and strip off all your skin."

So he spoke, but they all were filled with exceeding indignation, and thus would one of the proud youths speak:

"Antinous, you did not do well to strike the unfortu-

---

[1] Lines 475–80 were rejected by Aristarchus.

οὐλόμεν', εἰ δή πού τις ἐπουράνιος θεός ἐστιν.
485 καί τε θεοὶ ξείνοισιν ἐοικότες ἀλλοδαποῖσι,
παντοῖοι τελέθοντες, ἐπιστρωφῶσι πόληας,
ἀνθρώπων ὕβριν τε καὶ εὐνομίην ἐφορῶντες."
ὣς ἄρ' ἔφαν μνηστῆρες, ὁ δ' οὐκ ἐμπάζετο μύθων.
Τηλέμαχος δ' ἐν μὲν κραδίῃ μέγα πένθος ἄεξε
490 βλημένου, οὐδ' ἄρα δάκρυ χαμαὶ βάλεν ἐκ βλεφάροιιν,
ἀλλ' ἀκέων κίνησε κάρη, κακὰ βυσσοδομεύων.
τοῦ δ' ὡς οὖν ἤκουσε περίφρων Πηνελόπεια
βλημένου ἐν μεγάρῳ, μετ' ἄρα δμῳῇσιν ἔειπεν·
"αἴθ' οὕτως αὐτόν σε βάλοι κλυτότοξος Ἀπόλλων."
495 τὴν δ' αὖτ' Εὐρυνόμη ταμίη πρὸς μῦθον ἔειπεν·
"εἰ γὰρ ἐπ' ἀρῇσιν τέλος ἡμετέρῃσι γένοιτο·
οὐκ ἄν τις τούτων γε ἐΰθρονον Ἠῶ ἵκοιτο."
τὴν δ' αὖτε προσέειπε περίφρων Πηνελόπεια·
"μαῖ', ἐχθροὶ μὲν πάντες, ἐπεὶ κακὰ μηχανόωνται·
500 Ἀντίνοος δὲ μάλιστα μελαίνῃ κηρὶ ἔοικε.
ξεῖνός τις δύστηνος ἀλητεύει κατὰ δῶμα
ἀνέρας αἰτίζων· ἀχρημοσύνη γὰρ ἀνώγει·
ἔνθ' ἄλλοι μὲν πάντες ἐνέπλησάν τ' ἔδοσάν τε,
οὗτος δὲ θρήνυι πρυμνὸν βάλε δεξιὸν ὦμον."[1]
505 ἡ μὲν ἄρ' ὣς ἀγόρευε μετὰ δμῳῇσι γυναιξίν,
ἡμένη ἐν θαλάμῳ· ὁ δ' ἐδείπνεε δῖος Ὀδυσσεύς·
ἡ δ' ἐπὶ οἷ καλέσασα προσηύδα δῖον ὑφορβόν·
"ἔρχεο, δῖ' Εὔμαιε, κιὼν τὸν ξεῖνον ἄνωχθι
ἐλθέμεν, ὄφρα τί μιν προσπτύξομαι ἠδ' ἐρέωμαι

nate wanderer. Doomed man that you are, what if perchance he be some god come down from heaven? And the gods do, in the guise of strangers from afar, put on all manner of shapes, and visit the cities, beholding the violence and the righteousness of men."

So spoke the suitors, but Antinous paid no heed to their words. And Telemachus nursed in his heart great grief that his father was struck, though he let no tear fall from his eyelids to the ground; but he shook his head in silence, pondering evil in the deep of his heart.

But wise Penelope, when she heard of the man's being struck in the hall, spoke among her handmaids, and said: "Even so may your own self be struck by the famed archer Apollo."

And again the housekeeper Eurynome said to her: "Would that fulfillment might be granted to our prayers. So should not one of these men come to the fair-throned Dawn."

And wise Penelope answered her: "Nurse, hateful are they all, for they devise evil. But Antinous more than all is like black death. Some unfortunate stranger goes up and down through the house, begging alms of the men, for want compels him, and all the others filled his pouch and gave him gifts, but Antinous threw a footstool and struck him at the base of the right shoulder."

So she spoke among her handmaids, sitting in her chamber, while noble Odysseus ate his dinner. Then she called to her the noble swineherd, and said:

"Go, noble Eumaeus, and bid the stranger come here, that I may give him greeting, and ask him if perchance he

[1] Lines 501–4 were rejected by Aristarchus.

510 εἴ που Ὀδυσσῆος ταλασίφρονος ἠὲ πέπυσται
ἢ ἴδεν ὀφθαλμοῖσι· πολυπλάγκτῳ γὰρ ἔοικε."
τὴν δ' ἀπαμειβόμενος προσέφης, Εὔμαιε συβῶτα·
"εἰ γάρ τοι, βασίλεια, σιωπήσειαν Ἀχαιοί·
οἷ' ὅ γε μυθεῖται, θέλγοιτό κέ τοι φίλον ἦτορ.
515 τρεῖς γὰρ δή μιν νύκτας ἔχον, τρία δ' ἤματ' ἔρυξα
ἐν κλισίῃ· πρῶτον γὰρ ἔμ' ἵκετο νηὸς ἀποδράς·
ἀλλ' οὔ πω κακότητα διήνυσεν ἣν ἀγορεύων.
ὡς δ' ὅτ' ἀοιδὸν ἀνὴρ ποτιδέρκεται, ὅς τε θεῶν ἒξ
ἀείδει δεδαὼς ἔπε' ἱμερόεντα βροτοῖσι,
520 τοῦ δ' ἄμοτον μεμάασιν ἀκουέμεν, ὁππότ' ἀείδῃ·
ὣς ἐμὲ κεῖνος ἔθελγε παρήμενος ἐν μεγάροισι.
φησὶ δ' Ὀδυσσῆος ξεῖνος πατρώιος εἶναι,
Κρήτῃ ναιετάων, ὅθι Μίνωος γένος ἐστίν.
ἔνθεν δὴ νῦν δεῦρο τόδ' ἵκετο πήματα πάσχων,
525 προπροκυλινδόμενος· στεῦται δ' Ὀδυσῆος ἀκοῦσαι,
ἀγχοῦ, Θεσπρωτῶν ἀνδρῶν ἐν πίονι δήμῳ,
ζωοῦ· πολλὰ δ' ἄγει κειμήλια ὅνδε δόμονδε."
τὸν δ' αὖτε προσέειπε περίφρων Πηνελόπεια·
"ἔρχεο, δεῦρο κάλεσσον, ἵν' ἀντίον αὐτὸς ἐνίσπῃ.
530 οὗτοι δ' ἠὲ θύρῃσι καθήμενοι ἑψιαάσθων
ἢ αὐτοῦ κατὰ δώματ', ἐπεί σφισι θυμὸς ἐΰφρων.
αὐτῶν μὲν γὰρ κτήματ' ἀκήρατα κεῖτ' ἐνὶ οἴκῳ,
σῖτος καὶ μέθυ ἡδύ· τὰ μὲν οἰκῆες ἔδουσιν,
οἱ δ' εἰς ἡμέτερον πωλεύμενοι ἤματα πάντα,
535 βοῦς ἱερεύοντες καὶ ὄις καὶ πίονας αἶγας,
εἰλαπινάζουσιν πίνουσί τε αἴθοπα οἶνον,
μαψιδίως· τὰ δὲ πολλὰ κατάνεται. οὐ γὰρ ἔπ' ἀνήρ,

has heard of steadfast Odysseus, or has seen him with his eyes. He seems like one that has wandered far."

To her then, swineherd Eumaeus, did you make answer, and say: "I would, queen, that the Achaeans would keep silence, for he speaks such words as would charm your very soul. Three nights I had him by me, and three days I kept him in my hut, for to me first he came when he fled by stealth from a ship, but he had not yet ended the tale of his sufferings. Just as when a man gazes upon a minstrel who sings to mortals songs of longing that the gods have taught him, and their desire to hear him has no end, whenever he sings, even so he charmed me when he sat in my hall. He says that he is an ancestral friend of Odysseus, and that he dwells in Crete, where is the race of Minos. From there has he now come on this journey here, ever suffering woes as he wanders on and on. And he insists that he has heard tidings of Odysseus, near at hand in the rich land of the Thesprotians and still alive; and he is bringing many treasures to his home."

Then wise Penelope answered him: "Go, call him here, that he may himself tell me to my face. But as for these men, let them make sport sitting at the doors or here in the house, since their hearts are merry. For their own possessions lie untouched in their homes, bread and sweet wine, and on these do their servants feed. But they throng our house day after day, slaying our oxen, and sheep, and fat goats, and keep revel and drink the sparkling wine recklessly, and havoc is made of all this

οἷος Ὀδυσσεὺς ἔσκεν, ἀρὴν ἀπὸ οἴκου ἀμῦναι.
εἰ δ᾽ Ὀδυσεὺς ἔλθοι καὶ ἵκοιτ᾽ ἐς πατρίδα γαῖαν,
540 αἶψά κε σὺν ᾧ παιδὶ βίας ἀποτίσεται ἀνδρῶν."
ὣς φάτο, Τηλέμαχος δὲ μέγ᾽ ἔπταρεν, ἀμφὶ δὲ δῶμα
σμερδαλέον κονάβησε· γέλασσε δὲ Πηνελόπεια,
αἶψα δ᾽ ἄρ᾽ Εὔμαιον ἔπεα πτερόεντα προσηύδα·
"ἔρχεό μοι, τὸν ξεῖνον ἐναντίον ὧδε κάλεσσον.
545 οὐχ ὁρᾷς ὅ μοι υἱὸς ἐπέπταρε πᾶσιν ἔπεσσι;
τῷ κε καὶ οὐκ ἀτελὴς θάνατος μνηστῆρσι γένοιτο
πᾶσι μάλ᾽, οὐδέ κέ τις θάνατον καὶ κῆρας ἀλύξει.[1]
ἄλλο δέ τοι ἐρέω, σὺ δ᾽ ἐνὶ φρεσὶ βάλλεο σῇσιν·
αἴ κ᾽ αὐτὸν γνώω νημερτέα πάντ᾽ ἐνέποντα,
550 ἕσσω μιν χλαῖνάν τε χιτῶνά τε, εἵματα καλά."
ὣς φάτο, βῆ δὲ συφορβός, ἐπεὶ τὸν μῦθον ἄκουσεν·
ἀγχοῦ δ᾽ ἱστάμενος ἔπεα πτερόεντα προσηύδα·
"ξεῖνε πάτερ, καλέει σε περίφρων Πηνελόπεια,
μήτηρ Τηλεμάχοιο· μεταλλῆσαί τί ἑ θυμὸς
555 ἀμφὶ πόσει κέλεται, καὶ κήδεά περ πεπαθυίῃ.
εἰ δέ κέ σε γνώῃ νημερτέα πάντ᾽ ἐνέποντα,
ἕσσει σε χλαῖνάν τε χιτῶνά τε, τῶν σὺ μάλιστα
χρηίζεις· σῖτον δὲ καὶ αἰτίζων κατὰ δῆμον
γαστέρα βοσκήσεις· δώσει δέ τοι ὅς κ᾽ ἐθέλῃσι."
560 τὸν δ᾽ αὖτε προσέειπε πολύτλας δῖος Ὀδυσσεύς·
"Εὔμαι᾽, αἶψά κ᾽ ἐγὼ νημερτέα πάντ᾽ ἐνέποιμι
κούρῃ Ἰκαρίοιο, περίφρονι Πηνελοπείῃ·
οἶδα γὰρ εὖ περὶ κείνου, ὁμὴν δ᾽ ἀνεδέγμεθ᾽ ὀιζύν.
ἀλλὰ μνηστήρων χαλεπῶν ὑποδείδι᾽ ὅμιλον,

wealth, for there is no man here such as Odysseus was to keep ruin from the house. But if Odysseus should come and return to his native land, at once would he and his son take vengeance on these men for their violent deeds."

So she spoke, and Telemachus sneezed loudly, and all the room round about echoed violently. And Penelope laughed, and at once spoke to Eumaeus winged words:

"Go, I beg you, call the stranger here before me. Do you not see that my son has sneezed at all my words? Therefore shall certain death fall upon the suitors one and all, nor shall one of them escape death and the fates. And another thing will I tell you, and do you lay it to heart. If I find that he speaks all things truly, I will clothe him in a cloak and tunic, handsome clothes."

So she spoke, and the swineherd went when he had heard this promise; and coming up to Odysseus, he spoke to him winged words:

"Father stranger, wise Penelope calls for you, the mother of Telemachus, and her heart bids her make inquiry about her husband, though she has suffered many woes. And if she finds that you speak all things truly, she will clothe you in a cloak and tunic, which you need most of all. As for your food, you shall beg it through the land, and feed your belly, and whoever wishes shall give it to you."

Then much enduring noble Odysseus answered him: "Eumaeus, soon will I tell all the truth to the daughter of Icarius, wise Penelope. For well do I know of Odysseus, and we have borne a like affliction. But I have fear of this throng of harsh suitors, whose wantonness and violence

[1] Line 547 is omitted in some MSS.

565 τῶν ὕβρις τε βίη τε σιδήρεον οὐρανὸν ἵκει.[1]
καὶ γὰρ νῦν, ὅτε μ' οὗτος ἀνὴρ κατὰ δῶμα κιόντα
οὔ τι κακὸν ῥέξαντα βαλὼν ὀδύνῃσιν ἔδωκεν,
οὔτε τι Τηλέμαχος τό γ' ἐπήρκεσεν οὔτε τις ἄλλος.
τῷ νῦν Πηνελόπειαν ἐνὶ μεγάροισιν ἄνωχθι
570 μεῖναι, ἐπειγομένην περ, ἐς ἠέλιον καταδύντα·
καὶ τότε μ' εἰρέσθω πόσιος πέρι νόστιμον ἦμαρ,
ἀσσοτέρω καθίσασα παραὶ πυρί· εἵματα γάρ τοι
λύγρ' ἔχω· οἶσθα καὶ αὐτός, ἐπεί σε πρῶθ' ἱκέτευσα."
ὣς φάτο, βῆ δὲ συφορβός, ἐπεὶ τὸν μῦθον ἄκουσε.
575 τὸν δ' ὑπὲρ οὐδοῦ βάντα προσηύδα Πηνελόπεια·
"οὐ σύ γ' ἄγεις, Εὔμαιε· τί τοῦτ' ἐνόησεν ἀλήτης;
ἦ τινά που δείσας ἐξαίσιον ἦε καὶ ἄλλως
αἰδεῖται κατὰ δῶμα; κακὸς δ' αἰδοῖος ἀλήτης."
τὴν δ' ἀπαμειβόμενος προσέφης, Εὔμαιε συβῶτα·
580 "μυθεῖται κατὰ μοῖραν, ἅ πέρ κ' οἴοιτο καὶ ἄλλος,
ὕβριν ἀλυσκάζων ἀνδρῶν ὑπερηνορεόντων.
ἀλλά σε μεῖναι ἄνωγεν ἐς ἠέλιον καταδύντα.
καὶ δὲ σοὶ ὧδ' αὐτῇ πολὺ κάλλιον, ὦ βασίλεια,
οἴην πρὸς ξεῖνον φάσθαι ἔπος ἠδ' ἐπακοῦσαι."
585 τὸν δ' αὖτε προσέειπε περίφρων Πηνελόπεια·
"οὐκ ἄφρων ὁ ξεῖνος· ὀΐεται, ὥς περ ἂν εἴη·
οὐ γάρ πού τινες ὧδε καταθνητῶν ἀνθρώπων
ἀνέρες ὑβρίζοντες ἀτάσθαλα μηχανόωνται."
ἡ μὲν ἄρ' ὣς ἀγόρευεν, ὁ δ' ᾤχετο δῖος ὑφορβὸς
590 μνηστήρων ἐς ὅμιλον, ἐπεὶ διεπέφραδε πάντα.

[1] Line 565 is omitted in many MSS.

reach the iron heaven. For a moment ago when as I was going through the hall doing no evil this man struck me and gave me over to pain, neither Telemachus nor any other did anything to prevent it. Therefore now bid Penelope to wait in the halls, eager though she be, till set of sun; and then let her ask me of her husband and the day of his return, giving me a seat nearer the fire; for indeed the clothes I wear are poor, and this you know yourself, for to you first did I make my prayer."

So he spoke, and the swineherd went when he had heard these words. And as he passed over the threshold Penelope said to him:

"You do not bring him, Eumaeus. What does the wanderer mean by this? Does he perhaps fear some one more than he should, or is he for some other reason hesitant in the house? A bashful beggar is a poor one."

To her then, swineherd Eumaeus, did you make answer and say: "He speaks rightly, as indeed any other man would judge, in seeking to shun the insolence of overweening men. But he bids you to wait till set of sun. And for yourself, too, my queen, it is far more seemly to speak to the stranger alone, and to hear his words."

Then wise Penelope answered him: "Not without wisdom is the stranger; he divines how it may be. For I suppose there are no mortal men who in their insolence devise such wicked folly as these."

So she spoke, and the noble swineherd departed into the throng of the suitors when he had told her all. And

αἶψα δὲ Τηλέμαχον ἔπεα πτερόεντα προσηύδα,
ἄγχι σχὼν κεφαλήν, ἵνα μὴ πευθοίαθ' οἱ ἄλλοι·
"ὦ φίλ', ἐγὼ μὲν ἄπειμι, σύας καὶ κεῖνα φυλάξων,
σὸν καὶ ἐμὸν βίοτον· σοὶ δ' ἐνθάδε πάντα μελόντων.
595 αὐτὸν μέν σε πρῶτα σάω, καὶ φράζεο θυμῷ
μή τι πάθῃς· πολλοὶ δὲ κακὰ φρονέουσιν Ἀχαιῶν,
τοὺς Ζεὺς ἐξολέσειε πρὶν ἡμῖν πῆμα γενέσθαι."
τὸν δ' αὖ Τηλέμαχος πεπνυμένος ἀντίον ηὔδα·
"ἔσσεται οὕτως, ἄττα· σὺ δ' ἔρχεο δειελιήσας·
600 ἠῶθεν δ' ἰέναι καὶ ἄγειν ἱερήϊα καλά·
αὐτὰρ ἐμοὶ τάδε πάντα καὶ ἀθανάτοισι μελήσει."
ὣς φάθ', ὁ δ' αὖτις ἄρ' ἕζετ' ἐυξέστου ἐπὶ δίφρου,
πλησάμενος δ' ἄρα θυμὸν ἐδητύος ἠδὲ ποτῆτος
βῆ ῥ' ἴμεναι μεθ' ὕας, λίπε δ' ἕρκεά τε μέγαρόν τε,
605 πλεῖον δαιτυμόνων· οἱ δ' ὀρχηστυῖ καὶ ἀοιδῇ
τέρποντ'· ἤδη γὰρ καὶ ἐπήλυθε δείελον ἦμαρ.

immediately he spoke winged words to Telemachus, holding his head close to him that the others might not hear:

"Friend, I am going off to guard the swine and all things there, your livelihood and mine; but take charge of all things here. Keep your own self safe, first of all, and let your mind beware that some ill do not befall you, for many of the Achaeans are devising evil; may Zeus utterly destroy them before harm fall on us."

Then wise Telemachus answered him: "So shall it be, father; go your way when you have had your supper. And in the morning come and bring fine victims. But all matters here shall be a care to me and to the immortals."

So he spoke, and the swineherd sat down again on the polished chair. But when he had satisfied his heart with meat and drink, he went his way to the swine, and left the courts and the hall full of banqueters. And they were making merry with dance and song, for evening had now come on.

Σ

Ἦλθε δ' ἐπὶ πτωχὸς πανδήμιος, ὃς κατὰ ἄστυ
πτωχεύεσκ' Ἰθάκης, μετὰ δ' ἔπρεπε γαστέρι μάργῃ
ἀζηχὲς φαγέμεν καὶ πιέμεν· οὐδέ οἱ ἦν ἲς
οὐδὲ βίη, εἶδος δὲ μάλα μέγας ἦν ὁράασθαι.
5 Ἀρναῖος δ' ὄνομ' ἔσκε· τὸ γὰρ θέτο πότνια μήτηρ
ἐκ γενετῆς· Ἶρον δὲ νέοι κίκλησκον ἅπαντες,
οὕνεκ' ἀπαγγέλλεσκε κιών, ὅτε πού τις ἀνώγοι·
ὅς ῥ' ἐλθὼν Ὀδυσῆα διώκετο οἷο δόμοιο,
καί μιν νεικείων ἔπεα πτερόεντα προσηύδα·
10 "εἶκε, γέρον, προθύρου, μὴ δὴ τάχα καὶ ποδὸς ἕλκῃ.
οὐκ ἀίεις ὅτι δή μοι ἐπιλλίζουσιν ἅπαντες,
ἑλκέμεναι δὲ κέλονται; ἐγὼ δ' αἰσχύνομαι ἔμπης.
ἀλλ' ἄνα, μὴ τάχα νῶιν ἔρις καὶ χερσὶ γένηται."
τὸν δ' ἄρ' ὑπόδρα ἰδὼν προσέφη πολύμητις Ὀδυσσεύς·
15 "δαιμόνι', οὔτε τί σε ῥέζω κακὸν οὔτ' ἀγορεύω,
οὔτε τινὰ φθονέω δόμεναι καὶ πόλλ' ἀνελόντα.
οὐδὸς δ' ἀμφοτέρους ὅδε χείσεται, οὐδέ τί σε χρὴ
ἀλλοτρίων φθονέειν· δοκέεις δέ μοι εἶναι ἀλήτης
ὥς περ ἐγών, ὄλβον δὲ θεοὶ μέλλουσιν ὀπάζειν.
20 χερσὶ δὲ μή τι λίην προκαλίζεο, μή με χολώσῃς,

BOOK 18

Now there came up a public beggar who was accustomed to beg through the town of Ithaca, and was known for his greedy belly, eating and drinking without end. No strength had he nor might, but in bulk was big indeed to look upon. Arnaeus was his name, for this name his honored mother had given him at his birth; but Irus all the young men called him, because he used to run on errands[a] when anyone bade him. He came now, and was for driving Odysseus from his own house; and he began to revile him, and spoke winged words:

"Give way, old man, from the doorway, for fear you will soon even be dragged out by the foot. Do you not see that everyone is winking at me, and urging me to drag you? Yet for myself, I am ashamed to do it. Up with you then, or our quarrel may even come to blows."

Then with an angry glance from beneath his brows resourceful Odysseus answered him: "God-touched man, I harm you not in deed or word, nor do I begrudge that any man should give to you, even if the portion he took up should be a large one. This threshold will hold us both, and you have no need to be jealous of what others get. You seem to be a vagrant like me; and as for prosperity, it is to the gods we must look for that. But be careful how boldly you challenge me with your fists, for fear you

[a] And so is compared to Iris, the messenger of Olympus. M.

μή σε γέρων περ ἐὼν στῆθος καὶ χείλεα φύρσω
αἵματος· ἡσυχίη δ' ἂν ἐμοὶ καὶ μᾶλλον ἔτ' εἴη
αὔριον· οὐ μὲν γάρ τί σ' ὑποστρέψεσθαι ὀίω
δεύτερον ἐς μέγαρον Λαερτιάδεω Ὀδυσῆος."
25 τὸν δὲ χολωσάμενος προσεφώνεεν Ἶρος ἀλήτης·
"ὢ πόποι, ὡς ὁ μολοβρὸς ἐπιτροχάδην ἀγορεύει,
γρηὶ καμινοῖ ἶσος· ὃν ἂν κακὰ μητισαίμην
κόπτων ἀμφοτέρῃσι, χαμαὶ δέ κε πάντας ὀδόντας
γναθμῶν ἐξελάσαιμι συὸς ὣς ληιβοτείρης.
30 ζῶσαι νῦν, ἵνα πάντες ἐπιγνώωσι καὶ οἵδε
μαρναμένους· πῶς δ' ἂν σὺ νεωτέρῳ ἀνδρὶ μάχοιο;"
ὣς οἱ μὲν προπάροιθε θυράων ὑψηλάων
οὐδοῦ ἔπι ξεστοῦ πανθυμαδὸν ὀκριόωντο.
τοῖιν δὲ ξυνέηχ' ἱερὸν μένος Ἀντινόοιο,
35 ἡδὺ δ' ἄρ' ἐκγελάσας μετεφώνει μνηστήρεσσιν·
"ὦ φίλοι, οὐ μέν πώ τι πάρος τοιοῦτον ἐτύχθη,
οἵην τερπωλὴν θεὸς ἤγαγεν ἐς τόδε δῶμα.
ὁ ξεῖνός τε καὶ Ἶρος ἐρίζετον ἀλλήλοιιν
χερσὶ μαχέσσασθαι· ἀλλὰ ξυνελάσσομεν ὦκα."
40 ὣς ἔφαθ', οἱ δ' ἄρα πάντες ἀνήιξαν γελόωντες,
ἀμφὶ δ' ἄρα πτωχοὺς κακοείμονας ἠγερέθοντο.
τοῖσιν δ' Ἀντίνοος μετέφη, Εὐπείθεος υἱός·
"κέκλυτέ μευ, μνηστῆρες ἀγήνορες, ὄφρα τι εἴπω.
γαστέρες αἵδ' αἰγῶν κέατ' ἐν πυρί, τὰς ἐπὶ δόρπῳ
45 κατθέμεθα κνίσης τε καὶ αἵματος ἐμπλήσαντες·
ὁππότερος δέ κε νικήσῃ κρείσσων τε γένηται,
τάων ἥν κ' ἐθέλῃσιν ἀναστὰς αὐτὸς ἑλέσθω·
αἰεὶ δ' αὖθ' ἡμῖν μεταδαίσεται, οὐδέ τιν' ἄλλον

anger me, and, old man though I am, I stain your breast and lips with blood. Then should I have the greater peace and quiet tomorrow, for I do not think you shall return a second time to the hall of Laertes' son Odysseus."

Then in anger the vagrant Irus said to him: "Now see how glibly the filthy glutton talks, like an old kitchen-woman. But I will devise evil for him, punching him left and right, and will scatter on the ground all the teeth from his jaws, as though he were a pig who eats the crop. Gird yourself now, that these men, too, may all see how we fight. But how could you fight with a younger man?"

Thus on the polished threshold in front of the lofty doors they goaded one another wholeheartedly. And the divine might of Antinous[a] heard the two, and, breaking into a merry laugh, he spoke among the suitors:

"Friends, never before has such a thing come to pass, that a god has brought sport like this to this house. The stranger there and Irus are provoking one another to blows. Come, let us quickly set them on."

So he spoke, and they all sprang up laughing and gathered about the tattered beggars. And Antinous, son of Eupeithes, spoke among them, and said:

"Listen, you proud suitors, to what I am about to say. Here at the fire are goats' paunches lying, which we set there for supper, when we had filled them with fat and blood. Now whichever of the two wins and proves himself the better man, let him rise and choose for himself which one of these he will. And furthermore he shall always feast with us, nor will we permit any other beggar

[a] See note on 2.409. D.

πτωχὸν ἔσω μίσγεσθαι ἐάσομεν αἰτήσοντα."
50 ὣς ἔφατ' Ἀντίνοος, τοῖσιν δ' ἐπιήνδανε μῦθος.
τοῖς δὲ δολοφρονέων μετέφη πολύμητις Ὀδυσσεύς·
"ὦ φίλοι, οὔ πως ἔστι νεωτέρῳ ἀνδρὶ μάχεσθαι
ἄνδρα γέροντα, δύῃ ἀρημένον· ἀλλά με γαστὴρ
ὀτρύνει κακοεργός, ἵνα πληγῇσι δαμείω.
55 ἀλλ' ἄγε νῦν μοι πάντες ὀμόσσατε καρτερὸν ὅρκον,
μή τις ἐπ' Ἴρῳ ἦρα φέρων ἐμὲ χειρὶ βαρείῃ
πλήξῃ ἀτασθάλλων, τούτῳ δέ με ἶφι δαμάσσῃ."
ὣς ἔφαθ', οἱ δ' ἄρα πάντες ἀπώμνυον ὡς ἐκέλευεν.
αὐτὰρ ἐπεί ῥ' ὄμοσάν τε τελεύτησάν τε τὸν ὅρκον,[1]
60 τοῖς δ' αὖτις μετέειφ' ἱερὴ ἲς Τηλεμάχοιο·
"ξεῖν', εἴ σ' ὀτρύνει κραδίη καὶ θυμὸς ἀγήνωρ
τοῦτον ἀλέξασθαι, τῶν δ' ἄλλων μή τιν' Ἀχαιῶν
δείδιθ', ἐπεὶ πλεόνεσσι μαχήσεται ὅς κέ σε θείνῃ·
ξεινοδόκος μὲν ἐγών, ἐπὶ δ' αἰνεῖτον βασιλῆες,
65 Ἀντίνοός τε καὶ Εὐρύμαχος, πεπνυμένω ἄμφω."
ὣς ἔφαθ', οἱ δ' ἄρα πάντες ἐπῄνεον· αὐτὰρ
Ὀδυσσεὺς
ζώσατο μὲν ῥάκεσιν περὶ μήδεα, φαῖνε δὲ μηροὺς
καλούς τε μεγάλους τε, φάνεν δέ οἱ εὐρέες ὦμοι
στήθεά τε στιβαροί τε βραχίονες· αὐτὰρ Ἀθήνη
70 ἄγχι παρισταμένη μέλε' ἤλδανε ποιμένι λαῶν.
μνηστῆρες δ' ἄρα πάντες ὑπερφιάλως ἀγάσαντο·
ὧδε δέ τις εἴπεσκεν ἰδὼν ἐς πλησίον ἄλλον·
"ἦ τάχα Ἶρος Ἄϊρος ἐπίσπαστον κακὸν ἕξει,

[1] Line 59 is omitted in some MSS.

to join our company and beg from us."

So spoke Antinous, and his word was pleasing to them. Then with crafty mind resourceful Odysseus spoke among them:

"Friends, in no way can an old man that is overcome with woe fight with a younger. Nevertheless my belly, that worker of evil, urges me on, that I may be overcome by his blows. But come now, all of you, swear me a mighty oath, to the end that no man, doing a favor to Irus, deal me a foul blow with heavy hand, and so by violence subdue me to this fellow."

So he spoke, and they all gave the oath not to strike him, as he asked. But when they had sworn and made an end of the oath, among them spoke again the sacred strength of Telemachus:

"Stranger, if your heart and your proud spirit bid you beat off this fellow, then do not fear any man of all the Achaeans, for whoever strikes you shall have to fight with more than you. Your host am I, and the princes assent hereto, Antinous and Eurymachus, men of prudence both."

So he spoke, and they all praised his words. But Odysseus girded his rags about his loins and showed his thighs shapely and stout, and his broad shoulders came to view, and his chest and mighty arms. And Athene drew near and made greater the limbs of the shepherd of the people. Then all the suitors marveled exceedingly, and thus would one speak with a glance at his neighbor:

"Soon now shall Irus, un-Irused, have a trouble of his own creation, such a thigh does that old man there show

οἵην ἐκ ῥακέων ὁ γέρων ἐπιγουνίδα φαίνει."
75 ὣς ἄρ' ἔφαν, Ἴρῳ δὲ κακῶς ὠρίνετο θυμός.
ἀλλὰ καὶ ὣς δρηστῆρες ἄγον ζώσαντες ἀνάγκῃ
δειδιότα· σάρκες δὲ περιτρομέοντο μέλεσσιν.
Ἀντίνοος δ' ἐνένιπεν ἔπος τ' ἔφατ' ἔκ τ' ὀνόμαζεν·
"νῦν μὲν μήτ' εἴης, βουγάιε, μήτε γένοιο,
80 εἰ δὴ τοῦτόν γε τρομέεις καὶ δείδιας αἰνῶς,
ἄνδρα γέροντα, δύῃ ἀρημένον, ἥ μιν ἱκάνει.
ἀλλ' ἔκ τοι ἐρέω, τὸ δὲ καὶ τετελεσμένον ἔσται·
αἴ κέν σ' οὗτος νικήσῃ κρείσσων τε γένηται,
πέμψω σ' ἤπειρόνδε, βαλὼν ἐν νηὶ μελαίνῃ,
85 εἰς Ἔχετον βασιλῆα, βροτῶν δηλήμονα πάντων,
ὅς κ' ἀπὸ ῥῖνα τάμῃσι καὶ οὔατα νηλέι χαλκῷ,
μήδεά τ' ἐξερύσας δώῃ κυσὶν ὠμὰ δάσασθαι."
ὣς φάτο, τῷ δ' ἔτι μᾶλλον ὑπὸ τρόμος ἔλλαβε γυῖα.
ἐς μέσσον δ' ἄναγον· τὼ δ' ἄμφω χεῖρας ἀνέσχον.
90 δὴ τότε μερμήριξε πολύτλας δῖος Ὀδυσσεὺς
ἢ ἐλάσει' ὥς μιν ψυχὴ λίποι αὖθι πεσόντα,
ἦέ μιν ἦκ' ἐλάσειε τανύσσειέν τ' ἐπὶ γαίῃ.
ὧδε δέ οἱ φρονέοντι δοάσσατο κέρδιον εἶναι,
ἦκ' ἐλάσαι, ἵνα μή μιν ἐπιφρασσαίατ' Ἀχαιοί.
95 δὴ τότ' ἀνασχομένω ὁ μὲν ἤλασε δεξιὸν ὦμον
Ἶρος, ὁ δ' αὐχέν' ἔλασσεν ὑπ' οὔατος, ὀστέα δ' εἴσω
ἔθλασεν· αὐτίκα δ' ἦλθε κατὰ στόμα φοίνιον αἷμα,
κὰδ δ' ἔπεσ' ἐν κονίῃσι μακών, σὺν δ' ἤλασ' ὀδόντας
λακτίζων ποσὶ γαῖαν· ἀτὰρ μνηστῆρες ἀγαυοὶ
100 χεῖρας ἀνασχόμενοι γέλῳ ἔκθανον. αὐτὰρ Ὀδυσσεὺς

from beneath his rags."

So they spoke, and the heart of Irus was miserably shaken; yet even so the serving men tucked up his clothes, and led him out perforce all filled with dread, and his flesh trembled on his limbs. Then Antinous upbraided him and spoke, and addressed him:

"Now then, braggart, it would be better you did not exist, nor had ever been born, if you tremble before this fellow and fear him so terribly—an old man, overcome by the woe that has come upon him. But I will speak plainly to you, and this word shall surely be brought to pass. If this fellow conquers you and proves the better man, I will throw you into a black ship and send you to the mainland to King Echetus, the maimer of all men, who will cut off your nose and ears with the pitiless bronze, and will tear out your genitals and give them raw to dogs to eat."

So he spoke, whereby yet greater trembling seized the other's limbs, and they led him into the ring and both men put up their hands. Then the much-enduring, noble Odysseus was divided in mind whether he should strike him so that life should leave him on the spot as he fell, or whether he should deal him a light blow and stretch him on the earth. And, as he pondered, this seemed to him the better course, to deal him a light blow, that the Achaeans might not take note of him. Whereupon, when they had put up their hands, Irus let drive at the right shoulder, but Odysseus hit him on the neck beneath the ear and crushed in the bones, and at once the red blood ran from his mouth, and down he fell in the dust with a moan, and he gnashed his teeth, kicking the ground with his feet. But the lordly suitors raised their hands, and were like to die with laughter. Then Odysseus seized him

ἕλκε διὲκ προθύροιο λαβὼν ποδός, ὄφρ' ἵκετ' αὐλήν,
αἰθούσης τε θύρας· καί μιν ποτὶ ἑρκίον αὐλῆς
εἷσεν ἀνακλίνας· σκῆπτρον δέ οἱ ἔμβαλε χειρί,
καί μιν φωνήσας ἔπεα πτερόεντα προσηύδα·
105 "ἐνταυθοῖ νῦν ἧσο σύας τε κύνας τ' ἀπερύκων,
μηδὲ σύ γε ξείνων καὶ πτωχῶν κοίρανος εἶναι
λυγρὸς ἐών, μή πού τι κακὸν καὶ μεῖζον ἐπαύρῃ."
ἦ ῥα καὶ ἀμφ' ὤμοισιν ἀεικέα βάλλετο πήρην,
πυκνὰ ῥωγαλέην· ἐν δὲ στρόφος ἦεν ἀορτήρ.
110 ἂψ δ' ὅ γ' ἐπ' οὐδὸν ἰὼν κατ' ἄρ' ἕζετο· τοὶ δ' ἴσαν εἴσω
ἡδὺ γελώοντες καὶ δεικανόωντ' ἐπέεσσι·[1]
"Ζεύς τοι δοίη, ξεῖνε, καὶ ἀθάνατοι θεοὶ ἄλλοι,
ὅττι μάλιστ' ἐθέλεις καί τοι φίλον ἔπλετο θυμῷ,
ὃς τοῦτον τὸν ἄναλτον ἀλητεύειν ἀπέπαυσας
115 ἐν δήμῳ· τάχα γάρ μιν ἀνάξομεν ἤπειρόνδε
εἰς Ἔχετον βασιλῆα, βροτῶν δηλήμονα πάντων."[2]
ὣς ἄρ' ἔφαν, χαῖρεν δὲ κλεηδόνι δῖος Ὀδυσσεύς.
Ἀντίνοος δ' ἄρα οἱ μεγάλην παρὰ γαστέρα θῆκεν,
ἐμπλείην κνίσης τε καὶ αἵματος· Ἀμφίνομος δὲ
120 ἄρτους ἐκ κανέοιο δύω παρέθηκεν ἀείρας
καὶ δέπαϊ χρυσέῳ δειδίσκετο, φώνησέν τε·
"χαῖρε, πάτερ ὦ ξεῖνε, γένοιτό τοι ἔς περ ὀπίσσω
ὄλβος· ἀτὰρ μὲν νῦν γε κακοῖς ἔχεαι πολέεσσι."
τὸν δ' ἀπαμειβόμενος προσέφη πολύμητις Ὀδυσσεύς·
125 "Ἀμφίνομ', ἦ μάλα μοι δοκέεις πεπνυμένος εἶναι·

by the foot, and dragged him out through the doorway until he came to the court and the gates of the portico. And he sat him up and leaned him against the wall of the court, and thrust his staff into his hand and spoke, and addressed him with winged words:

"Sit there now, and scare off swine and dogs, and stop lording it over strangers and beggars, wretch that you are, for fear you may win yourself some greater disaster."

He spoke, and slung about his shoulders his miserable pouch, full of holes, hung by a twisted cord. Then back to the threshold he went and sat down; and the suitors went inside, laughing merrily, and they greeted him, saying:

"May Zeus grant you, stranger, and the other gods, what you desire most and the dearest wish of your heart, seeing that you have made this insatiable fellow cease from begging in the land. For soon shall we take him to the mainland to King Echetus, the maimer of all men."

So they spoke, and noble Odysseus was glad at the word of omen. And Antinous set before him the great paunch, filled with fat and blood, and Amphinomus took up two loaves from the basket and set them before him, and pledged him in a cup of gold, and said:

"Hail, father stranger; may happy fortune be yours in time to come, though now you are beset by many sorrows."

Then resourceful Odysseus answered him, and said: "Amphinomus, truly you seem to me to be a man of pru-

---

[1] After line 111 some MSS insert the line ὧδε δέ τις εἴπεσκε νεῶν ὑπερηνορεόντων (=2.324), "And thus would one of the proud youths speak."

[2] Lines 115–16 were rejected by Aristarchus.

τοίου γὰρ καὶ πατρός, ἐπεὶ κλέος ἐσθλὸν ἄκουον,
Νῖσον Δουλιχιῆα ἐΰν τ' ἔμεν ἀφνειόν τε·
τοῦ σ' ἔκ φασι γενέσθαι, ἐπητῇ δ' ἀνδρὶ ἔοικας.
τοὔνεκά τοι ἐρέω, σὺ δὲ σύνθεο καί μευ ἄκουσον·
130 οὐδὲν ἀκιδνότερον γαῖα τρέφει ἀνθρώποιο,
πάντων ὅσσα τε γαῖαν ἔπι πνείει τε καὶ ἕρπει.
οὐ μὲν γάρ ποτέ φησι κακὸν πείσεσθαι ὀπίσσω,
ὄφρ' ἀρετὴν παρέχωσι θεοὶ καὶ γούνατ' ὀρώρῃ·
ἀλλ' ὅτε δὴ καὶ λυγρὰ θεοὶ μάκαρες τελέσωσι,
135 καὶ τὰ φέρει ἀεκαζόμενος τετληότι θυμῷ·
τοῖος γὰρ νόος ἐστὶν ἐπιχθονίων ἀνθρώπων
οἷον ἐπ' ἦμαρ ἄγησι πατὴρ ἀνδρῶν τε θεῶν τε.
καὶ γὰρ ἐγώ ποτ' ἔμελλον ἐν ἀνδράσιν ὄλβιος εἶναι,
πολλὰ δ' ἀτάσθαλ' ἔρεξα βίῃ καὶ κάρτεϊ εἴκων,
140 πατρί τ' ἐμῷ πίσυνος καὶ ἐμοῖσι κασιγνήτοισι.
τῷ μή τίς ποτε πάμπαν ἀνὴρ ἀθεμίστιος εἴη,
ἀλλ' ὅ γε σιγῇ δῶρα θεῶν ἔχοι, ὅττι διδοῖεν.
οἷ' ὁρόω μνηστῆρας ἀτάσθαλα μηχανόωντας,
κτήματα κείροντας καὶ ἀτιμάζοντας ἄκοιτιν
145 ἀνδρός, ὃν οὐκέτι φημὶ φίλων καὶ πατρίδος αἴης
δηρὸν ἀπέσσεσθαι· μάλα δὲ σχεδόν. ἀλλά σε δαίμων
οἴκαδ' ὑπεξαγάγοι, μηδ' ἀντιάσειας ἐκείνῳ,
ὁππότε νοστήσειε φίλην ἐς πατρίδα γαῖαν·
οὐ γὰρ ἀναιμωτί γε διακρινέεσθαι ὀίω
150 μνηστῆρας καὶ κεῖνον, ἐπεί κε μέλαθρον ὑπέλθῃ."
ὣς φάτο, καὶ σπείσας ἔπιεν μελιηδέα οἶνον,
ἂψ δ' ἐν χερσὶν ἔθηκε δέπας κοσμήτορι λαῶν.
αὐτὰρ ὁ βῆ διὰ δῶμα φίλον τετιημένος ἦτορ,

dence; and such a man, too, was your father, for I have heard of his fair fame, that Nisus of Dulichium was a brave and wealthy man. From him, they say, you had your birth, and you seem a man soft of speech. Therefore I will tell you, and do you pay attention and listen to me. Nothing feebler does earth nurture than man, of all things that on earth breathe and move. For he thinks that he will never suffer evil in time to come, so long as the gods give him success and his knees are quick; but when again the blessed gods decree him misfortune, this too he bears in sorrow with such patience as he can, for the spirit of men upon the earth is just such as the day which the father of gods and men brings upon them. For I, too, was once in the way of being prosperous among men, and many deeds of wantonness I did, yielding to my strength and power, and trusting in my father and my brethren. Therefore let no man ever be lawless at any time, but let him keep in silence whatever gifts the gods give. Like the wantonness I see the suitors contriving, wasting the wealth and dishonoring the wife of a man who, I tell you, will not long be away from his friends and his native land; he is very near. Instead may some god lead you home out from here, and may you not meet him when he comes home to his own native land. For not without bloodshed, I think, will the suitors and he part one from the other when once he comes beneath his roof."

And he spoke, and, pouring a libation, drank the honey-sweet wine, and then gave back the cup into the hands of the marshaler of the people. But Amphinomus went through the hall with a heavy heart, bowing his

νευστάζων κεφαλῇ· δὴ γὰρ κακὸν ὄσσετο θυμός.
155 ἀλλ' οὐδ' ὧς φύγε κῆρα· πέδησε δὲ καὶ τὸν Ἀθήνη
Τηλεμάχου ὑπὸ χερσὶ καὶ ἔγχεϊ ἶφι δαμῆναι.
ἂψ δ' αὖτις κατ' ἄρ' ἕζετ' ἐπὶ θρόνου ἔνθεν ἀνέστη.
τῇ δ' ἄρ' ἐπὶ φρεσὶ θῆκε θεὰ γλαυκῶπις Ἀθήνη,
κούρῃ Ἰκαρίοιο, περίφρονι Πηνελοπείῃ,
160 μνηστήρεσσι φανῆναι, ὅπως πετάσειε μάλιστα
θυμὸν μνηστήρων ἰδὲ τιμήεσσα γένοιτο
μᾶλλον πρὸς πόσιός τε καὶ υἱέος ἢ πάρος ἦεν.
ἀχρεῖον δ' ἐγέλασσεν ἔπος τ' ἔφατ' ἔκ τ' ὀνόμαζεν·
"Εὐρυνόμη, θυμός μοι ἐέλδεται, οὔ τι πάρος γε,
165 μνηστήρεσσι φανῆναι, ἀπεχθομένοισί περ ἔμπης·
παιδὶ δέ κεν εἴποιμι ἔπος, τό κε κέρδιον εἴη,
μὴ πάντα μνηστῆρσιν ὑπερφιάλοισιν ὁμιλεῖν,
οἵ τ' εὖ μὲν βάζουσι, κακῶς δ' ὄπιθεν φρονέουσι."
τὴν δ' αὖτ' Εὐρυνόμη ταμίη πρὸς μῦθον ἔειπεν·
170 "ναὶ δὴ ταῦτά γε πάντα, τέκος, κατὰ μοῖραν ἔειπες.
ἀλλ' ἴθι καὶ σῷ παιδὶ ἔπος φάο μηδ' ἐπίκευθε,
χρῶτ' ἀπονιψαμένη καὶ ἐπιχρίσασα παρειάς·
μηδ' οὕτω δακρύοισι πεφυρμένη ἀμφὶ πρόσωπα
ἔρχευ, ἐπεὶ κάκιον πενθήμεναι ἄκριτον αἰεί.
175 ἤδη μὲν γάρ τοι παῖς τηλίκος, ὃν σὺ μάλιστα
ἠρῶ ἀθανάτοισι γενειήσαντα ἰδέσθαι."
τὴν δ' αὖτε προσέειπε περίφρων Πηνελόπεια·
"Εὐρυνόμη, μὴ ταῦτα παραύδα, κηδομένη περ,
χρῶτ' ἀπονίπτεσθαι καὶ ἐπιχρίεσθαι ἀλοιφῇ·
180 ἀγλαΐην γὰρ ἐμοί γε θεοί, τοὶ Ὄλυμπον ἔχουσιν,
ὤλεσαν, ἐξ οὗ κεῖνος ἔβη κοίλῃς ἐνὶ νηυσίν.

head; for his spirit boded ill indeed. Yet even so he did not escape his fate, but him, too, did Athene bind and fetter to be slain outright by the hands and spear of Telemachus. And he sat down again on the chair from which he had risen.

Then the goddess, flashing-eyed Athene, put it in the heart of the daughter of Icarius, wise Penelope, to show herself to the suitors, that she might flutter their hearts and win greater honor from her husband and her son than heretofore. Penelope laughed an unnatural laugh and spoke, and addressed the housekeeper:

"Eurynome, my heart longs, though it has never longed before, to show myself to the suitors, hateful though they are. Also I would say a word to my son that will be for his profit, namely, that he should not continually consort with the overweening suitors, who speak to him with respect but mean him ill thereafter."

Then the housekeeper, Eurynome, spoke to her and said: "Indeed, child, all this you have spoken correctly. Go, then, reveal your word to your son and do not hide it, once you have washed your body and anointed your face; do not go as you are with your cheeks stained with tears, for it is not good to grieve forever without ceasing. For now, you must know, your child is of that age, that child whom it has been your dearest prayer to the immortals to see a bearded man."

Then wise Penelope answered her again: "Eurynome, do not beguile me to this, though you love me, to wash my body and anoint myself with oil. All beauty that was mine the gods who hold Olympus have destroyed since the day when *he* departed in the hollow ships. But bid Autonoe

ἀλλά μοι Αὐτονόην τε καὶ Ἱπποδάμειαν ἄνωχθι
ἐλθέμεν, ὄφρα κέ μοι παρστήετον ἐν μεγάροισιν·
οἴη δ' οὐκ εἴσειμι μετ' ἀνέρας· αἰδέομαι γάρ."

185 ὣς ἄρ' ἔφη, γρηῢς δὲ διὲκ μεγάροιο βεβήκει
ἀγγελέουσα γυναιξὶ καὶ ὀτρυνέουσα νέεσθαι.

ἔνθ' αὖτ' ἄλλ' ἐνόησε θεὰ γλαυκῶπις Ἀθήνη·
κούρῃ Ἰκαρίοιο κατὰ γλυκὺν ὕπνον ἔχευεν,
εὗδε δ' ἀνακλινθεῖσα, λύθεν δέ οἱ ἅψεα πάντα
190 αὐτοῦ ἐνὶ κλιντῆρι· τέως δ' ἄρα δῖα θεάων
ἄμβροτα δῶρα δίδου, ἵνα μιν θησαίατ' Ἀχαιοί.
κάλλεϊ μέν οἱ πρῶτα προσώπατα καλὰ κάθηρεν
ἀμβροσίῳ, οἵῳ περ ἐυστέφανος Κυθέρεια
χρίεται, εὖτ' ἂν ἴῃ Χαρίτων χορὸν ἱμερόεντα·
195 καί μιν μακροτέρην καὶ πάσσονα θῆκεν ἰδέσθαι,
λευκοτέρην δ' ἄρα μιν θῆκε πριστοῦ ἐλέφαντος.
ἡ μὲν ἄρ' ὣς ἔρξασ' ἀπεβήσετο δῖα θεάων,
ἦλθον δ' ἀμφίπολοι λευκώλενοι ἐκ μεγάροιο
φθόγγῳ ἐπερχόμεναι· τὴν δὲ γλυκὺς ὕπνος ἀνῆκε,
200 καί ῥ' ἀπομόρξατο χερσὶ παρειὰς φώνησέν τε·

"ἦ με μάλ' αἰνοπαθῆ μαλακὸν περὶ κῶμ' ἐκάλυψεν.
αἴθε μοι ὣς μαλακὸν θάνατον πόροι Ἄρτεμις ἁγνὴ
αὐτίκα νῦν, ἵνα μηκέτ' ὀδυρομένη κατὰ θυμὸν
αἰῶνα φθινύθω, πόσιος ποθέουσα φίλοιο
205 παντοίην ἀρετήν, ἐπεὶ ἔξοχος ἦεν Ἀχαιῶν."

ὣς φαμένη κατέβαιν' ὑπερώια σιγαλόεντα,
οὐκ οἴη· ἅμα τῇ γε καὶ ἀμφίπολοι δύ' ἕποντο.
ἡ δ' ὅτε δὴ μνηστῆρας ἀφίκετο δῖα γυναικῶν,
στῆ ῥα παρὰ σταθμὸν τέγεος πύκα ποιητοῖο,

and Hippodameia come to me, that they may stand by my side in the hall. Alone I will not go in to the men: I am ashamed to."

So she spoke, and the old woman went out through the hall to tell the women and bid them come.

Then the goddess, flashing-eyed Athene, had another thought. On the daughter of Icarius she shed sweet sleep, and she leaned back and slept there on her couch, and all her joints were relaxed. And meanwhile the beautiful goddess was giving her immortal gifts, that the Achaeans might marvel at her. With beauty she first cleansed her lovely face, with beauty ambrosial, such as that with which Cytheraea, of the fair crown, anoints herself[a] when she goes into the lovely dance of the Graces; and she made her taller, too, and statelier to behold, and made her whiter than new-sawn ivory. Now when she had done this the fair goddess departed, and the white-armed handmaids came out from the hall and came near with sound of talking. Then sweet sleep released Penelope, and she rubbed her cheeks with her hands, and said:

"Ah, in my utter wretchedness soft slumber enfolded me. Would that chaste Artemis would at this very moment give so soft a death, that I might no longer waste my life away with sorrow at heart, longing for the manifold virtue of my dear husband, in which he surpassed the other Achaeans."

So saying she went out from the bright upper chamber, not alone, for two handmaids attended her. Now when the fair lady reached the suitors she stood by the

[a] It is of course quite natural for the gods to use beauty itself as an ointment. D.

210 ἄντα παρειάων σχομένη λιπαρὰ κρήδεμνα·
ἀμφίπολος δ᾽ ἄρα οἱ κεδνὴ ἑκάτερθε παρέστη.
τῶν δ᾽ αὐτοῦ λύτο γούνατ᾽, ἔρῳ δ᾽ ἄρα θυμὸν ἔθελχθεν,
πάντες δ᾽ ἠρήσαντο παραὶ λεχέεσσι κλιθῆναι.
ἡ δ᾽ αὖ Τηλέμαχον προσεφώνεεν, ὃν φίλον υἱόν·
215 "Τηλέμαχ᾽, οὐκέτι τοι φρένες ἔμπεδοι οὐδὲ νόημα·
παῖς ἔτ᾽ ἐὼν καὶ μᾶλλον ἐνὶ φρεσὶ κέρδε᾽ ἐνώμας·
νῦν δ᾽, ὅτε δὴ μέγας ἐσσὶ καὶ ἥβης μέτρον ἱκάνεις,
καί κέν τις φαίη γόνον ἔμμεναι ὀλβίου ἀνδρός,
ἐς μέγεθος καὶ κάλλος ὁρώμενος, ἀλλότριος φώς,
220 οὐκέτι τοι φρένες εἰσὶν ἐναίσιμοι οὐδὲ νόημα.
οἷον δὴ τόδε ἔργον ἐνὶ μεγάροισιν ἐτύχθη,
ὃς τὸν ξεῖνον ἔασας ἀεικισθήμεναι οὕτως.
πῶς νῦν, εἴ τι ξεῖνος ἐν ἡμετέροισι δόμοισιν
ἥμενος ὧδε πάθοι ῥυστακτύος ἐξ ἀλεγεινῆς;
225 σοί κ᾽ αἶσχος λώβη τε μετ᾽ ἀνθρώποισι πέλοιτο."
τὴν δ᾽ αὖ Τηλέμαχος πεπνυμένος ἀντίον ηὔδα·
"μῆτερ ἐμή, τὸ μὲν οὔ σε νεμεσσῶμαι κεχολῶσθαι·
αὐτὰρ ἐγὼ θυμῷ νοέω καὶ οἶδα ἕκαστα,
ἐσθλά τε καὶ τὰ χέρεια· πάρος δ᾽ ἔτι νήπιος ἦα.[1]
230 ἀλλά τοι οὐ δύναμαι πεπνυμένα πάντα νοῆσαι·
ἐκ γάρ με πλήσσουσι παρήμενοι ἄλλοθεν ἄλλος
οἵδε κακὰ φρονέοντες, ἐμοὶ δ᾽ οὐκ εἰσὶν ἀρωγοί.
οὐ μέν τοι ξείνου γε καὶ Ἴρου μῶλος ἐτύχθη
μνηστήρων ἰότητι, βίῃ δ᾽ ὅ γε φέρτερος ἦεν.
235 αἲ γάρ, Ζεῦ τε πάτερ καὶ Ἀθηναίη καὶ Ἄπολλον,

[1] Line 229 was rejected by Aristophanes and Aristarchus.

doorpost of the well-built hall, holding before her face her shining veil; and a faithful handmaid stood on either side of her. On the spot the knees of the suitors were loosened, indeed with passion their hearts were enchanted, and they all prayed to lie beside her in bed. But she spoke to Telemachus, her staunch son:

"Telemachus, your mind and your thoughts are no longer steadfast as heretofore. Even when you were still a child you behaved more intelligently; but now that you are grown and have reached the bounds of manhood, and would be called a rich man's son by one who looked only to your stature and handsome appearance, being himself a stranger from afar, your mind and your thoughts are no longer right as before. What a thing is this that has been done in these halls, that you have let this stranger be so maltreated! How would it be if the stranger, while sitting as he does in our house, should come to some harm through being roughly dragged about! On you, then, would fall shame and disgrace among men."

Then wise Telemachus answered her: "My mother, I do not blame you for being angry; I myself am aware of and understand everything, the good and the bad; it is before this that I thought as a child. But I am not able to plan all things wisely, for these men distract me, sitting about me on every side with evil purpose, and I have no one to help me. But, I can tell you, this battle between the stranger and Irus did not fall out according to the mind of the suitors, but the stranger proved the better man. I wish, O father Zeus, and Athene and Apollo, that

οὕτω νῦν μνηστῆρες ἐν ἡμετέροισι δόμοισι
νεύοιεν κεφαλὰς δεδμημένοι, οἱ μὲν ἐν αὐλῇ,
οἱ δ' ἔντοσθε δόμοιο, λελῦτο δὲ γυῖα ἑκάστου,
ὡς νῦν Ἶρος κεῖνος ἐπ' αὐλείῃσι θύρῃσιν
240 ἧσται νευστάζων κεφαλῇ, μεθύοντι ἐοικώς,
οὐδ' ὀρθὸς στῆναι δύναται ποσὶν οὐδὲ νέεσθαι
οἴκαδ', ὅπῃ οἱ νόστος, ἐπεὶ φίλα γυῖα λέλυνται."
ὣς οἱ μὲν τοιαῦτα πρὸς ἀλλήλους ἀγόρευον·
Εὐρύμαχος δ' ἐπέεσσι προσηύδα Πηνελόπειαν·
245 "κούρη Ἰκαρίοιο, περίφρον Πηνελόπεια,
εἰ πάντες σε ἴδοιεν ἀν' Ἴασον Ἄργος Ἀχαιοί,
πλέονές κε μνηστῆρες ἐν ὑμετέροισι δόμοισιν
ἠῶθεν δαινύατ', ἐπεὶ περίεσσι γυναικῶν
εἶδός τε μέγεθός τε ἰδὲ φρένας ἔνδον ἐίσας."
250 τὸν δ' ἠμείβετ' ἔπειτα περίφρων Πηνελόπεια·
"Εὐρύμαχ', ἦ τοι ἐμὴν ἀρετὴν εἶδός τε δέμας τε
ὤλεσαν ἀθάνατοι, ὅτε Ἴλιον εἰσανέβαινον
Ἀργεῖοι, μετὰ τοῖσι δ' ἐμὸς πόσις ἦεν Ὀδυσσεύς.
εἰ κεῖνός γ' ἐλθὼν τὸν ἐμὸν βίον ἀμφιπολεύοι,
255 μεῖζόν κε κλέος εἴη ἐμὸν καὶ κάλλιον οὕτως.
νῦν δ' ἄχομαι· τόσα γάρ μοι ἐπέσσευεν κακὰ δαίμων.
ἦ μὲν δὴ ὅτε τ' ᾖε λιπὼν κάτα πατρίδα γαῖαν,
δεξιτερὴν ἐπὶ καρπῷ ἑλὼν ἐμὲ χεῖρα προσηύδα·
"'ὦ γύναι, οὐ γὰρ ὀίω ἐυκνήμιδας Ἀχαιοὺς
260 ἐκ Τροίης εὖ πάντας ἀπήμονας ἀπονέεσθαι·
καὶ γὰρ Τρῶάς φασι μαχητὰς ἔμμεναι ἄνδρας,
ἠμὲν ἀκοντιστὰς ἠδὲ ῥυτῆρας ὀιστῶν
ἵππων τ' ὠκυπόδων ἐπιβήτορας, οἵ κε τάχιστα

at this moment the suitors, subdued in our halls, were hanging their heads, some in the court and some within the hall, and that each man's limbs were loosened, even as Irus now sits yonder by the gate of the court, hanging his head like a drunken man, and cannot stand erect upon his feet, or go home to whatever place he lives, because his limbs are loosened."

Thus they spoke to one another, but Eurymachus addressed Penelope, and said:

"Daughter of Icarius, wise Penelope, if all the Achaeans throughout Iasian Argos could see you, even more suitors would be feasting in your halls from tomorrow on, for you excel all women in beauty and stature and in good sense."

Then wise Penelope answered him: "Eurymachus, all excellence of mine, both of beauty and of form, the immortals destroyed on the day when the Argives embarked for Ilium, and with them went my husband Odysseus. If he might but come and tend this life of mine, greater would be my fame and fairer. But now I am in sorrow, so many woes has some god brought upon me. Did he not, when he went away and left his native land, clasp my right hand by the wrist and say these words?

"'Wife, I do not think that the well-greaved Achaeans will all return from Troy safe and unscathed, for the Trojans, they say, are men of war, hurlers of the spear, and drawers of the bow, and drivers of swift horses, such as

ἔκριναν μέγα νεῖκος ὁμοιίου πολέμοιο.
265 τῷ οὐκ οἶδ' ἤ κέν μ' ἀνέσει θεός, ἦ κεν ἁλώω
αὐτοῦ ἐνὶ Τροίῃ· σοὶ δ' ἐνθάδε πάντα μελόντων.
μεμνῆσθαι πατρὸς καὶ μητέρος ἐν μεγάροισιν
ὡς νῦν, ἢ ἔτι μᾶλλον ἐμεῦ ἀπονόσφιν ἐόντος·
αὐτὰρ ἐπὴν δὴ παῖδα γενειήσαντα ἴδηαι,
270 γήμασθ' ᾧ κ' ἐθέλῃσθα, τεὸν κατὰ δῶμα λιποῦσα.'
"κεῖνος τὼς ἀγόρευε· τὰ δὴ νῦν πάντα τελεῖται.
νὺξ δ' ἔσται ὅτε δὴ στυγερὸς γάμος ἀντιβολήσει
οὐλομένης ἐμέθεν, τῆς τε Ζεὺς ὄλβον ἀπηύρα.
ἀλλὰ τόδ' αἰνὸν ἄχος κραδίην καὶ θυμὸν ἱκάνει·
275 μνηστήρων οὐχ ἥδε δίκη τὸ πάροιθε τέτυκτο·
οἵ τ' ἀγαθήν τε γυναῖκα καὶ ἀφνειοῖο θύγατρα
μνηστεύειν ἐθέλωσι καὶ ἀλλήλοις ἐρίσωσιν,
αὐτοὶ τοί γ' ἀπάγουσι βόας καὶ ἴφια μῆλα,
κούρης δαῖτα φίλοισι, καὶ ἀγλαὰ δῶρα διδοῦσιν·
280 ἀλλ' οὐκ ἀλλότριον βίοτον νήποινον ἔδουσιν."
ὣς φάτο, γήθησεν δὲ πολύτλας δῖος Ὀδυσσεύς,
οὕνεκα τῶν μὲν δῶρα παρέλκετο, θέλγε δὲ θυμὸν
μειλιχίοις ἐπέεσσι, νόος δέ οἱ ἄλλα μενοίνα.
τὴν δ' αὖτ' Ἀντίνοος προσέφη, Εὐπείθεος υἱός,
285 "κούρη Ἰκαρίοιο, περίφρον Πηνελόπεια,
δῶρα μὲν ὅς κ' ἐθέλῃσιν Ἀχαιῶν ἐνθάδ' ἐνεῖκαι,
δέξασθ'. οὐ γὰρ καλὸν ἀνήνασθαι δόσιν ἐστίν·
ἡμεῖς δ' οὔτ' ἐπὶ ἔργα πάρος γ' ἴμεν οὔτε πῃ ἄλλῃ,
πρίν γέ σε τῷ γήμασθαι Ἀχαιῶν ὅς τις ἄριστος."
290 ὣς ἔφατ' Ἀντίνοος, τοῖσιν δ' ἐπιήνδανε μῦθος·
δῶρα δ' ἄρ' οἰσέμεναι πρόεσαν κήρυκα ἕκαστος.

most quickly decide the great strife of equal war. Therefore I do not know whether the god will bring me back, or whether I shall be cut off there in the land of Troy: so let all here be your care. Be mindful of my father and my mother in the halls even as you are now, or yet more, while I am far away. But when you shall see my son a bearded man, wed whom you will, and leave your house.'

"So he spoke, and now all this is being brought to pass. The night shall come when a hateful marriage shall fall to the lot of me accursed, whose happiness Zeus has taken away. But in this has bitter grief come upon my heart and soul: such as yours was never the way of suitors before this. Those who wish to woo a lady of worth and the daughter of a rich man and vie with one another, these themselves bring cattle and fat sheep, a banquet for the friends of the bride, and give to her glorious gifts; they do not devour the livelihood of another without atonement."

So she spoke, and much-enduring noble Odysseus was glad, because she drew from them gifts, and beguiled their souls with winning words, but her mind was set on other things.

Then Antinous, son of Eupeithes, spoke to her again, and said: "Daughter of Icarius, wise Penelope, as for gifts, whoever of the Achaeans wishes to bring them here, take them; for it is not well to refuse a gift. But for us, we will go neither to our lands nor elsewhere, until you marry him who is best of the Achaeans."

So spoke Antinous, and his word was pleasing to them, and each man sent off a herald to bring his gifts. For

Ἀντινόῳ μὲν ἔνεικε μέγαν περικαλλέα πέπλον,
ποικίλον· ἐν δ' ἄρ' ἔσαν περόναι δυοκαίδεκα πᾶσαι
χρύσειαι, κληῖσιν ἐϋγνάμπτοις ἀραρυῖαι.
295 ὅρμον δ' Εὐρυμάχῳ πολυδαίδαλον αὐτίκ' ἔνεικε,
χρύσεον, ἠλέκτροισιν ἐερμένον ἠέλιον ὥς.
ἕρματα δ' Εὐρυδάμαντι δύω θεράποντες ἔνεικαν,
τρίγληνα μορόεντα· χάρις δ' ἀπελάμπετο πολλή.
ἐκ δ' ἄρα Πεισάνδροιο Πολυκτορίδαο ἄνακτος
300 ἴσθμιον ἤνεικεν θεράπων, περικαλλὲς ἄγαλμα.
ἄλλο δ' ἄρ' ἄλλος δῶρον Ἀχαιῶν καλὸν ἔνεικεν.
ἡ μὲν ἔπειτ' ἀνέβαιν' ὑπερώια δῖα γυναικῶν,
τῇ δ' ἄρ' ἅμ' ἀμφίπολοι ἔφερον περικαλλέα δῶρα.
οἱ δ' εἰς ὀρχηστύν τε καὶ ἱμερόεσσαν ἀοιδὴν
305 τρεψάμενοι τέρποντο, μένον δ' ἐπὶ ἕσπερον ἐλθεῖν.
τοῖσι δὲ τερπομένοισι μέλας ἐπὶ ἕσπερος ἦλθεν.
αὐτίκα λαμπτῆρας τρεῖς ἵστασαν ἐν μεγάροισιν,
ὄφρα φαείνοιεν· περὶ δὲ ξύλα κάγκανα θῆκαν,
αὖα πάλαι, περίκηλα, νέον κεκεασμένα χαλκῷ,
310 καὶ δαΐδας μετέμισγον· ἀμοιβηδὶς δ' ἀνέφαινον
δμῳαὶ Ὀδυσσῆος ταλασίφρονος. αὐτὰρ ὁ τῇσιν
αὐτὸς διογενὴς μετέφη πολύμητις Ὀδυσσεύς·
"δμῳαὶ Ὀδυσσῆος, δὴν οἰχομένοιο ἄνακτος,
ἔρχεσθε πρὸς δώμαθ', ἵν' αἰδοίη βασίλεια·
315 τῇ δὲ παρ' ἠλάκατα στροφαλίζετε, τέρπετε δ' αὐτὴν
ἥμεναι ἐν μεγάρῳ, ἢ εἴρια πείκετε χερσίν·
αὐτὰρ ἐγὼ τούτοισι φάος πάντεσσι παρέξω.
ἤν περ γάρ κ' ἐθέλωσιν ἐΰθρονον Ἠῶ μίμνειν,
οὔ τί με νικήσουσι· πολυτλήμων δὲ μάλ' εἰμί."

Antinous he brought a large and beautiful robe, richly embroidered, and in it were golden brooches, twelve in all, fitted with curved clasps. And a chain did another quickly bring for Eurymachus, one cunningly wrought of gold, strung with amber beads, bright as the sun. A pair of earrings his squires brought to Eurydamas, each with three drops shaped like mulberries, and great grace shone from them. And out of the house of lord Peisander, son of Polyctor, his squire brought a necklace, an ornament of surpassing beauty. So of the Achaeans one brought one lovely gift and another, another. But she thereupon, the fair lady, went up to her upper chamber, and her handmaids bore for her the beautiful gifts.

But the suitors turned to dance and heart-stirring song, and made merry, and waited till evening should come; and as they made merry, dark evening came upon them. At once they set up three braziers in the hall to give them light, and round about them placed dry kindling, long since seasoned and hard, and newly split with the axe; and in the spaces between they set torches; and in turn the handmaids of steadfast Odysseus kindled the flame. Then Zeus-born resourceful Odysseus himself spoke among the maids, and said:

"Servants of Odysseus, your long-absent master, go to the chambers where your revered queen is, and twist the yarn by her side, and cheer her as you sit in the chamber, or card the wool with your hands; whereas I will give light to all these men. For if they wish to wait for fair-throned Dawn they shall outdo me not at all. I am one that can endure much."

320 ὣς ἔφαθ', αἱ δ' ἐγέλασσαν, ἐς ἀλλήλας δὲ ἴδοντο.
τὸν δ' αἰσχρῶς ἐνένιπε Μελανθὼ καλλιπάρῃος,
τὴν Δολίος μὲν ἔτικτε, κόμισσε δὲ Πηνελόπεια,
παῖδα δὲ ὣς ἀτίταλλε, δίδου δ' ἄρ' ἀθύρματα θυμῷ·
ἀλλ' οὐδ' ὣς ἔχε πένθος ἐνὶ φρεσὶ Πηνελοπείης,
325 ἀλλ' ἥ γ' Εὐρυμάχῳ μισγέσκετο καὶ φιλέεσκεν.
ἥ ῥ' Ὀδυσῆ' ἐνένιπεν ὀνειδείοις ἐπέεσσιν·
"ξεῖνε τάλαν, σύ γέ τις φρένας ἐκπεπαταγμένος ἐσσί,
οὐδ' ἐθέλεις εὕδειν χαλκήιον ἐς δόμον ἐλθών,
ἠέ που ἐς λέσχην, ἀλλ' ἐνθάδε πόλλ' ἀγορεύεις,
330 θαρσαλέως πολλοῖσι μετ' ἀνδράσιν, οὐδέ τι θυμῷ
ταρβεῖς· ἦ ῥά σε οἶνος ἔχει φρένας, ἤ νύ τοι αἰεὶ
τοιοῦτος νόος ἐστίν· ὃ καὶ μεταμώνια βάζεις.[1]
ἦ ἀλύεις, ὅτι Ἶρον ἐνίκησας τὸν ἀλήτην;
μή τίς τοι τάχα Ἴρου ἀμείνων ἄλλος ἀναστῇ,
335 ὅς τίς σ' ἀμφὶ κάρη κεκοπὼς χερσὶ στιβαρῇσι
δώματος ἐκπέμψῃσι, φορύξας αἵματι πολλῷ."
τὴν δ' ἄρ' ὑπόδρα ἰδὼν προσέφη πολύμητις Ὀδυσσεύς·
"ἦ τάχα Τηλεμάχῳ ἐρέω, κύον, οἷ' ἀγορεύεις,
κεῖσ' ἐλθών, ἵνα σ' αὖθι διὰ μελεϊστὶ τάμῃσιν."
340 ὣς εἰπὼν ἐπέεσσι διεπτοίησε γυναῖκας.
βὰν δ' ἴμεναι διὰ δῶμα, λύθεν δ' ὑπὸ γυῖα ἑκάστης
ταρβοσύνῃ· φὰν γάρ μιν ἀληθέα μυθήσασθαι.
αὐτὰρ ὁ πὰρ λαμπτῆρσι φαείνων αἰθομένοισιν
ἑστήκειν ἐς πάντας ὁρώμενος· ἄλλα δέ οἱ κῆρ

[1] Lines 330–32 were rejected by Aristarchus.

So he spoke, and the maids broke into a laugh, and glanced at one another. And fair-cheeked Melantho scolded him shamefully, Melantho, whom Dolius begot, but whom Penelope had reared and cherished as her own child, and gave her playthings to her heart's desire. Yet even so she had at heart no sorrow for Penelope, but on the contrary loved Eurymachus and slept with him. She then scolded Odysseus with words of blame:

"Wretched stranger, you must be out of your mind, unwilling to go to a smithy to sleep, or to a place of public resort, but instead keep talking here continually, unabashed in the company of many men of substance, and feel no fear at heart at all. Surely wine has mastered your wits, or else your mind is always like this, that you persist in babbling nonsense. Are you beside yourself because you have beaten that vagrant Irus? Beware that soon another better than Irus does not rise up against you to beat you about the head with heavy hands, and befoul you with streams of blood, and chase you out of the house."

Then with an angry glance from beneath his brows resourceful Odysseus answered her: "Presently I shall go to Telemachus and tell him, bitch, what sort of things you are saying, so that on the spot he may cut you limb from limb."

So he spoke, and with his words scattered the women. Through the hall they went, and the limbs of each were loosened beneath her in terror, for they thought that he spoke the truth. But Odysseus took his stand by the burning braziers to tend the light, and looked at all the men. Still more things was the heart within him pondering—

345 ὥρμαινε φρεσὶν ᾗσιν, ἅ ῥ' οὐκ ἀτέλεστα γένοντο.
μνηστῆρας δ' οὐ πάμπαν ἀγήνορας εἴα Ἀθήνη
λώβης ἴσχεσθαι θυμαλγέος, ὄφρ' ἔτι μᾶλλον
δύη ἄχος κραδίην Λαερτιάδεω Ὀδυσῆος.
τοῖσιν δ' Εὐρύμαχος, Πολύβου πάις, ἦρχ' ἀγορεύειν,
350 κερτομέων Ὀδυσῆα· γέλω δ' ἑτάροισιν ἔτευχε·
"κέκλυτέ μευ, μνηστῆρες ἀγακλειτῆς βασιλείης,
ὄφρ' εἴπω τά με θυμὸς ἐνὶ στήθεσσι κελεύει.
οὐκ ἀθεεὶ ὅδ' ἀνὴρ Ὀδυσήιον ἐς δόμον ἵκει·
ἔμπης μοι δοκέει δαΐδων σέλας ἔμμεναι αὐτοῦ
355 κὰκ κεφαλῆς, ἐπεὶ οὔ οἱ ἔνι τρίχες οὐδ' ἠβαιαί."
ἦ ῥ', ἅμα τε προσέειπεν Ὀδυσσῆα πτολίπορθον·
"ξεῖν', ἦ ἄρ κ' ἐθέλοις θητευέμεν, εἴ σ' ἀνελοίμην,
ἀγροῦ ἐπ' ἐσχατιῆς—μισθὸς δέ τοι ἄρκιος ἔσται—
αἱμασιάς τε λέγων καὶ δένδρεα μακρὰ φυτεύων;
360 ἔνθα κ' ἐγὼ σῖτον μὲν ἐπηετανὸν παρέχοιμι,
εἵματα δ' ἀμφιέσαιμι ποσίν θ' ὑποδήματα δοίην.
ἀλλ' ἐπεὶ οὖν δὴ ἔργα κάκ' ἔμμαθες, οὐκ ἐθελήσεις
ἔργον ἐποίχεσθαι, ἀλλὰ πτώσσειν κατὰ δῆμον
βούλεαι, ὄφρ' ἂν ἔχῃς βόσκειν σὴν γαστέρ' ἄναλτον."
365 τὸν δ' ἀπαμειβόμενος προσέφη πολύμητις
Ὀδυσσεύς·
"Εὐρύμαχ', εἰ γὰρ νῶιν ἔρις ἔργοιο γένοιτο
ὥρῃ ἐν εἰαρινῇ, ὅτε τ' ἤματα μακρὰ πέλονται,
ἐν ποίῃ, δρέπανον μὲν ἐγὼν εὐκαμπὲς ἔχοιμι,
καὶ δὲ σὺ τοῖον ἔχοις, ἵνα πειρησαίμεθα ἔργου
370 νήστιες ἄχρι μάλα κνέφαος, ποίη δὲ παρείη.
εἰ δ' αὖ καὶ βόες εἶεν ἐλαυνέμεν, οἵ περ ἄριστοι,

things that were not to be unfulfilled.

And the proud suitors Athene would not at all permit to abstain from bitter outrage, that pain might sink yet deeper into the heart of Odysseus, son of Laertes. So among them Eurymachus, son of Polybus, began to speak, jeering at Odysseus, and making mirth for his companions:

"Hear me, suitors of the glorious queen, that I may say what the heart in my breast bids me. Not without the will of the gods has this man come to the palace of Odysseus; in any case there is a glare of torches from him—from his head, for there is no hair on it, no, not a trace."

He spoke, and at once called to Odysseus, sacker of cities: "Stranger, would you have a mind to serve for hire, if I should take you into service on an outlying farm—your pay will be assured—gathering stones for walls and planting tall trees? There would I provide you with food the year through, and put clothes upon you and give you sandals for your feet. But since you have learned only deeds of evil, you will not care to busy yourself with work, but wish rather to go skulking through the land, that you may have something to feed your insatiate belly."

Then resourceful Odysseus answered him, and said: "Eurymachus, I would that we two might have a contest in working in the season of spring, when the long days come, in the hayfield, I with a curved scythe in my hands and you with another like it, and that the grass might be in plenty so we might test our work, fasting till late evening. Or again I would that there were oxen to drive—the best

αἴθωνες, μεγάλοι, ἄμφω κεκορηότε ποίης,
ἥλικες, ἰσοφόροι, τῶν τε σθένος οὐκ ἀλαπαδνόν,
τετράγυον δ᾽ εἴη, εἴκοι δ᾽ ὑπὸ βῶλος ἀρότρῳ·
375 τῷ κέ μ᾽ ἴδοις, εἰ ὦλκα διηνεκέα προταμοίμην.
εἰ δ᾽ αὖ καὶ πόλεμόν ποθεν ὁρμήσειε Κρονίων
σήμερον, αὐτὰρ ἐμοὶ σάκος εἴη καὶ δύο δοῦρε
καὶ κυνέη πάγχαλκος, ἐπὶ κροτάφοις ἀραρυῖα,
τῷ κέ μ᾽ ἴδοις πρώτοισιν ἐνὶ προμάχοισι μιγέντα,
380 οὐδ᾽ ἄν μοι τὴν γαστέρ᾽ ὀνειδίζων ἀγορεύοις.
ἀλλὰ μάλ᾽ ὑβρίζεις, καί τοι νόος ἐστὶν ἀπηνής·
καί πού τις δοκέεις μέγας ἔμμεναι ἠδὲ κραταιός,
οὕνεκα πὰρ παύροισι καὶ οὐκ ἀγαθοῖσιν ὁμιλεῖς.
εἰ δ᾽ Ὀδυσεὺς ἔλθοι καὶ ἵκοιτ᾽ ἐς πατρίδα γαῖαν,
385 αἶψά κέ τοι τὰ θύρετρα, καὶ εὐρέα περ μάλ᾽ ἐόντα,
φεύγοντι στείνοιτο διὲκ προθύροιο θύραζε."
ὣς ἔφατ᾽, Εὐρύμαχος δ᾽ ἐχολώσατο κηρόθι μᾶλλον,
καί μιν ὑπόδρα ἰδὼν ἔπεα πτερόεντα προσηύδα·
"ἆ δείλ᾽, ἦ τάχα τοι τελέω κακόν, οἷ᾽ ἀγορεύεις
390 θαρσαλέως πολλοῖσι μετ᾽ ἀνδράσιν, οὐδέ τι θυμῷ
ταρβεῖς· ἦ ῥά σε οἶνος ἔχει φρένας, ἤ νύ τοι αἰεὶ
τοιοῦτος νόος ἐστίν· ὃ καὶ μεταμώνια βάζεις.
ἦ ἀλύεις, ὅτι Ἶρον ἐνίκησας τὸν ἀλήτην;"[1]
ὣς ἄρα φωνήσας σφέλας ἔλλαβεν· αὐτὰρ Ὀδυσσεὺς
395 Ἀμφινόμου πρὸς γοῦνα καθέζετο Δουλιχιῆος,
Εὐρύμαχον δείσας· ὁ δ᾽ ἄρ᾽ οἰνοχόον βάλε χεῖρα
δεξιτερήν· πρόχοος δὲ χαμαὶ βόμβησε πεσοῦσα,

[1] Line 393 is omitted in many MSS.

there are, tawny and large, both well fed with grass, of like age and like power to bear the yoke, tireless in strength—and that there were a field of four acres, and the soil should yield before the plow: then should you see me, whether or not I could cut a straight furrow to the end. Or again I would that this day the son of Cronos might bring war upon us from wherever he would, and I had a shield and two spears and a helmet all of bronze that fitted well my temples: then should you see me mingling amid the foremost fighters, and would not make speeches, taunting me with this belly of mine. But you are insolent to the core, and your heart is cruel; no doubt you think you are some great and mighty man because you consort with men who are few and weak. If only Odysseus might return, and come to his native land, soon would those doors, wide though they are, prove all too narrow for you in your flight out through the doorway."

So he spoke, and Eurymachus became the more angry at heart, and with a wrathful glance from beneath his brows spoke to him winged words:

"Wretch, soon will I punish you because you talk like this, unabashed in the company of many men of substance, and feel no fear at heart at all. Surely wine has mastered your wits, or else your mind is always like this, that you persist in babbling nonsense. Are you beside yourself because you have beaten that vagrant Irus?"

So saying, he seized a footstool, but Odysseus sat down at the knees of Amphinomus of Dulichium, in fear of Eurymachus. And so Eurymachus struck a cup bearer on the right hand, and the wine jug fell to the ground with a

αὐτὰρ ὅ γ' οἰμώξας πέσεν ὕπτιος ἐν κονίῃσι.
μνηστῆρες δ' ὁμάδησαν ἀνὰ μέγαρα σκιόεντα,
400 ὧδε δέ τις εἴπεσκεν ἰδὼν ἐς πλησίον ἄλλον·
"αἴθ' ὤφελλ' ὁ ξεῖνος ἀλώμενος ἄλλοθ' ὀλέσθαι
πρὶν ἐλθεῖν· τῷ οὔ τι τόσον κέλαδον μετέθηκε.[1]
νῦν δὲ περὶ πτωχῶν ἐριδαίνομεν, οὐδέ τι δαιτὸς
ἐσθλῆς ἔσσεται ἦδος, ἐπεὶ τὰ χερείονα νικᾷ."
405 τοῖσι δὲ καὶ μετέειφ' ἱερὴ ἲς Τηλεμάχοιο·
"δαιμόνιοι, μαίνεσθε καὶ οὐκέτι κεύθετε θυμῷ
βρωτὺν οὐδὲ ποτῆτα· θεῶν νύ τις ὔμμ' ὀροθύνει.
ἀλλ' εὖ δαισάμενοι κατακείετε οἴκαδ' ἰόντες,
ὁππότε θυμὸς ἄνωγε· διώκω δ' οὔ τιν' ἐγώ γε."
410 ὣς ἔφαθ', οἱ δ' ἄρα πάντες ὀδὰξ ἐν χείλεσι φύντες
Τηλέμαχον θαύμαζον, ὃ θαρσαλέως ἀγόρευε.
τοῖσιν δ' Ἀμφίνομος ἀγορήσατο καὶ μετέειπε
Νίσου φαίδιμος υἱός, Ἀρητιάδαο ἄνακτος·[2]
"ὦ φίλοι, οὐκ ἂν δή τις ἐπὶ ῥηθέντι δικαίῳ
415 ἀντιβίοις ἐπέεσσι καθαπτόμενος χαλεπαίνοι·
μήτε τι τὸν ξεῖνον στυφελίζετε μήτε τιν' ἄλλον
δμώων, οἳ κατὰ δώματ' Ὀδυσσῆος θείοιο.
ἀλλ' ἄγετ', οἰνοχόος μὲν ἐπαρξάσθω δεπάεσσιν,
ὄφρα σπείσαντες κατακείομεν οἴκαδ' ἰόντες·
420 τὸν ξεῖνον δὲ ἐῶμεν ἐνὶ μεγάροις Ὀδυσῆος
Τηλεμάχῳ μελέμεν· τοῦ γὰρ φίλον ἵκετο δῶμα."
ὣς φάτο, τοῖσι δὲ πᾶσιν ἑαδότα μῦθον ἔειπε.

[1] μετέθηκε Aristarchus: μεθέηκε
[2] Line 413 (= 16.395) is omitted in most MSS.

clang, and the bearer groaned, and fell backwards in the dust. Then the suitors broke into an uproar throughout the shadowy halls, and thus would one man speak with a glance at his neighbor:

"Would that this stranger had perished elsewhere on his wanderings before ever he came here; then he never would have brought among us all this tumult. But now we are brawling about beggars, nor shall there be any joy in our rich feast, since worse things prevail."

Then among them spoke the sacred strength of Telemachus: "God-touched sirs, you are mad, and no longer hide that you have eaten and drunk; some god surely is moving you. But now that you have well feasted, go to your homes and take your rest, when your spirits bid you. I drive no man away."

So he spoke, and they all bit their lips, and marveled at Telemachus, that he spoke boldly. But Amphinomus spoke, and addressed them, son of the noble prince Nisus, son of Aretias:

"Friends, in answer to what has been fairly spoken no man would grow angry and make reply with wrangling words. Abuse not any more this stranger nor any one of the slaves that are in the house of godlike Odysseus. No, come, let the bearer pour drops for libation in the cups, that we may pour libations, and go home to take our rest. As for this stranger, let us leave him in the halls of Odysseus to be cared for by Telemachus; for to his house has he come."

So said he, and the words that he spoke were pleasing

τοῖσιν δὲ κρητῆρα κεράσσατο Μούλιος ἥρως,
κῆρυξ Δουλιχιεύς· θεράπων δ' ἦν Ἀμφινόμοιο·
425 νώμησεν δ' ἄρα πᾶσιν ἐπισταδόν· οἱ δὲ θεοῖσι
σπείσαντες μακάρεσσι πίον μελιηδέα οἶνον.
αὐτὰρ ἐπεὶ σπεῖσάν τ' ἔπιόν θ' ὅσον ἤθελε θυμός,
βάν ῥ' ἴμεναι κείοντες ἑὰ πρὸς δώμαθ' ἕκαστος.

to all. Then a bowl was mixed for them by the hero Mulius, a herald from Dulichium, who was squire to Amphinomus. And he served out to all, coming up to each in turn; and they made libations to the blessed gods, and drank the honey-sweet wine. Then when they had made libations and drunk to their hearts' content, they went their way, each man to his own house, to take their rest.

Τ

Αὐτὰρ ὁ ἐν μεγάρῳ ὑπελείπετο δῖος Ὀδυσσεύς,
μνηστήρεσσι φόνον σὺν Ἀθήνῃ μερμηρίζων·
αἶψα δὲ Τηλέμαχον ἔπεα πτερόεντα προσηύδα·
"Τηλέμαχε, χρὴ τεύχε' ἀρήια κατθέμεν εἴσω
5 πάντα μάλ'· αὐτὰρ μνηστῆρας μαλακοῖς ἐπέεσσι
παρφάσθαι, ὅτε κέν σε μεταλλῶσιν ποθέοντες·
'ἐκ καπνοῦ κατέθηκ', ἐπεὶ οὐκέτι τοῖσιν ἐῴκει
οἷά ποτε Τροίηνδε κιὼν κατέλειπεν Ὀδυσσεύς,
ἀλλὰ κατῄκισται, ὅσσον πυρὸς ἵκετ' ἀυτμή.
10 πρὸς δ' ἔτι καὶ τόδε μεῖζον ἐνὶ φρεσὶν ἔμβαλε δαίμων
μή πως οἰνωθέντες, ἔριν στήσαντες ἐν ὑμῖν,
ἀλλήλους τρώσητε καταισχύνητέ τε δαῖτα
καὶ μνηστύν· αὐτὸς γὰρ ἐφέλκεται ἄνδρα σίδηρος.'"
ὣς φάτο, Τηλέμαχος δὲ φίλῳ ἐπεπείθετο πατρί,
15 ἐκ δὲ καλεσσάμενος προσέφη τροφὸν Εὐρύκλειαν·
"μαῖ', ἄγε δή μοι ἔρυξον ἐνὶ μεγάροισι γυναῖκας,
ὄφρα κεν ἐς θάλαμον καταθείομαι ἔντεα πατρὸς
καλά, τά μοι κατὰ οἶκον ἀκηδέα καπνὸς ἀμέρδει
πατρὸς ἀποιχομένοιο· ἐγὼ δ' ἔτι νήπιος ἦα.
20 νῦν δ' ἐθέλω καταθέσθαι, ἵν' οὐ πυρὸς ἵξετ' ἀυτμή."
τὸν δ' αὖτε προσέειπε φίλη τροφὸς Εὐρύκλεια·
"αἲ γὰρ δή ποτε, τέκνον, ἐπιφροσύνας ἀνέλοιο

BOOK 19

So noble Odysseus was left behind in the hall, planning with Athene's aid the slaying of the suitors, and at once he spoke winged words to Telemachus:

"Telemachus, the weapons of war you must lay away within, one and all, and when the suitors miss them and question you, you must beguile them with gentle words, saying: 'Out of the smoke have I laid them, since they are no longer like those which of old Odysseus left behind him, when he went off to Troy, but are all befouled, so far as the breath of the fire has reached them. And furthermore, this greater fear has a god put in my heart, that perchance, when heated with wine, you may set a quarrel afoot among you, and wound one another, and so bring shame on your feast and on your wooing. For of itself does the iron draw a man to it.'"

So he spoke, and Telemachus obeyed his staunch father, and calling forth the nurse Eurycleia, said to her:

"Nurse, come now, I bid you, shut up the women in their rooms, while I lay away in the storeroom the weapons of my father, the beautiful weapons which all uncared-for the smoke bedims in the hall since my father went off, and I was still a child. But now I am minded to lay them away, where the breath of the fire will not come upon them."

Then the staunch nurse Eurycleia answered him: "Yes, child, I would that you might always take thought to care

οἴκου κήδεσθαι καὶ κτήματα πάντα φυλάσσειν.
ἀλλ' ἄγε, τίς τοι ἔπειτα μετοιχομένη φάος οἴσει;
25 δμῳὰς δ' οὐκ εἴας προβλωσκέμεν, αἵ κεν ἔφαινον."
τὴν δ' αὖ Τηλέμαχος πεπνυμένος ἀντίον ηὔδα·
"ξεῖνος ὅδ'· οὐ γὰρ ἀεργὸν ἀνέξομαι ὅς κεν ἐμῆς γε
χοίνικος ἅπτηται, καὶ τηλόθεν εἰληλουθώς."
ὣς ἄρ' ἐφώνησεν, τῇ δ' ἄπτερος ἔπλετο μῦθος.
30 κλήισεν δὲ θύρας μεγάρων εὖ ναιεταόντων.
τὼ δ' ἄρ' ἀναΐξαντ' Ὀδυσεὺς καὶ φαίδιμος υἱὸς
ἐσφόρεον κόρυθάς τε καὶ ἀσπίδας ὀμφαλοέσσας
ἔγχεά τ' ὀξυόεντα· πάροιθε δὲ Παλλὰς Ἀθήνη,
χρύσεον λύχνον ἔχουσα, φάος περικαλλὲς ἐποίει.
35 δὴ τότε Τηλέμαχος προσεφώνεεν ὃν πατέρ' αἶψα·
"ὦ πάτερ, ἦ μέγα θαῦμα τόδ' ὀφθαλμοῖσιν ὁρῶμαι.
ἔμπης μοι τοῖχοι μεγάρων καλαί τε μεσόδμαι,
εἰλάτιναί τε δοκοί, καὶ κίονες ὑψόσ' ἔχοντες
φαίνοντ' ὀφθαλμοῖς ὡς εἰ πυρὸς αἰθομένοιο.
40 ἦ μάλα τις θεὸς ἔνδον, οἳ οὐρανὸν εὐρὺν ἔχουσι."
τὸν δ' ἀπαμειβόμενος προσέφη πολύμητις Ὀδυσσεύς·
"σίγα καὶ κατὰ σὸν νόον ἴσχανε μηδ' ἐρέεινε·
αὕτη τοι δίκη ἐστὶ θεῶν, οἳ Ὄλυμπον ἔχουσιν.
ἀλλὰ σὺ μὲν κατάλεξαι, ἐγὼ δ' ὑπολείψομαι αὐτοῦ,
45 ὄφρα κ' ἔτι δμῳὰς καὶ μητέρα σὴν ἐρεθίζω·
ἡ δέ μ' ὀδυρομένη εἰρήσεται ἀμφὶς ἕκαστα."
ὣς φάτο, Τηλέμαχος δὲ διὲκ μεγάροιο βεβήκει
κείων ἐς θάλαμον, δαΐδων ὕπο λαμπομενάων,
ἔνθα πάρος κοιμᾶθ', ὅτε μιν γλυκὺς ὕπνος ἱκάνοι·

for the house and guard all its wealth. But come, who then shall fetch a light and bear it for you, since you would not allow the maids, who might have given light, to go before you?"

Then wise Telemachus answered her; "This stranger here; for I will allow no man to be idle who touches my portion of meal,[a] even though he has come from afar."

So he spoke, but her word remained unwinged,[b] and she locked the doors of the stately hall. Then the two sprang up, Odysseus and his glorious son, and set about bearing within the helmets and the shields with their bosses and the sharp-pointed spears; and before them Pallas Athene, bearing a golden lamp, made a most beauteous light. Then at last Telemachus spoke to his father and said:

"Father, indeed this is a great marvel that my eyes behold; surely the walls of the house and the fine panels and the crossbeams of fir and the pillars that rise on high glow in my eyes as if from a blazing fire. Surely some god is within, one of those who hold broad heaven."

Then resourceful Odysseus answered him, and said: "Hush, check your thought, and ask no question; this, I tell you, is the way of the gods who hold Olympus. But go and take your rest and I will remain behind here, that I may stir yet more the minds of the maids and of your mother; and she with weeping will ask me of each thing separately."

So he spoke, and Telemachus went out through the hall by the light of blazing torches to go to his chamber to lie down, where before this he had been accustomed to

[a] The χοῖνιξ, about a quart, was the daily ration of corn or meal for a slave. M. [b] See note on 17.57. D.

50 ἔνθ᾽ ἄρα καὶ τότ᾽ ἔλεκτο καὶ Ἠῶ δῖαν ἔμιμνεν.
αὐτὰρ ὁ ἐν μεγάρῳ ὑπελείπετο δῖος Ὀδυσσεύς,
μνηστήρεσσι φόνον σὺν Ἀθήνῃ μερμηρίζων.

ἡ δ᾽ ἴεν ἐκ θαλάμοιο περίφρων Πηνελόπεια,
Ἀρτέμιδι ἰκέλη ἠὲ χρυσέῃ Ἀφροδίτῃ.
55 τῇ παρὰ μὲν κλισίην πυρὶ κάτθεσαν, ἔνθ᾽ ἄρ᾽ ἐφῖζε,
δινωτὴν ἐλέφαντι καὶ ἀργύρῳ· ἥν ποτε τέκτων
ποίησ᾽ Ἰκμάλιος, καὶ ὑπὸ θρῆνυν ποσὶν ἧκε
προσφυέ᾽ ἐξ αὐτῆς, ὅθ᾽ ἐπὶ μέγα βάλλετο κῶας.
ἔνθα καθέζετ᾽ ἔπειτα περίφρων Πηνελόπεια.
60 ἦλθον δὲ δμῳαὶ λευκώλενοι ἐκ μεγάροιο.
αἱ δ᾽ ἀπὸ μὲν σῖτον πολὺν ᾕρεον ἠδὲ τραπέζας
καὶ δέπα, ἔνθεν ἄρ᾽ ἄνδρες ὑπερμενέοντες ἔπινον·
πῦρ δ᾽ ἀπὸ λαμπτήρων χαμάδις βάλον, ἄλλα δ᾽ ἐπ᾽ αὐτῶν
νήησαν ξύλα πολλά, φόως ἔμεν ἠδὲ θέρεσθαι.
65 ἡ δ᾽ Ὀδυσῆ᾽ ἐνένιπε Μελανθὼ δεύτερον αὖτις·
"ξεῖν᾽, ἔτι καὶ νῦν ἐνθάδ᾽ ἀνιήσεις διὰ νύκτα
δινεύων κατὰ οἶκον, ὀπιπεύσεις δὲ γυναῖκας;
ἀλλ᾽ ἔξελθε θύραζε, τάλαν, καὶ δαιτὸς ὄνησο·
ἢ τάχα καὶ δαλῷ βεβλημένος εἶσθα θύραζε."
70 τὴν δ᾽ ἄρ᾽ ὑπόδρα ἰδὼν προσέφη πολύμητις Ὀδυσσεύς·
"δαιμονίη, τί μοι ὧδ᾽ ἐπέχεις κεκοτηότι θυμῷ;
ἦ ὅτι δὴ ῥυπόω,[1] κακὰ δὲ χροῒ εἵματα εἷμαι,
πτωχεύω δ᾽ ἀνὰ δῆμον; ἀναγκαίη γὰρ ἐπείγει.
τοιοῦτοι πτωχοὶ καὶ ἀλήμονες ἄνδρες ἔασι.
75 καὶ γὰρ ἐγώ ποτε οἶκον ἐν ἀνθρώποισιν ἔναιον

sleep when sweet sleep came upon him. There now too he lay down and waited for the bright Dawn. But noble Odysseus was left behind in the hall, planning with Athene's aid the death of the suitors.

Then wise Penelope came forth from her chamber, like Artemis or golden Aphrodite, and for her they set by the fire, where she was accustomed to sit, a chair inlaid with spirals of ivory and silver, which of old the craftsman Icmalius had made, and had set beneath it a footstool for the feet, that was part of the chair, and upon it a big fleece was laid. On this then wise Penelope sat down, and the white-armed maids came forth from the women's hall. These began to take away the abundant food, the tables, and the cups from which the lordly men had been drinking, and they threw the embers from the braziers on to the floor, and piled upon the braziers fresh logs in abundance, to give light and warmth.

But Melantho began again a second time to scold Odysseus, saying, "Stranger, will you even now still be a plague to us through the night, roaming through the house, and will you spy upon the women? Go on outside, you wretch, and be content with your supper, or in a moment you will go out struck by a torch."

Then with an angry glance from beneath his brows resourceful Odysseus answered her: "God-touched woman, why do you thus assail me with angry heart? Is it because I am dirty and wear poor clothes upon my body, and beg through the land? Yes, for necessity compels me. Of such sort are beggars and vagabond folk. For I too once dwelt in a house of my own among men, a rich man

---

[1] δὴ ῥυπόω: οὐ λιπόω

ὄλβιος ἀφνειὸν καὶ πολλάκι δόσκον ἀλήτῃ,
τοίῳ ὁποῖος ἔοι καὶ ὅτευ κεχρημένος ἔλθοι·
ἦσαν δὲ δμῶες μάλα μυρίοι, ἄλλα τε πολλὰ
οἷσίν τ' εὖ ζώουσι καὶ ἀφνειοὶ καλέονται.
80 ἀλλὰ Ζεὺς ἀλάπαξε Κρονίων· ἤθελε γάρ που·
τῷ νῦν μήποτε καὶ σύ, γύναι, ἀπὸ πᾶσαν ὀλέσσῃς
ἀγλαΐην, τῇ νῦν γε μετὰ δμῳῇσι κέκασσαι·
μή πώς τοι δέσποινα κοτεσσαμένη χαλεπήνῃ,
ἢ Ὀδυσεὺς ἔλθῃ· ἔτι γὰρ καὶ ἐλπίδος αἶσα.
85 εἰ δ' ὁ μὲν ὣς ἀπόλωλε καὶ οὐκέτι νόστιμός ἐστιν,
ἀλλ' ἤδη παῖς τοῖος Ἀπόλλωνός γε ἕκητι,
Τηλέμαχος· τὸν δ' οὔ τις ἐνὶ μεγάροισι γυναικῶν
λήθει ἀτασθάλλουσ', ἐπεὶ οὐκέτι τηλίκος ἐστίν."
ὣς φάτο, τοῦ δ' ἤκουσε περίφρων Πηνελόπεια,
90 ἀμφίπολον δ' ἐνένιπεν ἔπος τ' ἔφατ' ἔκ τ' ὀνόμαζε·
"πάντως, θαρσαλέη, κύον ἀδεές, οὔ τί με λήθεις
ἔρδουσα μέγα ἔργον, ὃ σῇ κεφαλῇ ἀναμάξεις·
πάντα γὰρ εὖ ᾔδησθ', ἐπεὶ ἐξ ἐμεῦ ἔκλυες αὐτῆς
ὡς τὸν ξεῖνον ἔμελλον ἐνὶ μεγάροισιν ἐμοῖσιν
95 ἀμφὶ πόσει εἴρεσθαι, ἐπεὶ πυκινῶς ἀκάχημαι."
ἦ ῥα καὶ Εὐρυνόμην ταμίην πρὸς μῦθον ἔειπεν·
"Εὐρυνόμη, φέρε δὴ δίφρον καὶ κῶας ἐπ' αὐτοῦ,
ὄφρα καθεζόμενος εἴπῃ ἔπος ἠδ' ἐπακούσῃ
ὁ ξεῖνος ἐμέθεν· ἐθέλω δέ μιν ἐξερέεσθαι."
100 ὣς ἔφαθ', ἡ δὲ μάλ' ὀτραλέως κατέθηκε φέρουσα
δίφρον ἐύξεστον καὶ ἐπ' αὐτῷ κῶας ἔβαλλεν·
ἔνθα καθέζετ' ἔπειτα πολύτλας δῖος Ὀδυσσεύς.
τοῖσι δὲ μύθων ἦρχε περίφρων Πηνελόπεια·

in a wealthy house, and often I gave gifts to a wanderer, whoever he was, and with whatever need he came. Slaves, too, I had past counting and all other things in abundance whereby men live well and are reputed wealthy. But Zeus, son of Cronos, brought it all to nothing; no doubt he wished to. Therefore, woman, beware that you too some day do not lose all the beauty wherein you now are preeminent among the handmaids; for fear perchance your mistress may feel disgust and grow angry with you, or Odysseus come home; for there is yet room for hope. But if, even as it seems, he is dead, and is no more to return, yet now is his son by the favor of Apollo such as Odysseus was, his son Telemachus. Him it does not escape if any of the women in the halls are sinning; he is no longer the child he was."

So he spoke, and wise Penelope heard him; and she rebuked the handmaid and spoke, and addressed her:

"Be sure, bold and shameless bitch, that your outrageous conduct is in no way hid from me, and with your own head shall you wipe out its stain. Well did you know, for you have heard it from my own lips, that I wished to question the stranger in my halls concerning my husband; for I am in great distress."

With this she spoke also to the housekeeper Eurynome, and said, "Eurynome, bring here a chair and a fleece upon it, that the stranger may sit down and tell his tale, and listen to me; for I wish to ask him about everything."

So she spoke, and Eurynome speedily brought a polished chair and set it in place, and on it threw a fleece. Then the much-enduring, noble Odysseus sat down upon it, and wise Penelope spoke first, and said:

"ξεῖνε, τὸ μέν σε πρῶτον ἐγὼν εἰρήσομαι αὐτή·
105 τίς πόθεν εἶς ἀνδρῶν; πόθι τοι πόλις ἠδὲ τοκῆες;"
τὴν δ' ἀπαμειβόμενος προσέφη πολύμητις Ὀδυσσεύς·
"ὦ γύναι, οὐκ ἄν τίς σε βροτῶν ἐπ' ἀπείρονα γαῖαν
νεικέοι· ἦ γάρ σευ κλέος οὐρανὸν εὐρὺν ἱκάνει,
ὥς τέ τευ ἢ βασιλῆος ἀμύμονος, ὅς τε θεουδὴς
110 ἀνδράσιν ἐν πολλοῖσι καὶ ἰφθίμοισιν ἀνάσσων
εὐδικίας ἀνέχῃσι, φέρῃσι δὲ γαῖα μέλαινα
πυροὺς καὶ κριθάς, βρίθῃσι δὲ δένδρεα καρπῷ,
τίκτῃ δ' ἔμπεδα μῆλα, θάλασσα δὲ παρέχῃ ἰχθῦς
ἐξ εὐηγεσίης, ἀρετῶσι δὲ λαοὶ ὑπ' αὐτοῦ.
115 τῷ ἐμὲ νῦν τὰ μὲν ἄλλα μετάλλα σῷ ἐνὶ οἴκῳ,
μηδ' ἐμὸν ἐξερέεινε γένος καὶ πατρίδα γαῖαν,
μή μοι μᾶλλον θυμὸν ἐνιπλήσῃς ὀδυνάων
μνησαμένῳ· μάλα δ' εἰμὶ πολύστονος· οὐδέ τί με χρὴ
οἴκῳ ἐν ἀλλοτρίῳ γοόωντά τε μυρόμενόν τε
120 ἧσθαι, ἐπεὶ κάκιον πενθήμεναι ἄκριτον αἰεί·
μή τίς μοι δμῳῶν νεμεσήσεται, ἠὲ σύ γ' αὐτή,
φῇ δὲ δακρυπλώειν βεβαρηότα με φρένας οἴνῳ."
τὸν δ' ἠμείβετ' ἔπειτα περίφρων Πηνελόπεια·
"ξεῖν', ἦ τοι μὲν ἐμὴν ἀρετὴν εἶδός τε δέμας τε
125 ὤλεσαν ἀθάνατοι, ὅτε Ἴλιον εἰσανέβαινον
Ἀργεῖοι, μετὰ τοῖσι δ' ἐμὸς πόσις ᾖεν Ὀδυσσεύς.
εἰ κεῖνός γ' ἐλθὼν τὸν ἐμὸν βίον ἀμφιπολεύοι,
μεῖζόν κε κλέος εἴη ἐμὸν καὶ κάλλιον οὕτως.
νῦν δ' ἄχομαι· τόσα γάρ μοι ἐπέσσευεν κακὰ δαίμων.
130 ὅσσοι γὰρ νήσοισιν ἐπικρατέουσιν ἄριστοι,

"Stranger, this question shall I myself ask you first. Who are you among men, and from where? Where is your city, and where your parents?"

Then resourceful Odysseus answered her, and said: "Lady, no one among mortals upon the boundless earth could find fault with you, for your fame goes up to the broad heaven, as does the fame of some blameless king, who, with the fear of the gods in his heart, is lord over many valiant men, upholding justice; and the black earth bears wheat and barley, and the trees are laden with fruit, the flocks bring forth young unceasingly, and the sea yields fish, all from his good leading; and the people prosper under him. Therefore question me now in your house about everything else, but do not ask about my race and my native land, for fear you fill my heart the more with pains as I bring it to mind; for I am a man of many sorrows. Moreover it is not fitting that I should sit weeping and wailing in another's house, for it is a bad thing to grieve constantly without ceasing. I do not wish one of your maids or your own self to be vexed with me, and say that I swim in tears because my mind is heavy with wine."

Then wise Penelope answered him: "Stranger, all excellence of mine, both of beauty and of form, the immortals destroyed on the day when the Argives embarked for Ilium, and with them went my husband, Odysseus. If he might but come, and tend this life of mine, greater would be my fame and fairer. But now I am in sorrow, so many woes has some god brought upon me. For all the princes who hold sway over the islands—

Δουλιχίῳ τε Σάμῃ τε καὶ ὑλήεντι Ζακύνθῳ,
οἵ τ' αὐτὴν Ἰθάκην εὐδείελον ἀμφινέμονται,
οἵ μ' ἀεκαζομένην μνῶνται, τρύχουσι δὲ οἶκον.[1]
τῷ οὔτε ξείνων ἐμπάζομαι οὔθ' ἱκετάων
135 οὔτε τι κηρύκων, οἳ δημιοεργοὶ ἔασιν·
ἀλλ' Ὀδυσῆ ποθέουσα φίλον κατατήκομαι ἦτορ.
οἱ δὲ γάμον σπεύδουσιν· ἐγὼ δὲ δόλους τολυπεύω.
φᾶρος μέν μοι πρῶτον ἐνέπνευσε φρεσὶ δαίμων,
στησαμένῃ μέγαν ἱστόν, ἐνὶ μεγάροισιν ὑφαίνειν,
140 λεπτὸν καὶ περίμετρον· ἄφαρ δ' αὐτοῖς μετέειπον·
"'κοῦροι, ἐμοὶ μνηστῆρες, ἐπεὶ θάνε δῖος Ὀδυσσεύς,
μίμνετ' ἐπειγόμενοι τὸν ἐμὸν γάμον, εἰς ὅ κε φᾶρος
ἐκτελέσω—μή μοι μεταμώνια νήματ' ὄληται—
Λαέρτῃ ἥρωι ταφήιον, εἰς ὅτε κέν μιν
145 μοῖρ' ὀλοὴ καθέλῃσι τανηλεγέος θανάτοιο·
μή τίς μοι κατὰ δῆμον Ἀχαιιάδων νεμεσήσῃ,
αἴ κεν ἄτερ σπείρου κεῖται πολλὰ κτεατίσσας.'
"ὣς ἐφάμην, τοῖσιν δ' ἐπεπείθετο θυμὸς ἀγήνωρ.
ἔνθα καὶ ἠματίη μὲν ὑφαίνεσκον μέγαν ἱστόν,
150 νύκτας δ' ἀλλύεσκον, ἐπεὶ δαΐδας παραθείμην.
ὣς τρίετες μὲν ἔληθον ἐγὼ καὶ ἔπειθον Ἀχαιούς·
ἀλλ' ὅτε τέτρατον ἦλθεν ἔτος καὶ ἐπήλυθον ὧραι,
μηνῶν φθινόντων, περὶ δ' ἤματα πόλλ' ἐτελέσθη,[2]
καὶ τότε δή με διὰ δμῳάς, κύνας οὐκ ἀλεγούσας,
155 εἷλον ἐπελθόντες καὶ ὁμόκλησαν ἐπέεσσιν.

[1] Lines 130–33 (cf. 1.245–46 and 16.122–23) were rejected by Aristarchus.

Dulichium, and Same, and wooded Zacynthus—and those who dwell round about in clear-seen Ithaca itself, all these woo me against my will, and lay waste my house. Therefore I pay no heed to strangers or to suppliants or at all to heralds, whose trade is a public one; instead, in longing for Odysseus I waste my heart away. So these men urge on my marriage, and I wind a skein of wiles. First some god breathed the thought in my heart to set up a great web in my halls and fall to weaving a robe—fine of thread was the web and very wide; and I at once spoke among them:

"'Young men, my suitors, since noble Odysseus is dead, be patient, though eager for my marriage, until I finish this robe—I would not have my spinning come to nothing—a shroud for the hero Laertes against the time when the cruel fate of pitiless death shall strike him down; for fear anyone of the Achaean women in the land should cast blame upon me, if he were to lie without a shroud, who had won great possessions.'

"So I spoke, and their proud hearts consented. Then day by day I would weave at the great web, but by night would unravel it, when I had had torches placed beside me. Thus for three years I kept the Achaeans from knowing, and beguiled them; but when the fourth year came, as the seasons rolled on, as the months waned, and the many days were brought in their course, then it was that by the help of my maids, shameless creatures and reckless, they came upon me and caught me, and upbraided

[2] Line 153 (= 24.143; cf. 10.470) is omitted in many MSS.

ὣς τὸ μὲν ἐξετέλεσσα, καὶ οὐκ ἐθέλουσ', ὑπ' ἀνάγκης·
νῦν δ' οὔτ' ἐκφυγέειν δύναμαι γάμον οὔτε τιν' ἄλλην
μῆτιν ἔθ' εὑρίσκω· μάλα δ' ὀτρύνουσι τοκῆες
γήμασθ', ἀσχαλάᾳ δὲ πάις βίοτον κατεδόντων,
160 γιγνώσκων· ἤδη γὰρ ἀνὴρ οἷός τε μάλιστα
οἴκου κήδεσθαι, τῷ τε Ζεὺς κῦδος ὀπάζει.
ἀλλὰ καὶ ὥς μοι εἰπὲ τεὸν γένος, ὁππόθεν ἐσσί.
οὐ γὰρ ἀπὸ δρυός ἐσσι παλαιφάτου οὐδ' ἀπὸ πέτρης."

τὴν δ' ἀπαμειβόμενος προσέφη πολύμητις Ὀδυσσεύς·
165 "ὦ γύναι αἰδοίη Λαερτιάδεω Ὀδυσῆος,
οὐκέτ' ἀπολλήξεις τὸν ἐμὸν γόνον ἐξερέουσα;
ἀλλ' ἔκ τοι ἐρέω· ἦ μέν μ' ἀχέεσσί γε δώσεις
πλείοσιν ἢ ἔχομαι· ἡ γὰρ δίκη, ὁππότε πάτρης
ἧς ἀπέῃσιν ἀνὴρ τόσσον χρόνον ὅσσον ἐγὼ νῦν,
170 πολλὰ βροτῶν ἐπὶ ἄστε' ἀλώμενος, ἄλγεα πάσχων·
ἀλλὰ καὶ ὣς ἐρέω ὅ μ' ἀνείρεαι ἠδὲ μεταλλᾷς.
Κρήτη τις γαῖ' ἔστι, μέσῳ ἐνὶ οἴνοπι πόντῳ,
καλὴ καὶ πίειρα, περίρρυτος· ἐν δ' ἄνθρωποι
πολλοί, ἀπειρέσιοι, καὶ ἐννήκοντα πόληες.
175 ἄλλη δ' ἄλλων γλῶσσα μεμιγμένη· ἐν μὲν Ἀχαιοί,
ἐν δ' Ἐτεόκρητες μεγαλήτορες, ἐν δὲ Κύδωνες,
Δωριέες τε τριχάικες δῖοί τε Πελασγοί.
τῇσι δ' ἐνὶ Κνωσός, μεγάλη πόλις, ἔνθα τε Μίνως
ἐννέωρος βασίλευε Διὸς μεγάλου ὀαριστής,
180 πατρὸς ἐμοῖο πατήρ, μεγαθύμου Δευκαλίωνος.
Δευκαλίων δ' ἐμὲ τίκτε καὶ Ἰδομενῆα ἄνακτα·

me loudly. So I finished the web against my will, perforce. And now I can neither escape the marriage nor find some other device, and my parents are pressing me to marry, and my son frets, while these men devour his livelihood, as he is well aware; for by now he is a man, and fully able to care for a household to which Zeus grants honor. Yet even so tell me of your stock from which you come; for you are not sprung from an oak of ancient story, or from a stone."[a]

Then resourceful Odysseus answered her and said: "Revered wife of Odysseus, son of Laertes, will you never cease to ask me of my lineage? Well, I will tell you; though in truth you will give me over to yet more pains than those by which I am now possessed; for so it always is, when a man has been far from his country as long as I have now, wandering through the many cities of men in deep distress. Yet even so will I tell you what you ask and inquire. There is a land called Crete in the midst of the wine-dark sea, a fair rich land, surrounded by water, and there are many men in it, past counting, and ninety cities. They have not all the same speech; their tongues are mixed. There dwell Achaeans, there great-hearted native Cretans, there Cydonians, and Dorians in three divisions, and noble Pelasgians. Among their cities is the great city Cnossus, where Minos reigned when nine years old, he that held converse with great Zeus, and was father of my father, great-hearted Deucalion. Now Deucalion begat

[a] This seems to be a quotation from older folk poetry. The meaning here is: "You have not a merely casual origin, as though you were sprung from an oak or a stone; you have human ancestors; tell me of them." The phrase recurs in *Iliad* 22.126; Hesiod, *Theogony* 35; Plato, *Apology* 34D, *Republic* 544D. M.

ἀλλ᾽ ὁ μὲν ἐν νήεσσι κορωνίσιν Ἴλιον εἴσω
ᾤχεθ᾽ ἅμ᾽ Ἀτρεΐδῃσιν, ἐμοὶ δ᾽ ὄνομα κλυτὸν Αἴθων,
ὁπλότερος γενεῇ· ὁ δ᾽ ἄρα πρότερος καὶ ἀρείων.
185 ἔνθ᾽ Ὀδυσῆα ἐγὼν ἰδόμην καὶ ξείνια δῶκα.
καὶ γὰρ τὸν Κρήτηνδε κατήγαγεν ἲς ἀνέμοιο,
ἱέμενον Τροίηνδε παραπλάγξασα Μαλειῶν·
στῆσε δ᾽ ἐν Ἀμνισῷ, ὅθι τε σπέος Εἰλειθυίης,
ἐν λιμέσιν χαλεποῖσι, μόγις δ᾽ ὑπάλυξεν ἀέλλας.
190 αὐτίκα δ᾽ Ἰδομενῆα μετάλλα ἄστυδ᾽ ἀνελθών·
ξεῖνον γάρ οἱ ἔφασκε φίλον τ᾽ ἔμεν αἰδοῖόν τε.
τῷ δ᾽ ἤδη δεκάτη ἢ ἑνδεκάτη πέλεν ἠὼς
οἰχομένῳ σὺν νηυσὶ κορωνίσιν Ἴλιον εἴσω.
τὸν μὲν ἐγὼ πρὸς δώματ᾽ ἄγων ἐὺ ἐξείνισσα,
195 ἐνδυκέως φιλέων, πολλῶν κατὰ οἶκον ἐόντων·
καί οἱ τοῖς ἄλλοις ἑτάροις, οἳ ἅμ᾽ αὐτῷ ἕποντο,
δημόθεν ἄλφιτα δῶκα καὶ αἴθοπα οἶνον ἀγείρας
καὶ βοῦς ἱρεύσασθαι, ἵνα πλησαίατο θυμόν.
ἔνθα δυώδεκα μὲν μένον ἤματα δῖοι Ἀχαιοί·
200 εἴλει γὰρ Βορέης ἄνεμος μέγας οὐδ᾽ ἐπὶ γαίῃ
εἴα ἵστασθαι, χαλεπὸς δέ τις ὤρορε δαίμων.
τῇ τρισκαιδεκάτῃ δ᾽ ἄνεμος πέσε, τοὶ δ᾽ ἀνάγοντο."

ἴσκε ψεύδεα πολλὰ λέγων ἐτύμοισιν ὁμοῖα·
τῆς δ᾽ ἄρ᾽ ἀκουούσης ῥέε δάκρυα, τήκετο δὲ χρώς·
205 ὡς δὲ χιὼν κατατήκετ᾽ ἐν ἀκροπόλοισιν ὄρεσσιν,
ἥν τ᾽ Εὖρος κατέτηξεν, ἐπὴν Ζέφυρος καταχεύῃ·
τηκομένης δ᾽ ἄρα τῆς ποταμοὶ πλήθουσι ῥέοντες·
ὣς τῆς τήκετο καλὰ παρήια δάκρυ χεούσης,
κλαιούσης ἑὸν ἄνδρα παρήμενον. αὐτὰρ Ὀδυσσεὺς

me and lord Idomeneus. Idomeneus had gone forth in his curved ships to Ilium with the sons of Atreus; but my famous name is Aethon;[a] I was the younger by birth, while he was the elder and the better man. There it was that I saw Odysseus and gave him gifts of entertainment; for the force of the wind had brought him too to Crete, as he was making for the land of Troy, and drove him out of his course past Malea. So he anchored his ships at Amnisus, where is the cave of Eileithyia, in a difficult harbor, and hardly did he escape the storm. Then immediately he went up to the city and asked for Idomeneus; for he declared that he was his friend, beloved and honored. But it was now the tenth or the eleventh dawn since Idomeneus had gone in his curved ships to Ilium. So I took him to the house, and gave him entertainment with kindly welcome of the rich store that was within the house, and to the rest of his comrades who followed with him I gathered and gave out of the public store barley meal and sparkling wine and bulls for sacrifice, that their hearts might be satisfied. There for twelve days the noble Achaeans tarried, for the strong North Wind penned them there, and would not let them stand upon their feet on the land, for some harsh god had roused it. But on the thirteenth day the wind fell and they put to sea."

Thus he made the many falsehoods of his tale seem like the truth, and as she listened her tears flowed and her face melted. As the snow melts on the lofty mountains, the snow which the East Wind thaws when the West Wind has poured it down, and as it melts the streams of the rivers flow full: so her lovely cheeks melted as she wept and mourned for her husband, who even then was

[a] "Blazing." See the effect on Penelope below. D.

210 θυμῷ μὲν γοόωσαν ἑὴν ἐλέαιρε γυναῖκα,
ὀφθαλμοὶ δ' ὡς εἰ κέρα ἕστασαν ἠὲ σίδηρος
ἀτρέμας ἐν βλεφάροισι· δόλῳ δ' ὅ γε δάκρυα κεῦθεν.
ἡ δ' ἐπεὶ οὖν τάρφθη πολυδακρύτοιο γόοιο,
ἐξαῦτίς μιν ἔπεσσιν ἀμειβομένη προσέειπε·
215 "νῦν μὲν δή σευ, ξεῖνέ γ', ὀίω πειρήσεσθαι,
εἰ ἐτεὸν δὴ κεῖθι σὺν ἀντιθέοις ἑτάροισι
ξείνισας ἐν μεγάροισιν ἐμὸν πόσιν, ὡς ἀγορεύεις.
εἰπέ μοι ὁπποῖ' ἄσσα περὶ χροῒ εἵματα ἕστο,
αὐτός θ' οἷος ἔην, καὶ ἑταίρους, οἵ οἱ ἕποντο."
220 τὴν δ' ἀπαμειβόμενος προσέφη πολύμητις
'Οδυσσεύς·
"ὦ γύναι, ἀργαλέον τόσσον χρόνον ἀμφὶς ἐόντα
εἰπέμεν· ἤδη γάρ οἱ ἐεικοστὸν ἔτος ἐστὶν
ἐξ οὗ κεῖθεν ἔβη καὶ ἐμῆς ἀπελήλυθε πάτρης·
αὐτάρ τοι ἐρέω ὥς μοι ἰνδάλλεται ἦτορ.
225 χλαῖναν πορφυρέην οὔλην ἔχε δῖος 'Οδυσσεύς,
διπλῆν· αὐτάρ οἱ περόνη χρυσοῖο τέτυκτο
αὐλοῖσιν διδύμοισι· πάροιθε δὲ δαίδαλον ἦεν·
ἐν προτέροισι πόδεσσι κύων ἔχε ποικίλον ἐλλόν,
ἀσπαίροντα λάων· τὸ δὲ θαυμάζεσκον ἅπαντες,
230 ὡς οἱ χρύσεοι ἐόντες ὁ μὲν λάε νεβρὸν ἀπάγχων,
αὐτὰρ ὁ ἐκφυγέειν μεμαὼς ἤσπαιρε πόδεσσι.
τὸν δὲ χιτῶν' ἐνόησα περὶ χροῒ σιγαλόεντα,
οἷόν τε κρομύοιο λοπὸν κάτα ἰσχαλέοιο·
τὼς μὲν ἔην μαλακός, λαμπρὸς δ' ἦν ἠέλιος ὥς·
235 ἦ μὲν πολλαί γ' αὐτὸν ἐθηήσαντο γυναῖκες.
ἄλλο δέ τοι ἐρέω, σὺ δ' ἐνὶ φρεσὶ βάλλεο σῇσιν·

sitting by her side. And Odysseus in his heart had pity for his weeping wife, but his eyes stood fixed between his lids as though they were horn or iron, and with guile he hid his tears. But she, when she had had her fill of weeping and crying, again answered him and spoke, saying:

"Now above all, stranger, I feel I must test you as to whether or not you did in very truth entertain my husband with his godlike comrades there in your halls, even as you say. Tell me what sort of clothing he wore about his body, and what sort of man he was himself; and tell me of the comrades who followed him."

Then resourceful Odysseus answered her and said: "Lady, hard is it for one that has been so long abroad to tell you this, since it is now the twentieth year since he went from there and departed from my country. But I will tell you as my mind pictures him. A fleecy cloak of purple did noble Odysseus wear, a cloak of double fold, but the brooch upon it was fashioned of gold with double clasps, and on the front it was curiously wrought: a hound held in his forepaws a dappled fawn, and gazed at[a] it as it writhed. And at this all men marveled, how, though they were of gold, the hound was gazing at the fawn and strangling it, and the fawn was writhing with its feet and striving to flee. And I noted the tunic about his body, all shining as is the sheen upon the skin of a dried onion, so sheer it was and soft; and it glistened like the sun. Many indeed were the women who admired it. And I will tell you another thing, and you must lay it to heart: I do not know

[a] See Oxford Commentary *ad loc*. D.

οὐκ οἶδ᾽ ἢ τάδε ἕστο περὶ χροῒ οἴκοθ᾽ Ὀδυσσεύς,
ἦ τις ἑταίρων δῶκε θοῆς ἐπὶ νηὸς ἰόντι,
ἤ τίς που καὶ ξεῖνος, ἐπεὶ πολλοῖσιν Ὀδυσσεὺς
240 ἔσκε φίλος· παῦροι γὰρ Ἀχαιῶν ἦσαν ὁμοῖοι.
καί οἱ ἐγὼ χάλκειον ἄορ καὶ δίπλακα δῶκα
καλὴν πορφυρέην καὶ τερμιόεντα χιτῶνα,
αἰδοίως δ᾽ ἀπέπεμπον ἐυσσέλμου ἐπὶ νηός.
καὶ μέν οἱ κῆρυξ ὀλίγον προγενέστερος αὐτοῦ
245 εἵπετο· καὶ τόν τοι μυθήσομαι, οἷος ἔην περ.
γυρὸς ἐν ὤμοισιν, μελανόχροος, οὐλοκάρηνος,
Εὐρυβάτης δ᾽ ὄνομ᾽ ἔσκε· τίεν δέ μιν ἔξοχον ἄλλων
ὧν ἑτάρων Ὀδυσεύς, ὅτι οἱ φρεσὶν ἄρτια ᾔδη."
ὣς φάτο, τῇ δ᾽ ἔτι μᾶλλον ὑφ᾽ ἵμερον ὦρσε γόοιο,
250 σήματ᾽ ἀναγνούσῃ τά οἱ ἔμπεδα πέφραδ᾽ Ὀδυσσεύς.
ἡ δ᾽ ἐπεὶ οὖν τάρφθη πολυδακρύτοιο γόοιο,
καὶ τότε μιν μύθοισιν ἀμειβομένη προσέειπε·
"νῦν μὲν δή μοι, ξεῖνε, πάρος περ ἐὼν ἐλεεινός,
ἐν μεγάροισιν ἐμοῖσι φίλος τ᾽ ἔσῃ αἰδοῖός τε·
255 αὐτὴ γὰρ τάδε εἵματ᾽ ἐγὼ πόρον, οἷ᾽ ἀγορεύεις,
πτύξασ᾽ ἐκ θαλάμου, περόνην τ᾽ ἐπέθηκα φαεινὴν
κείνῳ ἄγαλμ᾽ ἔμεναι· τὸν δ᾽ οὐχ ὑποδέξομαι αὖτις
οἴκαδε νοστήσαντα φίλην ἐς πατρίδα γαῖαν.
τῷ ῥα κακῇ αἴσῃ κοίλης ἐπὶ νηὸς Ὀδυσσεὺς
260 ᾤχετ᾽ ἐποψόμενος Κακοΐλιον οὐκ ὀνομαστήν."
τὴν δ᾽ ἀπαμειβόμενος προσέφη πολύμητις Ὀδυσσεύς·
"ὦ γύναι αἰδοίη Λαερτιάδεω Ὀδυσῆος,
μηκέτι νῦν χρόα καλὸν ἐναίρεο, μηδέ τι θυμὸν

whether Odysseus was so clothed at home, or whether one of his comrades gave him the tunic when he went on board the swift ship, or perhaps even some stranger, since to many men was Odysseus a friend, for few of the Achaeans were his peers. I, too, gave him a sword of bronze, and a beautiful purple cloak of double fold, and a fringed tunic, and with all honor sent him off on his benched ship. Furthermore, a herald attended him, a little older than he, and I will tell you of him, too, what manner of man he was. He was round-shouldered, dark of skin, and curly-haired, and his name was Eurybates; and Odysseus honored him above his other comrades, because he was like-minded with himself."

So he spoke, and in her heart aroused yet more the desire of weeping, as she recognized the sure tokens that Odysseus told her. But she, when she had had her fill of weeping and crying, made answer and said to him:

"Now truly, stranger, though before you were pitied, shall you be loved and honored in my halls, for it was I that gave him these clothes, just as you describe them, and folded them, and brought them out of the storeroom, and added to them the shining brooch to be a thing of joy to him. But him I shall never welcome back, returning home to his own native land. Therefore it was with an evil fate that Odysseus went off in the hollow ship to see Ilium-the-Evil that should never be named."

Then resourceful Odysseus answered her, and said: "Revered wife of Odysseus, son of Laertes, mar not now your fair face any more, nor melt your heart at all in

τῆκε, πόσιν γοόωσα. νεμεσσῶμαί γε μὲν οὐδέν·
265 καὶ γάρ τίς τ' ἀλλοῖον ὀδύρεται ἄνδρ' ὀλέσασα
κουρίδιον, τῷ τέκνα τέκῃ φιλότητι μιγεῖσα,
ἢ Ὀδυσῆ', ὅν φασι θεοῖς ἐναλίγκιον εἶναι.
ἀλλὰ γόου μὲν παῦσαι, ἐμεῖο δὲ σύνθεο μῦθον·
νημερτέως γάρ τοι μυθήσομαι οὐδ' ἐπικεύσω
270 ὡς ἤδη Ὀδυσῆος ἐγὼ περὶ νόστου ἄκουσα
ἀγχοῦ, Θεσπρωτῶν ἀνδρῶν ἐν πίονι δήμῳ,
ζωοῦ· αὐτὰρ ἄγει κειμήλια πολλὰ καὶ ἐσθλὰ
αἰτίζων ἀνὰ δῆμον. ἀτὰρ ἐρίηρας ἑταίρους
ὤλεσε καὶ νῆα γλαφυρὴν ἐνὶ οἴνοπι πόντῳ,
275 Θρινακίης ἄπο νήσου ἰών· ὀδύσαντο γὰρ αὐτῷ
Ζεύς τε καὶ Ἠέλιος· τοῦ γὰρ βόας ἔκταν ἑταῖροι.
οἱ μὲν πάντες ὄλοντο πολυκλύστῳ ἐνὶ πόντῳ·[1]
τὸν δ' ἄρ' ἐπὶ τρόπιος νεὸς ἔκβαλε κῦμ' ἐπὶ χέρσου,
Φαιήκων ἐς γαῖαν, οἳ ἀγχίθεοι γεγάασιν,
280 οἵ δή μιν περὶ κῆρι θεὸν ὣς τιμήσαντο
καί οἱ πολλὰ δόσαν πέμπειν τέ μιν ἤθελον αὐτοὶ
οἴκαδ' ἀπήμαντον. καί κεν πάλαι ἐνθάδ' Ὀδυσσεὺς
ἤην· ἀλλ' ἄρα οἱ τό γε κέρδιον εἴσατο θυμῷ,
χρήματ' ἀγυρτάζειν πολλὴν ἐπὶ γαῖαν ἰόντι·
285 ὣς περὶ κέρδεα πολλὰ καταθνητῶν ἀνθρώπων
οἶδ' Ὀδυσεύς, οὐδ' ἄν τις ἐρίσσειε βροτὸς ἄλλος.
ὥς μοι Θεσπρωτῶν βασιλεὺς μυθήσατο Φείδων·
ὤμνυε δὲ πρὸς ἔμ' αὐτόν, ἀποσπένδων ἐνὶ οἴκῳ,
νῆα κατειρύσθαι καὶ ἐπαρτέας ἔμμεν ἑταίρους,
290 οἳ δή μιν πέμψουσι φίλην ἐς πατρίδα γαῖαν.
ἀλλ' ἐμὲ πρὶν ἀπέπεμψε· τύχησε γὰρ ἐρχομένη νηῦς

weeping for your husband. I count it indeed no blame in you; for any woman weeps when she has lost her wedded husband, to whom she has borne children lying with him in love, even though he be far other than Odysseus, who, they say, is like the very gods. Yet cease from weeping, and hearken to my words; for I will tell you with sure truth, and will hide nothing, how but lately I heard of the return of Odysseus, how he is near at hand in the rich land of the Thesprotians, and still alive, and he is bringing with him many rich treasures, as he seeks guest-gifts throughout the land. But he lost his trusty comrades and his hollow ship on the wine-dark sea, as he journeyed from the island of Thrinacia; for Zeus and Helios willed pain[a] to him because his comrades had slain the cattle of Helios. So they all perished in the surging sea, but he on the keel of his ship was cast up by the wave on the shore, on the land of the Phaeacians, who are near of kin to the gods. These heartily showed him all honor, as if he were a god, and gave him many gifts, and were glad themselves to send him home unscathed. And indeed Odysseus would long since have been here, only it seemed to his mind more profitable to gather wealth by roaming over the wide earth; so truly does Odysseus beyond all mortal men know many gainful ways, nor could any other mortal vie with him. Thus Pheidon, king of the Thesprotians, told me the tale. Moreover he swore in my own presence, as he poured libations in his halls, that the ship was launched and the men ready who were to convey him to his own native land. But me he sent forth first, for a ship

[a] *ὀδύσαντο*; see note on 1.62. D.

[1] Lines 275–77 are omitted in some MSS.

ἀνδρῶν Θεσπρωτῶν ἐς Δουλίχιον πολύπυρον.[1]
καί μοι κτήματ' ἔδειξεν, ὅσα ξυναγείρατ' Ὀδυσσεύς·
καί νύ κεν ἐς δεκάτην γενεὴν ἕτερόν γ' ἔτι βόσκοι,
295 ὅσσα οἱ ἐν μεγάροις κειμήλια κεῖτο ἄνακτος.
τὸν δ' ἐς Δωδώνην φάτο βήμεναι, ὄφρα θεοῖο
ἐκ δρυὸς ὑψικόμοιο Διὸς βουλὴν ἐπακούσαι,
ὅππως νοστήσειε φίλην ἐς πατρίδα γαῖαν
ἤδη δὴν ἀπεών, ἢ ἀμφαδὸν ἦε κρυφηδόν.
300 "ὣς ὁ μὲν οὕτως ἐστὶ σόος καὶ ἐλεύσεται ἤδη
ἄγχι μάλ', οὐδ' ἔτι τῆλε φίλων καὶ πατρίδος αἴης
δηρὸν ἀπεσσεῖται· ἔμπης δέ τοι ὅρκια δώσω.
ἴστω νῦν Ζεὺς πρῶτα, θεῶν ὕπατος καὶ ἄριστος,
ἱστίη τ' Ὀδυσῆος ἀμύμονος, ἣν ἀφικάνω·
305 ἦ μέν τοι τάδε πάντα τελείεται ὡς ἀγορεύω.
τοῦδ' αὐτοῦ λυκάβαντος ἐλεύσεται ἐνθάδ' Ὀδυσσεύς,
τοῦ μὲν φθίνοντος μηνός, τοῦ δ' ἱσταμένοιο."
τὸν δ' αὖτε προσέειπε περίφρων Πηνελόπεια·
"αἲ γὰρ τοῦτο, ξεῖνε, ἔπος τετελεσμένον εἴη·
310 τῷ κε τάχα γνοίης φιλότητά τε πολλά τε δῶρα
ἐξ ἐμεῦ, ὡς ἄν τίς σε συναντόμενος μακαρίζοι.
ἀλλά μοι ὧδ' ἀνὰ θυμὸν ὀΐεται, ὡς ἔσεταί περ·
οὔτ' Ὀδυσεὺς ἔτι οἶκον ἐλεύσεται, οὔτε σὺ πομπῆς
τεύξῃ, ἐπεὶ οὐ τοῖοι σημάντορές εἰσ' ἐνὶ οἴκῳ
315 οἷος Ὀδυσσεὺς ἔσκε μετ' ἀνδράσιν, εἴ ποτ' ἔην γε,
ξείνους αἰδοίους ἀποπεμπέμεν ἠδὲ δέχεσθαι.
ἀλλά μιν, ἀμφίπολοι, ἀπονίψατε, κάτθετε δ' εὐνήν,
δέμνια καὶ χλαίνας καὶ ῥήγεα σιγαλόεντα,

of the Thesprotians chanced to be setting out for Dulichium, rich in wheat. And he showed me all the treasure that Odysseus had gathered; truly unto the tenth generation would it feed his children after him, so great was the wealth that lay stored for him in the halls of the king. But Odysseus, he said, had gone to Dodona to hear the will of Zeus from the high-crested oak of the god, namely how he might return to his own native land after so long an absence, whether openly or in secret.

"Thus, as I tell you, he is safe, and will soon come; he is very near, and not long will he now be far from his friends and his native land. Even so, I will give you an oath. Be Zeus my witness first, highest and best of gods, and the hearth of flawless Odysseus to which I have come, that in very truth all these things shall be brought to pass even as I tell you. In the course of this very month shall Odysseus come here, between the waning of this moon and the waxing of the next."

Then wise Penelope answered him: "Ah, stranger, I would that this word of yours might be fulfilled. Then should you at once know of kindness and many a gift from me, so that one who met you would call you blessed. But this is how my heart forebodes it, as indeed it shall be. Neither shall Odysseus any longer come home, nor shall you obtain a convoy elsewhere, since there are not now in the house such masters as Odysseus was among men—if he ever existed—to send reverend strangers on their way, and to welcome them. But still, my maidens, wash the stranger's feet and prepare his bed—bedstead, and cloaks, and bright coverlets—that in warmth and comfort

---

[1] Lines 291–92 (= 14.334–35) are omitted in some MSS.

ὥς κ' εὖ θαλπιόων χρυσόθρονον Ἠῶ ἵκηται.
320 ἠῶθεν δὲ μάλ' ἦρι λοέσσαι τε χρῖσαί τε,
ὥς κ' ἔνδον παρὰ Τηλεμάχῳ δείπνοιο μέδηται
ἥμενος ἐν μεγάρῳ· τῷ δ' ἄλγιον ὅς κεν ἐκείνων
τοῦτον ἀνιάζῃ θυμοφθόρος· οὐδέ τι ἔργον
ἐνθάδ' ἔτι πρήξει, μάλα περ κεχολωμένος αἰνῶς.
325 πῶς γὰρ ἐμεῦ σύ, ξεῖνε, δαήσεαι εἴ τι γυναικῶν
ἀλλάων περίειμι νόον καὶ ἐπίφρονα[1] μῆτιν,
εἴ κεν ἀυσταλέος, κακὰ εἱμένος ἐν μεγάροισιν
δαινύῃ; ἄνθρωποι δὲ μινυνθάδιοι τελέθουσιν.
ὃς μὲν ἀπηνὴς αὐτὸς ἔῃ καὶ ἀπηνέα εἰδῇ,
330 τῷ δὲ καταρῶνται πάντες βροτοὶ ἄλγε' ὀπίσσω
ζωῷ, ἀτὰρ τεθνεῶτί γ' ἐφεψιόωνται ἅπαντες·
ὃς δ' ἂν ἀμύμων αὐτὸς ἔῃ καὶ ἀμύμονα εἰδῇ,
τοῦ μέν τε κλέος εὐρὺ διὰ ξεῖνοι φορέουσι
πάντας ἐπ' ἀνθρώπους, πολλοί τέ μιν ἐσθλὸν ἔειπον."
335 τὴν δ' ἀπαμειβόμενος προσέφη πολύμητις Ὀδυσσεύς·
"ὦ γύναι αἰδοίη Λαερτιάδεω Ὀδυσῆος,
ἦ τοι ἐμοὶ χλαῖναι καὶ ῥήγεα σιγαλόεντα
ἤχθεθ', ὅτε πρῶτον Κρήτης ὄρεα νιφόεντα
νοσφισάμην ἐπὶ νηὸς ἰὼν δολιχηρέτμοιο,
340 κείω δ' ὡς τὸ πάρος περ ἀύπνους νύκτας ἴαυον·
πολλὰς γὰρ δὴ νύκτας ἀεικελίῳ ἐνὶ κοίτῃ
ἄεσα καί τ' ἀνέμεινα ἐύθρονον Ἠῶ δῖαν.
οὐδέ τί μοι ποδάνιπτρα ποδῶν ἐπιήρανα θυμῷ
γίγνεται· οὐδὲ γυνὴ ποδὸς ἅψεται ἡμετέροιο
345 τάων αἵ τοι δῶμα κάτα δρήστειραι ἔασιν,

he may come to the golden-throned Dawn. And very early in the morning bathe him and anoint him, that in our house at the side of Telemachus he may turn his thoughts to dinner as he sits in the hall. And worse shall it be for any man among them who vexes this man's soul with pain; nothing thereafter shall he accomplish here, however fierce his wrath. For how shall you learn of me, stranger, whether I at all excel other women in wit and prudent counsel, if all unkempt and clad in poor clothing you sit at meat in my halls? Men are short-lived. He who is himself hard, and has a hard heart, on him do all mortal men invoke woes for the time to come while he still lives, and when he is dead all mock at him. But if one is blameless himself and has a blameless heart, his fame stranger-guests bear far and wide among all men, and many praise his name."

Then resourceful Odysseus answered her, and said: "Revered wife of Odysseus, son of Laertes, know that cloaks and bright coverlets became hateful in my eyes on the day when first I left behind me the snowy mountains of Crete, as I traveled on my long-oared ship. I will lie as in time past I rested through sleepless nights; for many a night have I lain upon a poor bed and waited for the bright-throned Dawn. Nor do baths of the feet give my heart pleasure, and no woman shall touch my foot of all those who are serving-women in your hall, unless there is

---

[1] ἐπίφρονα: ἐχέφρονα

εἰ μή τις γρηῦς ἔστι παλαιή, κεδνὰ ἰδυῖα,
ἥ τις δὴ τέτληκε τόσα φρεσὶν ὅσσα τ᾽ ἐγώ περ·
τῇ δ᾽ οὐκ ἂν φθονέοιμι ποδῶν ἅψασθαι ἐμεῖο."[1]
τὸν δ᾽ αὖτε προσέειπε περίφρων Πηνελόπεια·
350 "ξεῖνε φίλ᾽· οὐ γάρ πώ τις ἀνὴρ πεπνυμένος ὧδε
ξείνων τηλεδαπῶν φιλίων ἐμὸν ἵκετο δῶμα,
ὡς σὺ μάλ᾽ εὐφραδέως πεπνυμένα πάντ᾽ ἀγορεύεις·
ἔστι δέ μοι γρηὺς πυκινὰ φρεσὶ μήδε᾽ ἔχουσα
ἣ κεῖνον δύστηνον ἐὺ τρέφεν ἠδ᾽ ἀτίταλλε,
355 δεξαμένη χείρεσσ᾽, ὅτε μιν πρῶτον τέκε μήτηρ,
ἥ σε πόδας νίψει, ὀλιγηπελέουσά περ ἔμπης.
ἀλλ᾽ ἄγε νῦν ἀνστᾶσα, περίφρων Εὐρύκλεια,
νίψον σοῖο ἄνακτος ὁμήλικα· καί που Ὀδυσσεὺς
ἤδη τοιόσδ᾽ ἐστὶ πόδας τοιόσδε τε χεῖρας·
360 αἶψα γὰρ ἐν κακότητι βροτοὶ καταγηράσκουσιν."
ὣς ἄρ᾽ ἔφη, γρηὺς δὲ κατέσχετο χερσὶ πρόσωπα,
δάκρυα δ᾽ ἔκβαλε θερμά, ἔπος δ᾽ ὀλοφυδνὸν ἔειπεν·
"ὤ μοι ἐγὼ σέο, τέκνον, ἀμήχανος· ἦ σε περὶ Ζεὺς
ἀνθρώπων ἤχθηρε θεουδέα θυμὸν ἔχοντα.
365 οὐ γάρ πώ τις τόσσα βροτῶν Διὶ τερπικεραύνῳ
πίονα μηρί᾽ ἔκη᾽ οὐδ᾽ ἐξαίτους ἑκατόμβας,
ὅσσα σὺ τῷ ἐδίδους, ἀρώμενος ἧος ἵκοιο
γῆράς τε λιπαρὸν θρέψαιό τε φαίδιμον υἱόν·
νῦν δέ τοι οἴῳ πάμπαν ἀφείλετο νόστιμον ἦμαρ.
370 οὕτω που καὶ κείνῳ ἐφεψιόωντο γυναῖκες
ξείνων τηλεδαπῶν, ὅτε τευ κλυτὰ δώμαθ᾽ ἵκοιτο,

[1] Lines 346–48 were rejected by Aristarchus.

some old, true-hearted woman who has suffered in her heart as many woes as I; such a one I would not grudge to touch my feet."

Then wise Penelope answered him again: "Dear stranger, never yet has a man discreet as you, of those who are strangers from afar, come to my house as a more welcome guest, so wise and prudent are all your words. I have an old woman with a heart of understanding in her breast, who carefully nursed and cherished my hapless husband, and took him in her arms on the day when his mother bore him. She shall wash your feet, weak with age though she be. Come now, wise Eurycleia, arise and wash the feet of one of like age with your master. Just such as his are now no doubt the feet of Odysseus, and such his hands, for quickly do men grow old in evil fortune."

So she spoke, and the old woman hid her face in her hands, and let fall hot tears, uttering words of lamentation:

"Ah, woe is me child, since I can do nothing. Surely Zeus hated you above all men though you had a god-fearing heart. For never yet did any mortal burn to Zeus, who hurls the thunderbolt, so many fat thigh pieces or so many choice hecatombs as you gave him, with prayers that you might reach a sleek old age and rear your glorious son. But now from you alone has he wholly cut off the day of your returning. At him too,[a] I suppose, did women mock in a strange and distant land, when he came to some

[a] The old nurse at first addresses the absent Odysseus, but in line 370 turns to the stranger present before her. M.

ὡς σέθεν αἱ κύνες αἵδε καθεψιόωνται ἅπασαι,
τάων νῦν λώβην τε καὶ αἴσχεα πόλλ' ἀλεείνων
οὐκ ἐᾷς νίζειν· ἐμὲ δ' οὐκ ἀέκουσαν ἄνωγε
375 κούρη Ἰκαρίοιο, περίφρων Πηνελόπεια.
τῷ σε πόδας νίψω ἅμα τ' αὐτῆς Πηνελοπείης
καὶ σέθεν εἵνεκ', ἐπεί μοι ὀρώρεται ἔνδοθι θυμὸς
κήδεσιν. ἀλλ' ἄγε νῦν ξυνίει ἔπος, ὅττι κεν εἴπω·
πολλοὶ δὴ ξεῖνοι ταλαπείριοι ἐνθάδ' ἵκοντο,
380 ἀλλ' οὔ πώ τινά φημι ἐοικότα ὧδε ἰδέσθαι
ὡς σὺ δέμας φωνήν τε πόδας τ' Ὀδυσῆι ἔοικας."
τὴν δ' ἀπαμειβόμενος προσέφη πολύμητις Ὀδυσσεύς·
"ὦ γρηῦ, οὕτω φασὶν ὅσοι ἴδον ὀφθαλμοῖσιν
ἡμέας ἀμφοτέρους, μάλα εἰκέλω ἀλλήλοιιν
385 ἔμμεναι, ὡς σύ περ αὐτὴ ἐπιφρονέουσ' ἀγορεύεις."
ὣς ἄρ' ἔφη, γρηῢς δὲ λέβηθ' ἕλε παμφανόωντα
τοῦ πόδας ἐξαπένιζεν, ὕδωρ δ' ἐνεχεύατο πουλὺ
ψυχρόν, ἔπειτα δὲ θερμὸν ἐπήφυσεν. αὐτὰρ Ὀδυσσεὺς
ἷζεν ἐπ' ἐσχαρόφιν, ποτὶ δὲ σκότον ἐτράπετ' αἶψα·
390 αὐτίκα γὰρ κατὰ θυμὸν ὀίσατο, μή ἑ λαβοῦσα
οὐλὴν ἀμφράσσαιτο καὶ ἀμφαδὰ ἔργα γένοιτο.
νίζε δ' ἄρ' ἆσσον ἰοῦσα ἄναχθ' ἑόν· αὐτίκα δ' ἔγνω
οὐλήν, τήν ποτέ μιν σῦς ἤλασε λευκῷ ὀδόντι
Παρνησόνδ' ἐλθόντα μετ' Αὐτόλυκόν τε καὶ υἷας,
395 μητρὸς ἑῆς πάτερ' ἐσθλόν, ὃς ἀνθρώπους ἐκέκαστο
κλεπτοσύνῃ θ' ὅρκῳ τε· θεὸς δέ οἱ αὐτὸς ἔδωκεν
Ἑρμείας· τῷ γὰρ κεχαρισμένα μηρία καῖεν
ἀρνῶν ἠδ' ἐρίφων· ὁ δέ οἱ πρόφρων ἅμ' ὀπήδει.

man's famous house, just as these shameless creatures here all mock at you. It is to shun insult now from them that you do not allow them to wash your feet, but me, who am nothing loath, the daughter of Icarius, wise Penelope, has bidden to wash you. Therefore I will wash your feet both for Penelope's own sake and for yours, for the heart within me is stirred with sorrow. But come now, hear the word that I shall speak. Many sore-tried strangers have come here, but I declare that never yet have I seen any man so like another as you in form, and in voice, and in feet are like Odysseus."

Then resourceful Odysseus answered her, and said: "Old woman, so say all men whose eyes have beheld us two, that we are very like each other, as you yourself have noticed and say."

So he spoke, and the old woman took the shining cauldron from which she was about to wash his feet, and poured in cold water in plenty, and then added the hot. But Odysseus sat down at the hearth, and instantly turned himself toward the darkness, for he at once had a foreboding at heart that, as she took hold of him, she might notice his scar and the truth be made manifest. So she drew near and began to wash her lord; at once she recognized the scar of the wound which long ago a boar had dealt him with his white tusk, when Odysseus had gone to Parnassus to visit Autolycus, his mother's noble father, who excelled all men in thievery and in oaths. It was a god himself who had given him this skill, to wit, Hermes, for to him he burned acceptable sacrifices of the thighs of lambs and kids; so Hermes befriended him with a ready

Αὐτόλυκος δ' ἐλθὼν Ἰθάκης ἐς πίονα δῆμον
400 παῖδα νέον γεγαῶτα κιχήσατο θυγατέρος ἧς·
τόν ῥά οἱ Εὐρύκλεια φίλοις ἐπὶ γούνασι θῆκε
παυομένῳ δόρποιο, ἔπος τ' ἔφατ' ἔκ τ' ὀνόμαζεν·
"Αὐτόλυκ', αὐτὸς νῦν ὄνομ' εὕρεο ὅττι κε θῆαι
παιδὸς παιδὶ φίλῳ· πολυάρητος δέ τοί ἐστιν."
405 τὴν δ' αὖτ' Αὐτόλυκος ἀπαμείβετο φώνησέν τε·
"γαμβρὸς ἐμὸς θυγάτηρ τε, τίθεσθ' ὄνομ' ὅττι κεν εἴπω·
πολλοῖσιν γὰρ ἐγώ γε ὀδυσσάμενος τόδ' ἱκάνω,
ἀνδράσιν ἠδὲ γυναιξὶν ἀνὰ χθόνα πουλυβότειραν·[1]
τῷ δ' Ὀδυσεὺς ὄνομ' ἔστω ἐπώνυμον· αὐτὰρ ἐγώ γε,
410 ὁππότ' ἂν ἡβήσας μητρώιον ἐς μέγα δῶμα
ἔλθῃ Παρνησόνδ', ὅθι πού μοι κτήματ' ἔασι,
τῶν οἱ ἐγὼ δώσω καί μιν χαίροντ' ἀποπέμψω."
τῶν ἕνεκ' ἦλθ' Ὀδυσεύς, ἵνα οἱ πόροι ἀγλαὰ δῶρα.
τὸν μὲν ἄρ' Αὐτόλυκός τε καὶ υἱέες Αὐτολύκοιο
415 χερσίν τ' ἠσπάζοντο ἔπεσσί τε μειλιχίοισι·
μήτηρ δ' Ἀμφιθέη μητρὸς περιφῦσ' Ὀδυσῆι
κύσσ' ἄρα μιν κεφαλήν τε καὶ ἄμφω φάεα καλά.
Αὐτόλυκος δ' υἱοῖσιν ἐκέκλετο κυδαλίμοισι
δεῖπνον ἐφοπλίσσαι· τοὶ δ' ὀτρύνοντος ἄκουσαν,
420 αὐτίκα δ' εἰσάγαγον βοῦν ἄρσενα πενταέτηρον·
τὸν δέρον ἀμφί θ' ἕπον, καί μιν διέχευαν ἅπαντα,
μίστυλλόν τ' ἄρ' ἐπισταμένως πεῖράν τ' ὀβελοῖσιν,
ὤπτησάν τε περιφραδέως, δάσσαντό τε μοίρας.
ὣς τότε μὲν πρόπαν ἦμαρ ἐς ἠέλιον καταδύντα

[1] πουλυβότειραν: βωτιάνειραν

heart. Now Autolycus, on coming once to the rich land of Ithaca, had found his daughter's son a newborn babe, and when he was finishing his supper, Eurycleia laid the child upon his knees, and spoke and addressed him:

"Autolycus, find yourself a name now to give to your child's own child; be sure he has been long prayed for."[a]

Then Autolycus answered her, and said: "My daughter's husband and my daughter, give him the name I shall tell you. Inasmuch as I have come here as one that has willed pain to[b] many, both men and women, over the fruitful earth, therefore let the name by which the child is named be Odysseus. And for my part, when he is a grown man and comes to the big house of his mother's kin at Parnassus, where are my possessions, I will bestow a part on him and send him back rejoicing."

It was for this reason that Odysseus had come, that Autolycus might give him the glorious gifts. And Autolycus and the sons of Autolycus clasped his hands in welcome and greeted him with winning words, and Amphithea, his mother's mother, took Odysseus in her arms and kissed his head and both his beautiful eyes. But Autolycus called to his glorious sons to make ready the meal, and they heard his call. At once they led in a bull, five years old, which they flayed and dressed, and cut up all the limbs. Then they sliced these cunningly and pierced them with spits, and roasted them skillfully and distributed the portions. So, then, all day long till set of

[a] Eurycleia's "long prayed for" (*πολυάρητος*) was a not uncommon Greek name, Polyaretus. Autolycus' own name suggests "wolfish." D.

[b] *ὀδυσσάμενος*; see note on 1.62. D.

425 δαίνυντ', οὐδέ τι θυμὸς ἐδεύετο δαιτὸς ἐΐσης·
ἦμος δ' ἠέλιος κατέδυ καὶ ἐπὶ κνέφας ἦλθεν,
δὴ τότε κοιμήσαντο καὶ ὕπνου δῶρον ἕλοντο.
ἦμος δ' ἠριγένεια φάνη ῥοδοδάκτυλος Ἠώς,
βάν ῥ' ἴμεν ἐς θήρην, ἠμὲν κύνες ἠδὲ καὶ αὐτοὶ
430 υἱέες Αὐτολύκου· μετὰ τοῖσι δὲ δῖος Ὀδυσσεὺς
ἤιεν· αἰπὺ δ' ὄρος προσέβαν καταειμένον ὕλῃ
Παρνησοῦ, τάχα δ' ἵκανον πτύχας ἠνεμοέσσας.
Ἠέλιος μὲν ἔπειτα νέον προσέβαλλεν ἀρούρας
ἐξ ἀκαλαρρείταο βαθυρρόου Ὠκεανοῖο,
435 οἱ δ' ἐς βῆσσαν ἵκανον ἐπακτῆρες· πρὸ δ' ἄρ' αὐτῶν
ἴχνι' ἐρευνῶντες κύνες ἤισαν, αὐτὰρ ὄπισθεν
υἱέες Αὐτολύκου· μετὰ τοῖσι δὲ δῖος Ὀδυσσεὺς
ἤιεν ἄγχι κυνῶν, κραδάων δολιχόσκιον ἔγχος.
ἔνθα δ' ἄρ' ἐν λόχμῃ πυκινῇ κατέκειτο μέγας σῦς·
440 τὴν μὲν ἄρ' οὔτ' ἀνέμων διάει μένος ὑγρὸν ἀέντων,
οὔτε μιν Ἠέλιος φαέθων ἀκτῖσιν ἔβαλλεν,
οὔτ' ὄμβρος περάασκε διαμπερές· ὣς ἄρα πυκνὴ
ἦεν, ἀτὰρ φύλλων ἐνέην χύσις ἤλιθα πολλή.
τὸν δ' ἀνδρῶν τε κυνῶν τε περὶ κτύπος ἦλθε ποδοῖιν,
445 ὡς ἐπάγοντες ἐπῇσαν· ὁ δ' ἀντίος ἐκ ξυλόχοιο
φρίξας εὖ λοφιήν, πῦρ δ' ὀφθαλμοῖσι δεδορκώς,
στῆ ῥ' αὐτῶν σχεδόθεν· ὁ δ' ἄρα πρώτιστος Ὀδυσσεὺς
ἔσσυτ' ἀνασχόμενος δολιχὸν δόρυ χειρὶ παχείῃ,
οὐτάμεναι μεμαώς· ὁ δέ μιν φθάμενος ἔλασεν σῦς
450 γουνὸς ὕπερ, πολλὸν δὲ διήφυσε σαρκὸς ὀδόντι
λικριφὶς ἀΐξας, οὐδ' ὀστέον ἵκετο φωτός.

sun they feasted, nor were their hearts at all disappointed by the equally shared feast. But when the sun set and darkness came on they lay down to rest and took the gift of sleep.

But as soon as early Dawn appeared, the rosy-fingered, they went out to hunt, the dogs and the sons of Autolycus too, and with them went noble Odysseus. Up the steep mountain, Parnassus, clothed with forests, they climbed, and presently reached its windy hollows. The sun was now just striking on the fields, as he rose from softly gliding, deep-flowing Oceanus, when the beaters came to a glade. Before them went the dogs, tracking the scent, and behind them the sons of Autolycus, and among these noble Odysseus followed, close upon the dogs, shaking his spear far-shadowing. Now nearby a big wild boar was lying in a thick lair, through which the strength of the wet winds could never blow nor the rays of the bright sun beat, nor could the rain pierce through it, so thick it was; and fallen leaves were there in plenty. Then about the boar there came the noise of the feet of men and dogs as they pressed on in the chase, and forth from his lair he came against them with bristling back and eyes flashing fire, and stood there at bay close before them. Then first of all Odysseus rushed forward, raising his long spear in his stout hand, eager to stab him; but the boar was too quick for him and struck him above the knee, charging upon him sideways, and with his tusk tore a long gash in the flesh, but did not reach the bone of the man.

τὸν δ' Ὀδυσεὺς οὔτησε τυχὼν κατὰ δεξιὸν ὦμον,
ἀντικρὺ δὲ διῆλθε φαεινοῦ δουρὸς ἀκωκή·
κὰδ δ' ἔπεσ' ἐν κονίῃσι μακών, ἀπὸ δ' ἔπτατο θυμός.
455 τὸν μὲν ἄρ' Αὐτολύκου παῖδες φίλοι ἀμφεπένοντο,
ὠτειλὴν δ' Ὀδυσῆος ἀμύμονος ἀντιθέοιο
δῆσαν ἐπισταμένως, ἐπαοιδῇ δ' αἷμα κελαινὸν
ἔσχεθον, αἶψα δ' ἵκοντο φίλου πρὸς δώματα πατρός.
τὸν μὲν ἄρ' Αὐτόλυκός τε καὶ υἱέες Αὐτολύκοιο
460 εὖ ἰησάμενοι ἠδ' ἀγλαὰ δῶρα πορόντες
καρπαλίμως χαίροντα φίλην ἐς πατρίδ'[1] ἔπεμπον
εἰς Ἰθάκην. τῷ μέν ῥα πατὴρ καὶ πότνια μήτηρ
χαῖρον νοστήσαντι καὶ ἐξερέεινον ἕκαστα,
οὐλὴν ὅττι πάθοι· ὁ δ' ἄρα σφίσιν εὖ κατέλεξεν
465 ὥς μιν θηρεύοντ' ἔλασεν σῦς λευκῷ ὀδόντι,
Παρνησόνδ' ἐλθόντα σὺν υἱάσιν Αὐτολύκοιο.

τὴν γρηῢς χείρεσσι καταπρηνέσσι λαβοῦσα
γνῶ ῥ' ἐπιμασσαμένη, πόδα δὲ προέηκε φέρεσθαι·
ἐν δὲ λέβητι πέσε κνήμη, κανάχησε δὲ χαλκός,
470 ἂψ δ' ἑτέρωσ' ἐκλίθη· τὸ δ' ἐπὶ χθονὸς ἐξέχυθ' ὕδωρ.
τὴν δ' ἅμα χάρμα καὶ ἄλγος ἕλε φρένα, τὼ δέ οἱ ὄσσε
δακρυόφι πλῆσθεν, θαλερὴ δέ οἱ ἔσχετο φωνή.
ἁψαμένη δὲ γενείου Ὀδυσσῆα προσέειπεν·

"ἦ μάλ' Ὀδυσσεύς ἐσσι, φίλον τέκος· οὐδέ σ' ἐγώ γε
475 πρὶν ἔγνων, πρὶν πάντα ἄνακτ' ἐμὸν ἀμφαφάασθαι."

ἦ καὶ Πηνελόπειαν ἐσέδρακεν ὀφθαλμοῖσι,
πεφραδέειν ἐθέλουσα φίλον πόσιν ἔνδον ἐόντα.
ἡ δ' οὔτ' ἀθρῆσαι δύνατ' ἀντίη οὔτε νοῆσαι·
τῇ γὰρ Ἀθηναίη νόον ἔτραπεν· αὐτὰρ Ὀδυσσεὺς

But Odysseus with sure aim stabbed him in the right shoulder, and clear through went the point of the bright spear, and the boar fell in the dust with a cry, and his life flew from him. Then the staunch sons of Autolycus busied themselves with the carcass, and the wound of flawless, godlike Odysseus they bound up skillfully, and checked the black blood with a charm, and immediately returned to the house of their staunch father. And when Autolycus and the sons of Autolycus had fully healed him, and had given him glorious gifts, they quickly sent him rejoicing back to his native land, to Ithaca. Then his father and his revered mother rejoiced at his return, and asked him all the story, how he got his wound; and he told them all the truth, how, while he was hunting, a boar had struck him with his white tusk when he had gone to Parnassus with the sons of Autolycus.

This scar the old woman, when she had taken his leg in the flat of her hands, remembered when she felt it, and she let his leg fall. Into the basin his lower leg fell, and the bronze rang. It tipped over, and the water was spilled on the ground. Then upon her heart came joy and grief at the same moment, and her eyes were filled with tears and her voice caught in her throat. She touched the chin of Odysseus, and said:

"Surely you are Odysseus, dear child, and I did not know you, until I had handled all the body of my master."

She spoke, and with her eyes looked toward Penelope, wanting to show her that her dear husband was at home. But Penelope could not meet her glance nor understand, for Athene had turned her thoughts aside. But Odysseus,

[1] φίλην ἐς πατρίδ': φίλως χαίροντες

480 χεῖρ' ἐπιμασσάμενος φάρυγος λάβε δεξιτερῆφι,
τῇ δ' ἑτέρῃ ἕθεν ἆσσον ἐρύσσατο φώνησέν τε.
"μαῖα, τίη μ' ἐθέλεις ὀλέσαι; σὺ δέ μ' ἔτρεφες αὐτὴ
τῷ σῷ ἐπὶ μαζῷ· νῦν δ' ἄλγεα πολλὰ μογήσας
ἤλυθον εἰκοστῷ ἔτεϊ ἐς πατρίδα γαῖαν.
485 ἀλλ' ἐπεὶ ἐφράσθης καί τοι θεὸς ἔμβαλε θυμῷ,
σίγα, μή τίς τ' ἄλλος ἐνὶ μεγάροισι πύθηται.
ὧδε γὰρ ἐξερέω, καὶ μὴν[1] τετελεσμένον ἔσται·
εἴ χ' ὑπ' ἐμοί γε θεὸς δαμάσῃ μνηστῆρας ἀγαυούς,
οὐδὲ τροφοῦ οὔσης σεῦ ἀφέξομαι, ὁππότ' ἂν ἄλλας
490 δμῳὰς ἐν μεγάροισιν ἐμοῖς κτείνωμι γυναῖκας."
τὸν δ' αὖτε προσέειπε περίφρων Εὐρύκλεια·
"τέκνον ἐμόν, ποῖόν σε ἔπος φύγεν ἕρκος ὀδόντων.
οἶσθα μὲν οἷον ἐμὸν μένος ἔμπεδον οὐδ' ἐπιεικτόν,
ἕξω δ' ὡς ὅτε τις στερεὴ λίθος ἠὲ σίδηρος.
495 ἄλλο δέ τοι ἐρέω, σὺ δ' ἐνὶ φρεσὶ βάλλεο σῇσιν·
εἴ χ' ὑπό σοι γε θεὸς δαμάσῃ μνηστῆρας ἀγαυούς,
δὴ τότε τοι καταλέξω ἐνὶ μεγάροισι γυναῖκας,
αἵ τέ σ' ἀτιμάζουσι καὶ αἳ νηλείτιδές εἰσι."
τὴν δ' ἀπαμειβόμενος προσέφη πολύμητις Ὀδυσσεύς
500 "μαῖα, τίη δὲ σὺ τὰς μυθήσεαι; οὐδέ τί σε χρή.
εὖ νυ καὶ αὐτὸς ἐγὼ φράσομαι καὶ εἴσομ' ἑκάστην·
ἀλλ' ἔχε σιγῇ μῦθον, ἐπίτρεψον δὲ θεοῖσιν."
ὣς ἄρ' ἔφη, γρηῢς δὲ διὲκ μεγάροιο βεβήκει
οἰσομένη ποδάνιπτρα· τὰ γὰρ πρότερ' ἔκχυτο πάντα.
505 αὐτὰρ ἐπεὶ νίψεν τε καὶ ἤλειψεν λίπ' ἐλαίῳ,
αὖτις ἄρ' ἀσσοτέρω πυρὸς ἕλκετο δίφρον Ὀδυσσεὺς

feeling for the woman's throat, seized it with his right hand, and with the other drew her closer to him, and said:

"Mother, why will you destroy me? You yourself nursed me at this your own breast, and now after toiling through many sorrows I have come in the twentieth year to my native land. But now since you have found me out and a god has put this in your heart, be silent for fear some one else in the house may learn about it. For this will I declare to you, and so without fail shall it be brought to pass: if a god shall subdue the lordly suitors to me, I will not spare you, my nurse though you be, when I slay the other serving women in my halls."

Then wise Eurycleia answered him: "My child, what a word has escaped the barrier of your teeth! You know how firm my spirit is and unyielding: I shall be as close as hard stone or iron. And another thing will I tell you, and do you lay it to heart. If a god shall subdue the lordly suitors to you, then will I name over to you the women in your halls, which ones dishonor you, and which are guiltless."

Then resourceful Odysseus answered her, and said: "Mother, why shall it be you who speaks of them? Neither does it behoove you. I myself will mark them well, and come to know each one. No, keep the matter to yourself, and leave the outcome to the gods."

So he spoke, and the old woman went off through the hall to bring water for his feet, for all the first was spilled. And when she had washed him, and anointed him richly with oil, Odysseus again drew his chair nearer to the fire

---

[1] *καὶ μὴν*: *τὸ δὲ καὶ*

θερσόμενος, οὐλὴν δὲ κατὰ ῥακέεσσι κάλυψε.
τοῖσι δὲ μύθων ἦρχε περίφρων Πηνελόπεια·
"ξεῖνε, τὸ μέν σ' ἔτι τυτθὸν ἐγὼν εἰρήσομαι αὐτή·
510 καὶ γὰρ δὴ κοίτοιο τάχ' ἔσσεται ἡδέος ὥρη,
ὅν τινά γ' ὕπνος ἕλοι γλυκερός, καὶ κηδόμενόν περ.
αὐτὰρ ἐμοὶ καὶ πένθος ἀμέτρητον πόρε δαίμων·
ἤματα μὲν γὰρ τέρπομ' ὀδυρομένη, γοόωσα,
ἔς τ' ἐμὰ ἔργ' ὁρόωσα καὶ ἀμφιπόλων ἐνὶ οἴκῳ·
515 αὐτὰρ ἐπὴν νὺξ ἔλθῃ, ἕλῃσί τε κοῖτος ἅπαντας,
κεῖμαι ἐνὶ λέκτρῳ, πυκιναὶ δέ μοι ἀμφ' ἀδινὸν κῆρ
ὀξεῖαι μελεδῶνες ὀδυρομένην ἐρέθουσιν.
ὡς δ' ὅτε Πανδαρέου κούρη, χλωρηὶς ἀηδών,
καλὸν ἀείδῃσιν ἔαρος νέον ἱσταμένοιο,
520 δενδρέων ἐν πετάλοισι καθεζομένη πυκινοῖσιν,
ἥ τε θαμὰ τρωπῶσα χέει πολυηχέα φωνήν,
παῖδ' ὀλοφυρομένη Ἴτυλον φίλον, ὅν ποτε χαλκῷ
κτεῖνε δι' ἀφραδίας, κοῦρον Ζήθοιο ἄνακτος,
ὣς καὶ ἐμοὶ δίχα θυμὸς ὀρώρεται ἔνθα καὶ ἔνθα,
525 ἠὲ μένω παρὰ παιδὶ καὶ ἔμπεδα πάντα φυλάσσω,
κτῆσιν ἐμήν, δμῳάς τε καὶ ὑψερεφὲς μέγα δῶμα,
εὐνήν τ' αἰδομένη πόσιος δήμοιό τε φῆμιν,
ἦ ἤδη ἅμ' ἕπωμαι Ἀχαιῶν ὅς τις ἄριστος
μνᾶται ἐνὶ μεγάροισι, πορὼν ἀπερείσια ἕδνα.
530 παῖς δ' ἐμὸς ἧος ἔην ἔτι νήπιος ἠδὲ χαλίφρων,
γήμασθ' οὔ μ' εἴα πόσιος κατὰ δῶμα λιποῦσαν·
νῦν δ' ὅτε δὴ μέγας ἐστὶ καὶ ἥβης μέτρον ἱκάνει,
καὶ δή μ' ἀρᾶται πάλιν ἐλθέμεν ἐκ μεγάροιο,
κτήσιος ἀσχαλόων, τήν οἱ κατέδουσιν Ἀχαιοί.

to warm himself, and hid the scar with his rags.

Then wise Penelope was the first to speak, saying: "Stranger, this little thing further will I ask you myself, for it will soon be the hour for pleasant rest, for him at least on whom sweet sleep may come despite his care. But to me has a god given sorrow that is beyond all measure, for day by day I find my joy in mourning and lamenting, while looking to my household tasks and those of my women in the house, but when night comes and sleep lays hold of all, I lie upon my bed, and sharp cares, crowding close about my throbbing heart, disquiet me, as I mourn. Just as the daughter of Pandareüs, the nightingale of the greenwood, sings sweetly, when spring is newly come, as she sits perched amid the thick leafage of the trees, and with many trilling notes pours out her rich voice in wailing for her child, dear Itylus, whom she had one day slain with the sword unwittingly, Itylus, the son of king Zethus; even so my heart is stirred to and fro in doubt, whether to remain with my son and keep all things safe, my possessions, my slaves, and my great, high-roofed house, respecting the bed of my husband and the voice of the people, or to go now with him whoever is best of the Achaeans, who woos me in the halls and offers bride-gifts past counting. Furthermore my son, so long as he was a child and irresponsible, would not let me marry and leave the house of my husband; but now that he is grown and has reached the bounds of manhood, he even prays me to go back again from these halls, being vexed for his property that the Achaeans devour to his cost. But come now,

535 ἀλλ᾽ ἄγε μοι τὸν ὄνειρον ὑπόκριναι καὶ ἄκουσον.
χῆνές μοι κατὰ οἶκον ἐείκοσι πυρὸν ἔδουσιν
ἐξ ὕδατος, καί τέ σφιν ἰαίνομαι εἰσορόωσα·
ἐλθὼν δ᾽ ἐξ ὄρεος μέγας αἰετὸς ἀγκυλοχείλης
πᾶσι κατ᾽ αὐχένας ἦξε καὶ ἔκτανεν· οἱ δ᾽ ἐκέχυντο
540 ἀθρόοι ἐν μεγάροις, ὁ δ᾽ ἐς αἰθέρα δῖαν ἀέρθη.
αὐτὰρ ἐγὼ κλαῖον καὶ ἐκώκυον ἔν περ ὀνείρῳ,
ἀμφὶ δ᾽ ἔμ᾽ ἠγερέθοντο ἐυπλοκαμῖδες Ἀχαιαί,
οἴκτρ᾽ ὀλοφυρομένην ὅ μοι αἰετὸς ἔκτανε χῆνας.
ἂψ δ᾽ ἐλθὼν κατ᾽ ἄρ᾽ ἕζετ᾽ ἐπὶ προὔχοντι μελάθρῳ,
545 φωνῇ δὲ βροτέῃ κατερήτυε φώνησέν τε·
"'θάρσει, Ἰκαρίου κούρη τηλεκλειτοῖο·
οὐκ ὄναρ, ἀλλ᾽ ὕπαρ ἐσθλόν, ὅ τοι τετελεσμένον ἔσται.
χῆνες μὲν μνηστῆρες, ἐγὼ δέ τοι αἰετὸς ὄρνις
ἦα πάρος, νῦν αὖτε τεὸς πόσις εἰλήλουθα,
550 ὃς πᾶσι μνηστῆρσιν ἀεικέα πότμον ἐφήσω.'
"ὣς ἔφατ᾽, αὐτὰρ ἐμὲ μελιηδὴς ὕπνος ἀνῆκε·
παπτήνασα δὲ χῆνας ἐνὶ μεγάροισι νόησα
πυρὸν ἐρεπτομένους παρὰ πύελον, ἧχι πάρος περ."
τὴν δ᾽ ἀπαμειβόμενος προσέφη πολύμητις Ὀδυσσεύς·
555 "ὦ γύναι, οὔ πως ἔστιν ὑποκρίνασθαι ὄνειρον
ἄλλῃ ἀποκλίναντ᾽, ἐπεὶ ἦ ῥά τοι αὐτὸς Ὀδυσσεὺς
πέφραδ᾽ ὅπως τελέει· μνηστῆρσι δὲ φαίνετ᾽ ὄλεθρος
πᾶσι μάλ᾽, οὐδέ κέ τις θάνατον καὶ κῆρας ἀλύξει."
τὸν δ᾽ αὖτε προσέειπε περίφρων Πηνελόπεια·
560 "ξεῖν᾽, ἦ τοι μὲν ὄνειροι ἀμήχανοι ἀκριτόμυθοι
γίγνοντ᾽, οὐδέ τι πάντα τελείεται ἀνθρώποισι.

hear this dream of mine, and interpret it for me. Twenty geese have I in the house that come out of the water and eat wheat, and my heart warms with joy as I watch them. But down from the mountain there came a great eagle with crooked beak and broke all their necks and killed them; and they lay strewn in a heap in the halls, while he was borne aloft to the bright sky. Now for my part I wept and wailed, in a dream though it was, and round me thronged the fair-tressed Achaean women, as I grieved piteously because the eagle had killed my geese. Then back he came and perched on a projecting roofbeam, and with the voice of a mortal man checked my weeping, and said:

"'Be of good cheer, daughter of far-famed Icarius; this is no dream, but a true vision of good which, you may be sure, will find fulfillment. The geese are the suitors, and I, that before was the eagle, am now again come back as your husband, who will let loose an ugly doom on all the suitors.'

"So he spoke, and sweet sleep released me, and looking about I saw the geese in the halls, feeding on wheat beside the trough, where they had fed before."

Then resourceful Odysseus answered her and said: "Lady, in no way is it possible to bend this dream aside and give it another meaning, since you may be sure that Odysseus himself has shown you how he will bring it to pass. For the suitors' destruction is plain to see, the destruction of all of them; not one of them shall escape death and the fates."

Then wise Penelope answered him again: "Stranger, know that dreams are baffling and unclear of meaning, and that they do not at all find fulfillment for mankind in

δοιαὶ γάρ τε πύλαι ἀμενηνῶν εἰσὶν ὀνείρων·
αἱ μὲν γὰρ κεράεσσι τετεύχαται, αἱ δ᾿ ἐλέφαντι·
τῶν οἳ μέν κ᾿ ἔλθωσι διὰ πριστοῦ ἐλέφαντος,
565 οἵ ῥ᾿ ἐλεφαίρονται, ἔπε᾿ ἀκράαντα φέροντες·
οἱ δὲ διὰ ξεστῶν κεράων ἔλθωσι θύραζε,
οἵ ῥ᾿ ἔτυμα κραίνουσι, βροτῶν ὅτε κέν τις ἴδηται.
ἀλλ᾿ ἐμοὶ οὐκ ἐντεῦθεν ὀίομαι αἰνὸν ὄνειρον
ἐλθέμεν· ἦ κ᾿ ἀσπαστὸν ἐμοὶ καὶ παιδὶ γένοιτο.
570 ἄλλο δέ τοι ἐρέω, σὺ δ᾿ ἐνὶ φρεσὶ βάλλεο σῇσιν·
ἥδε δὴ ἠὼς εἶσι δυσώνυμος, ἥ μ᾿ Ὀδυσῆος
οἴκου ἀποσχήσει· νῦν γὰρ καταθήσω ἄεθλον,
τοὺς πελέκεας, τοὺς κεῖνος ἐνὶ μεγάροισιν ἑοῖσιν
ἵστασχ᾿ ἑξείης, δρυόχους ὥς, δώδεκα πάντας·
575 στὰς δ᾿ ὅ γε πολλὸν ἄνευθε διαρρίπτασκεν ὀιστόν.
νῦν δὲ μνηστήρεσσιν ἄεθλον τοῦτον ἐφήσω·
ὃς δέ κε ῥηίτατ᾿ ἐντανύσῃ βιὸν ἐν παλάμῃσι
καὶ διοϊστεύσῃ πελέκεων δυοκαίδεκα πάντων,
τῷ κεν ἅμ᾿ ἑσποίμην, νοσφισσαμένη τόδε δῶμα
580 κουρίδιον, μάλα καλόν, ἐνίπλειον βιότοιο·
τοῦ ποτὲ μεμνήσεσθαι ὀίομαι ἔν περ ὀνείρῳ."
τὴν δ᾿ ἀπαμειβόμενος προσέφη πολύμητις Ὀδυσσεύς·
"ὦ γύναι αἰδοίη Λαερτιάδεω Ὀδυσῆος,

---

[a] The play upon the words κέρας, "horn," and κραίνω, "fulfill," and upon ἐλέφας, "ivory," and ἐλεφαίρομαι, "deceive," cannot be preserved in English. M.

every case. For two are the gates of shadowy dreams, and one is fashioned of horn and one of ivory. Those dreams that pass through the gate of sawn ivory deceive men, bringing words that find no fulfillment.[a] But those that come forth through the gate of polished horn bring true things to pass, when any mortal sees them. But in my case it was not from there, I think, that my strange dream came. Ah, truly it would then have been welcome to me and my son. But another thing will I tell you, and do you lay it to heart. This dawn of evil name is now approaching which will cut me off from the house of Odysseus; for now I shall appoint a contest, those axes which he used to set up in line in his halls, like props of a ship that is being built, twelve in all, and he would stand far off and shoot an arrow through them.[b] Now then I shall set this contest before the suitors: whoever shall most easily string the bow in his hands, and shoot an arrow through all twelve axes, with him will I go and forsake this house of my wedded life, a house most beautiful and filled with wealth, which, I think, I shall always remember, even in my dreams."

Then resourceful Odysseus answered her, and said: "Revered wife of Odysseus, son of Laertes, no longer now

[b] We are to understand, first, that in a trench dug in the earth of the courtyard of the *μέγαρον* twelve axes were set up in a row, their appearance suggesting the vertical props which supported the hull of a ship in the process of being built. Secondly, the metal heads of the axes, from which the handles were removed, were set in the ends of their handles by their bits, leaving the eyes, or handle holes, exposed. Lastly, an expert archer could shoot an arrow through all twelve holes, the axes being carefully placed in line, as through an interrupted tube. M. and D.

μηκέτι νῦν ἀνάβαλλε δόμοις ἔνι τοῦτον ἄεθλον·
585 πρὶν γάρ τοι πολύμητις ἐλεύσεται ἐνθάδ' Ὀδυσσεύς,
πρὶν τούτους τόδε τόξον ἐΰξοον ἀμφαφόωντας
νευρήν τ' ἐντανύσαι διοϊστεῦσαί τε σιδήρου."
τὸν δ' αὖτε προσέειπε περίφρων Πηνελόπεια·
"εἴ κ' ἐθέλοις μοι, ξεῖνε, παρήμενος ἐν μεγάροισι
590 τέρπειν, οὔ κέ μοι ὕπνος ἐπὶ βλεφάροισι χυθείη.
ἀλλ' οὐ γάρ πως ἔστιν ἀΰπνους ἔμμεναι αἰεὶ
ἀνθρώπους· ἐπὶ γάρ τοι ἑκάστῳ μοῖραν ἔθηκαν
ἀθάνατοι θνητοῖσιν ἐπὶ ζείδωρον ἄρουραν.
ἀλλ' ἦ τοι μὲν ἐγὼν ὑπερώιον εἰσαναβᾶσα
595 λέξομαι εἰς εὐνήν, ἥ μοι στονόεσσα τέτυκται,
αἰεὶ δάκρυσ' ἐμοῖσι πεφυρμένη, ἐξ οὗ Ὀδυσσεὺς
ᾤχετ' ἐποψόμενος Κακοΐλιον οὐκ ὀνομαστήν.
ἔνθα κε λεξαίμην· σὺ δὲ λέξεο τῷδ' ἐνὶ οἴκῳ,
ἢ χαμάδις στορέσας ἤ τοι κατὰ δέμνια θέντων."
600 ὣς εἰποῦσ' ἀνέβαιν' ὑπερώια σιγαλόεντα,
οὐκ οἴη, ἅμα τῇ γε καὶ ἀμφίπολοι κίον ἄλλαι.
ἐς δ' ὑπερῷ' ἀναβᾶσα σὺν ἀμφιπόλοισι γυναιξὶ
κλαῖεν ἔπειτ' Ὀδυσῆα, φίλον πόσιν, ὄφρα οἱ ὕπνον
ἡδὺν ἐπὶ βλεφάροισι βάλε γλαυκῶπις Ἀθήνη.

put off this contest in your halls; for, I tell you, resourceful Odysseus will be here, before these men, handling this polished bow, shall have strung it, and shot an arrow through the iron."

Then wise Penelope answered him: "If you could but wish, stranger, to sit here in my halls and give me joy, sleep should never be shed over my eyelids. But it is in no way possible that men should always be sleepless, for the immortals have appointed a proper time for each thing upon the grain-giving earth. But I, you must know, for my part shall go instead to my upper chamber and lay myself on my bed, which has become for me a bed of lamentation, constantly bedewed with my tears, since the day when Odysseus went to see Ilium-the-Evil, that should never be named. There will I lay myself down, but do you lie here in the hall, when you have spread bedding on the floor; or let the maids set a bedstead for you."

So saying, she went up to her bright upper chamber, not alone, for with her went her handmaids as well. And when she had gone up to her upper chamber with her handmaids, she then bewailed Odysseus, her dear husband, until flashing-eyed Athene cast sweet sleep upon her eyelids.

Υ

Αὐτὰρ ὁ ἐν προδόμῳ εὐνάζετο δῖος Ὀδυσσεύς·
κὰμ μὲν ἀδέψητον βοέην στόρεσ', αὐτὰρ ὕπερθε
κώεα πόλλ' ὀίων, τοὺς ἱρεύεσκον Ἀχαιοί·
Εὐρυνόμη δ' ἄρ' ἐπὶ χλαῖναν βάλε κοιμηθέντι.
5 ἔνθ' Ὀδυσεὺς μνηστῆρσι κακὰ φρονέων ἐνὶ θυμῷ
κεῖτ' ἐγρηγορόων· ταὶ δ' ἐκ μεγάροιο γυναῖκες
ἤισαν, αἳ μνηστῆρσιν ἐμισγέσκοντο πάρος περ,
ἀλλήλῃσι γέλω τε καὶ εὐφροσύνην παρέχουσαι.
τοῦ δ' ὠρίνετο θυμὸς ἐνὶ στήθεσσι φίλοισι·
10 πολλὰ δὲ μερμήριζε κατὰ φρένα καὶ κατὰ θυμόν,
ἠὲ μεταΐξας θάνατον τεύξειεν ἑκάστῃ,
ἦ ἔτ' ἐῷ μνηστῆρσιν ὑπερφιάλοισι μιγῆναι
ὕστατα καὶ πύματα, κραδίη δέ οἱ ἔνδον ὑλάκτει.
ὡς δὲ κύων ἀμαλῇσι περὶ σκυλάκεσσι βεβῶσα
15 ἄνδρ' ἀγνοιήσασ' ὑλάει μέμονέν τε μάχεσθαι,
ὥς ῥα τοῦ ἔνδον ὑλάκτει ἀγαιομένου κακὰ ἔργα·
στῆθος δὲ πλήξας κραδίην ἠνίπαπε μύθῳ·
"τέτλαθι δή, κραδίη· καὶ κύντερον ἄλλο ποτ' ἔτλης,
ἤματι τῷ ὅτε μοι μένος ἄσχετος ἤσθιε Κύκλωψ
20 ἰφθίμους ἑτάρους· σὺ δ' ἐτόλμας, ὄφρα σε μῆτις
ἐξάγαγ' ἐξ ἄντροιο ὀιόμενον θανέεσθαι."

BOOK 20

But the noble Odysseus lay down to sleep in the fore-hall of the house. On the ground he spread an undressed oxhide and above it many fleeces of sheep, which the Achaeans continually slew, and Eurynome threw over him a cloak, when he had lain down. There Odysseus, pondering in his spirit evil for the suitors, lay sleepless. And the women came out from the hall, those that had before been accustomed to lie with the suitors, making laughter and merriment among themselves. And the spirit was stirred in his breast, and much he debated in mind and spirit, whether he should rush after them and deal death to each, or allow them to lie with the insolent suitors for the last and latest time; and his heart growled within him. And as a bitch stands over her tender whelps growling, when she sees a man she does not know, and is eager to fight, so his heart growled within him in his wrath at their evil deeds; but he struck his breast, and rebuked his heart, saying:

"Endure, my heart; a worse thing even than this you once endured on that day when the Cyclops, irresistible in strength, devoured my stalwart comrades; but you endured until your wit got you out of the cave where you thought to die."

ὣς ἔφατ', ἐν στήθεσσι καθαπτόμενος φίλον ἦτορ·
τῷ δὲ μάλ' ἐν πείσῃ κραδίη μένε τετληυῖα
νωλεμέως· ἀτὰρ αὐτὸς ἑλίσσετο ἔνθα καὶ ἔνθα.
25 ὡς δ' ὅτε γαστέρ' ἀνὴρ πολέος πυρὸς αἰθομένοιο,
ἐμπλείην κνίσης τε καὶ αἵματος, ἔνθα καὶ ἔνθα
αἰόλλῃ, μάλα δ' ὦκα λιλαίεται ὀπτηθῆναι,
ὣς ἄρ' ὅ γ' ἔνθα καὶ ἔνθα ἑλίσσετο, μερμηρίζων
ὅππως δὴ μνηστῆρσιν ἀναιδέσι χεῖρας ἐφήσει
30 μοῦνος ἐὼν πολέσι. σχεδόθεν δέ οἱ ἦλθεν Ἀθήνη
οὐρανόθεν καταβᾶσα· δέμας δ' ἤικτο γυναικί·
στῆ δ' ἄρ' ὑπὲρ κεφαλῆς καί μιν πρὸς μῦθον ἔειπε·
"τίπτ' αὖτ' ἐγρήσσεις, πάντων περὶ κάμμορε φωτῶν;
οἶκος μέν τοι ὅδ' ἐστί, γυνὴ δέ τοι ἥδ' ἐνὶ οἴκῳ
35 καὶ πάις, οἷόν πού τις ἐέλδεται ἔμμεναι υἷα."
τὴν δ' ἀπαμειβόμενος προσέφη πολύμητις Ὀδυσσεύς·
"ναὶ δὴ ταῦτά γε πάντα, θεά, κατὰ μοῖραν ἔειπες·
ἀλλά τί μοι τόδε θυμὸς ἐνὶ φρεσὶ μερμηρίζει,
ὅππως δὴ μνηστῆρσιν ἀναιδέσι χεῖρας ἐφήσω,
40 μοῦνος ἐών· οἱ δ' αἰὲν ἀολλέες ἔνδον ἔασι.
πρὸς δ' ἔτι καὶ τόδε μεῖζον ἐνὶ φρεσὶ μερμηρίζω·
εἴ περ γὰρ κτείναιμι Διός τε σέθεν τε ἕκητι,
πῇ κεν ὑπεκπροφύγοιμι; τά σε φράζεσθαι ἄνωγα."
τὸν δ' αὖτε προσέειπε θεὰ γλαυκῶπις Ἀθήνη·
45 "σχέτλιε, καὶ μέν τίς τε χερείονι πείθεθ' ἑταίρῳ,
ὅς περ θνητός τ' ἐστὶ καὶ οὐ τόσα μήδεα οἶδεν·
αὐτὰρ ἐγὼ θεός εἰμι, διαμπερὲς ἥ σε φυλάσσω
ἐν πάντεσσι πόνοις. ἐρέω δέ τοι ἐξαναφανδόν·

So he spoke, chiding the heart in his breast, and for him in utter obedience his heart remained sternly enduring; but he himself lay tossing this way and that. And as when a man before a big blazing fire turns this way and that a paunch full of fat and blood, and is very eager to have it roasted quickly, so Odysseus tossed from side to side, pondering how at last he might lay his hands on the shameless suitors, one man against so many. Then Athene drew near to him, coming down from the sky; in form she was like a woman; and she stood above his head and spoke to him, and said:

"Why now again are you wakeful, ill-fated above all men? Here is your house, and here in the house is your wife and your child, such a man, I suppose, as anyone might pray to have for his son."

And resourceful Odysseus answered her, and said: "Yes, goddess, all this you have said is well said. But the heart in my breast is pondering something, namely this, how I may lay my hands on the shameless suitors, all alone as I am, while they remain always banded together in the house. And furthermore this other and harder thing I ponder in my mind: even if I were to slay them by the will of Zeus and of yourself, where then should I find escape? Of this I ask you to take thought."

Then the goddess, flashing-eyed Athene, answered him: "Obstinate one, many a man puts his trust even in a weaker friend than I am, one that is mortal, and knows not such wisdom as mine; but I am a god, that guard you to the end in all your toils. And I will tell you openly; if

εἴ περ πεντήκοντα λόχοι μερόπων ἀνθρώπων
50 νῶι περισταῖεν, κτεῖναι μεμαῶτες Ἄρηι,
καί κεν τῶν ἐλάσαιο βόας καὶ ἴφια μῆλα.
ἀλλ' ἑλέτω σε καὶ ὕπνος· ἀνίη καὶ τὸ φυλάσσειν
πάννυχον ἐγρήσσοντα, κακῶν δ' ὑποδύσεαι ἤδη."
ὣς φάτο, καί ῥά οἱ ὕπνον ἐπὶ βλεφάροισιν ἔχευεν,
55 αὐτὴ δ' ἂψ ἐς Ὄλυμπον ἀφίκετο δῖα θεάων.
εὖτε τὸν ὕπνος ἔμαρπτε, λύων μελεδήματα θυμοῦ,
λυσιμελής, ἄλοχος δ' ἄρ' ἐπέγρετο κεδνὰ ἰδυῖα·
κλαῖε δ' ἄρ' ἐν λέκτροισι καθεζομένη μαλακοῖσιν.
αὐτὰρ ἐπεὶ κλαίουσα κορέσσατο ὃν κατὰ θυμόν,
60 Ἀρτέμιδι πρώτιστον ἐπεύξατο δῖα γυναικῶν·
"Ἄρτεμι, πότνα θεά, θύγατερ Διός, αἴθε μοι ἤδη
ἰὸν ἐνὶ στήθεσσι βαλοῦσ' ἐκ θυμὸν ἕλοιο
αὐτίκα νῦν, ἢ ἔπειτα μ' ἀναρπάξασα θύελλα
οἴχοιτο προφέρουσα κατ' ἠερόεντα κέλευθα,
65 ἐν προχοῇς δὲ βάλοι ἀψορρόου Ὠκεανοῖο.
ὡς δ' ὅτε Πανδαρέου κούρας ἀνέλοντο θύελλαι·
τῇσι τοκῆας μὲν φθῖσαν θεοί, αἱ δ' ἐλίποντο
ὀρφαναὶ ἐν μεγάροισι, κόμισσε δὲ δῖ' Ἀφροδίτη
τυρῷ καὶ μέλιτι γλυκερῷ καὶ ἡδέι οἴνῳ·
70 Ἥρη δ' αὐτῇσιν περὶ πασέων δῶκε γυναικῶν
εἶδος καὶ πινυτήν, μῆκος δ' ἔπορ' Ἄρτεμις ἁγνή,
ἔργα δ' Ἀθηναίη δέδαε κλυτὰ ἐργάζεσθαι.
εὖτ' Ἀφροδίτη δῖα προσέστιχε μακρὸν Ὄλυμπον,
κούρῃς αἰτήσουσα τέλος θαλεροῖο γάμοιο—
75 ἐς Δία τερπικέραυνον, ὁ γάρ τ' εὖ οἶδεν ἅπαντα,
μοῖράν τ' ἀμμορίην τε καταθνητῶν ἀνθρώπων—

fifty troops of mortal men should stand about us, eager to slay us in battle, even their cattle and fat sheep should you drive off. But let sleep now come over you. There is weariness also in keeping wakeful watch the whole night through; and you are about to come out of[a] your troubles."

So she spoke, and shed sleep upon his eyelids, but herself, the fair goddess, went back to Olympus.

Now while sleep seized him, loosening the cares of his heart, sleep that loosens the limbs of men, his true-hearted wife awoke, and wept, as she sat upon her soft bed. But when her heart had had its fill of weeping, to Artemis first of all the fair lady made her prayer:

"Artemis, mighty goddess, daughter of Zeus, would that now you would fix your arrow in my breast and take away my life in this very hour; or else that a storm wind might catch me up and bear me from here over the murky ways, and cast me away at the mouth of backward-flowing Oceanus, as once storm winds bore away the daughters of Pandareüs. Their parents the gods had slain, and they were left orphans in the halls, and fair Aphrodite tended them with cheese, and sweet honey, and pleasant wine, and Hera gave them beauty and wisdom above all women, and chaste Artemis gave them stature, and Athene taught them skill in glorious handiwork. But while beautiful Aphrodite was going to high Olympus to ask for the maidens the accomplishment of joyful marriage—going to Zeus who hurls the thunderbolt, for well he knows all things, both the happiness and the haplessness of mortal men—meanwhile the spirits of the storm

[a] ὑποδύσεαι. The pun on his name suggests a happy outcome for Odysseus. D.

τόφρα δὲ τὰς κούρας ἅρπυιαι ἀνηρείψαντο
καί ῥ' ἔδοσαν στυγερῇσιν ἐρινύσιν ἀμφιπολεύειν·
ὣς ἔμ' ἀιστώσειαν Ὀλύμπια δώματ' ἔχοντες,
80 ἠέ μ' ἐυπλόκαμος βάλοι Ἄρτεμις, ὄφρ' Ὀδυσῆα
ὀσσομένη καὶ γαῖαν ὕπο στυγερὴν ἀφικοίμην,
μηδέ τι χείρονος ἀνδρὸς ἐυφραίνοιμι νόημα.
ἀλλὰ τὸ μὲν καὶ ἀνεκτὸν ἔχει κακόν, ὁππότε κέν τις
ἤματα μὲν κλαίῃ, πυκινῶς ἀκαχήμενος ἦτορ,
85 νύκτας δ' ὕπνος ἔχῃσιν—ὁ γάρ τ' ἐπέλησεν ἁπάντων,
ἐσθλῶν ἠδὲ κακῶν, ἐπεὶ ἂρ βλέφαρ' ἀμφικαλύψῃ—
αὐτὰρ ἐμοὶ καὶ ὀνείρατ' ἐπέσσευεν κακὰ δαίμων.
τῇδε γὰρ αὖ μοι νυκτὶ παρέδραθεν εἴκελος αὐτῷ,
τοῖος ἐὼν οἷος ἦεν ἅμα στρατῷ· αὐτὰρ ἐμὸν κῆρ
90 χαῖρ', ἐπεὶ οὐκ ἐφάμην ὄναρ ἔμμεναι, ἀλλ' ὕπαρ ἤδη."
ὣς ἔφατ', αὐτίκα δὲ χρυσόθρονος ἤλυθεν Ἠώς.
τῆς δ' ἄρα κλαιούσης ὄπα σύνθετο δῖος Ὀδυσσεύς·
μερμήριζε δ' ἔπειτα, δόκησε δέ οἱ κατὰ θυμὸν
ἤδη γιγνώσκουσα παρεστάμεναι κεφαλῆφι.
95 χλαῖναν μὲν συνελὼν καὶ κώεα, τοῖσιν ἐνεῦδεν,
ἐς μέγαρον κατέθηκεν ἐπὶ θρόνου, ἐκ δὲ βοείην
θῆκε θύραζε φέρων, Διὶ δ' εὔξατο χεῖρας ἀνασχών·
"Ζεῦ πάτερ, εἴ μ' ἐθέλοντες ἐπὶ τραφερήν τε καὶ ὑγρὴν
ἤγετ' ἐμὴν ἐς γαῖαν, ἐπεί μ' ἐκακώσατε λίην,
100 φήμην τίς μοι φάσθω ἐγειρομένων ἀνθρώπων
ἔνδοθεν, ἔκτοσθεν δὲ Διὸς τέρας ἄλλο φανήτω."
ὣς ἔφατ' εὐχόμενος· τοῦ δ' ἔκλυε μητίετα Ζεύς,
αὐτίκα δ' ἐβρόντησεν ἀπ' αἰγλήεντος Ὀλύμπου,

snatched away the maidens and gave them to the hateful Furies to be their servants.[a] Would that in such a manner those who have dwellings on Olympus would blot me from sight, or that fair-tressed Artemis would smite me, so that with Odysseus before my mind I might even pass beneath the hateful earth, and never at all gladden the heart of a baser man. Yet when one weeps by day with a heart deeply distressed, but at night is held by sleep, this brings with it an evil that may well be borne—for sleep makes one forget all things, the good and the evil, when once it envelops the eyelids—but upon me a god sends evil dreams as well. For this night again there lay by my side one like him, just such as he was when he went off with the host, and my heart was glad, for I believed it was no dream, but the truth at last."

So she spoke, and at once came golden-throned Dawn. But as she wept noble Odysseus heard her voice, whereupon he mused, and it seemed to his heart that she knew him and was standing by his head. Then he gathered up the cloak and fleeces on which he was lying and laid them on a chair in the hall, and carried the oxhide out of doors and set it down; and he lifted up his hands and prayed to Zeus:

"Father Zeus, if of your good will you gods have brought me over land and sea to my own country, after you had grievously afflicted me, let some one of those who are awaking utter a word of omen for me from within, and without let a sign from Zeus be shown besides."

So he spoke in prayer, and Zeus the all-wise heard him. At once he thundered from gleaming Olympus,

[a] Murray prefers "to deal with." D.

ὑψόθεν ἐκ νεφέων· γήθησε δὲ δῖος Ὀδυσσεύς.
105 φήμην δ' ἐξ οἴκοιο γυνὴ προέηκεν ἀλετρὶς
πλησίον, ἔνθ' ἄρα οἱ μύλαι ἥατο ποιμένι λαῶν,
τῇσιν δώδεκα πᾶσαι ἐπερρώοντο γυναῖκες
ἄλφιτα τεύχουσαι καὶ ἀλείατα, μυελὸν ἀνδρῶν.
αἱ μὲν ἄρ' ἄλλαι εὗδον, ἐπεὶ κατὰ πυρὸν ἄλεσσαν,
110 ἡ δὲ μί' οὔπω παύετ', ἀφαυροτάτη δ' ἐτέτυκτο·
ἥ ῥα μύλην στήσασα ἔπος φάτο, σῆμα ἄνακτι·
"Ζεῦ πάτερ, ὅς τε θεοῖσι καὶ ἀνθρώποισιν ἀνάσσεις,
ἦ μεγάλ' ἐβρόντησας ἀπ' οὐρανοῦ ἀστερόεντος,
οὐδέ ποθι νέφος ἐστί· τέρας νύ τεῳ τόδε φαίνεις.
115 κρῆνον νῦν καὶ ἐμοὶ δειλῇ ἔπος, ὅττι κεν εἴπω·
μνηστῆρες πύματόν τε καὶ ὕστατον ἤματι τῷδε
ἐν μεγάροις Ὀδυσῆος ἑλοίατο δαῖτ' ἐρατεινήν,
οἳ δή μοι καμάτῳ θυμαλγέι γούνατ' ἔλυσαν
ἄλφιτα τευχούσῃ· νῦν ὕστατα δειπνήσειαν."
120 ὣς ἄρ' ἔφη, χαῖρεν δὲ κλεηδόνι δῖος Ὀδυσσεὺς
Ζηνός τε βροντῇ· φάτο γὰρ τίσασθαι ἀλείτας.
αἱ δ' ἄλλαι δμῳαὶ κατὰ δώματα κάλ' Ὀδυσῆος
ἀγρόμεναι[1] ἀνέκαιον ἐπ' ἐσχάρῃ ἀκάματον πῦρ.
Τηλέμαχος δ' εὐνῆθεν ἀνίστατο, ἰσόθεος φώς,
125 εἵματα ἑσσάμενος· περὶ δὲ ξίφος ὀξὺ θέτ' ὤμῳ·
ποσσὶ δ' ὑπὸ λιπαροῖσιν ἐδήσατο καλὰ πέδιλα,
εἵλετο δ' ἄλκιμον ἔγχος, ἀκαχμένον ὀξέι χαλκῷ·
στῆ δ' ἄρ' ἐπ' οὐδὸν ἰών, πρὸς δ' Εὐρύκλειαν ἔειπε·
"μαῖα φίλη, τὸν ξεῖνον ἐτιμήσασθ' ἐνὶ οἴκῳ
130 εὐνῇ καὶ σίτῳ, ἦ αὔτως κεῖται ἀκηδής;

[1] ἀγρόμεναι: ἐγρόμεναι

from on high from out the clouds; and noble Odysseus was glad. And a woman, grinding at the mill, uttered a word of omen from within the house nearby, where the mills of the shepherd of the people were set. At these mills twelve women in all plied their tasks, making meal of barley and of wheat, the marrow of men. Now the others were sleeping, for they had ground their wheat, but she alone had not yet ceased, for she was the weakest of all. She now stopped her mill and spoke a word, a sign for her master:

"Father Zeus, who are lord over gods and men, how loudly you have thundered from the starry sky, yet nowhere is there any cloud: surely this is a sign which you are showing to someone. Fulfill now even for me the word that I shall speak. May the suitors this day for the last and latest time hold their glad feast in the halls of Odysseus. They who have loosened my limbs with bitter labor, as I made them barley meal, may they now sup their last."

So she spoke, and noble Odysseus was glad at the word of omen and at the thunder of Zeus, for he thought to take vengeance on the guilty.

Now the other maids in the beautiful house of Odysseus had gathered together and were kindling on the hearth unwearied fire, and Telemachus rose from his bed, a godlike man, and put on his clothing. He slung his sharp sword about his shoulder, and beneath his shining feet he bound his beautiful sandals; and he took his stout spear, tipped with sharp bronze, and went and stood upon the threshold, and spoke to Eurycleia:

"Dear nurse, have you honored the stranger in our house with bed and food, or does he lie all uncared for?

τοιαύτη γὰρ ἐμὴ μήτηρ, πινυτή περ ἐοῦσα·
ἐμπλήγδην ἕτερόν γε τίει μερόπων ἀνθρώπων
χείρονα, τὸν δέ τ' ἀρείον' ἀτιμήσασ' ἀποπέμπει."
τὸν δ' αὖτε προσέειπε περίφρων Εὐρύκλεια·
135 "οὐκ ἄν μιν νῦν, τέκνον, ἀναίτιον αἰτιόῳο.
οἶνον μὲν γὰρ πῖνε καθήμενος, ὄφρ' ἔθελ' αὐτός,
σίτου δ' οὐκέτ' ἔφη πεινήμεναι· εἴρετο γάρ μιν.
ἀλλ' ὅτε δὴ κοίτοιο καὶ ὕπνου μιμνήσκοιτο,
ἡ μὲν δέμνι' ἄνωγεν ὑποστορέσαι δμῳῇσιν,
140 αὐτὰρ ὅ γ', ὥς τις πάμπαν ὀιζυρὸς καὶ ἄποτμος,
οὐκ ἔθελ' ἐν λέκτροισι καὶ ἐν ῥήγεσσι καθεύδειν,
ἀλλ' ἐν ἀδεψήτῳ βοέῃ καὶ κώεσιν οἰῶν
ἔδραθ' ἐνὶ προδόμῳ· χλαῖναν δ' ἐπιέσσαμεν ἡμεῖς."
ὣς φάτο, Τηλέμαχος δὲ διὲκ μεγάροιο βεβήκει
145 ἔγχος ἔχων, ἅμα τῷ γε δύω κύνες[1] ἀργοὶ ἕποντο.
βῆ δ' ἴμεν εἰς ἀγορὴν μετ' ἐυκνήμιδας Ἀχαιούς.
ἡ δ' αὖτε δμῳῇσιν ἐκέκλετο δῖα γυναικῶν,
Εὐρύκλει', Ὦπος θυγάτηρ Πεισηνορίδαο·
"ἀγρεῖθ', αἱ μὲν δῶμα κορήσατε ποιπνύσασαι,
150 ῥάσσατέ τ', ἔν τε θρόνοις εὐποιήτοισι τάπητας
βάλλετε πορφυρέους· αἱ δὲ σπόγγοισι τραπέζας
πάσας ἀμφιμάσασθε, καθήρατε δὲ κρητῆρας
καὶ δέπα ἀμφικύπελλα τετυγμένα· ταὶ δὲ μεθ' ὕδωρ
ἔρχεσθε κρήνηνδε, καὶ οἴσετε θᾶσσον ἰοῦσαι.
155 οὐ γὰρ δὴν μνηστῆρες ἀπέσσονται μεγάροιο,
ἀλλὰ μάλ' ἦρι νέονται, ἐπεὶ καὶ πᾶσιν ἑορτή."
ὣς ἔφαθ', αἱ δ' ἄρα τῆς μάλα μὲν κλύον ἠδ' ἐπίθοντο.

For such is my mother's way, wise though she is: it is shocking how she honors one of mortal men, though he be the worse, while the better she sends unhonored away."

Then wise Eurycleia answered him: "In this matter, child, you should not blame her, who is without blame. He sat there and drank wine as long as he would, but for food he said he had no hunger, for she asked him. But when he bethought him of rest and sleep, she bade the maids spread his bed. But he, as one wholly wretched and ill-fated, would not sleep on a bed and under blankets, but on an undressed oxhide and fleeces of sheep he slept in the forehall, and we flung over him a cloak."

So she spoke, and Telemachus went out through the hall with his spear in his hand, and with him went two swift dogs. And he went his way to the place of assembly to join the company of the well-greaved Achaeans, but the good Eurycleia, daughter of Ops, son of Peisenor, called to her maids, saying:

"Come, let some of you busily sweep the hall and sprinkle it, and throw on the shapely chairs coverlets of purple, and let others wipe all the tables with sponges and clean the mixing bowls and well-wrought double cups, and others still go to the spring for water and bring it quickly here. For the suitors will not long be absent from the hall, but will return very early; for it is a feast day for everyone."

So she spoke, and they heeded her well and obeyed.

---

[1] *δύω κύνες*: *κύνες πόδας*; cf. 2.11; 17.62

αἱ μὲν ἐείκοσι βῆσαν ἐπὶ κρήνην μελάνυδρον,
αἱ δ' αὐτοῦ κατὰ δώματ' ἐπισταμένως πονέοντο.
160 ἐς δ' ἦλθον δρηστῆρες Ἀχαιῶν. οἱ μὲν ἔπειτα
εὖ καὶ ἐπισταμένως κέασαν ξύλα, ταὶ δὲ γυναῖκες
ἦλθον ἀπὸ κρήνης· ἐπὶ δέ σφισιν ἦλθε συβώτης
τρεῖς σιάλους κατάγων, οἳ ἔσαν μετὰ πᾶσιν ἄριστοι.
καὶ τοὺς μέν ῥ' εἴασε καθ' ἕρκεα καλὰ νέμεσθαι,
165 αὐτὸς δ' αὖτ' Ὀδυσῆα προσηύδα μειλιχίοισι·
"ξεῖν', ἦ ἄρ τί σε μᾶλλον Ἀχαιοὶ εἰσορόωσιν,
ἦέ σ' ἀτιμάζουσι κατὰ μέγαρ', ὡς τὸ πάρος περ;"
τὸν δ' ἀπαμειβόμενος προσέφη πολυμήτις Ὀδυσσεύς·
"αἲ γὰρ δή, Εὔμαιε, θεοὶ τισαίατο λώβην,
170 ἣν οἵδ' ὑβρίζοντες ἀτάσθαλα μηχανόωνται
οἴκῳ ἐν ἀλλοτρίῳ, οὐδ' αἰδοῦς μοῖραν ἔχουσιν."
ὣς οἱ μὲν τοιαῦτα πρὸς ἀλλήλους ἀγόρευον,
ἀγχίμολον δέ σφ' ἦλθε Μελάνθιος, αἰπόλος αἰγῶν.
αἶγας ἄγων αἳ πᾶσι μετέπρεπον αἰπολίοισι,
175 δεῖπνον μνηστήρεσσι. δύω δ' ἅμ' ἕποντο νομῆες.
καὶ τὰς μὲν κατέδησεν ὑπ' αἰθούσῃ ἐριδούπῳ,
αὐτὸς δ' αὖτ' Ὀδυσῆα προσηύδα κερτομίοισι·
"ξεῖν', ἔτι καὶ νῦν ἐνθάδ' ἀνιήσεις κατὰ δῶμα
ἀνέρας αἰτίζων, ἀτὰρ οὐκ ἔξεισθα θύραζε;
180 πάντως οὐκέτι νῶι διακρινέεσθαι ὀίω
πρὶν χειρῶν γεύσασθαι, ἐπεὶ σύ περ οὐ κατὰ κόσμον
αἰτίζεις· εἰσὶν δὲ καὶ ἄλλαι δαῖτες Ἀχαιῶν."
ὣς φάτο, τὸν δ' οὔ τι προσέφη πολύμητις Ὀδυσσεύς,
ἀλλ' ἀκέων κίνησε κάρη, κακὰ βυσσοδομεύων.

Twenty of them went to the spring of dark water, and the others went about their work there in the house in skillful fashion.

Then in came the serving men of the Achaeans, who thereupon split logs of wood well and skillfully; and the women came back from the spring. After them came the swineherd, driving three boars which were the best of all his herd. These he let be to feed in the beautiful courtyard, but himself spoke to Odysseus with winning words:

"Stranger, do the Achaeans look on you with any more regard, or do they dishonor you in the halls as before?"

Then resourceful Odysseus answered him and said: "Ah, Eumaeus, would that the gods might take vengeance on the outrage with which these men in their insolence devise wicked folly in another's house, and have no sense of shame."

Thus they spoke to one another. And near to them came Melanthius the goatherd, leading she-goats that were the best in all the herds, to make a feast for the suitors, and two herdsmen followed with him. The goats he tethered beneath the echoing portico, and himself spoke to Odysseus with taunting words:

"Stranger, will you even now still be a plague to us here in the hall, asking alms of men, and will you not go outside and away? In any case I think that we two shall not part company until we taste one another's fists, for you beg in no seemly fashion. Also, there are other feasts of the Achaeans."

So he spoke, and resourceful Odysseus made no answer, but shook his head in silence, pondering evil in the deep of his heart.

185 τοῖσι δ' ἐπὶ τρίτος ἦλθε Φιλοίτιος, ὄρχαμος ἀνδρῶν,
βοῦν στεῖραν μνηστῆρσιν ἄγων καὶ πίονας αἶγας.
πορθμῆες δ' ἄρα τούς γε διήγαγον, οἵ τε καὶ ἄλλους
ἀνθρώπους πέμπουσιν, ὅτις σφέας εἰσαφίκηται.
καὶ τὰ μὲν εὖ κατέδησεν ὑπ' αἰθούσῃ ἐριδούπῳ,
190 αὐτὸς δ' αὖτ' ἐρέεινε συβώτην ἄγχι παραστάς·
"τίς δὴ ὅδε ξεῖνος νέον εἰλήλουθε, συβῶτα,
ἡμέτερον πρὸς δῶμα; τέων δ' ἐξ εὔχεται εἶναι
ἀνδρῶν; ποῦ δέ νύ οἱ γενεὴ καὶ πατρὶς ἄρουρα;
δύσμορος, ἦ τε ἔοικε δέμας βασιλῆι ἄνακτι·
195 ἀλλὰ θεοὶ δυόωσι πολυπλάγκτους ἀνθρώπους,
ὁππότε καὶ βασιλεῦσιν ἐπικλώσωνται ὀιζύν."
ἦ καὶ δεξιτερῇ δειδίσκετο χειρὶ παραστάς,
καί μιν φωνήσας ἔπεα πτερόεντα προσηύδα·
"χαῖρε, πάτερ ὦ ξεῖνε· γένοιτό τοι ἔς περ ὀπίσσω
200 ὄλβος· ἀτὰρ μὲν νῦν γε κακοῖς ἔχεαι πολέεσσι.
Ζεῦ πάτερ, οὔ τις σεῖο θεῶν ὀλοώτερος ἄλλος·
οὐκ ἐλεαίρεις ἄνδρας, ἐπὴν δὴ γείνεαι αὐτός,
μισγέμεναι κακότητι καὶ ἄλγεσι λευγαλέοισιν.
ἴδιον, ὡς ἐνόησα, δεδάκρυνται δέ μοι ὄσσε
205 μνησαμένῳ Ὀδυσῆος, ἐπεὶ καὶ κεῖνον ὀίω
τοιάδε λαίφε' ἔχοντα κατ' ἀνθρώπους ἀλάλησθαι,
εἴ που ἔτι ζώει καὶ ὁρᾷ φάος ἠελίοιο.
εἰ δ' ἤδη τέθνηκε καὶ εἰν Ἀίδαο δόμοισιν,
ὤ μοι ἔπειτ' Ὀδυσῆος ἀμύμονος, ὅς μ' ἐπὶ βουσὶν
210 εἷσ' ἔτι τυτθὸν ἐόντα Κεφαλλήνων ἐνὶ δήμῳ.
νῦν δ' αἱ μὲν γίγνονται ἀθέσφατοι, οὐδέ κεν ἄλλως
ἀνδρί γ' ὑποσταχύοιτο βοῶν γένος εὐρυμετώπων·

Besides these a third man came, Philoetius, leader of men, driving for the suitors a barren heifer and fat she-goats. These had been brought over from the mainland by ferrymen, who convey other men, too, on their way, whoever comes to them. The beasts he tethered carefully beneath the echoing portico, but himself came close to the swineherd and questioned him, saying:

"Who is this stranger, swineherd, who has newly come to our house? From what men does he declare he is descended? Where are his kinsmen and his native fields? Ill-fated man! In very truth he is like a royal prince in form; but the gods bring to misery far-wandering men, whenever they spin for them the threads of pain, even though they be kings."

He spoke, and drawing near to Odysseus stretched out his right hand in greeting; addressing him he uttered these winged words:

"Hail, father stranger; may happy fortune be yours in time to come, though now you are gripped by many evils. Father Zeus, no other god is more baneful than you; you have no pity on men when you have yourself given them birth, but bring them into misery and wretched pains. The sweat broke out on me when I saw you, and my eyes are full of tears as I think of Odysseus; for he, too, I suppose, is clothed in such rags and is a wanderer among men, if indeed he still lives and beholds the light of the sun. But if he is already dead and in the house of Hades, then woe is me for flawless Odysseus, who set me over his cattle, when I was yet a boy, in the land of the Cephallenians. And now these wax past counting; in no other way could the breed of broad-browed cattle yield better

τὰς δ' ἄλλοι με κέλονται ἀγινέμεναί σφισιν αὐτοῖς
ἔδμεναι· οὐδέ τι παιδὸς ἐνὶ μεγάροις ἀλέγουσιν,
215 οὐδ' ὄπιδα τρομέουσι θεῶν· μεμάασι γὰρ ἤδη
κτήματα δάσσασθαι δὴν οἰχομένοιο ἄνακτος.
αὐτὰρ ἐμοὶ τόδε θυμὸς ἐνὶ στήθεσσι φίλοισι
πόλλ' ἐπιδινεῖται· μάλα μὲν κακὸν υἷος ἐόντος
ἄλλων δῆμον ἱκέσθαι ἰόντ' αὐτῇσι βόεσσιν,
220 ἄνδρας ἐς ἀλλοδαπούς· τὸ δὲ ῥίγιον, αὖθι μένοντα
βουσὶν ἐπ' ἀλλοτρίῃσι καθήμενον ἄλγεα πάσχειν.
καί κεν δὴ πάλαι ἄλλον ὑπερμενέων βασιλήων
ἐξικόμην φεύγων, ἐπεὶ οὐκέτ' ἀνεκτὰ πέλονται·
ἀλλ' ἔτι τὸν δύστηνον ὀίομαι, εἴ ποθεν ἐλθὼν
225 ἀνδρῶν μνηστήρων σκέδασιν κατὰ δώματα θείῃ."
τὸν δ' ἀπαμειβόμενος προσέφη πολύμητις Ὀδυσσεύς·
"βουκόλ', ἐπεὶ οὔτε κακῷ οὔτ' ἄφρονι φωτὶ ἔοικας,
γιγνώσκω δὲ καὶ αὐτὸς ὅ τοι πινυτὴ φρένας ἵκει,
τοὔνεκά τοι ἐρέω καὶ ἐπὶ μέγαν ὅρκον ὀμοῦμαι·
230 ἴστω νῦν Ζεὺς πρῶτα θεῶν ξενίη τε τράπεζα
ἱστίη τ' Ὀδυσῆος ἀμύμονος, ἣν ἀφικάνω,
ἦ σέθεν ἐνθάδ' ἐόντος ἐλεύσεται οἴκαδ' Ὀδυσσεύς·
σοῖσιν δ' ὀφθαλμοῖσιν ἐπόψεαι, αἴ κ' ἐθέλῃσθα,
κτεινομένους μνηστῆρας, οἳ ἐνθάδε κοιρανέουσιν."
235 τὸν δ' αὖτε προσέειπε βοῶν ἐπιβουκόλος ἀνήρ·
"αἲ γὰρ τοῦτο, ξεῖνε, ἔπος τελέσειε Κρονίων·
γνοίης χ' οἵη ἐμὴ δύναμις καὶ χεῖρες ἕπονται."
ὣς δ' αὔτως Εὔμαιος ἐπεύξατο πᾶσι θεοῖσι

increase[a] for mortal man. But strangers bid me drive these now for themselves to eat, and they care nothing for the son in the house, nor do they tremble at the wrath of the gods, for they are eager now to divide among themselves the possessions of our master who has long been gone. Now, as for myself, the heart in my breast keeps revolving this matter: a very bad thing it is, while the son lives, to depart along with my cattle and go to another people's land, to an alien folk; but this is worse still, to remain here and suffer woes in charge of cattle that are given over to others. Long since, believe me, would I have fled and come to some other of the powerful kings, for now things are no longer to be borne, were it not that I still think of that unfortunate one, if he might come back from I know not where and make a scattering of the suitors in his house."

Then resourceful Odysseus answered him, and said: "Cowherd, since you seem to be neither an evil man nor a witless one, and I see for myself that you possess an understanding heart, therefore will I speak out and swear a great oath to confirm my words. Now be my witness Zeus above all gods, and this hospitable board, and the hearth of flawless Odysseus to which I have come, that verily while you are here Odysseus shall come home, and you shall see with your eyes, if you wish, the killing of the suitors, who lord it here."

Then the herdsman of the cattle answered him: "Ah, stranger, would that the son of Cronos might fulfill this word of yours! Then should you know what kind of strength I have, and how my hands obey it."

And in the selfsame way Eumaeus prayed to all the

[a] The Greek word refers properly to ripening grain. M.

νοστῆσαι Ὀδυσῆα πολύφρονα ὅνδε δόμονδε.
240 ὣς οἱ μὲν τοιαῦτα πρὸς ἀλλήλους ἀγόρευον,
μνηστῆρες δ' ἄρα Τηλεμάχῳ θάνατόν τε μόρον τε
ἤρτυον· αὐτὰρ ὁ τοῖσιν ἀριστερὸς ἤλυθεν ὄρνις,
αἰετὸς ὑψιπέτης, ἔχε δὲ τρήρωνα πέλειαν.
τοῖσιν δ' Ἀμφίνομος ἀγορήσατο καὶ μετέειπεν·
245 "ὦ φίλοι, οὐχ ἡμῖν συνθεύσεται ἥδε γε βουλή,
Τηλεμάχοιο φόνος· ἀλλὰ μνησώμεθα δαιτός."
ὣς ἔφατ' Ἀμφίνομος, τοῖσιν δ' ἐπιήνδανε μῦθος.
ἐλθόντες δ' ἐς δώματ' Ὀδυσσῆος θείοιο
χλαίνας μὲν κατέθεντο κατὰ κλισμούς τε θρόνους τε,
250 οἱ δ' ἱέρευον ὄις μεγάλους καὶ πίονας αἶγας,
ἵρευον δὲ σύας σιάλους καὶ βοῦν ἀγελαίην·
σπλάγχνα δ' ἄρ' ὀπτήσαντες ἐνώμων, ἐν δέ τε οἶνον
κρητῆρσιν κερόωντο· κύπελλα δὲ νεῖμε συβώτης.
σῖτον δέ σφ' ἐπένειμε Φιλοίτιος, ὄρχαμος ἀνδρῶν,
255 καλοῖς ἐν κανέοισιν, ἐῳνοχόει δὲ Μελανθεύς.
οἱ δ' ἐπ' ὀνείαθ' ἑτοῖμα προκείμενα χεῖρας ἴαλλον.

Τηλέμαχος δ' Ὀδυσῆα καθίδρυε, κέρδεα νωμῶν,
ἐντὸς ἐυσταθέος μεγάρου, παρὰ λάινον οὐδόν,
δίφρον ἀεικέλιον καταθεὶς ὀλίγην τε τράπεζαν·
260 πὰρ δ' ἐτίθει σπλάγχνων μοίρας, ἐν δ' οἶνον ἔχευεν
ἐν δέπαϊ χρυσέῳ, καί μιν πρὸς μῦθον ἔειπεν·

"ἐνταυθοῖ νῦν ἧσο μετ' ἀνδράσιν οἰνοποτάζων·
κερτομίας δέ τοι αὐτὸς ἐγὼ καὶ χεῖρας ἀφέξω
πάντων μνηστήρων, ἐπεὶ οὔ τοι δήμιός ἐστιν
265 οἶκος ὅδ', ἀλλ' Ὀδυσῆος, ἐμοὶ δ' ἐκτήσατο κεῖνος.
ὑμεῖς δέ, μνηστῆρες, ἐπίσχετε θυμὸν ἐνιπῆς

gods that wise Odysseus might come back to his own home.

Thus they spoke to one another, but the suitors meanwhile were plotting death and doom for Telemachus; however there came to them a bird on their left, an eagle of lofty flight, clutching a timid dove. Then Amphinomus spoke in their assembly, and said:

"Friends, this plan of ours will not turn out to our liking, the slaying of Telemachus; instead, let us turn our attention to the feast."

So spoke Amphinomus, and his word was pleasing to them. Then, going into the house of godlike Odysseus, they laid their cloaks on the chairs and high seats, and men fell to slaying big sheep and fat goats, yes, and fatted swine, and the heifer of the herd. Then they roasted the entrails and served them out, and mixed wine in the bowls, and the swineherd handed out the cups. And Philoetius, leader of men, handed them bread in a beautiful basket, and Melanthius poured them wine. So they put forth their hands to the good cheer lying ready before them.

But Telemachus, with crafty thought, made Odysseus sit within the firm-founded hall by the threshold of stone, and placed for him a shabby stool and a little table. Beside him he set portions of the entrails and poured wine in a cup of gold, and said to him:

"Sit down here among the lords and drink your wine, and the insults and blows of all the suitors I myself will ward off from you; for this is no public resort, but the house of Odysseus, and it was for me that he inherited it. And for your part, you suitors, refrain your minds from

καὶ χειρῶν, ἵνα μή τις ἔρις καὶ νεῖκος ὄρηται."
ὣς ἔφαθ', οἱ δ' ἄρα πάντες ὀδὰξ ἐν χείλεσι φύντες
Τηλέμαχον θαύμαζον, ὃ θαρσαλέως ἀγόρευε.
270 τοῖσιν δ' Ἀντίνοος μετέφη, Εὐπείθεος υἱός·
"καὶ χαλεπόν περ ἐόντα δεχώμεθα μῦθον, Ἀχαιοί,
Τηλεμάχου· μάλα δ' ἧμιν ἀπειλήσας ἀγορεύει.
οὐ γὰρ Ζεὺς εἴασε Κρονίων· τῷ κέ μιν ἤδη
παύσαμεν ἐν μεγάροισι, λιγύν περ ἐόντ' ἀγορητήν."
275 ὣς ἔφατ' Ἀντίνοος· ὁ δ' ἄρ' οὐκ ἐμπάζετο μύθων.
κήρυκες δ' ἀνὰ ἄστυ θεῶν ἱερὴν ἑκατόμβην
ἦγον· τοὶ δ' ἀγέροντο κάρη κομόωντες Ἀχαιοὶ
ἄλσος ὕπο σκιερὸν ἑκατηβόλου Ἀπόλλωνος.
οἱ δ' ἐπεὶ ὤπτησαν κρέ' ὑπέρτερα καὶ ἐρύσαντο,
280 μοίρας δασσάμενοι δαίνυντ' ἐρικυδέα δαῖτα·
πὰρ δ' ἄρ' Ὀδυσσῆι μοῖραν θέσαν οἳ πονέοντο
ἴσην, ὡς αὐτοί περ ἐλάγχανον· ὣς γὰρ ἀνώγει
Τηλέμαχος, φίλος υἱὸς Ὀδυσσῆος θείοιο.
μνηστῆρας δ' οὐ πάμπαν ἀγήνορας εἴα Ἀθήνη
285 λώβης ἴσχεσθαι θυμαλγέος, ὄφρ' ἔτι μᾶλλον
δύη ἄχος κραδίην Λαερτιάδην Ὀδυσῆα.
ἦν δέ τις ἐν μνηστῆρσιν ἀνὴρ ἀθεμίστια εἰδώς,
Κτήσιππος δ' ὄνομ' ἔσκε, Σάμῃ δ' ἐνὶ οἰκία ναῖεν·
ὃς δή τοι κτεάτεσσι πεποιθὼς θεσπεσίοισι[1]
290 μνάσκετ' Ὀδυσσῆος δὴν οἰχομένοιο δάμαρτα.
ὅς ῥα τότε μνηστῆρσιν ὑπερφιάλοισι μετηύδα·
"κέκλυτέ μευ, μνηστῆρες ἀγήνορες, ὄφρα τι εἴπω·
μοῖραν μὲν δὴ ξεῖνος ἔχει πάλαι, ὡς ἐπέοικεν,

rebukes and blows, that no strife or quarrel may arise."

So he spoke, and they all bit their lips and marveled at Telemachus, that he spoke boldly; and Antinous, son of Eupeithes, spoke among them, saying:

"Hard though it be, Achaeans, let us accept the word of Telemachus, though boldly he threatens us in his speech. For Zeus, son of Cronos, did not allow it, or else would we before now have silenced him in the halls, clear-voiced speaker though he is."

So spoke Antinous, but Telemachus paid no heed to his words. Meanwhile the heralds were leading through the city the holy hecatomb of the gods, and the long-haired Achaeans gathered together beneath a shady grove of Apollo, the archer god.

But when they had roasted the outer flesh and drawn it off the spits, they divided the portions and feasted a glorious feast. And by Odysseus those who served set a portion equal to that which the lords themselves received, for so Telemachus commanded, the own son of godlike Odysseus.

But the proud suitors Athene would not by any means allow to abstain from soul-biting insult, that pain might sink yet deeper into the heart of Odysseus, son of Laertes. There was a man among the suitors, a man with his heart set on lawlessness—Ctesippus was his name, and in Same was his dwelling—who, trusting in his boundless wealth, wooed the wife of Odysseus who had long been gone. He it was who now spoke among the insolent suitors:

"Hear me, you proud suitors, that I may say something. A portion has the stranger long had, an equal por-

[1] *θεσπεσίοισι: πατρὸς ἑοῖα*

ἴσην· οὐ γὰρ καλὸν ἀτέμβειν οὐδὲ δίκαιον
295 ξείνους Τηλεμάχου, ὅς κεν τάδε δώμαθ' ἵκηται.
ἀλλ' ἄγε οἱ καὶ ἐγὼ δῶ ξείνιον, ὄφρα καὶ αὐτὸς
ἠὲ λοετροχόῳ δώῃ γέρας ἠέ τῳ ἄλλῳ
δμώων, οἳ κατὰ δώματ' Ὀδυσσῆος θείοιο."
ὣς εἰπὼν ἔρριψε βοὸς πόδα χειρὶ παχείῃ,
300 κείμενον ἐκ κανέοιο λαβών· ὁ δ' ἀλεύατ' Ὀδυσσεὺς
ἦκα παρακλίνας κεφαλήν, μείδησε δὲ θυμῷ
σαρδάνιον μάλα τοῖον· ὁ δ' εὔδμητον βάλε τοῖχον.
Κτήσιππον δ' ἄρα Τηλέμαχος ἠνίπαπε μύθῳ·
"Κτήσιππ', ἦ μάλα τοι τόδε κέρδιον ἔπλετο θυμῷ·
305 οὐκ ἔβαλες τὸν ξεῖνον· ἀλεύατο γὰρ βέλος αὐτός.
ἦ γάρ κέν σε μέσον βάλον ἔγχεϊ ὀξυόεντι,
καί κέ τοι ἀντὶ γάμοιο πατὴρ τάφον ἀμφεπονεῖτο
ἐνθάδε. τῷ μή τίς μοι ἀεικείας ἐνὶ οἴκῳ
φαινέτω· ἤδη γὰρ νοέω καὶ οἶδα ἕκαστα,
310 ἐσθλά τε καὶ τὰ χέρεια· πάρος δ' ἔτι νήπιος ἦα.
ἀλλ' ἔμπης τάδε μὲν καὶ τέτλαμεν εἰσορόωντες,
μήλων σφαζομένων οἴνοιό τε πινομένοιο
καὶ σίτου· χαλεπὸν γὰρ ἐρυκακέειν ἕνα πολλούς.
ἀλλ' ἄγε μηκέτι μοι κακὰ ῥέζετε δυσμενέοντες·
315 εἰ δ' ἤδη μ' αὐτὸν κτεῖναι μενεαίνετε χαλκῷ,
καί κε τὸ βουλοίμην, καί κεν πολὺ κέρδιον εἴη
τεθνάμεν ἢ τάδε γ' αἰὲν ἀεικέα ἔργ' ὁράασθαι,
ξείνους τε στυφελιζομένους δμῳάς τε γυναῖκας
ῥυστάζοντας ἀεικελίως κατὰ δώματα καλά."
320 ὣς ἔφαθ', οἱ δ' ἄρα πάντες ἀκὴν ἐγένοντο σιωπῇ·
ὀψὲ δὲ δὴ μετέειπε Δαμαστορίδης Ἀγέλαος·

tion, as is fitting; for it is not well nor just to rob of their due the guests of Telemachus, whoever he be that comes to this house. No, come, I too will give him a stranger's gift, that he in turn may give a present either to the bath woman or to some other of the slaves who are in the house of godlike Odysseus."

So saying, he hurled with strong hand the hoof of an ox, taking it up from the basket where it lay. But Odysseus avoided it with a quick turn of his head, and in his heart he smiled a most grim and bitter smile; and the ox's hoof struck the well-built wall. Then Telemachus rebuked Ctesippus, and said:

"Ctesippus, certainly this thing turned out more to your heart's profit. You did not hit the stranger, for he himself avoided your missile. Otherwise surely would I have struck you through the middle with my sharp spear, and instead of a wedding feast your father would have been busied with a funeral feast here. Therefore let no man, I warn you, make a show of unseemliness in my house; for now I notice and understand all things, the good and the evil, whereas heretofore I was only a child. But none the less we still endure to see these deeds, while sheep are slaughtered, and wine drunk, and bread consumed, for hard it is for one man to restrain many. Yet come, no longer do me harm out of your hostility. But if now you are passionate to kill me myself with the bronze, even that would I choose, and it would be better far to die than continually to behold these shameful deeds, strangers mistreated and men dragging the handmaids in shameful fashion through the beautiful hall."

So he spoke, and they were all hushed in silence, but at last there spoke among them Agelaus, son of Damastor:

"ὦ φίλοι, οὐκ ἂν δή τις ἐπὶ ῥηθέντι δικαίῳ
ἀντιβίοις ἐπέεσσι καθαπτόμενος χαλεπαίνοι·
μήτε τι τὸν ξεῖνον στυφελίζετε μήτε τιν' ἄλλον
325 δμώων, οἳ κατὰ δώματ' Ὀδυσσῆος θείοιο.
Τηλεμάχῳ δέ κε μῦθον ἐγὼ καὶ μητέρι φαίην
ἤπιον, εἴ σφωιν κραδίῃ ἅδοι ἀμφοτέροιιν.
ὄφρα μὲν ὑμῖν θυμὸς ἐνὶ στήθεσσιν ἐώλπει
νοστήσειν Ὀδυσῆα πολύφρονα ὅνδε δόμονδε,
330 τόφρ' οὔ τις νέμεσις μενέμεν τ' ἦν ἰσχέμεναί τε
μνηστῆρας κατὰ δώματ', ἐπεὶ τόδε κέρδιον ἦεν,
εἰ νόστησ' Ὀδυσεὺς καὶ ὑπότροπος ἵκετο δῶμα·
νῦν δ' ἤδη τόδε δῆλον, ὅ τ' οὐκέτι νόστιμός ἐστιν.
ἀλλ' ἄγε, σῇ τάδε μητρὶ παρεζόμενος κατάλεξον,
335 γήμασθ' ὅς τις ἄριστος ἀνὴρ καὶ πλεῖστα πόρῃσιν,
ὄφρα σὺ μὲν χαίρων πατρώια πάντα νέμηαι,
ἔσθων καὶ πίνων, ἡ δ' ἄλλου δῶμα κομίζῃ."
τὸν δ' αὖ Τηλέμαχος πεπνυμένος ἀντίον ηὔδα·
"οὐ μὰ Ζῆν', Ἀγέλαε, καὶ ἄλγεα πατρὸς ἐμοῖο,
340 ὅς που τῆλ' Ἰθάκης ἢ ἔφθιται ἢ ἀλάληται,
οὔ τι διατρίβω μητρὸς γάμον, ἀλλὰ κελεύω
γήμασθ' ᾧ κ' ἐθέλῃ, ποτὶ δ' ἄσπετα δῶρα δίδωμι.
αἰδέομαι δ' ἀέκουσαν ἀπὸ μεγάροιο δίεσθαι
μύθῳ ἀναγκαίῳ· μὴ τοῦτο θεὸς τελέσειεν."
345 ὣς φάτο Τηλέμαχος· μνηστῆρσι δὲ Παλλὰς Ἀθήνη
ἄσβεστον γέλω ὦρσε, παρέπλαγξεν δὲ νόημα.
οἱ δ' ἤδη γναθμοῖσι γελοίων ἀλλοτρίοισιν,

"Friends, no man in answer to what has been fairly spoken would grow angry and make answer with wrangling words. Show no more violence to the stranger nor any of the slaves that are in the house of godlike Odysseus. And to Telemachus and his mother I would say a gentle word, if perchance it may find favor in the minds of both. So long as the hearts in your breasts had hope that wise Odysseus would return to his own house, so long there was no ground for blame that you waited, and restrained the suitors in your halls; for this was the better course had Odysseus returned and come back to his house. But now this is plain, that he will return no more. Come then, sit by your mother and tell her this, that she must marry whoever is the best man, and who offers the most gifts, so that you may enjoy in peace all the heritage of your fathers, eating and drinking, and that she may keep the house of another."

Then wise Telemachus answered him: "No, by Zeus, Agelaus, and by the woes of my father, who somewhere far from Ithaca has perished or is wandering, in no way at all do I delay my mother's marriage, but instead bid her wed what man she will, and I offer besides gifts past counting. But I am ashamed to drive her forth from the hall against her will by a word of compulsion. May divinity never bring such a thing to pass."

So spoke Telemachus, but among the suitors Pallas Athene aroused unquenchable laughter, and turned their wits awry. And now they laughed with lips that seemed not theirs, and all bedabbled with blood was the meat

αἱμοφόρυκτα δὲ δὴ κρέα ἤσθιον· ὄσσε δ' ἄρα σφέων
δακρυόφιν πίμπλαντο, γόον δ' ὠίετο θυμός.
350 τοῖσι δὲ καὶ μετέειπε Θεοκλύμενος θεοειδής·
"ἆ δειλοί, τί κακὸν τόδε πάσχετε; νυκτὶ μὲν ὑμέων
εἰλύαται κεφαλαί τε πρόσωπά τε νέρθε τε γοῦνα.
οἰμωγὴ δὲ δέδηε, δεδάκρυνται δὲ παρειαί,
αἵματι δ' ἐρράδαται τοῖχοι καλαί τε μεσόδμαι·
355 εἰδώλων δὲ πλέον πρόθυρον, πλείη δὲ καὶ αὐλή,
ἱεμένων Ἔρεβόσδε ὑπὸ ζόφον· ἠέλιος δὲ
οὐρανοῦ ἐξαπόλωλε, κακὴ δ' ἐπιδέδρομεν ἀχλύς."
ὣς ἔφαθ', οἱ δ' ἄρα πάντες ἐπ' αὐτῷ ἡδὺ γέλασσαν.
τοῖσιν δ' Εὐρύμαχος, Πολύβου πάις, ἦρχ' ἀγορεύειν·
360 "ἀφραίνει ξεῖνος νέον ἄλλοθεν εἰληλουθώς.
ἀλλά μιν αἶψα, νέοι, δόμου ἐκπέμψασθε θύραζε
εἰς ἀγορὴν ἔρχεσθαι, ἐπεὶ τάδε νυκτὶ ἐίσκει."
τὸν δ' αὖτε προσέειπε Θεοκλύμενος θεοειδής·
"Εὐρύμαχ', οὔ τί σ' ἄνωγα ἐμοὶ πομπῆας ὀπάζειν·
365 εἰσί μοι ὀφθαλμοί τε καὶ οὔατα καὶ πόδες ἄμφω
καὶ νόος ἐν στήθεσσι τετυγμένος οὐδὲν ἀεικής.
τοῖς ἔξειμι θύραζε, ἐπεὶ νοέω κακὸν ὔμμιν
ἐρχόμενον, τό κεν οὔ τις ὑπεκφύγοι οὐδ' ἀλέαιτο
μνηστήρων, οἳ δῶμα κάτ' ἀντιθέου Ὀδυσῆος
370 ἀνέρας ὑβρίζοντες ἀτάσθαλα μηχανάασθε."
ὣς εἰπὼν ἐξῆλθε δόμων εὖ ναιεταόντων,
ἵκετο δ' ἐς Πείραιον, ὅ μιν πρόφρων ὑπέδεκτο.
μνηστῆρες δ' ἄρα πάντες ἐς ἀλλήλους ὁρόωντες

[a] The portents here mentioned—both those narrated as

they ate,[a] and their eyes were filled with tears, and in their own minds they seemed to be wailing. Then among them spoke godlike Theoclymenus:

"Ah, wretched men, what evil is this that you suffer? Shrouded in night are your heads and your faces and your knees beneath you; kindled is the sound of wailing, bathed in tears are your cheeks, and sprinkled with blood are the walls and the fair panels. And full of ghosts is the porch, full also the court, ghosts hastening down to Erebus beneath the darkness, and the sun has perished out of heaven and an evil mist covers all."

So he spoke, but they all laughed merrily at him. And among them Eurymachus, son of Polybus, was the first to speak:

"Mad is the stranger newly come from abroad. Quick, you youths, convey him out of doors to go to the assembly place, since here he finds it like night."

Then godlike Theoclymenus answered him: "Eurymachus, not at all do I ask you to give me guides for my way. I have eyes and ears and my two feet, and a mind in my breast that is in no way poorly fashioned. With these will I go out of doors, for I see evil coming upon you which not one of the suitors may escape or avoid, of all you who in the house of godlike Odysseus do violence to men and devise wicked folly."

So saying, he went out from the stately halls and came to Piraeus, who received him with a ready heart. But all the suitors, looking at one another, tried to provoke

caused by the intervention of Athene and those seen in the prophetic vision of Theoclymenus—are familiar from the sagas and folk poetry of various peoples as indicative of death and destruction. M.

Τηλέμαχον ἐρέθιζον, ἐπὶ ξείνοις γελόωντες·
375 ὧδε δέ τις εἴπεσκε νέων ὑπερηνορεόντων·

"Τηλέμαχ', οὔ τις σεῖο κακοξεινώτερος ἄλλος·
οἷον μέν τινα τοῦτον ἔχεις ἐπίμαστον ἀλήτην,
σίτου καὶ οἴνου κεχρημένον, οὐδέ τι ἔργων
ἔμπαιον οὐδὲ βίης, ἀλλ' αὔτως ἄχθος ἀρούρης.
380 ἄλλος δ' αὖτέ τις οὗτος ἀνέστη μαντεύεσθαι.
ἀλλ' εἴ μοί τι πίθοιο, τό κεν πολὺ κέρδιον εἴη·
τοὺς ξείνους ἐν νηὶ πολυκληῗδι βαλόντες
ἐς Σικελοὺς πέμψωμεν, ὅθεν κέ τοι ἄξιον ἄλφοι."[1]

ὣς ἔφασαν μνηστῆρες· ὁ δ' οὐκ ἐμπάζετο μύθων,
385 ἀλλ' ἀκέων πατέρα προσεδέρκετο, δέγμενος αἰεί,
ὁππότε δὴ μνηστῆρσιν ἀναιδέσι χεῖρας ἐφήσει.

ἡ δὲ κατ' ἄντηστιν θεμένη περικαλλέα δίφρον
κούρη Ἰκαρίοιο, περίφρων Πηνελόπεια,
ἀνδρῶν ἐν μεγάροισιν ἑκάστου μῦθον ἄκουεν.
390 δεῖπνον μὲν γάρ τοί γε γελοίωντες τετύκοντο
ἡδύ τε καὶ μενοεικές, ἐπεὶ μάλα πόλλ' ἱέρευσαν·
δόρπου δ' οὐκ ἄν πως ἀχαρίστερον ἄλλο γένοιτο,
οἷον δὴ τάχ' ἔμελλε θεὰ καὶ καρτερὸς ἀνὴρ
θησέμεναι· πρότεροι γὰρ ἀεικέα μηχανόωντο.

[1] ἄλφοι MSS: ἄλφοιν Bekker

Telemachus by laughing at his guests. And thus would one of the proud youths speak:

"Telemachus, no man is more unlucky in his guests than you, seeing that you keep such a filthy vagabond as this man here, always wanting bread and wine, and skilled neither in the works of peace nor those of war, but a mere burden on the earth. And then this other fellow stood up to prophesy. No, if you would listen to me it would be better far: let us throw these strangers on board a benched ship and send them to the Sicilians, something which would bring you a worthwhile gain."

So spoke the suitors; he in turn paid no heed to their words, but in silence watched his father, constantly waiting for the moment when he would lay his hands on the shameless suitors.

But the daughter of Icarius, wise Penelope, had set her beautiful chair opposite them, and heard the words of each man in the hall. For they had made ready their dinner in the midst of their laughing, a sweet dinner, and one to satisfy the heart, for they had slain many beasts. But no supper could be more graceless than the one a goddess and a strong man were soon to set before them. For they were the first to commit unseemly deeds.

Φ

Τῇ δ' ἄρ' ἐπὶ φρεσὶ θῆκε θεὰ γλαυκῶπις Ἀθήνη,
κούρῃ Ἰκαρίοιο, περίφρονι Πηνελοπείῃ,
τόξον μνηστήρεσσι θέμεν πολιόν τε σίδηρον
ἐν μεγάροις Ὀδυσῆος, ἀέθλια καὶ φόνου ἀρχήν.
5 κλίμακα δ' ὑψηλὴν προσεβήσετο οἷο δόμοιο,
εἵλετο δὲ κληῖδ' εὐκαμπέα χειρὶ παχείῃ
καλὴν χαλκείην·[1] κώπη δ' ἐλέφαντος ἐπῆεν.
βῆ δ' ἴμεναι θάλαμόνδε σὺν ἀμφιπόλοισι γυναιξὶν
ἔσχατον· ἔνθα δέ οἱ κειμήλια κεῖτο ἄνακτος,
10 χαλκός τε χρυσός τε πολύκμητός τε σίδηρος.
ἔνθα δὲ τόξον κεῖτο παλίντονον ἠδὲ φαρέτρη
ἰοδόκος, πολλοὶ δ' ἔνεσαν στονόεντες ὀιστοί,
δῶρα τά οἱ ξεῖνος Λακεδαίμονι δῶκε τυχήσας
Ἴφιτος Εὐρυτίδης, ἐπιείκελος ἀθανάτοισι.
15 τὼ δ' ἐν Μεσσήνῃ ξυμβλήτην ἀλλήλοιιν
οἴκῳ ἐν Ὀρτιλόχοιο δαΐφρονος. ἦ τοι Ὀδυσσεὺς
ἦλθε μετὰ χρεῖος, τό ῥά οἱ πᾶς δῆμος ὄφελλε·
μῆλα γὰρ ἐξ Ἰθάκης Μεσσήνιοι ἄνδρες ἄειραν
νηυσὶ πολυκλήισι τριηκόσι' ἠδὲ νομῆας.
20 τῶν ἕνεκ' ἐξεσίην πολλὴν ὁδὸν ἦλθεν Ὀδυσσεὺς
παιδνὸς ἐών· πρὸ γὰρ ἧκε πατὴρ ἄλλοι τε γέροντες.
Ἴφιτος αὖθ' ἵππους διζήμενος, αἵ οἱ ὄλοντο

BOOK 21

But the goddess, flashing-eyed Athene, put it into the heart of the daughter of Icarius, wise Penelope, to set before the suitors in the halls of Odysseus the bow and the gray iron, contest and beginning of death. She climbed the high stairway to her chamber, and took the bent key in her strong hand—a beautiful key of bronze, and on it was a handle of ivory. And she went her way with her handmaids to a storeroom, far remote, where lay the treasures of her husband, bronze, and gold, and iron wrought with toil. And there lay the back-bent bow and the quiver that held the arrows, and many arrows were in it, loaded with groanings—gifts which a friend of Odysseus had given him when he met him once in Lacedaemon: Iphitus, son of Eurytus, a man resembling the gods. The two had met one another in Messene in the house of wise Ortilochus. The truth was that Odysseus had come to collect a debt which the whole people owed him, for the men of Messene had lifted from Ithaca in their benched ships three hundred sheep and the shepherds with them. It was on an embassy in quest of these that Odysseus had come a far journey, while he was but a youth; for his father and the other elders had sent him out. And Iphitus, for his part, had come in search of

---

[1] χαλκείην: χρυσείην

δώδεκα θήλειαι, ὑπὸ δ᾽ ἡμίονοι ταλαεργοί·
αἳ δή οἱ καὶ ἔπειτα φόνος καὶ μοῖρα γένοντο,
25 ἐπεὶ δὴ Διὸς υἱὸν ἀφίκετο καρτερόθυμον,
φῶθ᾽ Ἡρακλῆα, μεγάλων ἐπιίστορα ἔργων,
ὅς μιν ξεῖνον ἐόντα κατέκτανεν ᾧ ἐνὶ οἴκῳ,
σχέτλιος, οὐδὲ θεῶν ὄπιν ᾐδέσατ᾽ οὐδὲ τράπεζαν,
τὴν ἥν οἱ παρέθηκεν· ἔπειτα δὲ πέφνε καὶ αὐτόν,
30 ἵππους δ᾽ αὐτὸς ἔχε κρατερώνυχας ἐν μεγάροισι.
τὰς ἐρέων Ὀδυσῆι συνήντετο, δῶκε δὲ τόξον,
τὸ πρὶν μέν ῥ᾽ ἐφόρει μέγας Εὔρυτος, αὐτὰρ ὁ παιδὶ
κάλλιπ᾽ ἀποθνῄσκων ἐν δώμασιν ὑψηλοῖσι.
τῷ δ᾽ Ὀδυσεὺς ξίφος ὀξὺ καὶ ἄλκιμον ἔγχος ἔδωκεν,
35 ἀρχὴν ξεινοσύνης προσκηδέος· οὐδὲ τραπέζῃ
γνώτην ἀλλήλων· πρὶν γὰρ Διὸς υἱὸς ἔπεφνεν
Ἴφιτον Εὐρυτίδην, ἐπιείκελον ἀθανάτοισιν,
ὅς οἱ τόξον ἔδωκε. τὸ δ᾽ οὔ ποτε δῖος Ὀδυσσεὺς
ἐρχόμενος πόλεμόνδε μελαινάων ἐπὶ νηῶν
40 ᾑρεῖτ᾽, ἀλλ᾽ αὐτοῦ μνῆμα ξείνοιο φίλοιο
κέσκετ᾽[1] ἐνὶ μεγάροισι, φόρει δέ μιν ἧς ἐπὶ γαίης.
ἡ δ᾽ ὅτε δὴ θάλαμον τὸν ἀφίκετο δῖα γυναικῶν
οὐδόν τε δρύινον προσεβήσετο, τόν ποτε τέκτων
ξέσσεν ἐπισταμένως καὶ ἐπὶ στάθμην ἴθυνεν,
45 ἐν δὲ σταθμοὺς ἄρσε, θύρας δ᾽ ἐπέθηκε φαεινάς,
αὐτίκ᾽ ἄρ᾽ ἥ γ᾽ ἱμάντα θοῶς ἀπέλυσε κορώνης,

[1] κέσκετ᾽: θέσκετ᾽

---

[a] On the inside of the door was a bar or bolt to which a thong was attached. This thong passed through a hole in the door and,

twelve brood mares, which he had lost, with sturdy mules at the teat; but to him afterwards they brought death and doom, when he came to the stout-hearted son of Zeus, the man Heracles, who well knew deeds of daring; for Heracles slew him, his guest though he was, in his own house, ruthlessly, and he had regard neither for the wrath of the gods nor for the table which he had set before him, but thereupon killed the man, and himself kept the stout-hoofed mares in his halls. It was while asking for these that Iphitus met Odysseus, and gave him the bow, which of old great Eurytus carried, and had left at his death to his son in his lofty house. And to Iphitus Odysseus gave a sharp sword and a stout spear, as the beginning of a loving friendship; yet they never knew one another at the table, for before that could happen the son of Zeus had killed Iphitus, son of Eurytus, a man resembling the gods, who gave Odysseus the bow. The bow noble Odysseus, when going to war, would never take with him on the black ships, but it lay in his halls at home as a memorial of a staunch friend, and he carried it in his own land.

Now when the beautiful woman had come to the storeroom, and had stepped upon the threshold of oak—which in the old days the carpenter had skillfully planed and trued to the line, and fitted doorposts on it, and set on them bright doors—without delay she quickly loosed the thong[a] from the hook and thrust in the key, and with sure

when the door was closed from the outside, served as a means of drawing the bolt into its socket; the thong was then fastened to a hook. To open the door from without the thong was first unfastened, and then the bolt was forced back by the key, which presumably fitted the aperture with nicety; hence the phrase "with sure aim." M.

ἐν δὲ κληῖδ' ἧκε, θυρέων δ' ἀνέκοπτεν ὀχῆας
ἄντα τιτυσκομένη· τὰ δ' ἀνέβραχεν ἠύτε ταῦρος
βοσκόμενος λειμῶνι· τόσ' ἔβραχε καλὰ θύρετρα
50 πληγέντα κληῖδι, πετάσθησαν δέ οἱ ὦκα.
ἡ δ' ἄρ' ἐφ' ὑψηλῆς σανίδος βῆ· ἔνθα δὲ χηλοὶ
ἕστασαν, ἐν δ' ἄρα τῇσι θυώδεα εἵματ' ἔκειτο.
ἔνθεν ὀρεξαμένη ἀπὸ πασσάλου αἴνυτο τόξον
αὐτῷ γωρυτῷ, ὅς οἱ περίκειτο φαεινός.
55 ἑζομένη δὲ κατ' αὖθι, φίλοις ἐπὶ γούνασι θεῖσα,
κλαῖε μάλα λιγέως, ἐκ δ' ᾕρεε τόξον ἄνακτος.
ἡ δ' ἐπεὶ οὖν τάρφθη πολυδακρύτοιο γόοιο,
βῆ ῥ' ἴμεναι μέγαρόνδε μετὰ μνηστῆρας ἀγαυοὺς
τόξον ἔχουσ' ἐν χειρὶ παλίντονον ἠδὲ φαρέτρην
60 ἰοδόκον· πολλοὶ δ' ἔνεσαν στονόεντες ὀιστοί.
τῇ δ' ἄρ' ἅμ' ἀμφίπολοι φέρον ὄγκιον, ἔνθα σίδηρος
κεῖτο πολὺς καὶ χαλκός, ἀέθλια τοῖο ἄνακτος.
ἡ δ' ὅτε δὴ μνηστῆρας ἀφίκετο δῖα γυναικῶν,
στῆ ῥα παρὰ σταθμὸν τέγεος πύκα ποιητοῖο,
65 ἄντα παρειάων σχομένη λιπαρὰ κρήδεμνα.
ἀμφίπολος δ' ἄρα οἱ κεδνὴ ἑκάτερθε παρέστη.[1]
αὐτίκα δὲ μνηστῆρσι μετηύδα καὶ φάτο μῦθον·
"κέκλυτέ μευ, μνηστῆρες ἀγήνορες, οἳ τόδε δῶμα
ἐχράετ' ἐσθιέμεν καὶ πινέμεν ἐμμενὲς αἰεὶ
70 ἀνδρὸς ἀποιχομένοιο πολὺν χρόνον· οὐδέ τιν' ἄλλην
μύθου ποιήσασθαι ἐπισχεσίην ἐδύνασθε,
ἀλλ' ἐμὲ ἱέμενοι γῆμαι θέσθαι τε γυναῖκα.
ἀλλ' ἄγετε, μνηστῆρες, ἐπεὶ τόδε φαίνετ' ἄεθλον·
θήσω γὰρ μέγα τόξον Ὀδυσσῆος θείοιο·

aim shot back the bolts. And as a bull bellows when grazing in a meadow, even so bellowed the beautiful doors, struck by the key; and quickly they flew open before her. Then she went up to the high platform, where the chests stood in which fragrant clothes were stored. Reaching up from here she took from its peg the bow, together with the bright case which surrounded it. And there she sat down and laid the case upon her knees and wept aloud, and took out the bow of her husband. But when she had had her fill of weeping and crying, she went her way to the hall, to the company of the lordly suitors, bearing in her hands the back-bent bow and the quiver that held the arrows, and many arrows were in it, loaded with groanings. And by her side her maidens bore a chest, in which lay abundance of iron and bronze, the games of the man her husband. Now when the beautiful woman reached the suitors, she stood by the doorpost of the well-built hall, holding before her face her shining veil; and a faithful handmaid stood on either side of her. At once she spoke among the suitors and said:

"Hear me, you proud suitors, who have fastened upon this house to eat and drink forever without ceasing, since its master has long been gone, nor could you find any other plea to urge except your desire to wed me and take me to wife. But come now, you suitors, since here is your prize plain before you. I will set as your contest the great bow of godlike Odysseus, and whoever shall most easily

---

[1] Line 66 (= 18.211) is omitted in some MSS.

75 ὃς δέ κε ῥηΐτατ' ἐντανύσῃ βιὸν ἐν παλάμῃσι
καὶ διοϊστεύσῃ πελέκεων δυοκαίδεκα πάντων,
τῷ κεν ἅμ' ἑσποίμην, νοσφισσαμένη τόδε δῶμα
κουρίδιον, μάλα καλόν, ἐνίπλειον βιότοιο,
τοῦ ποτὲ μεμνήσεσθαι ὀίομαι ἔν περ ὀνείρῳ."
80 ὣς φάτο, καί ῥ' Εὔμαιον ἀνώγει, δῖον ὑφορβόν,
τόξον μνηστήρεσσι θέμεν πολιόν τε σίδηρον.
δακρύσας δ' Εὔμαιος ἐδέξατο καὶ κατέθηκε·
κλαῖε δὲ βουκόλος ἄλλοθ', ἐπεὶ ἴδε τόξον ἄνακτος.
Ἀντίνοος δ' ἐνένιπεν ἔπος τ' ἔφατ' ἔκ τ' ὀνόμαζε·
85 "νήπιοι ἀγροιῶται, ἐφημέρια φρονέοντες,
ἆ δειλώ, τί νυ δάκρυ κατείβετον ἠδὲ γυναικὶ
θυμὸν ἐνὶ στήθεσσιν ὀρίνετον; ᾗ τε καὶ ἄλλως
κεῖται ἐν ἄλγεσι θυμός, ἐπεὶ φίλον ὤλεσ' ἀκοίτην.
ἀλλ' ἀκέων δαίνυσθε καθήμενοι, ἠὲ θύραζε
90 κλαίετον ἐξελθόντε, κατ' αὐτόθι τόξα λιπόντε,
μνηστήρεσσιν ἄεθλον ἀάατον· οὐ γὰρ ὀίω
ῥηιδίως τόδε τόξον ἐύξοον ἐντανύεσθαι.
οὐ γάρ τις μέτα τοῖος ἀνὴρ ἐν τοίσδεσι πᾶσιν
οἷος Ὀδυσσεὺς ἔσκεν· ἐγὼ δέ μιν αὐτὸς ὄπωπα,
95 καὶ γὰρ μνήμων εἰμί, πάις δ' ἔτι νήπιος ἦα."
ὣς φάτο, τῷ δ' ἄρα θυμὸς ἐνὶ στήθεσσιν ἐώλπει
νευρὴν ἐντανύσειν διοϊστεύσειν τε σιδήρου.
ἦ τοι ὀιστοῦ γε πρῶτος γεύσεσθαι ἔμελλεν
ἐκ χειρῶν Ὀδυσῆος ἀμύμονος, ὃν τότ' ἀτίμα
100 ἥμενος ἐν μεγάροις, ἐπὶ δ' ὤρνυε πάντας ἑταίρους.
τοῖσι δὲ καὶ μετέειφ' ἱερὴ ἲς Τηλεμάχοιο·
"ὢ πόποι, ἦ μάλα με Ζεὺς ἄφρονα θῆκε Κρονίων·

string the bow in his hands and shoot an arrow through all twelve axes, with him will I go, and forsake the house of my wedded life, a house most beautiful and filled with wealth, which, I think, I shall always remember, even in my dreams."

So she spoke, and bade Eumaeus, the noble swineherd, set for the suitors the bow and the gray iron. In tears Eumaeus took them and laid them down, and in his place the cowherd wept, when he saw the bow of his master. Then Antinous rebuked them, and spoke, and addressed them:

"Foolish yokels, who mind only the things of the day! Wretched pair, why now do you shed tears, and trouble the spirit in the breast of the lady, whose heart even as it is lies low in pain, seeing that she has lost her dear husband? No, sit and feast in silence, or else go forth and weep, and leave the bow here behind, a clear contest for the suitors; for not easily, I think, is this polished bow to be strung. For there is no man among all these here such as Odysseus was, and I myself saw him. For I remember him, though I was still but a child."

So he spoke, but the heart in his breast hoped that he would string the bow and shoot an arrow through the iron. Yet the truth was that he was to be the first to taste of an arrow from the hands of flawless Odysseus, whom he then, as he sat in the halls, was dishonoring, and urging on all his comrades.

Then among them spoke the sacred strength of Telemachus: "Marvelous! Surely Zeus has taken away my

μήτηρ μέν μοί φησι φίλη, πινυτή περ ἐοῦσα,
ἄλλῳ ἅμ' ἕψεσθαι νοσφισσαμένη τόδε δῶμα·
105 αὐτὰρ ἐγὼ γελόω καὶ τέρπομαι ἄφρονι θυμῷ.
ἀλλ' ἄγετε, μνηστῆρες, ἐπεὶ τόδε φαίνετ' ἄεθλον,
οἵη νῦν οὐκ ἔστι γυνὴ κατ' Ἀχαιίδα γαῖαν,
οὔτε Πύλου ἱερῆς οὔτ' Ἄργεος οὔτε Μυκήνης·
οὔτ' αὐτῆς Ἰθάκης οὔτ' ἠπείροιο μελαίνης·[1]
110 καὶ δ' αὐτοὶ τόδε γ' ἴστε· τί με χρὴ μητέρος αἴνου;
ἀλλ' ἄγε μὴ μύνῃσι παρέλκετε μηδ' ἔτι τόξου
δηρὸν ἀποτρωπᾶσθε τανυστύος, ὄφρα ἴδωμεν.
καὶ δέ κεν αὐτὸς ἐγὼ τοῦ τόξου πειρησαίμην·
εἰ δέ κεν ἐντανύσω διοϊστεύσω τε σιδήρου,
115 οὔ κέ μοι ἀχνυμένῳ τάδε δώματα πότνια μήτηρ
λείποι ἅμ' ἄλλῳ ἰοῦσ', ὅτ' ἐγὼ κατόπισθε λιποίμην
οἷός τ' ἤδη πατρὸς ἀέθλια κάλ' ἀνελέσθαι."

ἦ καὶ ἀπ' ὤμοιιν χλαῖναν θέτο φοινικόεσσαν
ὀρθὸς ἀναΐξας, ἀπὸ δὲ ξίφος ὀξὺ θέτ' ὤμων.
120 πρῶτον μὲν πελέκεας στῆσεν, διὰ τάφρον ὀρύξας
πᾶσι μίαν μακρήν, καὶ ἐπὶ στάθμην ἴθυνεν,
ἀμφὶ δὲ γαῖαν ἔναξε· τάφος δ' ἕλε πάντας ἰδόντας,
ὡς εὐκόσμως στῆσε· πάρος δ' οὐ πώ ποτ' ὀπώπει.
στῆ δ' ἄρ' ἐπ' οὐδὸν ἰὼν καὶ τόξου πειρήτιζε.
125 τρὶς μέν μιν πελέμιξεν ἐρύσσεσθαι μενεαίνων,
τρὶς δὲ μεθῆκε βίης, ἐπιελπόμενος τό γε θυμῷ,
νευρὴν ἐντανύειν διοϊστεύσειν τε σιδήρου.
καί νύ κε δή ῥ' ἐτάνυσσε βίῃ τὸ τέταρτον ἀνέλκων,

[1] Line 109 (cf. 14.97–98) is omitted in many MSS.

wits. My dear mother, wise as she is, declares that she will follow another husband, forsaking this house; yet I laugh, and am glad in my witless mind. Come then, you suitors, since this turns out to be your prize, a lady, the like of whom is not now in the Achaean land, neither in sacred Pylos, nor in Argos, nor in Mycenae, nor yet in Ithaca itself, nor in the dark mainland. You also of yourselves know this—what need have I to praise my mother? Come then, do not put aside the matter with excuses, nor turn away any longer from the stringing of the bow, that we may see the issue. And I too myself might make trial of that bow. If I shall string it and shoot an arrow through the iron, it will not vex me that my revered mother should leave this house and go along with another, seeing that I should be left here as one now able to win his father's handsome prizes."

With this he put off the scarlet cloak from his shoulders, and sprang up erect; and he put off his sharp sword from his shoulders. First then he set up the axes, when he had dug a trench, one long trench for all, and made it straight to the line, and around the axes he tamped the earth. And amazement seized all who saw him, that he set them out so properly, though before he had never seen them.[a] Then he went and stood upon the threshold, and began to try the bow. Three times he made it quiver in his eagerness to draw it, and three times he relaxed his effort, though in his heart he hoped to string the bow and shoot an arrow through the iron. And now at the last he would have strung it with his strength, as for the fourth time he tried to draw up the string, but Odysseus nodded

[a] See note on pp. 276–77. D.

ἀλλ᾽ Ὀδυσεὺς ἀνένευε καὶ ἔσχεθεν ἱέμενόν περ.
130 τοῖς δ᾽ αὖτις μετέειφ᾽ ἱερὴ ἲς Τηλεμάχοιο·
"ὢ πόποι, ἦ καὶ ἔπειτα κακός τ᾽ ἔσομαι καὶ ἄκικυς,
ἠὲ νεώτερός εἰμι καὶ οὔ πω χερσὶ πέποιθα
ἄνδρ᾽ ἀπαμύνασθαι, ὅτε τις πρότερος χαλεπήνῃ.
ἀλλ᾽ ἄγεθ᾽, οἵ περ ἐμεῖο βίῃ προφερέστεροί ἐστε,
135 τόξου πειρήσασθε, καὶ ἐκτελέωμεν ἄεθλον."
ὣς εἰπὼν τόξον μὲν ἀπὸ ἕο θῆκε χαμᾶζε,
κλίνας κολλητῇσιν ἐυξέστῃς σανίδεσσιν,
αὐτοῦ δ᾽ ὠκὺ βέλος καλῇ προσέκλινε κορώνῃ,
ἂψ δ᾽ αὖτις κατ᾽ ἄρ᾽ ἕζετ᾽ ἐπὶ θρόνου ἔνθεν ἀνέστη.
140 τοῖσιν δ᾽ Ἀντίνοος μετέφη, Εὐπείθεος υἱός·
"ὄρνυσθ᾽ ἑξείης ἐπιδέξια πάντες ἑταῖροι,
ἀρξάμενοι τοῦ χώρου ὅθεν τέ περ οἰνοχοεύει."
ὣς ἔφατ᾽ Ἀντίνοος, τοῖσιν δ᾽ ἐπιήνδανε μῦθος.
Λειώδης δὲ πρῶτος ἀνίστατο, Οἴνοπος υἱός,
145 ὅ σφι θυοσκόος ἔσκε, παρὰ κρητῆρα δὲ καλὸν
ἷζε μυχοίτατος αἰέν· ἀτασθαλίαι δέ οἱ οἴῳ
ἐχθραὶ ἔσαν, πᾶσιν δὲ νεμέσσα μνηστήρεσσιν·
ὅς ῥα τότε πρῶτος τόξον λάβε καὶ βέλος ὠκύ.
στῆ δ᾽ ἄρ᾽ ἐπ᾽ οὐδὸν ἰὼν καὶ τόξου πειρήτιζεν,
150 οὐδέ μιν ἐντάνυσε· πρὶν γὰρ κάμε χεῖρας ἀνέλκων
ἀτρίπτους ἁπαλάς· μετὰ δὲ μνηστῆρσιν ἔειπεν·
"ὦ φίλοι, οὐ μὲν ἐγὼ τανύω, λαβέτω δὲ καὶ ἄλλος.
πολλοὺς γὰρ τόδε τόξον ἀριστῆας κεκαδήσει
θυμοῦ καὶ ψυχῆς, ἐπεὶ ἦ πολὺ φέρτερόν ἐστι
155 τεθνάμεν ἢ ζώοντας ἁμαρτεῖν, οὗ θ᾽ ἕνεκ᾽ αἰεὶ
ἐνθάδ᾽ ὁμιλέομεν, ποτιδέγμενοι ἤματα πάντα.

in dissent, and checked him eager though he was. Then the divine might of Telemachus spoke among them again:

"Woe is me, even in days to come shall I be a coward and a weakling, or else I am too young, and cannot yet trust in my strength to defend me against a man, when one grows angry without a cause. But, come now, you that surpass me in strength, make trial of the bow, and let us go through with the contest."

So saying, he set the bow from him on the ground, leaning it against the jointed, polished door, and there he leaned the swift arrow against the beautiful door hook, and then sat down again on the seat from which he had risen.

Then Antinous, son of Eupeithes, spoke among them: "Rise up in order, all you of our company, from left to right, beginning from the place where the cupbearer pours the wine."

So spoke Antinous, and his word was pleasing to them. Then first arose Leiodes, son of Oenops, who was their soothsayer, and always sat by the beautiful mixing bowl in the innermost part of the hall; acts of wanton folly were hateful to him alone, and he was full of indignation at all the suitors. He it was who now first took the bow and swift arrow, and he went and stood upon the threshold, and he began to try the bow; but he could not string it; for before that his hands grew weary as he sought to draw up the string, his unworn delicate hands; and he spoke among the suitors:

"Friends, it is not I that shall string it; let another take it. For many princes shall this bow rob of spirit and of life, since truly it is better far to die than to live on and fail at that for the sake of which we continue to gather here,

νῦν μέν τις καὶ ἔλπετ' ἐνὶ φρεσὶν ἠδὲ μενοινᾷ
γῆμαι Πηνελόπειαν, Ὀδυσσῆος παράκοιτιν.
αὐτὰρ ἐπὴν τόξου πειρήσεται ἠδὲ ἴδηται,
160 ἄλλην δή τιν' ἔπειτα Ἀχαιιάδων εὐπέπλων
μνάσθω ἐέδνοισιν διζήμενος· ἡ δέ κ' ἔπειτα
γήμαιθ' ὅς κε πλεῖστα πόροι καὶ μόρσιμος ἔλθοι."
ὣς ἄρ' ἐφώνησεν καὶ ἀπὸ ἕο τόξον ἔθηκε,
κλίνας κολλητῇσιν ἐυξέστῃς σανίδεσσιν,
165 αὐτοῦ δ' ὠκὺ βέλος καλῇ προσέκλινε κορώνῃ,
ἂψ δ' αὖτις κατ' ἄρ' ἕζετ' ἐπὶ θρόνου ἔνθεν ἀνέστη.
Ἀντίνοος δ' ἐνένιπεν ἔπος τ' ἔφατ' ἔκ τ' ὀνόμαζε·
"Λειῶδες, ποῖόν σε ἔπος φύγεν ἕρκος ὀδόντων,
δεινόν τ' ἀργαλέον τε, —νεμεσσῶμαι δέ τ' ἀκούων—
170 εἰ δὴ τοῦτό γε τόξον ἀριστῆας κεκαδήσει
θυμοῦ καὶ ψυχῆς, ἐπεὶ οὐ δύνασαι σὺ τανύσσαι.
οὐ γάρ τοί σέ γε τοῖον ἐγείνατο πότνια μήτηρ
οἷόν τε ῥυτῆρα βιοῦ τ' ἔμεναι καὶ ὀιστῶν·
ἀλλ' ἄλλοι τανύουσι τάχα μνηστῆρες ἀγαυοί."
175 ὣς φάτο, καί ῥ' ἐκέλευσε Μελάνθιον, αἰπόλον αἰγῶν·
"ἄγρει δή, πῦρ κῆον ἐνὶ μεγάροισι, Μελανθεῦ,
πὰρ δὲ τίθει δίφρον τε μέγαν καὶ κῶας ἐπ' αὐτοῦ,
ἐκ δὲ στέατος ἔνεικε μέγαν τροχὸν ἔνδον ἐόντος,
ὄφρα νέοι θάλποντες, ἐπιχρίοντες ἀλοιφῇ,
180 τόξου πειρώμεσθα καὶ ἐκτελέωμεν ἄεθλον."
ὣς φάθ', ὁ δ' αἶψ' ἀνέκαιε Μελάνθιος ἀκάματον πῦρ,
πὰρ δὲ φέρων δίφρον θῆκεν καὶ κῶας ἐπ' αὐτοῦ,
ἐκ δὲ στέατος ἔνεικε μέγαν τροχὸν ἔνδον ἐόντος·
τῷ ῥα νέοι θάλποντες ἐπειρῶντ'· οὐδ' ἐδύναντο

waiting expectantly day after day. Now, many a man even hopes in his heart and yearns to wed Penelope, the wife of Odysseus; but when he shall have made trial of the bow, and seen the outcome, thereafter let him woo some other of the fair-robed Achaean women with his gifts, and seek to win her; then should Penelope wed him who offers most, and who comes as her fated husband."

So he spoke, and set the bow from him, leaning it against the jointed polished door, and there he leaned the swift arrow against the beautiful door hook, and then sat down again on the seat from which he had risen. But Antinous rebuked him, and spoke, and addressed him: "Leiodes, what a word has escaped the barrier of your teeth, a dread word and grievous! I am angered to hear it, if indeed this bow is to rob princes of spirit and life, because you are not able to string it. For, I tell you, your revered mother did not bear you of such strength as to draw a bow and shoot arrows; but others of the lordly suitors will soon string it."

So he spoke, and called to Melanthius, the goatherd; "Come now, light a fire in the hall, Melanthius; and set by it a large seat with a fleece upon it, and bring out a large cake of the fat that is within, that we youths may warm the bow, and anoint it with fat, and so make trial of it, and go through with the contest."

So he spoke, and Melanthius quickly rekindled the unwearied fire, and brought and placed by it a large seat with a fleece upon it, and he brought out a large cake of the fat that was within. With this the youths warmed the bow, and made trial of it, but they could not string it, for

185 ἐντανύσαι, πολλὸν δὲ βίης ἐπιδευέες ἦσαν.
'Αντίνοος δ' ἔτ' ἐπεῖχε καὶ Εὐρύμαχος θεοειδής,
ἀρχοὶ μνηστήρων· ἀρετῇ δ' ἔσαν ἔξοχ' ἄριστοι.
τὼ δ' ἐξ οἴκου βῆσαν ὁμαρτήσαντες ἅμ' ἄμφω
βουκόλος ἠδὲ συφορβὸς 'Οδυσσῆος θείοιο·
190 ἐκ δ' αὐτὸς μετὰ τοὺς δόμου ἤλυθε δῖος 'Οδυσσεύς.
ἀλλ' ὅτε δή ῥ' ἐκτὸς θυρέων ἔσαν ἠδὲ καὶ αὐλῆς,
φθεγξάμενός σφε ἔπεσσι προσηύδα μειλιχίοισι·
"βουκόλε καὶ σύ, συφορβέ, ἔπος τί κε μυθησαίμην,
ἦ αὐτὸς κεύθω; φάσθαι δέ με θυμὸς ἀνώγει.
195 ποῖοί κ' εἶτ' 'Οδυσῆι ἀμυνέμεν, εἴ ποθεν ἔλθοι
ὧδε μάλ' ἐξαπίνης καί τις θεὸς αὐτὸν ἐνείκαι;
ἤ κε μνηστήρεσσιν ἀμύνοιτ' ἦ 'Οδυσῆι;
εἴπαθ' ὅπως ὑμέας κραδίη θυμός τε κελεύει."
τὸν δ' αὖτε προσέειπε βοῶν ἐπιβουκόλος ἀνήρ·
200 "Ζεῦ πάτερ, αἲ γὰρ τοῦτο τελευτήσειας ἐέλδωρ,
ὡς ἔλθοι μὲν κεῖνος ἀνήρ, ἀγάγοι δέ ἑ δαίμων·
γνοίης χ' οἵη ἐμὴ δύναμις καὶ χεῖρες ἕπονται."
ὣς δ' αὔτως Εὔμαιος ἐπεύχετο πᾶσι θεοῖσι
νοστῆσαι 'Οδυσῆα πολύφρονα ὅνδε δόμονδε.
205 αὐτὰρ ἐπεὶ δὴ τῶν γε νόον νημερτέ' ἀνέγνω,
ἐξαῦτίς σφε ἔπεσσιν ἀμειβόμενος προσέειπεν·
"ἔνδον μὲν δὴ ὅδ' αὐτὸς ἐγώ, κακὰ πολλὰ μογήσας
ἤλυθον εἰκοστῷ ἔτεϊ ἐς πατρίδα γαῖαν.
γιγνώσκω δ' ὡς σφῶιν ἐελδομένοισιν ἱκάνω
210 οἴοισι δμώων· τῶν δ' ἄλλων οὔ τευ ἄκουσα
εὐξαμένου ἐμὲ αὖτις ὑπότροπον οἴκαδ' ἱκέσθαι.
σφῶιν δ', ὡς ἔσεταί περ, ἀληθείην καταλέξω.

they were far lacking in strength.

Now Antinous was still persisting, and godlike Eurymachus, leaders of the suitors, who were far the best in prowess; but those other two had gone out both together from the hall, the cowherd and the swineherd of godlike Odysseus; and after them Odysseus himself went out of the house. But when they were now outside the gates and the court, he spoke and addressed them with winning words:

"Cowherd, and you too swineherd, shall I tell you something or keep it to myself? No, my spirit bids me tell it. What kind of men would you be to defend Odysseus, if he should come from somewhere very suddenly like this, and some god should bring him? Would you help the suitors or Odysseus? Speak out as your heart and spirit bid you."

Then the herdsman of the cattle answered him: "Father Zeus, may you fulfill this wish! Grant that that man may come back, and that some god may guide him. Then should you know what my strength is like, and how my hands obey it."

And in just the same way did Eumaeus pray to all the gods that wise Odysseus might come back to his own home.

Now when he knew with certainty the mind of these two, he made answer, and spoke to them again, saying:

"At home now in truth am I here before you, my very self. After many grievous toils I have come in the twentieth year to my native land. And I know that by you two alone of all my slaves is my coming desired, but of the rest have I heard not one praying that I might come back again to my home. But to you two will I tell the truth, just

εἴ χ' ὑπ' ἐμοί γε θεὸς δαμάσῃ μνηστῆρας ἀγαυούς,
ἄξομαι ἀμφοτέροις ἀλόχους καὶ κτήματ' ὀπάσσω
215 οἰκία τ' ἐγγὺς ἐμεῖο τετυγμένα· καί μοι ἔπειτα
Τηλεμάχου ἑτάρω τε κασιγνήτω τε ἔσεσθον.
εἰ δ' ἄγε δή, καὶ σῆμα ἀριφραδὲς ἄλλο τι δείξω,
ὄφρα μ' ἐῢ γνῶτον πιστωθῆτόν τ' ἐνὶ θυμῷ,
οὐλήν, τήν ποτέ με σῦς ἤλασε λευκῷ ὀδόντι
220 Παρνησόνδ' ἐλθόντα σὺν υἱάσιν Αὐτολύκοιο."
ὣς εἰπὼν ῥάκεα μεγάλης ἀποέργαθεν οὐλῆς.
τὼ δ' ἐπεὶ εἰσιδέτην εὖ τ' ἐφράσσαντο ἕκαστα,
κλαῖον ἄρ' ἀμφ' Ὀδυσῆι δαΐφρονι χεῖρε βαλόντε,
καὶ κύνεον ἀγαπαζόμενοι κεφαλήν τε καὶ ὤμους·
225 ὣς δ' αὔτως Ὀδυσεὺς κεφαλὰς καὶ χεῖρας ἔκυσσε.
καί νύ κ' ὀδυρομένοισιν ἔδυ φάος ἠελίοιο,
εἰ μὴ Ὀδυσσεὺς αὐτὸς ἐρύκακε φώνησέν τε·
"παύεσθον κλαυθμοῖο γόοιό τε, μή τις ἴδηται
ἐξελθὼν μεγάροιο, ἀτὰρ εἴπῃσι καὶ εἴσω.
230 ἀλλὰ προμνηστῖνοι ἐσέλθετε, μηδ' ἅμα πάντες,
πρῶτος ἐγώ, μετὰ δ' ὔμμες· ἀτὰρ τόδε σῆμα τετύχθω·
ἄλλοι μὲν γὰρ πάντες, ὅσοι μνηστῆρες ἀγαυοί,
οὐκ ἐάσουσιν ἐμοὶ δόμεναι βιὸν ἠδὲ φαρέτρην·
ἀλλὰ σύ, δῖ' Εὔμαιε, φέρων ἀνὰ δώματα τόξον
235 ἐν χείρεσσιν ἐμοὶ θέμεναι, εἰπεῖν τε γυναιξὶ
κληῖσαι μεγάροιο θύρας πυκινῶς ἀραρυίας,
ἢν δέ τις ἢ στοναχῆς ἠὲ κτύπου ἔνδον ἀκούσῃ
ἀνδρῶν ἡμετέροισιν ἐν ἕρκεσι, μή τι θύραζε
προβλώσκειν, ἀλλ' αὐτοῦ ἀκὴν ἔμεναι παρὰ ἔργῳ.
240 σοὶ δέ, Φιλοίτιε δῖε, θύρας ἐπιτέλλομαι αὐλῆς

as it shall be. If a god should subdue the lordly suitors to me, I will bring you each a wife, and will give you possessions and a house built near my own, and thereafter you two shall be in my eyes friends and brothers of Telemachus. No, come, more than this, I will show you a manifest sign, that you may know me well and be assured in heart, the scar of the wound which long ago a boar dealt me with his white tusk, when I went to Parnassus with the sons of Autolycus."

So saying, he drew aside the rags from the big scar. And when the two had seen it, and had examined each thing well, they threw their arms around wise Odysseus, and wept; and they kissed his head and shoulders in loving welcome. And in just the same way Odysseus kissed their heads and hands. And now the light of the sun would have gone down upon their weeping, had not Odysseus himself checked them, and said:

"Cease now from weeping and wailing, for fear someone come out from the hall and see us, and make it known within as well. But go inside one after another, not all together, I first and you after me, and let this be made a sign. All the rest, as many as are lordly suitors, will not allow the bow and the quiver to be given to me; but you, noble Eumaeus, as you bear the bow through the halls, place it in my hands, and bid the women bar the close-fitting doors of their hall. And if any one of them hears groanings or the din of men within our walls, let them not rush out, but remain where they are in silence at their work. But to you, noble Philoetius, do I give charge to fasten with its bar the gate of the court, and swiftly to

κληῖσαι κληῖδι, θοῶς δ' ἐπὶ δεσμὸν ἰῆλαι."
ὣς εἰπὼν εἰσῆλθε δόμους εὖ ναιετάοντας·
ἕζετ' ἔπειτ' ἐπὶ δίφρον ἰών, ἔνθεν περ ἀνέστη·
ἐς δ' ἄρα καὶ τὼ δμῶε ἴτην θείου Ὀδυσῆος.
245 Εὐρύμαχος δ' ἤδη τόξον μετὰ χερσὶν ἐνώμα,
θάλπων ἔνθα καὶ ἔνθα σέλᾳ πυρός· ἀλλά μιν οὐδ' ὣς
ἐντανύσαι δύνατο, μέγα δ' ἔστενε κυδάλιμον κῆρ·
ὀχθήσας δ' ἄρα εἶπεν ἔπος τ' ἔφατ' ἔκ τ' ὀνόμαζεν·
"ὢ πόποι, ἦ μοι ἄχος περί τ' αὐτοῦ καὶ περὶ πάντων·
250 οὔ τι γάμου τοσσοῦτον ὀδύρομαι, ἀχνύμενός περ·
εἰσὶ καὶ ἄλλαι πολλαὶ Ἀχαιίδες, αἱ μὲν ἐν αὐτῇ
ἀμφιάλῳ Ἰθάκῃ, αἱ δ' ἄλλῃσιν πολίεσσιν·
ἀλλ' εἰ δὴ τοσσόνδε βίης ἐπιδευέες εἰμὲν
ἀντιθέου Ὀδυσῆος, ὅ τ' οὐ δυνάμεσθα τανύσσαι
255 τόξον· ἐλεγχείη δὲ καὶ ἐσσομένοισι πυθέσθαι."
τὸν δ' αὖτ' Ἀντίνοος προσέφη, Εὐπείθεος υἱός·
"Εὐρύμαχ', οὐχ οὕτως ἔσται· νοέεις δὲ καὶ αὐτός.
νῦν μὲν γὰρ κατὰ δῆμον ἑορτὴ τοῖο θεοῖο
ἁγνή· τίς δέ κε τόξα τιταίνοιτ'; ἀλλὰ ἕκηλοι
260 κάτθετ'· ἀτὰρ πελέκεάς γε καὶ εἴ κ' εἰῶμεν ἅπαντας
ἑστάμεν· οὐ μὲν γάρ τιν' ἀναιρήσεσθαι ὀίω,
ἐλθόντ' ἐς μέγαρον Λαερτιάδεω Ὀδυσῆος.
ἀλλ' ἄγετ', οἰνοχόος μὲν ἐπαρξάσθω δεπάεσσιν,
ὄφρα σπείσαντες καταθείομεν ἀγκύλα τόξα·
265 ἠῶθεν δὲ κέλεσθε Μελάνθιον, αἰπόλον αἰγῶν,
αἶγας ἄγειν, αἳ πᾶσι μέγ' ἔξοχοι αἰπολίοισιν,
ὄφρ' ἐπὶ μηρία θέντες Ἀπόλλωνι κλυτοτόξῳ

throw a binding around it."

So saying he entered the stately house, and went and sat down on the seat from which he had risen. And the two slaves of godlike Odysseus went in as well.

Eurymachus was now handling the bow, warming it on this side and on that in the light of the fire; but not even so was he able to string it; and in his noble heart he groaned, and with a burst of anger he spoke and addressed them:

"Incredible! Believe me, I am grieved for myself and for you all. It is by no means for the marriage that I mourn so greatly, grieved though I am; for there are many other Achaean women, some in seagirt Ithaca itself, and some in other cities; but I mourn if in truth we fall so far short of godlike Odysseus in strength, seeing that we cannot string his bow. This is a reproach that even men yet to come will hear of."

Then Antinous, son of Eupeithes, answered him: "Eurymachus, this shall not be so, and you yourself know it too. For today throughout the land is the feast of that god[a]—a holy feast. Who then would bend a bow? No, quietly set it by; and as for the axes—what if we should let them all stand as they are? No one, I think, will come to the hall of Odysseus, son of Laertes, and carry them off. No, come, let the bearer pour drops for libation into the cups, that we may pour libations, and lay aside the curved bow. And in the morning bid Melantheus, the goatherd, to bring she-goats, far the best in all the herds, that we may lay thigh pieces on the altar of Apollo, the famed

[a] Apollo, the archer god; cf. line 267. M.

τόξου πειρώμεσθα καὶ ἐκτελέωμεν ἄεθλον."
ὣς ἔφατ' Ἀντίνοος, τοῖσιν δ' ἐπιήνδανε μῦθος.
270 τοῖσι δὲ κήρυκες μὲν ὕδωρ ἐπὶ χεῖρας ἔχευαν,
κοῦροι δὲ κρητῆρας ἐπεστέψαντο ποτοῖο,
νώμησαν δ' ἄρα πᾶσιν ἐπαρξάμενοι δεπάεσσιν.
οἱ δ' ἐπεὶ οὖν σπεῖσάν τ' ἔπιόν θ' ὅσον ἤθελε θυμός,
τοῖς δὲ δολοφρονέων μετέφη πολύμητις Ὀδυσσεύς·
275 "κέκλυτέ μευ, μνηστῆρες ἀγακλειτῆς βασιλείης·
ὄφρ' εἴπω τά με θυμὸς ἐνὶ στήθεσσι κελεύει·[1]
Εὐρύμαχον δὲ μάλιστα καὶ Ἀντίνοον θεοειδέα
λίσσομ', ἐπεὶ καὶ τοῦτο ἔπος κατὰ μοῖραν ἔειπε,
νῦν μὲν παῦσαι τόξον, ἐπιτρέψαι δὲ θεοῖσιν·
280 ἠῶθεν δὲ θεὸς δώσει κράτος ᾧ κ' ἐθέλῃσιν.
ἀλλ' ἄγ' ἐμοὶ δότε τόξον ἐΰξοον, ὄφρα μεθ' ὑμῖν
χειρῶν καὶ σθένεος πειρήσομαι, ἤ μοι ἔτ' ἐστὶν
ἴς, οἵη πάρος ἔσκεν ἐνὶ γναμπτοῖσι μέλεσσιν,
ἦ ἤδη μοι ὄλεσσεν ἄλη τ' ἀκομιστίη τε."
285 ὣς ἔφαθ', οἱ δ' ἄρα πάντες ὑπερφιάλως νεμέσησαν,
δείσαντες μὴ τόξον ἐΰξοον ἐντανύσειεν.
Ἀντίνοος δ' ἐνένιπεν ἔπος τ' ἔφατ' ἔκ τ' ὀνόμαζεν·
"ἆ δειλὲ ξείνων, ἔνι τοι φρένες οὐδ' ἠβαιαί·
οὐκ ἀγαπᾷς ὃ ἕκηλος ὑπερφιάλοισι μεθ' ἡμῖν
290 δαίνυσαι, οὐδέ τι δαιτὸς ἀμέρδεαι, αὐτὰρ ἀκούεις
μύθων ἡμετέρων καὶ ῥήσιος; οὐδέ τις ἄλλος
ἡμετέρων μύθων ξεῖνος καὶ πτωχὸς ἀκούει.
οἶνός σε τρώει μελιηδής, ὅς τε καὶ ἄλλους
βλάπτει, ὃς ἄν μιν χανδὸν ἕλῃ μηδ' αἴσιμα πίνῃ.

archer, and so try the bow and complete the contest."

So spoke Antinous, and his word was pleasing to them. Then the heralds poured water over their hands, and youths filled the bowls brimful of drink, and served out to all, pouring first drops for libation into the cups. But when they had poured libations and had drunk to their hearts' content, then with crafty mind resourceful Odysseus spoke among them:

"Hear me, suitors of the glorious queen, that I may say what the heart in my breast bids me. To Eurymachus most of all do I make my prayer, and to godlike Antinous, since this word also of his was spoken aright, namely that for the present you cease to try the bow, and leave the issue with the gods; and in the morning the god will give the victory to whomever he will. But come, give me the polished bow, that in your midst I may prove my hands and strength, whether I have still vigor such as was formerly in my supple limbs, or whether by now my wanderings and lack of food have destroyed it."

So he spoke, and they all became exceedingly angry, fearing that he might string the polished bow. And Antinous rebuked him, and spoke and addressed him:

"Ah, wretched stranger, you have no sense, no, not a trace. Are you not content that you feast undisturbed in our proud company, and lack nothing of the banquet, but hear our words and our speech, while no other that is a stranger and beggar hears our words? It is wine that wounds you, honey-sweet wine, which works harm to others also, whoever takes it in great gulps, and drinks

---

[1] Line 276 (= 17.469; 18.352), lacking in the MSS, is found in the oldest editions.

295 οἶνος καὶ Κένταυρον, ἀγακλυτὸν Εὐρυτίωνα,
ἄασ' ἐνὶ μεγάρῳ μεγαθύμου Πειριθόοιο,
ἐς Λαπίθας ἐλθόνθ'· ὁ δ' ἐπεὶ φρένας ἄασεν οἴνῳ,
μαινόμενος κάκ' ἔρεξε δόμον κάτα Πειριθόοιο·
ἥρωας δ' ἄχος εἷλε, διὲκ προθύρου δὲ θύραζε
300 ἕλκον ἀναΐξαντες, ἀπ' οὔατα νηλέι χαλκῷ
ῥῖνάς τ' ἀμήσαντες· ὁ δὲ φρεσὶν ᾗσιν ἀασθεὶς
ἤιεν ἣν ἄτην ὀχέων ἀεσίφρονι θυμῷ.
ἐξ οὗ Κενταύροισι καὶ ἀνδράσι νεῖκος ἐτύχθη,
οἷ δ' αὐτῷ πρώτῳ κακὸν εὕρετο οἰνοβαρείων.
305 ὣς καὶ σοὶ μέγα πῆμα πιφαύσκομαι, αἴ κε τὸ τόξον
ἐντανύσῃς· οὐ γάρ τευ ἐπητύος ἀντιβολήσεις
ἡμετέρῳ ἐνὶ δήμῳ, ἄφαρ δέ σε νηὶ μελαίνῃ
εἰς Ἔχετον βασιλῆα, βροτῶν δηλήμονα πάντων,[1]
πέμψομεν· ἔνθεν δ' οὔ τι σαώσεαι· ἀλλὰ ἕκηλος
310 πῖνέ τε, μηδ' ἐρίδαινε μετ' ἀνδράσι κουροτέροισιν."
τὸν δ' αὖτε προσέειπε περίφρων Πηνελόπεια·
"Ἀντίνο', οὐ μὲν καλὸν ἀτέμβειν οὐδὲ δίκαιον
ξείνους Τηλεμάχου, ὅς κεν τάδε δώμαθ' ἵκηται·
ἔλπεαι, αἴ χ' ὁ ξεῖνος Ὀδυσσῆος μέγα τόξον
315 ἐντανύσῃ χερσίν τε βίηφί τε ἦφι πιθήσας,
οἴκαδέ μ' ἄξεσθαι καὶ ἑὴν θήσεσθαι ἄκοιτιν;
οὐδ' αὐτός που τοῦτό γ' ἐνὶ στήθεσσιν ἔολπε·
μηδέ τις ὑμείων τοῦ γ' εἵνεκα θυμὸν ἀχεύων
ἐνθάδε δαινύσθω, ἐπεὶ οὐδὲ μὲν οὐδὲ ἔοικεν."
320 τὴν δ' αὖτ' Εὐρύμαχος, Πολύβου πάις, ἀντίον ηὔδα·
"κούρη Ἰκαρίοιο, περίφρον Πηνελόπεια,
οὔ τί σε τόνδ' ἄξεσθαι ὀιόμεθ'· οὐδὲ ἔοικεν·

beyond measure. It was wine that made foolish the centaur, too, glorious Eurytion, in the hall of great-hearted Peirithous, when he went to the Lapithae, and when he had made his heart foolish with wine, in his madness he did evil in the house of Peirithous. Then grief seized the heroes, and they leapt up and dragged him out through the gateway, when they had shorn off his ears and his nostrils with the pitiless bronze, and he, made foolish in heart, went his way, bearing with him his ruinous mistake in the folly of his heart. Hence arose the quarrel between the centaurs and mankind; but it was for himself first that he found evil, being heavy with wine. Even so do I declare great harm for you, if you shall string the bow, for you shall meet with no kindness at the hands of anyone in our land, but we will send you instantly in a black ship to king Echetus, the maimer of all men, from whose hands you shall on no account escape alive. No, then, be still, and drink your wine, and do not strive with men younger than you."

Then wise Penelope answered him: "Antinous, it is not well nor just to rob of their due the guests of Telemachus, whoever he be that comes to this house. Do you think that, if this stranger strings the bow of Odysseus, trusting in his hands and his strength, he will lead me to his home, and make me his wife? No, he himself, I imagine, has not this hope in his breast; so let no one of you on this account feast here in sorrow of heart, since that would be unseemly indeed."

Then Eurymachus, son of Polybus, answered her: "Daughter of Icarius, wise Penelope, it is not that we think the man will lead you to his home—that would

---

[1] Line 308 is omitted in some MSS.

ἀλλ᾿ αἰσχυνόμενοι φάτιν ἀνδρῶν ἠδὲ γυναικῶν,
μή ποτέ τις εἴπῃσι κακώτερος ἄλλος Ἀχαιῶν·
325 'ἦ πολὺ χείρονες ἄνδρες ἀμύμονος ἀνδρὸς ἄκοιτιν
μνῶνται, οὐδέ τι τόξον ἐΰξοον ἐντανύουσιν·
ἀλλ᾿ ἄλλος τις πτωχὸς ἀνὴρ ἀλαλήμενος ἐλθὼν
ῥηιδίως ἐτάνυσσε βιόν, διὰ δ᾿ ἧκε σιδήρου.'
ὣς ἐρέουσ᾿, ἡμῖν δ᾿ ἂν ἐλέγχεα ταῦτα γένοιτο."
330 τὸν δ᾿ αὖτε προσέειπε περίφρων Πηνελόπεια·
"Εὐρύμαχ᾿, οὔ πως ἔστιν ἐυκλεῖας κατὰ δῆμον
ἔμμεναι οἳ δὴ οἶκον ἀτιμάζοντες ἔδουσιν
ἀνδρὸς ἀριστῆος· τί δ᾿ ἐλέγχεα ταῦτα τίθεσθε;
οὗτος δὲ ξεῖνος μάλα μὲν μέγας ἠδ᾿ εὐπηγής,
335 πατρὸς δ᾿ ἐξ ἀγαθοῦ γένος εὔχεται ἔμμεναι υἱός.
ἀλλ᾿ ἄγε οἱ δότε τόξον ἐΰξοον, ὄφρα ἴδωμεν.
ὧδε γὰρ ἐξερέω, τὸ δὲ καὶ τετελεσμένον ἔσται·
εἴ κέ μιν ἐντανύσῃ, δώῃ δέ οἱ εὖχος Ἀπόλλων,
ἕσσω μιν χλαῖνάν τε χιτῶνά τε, εἵματα καλά,
340 δώσω δ᾿ ὀξὺν ἄκοντα, κυνῶν ἀλκτῆρα καὶ ἀνδρῶν,
καὶ ξίφος ἄμφηκες· δώσω δ᾿ ὑπὸ ποσσὶ πέδιλα,
πέμψω δ᾿ ὅππῃ μιν κραδίη θυμός τε κελεύει."
τὴν δ᾿ αὖ Τηλέμαχος πεπνυμένος ἀντίον ηὔδα·
"μῆτερ ἐμή, τόξον μὲν Ἀχαιῶν οὔ τις ἐμεῖο
345 κρείσσων, ᾧ κ᾿ ἐθέλω, δόμεναί τε καὶ ἀρνήσασθαι,
οὔθ᾿ ὅσσοι κραναὴν Ἰθάκην κάτα κοιρανέουσιν,
οὔθ᾿ ὅσσοι νήσοισι πρὸς Ἤλιδος ἱπποβότοιο·
τῶν οὔ τίς μ᾿ ἀέκοντα βιήσεται, αἴ κ᾿ ἐθέλωμι
καὶ καθάπαξ ξείνῳ δόμεναι τάδε τόξα φέρεσθαι.
350 ἀλλ᾿ εἰς οἶκον ἰοῦσα τὰ σ᾿ αὐτῆς ἔργα κόμιζε,

indeed be unseemly—but we feel shame at the talk of men and women, that hereafter some base fellow among the Achaeans shall say: 'Truly men far weaker are wooing the wife of a flawless man, and cannot string his polished bow. But another, a beggar, that came on his wanderings, easily strung the bow, and shot through the iron.' Thus will men speak, but to us this would become a reproach."

Then wise Penelope answered him again: "Eurymachus, in no way can there be good report in the land for men who dishonor and consume the house of a prince. Why then do you make this matter[a] a reproach? This stranger is exceedingly tall and well-built, and declares himself to be born the son of a good father. No, come, give him the polished bow and let us see. For thus will I speak out to you, and this word shall truly also be brought to pass; if he shall string the bow, and Apollo grant him glory, I will clothe him with a cloak and tunic, fine clothes, and give him a sharp javelin to ward off dogs and men, and a two-edged sword; and I will give him sandals to bind beneath his feet, and will send him wherever his heart and spirit bid him go."

Then wise Telemachus answered her: "My mother, as for the bow, no man of the Achaeans has a better right than I to give or to deny it to whomever I will—no, not all those who lord it in rocky Ithaca, or in the islands toward horse-pasturing Elis. No man among these shall thwart me against my will, even though I should wish to give this bow outright to the stranger to bear away with him. But do you go away to your chamber, and busy yourself with

[a] That is, that the stranger should handle the bow. M.

ἱστόν τ᾽ ἠλακάτην τε, καὶ ἀμφιπόλοισι κέλευε
ἔργον ἐποίχεσθαι· τόξον δ᾽ ἄνδρεσσι μελήσει
πᾶσι, μάλιστα δ᾽ ἐμοί· τοῦ γὰρ κράτος ἔστ᾽ ἐνὶ οἴκῳ."
ἡ μὲν θαμβήσασα πάλιν οἶκόνδε βεβήκει·
355 παιδὸς γὰρ μῦθον πεπνυμένον ἔνθετο θυμῷ.
ἐς δ᾽ ὑπερῷ᾽ ἀναβᾶσα σὺν ἀμφιπόλοισι γυναιξὶ
κλαῖεν ἔπειτ᾽ Ὀδυσῆα, φίλον πόσιν, ὄφρα οἱ ὕπνον
ἡδὺν ἐπὶ βλεφάροισι βάλε γλαυκῶπις Ἀθήνη.
αὐτὰρ ὁ τόξα λαβὼν φέρε καμπύλα δῖος ὑφορβός·
360 μνηστῆρες δ᾽ ἄρα πάντες ὁμόκλεον ἐν μεγάροισιν·
ὧδε δέ τις εἴπεσκε νέων ὑπερηνορεόντων·
"πῇ δὴ καμπύλα τόξα φέρεις, ἀμέγαρτε συβῶτα,
πλαγκτέ; τάχ᾽ αὖ σ᾽ ἐφ᾽ ὕεσσι κύνες ταχέες κατέδονται
οἶον ἀπ᾽ ἀνθρώπων, οὓς ἔτρεφες, εἴ κεν Ἀπόλλων
365 ἡμῖν ἱλήκῃσι καὶ ἀθάνατοι θεοὶ ἄλλοι."
ὣς φάσαν, αὐτὰρ ὁ θῆκε φέρων αὐτῇ ἐνὶ χώρῃ,
δείσας, οὕνεκα πολλοὶ ὁμόκλεον ἐν μεγάροισιν.
Τηλέμαχος δ᾽ ἑτέρωθεν ἀπειλήσας ἐγεγώνει·
"ἄττα, πρόσω φέρε τόξα· τάχ᾽ οὐκ εὖ πᾶσι πιθήσεις·
370 μή σε καὶ ὁπλότερός περ ἐὼν ἀγρόνδε δίωμαι,
βάλλων χερμαδίοισι· βίηφι δὲ φέρτερός εἰμι.
αἲ γὰρ πάντων τόσσον, ὅσοι κατὰ δώματ᾽ ἔασι,
μνηστήρων χερσίν τε βίηφί τε φέρτερος εἴην·
τῷ κε τάχα στυγερῶς τιν᾽ ἐγὼ πέμψαιμι νέεσθαι
375 ἡμετέρου ἐξ οἴκου, ἐπεὶ κακὰ μηχανόωνται."
ὣς ἔφαθ᾽, οἱ δ᾽ ἄρα πάντες ἐπ᾽ αὐτῷ ἡδὺ γέλασσαν
μνηστῆρες, καὶ δὴ μέθιεν χαλεποῖο χόλοιο
Τηλεμάχῳ· τὰ δὲ τόξα φέρων ἀνὰ δῶμα συβώτης

your own tasks, the loom and the distaff, and bid your handmaids ply their tasks. The bow shall be for men, for all, but most of all for me; since mine is the authority in the house."

She then, seized with wonder, went back to her chamber, for she laid to heart the wise saying of her son. Up to her upper chamber she went with her handmaids, and then wept for Odysseus, her dear husband, until flashing-eyed Athene cast sweet sleep upon her eyelids.

Now the noble swineherd had taken the curved bow, and was carrying it, but the suitors all cried out in the halls. And thus would one of the proud youths speak:

"Where, pray, are you carrying the curved bow, miserable swineherd, you man distraught? Soon among your swine, alone and apart from men, shall the swift dogs devour you, dogs you yourself reared, if Apollo is gracious to us, and the other immortal gods."

So they spoke, and he set down the bow as he was carrying it, just where he was, seized with fear because many men were crying out aloud in the halls. But Telemachus on the other side called out threateningly:

"Father, keep on with the bow—soon you shall regret giving heed to everyone—for fear that, younger though I am, I drive you to the country, pelting you with stones; for in strength I am your better. Would that I were so much better in hands and strength than all the suitors that are in the house; then would I soon send one or two out of our house to go their way in a manner they would hate; for they devise wickedness."

So he spoke, but all the suitors laughed merrily at him, and relaxed the bitterness of their anger against Telemachus. And the swineherd carried the bow through the

ἐν χείρεσσ᾽ Ὀδυσῆι δαΐφρονι θῆκε παραστάς.
380 ἐκ δὲ καλεσσάμενος προσέφη τροφὸν Εὐρύκλειαν·
"Τηλέμαχος κέλεταί σε, περίφρων Εὐρύκλεια,
κληῖσαι μεγάροιο θύρας πυκινῶς ἀραρυίας.
ἢν δέ τις ἢ στοναχῆς ἠὲ κτύπου ἔνδον ἀκούσῃ
ἀνδρῶν ἡμετέροισιν ἐν ἕρκεσι, μή τι θύραζε
385 προβλώσκειν, ἀλλ᾽ αὐτοῦ ἀκὴν ἔμεναι παρὰ ἔργῳ."
ὣς ἄρ᾽ ἐφώνησεν, τῇ δ᾽ ἄπτερος ἔπλετο μῦθος,
κλήισεν δὲ θύρας μεγάρων εὖ ναιεταόντων.
σιγῇ δ᾽ ἐξ οἴκοιο Φιλοίτιος ἆλτο θύραζε,
κλήισεν δ᾽ ἄρ᾽ ἔπειτα θύρας εὐερκέος αὐλῆς.
390 κεῖτο δ᾽ ὑπ᾽ αἰθούσῃ ὅπλον νεὸς ἀμφιελίσσης
βύβλινον, ᾧ ῥ᾽ ἐπέδησε θύρας, ἐς δ᾽ ἤιεν αὐτός·
ἕζετ᾽ ἔπειτ᾽ ἐπὶ δίφρον ἰών, ἔνθεν περ ἀνέστη,
εἰσορόων Ὀδυσῆα. ὁ δ᾽ ἤδη τόξον ἐνώμα
πάντῃ ἀναστρωφῶν, πειρώμενος ἔνθα καὶ ἔνθα,
395 μὴ κέρα ἶπες ἔδοιεν ἀποιχομένοιο ἄνακτος.
ὧδε τις εἴπεσκεν ἰδὼν ἐς πλησίον ἄλλον·
"ἦ τις θηητὴρ[1] καὶ ἐπίκλοπος ἔπλετο τόξων·
ἤ ῥά νύ που τοιαῦτα καὶ αὐτῷ οἴκοθι κεῖται
ἢ ὅ γ᾽ ἐφορμᾶται ποιησέμεν, ὡς ἐνὶ χερσὶ
400 νωμᾷ ἔνθα καὶ ἔνθα κακῶν ἔμπαιος ἀλήτης."
ἄλλος δ᾽ αὖ εἴπεσκε νέων ὑπερηνορεόντων·
"αἲ γὰρ δὴ τοσσοῦτον ὀνήσιος ἀντιάσειεν
ὡς οὗτός ποτε τοῦτο δυνήσεται ἐντανύσασθαι."

[1] θηητὴρ: θηρητὴρ

hall, and came up to wise Odysseus, and put it in his hands. Then he called out the nurse Eurycleia, and said to her:

"Telemachus bids you, wise Eurycleia, to bar the close-fitting doors of the hall, and if any of the women hear from inside groanings or the noise of men within our walls, let them not rush out, but remain where they are in silence at their work."

So he spoke, but her word remained unwinged; and she barred the doors of the stately halls.

And in silence Philoetius dashed out of the house, and barred the gates of the well-fenced court. Now there lay beneath the portico the cable of a curved ship, made of papyrus plant, with which he made fast the gates, and then himself went inside. Then he came and sat down on the seat from which he had risen, and watched Odysseus. He in turn was already handling the bow, turning it round and round, and trying it this way and that, for fear worms might have eaten the horn[a] while its lord was absent. And thus would one speak with a glance at his neighbor:

"This fellow must be a connoisseur and a sharp dealer in bows. Either he has himself, I suppose, such bows stored away at home, or else he intends to make one, that he thus turns it this way and that in his hands, the rascally vagabond."

And again another of the proud youths would say: "Would that the fellow might find profit in just such measure as he shall prove able ever to string this bow."

[a] The recurved, "composite" bow, familiar from Mycenaean times, was made of wood, sinew, and pieces of horn, the latter, bound to the wood with sinew, acting in effect as powerful springs. D.

ὣς ἄρ᾽ ἔφαν μνηστῆρες· ἀτὰρ πολύμητις Ὀδυσσεύς,
405 αὐτίκ᾽ ἐπεὶ μέγα τόξον ἐβάστασε καὶ ἴδε πάντῃ,
ὡς ὅτ᾽ ἀνὴρ φόρμιγγος ἐπιστάμενος καὶ ἀοιδῆς
ῥηιδίως ἐτάνυσσε νέῳ περὶ κόλλοπι χορδήν,
ἅψας ἀμφοτέρωθεν ἐυστρεφὲς ἔντερον οἰός,
ὣς ἄρ᾽ ἄτερ σπουδῆς τάνυσεν μέγα τόξον Ὀδυσσεύς.
410 δεξιτερῇ ἄρα χειρὶ λαβὼν πειρήσατο νευρῆς·
ἡ δ᾽ ὑπὸ καλὸν ἄεισε, χελιδόνι εἰκέλη αὐδήν.
μνηστῆρσιν δ᾽ ἄρ᾽ ἄχος γένετο μέγα, πᾶσι δ᾽ ἄρα χρὼς
ἐτράπετο· Ζεὺς δὲ μεγάλ᾽ ἔκτυπε σήματα φαίνων·
γήθησέν τ᾽ ἄρ᾽ ἔπειτα πολύτλας δῖος Ὀδυσσεύς.
415 ὅττι ῥά οἱ τέρας ἧκε Κρόνου πάις ἀγκυλομήτεω·
εἵλετο δ᾽ ὠκὺν ὀιστόν, ὅ οἱ παρέκειτο τραπέζῃ
γυμνός· τοὶ δ᾽ ἄλλοι κοίλης ἔντοσθε φαρέτρης
κείατο, τῶν τάχ᾽ ἔμελλον Ἀχαιοὶ πειρήσεσθαι.
τόν ῥ᾽ ἐπὶ πήχει ἑλὼν ἕλκεν νευρὴν γλυφίδας τε,
420 αὐτόθεν ἐκ δίφροιο καθήμενος, ἧκε δ᾽ ὀιστὸν
ἄντα τιτυσκόμενος, πελέκεων δ᾽ οὐκ ἤμβροτε πάντων
πρώτης στειλειῆς, διὰ δ᾽ ἀμπερὲς ἦλθε θύραζε
ἰὸς χαλκοβαρής· ὁ δὲ Τηλέμαχον προσέειπε·
"Τηλέμαχ᾽, οὔ σ᾽ ὁ ξεῖνος ἐνὶ μεγάροισιν ἐλέγχει
425 ἥμενος, οὐδέ τι τοῦ σκοποῦ ἤμβροτον οὐδέ τι τόξον
δὴν ἔκαμον τανύων· ἔτι μοι μένος ἔμπεδόν ἐστιν,
οὐχ ὥς με μνηστῆρες ἀτιμάζοντες ὄνονται.
νῦν δ᾽ ὥρη καὶ δόρπον Ἀχαιοῖσιν τετυκέσθαι
ἐν φάει, αὐτὰρ ἔπειτα καὶ ἄλλως ἑψιάασθαι
430 μολπῇ καὶ φόρμιγγι· τὰ γάρ τ᾽ ἀναθήματα δαιτός."

So spoke the suitors, but resourceful Odysseus, as soon as he had lifted the great bow and scanned it on every side—just as when a man well-skilled in the lyre and in song easily stretches the string about a new peg, making fast at either end the twisted sheep-gut—so without effort did Odysseus string the great bow. And taking it in his right hand, he tried the string, which sang sweetly beneath his touch, like a swallow in tone. But upon the suitors came great grief, and the faces of them all changed color, and Zeus thundered loud, showing forth his signs. Then glad at heart was the much-enduring, noble Odysseus that the son of crooked-counseling Cronos sent him an omen, and he took up a swift arrow, which lay by him on the table, bare, but the others were stored within the hollow quiver, those of which the Achaeans were soon to taste. This he took, and laid upon the bridge of the bow, and drew the bow string and the notched arrow, still sitting in his chair, and let fly the shaft with sure aim, and did not miss the handle hole of any of the axe blades from first to last, but clean through and out at the end passed the arrow weighted with bronze.[a] And he spoke to Telemachus, saying:

"Telemachus, the stranger that sits in your halls brings no shame upon you, nor did I at all miss the mark, or labor long in stringing the bow; still is my strength unbroken, not as the suitors taunt me to my dishonor. But now it is time that supper too be made ready for the Achaeans, while yet there is light, and after that must other entertainment be made with song and with the lyre; for these are the accompaniments of a feast."

[a] See Oxford Commentary, vol. III, pp. 143–45. D.

ἦ καὶ ἐπ᾽ ὀφρύσι νεῦσεν· ὁ δ᾽ ἀμφέθετο ξίφος ὀξὺ
Τηλέμαχος, φίλος υἱὸς Ὀδυσσῆος θείοιο,
ἀμφὶ δὲ χεῖρα φίλην βάλεν ἔγχεϊ, ἄγχι δ᾽ ἄρ᾽ αὐτοῦ
πὰρ θρόνον ἑστήκει κεκορυθμένος αἴθοπι χαλκῷ.

He spoke, and made a sign with his brows, and Telemachus, the staunch son of godlike Odysseus, girt about him his sharp sword, and took his spear in his grasp, and stood by the chair at his father's side, armed with the gleaming bronze.

X

Αὐτὰρ ὁ γυμνώθη ῥακέων πολύμητις Ὀδυσσεύς,
ἆλτο δ' ἐπὶ μέγαν οὐδόν, ἔχων βιὸν ἠδὲ φαρέτρην
ἰῶν ἐμπλείην, ταχέας δ' ἐκχεύατ' ὀιστοὺς
αὐτοῦ πρόσθε ποδῶν, μετὰ δὲ μνηστῆρσιν ἔειπεν·
5 "οὗτος μὲν δὴ ἄεθλος ἀάατος ἐκτετέλεσται·
νῦν αὖτε σκοπὸν ἄλλον, ὃν οὔ πώ τις βάλεν ἀνήρ,
εἴσομαι, αἴ κε τύχωμι, πόρῃ δέ μοι εὖχος Ἀπόλλων."
ἦ καὶ ἐπ' Ἀντινόῳ ἰθύνετο πικρὸν ὀιστόν.
ἦ τοι ὁ καλὸν ἄλεισον ἀναιρήσεσθαι ἔμελλε,
10 χρύσεον ἄμφωτον, καὶ δὴ μετὰ χερσὶν ἐνώμα,
ὄφρα πίοι οἴνοιο· φόνος δέ οἱ οὐκ ἐνὶ θυμῷ
μέμβλετο· τίς κ' οἴοιτο μετ' ἀνδράσι δαιτυμόνεσσι
μοῦνον ἐνὶ πλεόνεσσι, καὶ εἰ μάλα καρτερὸς εἴη,
οἷ τεύξειν θάνατόν τε κακὸν καὶ κῆρα μέλαιναν;
15 τὸν δ' Ὀδυσεὺς κατὰ λαιμὸν ἐπισχόμενος βάλεν ἰῷ,
ἀντικρὺ δ' ἁπαλοῖο δι' αὐχένος ἤλυθ' ἀκωκή.
ἐκλίνθη δ' ἑτέρωσε, δέπας δέ οἱ ἔκπεσε χειρὸς
βλημένου, αὐτίκα δ' αὐλὸς ἀνὰ ῥῖνας παχὺς ἦλθεν
αἵματος ἀνδρομέοιο· θοῶς δ' ἀπὸ εἷο τράπεζαν
20 ὦσε ποδὶ πλήξας, ἀπὸ δ' εἴδατα χεῦεν ἔραζε·
σῖτός τε κρέα τ' ὀπτὰ φορύνετο. τοὶ δ' ὁμάδησαν
μνηστῆρες κατὰ δώμαθ', ὅπως ἴδον ἄνδρα πεσόντα,

BOOK 22

But resourceful Odysseus stripped off his rags and sprang to the broad threshold with the bow and the quiver full of arrows, and poured out the swift arrows there before his feet, and spoke among the suitors:

"Here now is the end of this clear contest, and now another mark, which till now no man has ever struck, I shall see if I shall hit, and Apollo grant my prayer."

He spoke, and aimed a bitter arrow at Antinous. Now he, you must know, was on the point of raising to his lips a handsome goblet, a two-eared cup of gold, and was even now handling it, that he might take a drink of the wine, and death was not in his thoughts. For who among men at a banquet could think that one man among many, however strong he might be, would bring upon himself evil death and black fate? But Odysseus took aim, and struck him with an arrow in the throat, and clean out through the tender neck passed the point; he sank to one side, and the cup fell from his hand as he was struck, and at once up through his nostrils there came a thick jet of the blood of man; and quickly he thrust the table from him with a kick of his foot, and spilled all the food on the floor, and the bread and roast meat were befouled. Then into uproar broke the suitors through the halls, as they saw the man

ἐκ δὲ θρόνων ἀνόρουσαν ὀρινθέντες κατὰ δῶμα,
πάντοσε παπταίνοντες ἐυδμήτους ποτὶ τοίχους·
25 οὐδέ πῃ ἀσπὶς ἔην οὐδ᾽ ἄλκιμον ἔγχος ἑλέσθαι.
νείκειον δ᾽ Ὀδυσῆα χολωτοῖσιν ἐπέεσσι·
"ξεῖνε, κακῶς ἀνδρῶν τοξάζεαι· οὐκέτ᾽ ἀέθλων
ἄλλων ἀντιάσεις· νῦν τοι σῶς αἰπὺς ὄλεθρος.
καὶ γὰρ δὴ νῦν φῶτα κατέκτανες ὃς μέγ᾽ ἄριστος
30 κούρων εἰν Ἰθάκῃ· τῷ σ᾽ ἐνθάδε γῦπες ἔδονται."
ἴσκεν ἕκαστος ἀνήρ, ἐπεὶ ἦ φάσαν οὐκ ἐθέλοντα
ἄνδρα κατακτεῖναι· τὸ δὲ νήπιοι οὐκ ἐνόησαν,
ὡς δή σφιν καὶ πᾶσιν ὀλέθρου πείρατ᾽ ἐφῆπτο.[1]
τοὺς δ᾽ ἄρ᾽ ὑπόδρα ἰδὼν προσέφη πολύμητις
Ὀδυσσεύς·
35 "ὦ κύνες, οὔ μ᾽ ἔτ᾽ ἐφάσκεθ᾽ ὑπότροπον οἴκαδ᾽
ἱκέσθαι
δήμου ἄπο Τρώων, ὅτι μοι κατεκείρετε οἶκον,
δμῳῇσιν δὲ γυναιξὶ παρευνάζεσθε βιαίως,[2]
αὐτοῦ τε ζώοντος ὑπεμνάασθε γυναῖκα,
οὔτε θεοὺς δείσαντες, οἳ οὐρανὸν εὐρὺν ἔχουσιν,
40 οὔτε τιν᾽ ἀνθρώπων νέμεσιν κατόπισθεν ἔσεσθαι·[3]
νῦν ὑμῖν καὶ πᾶσιν ὀλέθρου πείρατ᾽ ἐφῆπται."
ὣς φάτο, τοὺς δ᾽ ἄρα πάντας ὑπὸ χλωρὸν δέος
εἷλεν·
πάπτηνεν δὲ ἕκαστος ὅπῃ φύγοι αἰπὺν ὄλεθρον.[4]
Εὐρύμαχος δέ μιν οἶος ἀμειβόμενος προσέειπεν·
45 "εἰ μὲν δὴ Ὀδυσεὺς Ἰθακήσιος εἰλήλουθας,
ταῦτα μὲν αἴσιμα εἶπας, ὅσα ῥέζεσκον Ἀχαιοί,

fallen, and from their high seats they sprang, driven in fear through the hall, looking everywhere along the well-built walls; but nowhere was there a shield or stout spear to seize. But they railed at Odysseus with angry words:

"Stranger, to your cost do you shoot at men; never again shall you take part in other contests; now is your utter destruction sure. Yes, for you have now slain a man who was far the best of the youths in Ithaca; therefore shall vultures devour you here."

So would each man say, for truly they thought that he had not killed the man willfully; and in their folly this they did not know, that over themselves one and all the cords of destruction had been made fast. Then with an angry glance from beneath his brows resourceful Odysseus answered them:

"You dogs, you thought that I should never again come home from the land of the Trojans, seeing that you wasted my house, and lay with the maidservants by force, and while I was still alive covertly courted my wife, having no fear of the gods, who hold broad heaven, or that any indignation of men would follow. Now over you one and all have the cords of destruction been made fast."

So he spoke, and at his words pale fear seized them all, and each man gazed about to see how he might escape utter destruction; Eurymachus alone answered him and said:

"If you are indeed Odysseus of Ithaca, come home again, this that you say is just regarding all that the

---

[1] Lines 31–33 were rejected by Aristarchus.

[2] Line 37 follows 38 in many MSS.

[3] ἔσεσθαι: ἔθεσθε

[4] Line 43 is omitted in many MSS.

πολλὰ μὲν ἐν μεγάροισιν ἀτάσθαλα, πολλὰ δ' ἐπ' ἀγροῦ.
ἀλλ' ὁ μὲν ἤδη κεῖται ὃς αἴτιος ἔπλετο πάντων,
Ἀντίνοος· οὗτος γὰρ ἐπίηλεν τάδε ἔργα,
50 οὔ τι γάμου τόσσον κεχρημένος οὐδὲ χατίζων,
ἀλλ' ἄλλα φρονέων, τά οἱ οὐκ ἐτέλεσσε Κρονίων,
ὄφρ' Ἰθάκης κατὰ δῆμον ἐυκτιμένης βασιλεύοι
αὐτός, ἀτὰρ σὸν παῖδα κατακτείνειε λοχήσας.
νῦν δ' ὁ μὲν ἐν μοίρῃ πέφαται, σὺ δὲ φείδεο λαῶν
55 σῶν· ἀτὰρ ἄμμες ὄπισθεν ἀρεσσάμενοι κατὰ δῆμον,
ὅσσα τοι ἐκπέποται καὶ ἐδήδοται ἐν μεγάροισι,
τιμὴν ἀμφὶς ἄγοντες ἐεικοσάβοιον ἕκαστος,
χαλκόν τε χρυσόν τ' ἀποδώσομεν, εἰς ὅ κε σὸν κῆρ
ἰανθῇ· πρὶν δ' οὔ τι νεμεσσητὸν κεχολῶσθαι."
60 τὸν δ' ἄρ' ὑπόδρα ἰδὼν προσέφη πολύμητις Ὀδυσσεύς·
"Εὐρύμαχ', οὐδ' εἴ μοι πατρώια πάντ' ἀποδοῖτε,
ὅσσα τε νῦν ὔμμ' ἐστὶ καὶ εἴ ποθεν ἄλλ' ἐπιθεῖτε,
οὐδέ κεν ὣς ἔτι χεῖρας ἐμὰς λήξαιμι φόνοιο
πρὶν πᾶσαν μνηστῆρας ὑπερβασίην ἀποτῖσαι.
65 νῦν ὑμῖν παράκειται ἐναντίον ἠὲ μάχεσθαι
ἢ φεύγειν, ὅς κεν θάνατον καὶ κῆρας ἀλύξῃ·
ἀλλά τιν' οὐ φεύξεσθαι ὀίομαι αἰπὺν ὄλεθρον."
ὣς φάτο, τῶν δ' αὐτοῦ λύτο γούνατα καὶ φίλον ἦτορ.
τοῖσιν δ' Εὐρύμαχος προσεφώνεε δεύτερον αὖτις·
70 "ὦ φίλοι, οὐ γὰρ σχήσει ἀνὴρ ὅδε χεῖρας ἀάπτους,
ἀλλ' ἐπεὶ ἔλλαβε τόξον ἐύξοον ἠδὲ φαρέτρην,
οὐδοῦ ἄπο ξεστοῦ τοξάσσεται, εἰς ὅ κε πάντας

Achaeans have done—many deeds of wanton folly in the halls and many in the field. But he now lies dead who was to blame for everything, namely Antinous; for it was he who set on foot these deeds, not so much through desire or need of the marriage, but with another purpose, which the son of Cronos did not bring to pass for him, that in the land of well-ordered Ithaca he might be king, and might lie in wait for your son and kill him. But now he lies killed, as was his due, but spare the people that are your own; and we will hereafter go about the land and get you recompense for all that has been drunk and eaten in your halls, and will bring in requital, each man for himself, the worth of twenty oxen, and pay you back in bronze and gold until your heart is soothed; but till then no one could blame you for being wrathful."

Then with an angry glance from beneath his brows resourceful Odysseus answered him: "Eurymachus, not even if you suitors should give me in requital all your patrimony, all that you now have and whatever you may add to it from elsewhere, not even so would I henceforth stay my hands from killing until the suitors had paid the price of all their transgression. Now it lies before you to fight in open fight, or to flee, if any man may avoid death and the fates; but I do not think anyone shall escape from utter destruction."

So he spoke, and their knees were loosened where they stood, and their hearts melted; and to them Eurymachus spoke again a second time:

"Friends, since this man will not stay his invincible hands, but now that he has got the polished bow and the quiver, will shoot from the smooth threshold until he slays

ἄμμε κατακτείνῃ· ἀλλὰ μνησώμεθα χάρμης.
φάσγανά τε σπάσσασθε καὶ ἀντίσχεσθε τραπέζας
75 ἰῶν ὠκυμόρων· ἐπὶ δ' αὐτῷ πάντες ἔχωμεν
ἁθρόοι, εἴ κέ μιν οὐδοῦ ἀπώσομεν ἠδὲ θυράων,
ἔλθωμεν δ' ἀνὰ ἄστυ, βοὴ δ' ὤκιστα γένοιτο·
τῷ κε τάχ' οὗτος ἀνὴρ νῦν ὕστατα τοξάσσαιτο."
ὣς ἄρα φωνήσας εἰρύσσατο φάσγανον ὀξὺ
80 χάλκεον, ἀμφοτέρωθεν ἀκαχμένον, ἆλτο δ' ἐπ' αὐτῷ
σμερδαλέα ἰάχων· ὁ δ' ἁμαρτῇ δῖος Ὀδυσσεὺς
ἰὸν ἀποπροΐει, βάλε δὲ στῆθος παρὰ μαζόν,
ἐν δέ οἱ ἥπατι πῆξε θοὸν βέλος· ἐκ δ' ἄρα χειρὸς
φάσγανον ἧκε χαμᾶζε, περιρρηδὴς δὲ τραπέζῃ
85 κάππεσεν ἰδνωθείς,[1] ἀπὸ δ' εἴδατα χεῦεν ἔραζε
καὶ δέπας ἀμφικύπελλον· ὁ δὲ χθόνα τύπτε μετώπῳ
θυμῷ ἀνιάζων, ποσὶ δὲ θρόνον ἀμφοτέροισι
λακτίζων ἐτίνασσε· κατ' ὀφθαλμῶν δ' ἔχυτ' ἀχλύς.
Ἀμφίνομος δ' Ὀδυσῆος ἐείσατο κυδαλίμοιο
90 ἀντίος ἀΐξας, εἴρυτο δὲ φάσγανον ὀξύ,
εἴ πώς οἱ εἴξειε θυράων. ἀλλ' ἄρα μιν φθῆ
Τηλέμαχος κατόπισθε βαλὼν χαλκήρεϊ δουρὶ
ὤμων μεσσηγύς, διὰ δὲ στήθεσφιν ἔλασσεν·
δούπησεν δὲ πεσών, χθόνα δ' ἤλασε παντὶ μετώπῳ.
95 Τηλέμαχος δ' ἀπόρουσε, λιπὼν δολιχόσκιον ἔγχος
αὐτοῦ ἐν Ἀμφινόμῳ· περὶ γὰρ δίε μή τις Ἀχαιῶν
ἔγχος ἀνελκόμενον δολιχόσκιον ἢ ἐλάσειε
φασγάνῳ ἀΐξας ἠὲ προπρηνέα[2] τύψας.
βῆ δὲ θέειν, μάλα δ' ὦκα φίλον πατέρ' εἰσαφίκανεν,

us all, come, let us take thought of battle. Draw your swords, and hold the tables before you against the arrows that bring swift death, and let us all have at him in a body, in the hope that we may thrust him from the threshold and the doorway, and go throughout the city, and so the alarm be swiftly raised; then should this fellow soon have shot his last."

So saying, he drew his sharp sword of bronze, two-edged, and sprang upon Odysseus with a terrible cry, but at the same instant noble Odysseus let fly an arrow, and struck him upon the breast beside the nipple, and fixed the swift shaft in his liver. And Eurymachus let the sword fall from his hand to the ground, and writhing over the table he curled and fell, and spilled upon the floor the food and the two-handled cup. With his brow he beat the earth in agony of spirit, and with both feet he kicked and shook the chair, and over his eyes the mist poured down.

Then Amphinomus made at glorious Odysseus, rushing straight upon him, and had drawn his sharp sword, in hope that Odysseus might give way before him from the door. But Telemachus was too quick for him, and threw, and struck him from behind with his bronze-tipped spear between the shoulders, and drove it through his breast; and he fell with a thud, and struck the ground full with his forehead. But Telemachus sprang back, leaving the long spear where it was, fixed in Amphinomus, for he greatly feared that, as he sought to pull out the long spear, one of the Achaeans might rush upon him and stab him with his sword, or deal him a blow as he stooped over the corpse. So he started to run, and came quickly to his staunch

[1] ἰδνωθείς: δινωθείς [2] προπρηνέα: προπρηνέι

100 ἀγχοῦ δ' ἱστάμενος ἔπεα πτερόεντα προσηύδα·
"ὦ πάτερ, ἤδη τοι σάκος οἴσω καὶ δύο δοῦρε
καὶ κυνέην πάγχαλκον, ἐπὶ κροτάφοις ἀραρυῖαν
αὐτός τ' ἀμφιβαλεῦμαι ἰών, δώσω δὲ συβώτῃ
καὶ τῷ βουκόλῳ ἄλλα· τετευχῆσθαι γὰρ ἄμεινον."
105 τὸν δ' ἀπαμειβόμενος προσέφη πολύμητις Ὀδυσσεύς·
"οἶσε θέων, ἧός μοι ἀμύνεσθαι πάρ' ὀιστοί,
μή μ' ἀποκινήσωσι θυράων μοῦνον ἐόντα."
ὣς φάτο, Τηλέμαχος δὲ φίλῳ ἐπεπείθετο πατρί,
βῆ δ' ἴμεναι θάλαμόνδ', ὅθι οἱ κλυτὰ τεύχεα κεῖτο.
110 ἔνθεν τέσσαρα μὲν σάκε' ἔξελε, δούρατα δ' ὀκτὼ
καὶ πίσυρας κυνέας χαλκήρεας ἱπποδασείας·
βῆ δὲ φέρων, μάλα δ' ὦκα φίλον πατέρ' εἰσαφίκανεν,
αὐτὸς δὲ πρώτιστα περὶ χροῒ δύσετο χαλκόν·
ὣς δ' αὔτως τὼ δμῶε δυέσθην τεύχεα καλά,
115 ἔσταν δ' ἀμφ' Ὀδυσῆα δαΐφρονα ποικιλομήτην.
αὐτὰρ ὅ γ', ὄφρα μὲν αὐτῷ ἀμύνεσθαι ἔσαν ἰοί,
τόφρα μνηστήρων ἕνα γ' αἰεὶ ᾧ ἐνὶ οἴκῳ
βάλλε τιτυσκόμενος· τοὶ δ' ἀγχιστῖνοι ἔπιπτον.
αὐτὰρ ἐπεὶ λίπον ἰοὶ ὀιστεύοντα ἄνακτα,
120 τόξον μὲν πρὸς σταθμὸν ἐυσταθέος μεγάροιο
ἔκλιν' ἑστάμεναι, πρὸς ἐνώπια παμφανόωντα,
αὐτὸς δ' ἀμφ' ὤμοισι σάκος θέτο τετραθέλυμνον,
κρατὶ δ' ἐπ' ἰφθίμῳ κυνέην εὔτυκτον ἔθηκεν,
ἵππουριν, δεινὸν δὲ λόφος καθύπερθεν ἔνευεν·
125 εἵλετο δ' ἄλκιμα δοῦρε δύω κεκορυθμένα χαλκῷ.
ὀρσοθύρη δέ τις ἔσκεν ἐυδμήτῳ ἐνὶ τοίχῳ,

father, and standing by his side spoke to him winged words:

"Father, now will I bring you a shield and two spears and a helmet all of bronze, well fitted to the temples, and when I come back I will arm myself, and will give armor likewise to the swineherd and the cowherd here; for it is better to have armor on."

Then resourceful Odysseus answered him and said: "Run, and bring them, while I still have arrows to defend me, for fear they thrust me from the door, alone as I am."

So he spoke, and Telemachus obeyed his staunch father, and went his way to the storeroom where the glorious arms were stored. From it he took four shields and eight spears and four helmets of bronze, with thick plumes of horsehair; and he carried them out, and quickly came to his staunch father. Then first of all he himself girded the bronze about his body, and in the same way the two slaves put on them the beautiful armor, and took their stand on either side of Odysseus, the wise and crafty-minded.

But he, so long as he had arrows to defend him, kept aiming and shot the suitors one by one in his house, and they fell thick and fast. But when the arrows failed the master of the house, as he shot, he leaned the bow against the doorpost of the well-built hall, and let it stand against the bright entrance wall. For himself he put about his shoulders a fourfold shield, and set upon his stalwart head a well-wrought helmet with horsehair plume, and terribly did the plume wave above him; and he took two stout spears, tipped with bronze.

Now there was in the well-built wall a certain postern

ἀκρότατον δὲ παρ' οὐδὸν ἐυσταθέος μεγάροιο
ἦν ὁδὸς ἐς λαύρην, σανίδες δ' ἔχον εὖ ἀραρυῖαι.
τὴν δ' Ὀδυσεὺς φράζεσθαι ἀνώγει δῖον ὑφορβὸν
130 ἑσταότ' ἄγχ' αὐτῆς· μία δ' οἴη γίγνετ' ἐφορμή.
τοῖς δ' Ἀγέλεως μετέειπεν, ἔπος πάντεσσι πιφαύσκων·
"ὦ φίλοι, οὐκ ἂν δή τις ἀν' ὀρσοθύρην ἀναβαίη
καὶ εἴποι λαοῖσι, βοὴ δ' ὤκιστα γένοιτο;
τῷ κε τάχ' οὗτος ἀνὴρ νῦν ὕστατα τοξάσσαιτο."
135 τὸν δ' αὖτε προσέειπε Μελάνθιος, αἰπόλος αἰγῶν·
"οὔ πως ἔστ', Ἀγέλαε διοτρεφές· ἄγχι γὰρ αἰνῶς
αὐλῆς καλὰ θύρετρα καὶ ἀργαλέον στόμα λαύρης·
καί χ' εἷς πάντας ἐρύκοι ἀνήρ, ὅς τ' ἄλκιμος εἴη.
ἀλλ' ἄγεθ', ὑμῖν τεύχε' ἐνείκω θωρηχθῆναι
140 ἐκ θαλάμου· ἔνδον γάρ, ὀίομαι, οὐδέ πη ἄλλῃ
τεύχεα κατθέσθην Ὀδυσεὺς καὶ φαίδιμος υἱός."
ὣς εἰπὼν ἀνέβαινε Μελάνθιος, αἰπόλος αἰγῶν,
εἰς θαλάμους Ὀδυσῆος ἀνὰ ῥῶγας μεγάροιο.

---

[a] The ὀρσοθύρη appears to have been a door, in the innermost part of the hall, higher in level than the floor of the great hall itself (hence the name "raised-door"), and approached by a flight of steps (the ῥῶγες of line 143). This door may well have been invisible from where Odysseus stood, and it opened upon a "way" leading into a passage (λαύρη). This last need not be further defined. The palace embraced many smaller buildings besides the main hall, and there may have been many such passages between them. The obscure phrase *ἀκρότατον δὲ παρ' οὐδὸν* I understand thus: assuming that the ground rose slightly from the front of the palace to the rear, I assume further that the floor of the hall itself was leveled so that the *οὐδός* (by which I understand the whole foundation upon which the walls rested),

door,[a] and thus at the back of the foundation of the well-built hall a way into a passage, closed by well-fitting door leaves. This passage Odysseus ordered the noble swineherd to watch, taking his stand close by; it gave room for but one attacker at a time. Then Agelaus spoke among the suitors, and declared his word to all:

"Friends, will not some one mount up by the postern door, and tell the people, so that an alarm may be raised as quickly as possible? Then should this fellow soon have shot his last."

Then Melanthius, the goatherd, answered him: "It may not be, Agelaus, fostered by Zeus, for terribly near is the handsome door into the court, and the mouth of the passage is narrow. One man could bar the way for all, if he were valiant. But come, let me bring you from the storeroom arms to wear, for it is inside, I think, and nowhere else that Odysseus and his glorious son have laid the arms."

So saying, Melanthius, the goatherd, mounted up by the steps[b] of the hall to the storerooms of Odysseus.

which was level with the threshold in front, was elevated to the ground level in the rear. Hence the fact that the *ὀρσοθύρη*, opening upon a "way" outside, was itself above the floor of the hall, and had to be reached by steps. That the *οὐδός*, or foundation wall, was not itself level, but followed the slope of the ground, seems to me to offer no difficulty. M.

[b] See the preceding note. Others understand the *ῥῶγες* to have been openings in the wall (one of which was the *ὀρσοθύρη* itself) whereby one could climb up. But it is certain that the storeroom was on the ground floor. The word *ῥῶγες* is, I take it, to be connected with *ῥήγνυμι*, and to call the steps "breaks" in an ascent is surely natural enough; see D. B. Monro, *Odyssey* (Oxford, 1901) note on 22.143. M.

ἔνθεν δώδεκα μὲν σάκε' ἔξελε, τόσσα δὲ δοῦρα
145 καὶ τόσσας κυνέας χαλκήρεας ἱπποδασείας·[1]
βῆ δ' ἴμεναι, μάλα δ' ὦκα φέρων μνηστῆρσιν ἔδωκεν.
καὶ τότ' Ὀδυσσῆος λύτο γούνατα καὶ φίλον ἦτορ,
ὡς περιβαλλομένους ἴδε τεύχεα χερσί τε δοῦρα
μακρὰ τινάσσοντας· μέγα δ' αὐτῷ φαίνετο ἔργον.
150 αἶψα δὲ Τηλέμαχον ἔπεα πτερόεντα προσηύδα·
"Τηλέμαχ', ἦ μάλα δή τις ἐνὶ μεγάροισι γυναικῶν
νῶιν ἐποτρύνει πόλεμον κακὸν ἠὲ Μελανθεύς."
τὸν δ' αὖ Τηλέμαχος πεπνυμένος ἀντίον ηὔδα·
"ὦ πάτερ, αὐτὸς ἐγὼ τόδε γ' ἤμβροτον—οὐδέ τις ἄλλος
155 αἴτιος—ὃς θαλάμοιο θύρην πυκινῶς ἀραρυῖαν
κάλλιπον ἀγκλίνας· τῶν δὲ σκοπὸς ἦεν ἀμείνων.
ἀλλ' ἴθι, δῖ' Εὔμαιε, θύρην ἐπίθες θαλάμοιο
καὶ φράσαι ἤ τις ἄρ' ἐστὶ γυναικῶν ἣ τάδε ῥέζει,
ἢ υἱὸς Δολίοιο, Μελανθεύς, τόν περ ὀίω."
160 ὣς οἱ μὲν τοιαῦτα πρὸς ἀλλήλους ἀγόρευον,
βῆ δ' αὖτις θάλαμόνδε Μελάνθιος, αἰπόλος αἰγῶν,
οἴσων τεύχεα καλά. νόησε δὲ δῖος ὑφορβός,
αἶψα δ' Ὀδυσσῆα προσεφώνεεν ἐγγὺς ἐόντα·
"διογενὲς Λαερτιάδη, πολυμήχαν' Ὀδυσσεῦ,
165 κεῖνος δ' αὖτ' ἀίδηλος ἀνήρ, ὃν ὀιόμεθ' αὐτοί,
ἔρχεται ἐς θάλαμον· σὺ δέ μοι νημερτὲς ἐνίσπες,
ἤ μιν ἀποκτείνω, αἴ κε κρείσσων γε γένωμαι,
ἦε σοὶ ἐνθάδ' ἄγω, ἵν' ὑπερβασίας ἀποτίσῃ
πολλάς, ὅσσας οὗτος ἐμήσατο σῷ ἐνὶ οἴκῳ."
170 τὸν δ' ἀπαμειβόμενος προσέφη πολύμητις Ὀδυσσεύς·

Thence he took twelve shields, as many spears, and as many helmets of bronze with thick plumes of horsehair, and went his way, and quickly brought and gave them to the suitors. Then the knees of Odysseus were loosened and his heart melted, when he saw them putting on armor and brandishing long spears in their hands, and great did his task seem to him; but quickly he spoke to Telemachus winged words:

"Telemachus, one of the women in the halls is surely rousing an evil battle against us, or perhaps it is Melanthius."

Then wise Telemachus answered him: "Father, it is I myself that am at fault in this, and no other is to blame, for I left the close-fitting door of the storeroom open: their watcher was better than I. But go now, noble Eumaeus, close the door of the storeroom, and see whether it is one of the women who does this, or Melanthius, son of Dolius, as I suspect."

Thus they spoke to one another. But Melanthius, the goatherd, went again to the storeroom to bring beautiful armor; and the noble swineherd saw him, and at once said to Odysseus, who was near:

"Son of Laertes, sprung from Zeus, resourceful Odysseus, there again is the deathly rascal, whom we ourselves suspect, going to the storeroom. But tell me truly, shall I kill him, if I prove the better man, or shall I bring him here to you, that the fellow may pay for the many crimes that he has devised in your house?"

Then resourceful Odysseus answered him and said:

---

[1] Lines 144–45 were rejected by Aristarchus.

“ἦ τοι ἐγὼ καὶ Τηλέμαχος μνηστῆρας ἀγαυοὺς
σχήσομεν ἔντοσθεν μεγάρων, μάλα περ μεμαῶτας.
σφῶι δ᾽ ἀποστρέψαντε πόδας καὶ χεῖρας ὕπερθεν
ἐς θάλαμον βαλέειν, σανίδας δ᾽ ἐκδῆσαι ὄπισθε,
175 σειρὴν δὲ πλεκτὴν ἐξ αὐτοῦ πειρήναντε
κίον᾽ ἀν᾽ ὑψηλὴν ἐρύσαι πελάσαι τε δοκοῖσιν,
ὥς κεν δηθὰ ζωὸς ἐὼν χαλέπ᾽ ἄλγεα πάσχῃ·”
ὣς ἔφαθ᾽, οἱ δ᾽ ἄρα τοῦ μάλα μὲν κλύον ἠδ᾽ ἐπίθοντο,
βὰν δ᾽ ἴμεν ἐς θάλαμον, λαθέτην δέ μιν ἔνδον ἐόντα.
180 ἦ τοι ὁ μὲν θαλάμοιο μυχὸν κάτα τεύχε᾽ ἐρεύνα,
τὼ δ᾽ ἔσταν ἑκάτερθε παρὰ σταθμοῖσι μένοντε.
εὖθ᾽ ὑπὲρ οὐδὸν ἔβαινε Μελάνθιος, αἰπόλος αἰγῶν,
τῇ ἑτέρῃ μὲν χειρὶ φέρων καλὴν τρυφάλειαν,
τῇ δ᾽ ἑτέρῃ σάκος εὐρὺ γέρον, πεπαλαγμένον ἄζῃ,
185 Λαέρτεω ἥρωος, ὃ κουρίζων φορέεσκε·
δὴ τότε γ᾽ ἤδη κεῖτο, ῥαφαὶ δὲ λέλυντο ἱμάντων·
τὼ δ᾽ ἄρ᾽ ἐπαΐξανθ᾽ ἑλέτην ἔρυσάν τέ μιν εἴσω
κουρίξ, ἐν δαπέδῳ δὲ χαμαὶ βάλον ἀχνύμενον κῆρ,
σὺν δὲ πόδας χεῖράς τε δέον θυμαλγέι δεσμῷ
190 εὖ μάλ᾽ ἀποστρέψαντε διαμπερές, ὡς ἐκέλευσεν
υἱὸς Λαέρταο, πολύτλας δῖος Ὀδυσσεύς·[1]
σειρὴν δὲ πλεκτὴν ἐξ αὐτοῦ πειρήναντε
κίον᾽ ἀν᾽ ὑψηλὴν ἔρυσαν πέλασάν τε δοκοῖσι.
τὸν δ᾽ ἐπικερτομέων προσέφης, Εὔμαιε συβῶτα·
195 “νῦν μὲν δὴ μάλα πάγχυ, Μελάνθιε, νύκτα φυλάξεις,

[1] Line 191 is omitted in many MSS.

"Be sure that I and Telemachus will keep the lordly suitors within the hall, however fierce they be, but do you two bend behind him his feet and his arms above, and throw him into the storeroom, and tie boards behind his back; then make fast to his body a twisted rope, and hoist him up the tall pillar, till you bring him near the roofbeams, that he may stay alive a long time, and suffer harsh torment."

So he spoke, and they readily listened and obeyed. Off they went to the storeroom, unseen by him who was within. Now he was seeking for armor in the innermost part of the storeroom, and the two lay in wait, standing on either side of the doorposts. And when Melanthius, the goatherd, was about to pass over the threshold, bearing in one hand a beautiful helmet, and in the other a broad old shield, flecked with mildew—the shield of the hero Laertes, which he used to bear in his youth, but now it was laid by, and the seams of its straps were loosened—then the two sprang upon him and seized him. They dragged him in by the hair, and flung him down on the ground in anguish of heart, and bound his feet and hands with galling bonds, binding them firmly behind his back, as the son of Laertes had commanded them, the much-enduring, noble Odysseus; and they made fast to his body a twisted rope, and hoisted him up the tall pillar, till they brought him near the roofbeams. Then did you mock him, swineherd Eumaeus, and say:

"Now in very truth, Melanthius, shall you watch the

εὐνῇ ἔνι μαλακῇ καταλέγμενος, ὥς σε ἔοικεν·
οὐδέ σέ γ' ἠριγένεια παρ' Ὠκεανοῖο ῥοάων
λήσει ἐπερχομένη χρυσόθρονος, ἡνίκ' ἀγινεῖς
αἶγας μνηστήρεσσι δόμον κάτα δαῖτα πένεσθαι."

200 ὣς ὁ μὲν αὖθι λέλειπτο, ταθεὶς ὀλοῷ ἐνὶ δεσμῷ·
τὼ δ' ἐς τεύχεα δύντε, θύρην ἐπιθέντε φαεινήν,
βήτην εἰς Ὀδυσῆα δαΐφρονα, ποικιλομήτην.
ἔνθα μένος πνείοντες ἐφέστασαν, οἱ μὲν ἐπ' οὐδοῦ
τέσσαρες, οἱ δ' ἔντοσθε δόμων πολέες τε καὶ ἐσθλοί.
205 τοῖσι δ' ἐπ' ἀγχίμολον θυγάτηρ Διὸς ἦλθεν Ἀθήνη,
Μέντορι εἰδομένη ἠμὲν δέμας ἠδὲ καὶ αὐδήν.
τὴν δ' Ὀδυσεὺς γήθησεν ἰδὼν καὶ μῦθον ἔειπε·

"Μέντορ, ἄμυνον ἀρήν, μνῆσαι δ' ἑτάροιο φίλοιο,
ὅς σ' ἀγαθὰ ῥέζεσκον· ὁμηλικίην δέ μοί ἐσσι."

210 ὣς φάτ', ὀιόμενος λαοσσόον ἔμμεν Ἀθήνην.
μνηστῆρες δ' ἑτέρωθεν ὁμόκλεον ἐν μεγάροισι·
πρῶτος τήν γ' ἐνένιπε Δαμαστορίδης Ἀγέλαος·

"Μέντορ, μή σ' ἐπέεσσι παραιπεπίθῃσιν Ὀδυσσεὺς
μνηστήρεσσι μάχεσθαι, ἀμυνέμεναι δέ οἱ αὐτῷ.
215 ὧδε γὰρ ἡμέτερόν γε νόον τελέεσθαι ὀίω·
ὁππότε κεν τούτους κτέωμεν, πατέρ' ἠδὲ καὶ υἱόν,
ἐν δὲ σὺ τοῖσιν ἔπειτα πεφήσεαι, οἷα μενοινᾷς
ἔρδειν ἐν μεγάροις· σῷ δ' αὐτοῦ κράατι τίσεις.
αὐτὰρ ἐπὴν ὑμέων γε βίας ἀφελώμεθα χαλκῷ,
220 κτήμαθ' ὁπόσσα τοί ἐστι, τά τ' ἔνδοθι καὶ τὰ θύρηφι,
τοῖσιν Ὀδυσσῆος μεταμίξομεν· οὐδέ τοι υἷας
ζώειν ἐν μεγάροισιν ἐάσομεν, οὐδέ θύγατρας
οὐδ' ἄλοχον κεδνὴν Ἰθάκης κατὰ ἄστυ πολεύειν."

whole night through, lying on a soft bed, as befits you, nor shall you fail to see the early Dawn, golden-throned, as she comes up from the streams of Oceanus, at the hour when you drive your she-goats for the suitors, to prepare a feast in the halls."

So he was left there, stretched in his horrible bindings, but the two put on their armor, and closed the bright door, and went to Odysseus, the wise and crafty-minded. There they stood, breathing fury, those on the threshold but four, while those within the hall were many and brave. Then Athene, daughter of Zeus, drew near them, like Mentor in form and voice, and Odysseus saw her, and was glad; and he spoke, saying:

"Mentor, ward off ruin, and remember me, your staunch comrade, who often stood you in good stead. You are of like age with myself."

So he spoke, thinking that it was Athene, the rouser of hosts. But the suitors on the other side shouted aloud in the hall, and first Agelaus, son of Damastor, rebuked Athene, saying:

"Mentor, do not let Odysseus beguile you with his words to fight against the suitors and bear aid to himself. For this is the way I think our purpose will be fulfilled: when we have killed these men, father and son, you too shall be the next to be slain with them, such deeds you are eager to do in these halls: with your own head shall you pay the price. But when with the sword we have taken from the five of you your power to do hurt, all the possessions you, Mentor, have within doors and in the fields we will mingle with those of Odysseus, and will not allow your sons to dwell in your halls, nor your daughters nor your faithful wife to go about freely in the city of Ithaca."

ὣς φάτ᾽, Ἀθηναίη δὲ χολώσατο κηρόθι μᾶλλον,
225 νείκεσσεν δ᾽ Ὀδυσῆα χολωτοῖσιν ἐπέεσσιν·
"οὐκέτι σοί γ᾽, Ὀδυσεῦ, μένος ἔμπεδον οὐδέ τις ἀλκή
οἵη ὅτ᾽ ἀμφ᾽ Ἑλένῃ λευκωλένῳ εὐπατερείῃ,
εἰνάετες Τρώεσσιν ἐμάρναο νωλεμὲς αἰεί,
πολλοὺς δ᾽ ἄνδρας ἔπεφνες ἐν αἰνῇ δηιοτῆτι,
230 σῇ δ᾽ ἤλω βουλῇ Πριάμου πόλις εὐρυάγυια.
πῶς δὴ νῦν, ὅτε σόν τε δόμον καὶ κτήμαθ᾽ ἱκάνεις,
ἄντα μνηστήρων ὀλοφύρεαι ἄλκιμος εἶναι;
ἀλλ᾽ ἄγε δεῦρο, πέπον, παρ᾽ ἔμ᾽ ἵστασο καὶ ἴδε ἔργον,
ὄφρ᾽ εἰδῇς οἷός τοι ἐν ἀνδράσι δυσμενέεσσιν
235 Μέντωρ Ἀλκιμίδης εὐεργεσίας ἀποτίνειν."
ἦ ῥα, καὶ οὔ πω πάγχυ δίδου ἑτεραλκέα νίκην,
ἀλλ᾽ ἔτ᾽ ἄρα σθένεός τε καὶ ἀλκῆς πειρήτιζεν
ἠμὲν Ὀδυσσῆος ἠδ᾽ υἱοῦ κυδαλίμοιο.
αὐτὴ δ᾽ αἰθαλόεντος ἀνὰ μεγάροιο μέλαθρον
240 ἕζετ᾽ ἀναΐξασα, χελιδόνι εἰκέλη ἄντην.
μνηστῆρας δ᾽ ὤτρυνε Δαμαστορίδης Ἀγέλαος,
Εὐρύνομός τε καὶ Ἀμφιμέδων Δημοπτόλεμός τε,
Πείσανδρός τε Πολυκτορίδης Πόλυβός τε δαΐφρων·
οἱ γὰρ μνηστήρων ἀρετῇ ἔσαν ἔξοχ᾽ ἄριστοι,
245 ὅσσοι ἔτ᾽ ἔζωον περί τε ψυχέων ἐμάχοντο·
τοὺς δ᾽ ἤδη ἐδάμασσε βιὸς καὶ ταρφέες ἰοί.
τοῖς δ᾽ Ἀγέλεως μετέειπεν, ἔπος πάντεσσι πιφαύσκων·
"ὦ φίλοι, ἤδη σχήσει ἀνὴρ ὅδε χεῖρας ἀάπτους·
καὶ δή οἱ Μέντωρ μὲν ἔβη κενὰ εὔγματα εἰπών,
250 οἱ δ᾽ οἶοι λείπονται ἐπὶ πρώτῃσι θύρῃσι.
τῷ νῦν μὴ ἅμα πάντες ἐφίετε δούρατα μακρά,

So he spoke, and Athene became the more angry at heart, and she rebuked Odysseus with wrathful words:

"Odysseus, no longer is your courage firm nor have you any of that valiant spirit you showed when for Helen of the white arms for nine years you did battle with the Trojans unceasingly, and many men you killed in dread conflict, and by your counsel the broad-wayed city of Priam was taken. How is it that now, when you have come to your house and your own possessions, you weep at the thought of showing your strength against the suitors? No, dear friend, come here and take your stand by my side, and see my deeds, so you may know what kind of a man Mentor, son of Alcimus, is to repay benefits in the midst of the enemy."

She spoke, yet did not give him strength utterly to turn the course of the battle, but, yes, still made trial of the strength and valor both of Odysseus and of his glorious son; and, for her part, she flew up to the roofbeam of the smoky hall, and sat there in the appearance of a swallow.

Now the suitors were urged on by Agelaus, son of Damastor, by Eurynomus, and Amphimedon and Demoptolemus and Peisander, son of Polyctor, and wise Polybus, for these were in valor far the best of the suitors who still lived and fought for their lives; but the rest the bow and the showering arrows had by now laid low. But Agelaus spoke among them, and declared his word to them all:

"Now, friends, this man will stay his invincible hands. Mentor has deserted him, uttering empty boasts, and they are left alone there at the outer doors. Therefore now do not hurl upon them your long spears all at once,

ἀλλ' ἄγεθ' οἱ ἓξ πρῶτον ἀκοντίσατ', αἴ κέ ποθι Ζεὺς
δώῃ Ὀδυσσῆα βλῆσθαι καὶ κῦδος ἀρέσθαι.
τῶν δ' ἄλλων οὐ κῆδος, ἐπὴν οὗτός γε πέσῃσιν."
255 ὣς ἔφαθ', οἱ δ' ἄρα πάντες ἀκόντισαν ὡς ἐκέλευεν,
ἱέμενοι· τὰ δὲ πάντα ἐτώσια θῆκεν Ἀθήνη,
τῶν ἄλλος μὲν σταθμὸν ἐϋσταθέος μεγάροιο
βεβλήκει, ἄλλος δὲ θύρην πυκινῶς ἀραρυῖαν·
ἄλλου δ' ἐν τοίχῳ μελίη πέσε χαλκοβάρεια.[1]
260 αὐτὰρ ἐπεὶ δὴ δούρατ' ἀλεύαντο μνηστήρων,
τοῖς δ' ἄρα μύθων ἦρχε πολύτλας δῖος Ὀδυσσεύς·
"ὦ φίλοι, ἤδη μέν κεν ἐγὼν εἴποιμι καὶ ἄμμι
μνηστήρων ἐς ὅμιλον ἀκοντίσαι, οἳ μεμάασιν
ἡμέας ἐξεναρίξαι ἐπὶ προτέροισι κακοῖσιν."
265 ὣς ἔφαθ', οἱ δ' ἄρα πάντες ἀκόντισαν ὀξέα δοῦρα[2]
ἄντα τιτυσκόμενοι· Δημοπτόλεμον μὲν Ὀδυσσεύς,
Εὐρυάδην δ' ἄρα Τηλέμαχος, Ἔλατον δὲ συβώτης,
Πείσανδρον δ' ἄρ' ἔπεφνε βοῶν ἐπιβουκόλος ἀνήρ.
οἱ μὲν ἔπειθ' ἅμα πάντες ὀδὰξ ἕλον ἄσπετον οὖδας,
270 μνηστῆρες δ' ἀνεχώρησαν μεγάροιο μυχόνδε·
τοὶ δ' ἄρ' ἐπήϊξαν, νεκύων δ' ἐξ ἔγχε' ἕλοντο.
αὖτις δὲ μνηστῆρες ἀκόντισαν ὀξέα δοῦρα
ἱέμενοι· τὰ δὲ πολλὰ ἐτώσια θῆκεν Ἀθήνη.
τῶν ἄλλος μὲν σταθμὸν ἐϋσταθέος μεγάροιο
275 βεβλήκει, ἄλλος δὲ θύρην πυκινῶς ἀραρυῖαν·
ἄλλου δ' ἐν τοίχῳ μελίη πέσε χαλκοβάρεια.
Ἀμφιμέδων δ' ἄρα Τηλέμαχον βάλε χεῖρ' ἐπὶ καρπῷ

but come, do you six throw first in the hope that Zeus grant that Odysseus be struck, and that we win glory. Of the rest there is no care, once he shall have fallen."

So he spoke, and they all hurled their spears, as he proposed, eagerly; but Athene made it all vain. One man hit the doorpost of the well-built hall, another the close-fitting door, another's ashen spear, heavy with bronze, struck upon the wall. But when they had avoided the spears of the suitors, first among them spoke the much-enduring noble Odysseus:

"Friends, now I give the word that we too hurl our spears into the throng of the suitors, who hope to slay us in addition to their former wrongs."

So he spoke, and they all hurled their sharp spears with sure aim. Odysseus hit Demoptolemus; Telemachus, Euryades; the swineherd, Elatus; and the herdsman of the cattle killed Peisander. So these all at the same moment bit the vast earth with their teeth, and the suitors drew back to the innermost part of the hall. But the others sprang forward and drew out their spears from the dead bodies.

Then again the suitors hurled their sharp spears eagerly, but Athene made the larger part of them vain. One man hit the doorpost of the well-built hall, another the close-fitting door, another's ashen spear, heavy with bronze struck upon the wall. But Amphimedon hit Telemachus on the hand by the wrist, a grazing blow, and

---

[1] Lines 257–59 (=274–76) were rejected by some of the ancients.

[2] ὀξέα δοῦρα: ὡς ἐκέλευεν; cf. 255

λίγδην, ἄκρον δὲ ῥινὸν δηλήσατο χαλκός.
Κτήσιππος δ' Εὔμαιον ὑπὲρ σάκος ἔγχεϊ μακρῷ
280 ὦμον ἐπέγραψεν· τὸ δ' ὑπέρπτατο, πῖπτε δ' ἔραζε.
τοὶ δ' αὖτ' ἀμφ' Ὀδυσῆα δαΐφρονα ποικιλομήτην,
μνηστήρων ἐς ὅμιλον ἀκόντισαν ὀξέα δοῦρα.
ἔνθ' αὖτ' Εὐρυδάμαντα βάλε πτολίπορθος Ὀδυσσεύς,
Ἀμφιμέδοντα δὲ Τηλέμαχος, Πόλυβον δὲ συβώτης·
285 Κτήσιππον δ' ἄρ' ἔπειτα βοῶν ἐπιβουκόλος ἀνὴρ
βεβλήκει πρὸς στῆθος, ἐπευχόμενος δὲ προσηύδα·
"ὦ Πολυθερσεΐδη φιλοκέρτομε, μή ποτε πάμπαν
εἴκων ἀφραδίῃς μέγα εἰπεῖν, ἀλλὰ θεοῖσιν
μῦθον ἐπιτρέψαι, ἐπεὶ ἦ πολὺ φέρτεροί εἰσι.
290 τοῦτό τοι ἀντὶ ποδὸς ξεινήιον, ὅν ποτ' ἔδωκας
ἀντιθέῳ Ὀδυσῆι δόμον κάτ' ἀλητεύοντι."
ἦ ῥα βοῶν ἑλίκων ἐπιβουκόλος· αὐτὰρ Ὀδυσσεὺς
οὖτα Δαμαστορίδην αὐτοσχεδὸν ἔγχεϊ μακρῷ.
Τηλέμαχος δ' Εὐηνορίδην Λειώκριτον οὖτα
295 δουρὶ μέσον κενεῶνα, διαπρὸ δὲ χαλκὸν ἔλασσεν·
ἤριπε δὲ πρηνής, χθόνα δ' ἤλασε παντὶ μετώπῳ.
δὴ τότ' Ἀθηναίη φθισίμβροτον αἰγίδ' ἀνέσχεν
ὑψόθεν ἐξ ὀροφῆς· τῶν δὲ φρένες ἐπτοίηθεν.
οἱ δ' ἐφέβοντο κατὰ μέγαρον βόες ὣς ἀγελαῖαι·
300 τὰς μέν τ' αἰόλος οἶστρος ἐφορμηθεὶς ἐδόνησεν
ὥρῃ ἐν εἰαρινῇ, ὅτε τ' ἤματα μακρὰ πέλονται.
οἱ δ' ὥς τ' αἰγυπιοὶ γαμψώνυχες ἀγκυλοχεῖλαι,
ἐξ ὀρέων ἐλθόντες ἐπ' ὀρνίθεσσι θόρωσι·
ταὶ μέν τ' ἐν πεδίῳ νέφεα πτώσσουσαι ἵενται,
305 οἱ δέ τε τὰς ὀλέκουσιν ἐπάλμενοι, οὐδέ τις ἀλκὴ

the bronze tore the surface of the skin. And Ctesippus with his long spear grazed the shoulder of Eumaeus above his shield, but the spear flew over and fell upon the ground. Then once more Odysseus, the wise and crafty-minded, and his company hurled their sharp spears into the throng of the suitors. And again Odysseus, the sacker of cities, hit Eurydamas; and Telemachus, Amphimedon; the swineherd, Polybus; and lastly the herdsman of the cattle hit Ctesippus in the breast, and boasted over him, saying:

"Son of Polytherses, you lover of revilings, never more at all speak big, yielding to folly, but leave the matter to the gods, since truly they are mightier by far. This is your guest-present to match the hoof which of late you gave to godlike Odysseus, when he went begging through the house."

So spoke the herdsman of the spiral-horned cattle. But Odysseus wounded the son of Damastor in close fight with a thrust of his long spear, and Telemachus wounded Leiocritus, son of Evenor, with a spear-thrust full upon the groin, and drove the bronze clean through, and he fell headlong and struck the ground full with his forehead. Then Athene held up her aegis, the bane of mortals, on high from the roof, and the minds of the suitors were panic-stricken, and they fled through the halls like a herd of cattle that the darting gadfly falls upon and drives along in the season of spring, when the long days come. And even as vultures with crooked talons and curved beaks come forth from the mountains and dart upon smaller birds, which scour the plain, flying low beneath the clouds, and the vultures pounce upon them and kill them,

γίγνεται οὐδὲ φυγή· χαίρουσι δέ τ' ἀνέρες ἄγρῃ·
ὣς ἄρα τοὶ μνηστῆρας ἐπεσσύμενοι κατὰ δῶμα
τύπτον ἐπιστροφάδην· τῶν δὲ στόνος ὤρνυτ' ἀεικὴς
κράτων τυπτομένων, δάπεδον δ' ἅπαν αἵματι θῦε.
310 Λειώδης δ' Ὀδυσῆος ἐπεσσύμενος λάβε γούνων,
καί μιν λισσόμενος ἔπεα πτερόεντα προσηύδα·
"γουνοῦμαί σ', Ὀδυσεῦ· σὺ δέ μ' αἴδεο καί μ' ἐλέησον·
οὐ γάρ πώ τινά φημι γυναικῶν ἐν μεγάροισιν
εἰπεῖν οὐδέ τι ῥέξαι ἀτάσθαλον· ἀλλὰ καὶ ἄλλους
315 παύεσκον μνηστῆρας, ὅτις τοιαῦτά γε ῥέζοι.
ἀλλά μοι οὐ πείθοντο κακῶν ἄπο χεῖρας ἔχεσθαι·
τῷ καὶ ἀτασθαλίῃσιν ἀεικέα πότμον ἐπέσπον.
αὐτὰρ ἐγὼ μετὰ τοῖσι θυοσκόος οὐδὲν ἐοργὼς
κείσομαι, ὡς οὐκ ἔστι χάρις μετόπισθ' εὐεργέων."
320 τὸν δ' ἄρ' ὑπόδρα ἰδὼν προσέφη πολύμητις Ὀδυσσεύς·
"εἰ μὲν δὴ μετὰ τοῖσι θυοσκόος εὔχεαι εἶναι,
πολλάκι που μέλλεις ἀρήμεναι ἐν μεγάροισι
τηλοῦ ἐμοὶ νόστοιο τέλος γλυκεροῖο γενέσθαι,
σοὶ δ' ἄλοχόν τε φίλην σπέσθαι καὶ τέκνα τεκέσθαι·
325 τῷ οὐκ ἂν θάνατόν γε δυσηλεγέα προφύγοισθα."
ὣς ἄρα φωνήσας ξίφος εἵλετο χειρὶ παχείῃ
κείμενον, ὅ ῥ' Ἀγέλαος ἀποπροέηκε χαμᾶζε
κτεινόμενος· τῷ τόν γε κατ' αὐχένα μέσσον ἔλασσε.
φθεγγομένου δ' ἄρα τοῦ γε κάρη κονίῃσιν ἐμίχθη.
330 Τερπιάδης δ' ἔτ' ἀοιδὸς ἀλύσκανε κῆρα μέλαιναν,
Φήμιος, ὅς ῥ' ἤειδε μετὰ μνηστῆρσιν ἀνάγκῃ.

and they have no defense or way of escape, and men rejoice at the chase; even so did those others set upon the suitors and strike them left and right through the hall. And from them rose hideous groaning as heads were struck, and all the floor swam with blood.

But Leiodes rushed forward and clasped the knees of Odysseus, and made entreaty to him, and spoke winged words:

"By your knees I beseech you, Odysseus; respect me and have pity. For I declare to you that never yet have I wronged one of the women in your halls by wanton word or deed; no, I tried to check the other suitors, when any would do such things. But they would not listen to me to withhold their hands from evil, and so through their wanton folly they have met a cruel doom. Yet I, their soothsayer, that have done no wrong, shall be laid low along with them; so true is it that there is no gratitude afterwards for good deeds done."

Then with an angry glance from beneath his brows resourceful Odysseus answered him: "If in truth you declare yourself their soothsayer, often, I presume, must you have prayed in the halls that the issue of a joyous return might be removed far from me, and that it might be with you that my staunch wife should go and bear you children; therefore you shall not escape grievous death."

So saying, he seized in his strong hand a sword that lay near, which Agelaus had let fall to the ground when he was killed, and with this he struck him full upon the neck. And even while he was still speaking his head was mingled with the dust.

Now the minstrel, son of Terpes, was still seeking to escape black fate, namely Phemius, who sang perforce

ἔστη δ᾽ ἐν χείρεσσίν ἔχων φόρμιγγα λίγειαν
ἄγχι παρ᾽ ὀρσοθύρην· δίχα δὲ φρεσὶ μερμήριζεν,
ἢ ἐκδὺς μεγάροιο Διὸς μεγάλου ποτὶ βωμὸν
335 ἑρκείου ἵζοιτο τετυγμένον, ἔνθ᾽ ἄρα πολλὰ
Λαέρτης Ὀδυσεύς τε βοῶν ἐπὶ μηρί᾽ ἔκηαν,
ἦ γούνων λίσσοιτο προσαΐξας Ὀδυσῆα.
ὧδε δέ οἱ φρονέοντι δοάσσατο κέρδιον εἶναι,
γούνων ἅψασθαι Λαερτιάδεω Ὀδυσῆος.
340 ἦ τοι ὁ φόρμιγγα γλαφυρὴν κατέθηκε χαμᾶζε
μεσσηγὺς κρητῆρος ἰδὲ θρόνου ἀργυροήλου,
αὐτὸς δ᾽ αὖτ᾽ Ὀδυσῆα προσαΐξας λάβε γούνων,
καί μιν λισσόμενος ἔπεα πτερόεντα προσηύδα·
"γουνοῦμαί σ᾽, Ὀδυσεῦ· σὺ δέ μ᾽ αἴδεο καί μ᾽ ἐλέησον·
345 αὐτῷ τοι μετόπισθ᾽ ἄχος ἔσσεται, εἴ κεν ἀοιδὸν
πέφνῃς, ὅς τε θεοῖσι καὶ ἀνθρώποισιν ἀείδω.
αὐτοδίδακτος δ᾽ εἰμί, θεὸς δέ μοι ἐν φρεσὶν οἴμας
παντοίας ἐνέφυσεν· ἔοικα δέ τοι παραείδειν
ὥς τε θεῷ· τῷ μή με λιλαίεο δειροτομῆσαι.
350 καί κεν Τηλέμαχος τάδε γ᾽ εἴποι, σὸς φίλος υἱός,
ὡς ἐγὼ οὔ τι ἑκὼν ἐς σὸν δόμον οὐδὲ χατίζων
πωλεύμην μνηστῆρσιν ἀεισόμενος μετὰ δαῖτας,
ἀλλὰ πολὺ πλέονες καὶ κρείσσονες ἦγον ἀνάγκῃ."
ὣς φάτο, τοῦ δ᾽ ἤκουσ᾽ ἱερὴ ἲς Τηλεμάχοιο,
355 αἶψα δ᾽ ἑὸν πατέρα προσεφώνεεν ἐγγὺς ἐόντα·
"ἴσχεο μηδέ τι τοῦτον ἀναίτιον οὔταε χαλκῷ·
καὶ κήρυκα Μέδοντα σαώσομεν, ὅς τέ μευ αἰεὶ
οἴκῳ ἐν ἡμετέρῳ κηδέσκετο παιδὸς ἐόντος,

among the suitors. He stood with the clear-toned lyre in his hands near the postern door, and he was divided in mind whether he should slip out from the hall and sit down by the well-built altar of great Zeus, the god of the court, on which Laertes and Odysseus had burned many thighs of oxen, or whether he should rush forward and clasp the knees of Odysseus in prayer. And, as he pondered, this seemed to him the better course, to clasp the knees of Odysseus, the son of Laertes. So he laid the hollow lyre on the ground between the mixing bowl and the silver-studded chair, and himself rushed forward and clasped Odysseus by the knees, and made entreaty to him, and spoke winged words:

"By your knees I beseech you, Odysseus, and do you respect me and have pity; on your own self shall sorrow come hereafter, if you kill the minstrel, me, who sing to gods and men. I am self-taught, and the god has planted in my heart lays of all sorts, and worthy am I to sing to you as to a god; therefore do not be eager to cut my throat. Telemachus too would bear witness to this, your staunch son, that through no will or desire of mine I resorted to your house to sing to the suitors at their feasts, but they, being far more and stronger, brought me here perforce."

So he spoke, and the sacred strength of Telemachus heard him, and quickly spoke to his father who was near:

"Stay your hand, and do not stab this guiltless man with your sword; and let us save the herald, Medon, who used to care for me in our house, when I was a child—

εἰ δὴ μή μιν ἔπεφνε Φιλοίτιος ἠὲ συβώτης,
360 ἠὲ σοὶ ἀντεβόλησεν ὀρινομένῳ κατὰ δῶμα."
ὣς φάτο, τοῦ δ' ἤκουσε Μέδων πεπνυμένα εἰδώς·
πεπτηὼς γὰρ ἔκειτο ὑπὸ θρόνον, ἀμφὶ δὲ δέρμα
ἕστο βοὸς νεόδαρτον, ἀλύσκων κῆρα μέλαιναν.
αἶψα δ' ὑπὸ θρόνου ὦρτο, θοῶς δ' ἀπέδυνε βοείην,
365 Τηλέμαχον δ' ἄρ' ἔπειτα προσαΐξας λάβε γούνων,
καί μιν λισσόμενος ἔπεα πτερόεντα προσηύδα·
"ὦ φίλ', ἐγὼ μὲν ὅδ' εἰμί, σὺ δ' ἴσχεο εἰπὲ δὲ πατρὶ
μή με περισθενέων δηλήσεται ὀξέι χαλκῷ,
ἀνδρῶν μνηστήρων κεχολωμένος, οἵ οἱ ἔκειρον
370 κτήματ' ἐνὶ μεγάροις, σὲ δὲ νήπιοι οὐδὲν ἔτιον."
τὸν δ' ἐπιμειδήσας προσέφη πολύμητις Ὀδυσσεύς·
"θάρσει, ἐπεὶ δή σ' οὗτος ἐρύσσατο καὶ ἐσάωσεν,
ὄφρα γνῷς κατὰ θυμόν, ἀτὰρ εἴπῃσθα καὶ ἄλλῳ,
ὡς κακοεργίης εὐεργεσίη μέγ' ἀμείνων.
375 ἀλλ' ἐξελθόντες μεγάρων ἕζεσθε θύραζε
ἐκ φόνου εἰς αὐλήν, σύ τε καὶ πολύφημος ἀοιδός,
ὄφρ' ἂν ἐγὼ κατὰ δῶμα πονήσομαι ὅττεό με χρή."
ὣς φάτο, τὼ δ' ἔξω βήτην μεγάροιο κιόντε,
ἑζέσθην δ' ἄρα τώ γε Διὸς μεγάλου ποτὶ βωμόν,
380 πάντοσε παπταίνοντε, φόνον ποτιδεγμένω αἰεί.
πάπτηνεν δ' Ὀδυσεὺς καθ' ἑὸν δόμον, εἴ τις ἔτ' ἀνδρῶν
ζωὸς ὑποκλοπέοιτο, ἀλύσκων κῆρα μέλαιναν.
τοὺς δὲ ἴδεν μάλα πάντας ἐν αἵματι καὶ κονίῃσι
πεπτεῶτας πολλούς, ὥστ' ἰχθύας, οὕς θ' ἁλιῆες
385 κοῖλον ἐς αἰγιαλὸν πολιῆς ἔκτοσθε θαλάσσης

unless perchance Philoetius has already killed him, or the swineherd, or he met you as you were raging through the house."

So he spoke, and Medon, wise of heart, heard him, for he lay huddled beneath a chair, and had clothed himself in the skin of an ox, newly flayed, seeking to avoid black fate. Instantly he rose from beneath the chair and stripped off the oxhide, and then rushed forward and clasped Telemachus by the knees, and made entreaty to him, and spoke winged words:

"Friend, here I am; stay your hand and bid your father stay his, for fear in the greatness of his strength he harm me with the sharp bronze in his wrath against the suitors, who wasted his possessions in the halls, and in their folly honored you not at all."

But resourceful Odysseus smiled, and said to him: "Be of good cheer, for he has delivered you and saved you, that you may know in your heart and tell also to another, how far better is the doing of good deeds than of evil. But go out from the halls and sit down outside in the court away from the slaughter, you and the minstrel of many songs, till I shall have finished all I must do in the house."

So he spoke, and the two went their way out from the hall and sat down by the altar of great Zeus, gazing about on every side, constantly expecting death. And Odysseus too gazed about all through his house to see if any man yet lived, and was hiding there, seeking to avoid black fate. But he found them one and all fallen in the blood and dust—all the host of them, like fishes that fishermen have drawn forth in the meshes of their net from the gray

δικτύῳ ἐξέρυσαν πολυωπῷ· οἱ δέ τε πάντες
κύμαθ' ἁλὸς ποθέοντες ἐπὶ ψαμάθοισι κέχυνται·
τῶν μέν τ' Ἠέλιος φαέθων ἐξείλετο θυμόν·
ὣς τότ' ἄρα μνηστῆρες ἐπ' ἀλλήλοισι κέχυντο.
390 δὴ τότε Τηλέμαχον προσέφη πολύμητις Ὀδυσσεύς·
"Τηλέμαχ', εἰ δ' ἄγε μοι κάλεσον τροφὸν Εὐρύκλειαν,
ὄφρα ἔπος εἴπωμι τό μοι καταθύμιόν ἐστιν."
ὣς φάτο, Τηλέμαχος δὲ φίλῳ ἐπεπείθετο πατρί,
κινήσας δὲ θύρην προσέφη τροφὸν Εὐρύκλειαν·
395 "δεῦρο δὴ ὄρσο, γρηῢ παλαιγενές, ἥ τε γυναικῶν
δμῳάων σκοπός ἐσσι κατὰ μέγαρ' ἡμετεράων·
ἔρχεο· κικλήσκει σε πατὴρ ἐμός, ὄφρα τι εἴπῃ."
ὣς ἄρ' ἐφώνησεν, τῇ δ' ἄπτερος ἔπλετο μῦθος,
ὤιξεν δὲ θύρας μεγάρων εὖ ναιεταόντων,
400 βῆ δ' ἴμεν· αὐτὰρ Τηλέμαχος πρόσθ' ἡγεμόνευεν.
εὗρεν ἔπειτ' Ὀδυσῆα μετὰ κταμένοισι νέκυσσιν,
αἵματι καὶ λύθρῳ πεπαλαγμένον ὥς τε λέοντα,
ὅς ῥά τε βεβρωκὼς βοὸς ἔρχεται ἀγραύλοιο·
πᾶν δ' ἄρα οἱ στῆθός τε παρήιά τ' ἀμφοτέρωθεν
405 αἱματόεντα πέλει, δεινὸς δ' εἰς ὦπα ἰδέσθαι·
ὣς Ὀδυσεὺς πεπάλακτο πόδας καὶ χεῖρας ὕπερθεν.
ἡ δ' ὡς οὖν νέκυάς τε καὶ ἄσπετον εἴσιδεν αἷμα,
ἴθυσέν ῥ' ὀλολύξαι, ἐπεὶ μέγα εἴσιδεν ἔργον·
ἀλλ' Ὀδυσεὺς κατέρυκε καὶ ἔσχεθεν ἱεμένην περ,
410 καί μιν φωνήσας ἔπεα πτερόεντα προσηύδα·
"ἐν θυμῷ, γρηῦ, χαῖρε καὶ ἴσχεο μηδ' ὀλόλυζε·
οὐχ ὁσίη κταμένοισιν ἐπ' ἀνδράσιν εὐχετάασθαι.
τούσδε δὲ μοῖρ' ἐδάμασσε θεῶν καὶ σχέτλια ἔργα·

sea upon the curving beach, and they all lie heaped upon the sand, longing for the waves of the sea, and the bright sun takes away their life; even so now the suitors lay heaped upon each other. Then resourceful Odysseus spoke to Telemachus:

"Telemachus, go call me the nurse Eurycleia, that I may tell her the word that is in my mind."

So he spoke, and Telemachus obeyed his staunch father, and shaking the door said to Eurycleia:

"Get up and come here, old woman, who have charge of all our women servants in the halls. Come, my father calls you, that he may tell you something."

So he spoke, but her word remained unwinged; she opened the doors of the stately hall, and came out, and Telemachus led the way before her. There she found Odysseus amid the bodies of the slain, all befouled with blood and filth, like a lion that comes from feeding on an ox of the farmstead, and all his breast and cheeks on either side are stained with blood, and he is terrible to look upon; even so was Odysseus befouled, his feet and his hands above. But she, when she beheld the corpses and the great welter of blood, made ready to raise the cry of celebration, seeing what a deed had been done. But Odysseus stayed and checked her in her eagerness, and spoke and addressed her with winged words:

"In your own heart rejoice, old woman, but refrain yourself and do not cry out aloud: an unholy thing is it to boast over slain men. These men here has the fate of the gods destroyed and their own reckless deeds, for they

οὔ τινα γὰρ τίεσκον ἐπιχθονίων ἀνθρώπων,
415 οὐ κακὸν οὐδὲ μὲν ἐσθλόν, ὅτις σφέας εἰσαφίκοιτο·
τῷ καὶ ἀτασθαλίῃσιν ἀεικέα πότμον ἐπέσπον.
ἀλλ᾽ ἄγε μοι σὺ γυναῖκας ἐνὶ μεγάροις κατάλεξον,
αἵ τέ μ᾽ ἀτιμάζουσι καὶ αἳ νηλείτιδές εἰσιν."
τὸν δ᾽ αὖτε προσέειπε φίλη τροφὸς Εὐρύκλεια·
420 "τοιγὰρ ἐγώ τοι, τέκνον, ἀληθείην καταλέξω.
πεντήκοντά τοί εἰσιν ἐνὶ μεγάροισι γυναῖκες
δμῳαί, τὰς μέν τ᾽ ἔργα διδάξαμεν ἐργάζεσθαι,
εἴριά τε ξαίνειν καὶ δουλοσύνην ἀνέχεσθαι·
τάων δώδεκα πᾶσαι ἀναιδείης ἐπέβησαν,
425 οὔτ᾽ ἐμὲ τίουσαι οὔτ᾽ αὐτὴν Πηνελόπειαν.
Τηλέμαχος δὲ νέον μὲν ἀέξετο, οὐδέ ἑ μήτηρ
σημαίνειν εἴασκεν ἐπὶ δμῳῇσι γυναιξίν.
ἀλλ᾽ ἄγ᾽ ἐγὼν ἀναβᾶσ᾽ ὑπερώια σιγαλόεντα
εἴπω σῇ ἀλόχῳ, τῇ τις θεὸς ὕπνον ἐπῶρσε."[1]
430 τὴν δ᾽ ἀπαμειβόμενος προσέφη πολύμητις Ὀδυσσεύς·
"μή πω τήνδ᾽ ἐπέγειρε· σὺ δ᾽ ἐνθάδε εἰπὲ γυναιξὶν
ἐλθέμεν, αἵ περ πρόσθεν ἀεικέα μηχανόωντο."
ὣς ἄρ᾽ ἔφη, γρηῢς δὲ διὲκ μεγάροιο βεβήκει
ἀγγελέουσα γυναιξὶ καὶ ὀτρυνέουσα νέεσθαι.
435 αὐτὰρ ὁ Τηλέμαχον καὶ βουκόλον ἠδὲ συβώτην
εἰς ἓ καλεσσάμενος ἔπεα πτερόεντα προσηύδα·
"ἄρχετε νῦν νέκυας φορέειν καὶ ἄνωχθε γυναῖκας·
αὐτὰρ ἔπειτα θρόνους περικαλλέας ἠδὲ τραπέζας
ὕδατι καὶ σπόγγοισι πολυτρήτοισι καθαίρειν.
440 αὐτὰρ ἐπὴν δὴ πάντα δόμον κατακοσμήσησθε,

honored no one of men upon the earth, high or low, whoever came among them; therefore by their wanton folly they brought on themselves a shameful death. But come, name for me the women in the halls, which ones dishonor me and which are guiltless."

Then the staunch nurse Eurycleia answered him: "Then be sure, my child, I will tell you all the truth. Fifty women servants have you in your halls, women that we have taught to do their work, to card the wool and bear the lot of slaves. Of these twelve in all have set their feet in the way of shamelessness, and respect neither me nor Penelope herself. And Telemachus is only newly grown to manhood, and his mother would not allow him to rule over the women servants. But come, let me go to the bright upper chamber and bear word to your wife, on whom some god has sent sleep."

Then resourceful Odysseus answered her and said: "Wake her not yet, but bid come here the women who in time past have contrived shameful deeds."

So he spoke, and the old woman went out through the hall to bear tidings to the women, and bid them come; but Odysseus called to him Telemachus and the cowherd and the swineherd, and spoke to them winged words:

"Begin now to bear out the dead bodies and bid the women help you, and then cleanse the beautiful chairs and the tables with water and porous sponges. But when you have set all the house in order, lead the women out

---

[1] ἐπῶρσε: ἔχευε

δμῳὰς ἐξαγαγόντες ἐυσταθέος μεγάροιο,
μεσσηγύς τε θόλου καὶ ἀμύμονος ἕρκεος αὐλῆς,
θεινέμεναι ξίφεσιν τανυήκεσιν, εἰς ὅ κε πασέων
ψυχὰς ἐξαφέλησθε καὶ ἐκλελάθωντ' Ἀφροδίτης,
445 τὴν ἄρ' ὑπὸ μνηστῆρσιν ἔχον μίσγοντό τε λάθρῃ."
ὣς ἔφαθ', αἱ δὲ γυναῖκες ἀολλέες ἦλθον ἅπασαι,
αἴν' ὀλοφυρόμεναι, θαλερὸν κατὰ δάκρυ χέουσαι.
πρῶτα μὲν οὖν νέκυας φόρεον κατατεθνηῶτας,
κὰδ δ' ἄρ' ὑπ' αἰθούσῃ τίθεσαν εὐερκέος αὐλῆς,
450 ἀλλήλοισιν ἐρείδουσαι· σήμαινε δ' Ὀδυσσεὺς
αὐτὸς ἐπισπέρχων·[1] ταὶ δ' ἐκφόρεον καὶ ἀνάγκῃ.
αὐτὰρ ἔπειτα θρόνους περικαλλέας ἠδὲ τραπέζας
ὕδατι καὶ σπόγγοισι πολυτρήτοισι κάθαιρον.
αὐτὰρ Τηλέμαχος καὶ βουκόλος ἠδὲ συβώτης
455 λίστροισιν δάπεδον πύκα ποιητοῖο δόμοιο
ξῦον· ταὶ δ' ἐφόρεον δμῳαί, τίθεσαν δὲ θύραζε.
αὐτὰρ ἐπειδὴ πᾶν μέγαρον διεκοσμήσαντο,
δμῳὰς δ' ἐξαγαγόντες ἐυσταθέος μεγάροιο,
μεσσηγύς τε θόλου καὶ ἀμύμονος ἕρκεος αὐλῆς,
460 εἴλεον ἐν στείνει, ὅθεν οὔ πως ἦεν ἀλύξαι.
τοῖσι δὲ Τηλέμαχος πεπνυμένος ἦρχ' ἀγορεύειν·
"μὴ μὲν δὴ καθαρῷ θανάτῳ ἀπὸ θυμὸν ἑλοίμην
τάων, αἳ δὴ ἐμῇ κεφαλῇ κατ' ὀνείδεα χεῦαν
μητέρι θ' ἡμετέρῃ παρά τε μνηστῆρσιν ἴαυον."
465 ὣς ἄρ' ἔφη, καὶ πεῖσμα νεὸς κυανοπρῴροιο
κίονος ἐξάψας μεγάλης περίβαλλε θόλοιο,
ὑψόσ' ἐπεντανύσας, μή τις ποσὶν οὖδας ἵκοιτο.
ὡς δ' ὅτ' ἂν ἢ κίχλαι τανυσίπτεροι ἠὲ πέλειαι

from the well-built hall to a place between the round house and the flawless fence of the court, and there strike them down with your long swords, until you take away the life from them all, and they forget the joys of Aphrodite, which they had with the suitors, when they lay with them in secret."

So he spoke, and the women came all in a throng, wailing terribly and shedding big tears. First they carried out the dead bodies and set them down beneath the portico of the well-fenced court, propping them one against the other; and Odysseus himself gave them orders and hastened on the work, and they carried the bodies out perforce. Then they cleaned the beautiful high seats and the tables with water and porous sponges. But Telemachus and the cowherd and the swineherd scraped with hoes the floor of the well-built house, and the women bore the scrapings forth and threw them out of doors. But when they had set in order all the hall, they led the women out from the well-built hall to a place between the round house and the flawless fence of the court, and shut them up in a narrow space, from which there was no way to escape. Then wise Telemachus was the first to speak to the others, saying:

"Let it be by no clean death that I take the lives of these women, who on my own head have poured reproaches and on my mother, as they continually slept with the suitors."

So he spoke, and tied the cable of a dark-prowed ship to a great pillar and cast it about the round house, stretching it high up that none might reach the ground with her feet. And as when long-winged thrushes or doves fall into

[1] ἐπισπέρχων: ἐπιστείχων

ἕρκει ἐνιπλήξωσι, τό θ' ἑστήκῃ ἐνὶ θάμνῳ,
470 αὖλιν ἐσιέμεναι, στυγερὸς δ' ὑπεδέξατο κοῖτος,
ὣς αἵ γ' ἑξείης κεφαλὰς ἔχον, ἀμφὶ δὲ πάσαις
δειρῇσι βρόχοι ἦσαν, ὅπως οἴκτιστα θάνοιεν.
ἤσπαιρον δὲ πόδεσσι μίνυνθά περ οὔ τι μάλα δήν.
ἐκ δὲ Μελάνθιον ἦγον ἀνὰ πρόθυρόν τε καὶ αὐλήν·
475 τοῦ δ' ἀπὸ μὲν ῥῖνάς τε καὶ οὔατα νηλέι χαλκῷ
τάμνον, μήδεά τ' ἐξέρυσαν, κυσὶν ὠμὰ δάσασθαι,
χεῖράς τ' ἠδὲ πόδας κόπτον κεκοτηότι θυμῷ.
οἱ μὲν ἔπειτ' ἀπονιψάμενοι χεῖράς τε πόδας τε
εἰς Ὀδυσῆα δόμονδε κίον, τετέλεστο δὲ ἔργον·
480 αὐτὰρ ὅ γε προσέειπε φίλην τροφὸν Εὐρύκλειαν·
"οἶσε θέειον, γρηύ, κακῶν ἄκος, οἶσε δέ μοι πῦρ,
ὄφρα θεειώσω μέγαρον· σὺ δὲ Πηνελόπειαν
ἐλθεῖν ἐνθάδ' ἄνωχθι σὺν ἀμφιπόλοισι γυναιξί·
πάσας δ' ὄτρυνον δμῳὰς κατὰ δῶμα νέεσθαι."
485 τὸν δ' αὖτε προσέειπε φίλη τροφὸς Εὐρύκλεια·
"ναὶ δὴ ταῦτά γε, τέκνον ἐμόν, κατὰ μοῖραν ἔειπες.
ἀλλ' ἄγε τοι χλαῖνάν τε χιτῶνά τε εἵματ' ἐνείκω,
μηδ' οὕτω ῥάκεσιν πεπυκασμένος εὐρέας ὤμους
ἕσταθ' ἐνὶ μεγάροισι· νεμεσσητὸν δέ κεν εἴη."
490 τὴν δ' ἀπαμειβόμενος προσέφη πολύμητις
Ὀδυσσεύς·
"πῦρ νῦν μοι πρώτιστον ἐνὶ μεγάροισι γενέσθω."
ὣς ἔφατ', οὐδ' ἀπίθησε φίλη τροφὸς[1] Εὐρύκλεια,
ἤνεικεν δ' ἄρα πῦρ καὶ θήιον· αὐτὰρ Ὀδυσσεὺς
εὖ διεθείωσεν μέγαρον καὶ δῶμα καὶ αὐλήν.
495 γρηὺς δ' αὖτ' ἀπέβη διὰ δώματα κάλ' Ὀδυσῆος

a snare that is set in a thicket, as they seek to reach their roosting place, and hateful is the bed that gives them welcome, even so the women held their heads in a row, and round the necks of all nooses were laid, that they might die most piteously. And they writhed a little while with their feet, but not for long.

Then out they led Melanthius through the doorway and the court, and cut off his nose and his ears with the pitiless bronze, and tore out his genitals for the dogs to eat raw, and cut off his hands and his feet in the anger of their hearts.

After that they washed their hands and feet, and went into the house to Odysseus, and the work was done. But Odysseus said to the staunch nurse Eurycleia: "Bring sulphur, old woman, to cleanse from pollution, and bring me fire, that I may purge the hall; and do you bid Penelope come here with her handmaids, and order all the women in the house to come."

Then the staunch nurse Eurycleia answered him: "Yes, all this, my child, have you spoken properly. But come, let me bring you a cloak and a tunic to put on, and do not stand thus in the halls with your broad shoulders wrapped in rags; that would be a cause for blame."

Then resourceful Odysseus answered her: "First of all let a fire now be made me in the hall."

So he spoke, and the staunch nurse Eurycleia did not disobey, but brought fire and sulphur; but Odysseus thoroughly purged the hall and the house and the court.

Then the old woman went back through the beautiful

---

[1] φίλη τρόφος: περίφρων

ἀγγελέουσα γυναιξὶ καὶ ὀτρυνέουσα νέεσθαι·
αἱ δ' ἴσαν ἐκ μεγάροιο δάος μετὰ χερσὶν ἔχουσαι.
αἱ μὲν ἄρ' ἀμφεχέοντο καὶ ἠσπάζοντ' Ὀδυσῆα,
καὶ κύνεον ἀγαπαζόμεναι κεφαλήν τε καὶ ὤμους
500 χεῖράς τ' αἰνύμεναι· τὸν δὲ γλυκὺς ἵμερος ᾕρει
κλαυθμοῦ καὶ στοναχῆς, γίγνωσκε δ' ἄρα φρεσὶ
πάσας.

house of Odysseus to bear tidings to the women and bid them come; and they came forth from their hall with torches in their hands. They thronged about Odysseus and embraced him, and clasped and kissed his head and shoulders and his hands in loving welcome; and a sweet longing seized him to weep and cry, for in his heart he knew them all.

Ψ

Γρηῢς δ' εἰς ὑπερῷ' ἀνεβήσετο καγχαλόωσα,
δεσποίνῃ ἐρέουσα φίλον πόσιν ἔνδον ἐόντα·
γούνατα δ' ἐρρώσαντο, πόδες δ' ὑπερικταίνοντο.
στῆ δ' ἄρ' ὑπὲρ κεφαλῆς καί μιν πρὸς μῦθον ἔειπεν·
5 "ἔγρεο, Πηνελόπεια, φίλον τέκος, ὄφρα ἴδηαι
ὀφθαλμοῖσι τεοῖσι τά τ' ἔλδεαι ἤματα πάντα.
ἦλθ' Ὀδυσεὺς καὶ οἶκον ἱκάνεται, ὀψέ περ ἐλθών.
μνηστῆρας δ' ἔκτεινεν ἀγήνορας, οἵ θ' ἑὸν οἶκον
κήδεσκον καὶ κτήματ' ἔδον βιόωντό τε παῖδα."
10 τὴν δ' αὖτε προσέειπε περίφρων Πηνελόπεια·
"μαῖα φίλη, μάργην σε θεοὶ θέσαν, οἵ τε δύνανται
ἄφρονα ποιῆσαι καὶ ἐπίφρονά περ μάλ' ἐόντα,
καί τε χαλιφρονέοντα σαοφροσύνης ἐπέβησαν·
οἵ σέ περ ἔβλαψαν· πρὶν δὲ φρένας αἰσίμη ἦσθα.
15 τίπτε με λωβεύεις πολυπενθέα θυμὸν ἔχουσαν
ταῦτα παρὲξ ἐρέουσα καὶ ἐξ ὕπνου μ' ἀνεγείρεις
ἡδέος, ὅς μ' ἐπέδησε φίλα βλέφαρ' ἀμφικαλύψας;
οὐ γάρ πω τοιόνδε κατέδραθον, ἐξ οὗ Ὀδυσσεὺς
ᾤχετ' ἐποψόμενος Κακοΐλιον οὐκ ὀνομαστήν.
20 ἀλλ' ἄγε νῦν κατάβηθι καὶ ἂψ ἔρχευ μέγαρόνδε.
εἰ γάρ τίς μ' ἄλλη γε γυναικῶν, αἵ μοι ἔασι,

BOOK 23

Then the old woman went up to the upper chamber, laughing aloud, to tell her mistress that her dear husband was in the house. Her knees moved nimbly, but her feet were tottering; and she stood above her lady's head, and spoke to her, and said:

"Awake, Penelope, dear child, that with your own eyes you may see what you long for all your days. Odysseus is here, and has come home, late though his coming has been. He has killed the proud suitors who troubled his house, and devoured his property, and oppressed his son."

Then wise Penelope answered her: "Dear nurse, the gods have made you mad, they who can make foolish even one who is very wise, and set the simple-minded in the paths of understanding; it is they who have led you astray, though before you were sound of mind. Why do you mock me, who have a heart full of sorrow, telling me this wild tale, and rouse me out of slumber, the sweet slumber that bound me and enfolded my eyelids? For never yet have I slept so soundly since the day when Odysseus went off to see Ilium the Evil that should never be named. No, come now, go down and back to the women's hall, for if any other of the women that are mine had come and told

ταῦτ᾽ ἐλθοῦσ᾽ ἤγγειλε καὶ ἐξ ὕπνου ἀνέγειρεν,
τῷ κε τάχα στυγερῶς μιν ἐγὼν ἀπέπεμψα νέεσθαι
αὖτις ἔσω μέγαρον· σὲ δὲ τοῦτό γε γῆρας ὀνήσει."

25 τὴν δ᾽ αὖτε προσέειπε φίλη τροφὸς Εὐρύκλεια·
"οὔ τί σε λωβεύω, τέκνον φίλον, ἀλλ᾽ ἔτυμόν τοι
ἦλθ᾽ Ὀδυσεὺς καὶ οἶκον ἱκάνεται, ὡς ἀγορεύω,
ὁ ξεῖνος, τὸν πάντες ἀτίμων ἐν μεγάροισι.
Τηλέμαχος δ᾽ ἄρα μιν πάλαι ᾔδεεν ἔνδον ἐόντα,
30 ἀλλὰ σαοφροσύνῃσι νοήματα πατρὸς ἔκευθεν,
ὄφρ᾽ ἀνδρῶν τίσαιτο βίην ὑπερηνορεόντων."

ὣς ἔφαθ᾽, ἡ δ᾽ ἐχάρη καὶ ἀπὸ λέκτροιο θοροῦσα
γρηῒ περιπλέχθη, βλεφάρων δ᾽ ἀπὸ δάκρυον ἧκεν·
καί μιν φωνήσασ᾽ ἔπεα πτερόεντα προσηύδα·
35 "εἰ δ᾽ ἄγε δή μοι, μαῖα φίλη, νημερτὲς ἐνίσπες,
εἰ ἐτεὸν δὴ οἶκον ἱκάνεται, ὡς ἀγορεύεις,
ὅππως δὴ μνηστῆρσιν ἀναιδέσι χεῖρας ἐφῆκε
μοῦνος ἐών, οἱ δ᾽ αἰὲν ἀολλέες ἔνδον ἔμιμνον."

τὴν δ᾽ αὖτε προσέειπε φίλη τροφὸς Εὐρύκλεια·
40 "οὐκ ἴδον, οὐ πυθόμην, ἀλλὰ στόνον οἶον ἄκουσα
κτεινομένων· ἡμεῖς δὲ μυχῷ θαλάμων εὐπήκτων
ἥμεθ᾽ ἀτυζόμεναι, σανίδες δ᾽ ἔχον εὖ ἀραρυῖαι,
πρίν γ᾽ ὅτε δή με σὸς υἱὸς ἀπὸ μεγάροιο κάλεσσε
Τηλέμαχος· τὸν γάρ ῥα πατὴρ προέηκε καλέσσαι.
45 εὗρον ἔπειτ᾽ Ὀδυσῆα μετὰ κταμένοισι νέκυσσιν
ἑσταόθ᾽· οἱ δέ μιν ἀμφί, κραταίπεδον οὖδας ἔχοντες,
κείατ᾽ ἐπ᾽ ἀλλήλοισιν· ἰδοῦσά κε θυμὸν ἰάνθης
αἵματι καὶ λύθρῳ πεπαλαγμένον, ὥς τε λέοντα.[1]

[1] Line 48 (= 22.402) is omitted by many MSS and editors.

me this, and had roused me out of sleep, for that I would speedily have sent her back again to the hall in a manner she would not like; but to you old age shall bring this profit."

Then the staunch nurse Eurycleia answered her: "I do not mock you, dear child, but in very truth Odysseus is here, and has come home, just as I tell you. He is that stranger to whom all men did dishonor in the halls. But Telemachus long ago knew that he was here, yet by his self-control he kept his father's plans secret, till he should take vengeance on the violence of overweening men."

So she spoke, and Penelope was glad, and she leapt from her bed and flung her arms about the old woman and let the tears fall from her eyelids; and she spoke, and addressed her with winged words:

"Come now, dear nurse, I beg you tell me truly, if really he has come home, as you say, how he laid his hands on the shameless suitors, all alone as he was, while they remained always banded together in the house."

Then the staunch nurse Eurycleia answered her: "I did not see, I did not ask; I heard only the groaning of men that were being killed. As for us women, we sat terror-stricken in the innermost part of our well-built chambers, and the close-fitting doors shut us in, until the hour when your son Telemachus coming from the hall called me, for his father had sent him out to call me. Then I found Odysseus standing among the bodies of the killed, and they, stretched all about him on the hard floor, lay one upon the other. The sight of him would have warmed your heart with cheer, all befouled with blood and filth like a lion. And now the bodies are all gathered

νῦν δ' οἱ μὲν δὴ πάντες ἐπ' αὐλείῃσι θύρῃσιν
50 ἀθρόοι, αὐτὰρ ὁ δῶμα θεειοῦται περικαλλές,
πῦρ μέγα κηάμενος· σὲ δέ με προέηκε καλέσσαι.
ἀλλ' ἕπευ, ὄφρα σφῶιν ἐυφροσύνης ἐπιβῆτον
ἀμφοτέρω φίλον ἦτορ, ἐπεὶ κακὰ πολλὰ πέποσθε.
νῦν δ' ἤδη τόδε μακρὸν ἐέλδωρ ἐκτετέλεσται·
55 ἦλθε μὲν αὐτὸς ζωὸς ἐφέστιος, εὗρε δὲ καὶ σὲ
καὶ παῖδ' ἐν μεγάροισι· κακῶς δ' οἵ πέρ μιν ἔρεζον
μνηστῆρες, τοὺς πάντας ἐτίσατο ᾧ ἐνὶ οἴκῳ."
τὴν δ' αὖτε προσέειπε περίφρων Πηνελόπεια·
"μαῖα φίλη, μή πω μέγ' ἐπεύχεο καγχαλόωσα.
60 οἶσθα γὰρ ὥς κ' ἀσπαστὸς ἐνὶ μεγάροισι φανείη
πᾶσι, μάλιστα δ' ἐμοί τε καὶ υἱέι, τὸν τεκόμεσθα·
ἀλλ' οὐκ ἔσθ' ὅδε μῦθος ἐτήτυμος, ὡς ἀγορεύεις,
ἀλλά τις ἀθανάτων κτεῖνε μνηστῆρας ἀγαυούς,
ὕβριν ἀγασσάμενος θυμαλγέα καὶ κακὰ ἔργα.
65 οὔ τινα γὰρ τίεσκον ἐπιχθονίων ἀνθρώπων,
οὐ κακὸν οὐδὲ μὲν ἐσθλόν, ὅτις σφέας εἰσαφίκοιτο·
τῷ δι' ἀτασθαλίας ἔπαθον κακόν· αὐτὰρ Ὀδυσσεὺς
ὤλεσε τηλοῦ νόστον Ἀχαιίδος, ὤλετο δ' αὐτός."
τὴν δ' ἠμείβετ' ἔπειτα φίλη τροφὸς Εὐρύκλεια·
70 "τέκνον ἐμόν, ποῖόν σε ἔπος φύγεν ἕρκος ὀδόντων,
ἣ πόσιν ἔνδον ἐόντα παρ' ἐσχάρῃ οὔ ποτ' ἔφησθα
οἴκαδ' ἐλεύσεσθαι· θυμὸς δέ τοι αἰὲν ἄπιστος.
ἀλλ' ἄγε τοι καὶ σῆμα ἀριφραδὲς ἄλλο τι εἴπω,
οὐλήν, τήν ποτέ μιν σῦς ἤλασε λευκῷ ὀδόντι.
75 τὴν ἀπονίζουσα φρασάμην, ἔθελον δὲ σοὶ αὐτῇ
εἰπέμεν· ἀλλά με κεῖνος ἑλὼν ἐπὶ μάστακα χερσὶν

together at the gates of the court, but he is purging the beautiful house with sulphur, and has kindled a great fire, and sent me out to call you. No, come with me, that the hearts of you two may enter into joy, for you have suffered many woes. But now at length has this your long desire been fulfilled: he has come himself, alive to his own hearth, and he has found both you and his son in the halls; while as for those, the suitors, who did him evil, on them has he taken vengeance one and all in his house."

Then wise Penelope answered her: "Dear nurse, do not boast over them yet with loud laughter. You know how welcome the sight of him in the halls would be to all, but above all to me and to his son, born of us two. But this is no true tale, as you tell it; no, some one of the immortals has killed the lordly suitors in wrath at their grievous insolence and their evil deeds. For they respected no one among men upon the earth, evil or good, whoever came among them; therefore it is through their own wanton folly that they have suffered evil. But Odysseus somewhere far off has lost his return to the land of Achaea, and is lost himself."

Then the staunch nurse Eurycleia answered her: "My child, what a word has escaped the barrier of your teeth, in that you said that your husband, who is here at his own hearth, will never return! Always your heart refuses to believe. No, come, I will tell you a clear proof besides, the scar of the wound which long ago the boar dealt him with his white tusk. This I noticed while I washed his feet, and was eager to tell it to you as well, but he laid his hand upon my mouth, and in the great wisdom of his

οὐκ ἔα εἰπέμεναι πολυϊδρείῃσι[1] νόοιο.
ἀλλ' ἕπευ· αὐτὰρ ἐγὼν ἐμέθεν περιδώσομαι αὐτῆς,
αἴ κέν σ' ἐξαπάφω, κτεῖναί μ' οἰκτίστῳ ὀλέθρῳ."

80 τὴν δ' ἠμείβετ' ἔπειτα περίφρων Πηνελόπεια·
"μαῖα φίλη, χαλεπόν σε θεῶν αἰειγενετάων
δήνεα εἴρυσθαι, μάλα περ πολύιδριν ἐοῦσαν.
ἀλλ' ἔμπης ἴομεν μετὰ παῖδ' ἐμόν, ὄφρα ἴδωμαι
ἄνδρας μνηστῆρας τεθνηότας, ἠδ' ὃς ἔπεφνεν."

85 ὣς φαμένη κατέβαιν' ὑπερώια· πολλὰ δέ οἱ κῆρ
ὥρμαιν', ἢ ἀπάνευθε φίλον πόσιν ἐξερεείνοι,
ἦ παρστᾶσα κύσειε κάρη καὶ χεῖρε λαβοῦσα.
ἡ δ' ἐπεὶ εἰσῆλθεν καὶ ὑπέρβη λάινον οὐδόν,
ἕζετ' ἔπειτ' Ὀδυσῆος ἐναντίη, ἐν πυρὸς αὐγῇ,
90 τοίχου τοῦ ἑτέρου· ὁ δ' ἄρα πρὸς κίονα μακρὴν
ἧστο κάτω ὁρόων, ποτιδέγμενος εἴ τί μιν εἴποι
ἰφθίμη παράκοιτις, ἐπεὶ ἴδεν ὀφθαλμοῖσιν.
ἡ δ' ἄνεω δὴν ἧστο, τάφος δέ οἱ ἦτορ ἵκανεν·
ὄψει δ' ἄλλοτε μέν μιν ἐνωπαδίως ἐσίδεσκεν,
95 ἄλλοτε δ' ἀγνώσασκε κακὰ χροῒ εἵματ' ἔχοντα.
Τηλέμαχος δ' ἐνένιπεν ἔπος τ' ἔφατ' ἔκ τ' ὀνόμαζε·

"μῆτερ ἐμή, δύσμητερ, ἀπηνέα θυμὸν ἔχουσα,
τίφθ' οὕτω πατρὸς νοσφίζεαι, οὐδὲ παρ' αὐτὸν
ἑζομένη μύθοισιν ἀνείρεαι οὐδὲ μεταλλᾷς;
100 οὐ μέν κ' ἄλλη γ' ὧδε γυνὴ τετληότι θυμῷ
ἀνδρὸς ἀφεσταίη, ὅς οἱ κακὰ πολλὰ μογήσας
ἔλθοι ἐεικοστῷ ἔτεϊ ἐς πατρίδα γαῖαν·
σοὶ δ' αἰεὶ κραδίη στερεωτέρη ἐστὶ λίθοιο."

τὸν δ' αὖτε προσέειπε περίφρων Πηνελόπεια·

heart would not allow me to speak. So come with me, and I will set my own life at stake that, if I deceive you, you may kill me by a most pitiful death."

Then wise Penelope answered her: "Dear nurse, it is hard for you to comprehend the counsels of the gods that are forever, very wise though you are. Nevertheless, let us go to my son, that I may see the suitors dead and him that killed them."

So saying, she went down from the upper chamber, and much her heart pondered whether she should stand aloof and question her dear husband, or whether she should go up to him, and clasp and kiss his head and hands. But when she had come in and passed over the stone threshold, she sat down opposite Odysseus in the light of the fire beside the further wall; but he was sitting by a tall pillar, looking down, and waiting to see whether his brave wife would say anything to him, when her eyes beheld him. But she sat long in silence, and amazement came upon her heart; and now with her eyes she would look full upon his face, and now again she would fail to know him with his wretched clothes upon his body. But Telemachus rebuked her, and spoke, and addressed her:

"My mother, cruel mother, whose heart is unyielding, why do you thus hold aloof from my father, and do not sit by his side and ask and question him? No other woman would harden her heart as you do, and stand aloof from her husband, who after many sad toils had come back to her in the twentieth year to his native land: but your heart is always harder than stone."

Then wise Penelope answered him: "My child, the

---

[1] *πολυϊδρείῃσι: πολυκερδείῃσι*

105 "τέκνον ἐμόν, θυμός μοι ἐνὶ στήθεσσι τέθηπεν,
οὐδέ τι προσφάσθαι δύναμαι ἔπος οὐδ' ἐρέεσθαι
οὐδ' εἰς ὦπα ἰδέσθαι ἐναντίον. εἰ δ' ἐτεὸν δὴ
ἔστ' Ὀδυσεὺς καὶ οἶκον ἱκάνεται, ἦ μάλα νῶι
γνωσόμεθ' ἀλλήλων καὶ λώιον· ἔστι γὰρ ἡμῖν
110 σήμαθ', ἃ δὴ καὶ νῶι κεκρυμμένα ἴδμεν ἀπ' ἄλλων."
ὣς φάτο, μείδησεν δὲ πολύτλας δῖος Ὀδυσσεύς,
αἶψα δὲ Τηλέμαχον ἔπεα πτερόεντα προσηύδα·
"Τηλέμαχ', ἦ τοι μητέρ' ἐνὶ μεγάροισιν ἔασον
πειράζειν ἐμέθεν· τάχα δὲ φράσεται καὶ ἄρειον.
115 νῦν δ' ὅττι ῥυπόω, κακὰ δὲ χροῒ εἵματα εἷμαι,
τοὔνεκ' ἀτιμάζει με καὶ οὔ πω φησὶ τὸν εἶναι.
ἡμεῖς δὲ φραζώμεθ' ὅπως ὄχ' ἄριστα γένηται.
καὶ γάρ τίς θ' ἕνα φῶτα κατακτείνας ἐνὶ δήμῳ,
ᾧ μὴ πολλοὶ ἔωσιν ἀοσσητῆρες ὀπίσσω,
120 φεύγει πηούς τε προλιπὼν καὶ πατρίδα γαῖαν·
ἡμεῖς δ' ἕρμα πόληος ἀπέκταμεν, οἳ μέγ' ἄριστοι
κούρων εἰν Ἰθάκῃ· τὰ δέ σε φράζεσθαι ἄνωγα."
τὸν δ' αὖ Τηλέμαχος πεπνυμένος ἀντίον ηὔδα·
"αὐτὸς ταῦτά γε λεῦσσε, πάτερ φίλε· σὴν γὰρ ἀρίστην
125 μῆτιν ἐπ' ἀνθρώπους φάσ' ἔμμεναι, οὐδέ κέ τίς τοι
ἄλλος ἀνὴρ ἐρίσειε καταθνητῶν ἀνθρώπων.
ἡμεῖς δ' ἐμμεμαῶτες ἅμ' ἑψόμεθ', οὐδέ τί φημι
ἀλκῆς δευήσεσθαι, ὅση δύναμίς γε πάρεστιν."[1]
τὸν δ' ἀπαμειβόμενος προσέφη πολύμητις Ὀδυσσεύς·
130 "τοιγὰρ ἐγὼν ἐρέω ὥς μοι δοκεῖ εἶναι ἄριστα.
πρῶτα μὲν ἂρ λούσασθε καὶ ἀμφιέσασθε χιτῶνας,

heart in my breast is lost in wonder, and I have no power to speak at all, nor to ask a question, nor to look him in the face. But if he really is Odysseus, and has come home, without any doubt we two shall know one another and better than before; for we have signs which we two alone know, signs hidden from others."

So she spoke and the much-enduring, noble Odysseus smiled, and at once spoke to Telemachus winged words: "Telemachus, now let your mother test me in the halls; soon she will see things more clearly. But now, because I am dirty, and wearing poor clothes on my body, she scorns me, and will not yet admit that I am he. But for us, let us take thought how all may be as good as possible. For whoever has killed but one man in a land, even though it is a man that leaves not many behind to avenge him, he goes into exile, and leaves his kindred and his native land; but we have killed the bulwark of the city, far the noblest of the youths of Ithaca. This I bid you consider."

Then wise Telemachus answered him: "Do you yourself look to this, dear father; for your resourcefulness, they say, is the best among men, nor could any other of mortal men vie with you. As for us, we will follow with you eagerly, nor do I think we shall fall short in support of you, so far as we have strength."

Then resourceful Odysseus answered him and said: "Then will I tell you what seems to me to be the best way. First bathe yourselves, and put on your tunics, and tell

---

[1] Lines 127–28 are omitted in many MSS.

δμῳὰς δ' ἐν μεγάροισιν ἀνώγετε εἵμαθ' ἑλέσθαι·
αὐτὰρ θεῖος ἀοιδὸς ἔχων φόρμιγγα λίγειαν
ἡμῖν ἡγείσθω φιλοπαίγμονος ὀρχηθμοῖο,
135 ὥς κέν τις φαίη γάμον ἔμμεναι ἐκτὸς ἀκούων,
ἢ ἀν' ὁδὸν στείχων, ἢ οἳ περιναιετάουσι·
μὴ πρόσθε κλέος εὐρὺ φόνου κατὰ ἄστυ γένηται
ἀνδρῶν μνηστήρων, πρίν γ' ἡμέας ἐλθέμεν ἔξω
ἀγρὸν ἐς ἡμέτερον πολυδένδρεον· ἔνθα δ' ἔπειτα
140 φρασσόμεθ' ὅττι κε κέρδος Ὀλύμπιος ἐγγυαλίξῃ."
ὣς ἔφαθ', οἱ δ' ἄρα τοῦ μάλα μὲν κλύον ἠδ' ἐπίθοντο.
πρῶτα μὲν οὖν λούσαντο καὶ ἀμφιέσαντο χιτῶνας,
ὅπλισθεν δὲ γυναῖκες· ὁ δ' εἵλετο θεῖος ἀοιδὸς
φόρμιγγα γλαφυρήν, ἐν δέ σφισιν ἵμερον ὦρσε
145 μολπῆς τε γλυκερῆς καὶ ἀμύμονος ὀρχηθμοῖο.
τοῖσιν δὲ μέγα δῶμα περιστεναχίζετο ποσσὶν
ἀνδρῶν παιζόντων καλλιζώνων τε γυναικῶν.
ὧδε δέ τις εἴπεσκε δόμων ἔκτοσθεν ἀκούων·
"ἦ μάλα δή τις ἔγημε πολυμνήστην βασίλειαν·
150 σχετλίη, οὐδ' ἔτλη πόσιος οὗ κουριδίοιο
εἴρυσθαι μέγα δῶμα διαμπερές, ἧος ἵκοιτο."
ὣς ἄρα τις εἴπεσκε, τὰ δ' οὐκ ἴσαν ὡς ἐτέτυκτο.
αὐτὰρ Ὀδυσσῆα μεγαλήτορα ᾧ ἐνὶ οἴκῳ
Εὐρυνόμη ταμίη λοῦσεν καὶ χρῖσεν ἐλαίῳ,
155 ἀμφὶ δέ μιν φᾶρος καλὸν βάλεν ἠδὲ χιτῶνα·
αὐτὰρ κὰκ κεφαλῆς κάλλος πολὺ χεῦεν Ἀθήνη
μείζονά τ' εἰσιδέειν καὶ πάσσονα· κὰδ δὲ κάρητος
οὔλας ἧκε κόμας, ὑακινθίνῳ ἄνθει ὁμοίας.
ὡς δ' ὅτε τις χρυσὸν περιχεύεται ἀργύρῳ ἀνὴρ

the handmaids in the halls to choose their clothes. But let the divine minstrel with his clear-toned lyre in hand be our leader in the merry dance, that any man who hears the sound from without, whether a passerby or one of those who dwell around, may say that it is a wedding feast, and so the rumor of the killing of the suitors shall not be spread abroad throughout the city before we go forth to our well-wooded farm. There shall we afterwards devise whatever advantage the Olympian may vouchsafe us."

So he spoke, and they all readily hearkened and obeyed. First they bathed and put on their tunics, and the women arrayed themselves, and the divine minstrel took the hollow lyre and aroused in them the desire for sweet song and pleasant dance. So the great hall resounded all about with the tread of dancing men and fair-girdled women; and thus would one speak who heard the noise from outside the house:

"For sure and certain someone has wedded the queen wooed by many. Cruel she was, nor had she the heart to keep the great house of her wedded husband to the end, till he should come."

So they would say, but did not know how these things were. Meanwhile the housekeeper Eurynome bathed the great-hearted Odysseus in his house, and anointed him with oil, and threw about him a beautiful cloak and a tunic; and over his head Athene shed abundant beauty, making him taller to look upon and stronger, and from his head she made the locks to flow in curls like the hyacinth flower. As when a man overlays silver with gold, a

160 ἴδρις, ὃν Ἥφαιστος δέδαεν καὶ Παλλὰς Ἀθήνη
τέχνην παντοίην, χαρίεντα δὲ ἔργα τελείει·
ὣς μὲν τῷ περίχευε χάριν κεφαλῇ τε καὶ ὤμοις.
ἐκ δ᾽ ἀσαμίνθου βῆ δέμας ἀθανάτοισιν ὁμοῖος·
ἂψ δ᾽ αὖτις κατ᾽ ἄρ᾽ ἕζετ᾽ ἐπὶ θρόνου ἔνθεν ἀνέστη,
165 ἀντίον ἧς ἀλόχου, καί μιν πρὸς μῦθον ἔειπε·
"δαιμονίη, περί σοί γε γυναικῶν θηλυτεράων
κῆρ ἀτέραμνον ἔθηκαν Ὀλύμπια δώματ᾽ ἔχοντες·
οὐ μέν κ᾽ ἄλλη γ᾽ ὧδε γυνὴ τετληότι θυμῷ
ἀνδρὸς ἀφεσταίη, ὅς οἱ κακὰ πολλὰ μογήσας
170 ἔλθοι ἐεικοστῷ ἔτεϊ ἐς πατρίδα γαῖαν.
ἀλλ᾽ ἄγε μοι, μαῖα, στόρεσον λέχος, ὄφρα καὶ αὐτὸς
λέξομαι· ἦ γὰρ τῇ γε σιδήρεον ἐν φρεσὶ ἦτορ."
τὸν δ᾽ αὖτε προσέειπε περίφρων Πηνελόπεια·
"δαιμόνι᾽, οὔτ᾽ ἄρ τι μεγαλίζομαι οὔτ᾽ ἀθερίζω
175 οὔτε λίην ἄγαμαι, μάλα δ᾽ εὖ οἶδ᾽ οἷος ἔησθα
ἐξ Ἰθάκης ἐπὶ νηὸς ἰὼν δολιχηρέτμοιο.
ἀλλ᾽ ἄγε οἱ στόρεσον πυκινὸν λέχος, Εὐρύκλεια,
ἐκτὸς ἐυσταθέος θαλάμου, τόν ῥ᾽ αὐτὸς ἐποίει·
ἔνθα οἱ ἐκθεῖσαι πυκινὸν λέχος ἐμβάλετ᾽ εὐνήν,
180 κώεα καὶ χλαίνας καὶ ῥήγεα σιγαλόεντα."
ὣς ἄρ᾽ ἔφη πόσιος πειρωμένη· αὐτὰρ Ὀδυσσεὺς
ὀχθήσας ἄλοχον προσεφώνεε κεδνὰ ἰδυῖαν·
"ὦ γύναι, ἦ μάλα τοῦτο ἔπος θυμαλγὲς ἔειπες·
τίς δέ μοι ἄλλοσε θῆκε λέχος; χαλεπὸν δέ κεν εἴη
185 καὶ μάλ᾽ ἐπισταμένῳ, ὅτε μὴ θεὸς αὐτὸς ἐπελθὼν
ῥηιδίως ἐθέλων θείη ἄλλῃ ἐνὶ χώρῃ.
ἀνδρῶν δ᾽ οὔ κέν τις ζωὸς βροτός, οὐδὲ μάλ᾽ ἡβῶν,[1]

cunning workman whom Hephaestus and Pallas Athene have taught all sorts of craft, and full of grace is the work he produces, just so the goddess shed grace on his head and shoulders, and out from the bath he came, in form like the immortals. Then he sat down again on the chair from which he had risen, opposite his wife; and he spoke to her and said:

"God-touched lady, to you beyond all women have the dwellers on Olympus given a heart that cannot be softened. No other woman would harden her heart as you do, and stand aloof from her husband who after many grievous toils had come to her in the twentieth year to his native land. No, come, nurse, spread me a couch, that all alone I may lay myself down, for surely the heart in her breast is of iron."

Then wise Penelope answered him: "God-touched sir, I am neither at all proud, nor do I scorn you, nor am I too greatly amazed, and I know very well how you looked when you went from Ithaca on your long-oared ship. Yet come, Eurycleia, spread for him the stout bedstead outside the well-built bridal chamber which he made himself. There bring for him the stout bedstead, and throw upon it bedding, fleeces and cloaks and bright coverlets."

So she spoke, testing her husband. But Odysseus, breaking out in anger, spoke to his true-hearted wife, and said: "Woman, truly this is a bitter word that you have spoken. Who has set my bed elsewhere? Hard would it be even for someone of great skill, unless a god should come and easily of his own choice set it in another place. But of men there is no mortal that lives, however young

---

[1] οὐδὲ μάλ' ἡβῶν: οὐδὲ γυναικῶν

ῥεῖα μετοχλίσσειεν, ἐπεὶ μέγα σῆμα τέτυκται
ἐν λέχει ἀσκητῷ· τὸ δ' ἐγὼ κάμον οὐδέ τις ἄλλος.
190 θάμνος ἔφυ τανύφυλλος ἐλαίης ἕρκεος ἐντός,
ἀκμηνὸς θαλέθων· πάχετος δ' ἦν ἠύτε κίων.
τῷ δ' ἐγὼ ἀμφιβαλὼν θάλαμον δέμον, ὄφρ' ἐτέλεσσα,
πυκνῇσιν λιθάδεσσι, καὶ εὖ καθύπερθεν ἔρεψα,
κολλητὰς δ' ἐπέθηκα θύρας, πυκινῶς ἀραρυίας.
195 καὶ τότ' ἔπειτ' ἀπέκοψα κόμην τανυφύλλου ἐλαίης,
κορμὸν δ' ἐκ ῥίζης προταμὼν ἀμφέξεσα χαλκῷ
εὖ καὶ ἐπισταμένως, καὶ ἐπὶ στάθμην ἴθυνα,
ἑρμῖν' ἀσκήσας, τέτρηνα δὲ πάντα τερέτρῳ.
ἐκ δὲ τοῦ ἀρχόμενος λέχος ἔξεον, ὄφρ' ἐτέλεσσα,
200 δαιδάλλων χρυσῷ τε καὶ ἀργύρῳ ἠδ' ἐλέφαντι·
ἐκ δ' ἐτάνυσσα ἱμάντα βοὸς φοίνικι φαεινόν.[1]
οὕτω τοι τόδε σῆμα πιφαύσκομαι· οὐδέ τι οἶδα,
ἤ μοι ἔτ' ἔμπεδόν ἐστι, γύναι, λέχος, ἦέ τις ἤδη
ἀνδρῶν ἄλλοσε θῆκε, ταμὼν ὕπο πυθμέν' ἐλαίης."
205 ὣς φάτο, τῆς δ' αὐτοῦ λύτο γούνατα καὶ φίλον ἦτορ,
σήματ' ἀναγνούσῃ τά οἱ ἔμπεδα πέφραδ' Ὀδυσσεύς·
δακρύσασα δ' ἔπειτ' ἰθὺς δράμεν, ἀμφὶ δὲ χεῖρας
δειρῇ βάλλ' Ὀδυσῆι, κάρη δ' ἔκυσ' ἠδὲ προσηύδα·
"μή μοι, Ὀδυσσεῦ, σκύζευ, ἐπεὶ τά περ ἄλλα μάλιστα
210 ἀνθρώπων πέπνυσο· θεοὶ δ' ὤπαζον ὀιζύν,
οἳ νῶιν ἀγάσαντο παρ' ἀλλήλοισι μένοντε
ἥβης ταρπῆναι καὶ γήραος οὐδὸν ἱκέσθαι.
αὐτὰρ μὴ νῦν μοι τόδε χώεο μηδὲ νεμέσσα,

[1] φοίνικι φαεινόν: ἶφι κταμένοιο

and strong, who could easily pry it from its place, for a great token is worked into the making of the bed, and it was I that built it and no one else. A bush of long-leafed olive was growing within the court, strong and vigorous, and in girth it was like a pillar. Round about this I built my chamber, till I had finished it, with close-set stones, and I roofed it over well, and added to it jointed doors, close-fitting. Thereupon I cut away the leafy branches of the long-leafed olive, and, trimming the trunk from the root up, I smoothed it round about with the adze well and cunningly, and trued it to the line, thus fashioning the bedpost; and I bored it all with the auger. Beginning with this, I made smooth the timbers of my bed, until I had it done, inlaying it with gold and silver and ivory, and I stretched on it a thong of oxhide, bright with purple. Thus do I declare to you this token; but I do not know, woman, whether my bedstead is still fast in its place, or whether by now some man has set it elsewhere, cutting through the trunk of the olive."

So he spoke, and her knees were loosened where she sat, and her heart melted, as she recognized the tokens, still unshaken, which Odysseus showed her. Then, bursting into tears, she ran straight toward him, and flung her arms about the neck of Odysseus, and kissed his face, and spoke, saying:

"Odysseus, don't be angry with me, since in everything else you have always been the most understanding of men. It is the gods that gave us sorrow, the gods who begrudged that we two should remain with each other and enjoy our youth, and come to the threshold of old age. But do not now be angry with me for this, nor full of

οὕνεκά σ᾽ οὐ τὸ πρῶτον, ἐπεὶ ἴδον, ὧδ᾽ ἀγάπησα.
215 αἰεὶ γάρ μοι θυμὸς ἐνὶ στήθεσσι φίλοισιν
ἐρρίγει μή τίς με βροτῶν ἀπάφοιτο ἔπεσσιν
ἐλθών· πολλοὶ γὰρ κακὰ κέρδεα βουλεύουσιν.
οὐδέ κεν Ἀργείη Ἑλένη, Διὸς ἐκγεγαυῖα,
ἀνδρὶ παρ᾽ ἀλλοδαπῷ ἐμίγη φιλότητι καὶ εὐνῇ,
220 εἰ ᾔδη ὅ μιν αὖτις ἀρήιοι υἷες Ἀχαιῶν
ἀξέμεναι οἶκόνδε φίλην ἐς πατρίδ᾽ ἔμελλον.
τὴν δ᾽ ἦ τοι ῥέξαι θεὸς ὤρορεν ἔργον ἀεικές·
τὴν δ᾽ ἄτην οὐ πρόσθεν ἑῷ ἐγκάτθετο θυμῷ
λυγρήν, ἐξ ἧς πρῶτα καὶ ἡμέας ἵκετο πένθος.[1]
225 νῦν δ᾽, ἐπεὶ ἤδη σήματ᾽ ἀριφραδέα κατέλεξας
εὐνῆς ἡμετέρης, ἣν οὐ βροτὸς ἄλλος ὀπώπει,
ἀλλ᾽ οἶοι σύ τ᾽ ἐγώ τε καὶ ἀμφίπολος μία μούνη,
Ἀκτορίς, ἥν μοι δῶκε πατὴρ ἔτι δεῦρο κιούσῃ,
ἣ νῶιν εἴρυτο θύρας πυκινοῦ θαλάμοιο,
230 πείθεις δή μευ θυμόν, ἀπηνέα περ μάλ᾽ ἐόντα."
ὣς φάτο, τῷ δ᾽ ἔτι μᾶλλον ὑφ᾽ ἵμερον ὦρσε γόοιο·
κλαῖε δ᾽ ἔχων ἄλοχον θυμαρέα, κεδνὰ ἰδυῖαν.
ὡς δ᾽ ὅτ᾽ ἂν ἀσπάσιος γῆ νηχομένοισι φανήῃ,
ὧν τε Ποσειδάων εὐεργέα νῆ᾽ ἐνὶ πόντῳ
235 ῥαίσῃ, ἐπειγομένην ἀνέμῳ καὶ κύματι πηγῷ·
παῦροι δ᾽ ἐξέφυγον πολιῆς ἁλὸς ἤπειρόνδε
νηχόμενοι, πολλὴ δὲ περὶ χροῒ τέτροφεν ἅλμη,
ἀσπάσιοι δ᾽ ἐπέβαν γαίης, κακότητα φυγόντες·
ὣς ἄρα τῇ ἀσπαστὸς ἔην πόσις εἰσοροώσῃ,
240 δειρῆς δ᾽ οὔ πω πάμπαν ἀφίετο πήχεε λευκώ.

indignation, because at first, when I saw you, I did not give you welcome as I do now. For always the heart in my breast was full of fear that some man would come and beguile me with his words; for there are many who scheme for their own profit. No, even Argive Helen, daughter of Zeus, would not have lain in love with a foreigner, had she known that the warlike sons of the Achaeans were to bring her home again to her own native land. Yet the truth is that in her case a god prompted her to commit a shameful act; not until then did she put before her mind the horror of that folly from which sorrow first came upon us as well. But now, since you have already recounted the tokens of our bed plain for all to see, which no other mortal has ever seen except you and me alone and one single handmaid, the daughter of Actor, whom my father gave me before I ever came here, her who kept the doors of our strong bridal chamber—now you convince my heart, for all its stubbornness."

So she spoke, and in his heart aroused still more the desire for lamentation; and he wept, holding in his arms his beloved true-hearted wife. And welcome as is the sight of land to men that swim, whose well-built ship Poseidon smashes on the sea as it is driven on by the wind and the swollen waves, and but few have made their escape from the gray sea to the shore by swimming, and thickly are their bodies crusted with brine, and gladly have they set foot on the land and escaped from their evil case; so welcome to her was her husband, as she gazed upon him, and from his neck still did not loosen her white

---

[1] Lines 218–24 were rejected by Aristarchus, and can hardly be defended in this context.

καί νύ κ' ὀδυρομένοισι φάνη ῥοδοδάκτυλος Ἠώς,
εἰ μὴ ἄρ' ἄλλ' ἐνόησε θεὰ γλαυκῶπις Ἀθήνη.
νύκτα μὲν ἐν περάτῃ δολιχὴν σχέθεν, Ἠῶ δ' αὖτε
ῥύσατ' ἐπ' Ὠκεανῷ χρυσόθρονον, οὐδ' ἔα ἵππους
245 ζεύγνυσθ' ὠκύποδας, φάος ἀνθρώποισι φέροντας,
Λάμπον καὶ Φαέθονθ', οἵ τ' Ἠῶ πῶλοι ἄγουσι.
καὶ τότ' ἄρ' ἣν ἄλοχον προσέφη πολύμητις Ὀδυσσεύς·
"ὦ γύναι, οὐ γάρ πω πάντων ἐπὶ πείρατ' ἀέθλων
ἤλθομεν, ἀλλ' ἔτ' ὄπισθεν ἀμέτρητος πόνος ἔσται,
250 πολλὸς καὶ χαλεπός, τὸν ἐμὲ χρὴ πάντα τελέσσαι.
ὣς γάρ μοι ψυχὴ μαντεύσατο Τειρεσίαο
ἤματι τῷ ὅτε δὴ κατέβην δόμον Ἄιδος εἴσω,
νόστον ἑταίροισιν διζήμενος ἠδ' ἐμοὶ αὐτῷ.
ἀλλ' ἔρχευ, λέκτρονδ' ἴομεν, γύναι, ὄφρα καὶ ἤδη
255 ὕπνῳ ὕπο γλυκερῷ ταρπώμεθα κοιμηθέντε."
τὸν δ' αὖτε προσέειπε περίφρων Πηνελόπεια·
"εὐνὴ μὲν δή σοί γε τότ' ἔσσεται ὁππότε θυμῷ
σῷ ἐθέλῃς, ἐπεὶ ἄρ σε θεοὶ ποίησαν ἱκέσθαι
οἶκον ἐυκτίμενον καὶ σὴν ἐς πατρίδα γαῖαν·
260 ἀλλ' ἐπεὶ ἐφράσθης καί τοι θεὸς ἔμβαλε θυμῷ,
εἴπ' ἄγε μοι τὸν ἄεθλον, ἐπεὶ καὶ ὄπισθεν, ὀίω,
πεύσομαι, αὐτίκα δ' ἐστὶ δαήμεναι οὔ τι χέρειον."
τὴν δ' ἀπαμειβόμενος προσέφη πολύμητις Ὀδυσσεύς·
"δαιμονίη, τί τ' ἄρ' αὖ με μάλ' ὀτρύνουσα κελεύεις
265 εἰπέμεν; αὐτὰρ ἐγὼ μυθήσομαι οὐδ' ἐπικεύσω.
οὐ μέν τοι θυμὸς κεχαρήσεται· οὐδὲ γὰρ αὐτὸς

arms at all. And now would rosy-fingered Dawn have arisen upon their weeping, had not the goddess, flashing-eyed Athene, had another thought. The long night she held back at the end of its course, and likewise stayed golden-throned Dawn at the streams of Oceanus, and would not let her yoke her swift-footed horses that bring light to men, Lampus and Phaethon, who are the colts that pull Dawn's chariot.

Then to his wife resourceful Odysseus said: "Wife, we have not yet come to the end of all our trials, but still hereafter there is to be measureless toil, long and hard, which I must fulfill to the end; for so did the spirit of Teiresias foretell to me on the day when I went down into the house of Hades to inquire concerning the return of my comrades and myself. But come, let us go to bed, wife, that lulled now by sweet slumber we may take our joy of rest."

Then wise Penelope answered him: "Your bed shall be ready for you whenever your heart shall desire it, since the gods have indeed caused you to come back to your well-built house and your native land. But since you have thought of this, and a god has put it into your heart, come, tell me of this trial, for in time to come, I suppose, I shall learn of it, and to know at once is none the worse."

And resourceful Odysseus answered her and said: "God-touched lady, why do you now so urgently ask me to tell you? Yet I will recount it and will hide nothing. Indeed your heart shall have no joy of it; for neither am I

χαίρω, ἐπεὶ μάλα πολλὰ βροτῶν ἐπὶ ἄστε᾽ ἄνωγεν
ἐλθεῖν, ἐν χείρεσσιν ἔχοντ᾽ εὐῆρες ἐρετμόν,
εἰς ὅ κε τοὺς ἀφίκωμαι οἳ οὐκ ἴσασι θάλασσαν
270 ἀνέρες, οὐδέ θ᾽ ἅλεσσι μεμιγμένον εἶδαρ ἔδουσιν·
οὐδ᾽ ἄρα τοί γ᾽ ἴσασι νέας φοινικοπαρῄους,
οὐδ᾽ εὐήρε᾽ ἐρετμά, τά τε πτερὰ νηυσὶ πέλονται.
σῆμα δέ μοι τόδ᾽ ἔειπεν ἀριφραδές, οὐδέ σε κεύσω·
ὁππότε κεν δή μοι ξυμβλήμενος ἄλλος ὁδίτης
275 φήῃ ἀθηρηλοιγὸν ἔχειν ἀνὰ φαιδίμῳ ὤμῳ,
καὶ τότε μ᾽ ἐν γαίῃ πήξαντ᾽ ἐκέλευεν ἐρετμόν,
ἔρξανθ᾽ ἱερὰ καλὰ Ποσειδάωνι ἄνακτι,
ἀρνειὸν ταῦρόν τε συῶν τ᾽ ἐπιβήτορα κάπρον,
οἴκαδ᾽ ἀποστείχειν, ἔρδειν θ᾽ ἱερὰς ἑκατόμβας
280 ἀθανάτοισι θεοῖσι, τοὶ οὐρανὸν εὐρὺν ἔχουσι,
πᾶσι μάλ᾽ ἑξείης· θάνατος δέ μοι ἐξ ἁλὸς αὐτῷ
ἀβληχρὸς μάλα τοῖος ἐλεύσεται, ὅς κέ με πέφνῃ
γήρα᾽ ὕπο λιπαρῷ ἀρημένον· ἀμφὶ δὲ λαοὶ
ὄλβιοι ἔσσονται· τὰ δέ μοι φάτο πάντα τελεῖσθαι."
285 τὸν δ᾽ αὖτε προσέειπε περίφρων Πηνελόπεια·
"εἰ μὲν δὴ γῆράς γε θεοὶ τελέουσιν ἄρειον,
ἐλπωρή τοι ἔπειτα κακῶν ὑπάλυξιν ἔσεσθαι."
ὣς οἱ μὲν τοιαῦτα πρὸς ἀλλήλους ἀγόρευον·
τόφρα δ᾽ ἄρ᾽ Εὐρυνόμη τε ἰδὲ τροφὸς ἔντυον εὐνὴν
290 ἐσθῆτος μαλακῆς, δαΐδων ὕπο λαμπομενάων.
αὐτὰρ ἐπεὶ στόρεσαν πυκινὸν λέχος ἐγκονέουσαι,
γρηῢς μὲν κείουσα πάλιν οἶκόνδε βεβήκει,
τοῖσιν δ᾽ Εὐρυνόμη θαλαμηπόλος ἡγεμόνευεν
ἐρχομένοισι λέχοσδε, δάος μετὰ χερσὶν ἔχουσα·

pleased, since Teiresias bade me go forth to a great many cities of men, carrying a shapely oar in my hands, till I should come to men that know nothing of the sea, and eat their food unmixed with salt, who in fact know nothing of ships with purple cheeks, or of shapely oars which are a vessel's wings. And he told me this sign, a most clear one; nor will I hide it from you. When another wayfarer, on meeting me, shall say that I have a winnowing fan on my stout shoulder, then he bade me fix my oar in the earth, and make rich offerings to lord Poseidon—a ram and a bull and a boar, that mates with sows—and depart for my home, and offer sacred hecatombs to the immortal gods, who hold broad heaven, to each in due order. And death shall come to me myself away from the sea, the gentlest imaginable, that shall lay me low when I am overcome with sleek old age and my people shall be dwelling in prosperity around me. All this, he said, should I see fulfilled."

Then wise Penelope answered him: "If truly the gods are to bring about for you a happier old age, there is hope then that you will find an escape from evil."

Thus they spoke to one another; and meanwhile Eurynome and the nurse made ready the bed of soft coverlets by the light of blazing torches. But when they had busily spread the stout-built bedstead, the old nurse went back to her chamber to lie down, and Eurynome, the maid of the bedchamber, led them on their way to the couch with a torch in her hands; and when she had led

295 ἐς θάλαμον δ' ἀγαγοῦσα πάλιν κίεν. οἱ μὲν ἔπειτα
ἀσπάσιοι λέκτροιο παλαιοῦ θεσμὸν ἵκοντο·[1]
αὐτὰρ Τηλέμαχος καὶ βουκόλος ἠδὲ συβώτης
παῦσαν ἄρ' ὀρχηθμοῖο πόδας, παῦσαν δὲ γυναῖκας,
αὐτοὶ δ' εὐνάζοντο κατὰ μέγαρα σκιόεντα.

300 τὼ δ' ἐπεὶ οὖν φιλότητος ἐταρπήτην ἐρατεινῆς,
τερπέσθην μύθοισι, πρὸς ἀλλήλους ἐνέποντε,
ἡ μὲν ὅσ' ἐν μεγάροισιν ἀνέσχετο δῖα γυναικῶν,
ἀνδρῶν μνηστήρων ἐσορῶσ' ἀίδηλον ὅμιλον,
οἳ ἕθεν εἵνεκα πολλά, βόας καὶ ἴφια μῆλα,
305 ἔσφαζον, πολλὸς δὲ πίθων ἠφύσσετο οἶνος·
αὐτὰρ ὁ διογενὴς Ὀδυσεὺς ὅσα κήδε' ἔθηκεν
ἀνθρώποις ὅσα τ' αὐτὸς ὀιζύσας ἐμόγησε,
πάντ' ἔλεγ'· ἡ δ' ἄρ' ἐτέρπετ' ἀκούουσ', οὐδέ οἱ ὕπνος
πῖπτεν ἐπὶ βλεφάροισι πάρος καταλέξαι ἅπαντα.

310 ἤρξατο δ' ὡς πρῶτον Κίκονας δάμασ', αὐτὰρ ἔπειτα
ἦλθ' ἐς Λωτοφάγων ἀνδρῶν πίειραν ἄρουραν·
ἠδ' ὅσα Κύκλωψ ἔρξε, καὶ ὡς ἀπετίσατο ποινὴν
ἰφθίμων ἑτάρων, οὓς ἤσθιεν οὐδ' ἐλέαιρεν·
ἠδ' ὡς Αἴολον ἵκεθ', ὅ μιν πρόφρων ὑπέδεκτο
315 καὶ πέμπ', οὐδέ πω αἶσα φίλην ἐς πατρίδ' ἱκέσθαι
ἤην, ἀλλά μιν αὖτις ἀναρπάξασα θύελλα
πόντον ἐπ' ἰχθυόεντα φέρεν βαρέα[2] στενάχοντα·
ἠδ' ὡς Τηλέπυλον Λαιστρυγονίην ἀφίκανεν,
οἳ νῆάς τ' ὄλεσαν καὶ ἐυκνήμιδας ἑταίρους
320 πάντας· Ὀδυσσεὺς δ' οἶος ὑπέκφυγε νηὶ μελαίνῃ·[3]

them to the bridal chamber, she went back. And they then came in joy to the rite of their old-time bed. But Telemachus and the cowherd and the swineherd stayed their feet from dancing, and stayed the women, and themselves lay down to sleep along the shadowy halls.

But when the two had had their fill of the joy of love, they took delight in tales, speaking each to the other. She, the fair lady, told of all that she had endured in the halls, looking upon the hateful throng of the suitors, who because of her slew many beasts, cattle, and fat sheep; and great store of wine was drawn from the jars. But Zeus-born Odysseus recounted all the woes that he had brought on men, and all the toils that in his pain he had himself endured, and she took delight in hearing it, nor did sweet sleep fall upon her eyelids until he had told all the tale.

He began by telling how at the first he overcame the Cicones, and then came to the rich land of the Lotus-eaters, and all that the Cyclops did, and how he made him pay the price for his brave comrades, whom the Cyclops had eaten, and had shown no pity. Then how he came to Aeolus, who received him with a ready heart, and sent him on his way; but it was not yet his fate to come to his dear native land, no, the storm wind caught him up again and bore him over the fish-filled sea, groaning heavily. Next how he came to Telepylus of the Laestrygonians, who destroyed his ships and his well-greaved comrades one and all, and Odysseus alone escaped in his black ship.

---

[1] This line, we are told in the scholia, was regarded by Aristophanes and Aristarchus as the end of the *Odyssey*.

[2] *βαρέα*: *μεγάλα* [3] Line 320 is omitted in most MSS.

καὶ Κίρκης κατέλεξε δόλον πολυμηχανίην τε,
ἠδ᾽ ὡς εἰς Ἀίδεω δόμον ἤλυθεν εὐρώεντα,
ψυχῇ χρησόμενος Θηβαίου Τειρεσίαο,
νηὶ πολυκλήιδι, καὶ εἴσιδε πάντας ἑταίρους
325 μητέρα θ᾽, ἥ μιν ἔτικτε καὶ ἔτρεφε τυτθὸν ἐόντα·
ἠδ᾽ ὡς Σειρήνων ἁδινάων φθόγγον ἄκουσεν,
ὥς θ᾽ ἵκετο Πλαγκτὰς πέτρας δεινήν τε Χάρυβδιν
Σκύλλην θ᾽, ἣν οὔ πώ ποτ᾽ ἀκήριοι ἄνδρες ἄλυξαν·
ἠδ᾽ ὡς Ἠελίοιο βόας κατέπεφνον ἑταῖροι·
330 ἠδ᾽ ὡς νῆα θοὴν ἔβαλε ψολόεντι κεραυνῷ
Ζεὺς ὑψιβρεμέτης, ἀπὸ δ᾽ ἔφθιθεν ἐσθλοὶ ἑταῖροι
πάντες ὁμῶς, αὐτὸς δὲ κακὰς ὑπὸ κῆρας ἄλυξεν·
ὥς θ᾽ ἵκετ᾽ Ὠγυγίην νῆσον νύμφην τε Καλυψώ,
ἣ δή μιν κατέρυκε, λιλαιομένη πόσιν εἶναι,
335 ἐν σπέσσι γλαφυροῖσι, καὶ ἔτρεφεν ἠδὲ ἔφασκε
θήσειν ἀθάνατον καὶ ἀγήραον ἤματα πάντα·
ἀλλὰ τοῦ οὔ ποτε θυμὸν ἐνὶ στήθεσσιν ἔπειθεν·
ἠδ᾽ ὡς ἐς Φαίηκας ἀφίκετο πολλὰ μογήσας,
οἳ δή μιν περὶ κῆρι θεὸν ὣς τιμήσαντο
340 καὶ πέμψαν σὺν νηὶ φίλην ἐς πατρίδα γαῖαν,
χαλκόν τε χρυσόν τε ἅλις ἐσθῆτά τε δόντες.
τοῦτ᾽ ἄρα δεύτατον εἶπεν ἔπος, ὅτε οἱ γλυκὺς ὕπνος
λυσιμελὴς ἐπόρουσε, λύων μελεδήματα θυμοῦ.[1]

ἡ δ᾽ αὖτ᾽ ἄλλ᾽ ἐνόησε θεὰ γλαυκῶπις Ἀθήνη·
345 ὁππότε δή ῥ᾽ Ὀδυσῆα ἐέλπετο ὃν κατὰ θυμὸν
εὐνῆς ἧς ἀλόχου ταρπήμεναι ἠδὲ καὶ ὕπνου,
αὐτίκ᾽ ἀπ᾽ Ὠκεανοῦ χρυσόθρονον ἠριγένειαν
ὦρσεν, ἵν᾽ ἀνθρώποισι φόως φέροι· ὦρτο δ᾽ Ὀδυσσεὺς

Then he told of all the wiles and craftiness of Circe, and how in his benched ship he had gone to the dank house of Hades to consult the spirit of Theban Teiresias, and had seen all his comrades and the mother who bore him and nursed him when a child. And how he heard the voice of the Sirens, who sing unceasingly, and had come to the Planctae, and to dread Charybdis, and to Scylla, from whom never yet had men escaped unscathed. Then how his comrades slew the cattle of Helios, and how Zeus, who thunders on high, struck his swift ship with a flaming thunderbolt, and his noble comrades perished all together, while he alone escaped the evil fates. And how he came to the isle Ogygia and to the nymph Calypso, who kept him there in her hollow caves, yearning that he should be her husband, and tended him, and said that she would make him immortal and ageless all his days; yet she could never persuade the heart in his breast. Then how he came after many toils to the Phaeacians, who heartily showed him all honor, as if he were a god, and sent him in a ship to his dear native land, after giving him stores of bronze and gold and clothing. This was the end of the tale he told, when sweet sleep, that loosens the limbs of men, leapt upon him, loosening the cares of his heart.

Then again the goddess, flashing-eyed Athene, had another thought. When she judged that in his heart Odysseus had had full joy of lying with his wife and of sleep, at once she roused from Oceanus golden-throned Dawn to bring light to men; and Odysseus rose from his

---

[1] Lines 310–43 were rejected by Aristarchus.

εὐνῆς ἐκ μαλακῆς, ἀλόχῳ δ' ἐπὶ μῦθον ἔτελλεν·
350 "ὦ γύναι, ἤδη μὲν πολέων κεκορήμεθ' ἀέθλων
ἀμφοτέρω, σὺ μὲν ἐνθάδ' ἐμὸν πολυκηδέα νόστον
κλαίουσ'. αὐτὰρ ἐμὲ Ζεὺς ἄλγεσι καὶ θεοὶ ἄλλοι
ἱέμενον πεδάασκον ἐμῆς ἀπὸ πατρίδος αἴης·
νῦν δ' ἐπεὶ ἀμφοτέρω πολυήρατον ἱκόμεθ' εὐνήν,
355 κτήματα μὲν τά μοι ἔστι, κομιζέμεν ἐν μεγάροισι,
μῆλα δ' ἅ μοι μνηστῆρες ὑπερφίαλοι κατέκειραν,
πολλὰ μὲν αὐτὸς ἐγὼ ληίσσομαι, ἄλλα δ' Ἀχαιοὶ
δώσουσ', εἰς ὅ κε πάντας ἐνιπλήσωσιν ἐπαύλους.
ἀλλ' ἦ τοι μὲν ἐγὼ πολυδένδρεον ἀγρὸν ἔπειμι,
360 ὀψόμενος πατέρ' ἐσθλόν, ὅ μοι πυκινῶς ἀκάχηται·
σοὶ δέ, γύναι, τάδ' ἐπιτέλλω, πινυτῇ περ ἐούσῃ·
αὐτίκα γὰρ φάτις εἶσιν ἅμ' ἠελίῳ ἀνιόντι
ἀνδρῶν μνηστήρων, οὓς ἔκτανον ἐν μεγάροισιν·
εἰς ὑπερῷ' ἀναβᾶσα σὺν ἀμφιπόλοισι γυναιξὶν
365 ἧσθαι, μηδέ τινα προτιόσσεο μηδ' ἐρέεινε."
ἦ ῥα καὶ ἀμφ' ὤμοισιν ἐδύσετο τεύχεα καλά,
ὦρσε δὲ Τηλέμαχον καὶ βουκόλον ἠδὲ συβώτην,
πάντας δ' ἔντε' ἄνωγεν ἀρήια χερσὶν ἑλέσθαι.
οἱ δέ οἱ οὐκ ἀπίθησαν, ἐθωρήσσοντο δὲ χαλκῷ,
370 ὤιξαν δὲ θύρας, ἐκ δ' ἤιον· ἦρχε δ' Ὀδυσσεύς.
ἤδη μὲν φάος ἦεν ἐπὶ χθόνα, τοὺς δ' ἄρ' Ἀθήνη
νυκτὶ κατακρύψασα θοῶς ἐξῆγε πόληος.

soft couch, and gave charge to his wife, saying:

"Wife, by now we have had our fill of many trials, you and I, you here, weeping over the many troubles caused by my long journey home, while as for me, Zeus and the other gods bound me fast in sorrows far from my native land, all eager as I was to return. But now that we have both come to the couch of our desire, you must take charge of the wealth that I have within the halls; as for the flocks which the insolent suitors have wasted, I shall myself get me many as booty, and others will the Achaeans give, until they fill all my folds; but I, you must know, will go to my well-wooded farm to see my good father, who for my sake is full of distress. And on you, wife, I lay this charge, wise though you are yourself. As soon as the sun rises report will go abroad of the suitors whom I killed in the halls. Therefore go up to your upper chamber with your handmaids, and sit there; do not look out at anyone or ask questions of any."

He spoke, and girt about his shoulders his beautiful armor, and roused Telemachus and the cowherd and the swineherd, and bade them all take weapons of war in their hands. They did not disobey, but clad themselves in bronze and opened the doors, and went out, and Odysseus led the way. By now there was light over the earth, but Athene hid them in night, and swiftly led them forth from the city.

Ω

Ἑρμῆς δὲ ψυχὰς Κυλλήνιος ἐξεκαλεῖτο
ἀνδρῶν μνηστήρων· ἔχε δὲ ῥάβδον μετὰ χερσὶν
καλὴν χρυσείην, τῇ τ' ἀνδρῶν ὄμματα θέλγει
ὧν ἐθέλει, τοὺς δ' αὖτε καὶ ὑπνώοντας ἐγείρει·
5 τῇ ῥ' ἄγε κινήσας, ταὶ δὲ τρίζουσαι ἕποντο.
ὡς δ' ὅτε νυκτερίδες μυχῷ ἄντρου θεσπεσίοιο
τρίζουσαι ποτέονται, ἐπεί κέ τις ἀποπέσῃσιν
ὁρμαθοῦ ἐκ πέτρης, ἀνά τ' ἀλλήλῃσιν ἔχονται,
ὣς αἱ τετριγυῖαι ἅμ' ἤισαν· ἦρχε δ' ἄρα σφιν
10 Ἑρμείας ἀκάκητα κατ' εὐρώεντα κέλευθα.
πὰρ δ' ἴσαν Ὠκεανοῦ τε ῥοὰς καὶ Λευκάδα πέτρην,
ἠδὲ παρ' Ἠελίοιο πύλας καὶ δῆμον ὀνείρων
ἤισαν· αἶψα δ' ἵκοντο κατ' ἀσφοδελὸν λειμῶνα,
ἔνθα τε ναίουσι ψυχαί, εἴδωλα καμόντων.
15 εὗρον δὲ ψυχὴν Πηληιάδεω Ἀχιλῆος
καὶ Πατροκλῆος καὶ ἀμύμονος Ἀντιλόχοιο
Αἴαντός θ', ὃς ἄριστος ἔην εἶδός τε δέμας τε
τῶν ἄλλων Δαναῶν μετ' ἀμύμονα Πηλεΐωνα.
ὣς οἱ μὲν περὶ κεῖνον ὁμίλεον· ἀγχίμολον δὲ
20 ἤλυθ' ἔπι ψυχὴ Ἀγαμέμνονος Ἀτρεΐδαο
ἀχνυμένη· περὶ δ' ἄλλαι ἀγηγέραθ', ὅσσαι ἅμ' αὐτῷ
οἴκῳ ἐν Αἰγίσθοιο θάνον καὶ πότμον ἐπέσπον.

BOOK 24

But Cyllenian Hermes was calling forth the ghosts of the suitors. He held in his hands his wand, a beautiful wand of gold, with which he lulls to sleep the eyes of whom he will, while others again he wakens out of slumber as well; with this wand he roused and led the ghosts, and they followed gibbering. And as in the innermost recess of an eerie cave bats flit about gibbering, when one has fallen off the rock from the chain in which they cling to one another, so these went with him gibbering, and Hermes, the Helper, led them down the dank ways. Past the streams of Oceanus they went, past the rock Leucas, past the gates of the sun and the land of dreams, and quickly came to the meadow of asphodel, where the ghosts dwell, phantoms of men who have done with toils. Here they found the ghost of Achilles, son of Peleus, and those of Patroclus, of flawless Antilochus, and of Aias, who in beauty and form was best of the Danaans after the peerless son of Peleus.

So these were thronging about Achilles, and near to them drew the ghost of Agamemnon, son of Atreus, sorrowing; and round about him others were gathered, the ghosts of all those who died with him in the house of Aegisthus, and met their fate. And the ghost of the son of

τὸν προτέρη ψυχὴ προσεφώνεε Πηλεΐωνος·
"Ἀτρεΐδη, περὶ μέν σ' ἔφαμεν Διὶ τερπικεραύνῳ
25 ἀνδρῶν ἡρώων φίλον ἔμμεναι ἤματα πάντα,
οὕνεκα πολλοῖσίν τε καὶ ἰφθίμοισιν ἄνασσες
δήμῳ ἔνι Τρώων, ὅθι πάσχομεν ἄλγε' Ἀχαιοί.
ἦ τ' ἄρα καὶ σοὶ πρῶι[1] παραστήσεσθαι ἔμελλεν
μοῖρ' ὀλοή, τὴν οὔ τις ἀλεύεται ὅς κε γένηται.
30 ὡς ὄφελες τιμῆς ἀπονήμενος, ἧς περ ἄνασσες,
δήμῳ ἔνι Τρώων θάνατον καὶ πότμον ἐπισπεῖν·
τῷ κέν τοι τύμβον μὲν ἐποίησαν Παναχαιοί,
ἠδέ κε καὶ σῷ παιδὶ μέγα κλέος ἤρα' ὀπίσσω·
νῦν δ' ἄρα σ' οἰκτίστῳ θανάτῳ εἵμαρτο ἁλῶναι."
35 τὸν δ' αὖτε ψυχὴ προσεφώνεεν Ἀτρεΐδαο·
"ὄλβιε Πηλέος υἱέ, θεοῖς ἐπιείκελ' Ἀχιλλεῦ,
ὃς θάνες ἐν Τροίῃ ἑκὰς Ἄργεος· ἀμφὶ δέ σ' ἄλλοι
κτείνοντο Τρώων καὶ Ἀχαιῶν υἷες ἄριστοι,
μαρνάμενοι περὶ σεῖο· σὺ δ' ἐν στροφάλιγγι κονίης
40 κεῖσο μέγας μεγαλωστί, λελασμένος ἱπποσυνάων.
ἡμεῖς δὲ πρόπαν ἦμαρ ἐμαρνάμεθ'· οὐδέ κε πάμπαν
παυσάμεθα πτολέμου, εἰ μὴ Ζεὺς λαίλαπι παῦσεν.
αὐτὰρ ἐπεί σ' ἐπὶ νῆας ἐνείκαμεν ἐκ πολέμοιο,
κάτθεμεν ἐν λεχέεσσι, καθήραντες χρόα καλὸν
45 ὕδατί τε λιαρῷ καὶ ἀλείφατι· πολλὰ δέ σ' ἀμφὶ
δάκρυα θερμὰ χέον Δαναοὶ κείροντό τε χαίτας.
μήτηρ δ' ἐξ ἁλὸς ἦλθε σὺν ἀθανάτῃς ἁλίῃσιν
ἀγγελίης ἀίουσα· βοὴ δ' ἐπὶ πόντον ὀρώρει
θεσπεσίη, ὑπὸ δὲ τρόμος ἔλλαβε πάντας Ἀχαιούς·

[1] πρῶι: πρῶτα

Peleus was first to address him, saying:

"Son of Atreus, we believed that you above all other heroes were all your days dear to Zeus, who hurls the thunderbolt, because you were lord over many men in the land of the Trojans, where we Achaeans suffered woes. But in truth on you too was deadly doom to come all too early, the doom that not one avoids of all who are born. How much better if, in the enjoyment of that honor of which you were master, you had met death and fate in the land of the Trojans! Then would the whole host of the Achaeans have made you a tomb, and for your son too would you have won great glory in days to come; but now we see that it was your fate to be cut off by a most piteous death."

Then the ghost of the son of Atreus answered him: "Fortunate son of Peleus, godlike Achilles, who died at Troy, far from Argos, and about you others fell, the best of the sons of the Trojans and Achaeans, fighting for your body; and you in the whirl of dust lay mighty in your mightiness, forgetful of your horsemanship. We on our part strove the whole day long, nor should we ever have held back from the fight, had not Zeus held us back with a hurricane. But after we had borne you to the ships out of the fight, we laid you on a bier, and cleansed your beautiful flesh with warm water and with ointment, and many hot tears did the Danaans shed around you, and they cut locks from their hair. And your mother came out of the sea with the immortal sea nymphs, when she heard the tidings, and a marvelous cry arose over the deep, whereupon trembling laid hold of all the Achaeans. Then

50 καί νύ κ᾽ ἀναΐξαντες ἔβαν κοίλας ἐπὶ νῆας,
εἰ μὴ ἀνὴρ κατέρυκε παλαιά τε πολλά τε εἰδώς,
Νέστωρ, οὗ καὶ πρόσθεν ἀρίστη φαίνετο βουλή·
ὅ σφιν ἐυφρονέων ἀγορήσατο καὶ μετέειπεν·
“‘ἴσχεσθ᾽, Ἀργεῖοι, μὴ φεύγετε, κοῦροι Ἀχαιῶν·
55 μήτηρ ἐξ ἁλὸς ἥδε σὺν ἀθανάτῃς ἁλίῃσιν
ἔρχεται, οὗ παιδὸς τεθνηότος ἀντιόωσα.’
“ὣς ἔφαθ᾽, οἱ δ᾽ ἔσχοντο φόβου μεγάθυμοι Ἀχαιοί·
ἀμφὶ δέ σ᾽ ἔστησαν κοῦραι ἁλίοιο γέροντος
οἴκτρ᾽ ὀλοφυρόμεναι, περὶ δ᾽ ἄμβροτα εἵματα ἕσσαν.
60 Μοῦσαι δ᾽ ἐννέα πᾶσαι ἀμειβόμεναι ὀπὶ καλῇ
θρήνεον· ἔνθα κεν οὔ τιν᾽ ἀδάκρυτόν γ᾽ ἐνόησας
Ἀργείων· τοῖον γὰρ ὑπώρορε Μοῦσα λίγεια.[1]
ἑπτὰ δὲ καὶ δέκα μέν σε ὁμῶς νύκτας τε καὶ ἦμαρ
κλαίομεν ἀθάνατοί τε θεοὶ θνητοί τ᾽ ἄνθρωποι·
65 ὀκτωκαιδεκάτῃ δ᾽ ἔδομεν πυρί, πολλὰ δέ σ᾽ ἀμφὶ
μῆλα κατεκτάνομεν μάλα πίονα καὶ ἕλικας βοῦς.
καίεο δ᾽ ἔν τ᾽ ἐσθῆτι θεῶν καὶ ἀλείφατι πολλῷ
καὶ μέλιτι γλυκερῷ· πολλοὶ δ᾽ ἥρωες Ἀχαιοὶ
τεύχεσιν ἐρρώσαντο πυρὴν πέρι καιομένοιο,
70 πεζοί θ᾽ ἱππῆές τε· πολὺς δ᾽ ὀρυμαγδὸς ὀρώρει.
αὐτὰρ ἐπεὶ δή σε φλὸξ ἤνυσεν Ἡφαίστοιο,
ἠῶθεν δή τοι λέγομεν λεύκ᾽ ὀστέ᾽, Ἀχιλλεῦ,
οἴνῳ ἐν ἀκρήτῳ καὶ ἀλείφατι· δῶκε δὲ μήτηρ
χρύσεον ἀμφιφορῆα· Διωνύσοιο δὲ δῶρον
75 φάσκ᾽ ἔμεναι, ἔργον δὲ περικλυτοῦ Ἡφαίστοιο.
ἐν τῷ τοι κεῖται λεύκ᾽ ὀστέα, φαίδιμ᾽ Ἀχιλλεῦ,

[1] Lines 60–62 were suspected in antiquity.

would they all have sprung up and rushed to the hollow ships, had not a man, wise in the wisdom of old, checked them, Nestor, whose counsel also before had appeared the best. He with good intent addressed their assembly and said:

"'Stop, you Argives, do not flee, Achaean youths. It is his mother who comes here out of the sea with the immortal sea nymphs to look upon the face of her dead son.'

"So he spoke, and the great-hearted Achaeans ceased from their flight. Then around you stood the daughters of the old man of the sea wailing piteously, and they clothed you about with immortal clothing. And the Muses, all nine, replying to one another with sweet voices, led the dirge. There could you not have seen an Argive but was in tears, so deeply did the clear-toned Muse move their hearts. Thus for seventeen days alike by night and day did we bewail you, immortal gods and mortal men, and on the eighteenth we gave you to the fire, and many well-fatted sheep we slaughtered around you, and spiral-horned cattle. So you were burned in the clothing of the gods and in abundance of unguents and sweet honey; and many Achaean heroes streamed in their armor about the pyre, when you were burning, both footmen and charioteers, and a great din arose. But when the flame of Hephaestus had made an end of you, in the morning we gathered your white bones, Achilles, and laid them in unmixed wine and unguents. Your mother had given a two-handled, golden urn, and said that it was the gift of Dionysus, and the handiwork of famed Hephaestus. In this lie your white bones, glorious Achilles, and mingled

μίγδα δὲ Πατρόκλοιο Μενοιτιάδαο θανόντος,
χωρὶς δ' Ἀντιλόχοιο, τὸν ἔξοχα τῖες ἁπάντων
τῶν ἄλλων ἑτάρων, μετὰ Πάτροκλόν γε θανόντα.
80 ἀμφ' αὐτοῖσι δ' ἔπειτα μέγαν καὶ ἀμύμονα τύμβον
χεύαμεν Ἀργείων ἱερὸς στρατὸς αἰχμητάων
ἀκτῇ ἔπι προὐχούσῃ, ἐπὶ πλατεῖ Ἑλλησπόντῳ,
ὥς κεν τηλεφανὴς ἐκ ποντόφιν ἀνδράσιν εἴη
τοῖς οἳ νῦν γεγάασι καὶ οἳ μετόπισθεν ἔσονται.
85 μήτηρ δ' αἰτήσασα θεοὺς περικαλλέ' ἄεθλα
θῆκε μέσῳ ἐν ἀγῶνι ἀριστήεσσιν Ἀχαιῶν.
ἤδη μὲν πολέων τάφῳ ἀνδρῶν ἀντεβόλησας
ἡρώων, ὅτε κέν ποτ' ἀποφθιμένου βασιλῆος
ζώννυνταί τε νέοι καὶ ἐπεντύνονται ἄεθλα·
90 ἀλλά κε κεῖνα μάλιστα ἰδὼν θηήσαο θυμῷ,
οἷ' ἐπὶ σοὶ κατέθηκε θεὰ περικαλλέ' ἄεθλα,
ἀργυρόπεζα Θέτις· μάλα γὰρ φίλος ἦσθα θεοῖσιν.
ὣς σὺ μὲν οὐδὲ θανὼν ὄνομ' ὤλεσας, ἀλλά τοι αἰεὶ
πάντας ἐπ' ἀνθρώπους κλέος ἔσσεται ἐσθλόν, Ἀχιλλεῦ,
95 αὐτὰρ ἐμοὶ τί τόδ' ἦδος, ἐπεὶ πόλεμον τολύπευσα;
ἐν νόστῳ γάρ μοι Ζεὺς μήσατο λυγρὸν ὄλεθρον
Αἰγίσθου ὑπὸ χερσὶ καὶ οὐλομένης ἀλόχοιο."
ὣς οἱ μὲν τοιαῦτα πρὸς ἀλλήλους ἀγόρευον,
ἀγχίμολον δέ σφ' ἦλθε διάκτορος Ἀργεϊφόντης,
100 ψυχὰς μνηστήρων κατάγων Ὀδυσῆι δαμέντων,
τὼ δ' ἄρα θαμβήσαντ' ἰθὺς κίον, ὡς ἐσιδέσθην.
ἔγνω δὲ ψυχὴ Ἀγαμέμνονος Ἀτρεΐδαο
παῖδα φίλον Μελανῆος, ἀγακλυτὸν Ἀμφιμέδοντα·
ξεῖνος γάρ οἱ ἔην Ἰθάκῃ ἔνι οἰκία ναίων.

with them the bones of the dead Patroclus, son of Menoetius, but apart lie those of Antilochus, whom you honored above all the rest of your comrades after the dead Patroclus. And over them next we heaped up a huge and flawless tomb, we the mighty host of Argive spearmen, on a projecting headland by the broad Hellespont, that it might be seen from far over the sea both by men that now are and that shall be born hereafter. But your mother asked of the gods beautiful prizes, and set them in the midst of the contest ground for the chiefs of the Achaeans. Before now you have been present at the funeral games of many men that were heroes, when at the death of a king the young men gird themselves and prepare to win the prizes, but had you seen that sight you would have marveled most at heart, such beautiful prizes did the goddess, silver-footed Thetis, set there in your honor; for very dear were you to the gods. Thus not even in death did you lose your name, but always shall you have fair fame among all men, Achilles. But as for me, what pleasure have I now in this, that I wound up the skein of war? For on my return Zeus devised for me a bitter doom at the hands of Aegisthus and my accursed wife."

Thus they spoke to one another, but the messenger, Argeiphontes, drew near, leading down the ghosts of the suitors killed by Odysseus; and the two, seized with wonder, went straight toward them when they beheld them. And the ghost of Agamemnon, son of Atreus, recognized the staunch son of Melaneus, glorious Amphimedon, who had been his host, dwelling in Ithaca. Then the ghost

105 τὸν προτέρη ψυχὴ προσεφώνεεν Ἀτρεΐδαο·
"Ἀμφίμεδον, τί παθόντες ἐρεμνὴν γαῖαν ἔδυτε
πάντες κεκριμένοι καὶ ὁμήλικες; οὐδέ κεν ἄλλως
κρινάμενος λέξαιτο κατὰ πτόλιν ἄνδρας ἀρίστους.
ἦ ὔμμ' ἐν νήεσσι Ποσειδάων ἐδάμασσεν,
110 ὄρσας ἀργαλέους ἀνέμους καὶ κύματα μακρά;
ἦ που ἀνάρσιοι ἄνδρες ἐδηλήσαντ' ἐπὶ χέρσου
βοῦς περιταμνομένους ἠδ' οἰῶν πώεα καλά,
ἠὲ περὶ πτόλιος μαχεούμενοι ἠδὲ γυναικῶν;[1]
εἰπέ μοι εἰρομένῳ· ξεῖνος δέ τοι εὔχομαι εἶναι.
115 ἦ οὐ μέμνῃ ὅτε κεῖσε κατήλυθον ὑμέτερον δῶ,
ὀτρυνέων Ὀδυσῆα σὺν ἀντιθέῳ Μενελάῳ
Ἴλιον εἰς ἅμ' ἕπεσθαι ἐυσσέλμων ἐπὶ νηῶν;
μηνὶ δ' ἄρ' οὔλῳ πάντα περήσαμεν εὐρέα πόντον,
σπουδῇ παρπεπιθόντες Ὀδυσσῆα πτολίπορθον."
120 τὸν δ' αὖτε ψυχὴ προσεφώνεεν Ἀμφιμέδοντος·
"Ἀτρεΐδη κύδιστε, ἄναξ ἀνδρῶν Ἀγάμεμνον,[2]
μέμνημαι τάδε πάντα, διοτρεφές, ὡς ἀγορεύεις·
σοὶ δ' ἐγὼ εὖ μάλα πάντα καὶ ἀτρεκέως καταλέξω,
ἡμετέρου θανάτοιο κακὸν τέλος, οἷον ἐτύχθη.
125 μνώμεθ' Ὀδυσσῆος δὴν οἰχομένοιο δάμαρτα·
ἡ δ' οὔτ' ἠρνεῖτο στυγερὸν γάμον οὔτ' ἐτελεύτα,
ἡμῖν φραζομένη θάνατον καὶ κῆρα μέλαιναν,
ἀλλὰ δόλον τόνδ' ἄλλον ἐνὶ φρεσὶ μερμήριξε·
στησαμένη μέγαν ἱστὸν ἐνὶ μεγάροισιν ὕφαινε,
130 λεπτὸν καὶ περίμετρον· ἄφαρ δ' ἡμῖν μετέειπε·
"'κοῦροι ἐμοὶ μνηστῆρες, ἐπεὶ θάνε δῖος Ὀδυσσεύς,
μίμνετ' ἐπειγόμενοι τὸν ἐμὸν γάμον, εἰς ὅ κε φᾶρος

of the son of Atreus spoke first to him and said:

"Amphimedon, what has befallen you that you have come down beneath the dark earth, all of you picked men and of like age? One would make no other choice were one to pick the best men of the city. Did Poseidon overcome you on board your ships, when he had roused cruel winds and high waves? Or did hostile men do you harm on land, while you were cutting off their cattle and fine flocks of sheep, or while they fought in defence of their city and their women? Tell me what I ask; for I declare that I am a friend of your house. Do you not remember when I came there to your house with godlike Menelaus to urge Odysseus to go with us to Ilium on the benched ships? A full month it took us to cross all the wide sea, for hardly could we win to our will Odysseus the sacker of cities."

Then the ghost of Amphimedon answered him and said: "Most glorious son of Atreus, king of men, Agamemnon, I remember all these things, Zeus-fostered one, just as you tell them; and on my part I will tell you all the truth, our bitter end in death, and how it happened. We wooed the wife of Odysseus, who had long been gone, and she neither refused the hateful marriage, nor would she ever make an end, devising for us death and black fate; instead she contrived in her heart this guileful thing also: she set up in her halls a great web, and fell to weaving—fine of thread was the web and very wide; and at once she spoke among us:

"'Young men, my suitors, since noble Odysseus is dead, be patient, though eager for my marriage, until I

---

[1] Line 113 is omitted in many MSS.

[2] Line 121 is omitted in many MSS.

ἐκτελέσω, μή μοι μεταμώνια νήματ᾽ ὄληται,
Λαέρτῃ ἥρωι ταφήιον, εἰς ὅτε κέν μιν
135 μοῖρ᾽ ὀλοὴ καθέλῃσι τανηλεγέος θανάτοιο,
μή τίς μοι κατὰ δῆμον Ἀχαιιάδων νεμεσήσῃ,
αἴ κεν ἄτερ σπείρου κεῖται πολλὰ κτεατίσσας.᾽
"ὣς ἔφαθ᾽, ἡμῖν δ᾽ αὖτ᾽ ἐπεπείθετο θυμὸς ἀγήνωρ.
ἔνθα καὶ ἠματίη μὲν ὑφαίνεσκεν μέγαν ἱστόν,
140 νύκτας δ᾽ ἀλλύεσκεν, ἐπεὶ δαΐδας παραθεῖτο.
ὣς τρίετες μὲν ἔληθε δόλῳ καὶ ἔπειθεν Ἀχαιούς·
ἀλλ᾽ ὅτε τέτρατον ἦλθεν ἔτος καὶ ἐπήλυθον ὧραι,
μηνῶν φθινόντων, περὶ δ᾽ ἤματα πόλλ᾽ ἐτελέσθη,[1]
καὶ τότε δή τις ἔειπε γυναικῶν, ἣ σάφα ᾔδη,
145 καὶ τήν γ᾽ ἀλλύουσαν ἐφεύρομεν ἀγλαὸν ἱστόν.
ὣς τὸ μὲν ἐξετέλεσσε καὶ οὐκ ἐθέλουσ᾽, ὑπ᾽ ἀνάγκης.
"εὖθ᾽ ἡ φᾶρος ἔδειξεν, ὑφήνασα μέγαν ἱστόν,
πλύνασ᾽, ἠελίῳ ἐναλίγκιον ἠὲ σελήνῃ,
καὶ τότε δή ῥ᾽ Ὀδυσῆα κακός ποθεν ἤγαγε δαίμων
150 ἀγροῦ ἐπ᾽ ἐσχατιήν, ὅθι δώματα ναῖε συβώτης.
ἔνθ᾽ ἦλθεν φίλος υἱὸς Ὀδυσσῆος θείοιο,
ἐκ Πύλου ἠμαθόεντος ἰὼν σὺν νηὶ μελαίνῃ·
τὼ δὲ μνηστῆρσιν θάνατον κακὸν ἀρτύναντε
ἵκοντο προτὶ ἄστυ περικλυτόν, ἦ τοι Ὀδυσσεὺς
155 ὕστερος, αὐτὰρ Τηλέμαχος πρόσθ᾽ ἡγεμόνευε.
τὸν δὲ συβώτης ἦγε κακὰ χροῒ εἵματ᾽ ἔχοντα,
πτωχῷ λευγαλέῳ ἐναλίγκιον ἠδὲ γέροντι
σκηπτόμενον· τὰ δὲ λυγρὰ περὶ χροῒ εἵματα ἕστο·
οὐδέ τις ἡμείων δύνατο γνῶναι τὸν ἐόντα
160 ἐξαπίνης προφανέντ᾽, οὐδ᾽ οἳ προγενέστεροι ἦσαν,

finish this robe—I would not have my spinning go to waste—a shroud for the hero Laertes against the time when the fell fate of pitiless death shall strike him down; for fear any of the Achaean women in the land should cast blame upon me, if he were to lie without a shroud, who had won great possessions.'

"So she spoke, and our proud hearts consented. Then day by day she would weave at the great web, but by night would unravel it, having had torches placed beside her. Thus for three years she by her craft kept the Achaeans from knowing, and beguiled them; but when the fourth year came, as the seasons rolled on, as the months waned, and the many days were brought in their course, then it was that one of her women who knew everything, told us, and we caught her unraveling the splendid web. So she finished it against her will, perforce.

"Now when she had showed us the robe, after weaving the great web and washing it, and it shone like the sun or the moon, then it was that some evil god brought Odysseus from somewhere to the border of the land, where the swineherd dwelt. There too came the staunch son of divine Odysseus on his return from sandy Pylos in his black ship, and these two, when they had planned an evil death for the suitors, came to the famous city, Odysseus indeed later, but Telemachus led the way before him. Now the swineherd brought his master, dressed in poor clothing, in the likeness of a wretched and aged beggar, leaning on a staff, and miserable was the clothing that he wore about his body; and not one of us could know that it was he, when he appeared so suddenly,

---

[1] Line 143 (cf. 10.470) is omitted in most MSS.

ἀλλ' ἐπεσίν τε κακοῖσιν ἐνίσσομεν ἠδὲ βολῇσιν.
αὐτὰρ ὁ τῆος ἐτόλμα ἐνὶ μεγάροισιν ἑοῖσι
βαλλόμενος καὶ ἐνισσόμενος τετληότι θυμῷ·
ἀλλ' ὅτε δή μιν ἔγειρε Διὸς νοός αἰγιόχοιο,
165 σὺν μὲν Τηλεμάχῳ περικαλλέα τεύχε' ἀείρας
ἐς θάλαμον κατέθηκε καὶ ἐκλήισεν ὀχῆας,
αὐτὰρ ὁ ἣν ἄλοχον πολυκερδείῃσιν ἄνωγε
τόξον μνηστήρεσσι θέμεν πολιόν τε σίδηρον,
ἡμῖν αἰνομόροισιν ἀέθλια καὶ φόνου ἀρχήν.
170 οὐδέ τις ἡμείων δύνατο κρατεροῖο βιοῖο
νευρὴν ἐντανύσαι, πολλὸν δ' ἐπιδευέες ἦμεν.
ἀλλ' ὅτε χεῖρας ἵκανεν Ὀδυσσῆος μέγα τόξον,
ἔνθ' ἡμεῖς μὲν πάντες ὁμοκλέομεν ἐπέεσσι
τόξον μὴ δόμεναι, μηδ' εἰ μάλα πολλ' ἀγορεύοι·
175 Τηλέμαχος δέ μιν οἶος ἐποτρύνων ἐκέλευσεν.
αὐτὰρ ὁ δέξατο χειρὶ πολύτλας δῖος Ὀδυσσεύς,
ῥηιδίως δ' ἐτάνυσσε βιόν, διὰ δ' ἧκε σιδήρου,
στῆ δ' ἄρ' ἐπ' οὐδὸν ἰών, ταχέας δ' ἐκχεύατ' ὀιστοὺς
δεινὸν παπταίνων, βάλε δ' Ἀντίνοον βασιλῆα.
180 αὐτὰρ ἔπειτ' ἄλλοις ἐφίει βέλεα στονόεντα,
ἄντα τιτυσκόμενος· τοὶ δ' ἀγχιστῖνοι ἔπιπτον.
γνωτὸν δ' ἦν ὅ ῥά τίς σφι θεῶν ἐπιτάρροθος ἦεν·
αὐτίκα γὰρ κατὰ δώματ' ἐπισπόμενοι μένεϊ σφῷ
κτεῖνον ἐπιστροφάδην, τῶν δὲ στόνος ὤρνυτ' ἀεικὴς
185 κράτων τυπτομένων, δάπεδον δ' ἅπαν αἵματι θῦεν.
ὣς ἡμεῖς, Ἀγάμεμνον, ἀπωλόμεθ', ὧν ἔτι καὶ νῦν
σώματ' ἀκηδέα κεῖται ἐνὶ μεγάροις Ὀδυσῆος·
οὐ γάρ πω ἴσασι φίλοι κατὰ δώμαθ' ἑκάστου,

no, not even those that were older men; on the contrary, we assailed him with evil words and with missiles. He, however, with steadfast heart endured for a time to be pelted and taunted in his own halls; but when at last the will of Zeus, who bears the aegis, roused him, with the help of Telemachus he took all the beautiful arms and laid them away in the storeroom and made fast the bolts. Then in his great cunning he bade his wife set before the suitors his bow and the gray iron to be a contest for us ill-fated men and the beginning of death. And no man of us was able to stretch the string of the powerful bow; far short we fell of that. But when the great bow came to the hands of Odysseus, then we all cried out aloud not to give him the bow, however much he might speak; but Telemachus alone urged him on, and bade him take it. Then he took the bow in his hand, the much-enduring, noble Odysseus, and with ease he strung it and sent an arrow through the iron. Then he went and stood on the threshold, and poured out the swift arrows, glaring about him terribly, and shot king Antinous. And thereafter upon the others he with sure aim let fly his shafts, bearers of groanings, and the men fell thick and fast. Then it was clear indeed that some god was their helper; for suddenly rushing on through the halls in their fury they killed men left and right, and from them rose hideous groaning, as heads were struck, and all the floor swam with blood. Thus we perished, Agamemnon, and even now our bodies still lie uncared for in the halls of Odysseus; for our friends in each man's home know nothing as yet—our

οἵ κ᾽ ἀπονίψαντες μέλανα βρότον ἐξ ὠτειλέων
190 κατθέμενοι γοάοιεν· ὃ γὰρ γέρας ἐστὶ θανόντων."
τὸν δ᾽ αὖτε ψυχὴ προσεφώνεεν Ἀτρεΐδαο·
"ὄλβιε Λαέρταο πάι, πολυμήχαν᾽ Ὀδυσσεῦ,
ἦ ἄρα σὺν μεγάλῃ ἀρετῇ ἐκτήσω ἄκοιτιν.
ὡς ἀγαθαὶ φρένες ἦσαν ἀμύμονι Πηνελοπείῃ,
195 κούρῃ Ἰκαρίου· ὡς εὖ μέμνητ᾽ Ὀδυσῆος,
ἀνδρὸς κουριδίου· τῷ οἱ κλέος οὔ ποτ᾽ ὀλεῖται
ἧς ἀρετῆς, τεύξουσι δ᾽ ἐπιχθονίοισιν ἀοιδὴν
ἀθάνατοι χαρίεσσαν ἐχέφρονι Πηνελοπείῃ,
οὐχ ὡς Τυνδαρέου κούρη κακὰ μήσατο ἔργα,
200 κουρίδιον κτείνασα πόσιν, στυγερὴ δέ τ᾽ ἀοιδὴ
ἔσσετ᾽ ἐπ᾽ ἀνθρώπους, χαλεπὴν δέ τε φῆμιν ὀπάσσει
θηλυτέρῃσι γυναιξί, καὶ ἥ κ᾽ εὐεργὸς ἔῃσιν."
ὣς οἱ μὲν τοιαῦτα πρὸς ἀλλήλους ἀγόρευον,
ἑσταότ᾽ εἰν Ἀίδαο δόμοις, ὑπὸ κεύθεσι γαίης.
205 οἱ δ᾽ ἐπεὶ ἐκ πόλιος κατέβαν, τάχα δ᾽ ἀγρὸν ἵκοντο
καλὸν Λαέρταο τετυγμένον, ὅν ῥά ποτ᾽ αὐτὸς
Λαέρτης κτεάτισσεν, ἐπεὶ μάλα πόλλ᾽ ἐμόγησεν.
ἔνθα οἱ οἶκος ἔην, περὶ δὲ κλίσιον θέε πάντῃ,
ἐν τῷ σιτέσκοντο καὶ ἵζανον ἠδὲ ἴαυον
210 δμῶες ἀναγκαῖοι, τοί οἱ φίλα ἐργάζοντο.
ἐν δὲ γυνὴ Σικελὴ γρηῢς πέλεν, ἥ ῥα γέροντα
ἐνδυκέως κομέεσκεν ἐπ᾽ ἀγροῦ, νόσφι πόληος.
ἔνθ᾽ Ὀδυσεὺς δμώεσσι καὶ υἱέι μῦθον ἔειπεν·
"ὑμεῖς μὲν νῦν ἔλθετ᾽ ἐυκτίμενον δόμον εἴσω,
215 δεῖπνον δ᾽ αἶψα συῶν ἱερεύσατε ὅς τις ἄριστος·

---

[a] May refer to the labor of reclaiming the land; but we might

friends who might wash the black blood from our wounds and lay our bodies out with wailing; for that is the due of the dead."

Then the ghost of the son of Atreus answered him: "Happy son of Laertes, Odysseus of many devices, truly full of all excellence was the wife you won. How good of understanding was flawless Penelope, daughter of Icarius! How well she kept before her the image of Odysseus, her wedded husband! Therefore the fame of her excellence shall never perish, but the immortals shall make among men on earth a song full of delight in honor of constant Penelope. Not in this manner did the daughter of Tyndareus devise evil deeds and kill her wedded husband, and hateful shall the song regarding her be among men, and evil repute does she bring upon all womankind, even upon her who does rightly."

Thus the two spoke to one another, as they stood in the house of Hades beneath the depths of the earth.

But Odysseus and his men, when they had gone down from the city, quickly came to the beautiful farm of Laertes, well-ordered as it was, which he had won for himself in days past, and much had he toiled for it.[a] There was his house, and all about it ran the sheds in which ate, and sat, and slept the servants that were bondsmen, that did his pleasure, but within it was an old Sicilian woman, who tended the old man with kindly care there at the farm, far from the city. Then Odysseus spoke to the servants and to his son, saying:

"Go now within the well-built house, and immediately kill for dinner the best of the swine; but I will make trial

think of the property as having been given to Laertes as a γέρας, prize of honor, in which case the toil of war is meant. M.

αὐτὰρ ἐγὼ πατρὸς πειρήσομαι ἡμετέροιο,
αἴ κέ μ' ἐπιγνώῃ καὶ φράσσεται ὀφθαλμοῖσιν,
ἦέ κεν ἀγνοιῇσι, πολὺν χρόνον ἀμφὶς ἐόντα."
ὣς εἰπὼν δμώεσσιν ἀρήια τεύχε' ἔδωκεν.
220 οἱ μὲν ἔπειτα δόμονδε θοῶς κίον, αὐτὰρ Ὀδυσσεὺς
ἆσσον ἴεν πολυκάρπου ἀλωῆς πειρητίζων.
οὐδ' εὗρεν Δολίον, μέγαν ὄρχατον ἐσκαταβαίνων,
οὐδέ τινα δμώων οὐδ' υἱῶν· ἀλλ' ἄρα τοί γε
αἱμασιὰς λέξοντες ἀλωῆς ἔμμεναι ἕρκος
225 ᾤχοντ', αὐτὰρ ὁ τοῖσι γέρων ὁδὸν ἡγεμόνευε.
τὸν δ' οἶον πατέρ' εὗρεν ἐυκτιμένῃ ἐν ἀλωῇ,
λιστρεύοντα φυτόν· ῥυπόωντα δὲ ἕστο χιτῶνα
ῥαπτὸν ἀεικέλιον, περὶ δὲ κνήμῃσι βοείας
κνημῖδας ῥαπτὰς δέδετο, γραπτῦς ἀλεείνων,
230 χειρῖδάς τ' ἐπὶ χερσὶ βάτων ἕνεκ'· αὐτὰρ ὕπερθεν
αἰγείην κυνέην κεφαλῇ ἔχε, πένθος ἀέξων.
τὸν δ' ὡς οὖν ἐνόησε πολύτλας δῖος Ὀδυσσεὺς
γήραϊ τειρόμενον, μέγα δὲ φρεσὶ πένθος ἔχοντα,
στὰς ἄρ' ὑπὸ βλωθρὴν ὄγχνην κατὰ δάκρυον εἶβε.
235 μερμήριξε δ' ἔπειτα κατὰ φρένα καὶ κατὰ θυμὸν
κύσσαι καὶ περιφῦναι ἑὸν πατέρ', ἠδὲ ἕκαστα
εἰπεῖν, ὡς ἔλθοι καὶ ἵκοιτ' ἐς πατρίδα γαῖαν,
ἦ πρῶτ' ἐξερέοιτο ἕκαστά τε πειρήσαιτο.
ὧδε δέ οἱ φρονέοντι δοάσσατο κέρδιον εἶναι,
240 πρῶτον κερτομίοις ἐπέεσσιν πειρηθῆναι.
τὰ φρονέων ἰθὺς κίεν αὐτοῦ δῖος Ὀδυσσεύς.
ἦ τοι ὁ μὲν κατέχων κεφαλὴν φυτὸν ἀμφελάχαινε·
τὸν δὲ παριστάμενος προσεφώνεε φαίδιμος υἱός·

of my father, and see whether he will recognize me and know me by sight, or whether he will fail to know me, since I have been gone so long a time."

So saying, he gave to the slaves his battle gear. They thereupon went quickly to the house; but Odysseus drew near to the fruitful vineyard to make his test. Now he did not find Dolius as he went down into the great orchard, nor any of his slaves or of his sons, but as it chanced they had gone to gather stones for the vineyard wall, and the old man was their leader. But he found his father alone in the well-ordered vineyard, digging about a plant; and he was clothed in a dirty tunic, patched and wretched, and about his shins he had bound stitched greaves of oxhide to guard against scratches, and he wore gloves upon his hands because of the thorns, and on his head a goatskin cap, nursing his sorrow. Now when much-enduring noble Odysseus saw him, worn with old age and laden with great grief at heart, he stood still beneath a tall pear tree, and shed tears. Then he debated in mind and heart whether to kiss and embrace his father, and tell him all, how he had returned and come to his native land, or whether he should first question him, and test him in all points. And, as he pondered, this seemed to him the better course, to test him first with mocking words. So with this in mind noble Odysseus went straight toward him. He was in fact holding his head down, digging about a plant, and coming up to him his glorious son addressed him, saying:

“ὦ γέρον, οὐκ ἀδαημονίη σ᾽ ἔχει ἀμφιπολεύειν
245 ὄρχατον, ἀλλ᾽ εὖ τοι κομιδὴ ἔχει, οὐδέ τι πάμπαν,
οὐ φυτόν, οὐ συκέη, οὐκ ἄμπελος, οὐ μὲν ἐλαίη,
οὐκ ὄγχνη, οὐ πρασιή τοι ἄνευ κομιδῆς κατὰ κῆπον.
ἄλλο δέ τοι ἐρέω, σὺ δὲ μὴ χόλον ἔνθεο θυμῷ·
αὐτόν σ᾽ οὐκ ἀγαθὴ κομιδὴ ἔχει, ἀλλ᾽ ἅμα γῆρας
250 λυγρὸν ἔχεις αὐχμεῖς τε κακῶς καὶ ἀεικέα ἕσσαι.
οὐ μὲν ἀεργίης γε ἄναξ ἕνεκ᾽ οὔ σε κομίζει,
οὐδέ τί τοι δούλειον ἐπιπρέπει εἰσοράασθαι
εἶδος καὶ μέγεθος· βασιλῆι γὰρ ἀνδρὶ ἔοικας.
τοιούτῳ δὲ ἔοικας, ἐπεὶ λούσαιτο φάγοι τε,
255 εὑδέμεναι μαλακῶς· ἡ γὰρ δίκη ἐστὶ γερόντων.
ἀλλ᾽ ἄγε μοι τόδε εἰπὲ καὶ ἀτρεκέως κατάλεξον,
τεῦ δμὼς εἶς ἀνδρῶν; τεῦ δ᾽ ὄρχατον ἀμφιπολεύεις;
καί μοι τοῦτ᾽ ἀγόρευσον ἐτήτυμον, ὄφρ᾽ ἐὺ εἰδῶ,
εἰ ἐτεόν γ᾽ Ἰθάκην τήνδ᾽ ἱκόμεθ᾽, ὥς μοι ἔειπεν
260 οὗτος ἀνὴρ νῦν δὴ ξυμβλήμενος ἐνθάδ᾽ ἰόντι,
οὔ τι μάλ᾽ ἀρτίφρων, ἐπεὶ οὐ τόλμησεν ἕκαστα
εἰπεῖν ἠδ᾽ ἐπακοῦσαι ἐμὸν ἔπος, ὡς ἐρέεινον
ἀμφὶ ξείνῳ ἐμῷ, ἤ που ζώει τε καὶ ἔστιν
ἦ ἤδη τέθνηκε καὶ εἰν Ἀίδαο δόμοισιν.
265 ἐκ γάρ τοι ἐρέω, σὺ δὲ σύνθεο καί μευ ἄκουσον·
ἄνδρα ποτ᾽ ἐξείνισσα φίλῃ ἐνὶ πατρίδι γαίῃ
ἡμέτερόνδ᾽ ἐλθόντα, καὶ οὔ πω τις βροτὸς ἄλλος
ξείνων τηλεδαπῶν φιλίων ἐμὸν ἵκετο δῶμα·
εὔχετο δ᾽ ἐξ Ἰθάκης γένος ἔμμεναι, αὐτὰρ ἔφασκε
270 Λαέρτην Ἀρκεισιάδην πατέρ᾽ ἔμμεναι αὐτῷ.
τὸν μὲν ἐγὼ πρὸς δώματ᾽ ἄγων ἐὺ ἐξείνισσα,

"Old man, no lack of skill in tending a garden besets you; on the contrary, your care is good, and there is nothing whatsoever, either plant, or fig tree, or vine, no, or olive, or pear, or garden plot in all the field that lacks care. But something else I will tell you, and do not take offense: you yourself enjoy no good care, but you suffer woeful old age and are sadly squalid and wear wretched clothes. Surely it is not because of sloth on your part that your master does not take care of you, nor to look at do you seem in any way like a slave either in form or in stature; for you resemble a king. You resemble one who, when he has bathed and eaten, should sleep soft; for this is the way of old men. But come, tell me this, and declare it truly. Whose slave are you, and whose orchard do you tend? And tell me this also truly, that I may be sure, whether this is indeed Ithaca to which we have now come, as a man yonder told me who met me just now on my way here. By no means very right in his mind was he, for he could not bring himself to tell me any particulars, nor to listen to my word, when I questioned him about a friend of mine, whether perchance he still lives, or is now dead and in the house of Hades. For I will tell you, and do you consider and listen to me. I once entertained in my own native land a man that came to our house, and never did any other man among strangers that dwell afar come to my house a more welcome guest. He declared that by lineage he came from Ithaca, and said that his own father was Laertes, son of Arceisius. So I took him to the house and gave him entertainment with kindly welcome of the

ἐνδυκέως φιλέων, πολλῶν κατὰ οἶκον ἐόντων,
καί οἱ δῶρα πόρον ξεινήια, οἷα ἐῴκει.
χρυσοῦ μέν οἱ δῶκ' εὐεργέος ἑπτὰ τάλαντα,
275 δῶκα δέ οἱ κρητῆρα πανάργυρον ἀνθεμόεντα,
δώδεκα δ' ἁπλοΐδας χλαίνας, τόσσους δὲ τάπητας,
τόσσα δὲ φάρεα καλά, τόσους δ' ἐπὶ τοῖσι χιτῶνας,
χωρὶς δ' αὖτε γυναῖκας, ἀμύμονα ἔργα ἰδυίας,
τέσσαρας εἰδαλίμας, ἃς ἤθελεν αὐτὸς ἑλέσθαι."
280 τὸν δ' ἠμείβετ' ἔπειτα πατὴρ κατὰ δάκρυον εἴβων·
"ξεῖν', ἦ τοι μὲν γαῖαν ἱκάνεις, ἣν ἐρεείνεις,
ὑβρισταὶ δ' αὐτὴν καὶ ἀτάσθαλοι ἄνδρες ἔχουσιν·
δῶρα δ' ἐτώσια ταῦτα χαρίζεο, μυρί' ὀπάζων·
εἰ γάρ μιν ζωόν γ' ἐκίχεις Ἰθάκης ἐνὶ δήμῳ,
285 τῷ κέν σ' εὖ δώροισιν ἀμειψάμενος ἀπέπεμψε
καὶ ξενίῃ ἀγαθῇ· ἡ γὰρ θέμις, ὅς τις ὑπάρξῃ.
ἀλλ' ἄγε μοι τόδε εἰπὲ καὶ ἀτρεκέως κατάλεξον,
πόστον δὴ ἔτος ἐστίν, ὅτε ξείνισσας ἐκεῖνον
σὸν ξεῖνον δύστηνον, ἐμὸν παῖδ', εἴ ποτ' ἔην γε,
290 δύσμορον; ὅν που τῆλε φίλων καὶ πατρίδος αἴης
ἠέ που ἐν πόντῳ φάγον ἰχθύες, ἢ ἐπὶ χέρσου
θηρσὶ καὶ οἰωνοῖσιν ἕλωρ γένετ'· οὐδέ ἑ μήτηρ
κλαῦσε περιστείλασα πατήρ θ', οἵ μιν τεκόμεσθα·
οὐδ' ἄλοχος πολύδωρος, ἐχέφρων Πηνελόπεια,
295 κώκυσ' ἐν λεχέεσσιν ἑὸν πόσιν, ὡς ἐπεῴκει,
ὀφθαλμοὺς καθελοῦσα· τὸ γὰρ γέρας ἐστὶ θανόντων.
καί μοι τοῦτ' ἀγόρευσον ἐτήτυμον, ὄφρ' ἐὺ εἰδῶ·
τίς πόθεν εἷς ἀνδρῶν; πόθι τοι πόλις ἠδὲ τοκῆες;
ποῦ δὲ νηῦς ἕστηκε θοή, ἥ σ' ἤγαγε δεῦρο

rich store that was within, and I gave him gifts of friendship, such as are proper. Of well-wrought gold I gave him seven talents, and a mixing bowl all of silver, embossed with flowers, and twelve cloaks of single fold, and as many coverlets, and as many beautiful mantles, and as many tunics besides, and furthermore women, skilled in flawless handiwork, four handsome women, whom he himself was minded to choose."

Then his father answered him, weeping: "Stranger, know that you have come to the country of which you ask, but wanton and reckless men now possess it. And all in vain did you bestow those gifts, the countless gifts you gave. For if you had found him still alive in the land of Ithaca, then would he have sent you on your way with ample requital of gifts and good entertainment; for that is the due of him who begins the kindness. But come, tell me this, and declare it truly. How many years have passed since you entertained that guest, that unfortunate guest, my son—if he ever existed—my ill-fated son, whom far from his friends and his native land the fishes have doubtless devoured in the deep, or on the shore he has become the spoil of beasts and birds? Nor did his mother dress him for burial and weep over him, nor his father, we who gave him birth, no, nor did his wife, wooed with many gifts, steadfast Penelope, bewail her own husband upon the bier as was fitting, when she had closed his eyes; though that is the due of the dead. And tell me this also truly, so that I may know, who are you among men, and from where? Where is your city and where are your parents? Where is the swift ship moored that brought you

300 ἀντιθέους θ᾽ ἑτάρους; ἦ ἔμπορος εἰλήλουθας
νηὸς ἐπ᾽ ἀλλοτρίης, οἱ δ᾽ ἐκβήσαντες ἔβησαν;"
τὸν δ᾽ ἀπαμειβόμενος προσέφη πολύμητις Ὀδυσ-
σεύς·
"τοιγὰρ ἐγώ τοι πάντα μάλ᾽ ἀτρεκέως καταλέξω.
εἰμὶ μὲν ἐξ Ἀλύβαντος, ὅθι κλυτὰ δώματα ναίω,
305 υἱὸς Ἀφείδαντος Πολυπημονίδαο ἄνακτος·
αὐτὰρ ἐμοί γ᾽ ὄνομ᾽ ἐστὶν Ἐπήριτος· ἀλλά με δαίμων
πλάγξ᾽ ἀπὸ Σικανίης δεῦρ᾽ ἐλθέμεν οὐκ ἐθέλοντα·
νηῦς δέ μοι ἥδ᾽ ἕστηκεν ἐπ᾽ ἀγροῦ νόσφι πόληος.
αὐτὰρ Ὀδυσσῆι τόδε δὴ πέμπτον ἔτος ἐστίν,
310 ἐξ οὗ κεῖθεν ἔβη καὶ ἐμῆς ἀπελήλυθε πάτρης,
δύσμορος· ἦ τέ οἱ ἐσθλοὶ ἔσαν ὄρνιθες ἰόντι,
δεξιοί, οἷς χαίρων μὲν ἐγὼν ἀπέπεμπον ἐκεῖνον,
χαῖρε δὲ κεῖνος ἰών· θυμὸς δ᾽ ἔτι νῶιν ἐώλπει
μίξεσθαι ξενίῃ ἠδ᾽ ἀγλαὰ δῶρα διδώσειν."
315 ὣς φάτο, τὸν δ᾽ ἄχεος νεφέλη ἐκάλυψε μέλαινα·
ἀμφοτέρῃσι δὲ χερσὶν ἑλὼν κόνιν αἰθαλόεσσαν
χεύατο κὰκ κεφαλῆς πολιῆς, ἁδινὰ στεναχίζων.
τοῦ δ᾽ ὠρίνετο θυμός, ἀνὰ ῥῖνας δέ οἱ ἤδη
δριμὺ μένος προὔτυψε φίλον πατέρ᾽ εἰσορόωντι.
320 κύσσε δέ μιν περιφὺς ἐπιάλμενος, ἠδὲ προσηύδα·
"κεῖνος μέν τοι ὅδ᾽ αὐτὸς ἐγώ, πάτερ, ὃν σὺ μεταλλᾷς,
ἤλυθον εἰκοστῷ ἔτεϊ ἐς πατρίδα γαῖαν.
ἀλλ᾽ ἴσχεο κλαυθμοῖο γόοιό τε δακρυόεντος.
ἐκ γάρ τοι ἐρέω· μάλα δὲ χρὴ σπευδέμεν ἔμπης·
325 μνηστῆρας κατέπεφνον ἐν ἡμετέροισι δόμοισι,
λώβην τινύμενος θυμαλγέα καὶ κακὰ ἔργα."

here with your god-like comrades? Or did you come as a passenger on another's ship, and did they depart when they had set you on shore?"

Then resourceful Odysseus answered him, and said: "Then I will tell you all this quite frankly. I come from Alybas, where I dwell in a famous house, and I am the son of Apheidas, son of lord Polypemon, and my name is Eperitus. But a god drove me from Sicania to come here against my will and my ship lies yonder off the tilled land away from the city. But as for Odysseus, it is now the fifth year since he left there, and departed from my country. Ill-fated man! Yet he had birds of good omen, when he set out, birds upon the right. So I was glad of them, as I sent him on his way, and he was glad as he departed, and our hearts hoped that we should yet meet as host and guest and give one another glorious gifts."

So he spoke, and a black cloud of grief enfolded Laertes, and with both his hands he took the sooty dust and poured it over his gray head, groaning without pause. And Odysseus' heart was stricken, and up through his nostrils shot a keen pang, as he beheld his dear father. And he sprang toward him, and clasped him in his arms, and kissed him, saying:

"That man am I, father, myself, standing here, of whom you ask, come back in the twentieth year to the land of my fathers. But cease from your grief and tearful lamenting, for I will explain, great need though there is of haste. The suitors have I killed in our halls, and taken vengeance on their soul-biting outrage and evil deeds."

τὸν δ᾽ αὖ Λαέρτης ἀπαμείβετο φώνησέν τε·
"εἰ μὲν δὴ Ὀδυσεύς γε ἐμὸς πάις ἐνθάδ᾽ ἱκάνεις,
σῆμά τί μοι νῦν εἰπὲ ἀριφραδές, ὄφρα πεποίθω."
330 τὸν δ᾽ ἀπαμειβόμενος προσέφη πολύμητις Ὀδυσσεύς·
"οὐλὴν μὲν πρῶτον τήνδε φράσαι ὀφθαλμοῖσι,
τὴν ἐν Παρνησῷ μ᾽ ἔλασεν σῦς λευκῷ ὀδόντι
οἰχόμενον· σὺ δέ με προΐεις καὶ πότνια μήτηρ
ἐς πατέρ᾽ Αὐτόλυκον μητρὸς φίλον, ὄφρ᾽ ἂν ἑλοίμην
335 δῶρα, τὰ δεῦρο μολών μοι ὑπέσχετο καὶ κατένευσεν.
εἰ δ᾽ ἄγε τοι καὶ δένδρε᾽ ἐυκτιμένην κατ᾽ ἀλωὴν
εἴπω, ἅ μοί ποτ᾽ ἔδωκας, ἐγὼ δ᾽ ᾔτεόν σε ἕκαστα
παιδνὸς ἐών, κατὰ κῆπον ἐπισπόμενος· διὰ δ᾽ αὐτῶν
ἱκνεύμεσθα, σὺ δ᾽ ὠνόμασας καὶ ἔειπες ἕκαστα.
340 ὄγχνας μοι δῶκας τρισκαίδεκα καὶ δέκα μηλέας,
συκέας τεσσαράκοντ᾽· ὄρχους δέ μοι ὧδ᾽ ὀνόμηνας
δώσειν πεντήκοντα, διατρύγιος δὲ ἕκαστος
ἤην—ἔνθα δ᾽ ἀνὰ σταφυλαὶ παντοῖαι ἔασιν—
ὁππότε δὴ Διὸς ὧραι ἐπιβρίσειαν ὕπερθεν."
345 ὣς φάτο, τοῦ δ᾽ αὐτοῦ λύτο γούνατα καὶ φίλον ἦτορ,
σήματ᾽ ἀναγνόντος τά οἱ ἔμπεδα πέφραδ᾽ Ὀδυσσεύς.
ἀμφὶ δὲ παιδὶ φίλῳ βάλε πήχεε· τὸν δὲ ποτὶ οἷ
εἷλεν ἀποψύχοντα πολύτλας δῖος Ὀδυσσεύς.
αὐτὰρ ἐπεί ῥ᾽ ἄμπνυτο καὶ ἐς φρένα θυμὸς ἀγέρθη,
350 ἐξαῦτις μύθοισιν ἀμειβόμενος προσέειπε·
"Ζεῦ πάτερ, ἦ ῥα ἔτ᾽ ἔστε θεοὶ κατὰ μακρὸν Ὄλυμπον,
εἰ ἐτεὸν μνηστῆρες ἀτάσθαλον ὕβριν ἔτισαν.

Then Laertes answered him, and said: "If indeed as Odysseus my son you present yourself here, tell me now some clear sign, that I may be sure."

And resourceful Odysseus answered him and said: "This scar, first, let your eyes take note of, which a boar gave me with his white tusk on Parnassus when I went there. It was you who sent me, you and my honoured mother, to Autolycus, my mother's father, that I might get the gifts which, when he came here, he promised and agreed to give me. And come, I will tell you also the trees which you once gave me in our well-ordered garden, and I, who was only a child, was following you through the garden, and asking you for this and that. It was through these very trees that we passed, and you named them and told me of each one. Pear-trees you gave me, thirteen, and ten apple trees, and forty fig trees. And rows of vines, too, you promised to give me, even as I say, fifty of them, which ripened one by one at separate times—and upon them are clusters of all sorts—whenever the seasons of Zeus weighed them down."

So he spoke, and his father's knees were loosened where he stood, and his heart melted, as he recognized the tokens which Odysseus showed him without error. About his dear son he flung both his arms, and the much-enduring noble Odysseus caught him, fainting, to himself. But when he revived, and his spirit returned again into his breast, once more he made answer, and spoke, saying:

"Father Zeus, truly you gods still hold sway on high Olympus, if indeed the suitors have paid the price of their wanton outrage. But now I have a terrible fear at heart,

νῦν δ' αἰνῶς δείδοικα κατὰ φρένα μὴ τάχα πάντες
ἐνθάδ' ἐπέλθωσιν Ἰθακήσιοι, ἀγγελίας δὲ
355 πάντῃ ἐποτρύνωσι Κεφαλλήνων πολίεσσι."
τὸν δ' ἀπαμειβόμενος προσέφη πολύμητις Ὀδυσσεύς·
"θάρσει, μή τοι ταῦτα μετὰ φρεσὶ σῇσι μελόντων.
ἀλλ' ἴομεν προτὶ οἶκον, ὃς[1] ὀρχάτου ἐγγύθι κεῖται·
ἔνθα δὲ Τηλέμαχον καὶ βουκόλον ἠδὲ συβώτην
360 προὔπεμψ', ὡς ἂν δεῖπνον ἐφοπλίσσωσι τάχιστα."
ὣς ἄρα φωνήσαντε βάτην πρὸς δώματα καλά.
οἱ δ' ὅτε δή ῥ' ἵκοντο δόμους εὖ ναιετάοντας,
εὗρον Τηλέμαχον καὶ βουκόλον ἠδὲ συβώτην
ταμνομένους κρέα πολλὰ κερῶντάς τ' αἴθοπα οἶνον.
365 τόφρα δὲ Λαέρτην μεγαλήτορα ᾧ ἐνὶ οἴκῳ
ἀμφίπολος Σικελὴ λοῦσεν καὶ χρῖσεν ἐλαίῳ,
ἀμφὶ δ' ἄρα χλαῖναν καλὴν βάλεν· αὐτὰρ Ἀθήνη
ἄγχι παρισταμένη μέλε' ἤλδανε ποιμένι λαῶν,
μείζονα δ' ἠὲ πάρος καὶ πάσσονα θῆκεν ἰδέσθαι.
370 ἐκ δ' ἀσαμίνθου βῆ· θαύμαζε δέ μιν φίλος υἱός,
ὡς ἴδεν ἀθανάτοισι θεοῖς ἐναλίγκιον ἄντην·
καί μιν φωνήσας ἔπεα πτερόεντα προσηύδα·
"ὦ πάτερ, ἦ μάλα τίς σε θεῶν αἰειγενετάων
εἶδός τε μέγεθός τε ἀμείνονα θῆκεν ἰδέσθαι."
375 τὸν δ' αὖ Λαέρτης πεπνυμένος ἀντίον ηὔδα·
"αἲ γάρ, Ζεῦ τε πάτερ καὶ Ἀθηναίη καὶ Ἄπολλον,
οἷος Νήρικον εἷλον, ἐϋκτίμενον πτολίεθρον,
ἀκτὴν ἠπείροιο, Κεφαλλήνεσσιν ἀνάσσων,

[1] ὃς: ἵν'

that immediately all the men of Ithaca will come here against us, and send messengers everywhere to the cities of the Cephallenians."

Then resourceful Odysseus answered him and said: "Be of good cheer, and do not let these things distress your heart. But let us go to the house which lies near the orchard, for there I sent Telemachus and the cowherd and the swineherd, that with all speed they might prepare our meal."

So spoke the two, and went their way to the handsome house. And when they had come to the stately house, they found Telemachus, and the cowherd, and the swineherd carving meat in abundance, and mixing the sparkling wine.

Meanwhile the Sicilian handmaid bathed great-hearted Laertes in his house, and anointed him with oil, and about him threw a handsome cloak. But Athene drew near, and made greater the limbs of the shepherd of the people, and made him taller than before and stronger to behold. Then he came out from the bath, and his dear son marveled at him, seeing him like the immortal gods to behold. And he spoke, and addressed him with winged words:

"Father, surely some one of the gods that are forever has made you more excellent to behold in beauty and stature."

Then wise Laertes answered him: "I would, Father Zeus, and Athene, and Apollo, that in such strength as when I took Nericus, the well-built citadel on the shore of the mainland, when I was lord of the Cephallenians, in

τοῖος ἐών τοι χθιζὸς ἐν ἡμετέροισι δόμοισιν,
380 τεύχε' ἔχων ὤμοισιν, ἐφεστάμεναι καὶ ἀμύνειν
ἄνδρας μνηστῆρας· τῷ κε σφέων γούνατ' ἔλυσα
πολλῶν ἐν μεγάροισι, σὺ δὲ φρένας ἔνδον ἐγήθεις."
ὣς οἱ μὲν τοιαῦτα πρὸς ἀλλήλους ἀγόρευον.
οἱ δ' ἐπεὶ οὖν παύσαντο πόνου τετύκοντό τε δαῖτα,
385 ἑξείης ἕζοντο κατὰ κλισμούς τε θρόνους τε·
ἔνθ' οἱ μὲν δείπνῳ ἐπεχείρεον, ἀγχίμολον δὲ
ἦλθ' ὁ γέρων Δολίος, σὺν δ' υἱεῖς τοῖο γέροντος,
ἐξ ἔργων μογέοντες, ἐπεὶ προμολοῦσα κάλεσσεν
μήτηρ γρηῦς Σικελή, ἥ σφεας τρέφε καί ῥα γέροντα
390 ἐνδυκέως κομέεσκεν, ἐπεὶ κατὰ γῆρας ἔμαρψεν.
οἱ δ' ὡς οὖν Ὀδυσῆα ἴδον φράσσαντό τε θυμῷ,
ἔσταν ἐνὶ μεγάροισι τεθηπότες· αὐτὰρ Ὀδυσσεὺς
μειλιχίοις ἐπέεσσι καθαπτόμενος προσέειπεν·
"ὦ γέρον, ἵζ' ἐπὶ δεῖπνον, ἀπεκλελάθεσθε δὲ
θάμβευς·
395 δηρὸν γὰρ σίτῳ ἐπιχειρήσειν μεμαῶτες
μίμνομεν ἐν μεγάροις, ὑμέας ποτιδέγμενοι αἰεί."
ὣς ἄρ' ἔφη, Δολίος δ' ἰθὺς κίε χεῖρε πετάσσας
ἀμφοτέρας, Ὀδυσεῦς δὲ λαβὼν κύσε χεῖρ' ἐπὶ καρπῷ,
καί μιν φωνήσας ἔπεα πτερόεντα προσηύδα·
400 "ὦ φίλ', ἐπεὶ νόστησας ἐελδομένοισι μάλ' ἡμῖν
οὐδ' ἔτ' ὀιομένοισι, θεοὶ δέ σ' ἀνήγαγον αὐτοί,
οὖλέ τε καὶ μάλα χαῖρε, θεοὶ δέ τοι ὄλβια δοῖεν.
καί μοι τοῦτ' ἀγόρευσον ἐτήτυμον, ὄφρ' ἐὺ εἰδῶ,
ἢ ἤδη σάφα οἶδε περίφρων Πηνελόπεια
405 νοστήσαντά σε δεῦρ', ἦ ἄγγελον ὀτρύνωμεν."

such strength I had stood by your side yesterday in our house with my armor about my shoulders, and had beaten back the suitors. So should I have loosened the knees of many of them in the halls, and your heart would have been made glad within you."

So they spoke to one another. But when the others had ceased from their labor, and had made ready the meal, they sat down in order on the chairs and high seats. There and then they were setting their hands to their food, when the old man Dolius drew near, and with him the old man's sons, wearied from their work in the fields, for their mother, the old Sicilian woman, had gone forth and called them, she who saw to their food, and tended the old man with kindly care, now that old age had laid hold of him. And they, when they saw Odysseus, and recognized him in their minds, stood in the halls lost in wonder. But Odysseus addressed them with winning words, and said:

"Old man, sit down to dinner, and the rest of you wholly forget your wonder, for long have we waited in the halls, though eager to set hands to the food, continually expecting your coming."

So he spoke, and Dolius ran straight toward him with both hands outstretched, and he clasped the hand of Odysseus and kissed it on the wrist, and spoke, and addressed him with winged words:

"Dear friend, since you have come back to us, who deeply longed for you but no longer thought to see you, and the gods themselves have brought you—hail to you, and all welcome, and may the gods grant you happiness. And tell me this also truly, that I may be sure. Does wise Penelope yet know for certain that you have returned to us, or shall we send a messenger?"

τὸν δ' ἀπαμειβόμενος προσέφη πολύμητις
'Οδυσσεύς·
"ὦ γέρον, ἤδη οἶδε· τί σε χρὴ ταῦτα πένεσθαι;"
ὣς φάθ', ὁ δ' αὖτις ἄρ' ἕζετ' ἐυξέστου ἐπὶ δίφρου.
ὣς δ' αὔτως παῖδες Δολίου κλυτὸν ἀμφ' Ὀδυσῆα
410 δεικανόωντ' ἐπέεσσι καὶ ἐν χείρεσσι φύοντο,
ἑξείης δ' ἕζοντο παραὶ Δολίον, πατέρα σφόν.
ὣς οἱ μὲν περὶ δεῖπνον ἐνὶ μεγάροισι πένοντο·
Ὄσσα δ' ἄρ' ἄγγελος ὦκα κατὰ πτόλιν ᾤχετο πάντῃ,
μνηστήρων στυγερὸν θάνατον καὶ κῆρ' ἐνέπουσα.
415 οἱ δ' ἄρ' ὁμῶς ἀίοντες ἐφοίτων ἄλλοθεν ἄλλος
μυχμῷ τε στοναχῇ τε δόμων προπάροιθ' Ὀδυσῆος,
ἐκ δὲ νέκυς οἴκων φόρεον καὶ θάπτον ἕκαστοι,
τοὺς δ' ἐξ ἀλλάων πολίων οἶκόνδε ἕκαστον
πέμπον ἄγειν ἁλιεῦσι θοῇς ἐπὶ νηυσὶ τιθέντες·
420 αὐτοὶ δ' εἰς ἀγορὴν κίον ἀθρόοι, ἀχνύμενοι κῆρ.
αὐτὰρ ἐπεί ῥ' ἤγερθεν ὁμηγερέες τ' ἐγένοντο,
τοῖσιν δ' Εὐπείθης ἀνά θ' ἵστατο καὶ μετέειπε·
παιδὸς γάρ οἱ ἄλαστον ἐνὶ φρεσὶ πένθος ἔκειτο,
Ἀντινόου, τὸν πρῶτον ἐνήρατο δῖος Ὀδυσσεύς·
425 τοῦ ὅ γε δάκρυ χέων ἀγορήσατο καὶ μετέειπεν·
"ὦ φίλοι, ἦ μέγα ἔργον ἀνὴρ ὅδ' ἐμήσατ' Ἀχαιούς·
τοὺς μὲν σὺν νήεσσιν ἄγων πολέας τε καὶ ἐσθλοὺς
ὤλεσε μὲν νῆας γλαφυράς, ἀπὸ δ' ὤλεσε λαούς·
τοὺς δ' ἐλθὼν ἔκτεινε Κεφαλλήνων ὄχ' ἀρίστους.
430 ἀλλ' ἄγετε, πρὶν τοῦτον ἢ ἐς Πύλον ὦκα ἱκέσθαι
ἢ καὶ ἐς Ἦλιδα δῖαν, ὅθι κρατέουσιν Ἐπειοί,
ἴομεν· ἦ καὶ ἔπειτα κατηφέες ἐσσόμεθ' αἰεί·

Then resourceful Odysseus answered him, and said: "Old man, she knows already; why should you trouble to do this?"

So he spoke, and the other sat down again[a] on the polished chair. And in the same way the sons of Dolius gathered around glorious Odysseus and greeted him in speech, and clasped his hands. Then they sat down in order beside Dolius, their father.

So they were busied with their meal in the halls; but meanwhile Rumor, the messenger, went swiftly throughout all the city, telling of the terrible death and fate of the suitors. And the people heard it all at once, and gathered from every side with moanings and wailings before the palace of Odysseus. Out from the halls they brought each his dead, and buried them; and those from other cities they sent each to his own home, placing them on swift ships for seamen to carry them, but they themselves went together to the place of assembly, sad at heart. Now when they were assembled and met together Eupeithes arose and spoke among them, for comfortless grief for his son lay heavy on his heart, for Antinous, the first man whom noble Odysseus killed. Weeping for him he addressed their assembly and said:

"Friends, truly a monstrous deed has this man contrived against the Achaeans. Some he led off in his ships, many men and brave ones, and he lost his hollow ships and utterly lost his men; others again he has killed on his return, by far the best of the Cephallenians. Come then, before this fellow speeds off either to Pylos or to splendid Elis, where the Epeians rule, let us go; truly now and

[a] Another of the poet's rare slips. D.

λώβη γὰρ τάδε γ' ἐστὶ καὶ ἐσσομένοισι πυθέσθαι,
εἰ δὴ μὴ παίδων τε κασιγνήτων τε φονῆας
435 τισόμεθ'. οὐκ ἂν ἐμοί γε μετὰ φρεσὶν ἡδὺ γένοιτο
ζωέμεν, ἀλλὰ τάχιστα θανὼν φθιμένοισι μετείην.
ἀλλ' ἴομεν, μὴ φθέωσι περαιωθέντες ἐκεῖνοι."
ὣς φάτο δάκρυ χέων, οἶκτος δ' ἕλε πάντας Ἀχαιούς.
ἀγχίμολον δέ σφ' ἦλθε Μέδων καὶ θεῖος ἀοιδὸς
440 ἐκ μεγάρων Ὀδυσῆος, ἐπεί σφεας ὕπνος ἀνῆκεν,
ἔσταν δ' ἐν μέσσοισι· τάφος δ' ἕλεν ἄνδρα ἕκαστον.
τοῖσι δὲ καὶ μετέειπε Μέδων πεπνυμένα εἰδώς·
"κέκλυτε δὴ νῦν μευ, Ἰθακήσιοι· οὐ γὰρ Ὀδυσσεὺς
ἀθανάτων ἀέκητι θεῶν τάδ' ἐμήσατο ἔργα·
445 αὐτὸς ἐγὼν εἶδον θεὸν ἄμβροτον, ὅς ῥ' Ὀδυσῆι
ἐγγύθεν ἑστήκει καὶ Μέντορι πάντα ἐῴκει.
ἀθάνατος δὲ θεὸς τοτὲ μὲν προπάροιθ' Ὀδυσῆος
φαίνετο θαρσύνων, τοτὲ δὲ μνηστῆρας ὀρίνων
θῦνε κατὰ μέγαρον· τοὶ δ' ἀγχιστῖνοι ἔπιπτον."
450 ὣς φάτο, τοὺς δ' ἄρα πάντας ὑπὸ χλωρὸν δέος ᾕρει.
τοῖσι δὲ καὶ μετέειπε γέρων ἥρως Ἁλιθέρσης
Μαστορίδης· ὁ γὰρ οἶος ὅρα πρόσσω καὶ ὀπίσσω·
ὅ σφιν ἐυφρονέων ἀγορήσατο καὶ μετέειπε·
"κέκλυτε δὴ νῦν μευ, Ἰθακήσιοι, ὅττι κεν εἴπω·
455 ὑμετέρῃ κακότητι, φίλοι, τάδε ἔργα γένοντο·
οὐ γὰρ ἐμοὶ πείθεσθ', οὐ Μέντορι ποιμένι λαῶν,
ὑμετέρους παῖδας καταπαυέμεν ἀφροσυνάων,
οἳ μέγα ἔργον ἔρεξαν ἀτασθαλίῃσι κακῇσι,
κτήματα κείροντες καὶ ἀτιμάζοντες ἄκοιτιν

afterwards we shall be shamed forever. For this is a disgrace even for men yet to be to hear of, unless we avenge the deaths of our sons and brothers. I, certainly, would find no pleasure in living; instead, let me die at once and be among the dead. No, let us go, for fear they outstrip us and cross over the sea."

So he spoke, weeping, and pity laid hold of all the Achaeans. Then up came Medon and the divine minstrel from the halls of Odysseus, for sleep had released them; and they took their stand in the midst of them, and wonder seized every man. Then Medon, wise of heart, spoke among them:

"Hear me now, men of Ithaca, for truly not without the will of the immortal gods has Odysseus contrived these deeds: I myself saw an immortal god, who stood close beside Odysseus, and seemed like Mentor in all respects. Yet as an immortal god now in front of Odysseus would he appear, heartening him, and now again would rage through the hall, frightening the suitors; and they fell thick and fast."

So he spoke, and at that pale fear seized them all. Then among them spoke the old hero Halitherses, son of Mastor, for he alone saw before and after; with good intent toward them all he addressed their assembly, and said:

"Listen to me now, men of Ithaca, to what I shall say. Through your own cowardice, friends, have these deeds been brought to pass, for you would not obey me, nor Mentor, shepherd of the people, to make your sons cease from their folly, they who committed a monstrous act in their blind and wanton wickedness, wasting the wealth and dishonoring the wife of a prince, who, they said,

460 ἀνδρὸς ἀριστῆος· τὸν δ' οὐκέτι φάντο νέεσθαι.
καὶ νῦν ὧδε γένοιτο. πίθεσθέ μοι ὡς ἀγορεύω·
μὴ ἴομεν, μή πού τις ἐπίσπαστον κακὸν εὕρῃ."
ὣς ἔφαθ', οἱ δ' ἄρ' ἀνήιξαν μεγάλῳ ἀλαλητῷ
ἡμίσεων πλείους· τοὶ δ' ἀθρόοι αὐτόθι μίμνον·
465 οὐ γάρ σφιν ἅδε μῦθος ἐνὶ φρεσίν, ἀλλ' Εὐπείθει
πείθοντ'· αἶψα δ' ἔπειτ' ἐπὶ τεύχεα ἐσσεύοντο.
αὐτὰρ ἐπεί ῥ' ἕσσαντο περὶ χροῒ νώροπα χαλκόν,
ἀθρόοι ἠγερέθοντο πρὸ ἄστεος εὐρυχόροιο.
τοῖσιν δ' Εὐπείθης ἡγήσατο νηπιέῃσι·
470 φῆ δ' ὅ γε τίσεσθαι παιδὸς φόνον, οὐδ' ἄρ' ἔμελλεν
ἂψ ἀπονοστήσειν, ἀλλ' αὐτοῦ πότμον ἐφέψειν.
αὐτὰρ Ἀθηναίη Ζῆνα Κρονίωνα προσηύδα·
"ὦ πάτερ ἡμέτερε, Κρονίδη, ὕπατε κρειόντων,
εἰπέ μοι εἰρομένῃ, τί νύ τοι νόος ἔνδοθι κεύθει;
475 ἢ προτέρω πόλεμόν τε κακὸν καὶ φύλοπιν αἰνὴν
τεύξεις, ἦ φιλότητα μετ' ἀμφοτέροισι τίθησθα;"
τὴν δ' ἀπαμειβόμενος προσέφη νεφεληγερέτα Ζεύς·
"τέκνον ἐμόν, τί με ταῦτα διείρεαι ἠδὲ μεταλλᾷς;
οὐ γὰρ δὴ τοῦτον μὲν ἐβούλευσας νόον αὐτή,
480 ὡς ἦ τοι κείνους Ὀδυσεὺς ἀποτίσεται ἐλθών;
ἕρξον ὅπως ἐθέλεις· ἐρέω τέ τοι ὡς ἐπέοικεν.
ἐπεὶ δὴ μνηστῆρας ἐτίσατο δῖος Ὀδυσσεύς,
ὅρκια πιστὰ ταμόντες ὁ μὲν βασιλευέτω αἰεί,
ἡμεῖς δ' αὖ παίδων τε κασιγνήτων τε φόνοιο[1]
485 ἔκλησιν θέωμεν· τοὶ δ' ἀλλήλους φιλεόντων
ὡς τὸ πάρος, πλοῦτος δὲ καὶ εἰρήνη ἅλις ἔστω."

[1] φόνοιο: φονῆα

would never again return. Now, let this be the way of it, and do you do as I say: let us not go, for fear someone encounters a disaster he has brought upon himself."

So he spoke, but they sprang up with loud cries, more than half of them, but the rest remained together in their seats; for they did not like his speech, but listened to Eupeithes; and thereupon at once they rushed for their arms. Then when they had clothed their bodies in gleaming bronze, they gathered together in front of the spacious city. And Eupeithes led them in his folly; for he thought to avenge the killing of his son, but was not to come back himself but rather to meet his doom there.

But Athene spoke to Zeus, son of Cronos, saying: "Father of us all, son of Cronos, high above all lords, tell to me that ask you, what purpose does your mind now hide within you? Will you still further bring to pass evil war and the dread din of battle, or will you establish friendship between the two sides?"

Then Zeus, the cloud-gatherer, answered her, and said: "My child, why do you ask and question me of this? Did you not yourself devise this plan, that Odysseus well and truly should take vengeance on these men at his coming? Do as you will, but I will tell you what is fitting. Now that noble Odysseus has taken vengeance on the suitors, let them swear a solemn oath, and let him be king all his days, and let us on our part bring about a forgetting of the killing of their sons and brothers; and let them love one another as before, and let wealth and peace abound."

ὣς εἰπὼν ὤτρυνε πάρος μεμαυῖαν Ἀθήνην,
βῆ δὲ κατ' Οὐλύμποιο καρήνων ἀΐξασα.
οἱ δ' ἐπεὶ οὖν σίτοιο μελίφρονος ἐξ ἔρον ἕντο,
490 τοῖς δ' ἄρα μύθων ἦρχε πολύτλας δῖος Ὀδυσσεύς·
"ἐξελθών τις ἴδοι μὴ δὴ σχεδὸν ὦσι κιόντες."
ὣς ἔφατ'· ἐκ δ' υἱὸς Δολίου κίεν, ὡς ἐκέλευεν·
στῆ δ' ἄρ' ἐπ' οὐδὸν ἰών, τοὺς δὲ σχεδὸν εἴσιδε
πάντας·
αἶψα δ' Ὀδυσσῆα ἔπεα πτερόεντα προσηύδα·
495 "οἵδε δὴ ἐγγὺς ἔασ'· ἀλλ' ὁπλιζώμεθα θᾶσσον."
ὣς ἔφαθ', οἱ δ' ὤρνυντο καὶ ἐν τεύχεσσι δύοντο,
τέσσαρες ἀμφ' Ὀδυσῆ', ἓξ δ' υἱεῖς οἱ Δολίοιο·
ἐν δ' ἄρα Λαέρτης Δολίος τ' ἐς τεύχε' ἔδυνον,
καὶ πολιοί περ ἐόντες, ἀναγκαῖοι πολεμισταί.
500 αὐτὰρ ἐπεί ῥ' ἕσσαντο περὶ χροῒ νώροπα χαλκόν,
ὤιξάν ῥα θύρας, ἐκ δ' ἤιον, ἦρχε δ' Ὀδυσσεύς.
τοῖσι δ' ἐπ' ἀγχίμολον θυγάτηρ Διὸς ἦλθεν Ἀθήνη
Μέντορι εἰδομένη ἠμὲν δέμας ἠδὲ καὶ αὐδήν.
τὴν μὲν ἰδὼν γήθησε πολύτλας δῖος Ὀδυσσεύς·
505 αἶψα δὲ Τηλέμαχον προσεφώνεεν ὃν φίλον υἱόν·
"Τηλέμαχ', ἤδη μὲν τόδε γ' εἴσεαι αὐτὸς ἐπελθών,
ἀνδρῶν μαρναμένων ἵνα τε κρίνονται ἄριστοι,
μή τι καταισχύνειν πατέρων γένος, οἳ τὸ πάρος περ
ἀλκῇ τ' ἠνορέῃ τε κεκάσμεθα πᾶσαν ἐπ' αἶαν."
510 τὸν δ' αὖ Τηλέμαχος πεπνυμένος ἀντίον ηὔδα·
"ὄψεαι, αἴ κ' ἐθέλῃσθα, πάτερ φίλε, τῷδ' ἐπὶ θυμῷ
οὔ τι καταισχύνοντα τεὸν γένος, ὡς ἀγορεύεις."
ὣς φάτο, Λαέρτης δ' ἐχάρη καὶ μῦθον ἔειπε·

So saying, he roused Athene, who was already eager, and she went darting down from the heights of Olympus.

But when they had put from them the desire for the cheering repast, the much-enduring, noble Odysseus was the first to speak among his company, saying: "Let someone go out and see if they are not now drawing near."

So he spoke, and a son of Dolius went out, as he directed; he went and stood upon the threshold, and saw them all close at hand, and at once he spoke to Odysseus winged words: "Here they are close at hand. Quick, let us arm."

So he spoke, and they rose up and arrayed themselves in armor: Odysseus and his men were four, and six the sons of Dolius, and among them Laertes and Dolius donned their armor, gray-headed though they were, warriors perforce. But when they had clothed their bodies in gleaming bronze, they opened the doors and went out, and Odysseus led them.

Then Athene, daughter of Zeus, drew near them in the likeness of Mentor both in form and in voice, and much-enduring, noble Odysseus was glad at sight of her, and at once spoke to Telemachus, his staunch son:

"Telemachus, now shall you learn this—having yourself come to the place where battle distinguishes those who are bravest—to bring no disgrace on the house of your fathers, who in times past have excelled in strength and in valor over all the earth."

And wise Telemachus answered him: "You shall see me, if you wish, dear father, as far as my present mood goes, bringing no disgrace whatsoever on your lineage, as you suggest."

So said he, and Laertes was glad, and spoke, saying:

"τίς νύ μοι ἡμέρη ἥδε, θεοὶ φίλοι; ἦ μάλα χαίρω·
515 υἱός θ' υἱωνός τ' ἀρετῆς πέρι δῆριν ἔχουσιν."
τὸν δὲ παρισταμένη προσέφη γλαυκῶπις Ἀθήνη·
"ὦ Ἀρκεισιάδη, πάντων πολὺ φίλταθ' ἑταίρων,
εὐξάμενος κούρῃ γλαυκώπιδι καὶ Διὶ πατρί,
αἶψα μαλ' ἀμπεπαλὼν προΐει δολιχόσκιον ἔγχος."
520 ὣς φάτο, καί ῥ' ἔμπνευσε μένος μέγα Παλλὰς Ἀθήνη.
εὐξάμενος δ' ἄρ' ἔπειτα Διὸς κούρῃ μεγάλοιο,
αἶψα μάλ' ἀμπεπαλὼν προΐει δολιχόσκιον ἔγχος,
καὶ βάλεν Εὐπείθεα κόρυθος διὰ χαλκοπαρῄου.
ἡ δ' οὐκ ἔγχος ἔρυτο, διαπρὸ δὲ εἴσατο χαλκός,
525 δούπησεν δὲ πεσών, ἀράβησε δὲ τεύχε' ἐπ' αὐτῷ.
ἐν δ' ἔπεσον προμάχοις Ὀδυσεὺς καὶ φαίδιμος υἱός,
τύπτον δὲ ξίφεσίν τε καὶ ἔγχεσιν ἀμφιγύοισι.
καί νύ κε δὴ πάντας ὄλεσαν καὶ ἔθηκαν ἀνόστους,
εἰ μὴ Ἀθηναίη, κούρη Διὸς αἰγιόχοιο,
530 ἤυσεν φωνῇ, κατὰ δ' ἔσχεθε λαὸν ἅπαντα.
"ἴσχεσθε πτολέμου, Ἰθακήσιοι, ἀργαλέοιο,
ὥς κεν ἀναιμωτί γε διακρινθῆτε τάχιστα."
ὣς φάτ' Ἀθηναίη, τοὺς δὲ χλωρὸν δέος εἷλεν·
τῶν δ' ἄρα δεισάντων ἐκ χειρῶν ἔπτατο τεύχεα,
535 πάντα δ' ἐπὶ χθονὶ πῖπτε, θεᾶς ὄπα φωνησάσης·
πρὸς δὲ πόλιν τρωπῶντο λιλαιόμενοι βιότοιο.
σμερδαλέον δ' ἐβόησε πολύτλας δῖος Ὀδυσσεύς,
οἴμησεν δὲ ἀλεὶς ὥς τ' αἰετὸς ὑψιπετήεις.
καὶ τότε δὴ Κρονίδης ἀφίει ψολόεντα κεραυνόν,
540 κὰδ δ' ἔπεσε πρόσθε γλαυκώπιδος ὀβριμοπάτρης.
δὴ τότ' Ὀδυσσῆα προσέφη γλαυκῶπις Ἀθήνη·

"What a day is this for me, kind gods! I utterly rejoice: my son and my son's son are quarreling over which is the bravest."

Then flashing-eyed Athene came near him and said: "Son of Arceisius, far the dearest of all my friends, make a prayer to the flashing-eyed maiden and to father Zeus, and then instantly raise aloft your long spear and hurl it."

So spoke Pallas Athene, and breathed into him great strength. Then he prayed to the daughter of great Zeus, and instantly raised aloft his long spear, and hurled it, and struck Eupeithes through the helmet with cheek piece of bronze. This did not ward off the spear, but the bronze passed through, and he fell with a thud, and his armor clanged about him. Then on the foremost fighters fell Odysseus and his glorious son and thrust at them with swords and double-edged spears. And now they would have killed them all, and cut them off from returning, had not Athene, daughter of Zeus, who bears the aegis, shouted aloud, and held back all the fighters, saying:

"Cease from painful war, men of Ithaca, so that without bloodshed you may speedily be parted."

So spoke Athene, and pale fear seized them. Then in their terror the arms flew from their hands and fell one and all to the ground, as the goddess uttered her voice, and they turned toward the city, eager to save their lives. Terribly then shouted the much-enduring, noble Odysseus, and gathering himself together he swooped upon them like an eagle of lofty flight, and at that moment the son of Cronos let go a flaming thunderbolt, and down it fell before the flashing-eyed daughter of the mighty sire. Then flashing-eyed Athene spoke to Odysseus saying:

"διογενὲς Λαερτιάδη, πολυμήχαν' Ὀδυσσεῦ,
ἴσχεο, παῦε δὲ νεῖκος ὁμοιίου πολέμοιο,
μή πως τοι Κρονίδης κεχολώσεται εὐρύοπα Ζεύς."
545 ὣς φάτ' Ἀθηναίη, ὁ δ' ἐπείθετο, χαῖρε δὲ θυμῷ.
ὅρκια δ' αὖ κατόπισθε μετ' ἀμφοτέροισιν ἔθηκεν
Παλλὰς Ἀθηναίη, κούρη Διὸς αἰγιόχοιο,
Μέντορι εἰδομένη ἠμὲν δέμας ἠδὲ καὶ αὐδήν.

"Son of Laertes, sprung from Zeus, Odysseus of many devices, hold your hand, and stop the strife of war, common to all, for fear Zeus whose voice is borne afar may perhaps become angry with you."

So spoke Athene, and he obeyed, and was glad at heart. Then for the future a solemn truce between the two sides was made by Pallas Athene, daughter of Zeus, who bears the aegis, in the likeness of Mentor both in form and in voice.

INDEX OF PROPER NAMES

The references given include every occurrence of the name in question unless the contrary is indicated. "*Passim*" following a book number means that there are more than ten occurrences of the name in that book. References are to the Greek text. Under the names Athene, Odysseus, Penelope, Poseidon, and Telemachus will be found references to the chief incidents of the story.

INDEX